山东大学儒学高等研究院教授自选集

《文心雕龙》研究

冯春田 著

山东大学出版社
SHANDONG UNIVERSITY PRESS
·济南·

图书在版编目(CIP)数据

《文心雕龙》研究/冯春田著. —济南:山东大学出版社,2023.12
(山东大学儒学高等研究院教授自选集)
ISBN 978-7-5607-7706-1

Ⅰ.①文... Ⅱ.①冯... Ⅲ.①《文心雕龙》-古典文学研究-文集 Ⅳ.①I206.2-53

中国版本图书馆 CIP 数据核字(2022)第 248489 号

责任编辑　楚洋洋
封面设计　王秋忆

《文心雕龙》研究
WENXIN DIAOLONG YANJIU

出版发行	山东大学出版社
社　　址	山东省济南市山大南路 20 号
邮政编码	250100
发行热线	(0531)88363008
经　　销	新华书店
印　　刷	山东新华印务有限公司
规　　格	880 毫米×1230 毫米　1/32
	21 印张　498 千字
版　　次	2023 年 12 月第 1 版
印　　次	2023 年 12 月第 1 次印刷
定　　价	96.00 元

总 序

山东大学素以文史见长,人文学科为山东大学学术地位和学术声誉的铸就做出了极为重要的贡献。而在目前山东大学的人文学科集群中,2012 年重组的儒学高等研究院当之无愧地位于第一方阵,是打造“山大学派”的一支生力军。山东大学儒学高等研究院已成为目前国内规模最大、实力突出的国学研究机构。而儒学高等研究院的前身和主体是 2002 年成立的文史哲研究院。如此说来,儒学高等研究院已然走过了 20 年的岁月,恰如一个刚刚走出懵懂、朝气蓬勃的青年。

在这 20 年的生命历程中,儒学高等研究院锻造形成了鲜明的学术特色,即以中国古典学术为重心,以古文、古史、古哲、古籍为主攻方向。本院学者在中国古典学术领域精耕细作,取得了一批具有时代高度的标志性成果,受到学术界广泛赞誉。这一学术特色使儒学高等研究院积极融入了当代学术主流。20 世纪 90 年代以降,中国人文学术发展的大趋势是从西方化向本土化转型,而古典学术是实现本土化的一项重要资源。儒学高等研究院顺应时势,合理谋划,全力推进,因此成为近 20 年来中国古典学术研究复兴与前行的重要参与者和推动者。

儒学高等研究院的另一特色是横跨中文、历史、哲学、社会学(民俗学)四个一级学科,并致力于打破学科壁垒,在合理分工的基础上力求多学科协同融合。儒学高等研究院倡导和推行的儒学研究实质上是广义的国学,不以目前通行的单一学科为限。在这种开放多元的学术空间中,本院学者完全依据自身的兴趣和能力进行自主探索、自由创造,做到术业有专攻。目前,本院在史学理论、文献学、民俗学、先秦两汉文学、杜甫研究等若干领域创获最丰,居于海内外领先地位。今后的工作重点是在学科协同和学科整合上做进一步探索尝试,通过以问题为轴心的合作研究产生新的学术优势和学术生长点。

在20年的发展中,儒学高等研究院一方面继承前辈山大学者朴实厚重、精勤谨严的学风,一方面力图贯彻汉宋并重、考据与义理并重、沉潜与高明并重、传世文献与出土文献并重、国学与西学并重、历史与现实并重、基础研究与开发应用并重、个人兴趣与团队合作并重、埋头做大学问与形成大影响并重的科研方针,致力于塑造一种健康、合理、平衡的新学风。本院学者中,既有人沉潜于古籍文献的整理考释,也有人从事理论体系的创构发明,他们能够得到同等的尊重和支持。古典学术研究的学派或机构具有自身特色或专长无可厚非,但必须克服偏颇和极端倾向,摒弃自大排他心态。唯有兼顾各种风格、路向的平衡,才能更好地契合学术发展规律,更大限度地释放学术创造力。

当下，古典学术研究正面临五四以来百年未有的历史机缘。中央高度重视中华优秀传统文化的创造性转化、创新性发展，注重发挥传统文化在提升国家文化软实力、推动世界文明交流互鉴、为社会治理提供历史智慧等方面的独特功用。儒学高等研究院将顺势而为，与时俱进，将现有的学术优势与国家重大需求相对接，在古典文献整理研究、儒家思想理论阐释、传统文化精华推广普及等领域齐头并进，努力为古典学术研究的全面繁荣做出新的贡献。

2005年的“山东大学文史哲研究院专刊”第一辑出版说明中曾提出：“‘兴灭业，继绝学，铸新知’，是本院基本的科研方针；重点扶持高精尖科研项目，优先资助相关成果的出版，是本院工作的重中之重。”这是当年我们这项学术事业“筚路蓝缕，以启山林”时的初心。而今机构名称虽已更易，但初心不变。“山东大学儒学高等研究院教授自选集”即是这一事业的赓续和拓延。这套书是本院33位专家学者历年学术成果的集中盘点和展示，有的甚至是毕生心血之结晶。这同时也是对文史哲研究院成立20周年暨儒学高等研究院重组10周年的一个纪念。期待学界同行的检阅和批评。

山东大学儒学高等研究院
教授自选集编辑委员会
2022年10月

“文果载心，余心有寄”

——《〈文心雕龙〉研究》序

我的研究兴趣主要在汉语史，兼及《文心雕龙》和老庄哲学以及魏晋玄学的研究，这本选集就是我研读《文心雕龙》的主要成果。到目前为止，我时常面对师友和同学这样的提问：你怎么就研究了《文心雕龙》呢？大家有这样的疑问，也许默认这不在我的专业方向之内。我的回答是：我之所以研读《文心雕龙》，是遵从了导师的指导。

1978年，我报考了山东大学古代汉语专业研究生，在殷孟伦、殷焕先两位先生门下学习。由于在北京大学学的是汉语专业，对汉语史相关的领域比较感兴趣，当时尤其着迷于音韵学。在读了王力先生《汉语音韵》《汉语音韵学》等音韵学著作后，看到唐代陆德明《经典释文》的音注材料丰富而庞杂，但研究不多，于是就想用排比、系联的方法，探索《经典释文》音注材料的类别和性质。为此，我也征求了北大几位老师的意见，唐师作藩先生还特意向林焘先生了解《经典释文》研究状况，并寄来林先生研究《经典释文》的论文。那时，因为决心想试着分析《经典释文》音注，所以就趁寒假买了一大摞白纸割成纸片，为抄录《经典释文》浩繁的音注材料做准备。

寒假后返校，我去看望殷孟伦先生和师母，向先生汇报了想分析《经典释文》音注的设想，以为肯定会得到准许，因为殷先生正是以音韵、文字、训诂之学闻名学界。不过，从开始到把想法说完，殷先生一直沉默不语。又过了几天，先生才找到我，说："黄季刚先生曾经在北大讲授《文心雕龙》，后来出版了《札记》。但是黄先生对《札记》不甚满意，需要后人继续研究。你学位论文的内容，就定在《文心雕龙》方面吧！"

尽管当时并没有理解殷先生的用心，我还是遵从了老师指导，就到济南古旧书店买了两套范文澜的《文心雕龙注》，反复阅读，边读边做笔记，接下来又对照诸家校注，随时写下体会。因为这项研究需要对中国古代哲学和文类学有所了解，又阅读了有关的中国古代哲学原著和《六臣注〈文选〉》等，然后再把相关资料和我的思考融进《文心雕龙》读书笔记里，那时真是分秒必惜。毕业前夕，我按照殷先生的指导，以戴东原《〈孟子〉字义疏证》和黄侃先生《文心雕龙札记》作为基本研究范式的参考，把一些笔记整理成考释性条目，形成了学位论文《〈文心雕龙〉释义六题》。从性质上说，这属于训诂学或语文学，自然也在我的专业范围之内。

1981年研究生毕业后，我担负了集体研究项目的主要任务，就利用可支配的时间阅读文献、观察和分析语言材料。随着古代文献阅读量的增加以及对问题理解的深入，相应地对《文心雕龙》也有了些新的体会。于是，在原来读书笔记和学位论文的基础上，增益补充，整理成了《文心雕龙释义》。“释义”的内容，包括对《文心雕龙》重要概念术语和疑难词语的考证与辨析，也包括对《文心雕龙》原文的解释和梳理，总之是在考释原典与解决疑难问题进而阐明义理的范围之内。如《原道》篇“道”“德”“文”与“自然”的含义及其关系，《神思》篇“博练”、《镕裁》篇“镕裁”的一般词汇意义及其特殊内涵，连类而及的则有出现在《文心雕龙》其他篇的“镕式”“镕范”“镕钧”，等等。

1984年春天，我试着把书稿交山东教育出版社，文科室的王洪信先生（后来任总编辑和社长）热情地与我进行了沟通。过了一段时间，王先生打电话说出版社有意接受，并提出希望请牟世金老师写序。于是我就到牟老师府上，说明来意，牟老师愉快地答应了。《文心雕龙释义》于1986年出版，当即将收入拙集，时间已过去了三十六载。抚今追昔，感慨良多！

起初出版《文心雕龙释义》，也只是想把读书心得奉献给学界，并没有多少个人角度上的学术期待。出乎预料的是，后来王洪信先生告诉我：山东教育出版社出版的《文心雕龙释义》和齐鲁书社出版的袁世硕先生的著作，受到读者欢迎，并上了鲁版书外销榜。作为出版方，王先生自然为出版的著作受到学界的肯定而高兴，我则是为得到老师们的指导和遇到王先生这样的出版家而由衷地感到幸运。由于《文心雕龙释义》的出版，我的读书心得能面向读者，我也得以与海内外许多学者结缘并交流，同时这本书还得到了海内外学界的高度评价。例如，被学界公认为道德文章楷模的罗宗强先生与卢盛江教授在《文学遗产》发表文章，对古代文论研究40年(1949—1989)进行反思，认为《文心雕龙释义》与杨明照、周振甫、陆侃如和牟世金先生的有关著作“都有相当高的学术水平”；1997年，罗宗强先生又与邓国光教授在《文学评论》发表100年学科研究回顾的文章，认为这一时期《文心雕龙》考释著作中“最值得重视的是冯春田《文心雕龙释义》”。另外，我与汪春泓教授仅有“一书一面”之缘，汪先生在通信中特意提到：罗老师给研究生上课时对大家说，《文心雕龙释义》要细读。后来因山大的一次会议，我得以与汪先生见面，汪先生又重提此事。当然，迄今更是有不少研究者或隐或显地采用了《文心雕龙释义》的结论和分析。不过，我更希望看到的是切实的学术批评。

我的主要兴趣在汉语史，因此继《文心雕龙释义》之后，在《文心雕龙》研究领域只是间或发出一点声音，即使如此也多半是外因的促动。如偶尔参加海内外学术会议，于是有这方面的文章。再就是，对比较重大的哲学文化问题的误解，也使我产生有必要澄清的想法。大约在上世纪90年代前后，“人与自然”成为学术界以及媒体的热门话题，谈“自然”则言必称老子，不是把道家哲学核心范畴的“自然”解释成“自然界”的“自然”，就是说成形容词的“自然”。因为刘勰在《文心雕龙》里屡言“自然”，并从“自然”的基点论述重要的文学现象和文美本质等理论问题，而我由于研读《文心雕龙》，曾经阅读过老子、庄子以及魏晋玄学的主要著作，觉得学术界这样谈论，是一个不小的失误；再浏览中哲史研究论著，发现也大多误解了作为道家哲学最高范畴的“自然”观念。出于慎重，我重读有关文献，条理出《老庄“自然”观的实证分析》一文，然后又与《文心雕龙》结合，陆续写出了《“自然”与型范：〈文心雕龙〉与魏晋玄学之比较研究》《融道于儒：刘勰〈文心雕龙〉的文学“自然”论》《中国古代的文美理论巨著——〈文心雕龙〉性质评说》等论文，先后由重要学术期刊发表（另有《论老庄至魏晋玄学的“自然”观》一文，因篇幅较长未能刊出）。这次为选集搜寻资料，翻出了台北汉学研究中心学术委员会给《“自然”与型范：〈文心雕龙〉与魏晋玄学之比较研究》的审稿意见，这份“意见书”深藏书堆二十余年，现抄录于此，作为纪念：“本文析论刘勰《文心雕龙》与魏晋玄学家的自然观念，寻根探源，立论正确，纲举目张。本文的贡献，在于对《文心雕龙》中的‘自然’观念，有突破性的创解，且牵涉文学理论与哲学思想之研究，堪称跨科际之扎实论文。”后来尤其是近些年来，无论《文心雕龙》还是中哲史研究，已经难以见到有人认为道家及魏晋玄学和刘勰说的“自然”指“自然界”或形容词“自然”了，道家所谓“无为而无不为”的哲学命题也不再那么玄妙莫测、众说纷纭了。

另外，我认为大型古汉语辞书或者全面的汉语词汇史，应有中国哲学文化（含文学艺术）词的一席之地，而《文心雕龙》就包含很多这类词。1987 年 10 月间去看望两位殷先生，殷焕先先生问起在《文心雕龙释义》后这方面还做了哪些研究，我把在写《〈文心雕龙〉语词通释》的事情向先生做了汇报。先生非常赞同，并为此写下"按语"（先生手迹至今珍存），其中指出："词语往往随着时代、社会的不同而变异其意义，随着作者的体认的不同而变异其色彩，语言之史的研究，学人每要求作断代的、专书的研究以窥语言演变之真相。这种要求，实为中肯。今作'《文心雕龙》语词通释'，实亦作了语言之史的研究上重要的工作，对汉语词汇发展之史的研究大有裨益。"拙著《〈文心雕龙〉语词通释》于1990年出版，对阅读、研究或翻译《文心雕龙》提供了参考，语言学学科回顾及相关论著也引用或涉及这本书。

以上就是对师友和同学疑问的回答，涉及我研读《文心雕龙》的大致脉络。《文心雕龙释义》至今仍是阅读和研究《文心雕龙》的参考，我的一些文章也为相关领域的研究作出了应有的奉献，这是我感到欣慰的。正彦和所谓："文果载心，余心有寄。"

本书分上、下两编，收入研究《文心雕龙》的主要文章和《文心雕龙释义》（山东教育出版社1986年版）。由于没有电子版，需要重新打字，加上引录古文献中生僻字较多，校对十分费力。幸得已经走上工作岗位和仍在学校就读的本专业与非本专业研究生同学尽心帮助，才使得本书能顺利整理完成。在这里，也向各位同学表示谢意。

需要说明的是，本书选录的内容多成于二三十年前，在文字表达、出版规范等方面与今天都有所不同,为真实反映我的治学轨迹,也为避免产生新的错误,仍尽可能保持其原貌。其间舛误错漏,敬请广大读者批评指正。

冯春田
2022年7月

目　录

上编　《文心雕龙》文哲思想研究

下编　《文心雕龙》释义

附 录

上编、《文心雕龙》文哲思想研究

“文心”与“雕龙”*

——有关《文心雕龙》文章美学的探索

刘勰(约456—约532)把他所著的中国古代文章学巨著题为《文心雕龙》。“文心”与“雕龙”二者之间的关系,体现了《文心雕龙》文章美学的精髓。拙文拟从此书“文”“章”等概念的阐释入手,对刘勰的文章美学观及其历史潜质或民族特点等相关问题作尝试性探索。

书面语言无疑是思想的载体。瑞士语言学家费尔迪南·德·索绪尔(Ferdinand de Saussure,1857—1913)认为:语言是一种符号系统,由能指(signifiant)和所指(signifié)两部分组成;能指就是声音的心理印迹或音响形象,所指就是概念。①我们还相信,语言中表示具体概念的词汇,渗透着民族的思维或文化等方面的因素。所以,通过词语及其所表示的概念的相关问题的思考,对《文心雕龙》进行探讨,也许可以更清楚地了解刘勰的文章美学观点,并且可能在中国古代文论的民族特性等问题上获得某种启示。

---

* 原载香港中文大学中国语言文学系主编:《魏晋南北朝文学论集》,(台北)文史哲出版社 1994 年版,第 399—413 页。

① 参见〔瑞士〕索绪尔:《普通语言学教程》,高名凯译,商务印书馆 1985 年版,第 102、106、146、170 页。

一、《文心雕龙》中“文”的相关概念

《文心雕龙》一书的“文”以及由“文”组成的词语总况，可参见岗村繁编《文心雕龙索引》等书。① 假如抛开文字、文学（文章之学）之类概念的“文”不提，就完全可以拿《原道》一篇作代表。该篇“文”或“章”的主要概念有三。②

1. 天地及动植万物的形象、姿色：

> (1) 文之为德也大矣，与天地并生者何哉？夫玄黄色杂，方圆体分，日月叠璧，以垂丽天之象；山川焕绮，以铺理地之形：此盖道之文也。
>
> (2) 傍及万品，动植皆文：龙凤以藻绘呈瑞，虎豹以炳蔚凝姿；云霞雕色，有逾画工之妙；草木贲华，无待锦匠之奇。夫岂外饰？盖自然耳！
>
> (3) 故形立则章成矣，声发则文生矣。夫以无识之物，郁然有彩；有心之器，其无文欤！

以上引文中的“文”或“章”表示丽天之象、理地之形，及动物的藻绘之瑞、炳蔚之姿和云霞的雕色、草木的贲华（花），即自然形成的美的形象、纹彩。

2. 和谐如乐的声音：

---

① 参见〔日〕冈村繁编：《文心雕龙索引》，采华书林 1982 年版。

② 参见范文澜：《文心雕龙注》，人民文学出版社 1958 年版。

(1)至于林籁结响,调如竽瑟;泉石激韵,和若球锽。

(2)故形立则章成矣,声发则文生矣。

“文”表示自然界事物发出的调和如乐的响、韵。

3. 人情志所发而形成的文章作品:

(1)(人)为五行之秀,实天地之心;心生而言立,言立而文明:自然之道也。

(2)夫以无识之物,郁然有彩;有心之器,其无文欤!

(3)原道心以敷章,研神理而设教。

《原道》篇“文”表示文章的概念,其例尚多,不繁举。可见,《原道》篇“文”的概念包括自然界万物的形象和色彩,如同音乐的声响,人类的文章。

如果从大的方面看,《原道》中“文”的三种概念也就是《情采》篇所说的形文、声文和情文。刘勰说:

故立文之道,其理有三:一曰形文,五色是也;二曰声文,五音是也;三曰情文,五性是也。五色杂而成黼黻,五音比而成韶夏,五情发而为辞章:神理之数也。

《原道》“文”的三种概念分别对应此处的形文、声文、情文。

不过,刘勰认为形文、声文、情文都是文,所以这三种文有时只是一个概念。例如:

(1)文之为德也大矣,与天地并生者何哉?(《原道》)

(2)人文之元,肇自太极;幽赞神明,《易》象惟先。(《原道》)

(3)取象乎河洛,问数乎蓍龟,观天文以极变,察人文以成化。(《原道》)

(4)龙图献体,龟书呈貌;天文斯观,民胥以效。(《原道》)

(5)立文之道,其理有三。(《情采》)

“文之为德”和“立文之道”的文,包括形、声、情三种文。所谓人文,即诗、书、礼、乐之类(见《易·贲》孔颖达疏);所谓天文,即日月星辰之象(见《易·贲》虞翻注)。而例中《易》象、取象之象以及龙图、龟书之类,在刘勰看来,既属天文,又属人文。

总之,在《文心雕龙》中,文或章有形文、声文和情文三个界限分明的概念,但是它们都可名之为文,并且刘勰有时只把它们作为一个概念看待。

二、“文”及相关概念的历史上的民族心理因素

刘勰论述文章学或文学理论问题,把形文、声文、情文统谓之文。但是,人类的文章(情文)与事物的形象、自然界和谐的音响或音乐又有何关系?把这些都作为文岂不是非科学?

《文心雕龙》研究界对此的确曾有不少议论，甚至至今也不能说我们都清楚了其内层或历史的因素，影响了对刘勰文章美学观的探讨。

形文、声文、情文之所以都是文，这与汉民族语言“文”和有关概念的民族心理因素有关。词语所表示的具体概念是民族心理和文化等因素的结晶，它在民族语言的发展过程中是具有继承性的。新的词语、新的概念在古代，也往往是基于旧词或已有的概念而生发出来（形成所谓同源词）。由汉民族这种词源或概念之间的关系，我们可以考察文、章及其相关概念的历史的或民族的审美心理因素。

1. 文——《说文》曰：“错画也，象交文。”段注引《考工记》：“青与赤谓之文。”因此，纹理交错、色彩相配，即为文。显而易见，中华民族的先民认为纹理或色彩交错、呈现变化的是文——这可以扩大到对一切事物形象的观察，因而在社会的发展中以文的基本概念为核心繁衍出一些新的概念或同源的词。例如，马有文即文马，称之为驳（见《说文》），缯帛有文即文缯，称之为纹（见《玉篇》，“凡锦绮黼黻之文皆曰纹”）；又云文为雯（见《广韵》，《集韵》：“云成章曰雯。”），等等。因文最初为纹理、花纹，所以一切事物的形象自然都是文。

汉民族的情文（文章）出现得很早，但这一概念的获得则来源于文的纹理、花纹义；因为情文在我们的先民看来，是如同五彩组合、花纹交织一样富有美感，故仍谓之文。其区别，只在一是形象的体现，一是情志的体现。但概念是相通的。当文作为情文或文章的概念获得独立的地位时，至少到汉代就造了一个彣字，试图用来专指情文（见《说文》，段注：“是则有彣彰谓之彣。”）但是，这个字未能通行沿用下来，我们一直还是用文来表示情文或文章的概念。

可见,文的情文概念脱胎于它的花纹、色彩的概念,是由于历史上民族心理的美感因素。同样值得注意的是,除历史上专为情文创造的书写符号“彣”未得通行外,以文的花纹义为核心而滋生出的同源词的书写符号,另如“纹”(文缯,即绫)大约迟至南朝才出现(首见于梁陈间顾野王《玉篇》,书成于梁大同九年,即 543 年)、“雯”(彩云)大约迟至隋唐才出现(首见《广韵》,其前身是《唐韵》和隋陆法言的《切韵》),而许多其他与纹理、花纹有关的概念在汉语历史文献中始终以文指称。在同源词中,某词的书写符号(字)的别造,是为求分别,以便书面语言的交际。但文担当诸多相关概念的书写符号而在相当长的历史过程中未能用异形符号分而代之,这从另一个方面透视出,在汉民族先民的心理上,文所指称的概念之间的关系是何等密切!

2. 章——《说文》曰“乐竟为章”,但现存古文献未得书证。又《礼记·曲礼下》:“既葬,读祭礼。丧复常,读乐章。”①“章”指乐书篇章,虽与“乐”相关,但并不直接。根据古文献常见例,章除明的概念外,又有纹理、彩色义。《尚书·皋陶谟》:“天命有德,五服五章哉!”《诗·大雅·棫朴》:“追琢其章。”《左传·昭公二十五年》:“五章以奉五色。”注:“黼黻文章,皆色之美者。”章的概念与文的纹理、彩色极相似。而章的情文(文章)的概念,亦脱胎或譬类于其纹理、彩色的概念。并非巧

---

① 文中引《礼记》《周易》《尚书》《毛诗》《左传》《论语》《尔雅》均据《十三经注疏》(中华书局 1979 年影印本)。文中引诸子均据《诸子集成》本。

合的是,当章表示另一与文相同的概念——写成的文章时,它起初与文曾试图写成彣一样而写成彰。《说文》:"彰,彣彰也。"段注:"谓成文章。"但表示这一概念的彰和彣一样未能通行。应该注意的还有,在文章表示情文的概念时,古人为和花纹、彩色区别,才另造符号彣彰。但是,因为古代文章表示情文的概念脱胎或譬类于其原有的花纹、彩色的概念,新概念仍带有原有概念的心理印迹,所以即使是别造新的符号,却仍摆脱不了花纹、彩色的心理因素,新造的符号所加的区别性部件彡仍旧与画文(纹)有关——《说文》:"彡,毛饰画文也!"

这样,我们可以明白:作为情文的文或文章的概念,由于心理的因素——认为概念之间有某种共同特征,而譬类于花纹、彩色的文或章;这种共同的特征,就是都具有某种美感。此外,文和章起初在语源上毫无关系,但是概念相近,当它们指称情文时,却都来源于其花纹或彩色的概念。所以,情文和形文在概念上相通的民族心理因素是极为明显的。

3. 采——《说文》:"捋取也。"此义与文采无关。另《诗·秦风·蒹葭》:"蒹葭采采,白露未已。"毛传:"采采,众多也。"又《曹风·蜉蝣》:"蜉蝣之翼,采采衣服。"毛传:"采采,犹萋萋也。"采表示茂盛、色彩鲜丽以及彩色(后世写作彩)。《说文》段氏注于毛传释《诗》"采采"为"萋萋"下认为:"凡文采之义本此。"段说是。采表示文采即来源于其色彩的概念。而采之色彩与文之花纹、章之彩章概念相近,而同样由色彩引申譬类而为文采,并又与文组合而为文采一语。这同样也体现了采的形文(色彩)和情文(文采)两种概念在民族心理上是相通的。

4. 藻——本是一种有色彩的水草(据《说文》,《左传》称为"草藻"),而后来亦喻指文采,也同样说明了藻和文采两种概念在古人审美心理上有相通之处。仅《文心雕龙》即有"揄扬以发藻,汪洋以树义"(《颂赞》)、"理不谬摇其枝,字不妄舒其藻"(《议对》)、"平子淹通,故虑周而藻密"(《体性》)等藻指文采例,且有表示文采的"藻绘"(《序志》绘即形文,《原道》藻绘即形文)、"文藻"(《书记》)、"辞藻"(《时序》)等词语。

5. 在这里我们也谈到声文,即音乐及自然界发出的和谐如乐的声音。但是,声文何以也谓之文?音乐是由音声协比而成的,纹彩交错为文,音声协比自然也可以称为文。《礼记·乐记》说:"人心之动,物使之然也。感于物而动,故形于声;声相应,故生变;变成方,谓之音;比音而乐之,及干戚羽旄,谓之乐。"又说:"凡音者,生人心者也;情动于中,故形于声,声成文,谓之音。"可见音声变化、协比则成为文,即刘勰《情采》篇所谓"五音比而成韶夏"。乐之谓文,同样是由于音声变化、协比而给人以美感。据《论语》所载,孔子闻韶乐,三月不知肉味,可见雅乐之美,绝不亚于黼黻文章。

通过对"文"及其相关的几个概念所作的历史的分析,可以看到情文和形文的概念在民族审美心理上本是相通的,而情文的概念脱胎或譬类于形文的概念;形文、声文和情文之所以都是文,这与汉民族先民的审美心理有关——不论是形象彩绘,还是音乐、文章,它们都是美的,故总称为文。

三、刘勰"情文"论中体现的民族审美心理因素及其文章美学观

刘勰提出了形文、声文和情文的概念,在理论上把情文,即

文章从文的大概念中独立出来，这表明了中国古代文学或文章学理论的成熟。但是，又因为情文、声文同形文一样给人以美感，所以又都称为文。这实际上就体现了民族审美意识的历史因素，在上文这已经得到了证明。现在，我们再专门就刘勰的情文论来看其中的民族审美因素问题，由此可以使我们对刘勰的文章美学观点有更切实的了解。

在刘勰的时代，情文在中华民族灿烂的文化史上早已写下了无数的辉煌篇章，关于文学辞章的独立概念早已形成了。但是，由于民族审美心理因素的作用，在刘勰的情文论中始终贯穿着形文、声文和情文的共同美感因素。

《原道》篇提出的形文如丽天之象、理地之形、龙凤藻绘之瑞、虎豹炳蔚之姿、云霞的雕色、草木的贲华，是美的；声文如调如竽瑟的林籁结响、和若球锽的泉石激韵，也是美的；而“夫以无识之物，郁然有彩；有心之器，其无文欤！”用无识之物的有彩，来证明人类的有文，说明情文自然也是美的。

《情采》篇专论情文的情采关系。但是刘勰开篇便说：“圣贤书辞，总称文章，非采而何？”论者或以为此语难以把握。因为，依现代人的观念，书辞自然可称为文章，是不是采与是否称为文章没有关系。实际上，在刘勰的情文论中，文章是具有美感特征的文；所谓文章即须有绮丽、藻饰之美。因此刘勰说：既然圣贤的书辞，统称为文章，那就是采！又《事类》篇说：“事类者，盖文章之外，据事以类义，援古以证今者也。”依现代人的意识，事类（即用典）本是文章中事，岂能说“文章之外”呢？事实上，文章在这里侧重于文采，突出情文文采美的特征。可见，文章的美感特征或对文学辞章的民族审美意识，在刘勰的情文论中有着强烈的反映；文和美是不可分离的，不美则无以谓文。

我们再来看刘勰在《情采》篇中一段极具典型性的论述：

> 圣贤书辞，总称文章，非采而何？……若乃综述性灵，敷写器象，镂心鸟迹之中，织辞鱼网之上，其为彪炳，缛采名矣。

原来，文章述情写象、镂心织辞，需雕画藻饰，所从事者如虎豹的形象纹理炳蔚绮丽，因而就有了所谓“缛采”这一名称。这说明刘勰认为文采美是文的本来属性。

形文、声文、情文的共同特征是美的。而情文毕竟是语言的艺术，情文美在刘勰的理论体系中又具有特定的标准。《徵圣》①篇说：

> （圣文）虽精义曲隐，无伤其正言；微辞婉晦，不害其体要。体要与微辞偕通，正言共精义并用；圣人之文章，亦可见也。颜阖以为“仲尼饰羽而画，徒事华辞”。虽欲訾圣，弗可得已。然则圣文之雅丽，固衔华而佩实者也。

圣文之美（雅丽），是内容和形式都美好的统一体（“衔华而佩实”）。这就是刘勰情文美的理想标准。而在一般性的理论上，刘勰所谓情文美的观点也具有特定的含义。如《情采》篇论道：

> 夫水性虚而沦漪结，木体实而花萼振，文附质也。虎

---

① 由于“徵”与简体字“征”的意义不完全对应，本书一律采用“徵”字。

豹无文，则鞟同犬羊；犀兕有皮，而色资丹漆，质待文也。……老子疾伪，故称“美言不信”，而五千精妙，则非弃美矣。庄周云“辩雕万物”，谓藻饰也；韩非云“艳乎辩说”，谓绮丽也。绮丽以艳说，藻饰以辩雕，文辞之变，于斯极矣。

在这里，刘勰本于形文、情文均具美感之理，以沦漪、花萼、虎豹之文（纹）、丹漆之类形文美，而喻情文美。尤其值得注意的是文附质、质待文的观点。沦漪的结和花萼的振，是依附于“水性（虚）”和“木体（实）”的，无质则无文；“虎豹无文，则鞟同犬羊；犀兕有皮，而色资丹漆”，本于《论语·颜渊》：“文犹质也，质犹文也；虎豹之鞟，犹犬羊之鞟。”说明质需要文来体现，质无文则无以为体。从这个意义上说，也确实是“质犹文”“文犹质”。刘勰的情文论，指的就是附于质或作为质的体现的文。刘勰所谓情文美，是就这一意义上的文而言的。以此为前提，“绮丽以艳说，藻饰以辩雕”是情文美的极致。

此外，在刘勰的情文论中，又包括文章的整体美。《镕裁》篇说：“夫美锦制衣，修短有度，虽玩其采，不倍领袖。”以“美锦制衣”为喻，强调文章的整体美。《附会》篇则提出文章应“首尾周密，表里一体”，要“弃偏善之巧，学具美之绩”。而《章句》篇又这样论述说：

夫裁文匠笔，篇有大小；离章合句，调有缓急；随变适会，莫见定准。句司数字，待相接以为用；章总一义，须意穷而成体；其控引情理，送迎际会，譬舞容回环，而有缀兆之位；歌声靡曼，而有抗坠之节也。

刘勰认为文章在整体上应如“舞容回环”“歌声靡曼”,应“外文绮交,内义脉注,跗萼相衔,首尾一体”(《章句》),亦即在整体上是美好的。

总之,刘勰的情文论非无源之水、无本之木。相反,民族审美意识的历史因素在刘勰的文章美学观点上有着强烈的反映,并且得到了理论上的升华,形成了《文心雕龙》富有特色的文章美学观。

但是,我们不认为这种民族审美意识只体现在刘勰的情文论中。事实上,中国文学发展到魏晋南北朝,文学作品的审美已经发生了由直观的美感而上升到作品的实践和品鉴的转变。除泛议文意的一些文论著述外,如这一时期出现的永明声律论,就是追求诗歌语言的音乐美(刘勰也有《声律》一篇)。再如,南朝文学由质朴渐趋藻丽,遂有文、笔之分。萧绎《金楼子·立言》说:“吟咏风谣,流连哀思者谓之文。”又说:“至于文者,惟须绮縠纷披,宫徵靡曼,唇吻遒会,性灵摇荡。”萧统在《文选序》中则说文是“事出于沉思,义归乎翰藻”。这都是说文(指诗歌辞赋)应有文采美和语言形式音乐美。当然,这与刘勰情文论的美学观点不能等同(刘勰也对文、笔之分不以为然)。但从大的范围看,文应该是美的这一观点却是一致的。

四、“文心”与“雕龙”

现在,我们再回到“文心”与“雕龙”的问题上来。《序志》篇说:

> 夫“文心”者，言为文之用心也。昔涓子“琴心”，王孙“巧心”，心哉美矣，故用之焉。古来文章，以雕缛成体，岂取驺奭之群言“雕龙”也？

“文心”即“为文之用心”（本于陆机《文赋》）：“余每观才士之所作，窃有以得其用心。”刘勰题其书名为“文心雕龙”，取意于为文用心如同雕龙①，这只是字面上的理解。实际上，“文心”与“雕龙”的关系，跟上文所谈到的文的形文、情文之间的关系反映出来的民族审美心理因素是一致的，即在“文心雕龙”这一概念组合中，文和龙是以龙喻文，文为文章或情文，龙为雕绘或形文；而为文用心之需雕琢藻饰以求其美，就好像雕刻神龙之姿。因此，这仍然是反映了情文的文采美和形文的纹彩美相通的民族审美意识。刘勰《序志》篇说得很明白：自古以来，文章均“以雕缛成体”，即以雕琢藻饰成篇，这与龙是由雕刻彩绘成体是相通的。

为文用心（“文心”）与“雕龙”在民族观念上相通，这又可以从形文和情文与其他词语的组合关系上得到证明。

雕琢、雕画，“雕”字本作“彫”，谓在金、玉等物体上雕刻而为文（形文）。《说文》：“彫，琢文也。”段注：“凡琱琢之成文曰彫。”《汉书·董仲舒传》：“良玉不瑑（琢）。”师古注：“谓雕刻

---

① 《史记集解·孟子荀卿列传》引刘向《别录》：“驺奭修衍之文，饰若雕镂龙文，故曰‘雕龙’。”蔡邕《故太尉乔公庙碑》：“文繁雕龙。”《后汉书·崔骃传》：“崔为文宗，世禅雕龙。”《文选·宣德皇后令》：“文擅雕龙。”参见杨明照：《文心雕龙校注拾遗》，上海古籍出版社 1982 年版，第 74 页。

为文也。”《左传·宣公二年》：“厚敛以彫墙。”注：“彫，画也。”《广雅·释诂》：“彫，画也。”可见雕琢、雕画谓在物体上雕绘形文，实与雕龙为同一大的范畴。而情文亦称雕琢、雕画。现举《文心雕龙》之例如下：

(1) 雕琢情性，组织辞令。(《原道》)

(2) 故童子雕琢，必先雅制。(《体性》)

(3) 使文不灭质，博不溺心，正采耀乎朱蓝，间色屏于红紫，乃可谓雕琢其章，彬彬君子矣。(《情采》)

(4) 写物图貌，蔚似雕画。(《诠赋》)

(5) 若夫镕铸经典之范，翔集子史之术，洞晓情变，曲昭文体，然后能孚甲新意，雕画奇辞。(《风骨》)

除(4)雕画以形文比况情文外，其他各例雕琢、雕画皆对情文而言。

又刻镂本谓刻木镂金而为形文。《说文》：“刻，镂也。”《尔雅·释器》：“金谓之镂，木谓之刻。”《广雅·释诂》：“刻，画也。”《礼记·哀公问》：“器不刻镂。”《荀子·富国》：“故为之雕琢刻镂，黼黻文章。”此皆刻镂而为形文例。现再举《文心雕龙》情文用刻镂例如下：

(1) 自扬马张蔡，崇盛丽辞，如宋画吴冶，刻形镂法，丽句与深采并流，偶意共逸韵俱发。(《丽辞》)

(2) 夫神思方运，万途竞萌，规矩虚位，刻镂无形。(《神思》)

《丽辞》刻镂用于情文例，出自《淮南子·修务训》，而后者“刻形镂法”原本又恰是指刻镂形文而言的。

这样的例子还有很多，不繁举。总之，情文需要雕琢，如同形文需要雕琢；在前者为求文采美，在后者则为求纹彩美。而心哉美矣，爱美之心自古而然。所以，文心——为文用心追求情文美，则如雕龙为求形文美，亦势所必然。所以说，“文”与“龙”的关系，即情文与形文的关系，从美感或审美角度说，二者相通。刘勰用“文心”和“雕龙”组合而为其书命名，在客观上体现了历史上汉民族的审美意识以及情文本脱胎或譬类于形文的历史潜质。又如上文所述，刘勰的情文美学观基于历史上的民族审美意识，同时又形成了他的富有科学性的文章美学理论。因此可以说，“文心雕龙”之名就集中体现了刘勰文章美学理论的精髓。

“文”与“龙”或“文心”与“雕龙”在概念上（即形文和情文）相通，这是很显然的了。这种在民族心理上概念相通的事实使我们对刘勰所谓形文与情文的关系及其文章美学理论获得了较为清晰的认识。但是，概念与概念的相通，即使是同一民族，如果时代距离遥远，在心理上也并不完全一致。例如上文提到的《情采》篇“圣贤书辞，总称文章”和《事类》篇“盖文章以外”的文章。又如术，上古表示路，因为路是行走而到达目的地的途径，所以又用来表示做事的途径或方法。这种概念之间的相通关系，如不进行一番考察，现代一般人并不能轻易明白。

概念与概念相通，对不同的民族来说，心理上相异处更多。比如说像炮口、锯齿、瓶颈、菜心等，分别以原指人、动物的某一部分或器官的口、齿、颈、心等为喻而指称某一事物，世界大多数民族都是相类的。但是,像针眼(the eye of a needle)这一汉语和英语都有的概念,在法语和德语里却都不能用;山脚(the foot of a mountain)在汉语和欧洲语言里都很自然,可是在美诺米尼语和别的一些语言里却是荒谬的;英语里所谓"谷子的耳朵"(an ear of grain,汉语"谷穗"),在汉语里也是不容易理解的。①

因此,中国古代文章学巨著《文心雕龙》中的"文"或"章"表示形文、情文,甚至声文,由于古今心理上的差异,现代人是不免疑惑的,或指责为非科学、概念混乱。至于非汉民族的外国学者,这种心理差异就更大一些。前几年一位西欧学者到齐鲁进行学术交流,当谈到"文心雕龙",即"文心"与"雕龙"之间的关系体现出的民族审美心理因素时,这位学者对文章(情文)与雕龙(形文)在概念上的相通竟感到困惑!外国学者翻译《文心雕龙》也常常为找不到对应的合适概念而困扰,这恐怕也有民族心理差异反映在概念上的因素。

黄维梁说:"《文心雕龙》体大虑周,是文学批评的杰构,不但在中国文学批评史上光芒万丈,在世界文学批评史上,也应该有尊贵的地位。要评定《文心雕龙》的世界性地位,必须拿它和西方重要的文学批评论著比较。"②黄先生所言极是。我们主张应重视概念在古与今、中与外的心理差异,而持有历史

① 〔美〕布龙菲尔德:《语言论》,袁家骅等译,商务印书馆1985年,第180—181页。

② 黄维梁:《精雕龙与精工瓮——刘勰和"新批评家"对结构的看法》,中国文心雕龙学会编:《文心雕龙研究荟萃》,上海书店1992年版,第353页。

的或民族的概念来探讨《文心雕龙》[①]，这不但是为使研究更近于正确和深入，同时也是为真实地反映其民族特点而与西方文论比较和沟通，或使《文心雕龙》理论更容易为西方学者所了解。比如，古今的、民族的心理因素反映在概念上，有同有异。而大多数概念，正所谓“自其异者视之，肝胆楚越也；自其同者视之，万物皆一也”（《庄子·德充符》，另见《淮南子·俶真训》，“楚越”作“胡越”）。且拿《文心雕龙》形文、声文、情文皆称为文而论，假设以情文（文章）的概念譬类或源于花纹、彩色（形文）的概念独汉民族所有，即其异；但如果说形文与情文以及声文皆称为文，是因为它们无论在形象色彩上、在音声和谐上、文学作品中，都能给人以美感，却是古今、中西都相同的。无论中西，都有雕塑绘画、音乐、文学作品（可分别视同刘勰所谓形文、声文、情文），其总称艺术，非美而何？从这一角度看，岂非“自其同者视之”而“万物皆一”也？所以，我们持古今、民族（或中外）之异的观点来研究《文心雕龙》，并非为着执异，而是为了更好地沟通。

① 王更生在给笔者的一封信中，曾特别强调了对《文心雕龙》一书中的词语或概念进行阐释探源研究的重要性。

“自然”与型范:《文心雕龙》与魏晋玄学之比较研究*

一、引言

本文对刘勰《文心雕龙》与魏晋玄学的“自然”和型范观念进行比较研究。老子首先提出的道家学说中的“自然”范畴，其真义即“自己而然”;但老庄的“自然”观实质上是一种物“自然”观念,其理论的根本缺陷在于以物“自然”为法而框限人类、主张无为。魏晋玄学主要的“自然”论者,在理论上仍未摆脱老庄物“自然”观念及其哲学目的之窠臼,因此对体现社会等级关系型范的名教礼法及相应的道德规范,均持否定或消极的态度。刘勰把道家的物“自然”观念改造成了人、物各“自然”的重要观点,把“自然”理论引入人类文学,同时也就是人的领域,因此形成了包括文学发生论、文学本质论等重要理论在内的文学“自然”论。正因为刘勰“自然”论的哲学目的在于从积极的方面认识文学的本质,追求文美的理想境界,因此他不但不否定型范,而且力主为文“徵圣”“宗经”,其实质是从作者(圣)与作品(经)两方面树立文美理想的典范。魏晋玄学与

* 原载(台北)《汉学研究》第17卷第2期,1999年12月。

《文心雕龙》在型范问题上的主张截然相反,其根源在于两者“自然”观的实质及其哲学目的不同。

刘勰(约465—约532)所撰《文心雕龙》,以其融会百家精华与超殊的理性思辨力,构筑起系统而完整的文学思想体系。他不仅秉持“擘肌分理,唯务折衷”①的理性原则,吸取了老庄或道家“自然”说的合理成分,而且鲜明地标举起“徵圣”“宗经”的旗帜,以周、孔诸圣为著文的典范,以儒家经典为文学范式,形成了作为《文心雕龙》文学思想重要内容之一的文学型范论。

在刘勰之前,魏晋玄学也继承了老庄的“自然”说,并以此为哲学依据而形成了其型范观念,这集中体现在通常所谓名教礼法以及相关的道德规范等问题上。

因此,在刘勰《文心雕龙》与魏晋玄学中,都存在“自然”与型范及其关系这样的问题。但是,在刘勰的理论体系内,“自然”与其文范论是统一而非矛盾的;在魏晋玄学诸家思想内,其“自然”观与属于社会等级关系的名教礼法及其道德型范却基本上是冲突或不相容的。其本因何在?因此就有关问题加以讨论,不但对揭示魏晋玄学“自然”与型范关系问题的真相以及《文心雕龙》的理论特质是必需的,而且在中国哲学思想史的研究上显然也具有重要意义。

此外,既然刘勰《文心雕龙》与魏晋玄学的“自然”论皆源自老庄,因此就有必要先对老庄的“自然”观及其哲学目的作一概要式的论述,然后再就魏晋玄学、《文心雕龙》各自的“自

---

① 《文心雕龙·序志》,范文澜:《文心雕龙注》下册,人民文学出版社1958年版,第729页。

然”及其型范观念分别进行讨论。

二、老庄的“自然”观及其哲学目的

据笔者探索之浅见,“自然”观是以老庄为代表的道家学派哲学思想的核心或灵魂。但本文因主题及篇幅所限,仅对老庄或道家“自然”观的有关问题作简要讨论。

(一)老庄学说“自然”之真义

“自然”是老子首先提出的道家学派哲学思想体系的重要范畴,他说:“人法地,地法天,天法道,道法自然。”[①]老子这一人、地、天、道与“自然”递次取法的理论及其“道法自然”说,明确地把“自然”置于最高的地位;由此亦可知,老子所谓“道”即“自然之道”,“道”的特性即“自然”。对此,学术界曾有过种种误解或曲解。[②] 其实,“自然”的基本涵义即事物“自身如此”或“自己而然”。例如老子说:“道生之,德畜之,物形之,势

---

① 《老子》二十三章,朱谦之:《老子校释》,中华书局 1984 年版,第 103 页。

② 或释为“自然而然”,或释为大自然、自然界之“自然”。参见张岱年:《释“天”、“道”、“气”、“理”、“则”》,《中国哲学范畴集》,人民出版社 1985 年版,第 99 页;方立天:《中国佛教本无说的兴起与终结》,《中国文化研究》1997 年冬之卷,第 5 页。又《中国哲学史教学资料选辑》上册(北京大学哲学系中国哲学史教研室选注,中华书局 1981 年版)及《中国大百科全书·哲学》(中国大百科全书总编辑委员会《哲学》编辑委员会、中国大百科全书出版社编辑部编,中国大百科全书出版社 1987 年版)对相关问题的解说尤其混乱。限于篇幅,不引录。

成之,是以万物莫不尊道而贵德。道之尊,德之贵,夫莫之命而常自然”①;“是以圣人欲不欲,不贵难得之货;学不学,复众人之所过,以辅万物之自然而不敢为”②。由“莫之命”与“常自然”、“辅万物之自然”而“不敢为”已足可得知,“自然”是“非所命为”或“非所使然”的事物“自身如此”。庄子所说的“自然”,也是此义,如他说:“吾所谓无情者,言人之不以好恶内伤其身,常任自然而不益生也。”③(古之人,在混芒之中)“当是时也,阴阳和静,鬼神不扰,四时得节,万物不伤,群生不夭,人虽有知,无所用之……;当是时也,莫之为而常自然。”④正因为老庄之“自然”即事物“自身如此”,所以到了魏晋玄学,就把它径释为“自尔”“自己而然”。例如晋代玄学家郭象《庄子注》认为:天“不运而自行也”,地“不处而自止也”,日月“不争所而自代谢也”,这种非他使然的自身运动是“皆自尔”。⑤“自尔”即“自然”(“然”“尔”皆指代性状、动为之词)。郭象又更为明确地说:“谁得先物者乎哉?吾以阴阳为先物,而阴阳者即所谓物耳。谁又先阴阳者乎?吾以自然为先之,而自然即物之自尔耳。吾以至道为先之矣,而至道者乃至无也。既以无矣,又奚为先?然则先物者谁乎哉?而犹有物无已。明物之自然,非有使然也。”⑥可见,“自然即物之自尔”,亦即“非有使然”的

① 《老子》五十一章,《老子校释》,第202—203页。

② 《老子》六十四章,《老子校释》,第262页。

③ 《庄子·德充符》,郭庆藩辑:《庄子集释》第一册,中华书局1961年版,第221页。

④ 《庄子·缮性》,《庄子集释》第三册,第550页。

⑤ 郭象《庄子·天运》注,《庄子集释》第二册,第493—495页。

⑥ 郭象《庄子·知北游》注,《庄子集释》第三册,第764页。

“物之自然”。又《列子》:“自生自化,自形自色,自智自力,自消自息。”晋张湛注:“皆自尔耳,岂有尸而为之者哉?”[①]另“故行不知所往,处不知所持,食不知所以”注:“皆在自尔中来,非知而为之也。”[②]其均可证“自然”即“自尔”,亦即张湛所谓非“尸而为之者”。因此,郭象又认为“自然”“自尔”也就是“我既不能生物,物亦不能生我”的事物“自己而然”。[③]

(二)老庄“自然”观的实质

在老庄及道家哲学中,“自然”范畴主要是用来解释事物生成、变化的本因,又演变扩展为事物之理、性的范畴。其涉及的对象范围,则主要是自然界或客观事物;它虽然也可以指涉人类,但限于人的生物本能,而不包括人的智能或有意识行为。可以说,就其实质而言,道家学统的“自然”观是一种物“自然”观念。

因此,道家“自然”“自然之道”(亦称为“天道”)与“人事”“人道”是对立的。例如,老子提出人、地、天、道与“自然”递次取法的理论,似乎人与天、地应该共同统一于“法自然”的“道”,但事实却并非如此。老子说:“天之道,其犹张弓。高者抑之,下者举之,有余者损之,不足者与之。天之道,损有余而补不足。人道则不然,损不足,奉有余。”[④]庄子也说:“牛马四

---

① 张湛《列子·天瑞》注,杨伯峻:《列子集释》,中华书局1979年版,第5页。

② 张湛《列子·天瑞》注,《列子集释》,第34页。“食不知所以”,《庄子·知北游》作“食不知所味”。

③ 郭象《庄子·齐物论》注,《庄子集释》第一册,第50页。

④ 《老子》七十七章,《老子校释》,第298—299页。

足,是谓天;落马首,穿牛鼻,是谓人"[1];"何谓道?有天道,有人道,无为而尊者天道也,有为而累者人道也","天道之与人道也,相去远矣,不可不察也"[2]。可见,老庄之"道"即"自然之道"或"天道",故"无为而尊";它与"有为而累"的"人道"是对立的。

东汉思想家王充虽然不是道家中人,但他认为道家论"天道""自然"而"得其实矣"[3],并以此为理论依据来批驳汉儒的神学目的论或"天人感应"说,所以他对"自然""自然之道"或"天道"与"人事"的分别尤其清楚。例如他认为:天可谴告及"天人感应"诸说"是有为,非自然也","使自然转为人事"[4];"说合于人事,不入于道意"。而他认为自己所论则"从道不随事,虽违儒家之说,合黄老之义也"[5]。又如他说:"夫东风至,酒湛溢,鲸鱼死,彗星出,天道自然,非人事也"[6];"善则逢吉,恶则遇凶,天道自然,非为人也"[7];"月丽于上,山烝于下,气体偶合,自然道也"[8]。这便充分证明,王充认为道家之"自然"是一种物"自然"观念。

三国时期曹魏玄学家王弼继踵老子,亦持物"自然"观念。他阐发老子人、地、天、道与"自然"递次取法的理论时说:"人

---

① 《庄子·秋水》,《庄子集释》第三册,第590页。

② 《庄子·在宥》,《庄子集释》第二册,第401页。

③ 《论衡·谴告》,程湘清等编:《论衡索引》,中华书局1994年版,第1433页。

④ 《论衡·谴告》,《论衡索引》,第1434页。

⑤ 《论衡·自然》,《论衡索引》,第1464页。

⑥ 《论衡·乱龙》,《论衡索引》,第1444页。

⑦ 《论衡·卜筮》,《论衡索引》,第1512页。

⑧ 《论衡·说日》,《论衡索引》,第1408页。

不违地,乃得全安,法地也。地不违天,乃得全载,法天也。天不违道,乃得全覆,法道也。道不违自然,乃得其性,法自然也”;“用智不及无知,而形魄不及精象,精象不及无形,有仪不及无仪,故转相法也。道顺(法)自然,天故资焉。天法于道,地故则焉。地法于天,人故象焉”。[①] 在王弼看来,“用智不及无知”,即人不如天地及其所覆载之客体事物,可见“自然”显然是以天为中心的物“自然”。

正因为道家之“自然”是物“自然”、其“自然”观是一种物“自然”观念,所以在涉及人时,则基本上以人的生物本能或自然禀性为视点。如王充认为:汉祖刘邦斩大蛇,并非“天道先至,而乃敢斩之”,而是“勇气奋发,性自然也”。[②] 这种“自然之性”,则如“乾鹊知来,鹦鹉能言”之类,是“物性之自然”,[③]乃生物本能或先天禀性。再如王弼明确认为“万物以自然为性”,但是他又说:“谿不求物,而物自归之;婴儿不用智,而合自然之智。”[④]所谓“自然之智”,显然又是就生物本能或与生俱来的先天禀赋而言的。因此,这类情况并不能否定、而恰恰足以证明道家之“自然”是一种物“自然”观念。

(三)老庄物“自然”观的哲学目的

老庄所谓“自然”即物“自然”,它说明事物的生成、变化及

---

① 王弼《老子》二十五章注,楼宇烈校释:《王弼集校释》上册,中华书局1980年版,第65页。

② 《论衡·初禀》,《论衡索引》,第1338页。

③ 《论衡·龙虚》,《论衡索引》,第1367页。

④ 王弼《老子》二十九、二十八章注,《王弼集校释》上册,第77、74页。

存在莫不"自己而然",是自足自在而"非他使然"的。在事物生化本因论的角度看,这种观念是合理的,但是,老庄物"自然"理论的目的,却并不在主张人类认识物"自然"或因乘事物之"自然"而有为;相反地,它是以物"自然"为哲学依据来框限人类,即不但人类应顺随物"自然",而且应效法以天为中心的物"自然"。

在中国哲学史研究界,老子提出的"道常无为而无不为"被认为是中国哲学史数千年来的一个重要哲学命题。其实,"道"之所以被视为"无为",就是因为"道法自然"或"道"即"自然之道",所谓万物皆由"道"生实则万物之"自生",亦即万物生化莫不"自己而然";但从万物生化无不由乎"自然之道"的角度而言,是万物皆由"道"生("道生之"),所以"道"又是"无不为"。不过,"道"的"无不为"实即万物生化之"自为"或"自己而然",因此"道"的特性是"自然"而"无为"。老子说:"大道氾,其可左右。万物恃之以生而不辞,功成不名有,爱养万物不为主。"①其也正说明了这个问题。当然老子论述"道"之"无为"又并非仅限于此,而是从物"自然"、"自然之道"说的哲学高度论证或主张人类应任物"自然"而无为,即不但任物"自然",而且还应该法物"自然"。所以,老子说:"为者败之,执者失之。是以圣人无为,故无败;无执,故无失";"是以圣人欲不欲,不贵难得之货;学不学,复众人之所过,以辅万物之自然而不敢为"。② 庄子也明确地提出应"常任自然""顺

---

① 《老子》三十四章,《老子校释》,第 137—138 页。

② 《老子》六十四章,《老子校释》,第 260—261 页。

物自然而无容私”。[1] 他又说：“圣人者，原天地之美而达万物之理；是故至人无为，大圣不作，观于天地之谓也。”郭象注谓：“观其形容，象其物宜，与天地不异。”[2]所谓“与天地不异”，即法天地之意。人法天地，天地覆载万物而无为，人亦应无为。

由此可见，老庄以其物“自然”观念为哲学依据而提出“无为”之论，包含着人类不但应任物“自然”，而且应该法物“自然”这样双重的内容。基于此种观念，老庄所提出有关人的楷模或型范，是“无为之圣”。就一般的意义而言，老庄则势必不仅仅反对危害物“自然”与人类过度的欲望，而且也否定人类的心智作为或主动性行为，甚至还否定人类的礼仪或道德规范以及体现人类文明的人文载体。这由老子所谓“绝圣弃智”“绝民（仁）弃义”“绝巧弃利”[3]，以及老庄共同的圣人“行不言之教”与“礼者，道之华而乱之首”[4]之论，便可明晓。无待繁说。

三、魏晋玄学的“自然”与型范观念

现在讨论魏晋玄学的“自然”与型范观念。魏晋玄学的代表人物有何晏、王弼、阮籍、嵇康、向秀、裴頠、郭象等。本文着眼于“文献足征”或“自然”观体现的充分与否，主要以王弼、阮

---

① 《庄子·应帝王》，《庄子集释》第一册，第294页。

② 《庄子·知北游》及郭注，《庄子集释》第三册，第735页。

③ 《老子》十九章，《老子校释》，第74页。

④ 《老子》二章、三十八章，《老子校释》，第10、152页；《庄子·知北游》，《庄子集释》第三册，第731页。

籍、嵇康、郭象四家为讨论对象。又为条理清晰,以下分别论述。

(一)王弼的“自然”与型范观念

王弼注《老子》、作《老子指略》,其“自然”观念主要是通过阐释老子思想来体现的,因此王弼的哲学思想,特别是其“自然”观念,是继踵、发挥老子思想的产物。

在王弼的理论中,“自然”除作为事物生化本因论的解释以外,又用作物性论的解释,即以视“自然”为事物生化皆由乎“自然之道”或其“自己而然”为前提,而转入物性论,则“自然”又被视为事物的本性或“真性”。王弼认为“万物以自然为性”,“自然之质,各定其分”,事物大小、短长皆自在自足;因此,“自然之性”即事物之本然或本真之性。[①] 此外,王弼又认为“涉之乎无物而不由”的“道”[②],是“法自然”或“不违自然”的。他说:“道不违自然,乃得其性,法自然也。法自然者,在方而法方,在圆而法圆,于自然无所违也。自然者,无称之言,穷极之辞也。”[③]因为不但万物生化皆其“自然”,而且“自然之性”为物的本真之性,“道”又“不违自然”而“法自然”,所以王弼主张人类应任随物“自然”,甚至效法物“自然”。他说:“万物以自然为性,故可因而不可为也,可通而不可执也。物有常性,而造为之,故必败也”;[④]“自然已足,为则败也”;“天地任

---

① 王弼:《周易注》,楼宇烈校释:《王弼集校释》下册,第 421 页;《老子》二十九章注,《王弼集校释》上册,第 77 页。

② 王弼《老子》三十四章注,《王弼集校释》上册,第 86 页。

③ 王弼《老子》二十五章注,《王弼集校释》上册,第 65 页。

④ 王弼《老子》二十九章注,《王弼集校释》上册,第 77 页。

自然，无为无造，万物自相治理，故不仁也”；[①]“明物之性，因之而已，故虽不为，而使之成矣”；“舍己任物，则无为而泰”。[②] 由此可见，王弼显然是持因物“自然”而无为的观念。

王弼的型范观念，又正是其“自然”观念在型范问题上的具体化。首先，王弼奉“以无为为君、不言为教”的“从事于道者”，即“无为之圣”为楷模；这种“圣人”，也就是任物“自然”而无为的型范。他说：“道以无形无为成济万物，故从事于道者以无为为君、不言为教。”[③]因而，“无为之圣”是“因物自然，不设不施”的。[④] 他说：“圣人不立形名以检于物，不造进向以殊弃不肖，辅万物之自然而不为始”，“圣人达自然之性，畅万物之情，故因而不为，顺而不施”。[⑤] 可见，王弼以“无为之圣”为楷模，与其因任物“自然”而无为的观念是一致的；换言之，王弼标榜“无为之圣”，体现的正是其“任自无为”的哲学观念。

王弼基于其“自然”观念，不但标榜“无为之圣”，同时也否认或贬抑其他诸如体现社会等级关系的名教礼法以及起约束作用的任何行为或道德规范。他认为“圣人不立形名以检于物，不造进向以殊弃不肖”，就说明了这一问题。他还认为：邪之兴非“邪者之所为”、淫之起非“淫者之所造”，“故闲邪在乎

---

① 王弼《老子》二章、五章注，《王弼集校释》上册，第 6、13 页。

② 王弼《老子》四十七章、三十八章注，《王弼集校释》上册，第 126、95 页。

③ 王弼《老子》二十二章注，《王弼集校释》上册，第 58 页。

④ 王弼《老子》二十七章、四十章注，《王弼集校释》上册，第 71、112 页。

⑤ 王弼《老子》二十七、二十九章注，《王弼集校释》上册，第 71、76 页。

存诚,不在察善;息淫在乎去华,不在滋章;绝盗在乎去欲,不在严刑;止讼存乎不尚,不在善听”;“竭圣智以治巧伪,未若见质素以静民欲;兴仁义以敦薄俗,未若抱朴以全笃实;多巧利以兴事用,未若寡私欲以息华竞”。[①] 在王弼看来,任何体现社会关系的礼法及劝戒赏罚型范或道德规范都是弃本逐末,因此他又说:“凡不能无为而为之者,皆下德也,仁义礼节是也”;“夫仁义发于内,为之犹伪,况务外饰,而可久乎? 故夫礼者,忠信之薄而乱之首也”;“患俗薄而名兴行,崇仁义,愈致斯伪,况术之贱此者乎!”[②]王弼对人类社会活动这种“有为”所体现的型范加以贬抑,是不争的事实,他甚至说:“若乃多其法网,烦其刑罚,塞其径路,攻其幽宅,则万物失其自然,百姓丧其手足,鸟乱于上,鱼乱于下。是以圣人之于天下歙歙焉,心无所主也。”[③]他明确认为社会型范及其行为会导致世界自然状态的混乱及束缚人民的手足。

总之,王弼继踵老庄,认为“自然”不但是万物生化之“所由”,而且“万物以自然为性”,是可因而不可为的,人类亦应任物“自然”、法物“自然”而无为。因此,王弼的“自然”观念体现在型范问题上,则是以“无为之圣”为楷模,同时又贬抑或否定体现社会等级关系在内的一切社会型范及道德规范。

(二)阮籍的“自然”与型范观念

阮籍的“自然”观念源自老庄,而受庄子的影响尤甚。

---

① 王弼:《老子指略》,《王弼集校释》上册,第196—197页。

② 王弼《老子》三十八章注,《王弼集校释》上册,第94页。

③ 王弼《老子》四十九章注,《王弼集校释》上册,第130页。

阮籍的“自然”观集中表现为“自然者无外”说。他认为：“天地生于万物，万物生于天地。自然者无外，故天地名焉；天地者有内，故万物生焉。当其无外，谁谓异乎？当其有内，谁谓殊乎？”①可见，所谓“自然者无外”，是认为从“自然”或“至道之极”而言，则万物一体、“混而不分”，也就是庄子所谓的万物皆“自然”而万物皆一。所以阮籍又说：“天地合其德，日月顺其光，自然一体，则万物经其常。入谓之幽，出谓之章，一气盛衰，变化而不伤。是以重阴雷电，非异出也；天地日月，非殊物也。故曰：自其异者视之，则肝胆楚越也；自其同者视之，则万物一体也。”②“人生天地之中，体自然之形……以生言之，则物无不寿；推之以死，则物无不夭；自小视之，则万物莫不小；由大观之，则万物莫不大。殇子为寿，彭祖为夭，秋毫为大，太山为小。故以生死为一贯，是非为一条也。别而言之，则须眉异名；合而说之，则体之一毛也。彼《六经》之言，分处之教也；庄周之云，致意（一）之辞也。大而临之，则至极无外；小而理之，则有物其制。夫守什五之数，审左右之名，一曲之说也；循自然，任天地者，寥廓之谈也。”③可为确证。而阮籍推“自然”之至极，以论万物皆一，其哲学目的则在论证人类不辨善恶、不争是非、不识赏罚甚至不知生死，即安时处顺、任随“自然”而已。因此，阮籍又认为：“故至道之极，混一不分，同为一体，乃失无闻。伏羲氏结绳，神农教耕，逆之者死，顺之者生，又安知贪洿之为罚，而贞白之为名乎？使至德之要，无外而已。大均淳固，

① 阮籍：《达庄论》，《阮籍集》，上海古籍出版社 1978 年版，第 32 页。

② 阮籍：《达庄论》，《阮籍集》，第 32 页。

③ 阮籍：《达庄论》，《阮籍集》，第 32—33 页。

不贰其纪;清净寂寞,空豁以俟;善恶莫之分,是非无所争。故万物反其所而得其情也。”①在阮籍看来,任物“自然”、无为无造、不辨不识,则“万物反其所而得其情”;否则,违背“自然之道”,就会害物、危身、惑生、失正,“自然之理不得作,天地不泰而日月争随,朝夕失期而昼夜无分”,导致自然界与人类社会秩序的混乱。②

因此,阮籍奉任自逍遥者为楷模,标榜的是“与造物同体、天地并生,逍遥浮世,与道俱成”或不希情于世、不系累于时的“大人先生”,与“恬于生而静于死”“与阴阳化而不易,从天地变而不移”的“至人”③,阮籍所谓的“圣人”也是“明于天人之理,达于自然之分”。④ 由阮籍所标榜的楷模,充分体现了他的“超世而绝群,遗俗而独往”,即任自逍遥的处世哲学。⑤ 而这与其“自然”观念恰相一致。

此外,阮籍对社会的礼法名教以及道德规范一概持激烈的批评态度,因为这类型范与其“自然”观念显然是格格不入的。当然,阮籍也认识到“刑教一体,礼乐外内”“尊卑有分,上下有等,谓之礼”“礼定其象,乐平其心;礼治其外,乐化其内”“礼乐正而天下平”这一类有关社会礼教型范及其作用问题;⑥但是,这是就依道任自的“圣人”之世的礼乐而言的,并非泛义的社

① 阮籍:《达庄论》,《阮籍集》,第 34—35 页。

② 阮籍:《达庄论》,《阮籍集》,第 34 页。

③ 阮籍:《大人先生传》,《阮籍集》,第 64—65 页;阮籍:《达庄论》,《阮籍集》,第 33 页。

④ 阮籍:《通老论》,《阮籍集》,第 29 页。

⑤ 阮籍:《大人先生传》,《阮籍集》,第 68、71 页。

⑥ 阮籍:《乐论》,《阮籍集》,第 42 页。

会型范。阮籍明确地说:“昔者圣人之作乐也,将以顺天地之体,成万物之性也”;“上古质朴淳厚之道已废,而末枝遗叶并兴”;“三皇依道,五帝仗德,三王施仁,五霸行义,强国任智:盖优劣之异,薄厚之降也。”①因此,阮籍肯定的是“上古”或“三皇”之世的礼乐。对其他的名教礼法尤其是当时的等级名分,他是激烈反对的。与标榜任自逍遥的“大人先生”等形成鲜明对照的是,阮籍由对“君子”的抨击、嘲讽将他反对名教礼法的情绪表现得淋漓尽致。他嘲讽“君子”,“诵周孔之遗训,叹唐虞之道德,唯法是修,唯礼是克”,“服有常色,貌有常制,言有常度,行有常式”,对周、孔遗训及名教礼法循规蹈矩,无异于“行不敢离缝际,动不敢出裈裆,自以为得绳墨”的“裈中之虱”。他甚至还说:“汝君子之礼法,诚天下残贼、乱危、死亡之术耳,而乃目以为美行不易之道,不亦过乎!”②对名教礼法及道德型范极尽抨击之能事。

总之,阮籍基于其“自然”观念,崇尚依道任自的治化与不辨是非、不为物累而放任自我的处世哲学,故奉任自逍遥的“大人先生”及“至人”为楷模,而对周、孔之教及名教礼法进行激烈抨击。因此,阮籍的型范观念也正是其“自然”观念的具体反映。

(三)嵇康的“自然”与型范观念

嵇康的“自然”观念亦本之老庄,主要表现为“自然无系于

---

① 阮籍:《乐论》《大人先生传》《通老论》,《阮籍集》,第 40、67、30 页。

② 阮籍:《大人先生传》,《阮籍集》,第 64—67 页。

人情"说。在"自然"与型范问题上,嵇康提出了"越名教而任自然"的主张。

嵇康"自然无系于人情"的观点是通过论述音乐与人的情感关系问题时体现的。他认为,音乐与自然界的声音一样,是物之"自然",并不以人爱憎、哀乐的情感变化而变易其本性。他说:"夫天地合德,万物资生;寒暑代往,五行以成;章为五色,发为五声。音声之作,其犹臭味在于天地之间;其善与不善,虽遭浊乱,其体自若而无变也。岂以爱憎易操、哀乐改度哉!""且又律吕分四时之气耳,时至而气动,律应而灰移,皆自然相待,不假人以为用也。"①嵇康还认为,只因人情有悲哀、喜乐,方感觉声有哀乐;但千差万别的声音均属其"自然",实则并无哀乐之分。总之,嵇康认为"五色有好丑,五声有善恶",本属物之"自然";"至于爱与不爱,喜与不喜",则是"人情之变";心与物或"人情"与声音之"自然"别为二事,并不相关。所以,嵇康的结论是:"音声有自然之和,而无系于人情。"②如果抛开论乐的内容,从物"自然"角度而言,则是"自然无系于人情"观念;实质上,嵇康是持物"自然"与"人情"无关的观念,亦即他所谓"心之与声,明为二物"。③ 由此可知,在嵇康的"自然"观念中,明确地把物"自然"与人或"人情"区别开来,别心、物为二事,是明显的物"自然"观念。

---

① 嵇康:《声无哀乐论》,《中国哲学史教学资料选辑》上册,第394、401页。

② 嵇康:《声无哀乐论》,《中国哲学史教学资料选辑》上册,第394、397、399页。

③ 嵇康:《声无哀乐论》,《中国哲学史教学资料选辑》上册,第402页。

此外,嵇康也曾明言:“宗长归仁,自然之情。故君道自然,必托贤明。”[①]这尊奉长者、归宗仁义,则显然又是人之“自然”,而非物之所能。由此而观,则嵇康似乎又是持人、物各“自然”的观念。

但是,在哲学目的方面,嵇康仍然是法物“自然”论者。他着眼于物的无知无为,认为人无欲无为,即“不虑不营”才是“自然”之境。[②] 同时,嵇康又崇尚任自无为的治化。他说:“古之王者,承天理物,必崇简易之教,御无为之治,君静于上,臣顺于下,玄化潜通,天人交泰”,“群生安逸,自求多福,默然从道,怀忠抱义,而不觉其所以然也”。[③] 所谓“君道自然”与“崇简易之教,御无为之治”,也正是其“自然”观念的具体反映。

嵇康的型范观念,更为明显地集中在“自然”与名教关系问题上。他推崇“心无措乎是非,而行不违乎道”的“君子”,主张心不措是非、行则放任“自然”。[④] 显然,这与作为体现上下等级名分关系的名教是相冲突的。因此,嵇康提出了“越名教而任自然”的主张,强调超越或摆脱名教的束缚而放任自我。他说:“夫气静神虚者,心不存乎矜尚;体亮心达者,情不系于所欲。矜尚不存乎心,故能越名教而任自然;情不系于所欲,故能审贵贱而通物情。物情顺通,故大道无违;越名任心,故是非无措也。”[⑤]嵇康认为,人如果“心不存乎矜尚”,即无虑无营,则

---

① 嵇康:《太师箴》,《中国哲学史教学资料选辑》上册,第 428 页。

② 嵇康:《太师箴》,《中国哲学史教学资料选辑》上册,第 428 页。

③ 嵇康:《声无哀乐论》,《中国哲学史教学资料选辑》上册,第 406 页。

④ 嵇康:《释私论》,《中国哲学史教学资料选辑》上册,第 410 页。

⑤ 嵇康:《释私论》,《中国哲学史教学资料选辑》上册,第 410 页。

能“越名教而任自然”;能“越名任心”,也就是“是非无措”的“君子”。由此亦可知,嵇康的“越名教而任自然”是就人的处世哲学而言,其意并非专在阐述“自然”与名教的关系。

总之,嵇康具有人、物各“自然”观念,但是其理论归宿仍然是法物“自然”。因此,他所谓的“任自然”,不过是主张人类的“无虑无营”或“心不存矜尚”“情不系所欲”;嵇康所标榜的,也就是无尚无欲或“是非无措”的“君子”。当然,嵇康的“自然”观念与名教是冲突的,所以他主张超越名教;“越名教”是其“自然”观念在名教问题上的具体化。

(四)郭象的“自然”与型范观念

郭象的“自然”与型范观念是通过注释《庄子》体现的,在整个魏晋玄学中不但内容最为丰富,而且具有更鲜明的特点。

如前所论,郭象将老庄的“自然”明确地解释为“物之自尔”或非他使然的“自己而然”。他进而认为:事物生化不仅是“不得不然而自然”,而且又是一种事物自身非知非欲的“不生之生”。[①] 他说:“物有际,故每相与不能冥然,真所谓际者也。”“不际者,虽有物物之名,直明物之自物耳。物物者,竟无物也,际其安在乎!”“既明物物者无物,又明物之不能自物,则为之者谁乎哉?皆忽然而自尔也。”[②]在郭象看来,事物的生化不但是“非他使然”,而且也是“物之不能自物”;因此,他又用外无所资待、内无知无欲来阐释他的“自然”“独化”说:“无待而

① 郭象《庄子·知北游》注,《庄子集释》第三册,第743页;郭象《庄子·大宗师》注,《庄子集释》第一册,第248页。

② 郭象《庄子·知北游》注,《庄子集释》第三册,第753、754页。

独得者,孰知其故而责其所以哉?""若责其所待,而寻其所由,则寻责无极,卒至于无待,而独化之理明矣";"故造物者无主,而物各自造。物各自造而无所待焉,此天地之正也。故彼我相因,形景俱生,虽复玄合,而非待也。明斯理也,将使万物各反所宗于体中,而不待乎外。外无所谢而内无所矜,是以诱然皆生而不知所以生,同焉皆得而不知所以得也"。① 郭象强调的是"外无所谢而内无所矜"或"诱然皆生而不知所以生,同焉皆得而不知所以得"的自生独化。

从事物生化论而言,是莫不"自尔"或"自己而然";而从物性论来看,则"自然"为万物的本然之性。郭象说:"天地者,万物之总名也。天地以万物为体,而万物必以自然为正。自然者,不为而自然(能)者也。故大鹏之能高,斥鴳之能下,椿木之能长,朝菌之能短,凡此皆自然之所能,非为之所能也";"不为而自能,所以为正也。故乘天地之正者,即是顺万物之性也"。② 他认为,"万物必以自然为正",而"乘天地之正"就是"顺万物之性",可见"万物之性"实即事物的"自然之性"。"自然之性",郭象又谓之"性分"。他说:"夫以形相对,则大山大于秋毫也;若各据其性分,物冥其极,则形大未为有余,形小不为不足。苟各足于其性,则秋毫不独小其小,而大山不独大其大矣。"③"性分"即"各足于其性"之"性",亦即"自然之性"或王弼所谓事物的本然之性或真性。

由上可知,郭象所持的依然是物"自然"观念。不过,郭象

---

① 郭象《庄子·齐物论》注,《庄子集释》第一册,第111—112页。

② 郭象《庄子·逍遥游》注,《庄子集释》第一册,第20页。

③ 郭象《庄子·齐物论》注,《庄子集释》第一册,第81页。

并没有回避人类或人类社会的特性。他认为"司职有为,事累繁扰"是"人伦之道"①,与任物"自然"的"天道"(即"自然之道")区别开来。但是,郭象又并非为了明确人或"人道"相对于天或"天道"而言的独立地位,而是认为人类社会应该与以天为中心的物"自然"相谐,强调前者应像后者那样任"自然"。他说:"君臣上下,手足外内,乃天理自然";"人生而静,天之性也;感物而动,性之欲也。物之感人无穷,人之逐欲无节,则天理灭矣";"故人之所因者,天也;天之所生者,独化也。人皆以天为父,故昼夜之变,寒暑之节,犹不敢恶,随天安之。况乎卓尔独化,至于玄冥之境,又安得而不任之哉!"②"与人群者,不得离人,然人间之变故,世世异宜,唯无心而不自用者,为能随变所适而不荷其累也。"③均属确证。

因此,郭象"自然"观念的哲学目的,在于以论物"自然"而论证人类应"乘天地之正"、"顺万物之性"或"率自然之性"。④所以他说:"故理有至分,数有定极,各足称事,其济一也。"⑤在物而言,则"无小无大,无寿无夭","是以蟪蛄不羡大椿,而欣然自得;斥鴳不贵天池,而荣愿以足","苟足于天然,而安其性命,故虽天地未足为寿,而与我并生;万物未足为异,而与我同得。则天地之生又何不并,万物之得又何不一哉!"⑥因此,在

---

① 郭象《庄子·在宥》注,《庄子集释》第二册,第402页。

② 郭象《庄子·齐物论》注,《庄子集释》第一册,第58页;郭象《庄子·大宗师》注,《庄子集释》第一册,第230、241页。

③ 《庄子·人间世》题述,《庄子集释》第一册,第131页。

④ 郭象《庄子·知北游》注,《庄子集释》第三册,第742页。

⑤ 郭象《庄子·逍遥游》注,《庄子集释》第一册,第7页。

⑥ 郭象《庄子·齐物论》注,《庄子集释》第一册,第81页。

人而言，则不仅应“如天之任物”般任物之“自然”[①]，而且人类本身也应各适其性、安其“自能”而无所矜尚。所以郭象说：“故罔两非景之所制，而景非形之所使，形非无所化也。则化与不化，然与不然，从人之于由己，莫不自尔，吾安识其所以哉！故任而不助，则本末内外畅然俱得，泯然无迹。若乃责其近因而忘其自尔，宗物于外，丧主于内，而爱尚生矣。虽欲推而齐之，然其所尚已存乎胸中，何夷之得有哉！”“夫东西易方，于体未亏；矜仁尚义，失其常然。”[②]可见，郭象基于其“自然”观念，认为事物无大无小、无寿无夭而“各适其性”，其哲学目的在于主张人类法物“自然”而无所矜尚，“用其本步而游乎自得之场”。[③] 与其“自然”“独化”观念及其哲学目的相应，郭象奉为楷模的“圣人”（又谓之“神人”）或“真人”正体现了“外内相冥”“体化”“遗物”的境界。他说：“夫物有自然，理有至极，循而直往，则冥然相合”，“故圣人付当于尘垢之外，而玄合乎视听之表，照之以天而不逆计，放之自尔而不推明也”；[④]“知天人之所为者皆自然也，则内放其身，而外冥于物，与众玄同，任之而无不至者也”，“为出于不为，故以不为为主；知出于不知，故以不知为宗。是故真人遗知而知，不为而为，自然而生，坐忘而得，故知称绝而为名去也”；[⑤]“夫理有至极，外内相冥，未有极游外之致而不冥于内者也，未有能冥于内而不游于外者也。故

---

① 郭象《庄子·在宥》注，《庄子集释》第二册，第 402 页。

② 郭象《庄子·齐物论》注，《庄子集释》第一册，第 112 页；郭象《庄子·骈拇》注，《庄子集释》第二册，第 323 页。

③ 郭象《庄子·秋水》注，《庄子集释》第三册，第 566 页。

④ 郭象《庄子·齐物论》注，《庄子集释》第一册，第 99—100 页。

⑤ 郭象《庄子·大宗师》注，《庄子集释》第一册，第 224 页。

圣人常游外以宏(冥)内,无心以顺有,故虽终日见形,而神气无变,俯仰万机,而淡然自若。”①所谓“游外以冥内,无心以顺有”,亦即形虽“与群物并行”“体化而应务”而神能“遗物而离人”“坐忘而自得”。② 同时,郭象推崇的是“德充于内,应物于外,外内玄合,信若符命而遗形骸”的帝王以及所谓“内圣外王之道”。③

郭象的社会型范观念与其“自然”观也是一致的。首先,郭象认为正常的社会“君臣上下”或尊卑等级关系,如同“手足外内”,乃“天理自然”,而非“真人之所为”。他又说:“夫时之贤者为君,才不应世者为臣,若天之自高,地之自卑,首自在上,足自在下,岂有递哉! 虽无错于当而必自当也”,“任之而自尔,则非伪也”。④ 可见,郭象虽然承认“物任其性,事称其能,各当其分”或“各任其所能”的社会等级关系⑤,并认为是人类社会之“自然”,但他显然又认为这是一种“无为无造”而与物“自然”无别的秩序或状态。因此,郭象才主张因任这种“自然”。他说:“若皆私之,则志过其分,上下相冒,而莫为臣妾矣。臣妾之才,而不安臣妾之任,则失矣”;“凡得真性,用其自为者,虽复皂隶,犹不顾毁誉而自安其业。故知与不知,皆自若也。若乃开希幸之路,以下冒上,物丧其真,人忘其本,则毁誉

---

① 郭象《庄子·大宗师》注,《庄子集释》第一册,第268页。

② 郭象《庄子·大宗师》注,《庄子集释》第一册,第268页。

③ 《庄子·德充符》题述,《庄子集释》第一册,第18页;《庄子序》,《庄子集释》第一册,第3页。

④ 郭象《庄子·齐物论》注,《庄子集释》第一册,第58—59页。

⑤ 郭象《庄子·逍遥游》注,《庄子集释》第一册,第1页;郭象《庄子·胠箧》注,《庄子集释》第二册,第355页。

之间,俯仰失错也。”①

郭象基于其“独化”的“自然”观念,对人类社会的道德规范强调的也是任“自然”,而反对矜尚;认为仁义应当是“不为之为”,正所谓“有意治之,则不治矣;治之为善,则不善也”。②郭象说:“夫与物无伤者,非为仁也,而仁迹行焉;令万理皆当者,非为义也,而义功见焉。故当而无伤者,非仁义之招也。”他认为,之所以仁迹行、义功见,并非“仁义之招”,而是因物之“常然”或“任而不助,则泯然自得而不自觉”。反之,如果“矜仁尚义”、有意为之,则“失其常然”。③ 又如郭象认为:“夫黄帝非为仁义也,直与物冥,则仁义之迹自见。”④强调的仍然是仁义的不为之为或“任而不助”、因其“自然”。

总之,郭象持“独化”的“自然”观念,其哲学目的在于主张人类任“自然”而不矜尚。所以,他奉“游外以冥内,无心以顺有”的圣人等为楷模,推崇所谓“内圣外王”。在社会型范方面,他肯定合乎“自然”的尊卑上下关系;在道德规范上,郭象亦认为应当任“自然”,而不能有意为之或矜仁尚义。

通过上述讨论,可以看到,魏晋玄学中王弼、阮籍、嵇康与郭象四家,均以其“自然”观念为哲学依据而阐发其哲学目的;他们的社会与道德型范观念,只不过是其“自然”观念及其哲学目的之具体化。因此,其型范观念均与其“自然”观相一致。而体现社会等级名分关系的名教,不过是魏晋玄学中社会型范问题的内容之一。

---

① 郭象《庄子·齐物论》注,《庄子集释》第一册,第58—59页。
② 郭象《庄子·马蹄》注,《庄子集释》第二册,第331页。
③ 郭象《庄子·骈拇》注,《庄子集释》第二册,第322—323页。
④ 郭象《庄子·在宥》注,《庄子集释》第二册,第373页。

由于魏晋玄学基本上沿袭了老庄以天为中心的物"自然"观,以天或"天道"之无为而衡量人或人类,因此他们并未积极或充分正视人类有别于天或物"自然"的特点,亦即未能积极认识人类的"自己而然",这便决定了他们对于社会型范的消极甚至否定的观念。即使在一定程度上对人类社会之"自然"有所认识的郭象,也是以物"自然"为法来看待这一问题的。同时,因其囿于"独化"的"自然"观,持任"自然"及"不为之为""不治之治"的型范理念,而终未踏上积极认识物"自然"与人"自然",并由此而对人类社会关系及道德型范给予合理分析的坦途。总的来看,魏晋玄学上述四家均尊奉"无为之圣",而对于人为或主动性的社会及其道德型范则基本上是否定的。

此前的中国哲学史论著一般把"名教与自然"问题独立出来,认为它在魏晋玄学中具有重要位置。有论者认为,王弼把名教与"自然"的关系纳入其"以无为本"的哲学体系,"自然"与名教是本、末或体、用关系,二者是统一的。① 也有论者认为,王弼的"自然无为",就是"必然",王弼也正是以此来解释封建的等级名教与自然的本性是没有冲突的:名教出于自然,自然又合于名教。② 还有论者将郭象建立在其"自然"观念基础之上的名教观念,视为"调和名教与自然"。③ 似均未得要领。

① "名教与自然"条,《中国大百科全书·哲学》第一册,中国大百科全书出版社 1987 年版,第 621—622 页;"王弼"条,《中国大百科全书·哲学》第二册,中国大百科全书出版社 1987 年版,第 890 页。

② 楼宇烈:《王弼集校释·前言》,《王弼集校释》上册,第 10 页。

③ "郭象"条,《中国大百科全书·哲学》第一册,第 272 页。

四、《文心雕龙》的“自然”与型范论

刘勰《文心雕龙》论文学，既采用了以老庄为代表的道家学派的“自然”说，又标举徵周孔诸圣、宗儒家经典的旗帜。然而，他的文学“自然”论与其“徵圣”“宗经”的型范论不但不相矛盾，而且是一致的。这就与老庄及魏晋玄学上述四家以“自然”理论为哲学依据而标榜“无为之圣”，并否定社会型范及相关道德规范形成显明对照。因此，对刘勰的文学“自然”与型范论加以探讨，不仅对深入了解《文心雕龙》的文学理论体系及特点非常必要，而且也饶具中国古代哲学思想史上的价值。

（一）《文心雕龙》的“自然”论及其哲学目的

刘勰的“自然”理论是在《文心雕龙》论述文学问题时体现出来的，所以不妨就称之为文学“自然”论；它包括文学的发生、文学的本质或属性论等方面的问题。因此，刘勰是借鉴或融合了老庄及魏晋玄学的事物生成、变化与物性“自然”论，而形成其文学“自然”论的。而与本文主题有直接关系的，是刘勰文学“自然”论中有关文学发生与文学本质论方面的内容。

对于“人文”即文学的发生，刘勰把它与天、地之“文”及“动植皆文”一起，都归结为“自然”。他论天、地之“文”说：“文之为德也大矣，与天地并生者何哉？夫玄黄色杂，方圆体分，日月叠璧，以垂丽天之象；山川焕绮，以铺理地之形：此盖道之文也。”他论“人文”说：“仰观吐曜，俯察含章，高卑定位，故两仪既生矣。惟人参之，性灵所钟，是谓三才；为五行之秀，实天地之心;心生而言立,言立而文明:自然之道也。"他论庶类万品之"文"说:"傍及万品,动植皆文:龙凤以藻绘呈瑞,虎豹以炳蔚凝姿;云霞雕色,有逾画工之妙;草木贲华,无待锦匠之奇。夫岂外饰?盖自然耳!至于林籁结响,调如竽瑟;泉石激韵,和若球锽:故形立则章成矣,声发则文生矣。"刘勰的结论是:"夫以无识之物,郁然有彩;有心之器,其无文欤!"①

刘勰首先提出"文""与天地并生者何哉"的问题,进而论述"丽天之象""理地之形"这样的象、形之"文"是天地运动变化的"自然";"人文"则为有思维、情志及语言表达能力的人情感活动的"自然";甚至庶类万品,"动植皆文",也均非外在修饰,而是万物"自己而然"。就天地及动植万品之"文"的"自然"而言,表现为"形立则章成""声发则文生"。刘勰认为:"夫以无识之物,郁然有彩";而作为人类,"有心之器,其无文欤!"即人类基于其"自然",更必有不同于天地及动植万品或"无识之物"的文学。而"人文"之"自然",就表现为"心生而言立,言立而文明"。可见,刘勰认为人类之有文学,是人类之"自然",同时也就是本然或必然的。这就是刘勰"人文"或文学发生"自然"论的基本内容。

与此紧密相关的,是刘勰的文学本质论。如刘勰所论:天地之"文"或如叠璧连珠般的"丽天之象",或如彩锦焕绮般的"理地之形","动植皆文"则如龙凤的"藻绘"、虎豹的"炳蔚",以及可逾画工的"云霞雕色"、无待锦匠之奇的"草木贲华",所有这些都是美的;另如"调如竽瑟"的林籁结响、"和若球锽"的

① 《文心雕龙·原道》,《文心雕龙注》上册,人民文学出版社 1958 年版,第 1 页。

泉石激韵，同样也是美的。刘勰以天地、动植万品各因其“自然”而有其“美文”，进而论证人类更应有其“文”，说明他是从“美”的角度论述文学问题的。而且，刘勰又是从“自然”的哲学高度阐释“文”的发生的，因此文“美”就具有“自然”，同时也就是本然或必然的意义，这就表明了“文”或文学的本质或属性就是“美”。这是刘勰文学本质论的基本内容。

贯穿在刘勰的文学发生“自然”论中的一个更为重要的问题是：刘勰基于天地、动植万物与人类各自的“自然”，而论证不同的“文”的发生，这显然是一种人、物各“自然”的观点，与老庄及魏晋玄学突出以天为中心的物“自然”并以此为法的观念便截然不同。尤可视为确证的，是刘勰在他的文学“自然”论中采用了《易传》的“三材”（又称为“三才”）说。《易·系辞下》：“《易》之为书也，广大悉备，有天道焉，有人道焉，有地道焉，兼三材而两之，故六；六者非它也，三材之道也。”[①]又《说卦》：“昔者圣人之作《易》也，将以顺性命之理。是以立天之道曰阴与阳，立地之道曰柔与刚，立人之道曰仁与义；兼三才而两之，故《易》六画而成卦。”[②]《易传》“三材”说的最大特点，是把人或“人道”由作为天地或“天道”的附庸解放出来，形成“天、人、地”鼎足而立或“人参天地”的局面。同时，刘勰又综采《礼记》《孝经》等儒家之说，从而提出在天、地“两仪”之间，“惟人参之，性灵所钟，是谓三才；为五行之秀，实天地之心；心生而言立，言立而文明：自然之道也”。在《文心雕龙·序志》篇，刘勰

---

① 《周易正义》卷八，阮元校刻：《十三经注疏》上册，中华书局1980年影印本，第78页。

② 《周易正义》卷九，《十三经注疏》上册，第81—82页。

又明确认为:“夫有(人)肖貌天地,禀性五才,拟耳目于日月,方声气乎声雷,其超出万物,亦已灵矣。”显然,刘勰在其文学“自然”论中采用《易传》的“三才”说以明确人相对于天地而言的独立地位,而且更强调了人的心智情性特点;指出人不止不均同于“无识之物”,而且是“超出万物”,为“万物之灵”的“有心之器”。这就完全摆脱了老子人、地、天、道与“自然”递次取法的模式及魏晋玄学法物“自然”的桎梏,从而使得在老庄及魏晋玄学中作为人类“无为”之论哲学依据的“自然”说修正了法物“自然”的歧路,明确地成为人、物各“自然”的理论。

正因如此,在刘勰的“自然”论中,天地形象之“文”以及“动植皆文”与“人文”或人类的文学是物与人各自的“自然”产物;人类的文学,是人情感活动或表达情志的“自然”,而不同于“形立则章成”“声文则文生”的天地及万物之“文”。由此可见,最关键的问题是:在老庄及魏晋玄学的“自然”观来看,其哲学目的是以物“自然”为法来框限人类,故倡“无为”之论、尊“无为之圣”;这就泯灭了作为“有心之器”的人类与“无识之物”的界限,否定了人类发挥智能或精神活动及其创造性和对理想的追求。刘勰采其“自然”说的合理成分,而改造为人、物各“自然”的理论,就从哲学高度对人类的情感或有意识的创造性活动及理想追求给予了“自然”这一人类“自己而然”,同时也就是人类之本然或必然的阐释。其哲学目的,则在于从人之“自己而然”,即本然的角度证明文学的发生及其美的本质属性,进而主张在文学的理论及实践上探索与追求文美的理想境界。因此,刘勰的文学“自然”论或人、物各“自然”理论,不但并不贬抑或抹杀人类的精神创造活动,而且还从积极的方面论述对文学理想境界的进求,从而也就形成了他奉周孔诸"圣哲"为"文师"、宗儒家经典为范式的文范论。

（二）《文心雕龙》的文学型范论

由上文讨论可知，在刘勰的文学"自然"论中，文学的发生缘自人类情感活动的"自然"，而这种"自然"之理又给文学"美"的属性以哲学的阐释或规定。因此，阐释文学问题、进行文学批评，从根本上说就是对文学之美的诸因素及创作美文或形成文美的途径、方法等进行探讨，追求文美的理想境界。这种主动性的探讨与追求，在刘勰的人、物各"自然"或文学"自然"论中，不但在理论上是一致的，而且也是必然的：刘勰的文学型范论，就正是其文学"自然"论在型范问题上的具体化；他的文范论，就是追求文美的型范论。

刘勰所奉为楷模的是儒家圣人，而非道家及魏晋玄学的"无为之圣"。尤其对孔子，刘勰极为崇拜。《文心雕龙·序志》曾叙其"梦孔"一节，并概叹："自生人（民）以来，未有如夫子者也。"不过，在刘勰看来，周、孔诸圣，不但是智慧超凡、垂经训世的"圣哲"，而且也是"文师"；他论述文学问题，认为"不述先哲之诰，无益后生之虑"。[①] 刘勰的这一为文"徵圣""宗经"思想，构成了《文心雕龙》的理论本色。限于篇幅，此处不能备详；而"徵圣""宗经"二论，足可明其主旨。

刘勰主张为文"徵圣"，认为"徵之周孔，则文有师矣"。圣之所以可徵，就因为其为文足法。刘勰《徵圣》篇提出"志足而言文，情信而辞巧"，即情志真诚充实而文辞表达文巧才是达到文美的不移之法。而刘勰认为，圣人为文便是如此的，即

① 《文心雕龙·序志》，《文心雕龙注》下册，第725—726页。

“鉴周日月,妙极机神;文成规矩,思合符契。或简言以达旨,或博文以该情,或明理以立体,或隐义以藏用”,而“繁略殊形,隐显异术,抑引随时,变通会适”。[①] 总之,圣人的鉴察力如日月般洞明,能极尽神妙的幽理;成文则如同规矩,运思则如符契相合,有的“简言达旨”、有的“博文该情”、有的“明理立体”、有的“隐义藏用”;尽管其形式或方法不同,但都因内容的表达而“抑引随时,变通会适”。可见,“志足言文”“情信辞巧”或内容与形式完美的结合,就是圣人为文的典范性之所在。刘勰奉周孔之圣为为文的楷模,从原则上来说,就是主张效法圣人为文“衔华而佩实”的典范。因此他又说:“《易》称辨物正言,断辞则备;《书》云辞尚体要,弗惟好异。故知正言所以立辩,体要所以成辞;辞成无好异之尤,辩立有断辞之义。虽精义曲隐,无伤其正言;微辞婉晦,不害其体要。体要与微辞偕通,正言共精义并用;圣人之文章,亦可见也。颜阖以为‘仲尼饰羽而画,徒事华辞’。虽欲訾圣,弗可得已。然则圣文之雅丽,固衔华而佩实者也。”[②]所谓“衔华而佩实”,也就是“志足而言文,情信而辞巧”。因此,刘勰尊周孔之圣为“文师”,主张“徵圣立言”,也就是在为文或“作者”方面标举出在其文学本质论来说理想的典范;其最终目的,则是提倡为文要达到“衔华佩实”,即内容与文辞表达形式两大要素的和谐美好。刘勰认为:“若徵圣立言,则文其庶矣。”[③]也正是这个意思。

如果说刘勰在《徵圣》篇是从为文或作者写作方面标举出

① 《文心雕龙·徵圣》,《文心雕龙注》上册,第15—16页。

② 《文心雕龙·徵圣》,《文心雕龙注》上册,第16页。

③ 《文心雕龙·徵圣》,《文心雕龙注》上册,第16页。

符合其文学“自然”论或文学本质论的典范,从而体现达到文美的“志足而言文,情信而辞巧”的原则的话,那么,《宗经》篇则是在其同样的理论统摄下,着眼于作品,标举出一种文美的型范——“经”,而体现其文美的标准。

刘勰力主文当“宗经”,那么,儒家经典作为文美型范而言,其典范性何在?刘勰说:“三极彝训,其书言(曰)经。经也者,恒久之至道,不刊之鸿教也。故象天地,效鬼神,参物序,制人纪,洞性灵之奥区,极文章之骨髓者也。”①在刘勰看来,经书是圣人洞鉴描写天地、万物及人类道心妙理的产物,是“体道”的结晶,故称之为“恒久之至道,不刊之鸿教”。如此“象天地,效鬼神,参物序,制人纪”的体道经世之作,固非平常文章可办,其文亦必可载实。所以刘勰认为,经书不仅“洞性灵之奥区”,而且是“极文章之骨髓者也”,亦即他所谓“义既极乎性情,辞亦匠于文理”,表明经书不仅在内容上极天地、万物及人类之理,而且也尽含文章之要妙。这已经从总体上概括了经书的典范性。

同时,刘勰又从作品,即经书的内容与形式两方面论述了文学“宗经”的意义。他说:“若禀经以制式,酌雅以富言,是仰(即)山而铸铜,煮海而为盐也。故文能宗经,体有六义:一则情深而不诡,二则风清而不杂,三则事信而不诞,四则义直而不回,五则体约而不芜,六则文丽而不淫。扬子比雕玉以作器,谓五经之含文也。”②“六义”说实际上就是从作品内容和形式两方面、六项组成要素来论述问题的:“情”“风”“事”“义”属于内容或与内容最为相关的成素,“体”“文”属于文篇形式的成

① 《文心雕龙·宗经》,《文心雕龙注》上册,第21—22页。

② 《文心雕龙·宗经》,《文心雕龙注》上册,第23页。

素。刘勰认为,“文能宗经”则具有在“情”“风”“事”“义”方面“深而不诡”“清而不杂”“信而不诞”“直而不回”,在“体”“文”方面“约而不芜”“丽而不淫”的意义。而作品能“情深”“风清”“事信”“义直”“体约”“文丽”,实际上也就是能使作品在内容和形式两方面形成完美的结合。如此,其文则非美而何?刘勰在此引用扬雄“比雕玉以作器”来说明作品不仅要有美好的内容,而且亦应有美好的文采或形式,也就说明了其“六义”之论即从作品的六项要素、内容和形式两大方面提出“宗经”的美学意义,同时也就可视为刘勰“衔华佩实”的美文标准。因此,刘勰主张“宗经”,同样是建立在其文学“自然”论或文学本质论基础之上而提出的文美型范。

当然,刘勰的文学型范论,从作者或为文角度而言是“徵圣”,而从文或作品角度而言是“宗经”;假设从总的方面来说,则均为标举“衔华佩实”,即文美的型范。刘勰的目的,最终还是提倡内容和形式完美结合的文美标准。不过在刘勰看来,“文师”莫如周孔,则美文无过经书,故以为型范。而追求文学的理想境界,标举可以为法的文学型范,又正是刘勰文学“自然”论在型范问题上的具体体现。

五、结论

魏晋玄学家王弼、阮籍、嵇康、郭象四家之说,可代表魏晋玄学“自然”论的整体状况。其“自然”观继踵老庄,基本上仍是一种以天为中心的物“自然”观念;以物“自然”为基础,提出“无为”之论,而以物“自然”为法框限人类、主张人类的无为,是其哲学目的，同时也是其理论的根本缺陷。因此，魏晋玄学前述四家尊奉“无为之圣”，而否定或消极对待人类社会的型范及相应的道德规范。比较而言，郭象的突出特点是在一定程度上认识到人类及其社会之“自然”的；但由于其“自然”“独化”观念的局限，终持“任自无为”之论，对社会型范等仍然是持不为或不矜尚的消极主张。从理论上讲，因老庄及魏晋玄学为法物“自然”论，则必然否定一切社会文化形态，不但包括名教礼法及道德规范，而且也包含诗乐等与礼教有关的文化，崇尚所谓“不治之治”“不言之教”。总之，魏晋玄学的型范观念是由其物“自然”论所决定的。

刘勰虽然同样采用了老庄之“自然”，但他是把魏晋玄学之前的物“自然”改造成了人、物各“自然”理论。这就从理论上使正视人类不同于物之“自然”成为可能，因而使人类的情感、智慧、思维、创造等得到“自己而然”，同时也就是人类之本然的哲学解释。以此为基础，刘勰认为文学是人类情感或精神活动的“自然”，形成了其文学发生“自然”论；刘勰进而认为文的属性是美，因此“文由自然”即“美由自然”，给美这一文学属性以“自然”，同时也就是本然或必然的阐释，形成了其独特的文学本质论。因此，刘勰文学“自然”论的哲学目的在于追求文美的理想境界，故奉周孔为“文师”，而非“无为之圣”；力主以儒家经典为文学型范，而非放弃追求或拱默无为。总之，刘勰的文学“自然”或人、物各“自然”论，摆脱了老庄及魏晋玄学物“自然”理论的束缚，革除了其法物“自然”的理论缺陷，才形成了与魏晋玄学截然相反的型范观念。因此，这在中国哲学思想发展史上，也是非常值得重视的。

[补记]

承学界友人见告,有篇《〈老子〉之自然的独特性——多元视角的思考与发现》(《哲学研究》2022 年 1 期)的文章(下面称之为《独特性》),把我列入主张老子的“自然”指“自然界”“客观事物”之列。如本人自选集序所说,我很早就用专文分析论证老庄所谓“自然”之基本概念不是指“自然界”或者形容词“自然”,并明确说其真义即“自己如此”,以此为基础进一步讨论道家的“自然之道”和“自然”观。参看拙文《老庄“自然”观的实证分析》(载《东岳论丛》1998 年第 5 期)、《融道于儒:刘勰〈文心雕龙〉的文学“自然”论》[载(台北)《孔孟月刊》第 36 卷第 9 期,1998 年 5 月]、《“自然”与型范:〈文心雕龙〉与魏晋玄学之比较研究》[载(台北)《汉学研究》第 17 卷第 2 期,1999 年 12 月]等。《独特性》颠倒事实,目的是什么?在这样的前提下,《独特性》还说:

> 也有人说:“在老庄及道家哲学中,‘自然’范畴主要是用来解释事物生成、变化的本因……其涉及的对象范围,则主要是自然界或客观事物;它虽然也可以指涉人类,但限于人的生物本能,而不包括人的智能或有意识行为……道家学统的‘自然’观是一种物‘自然’观念。”(冯春田,112 页)此说的困难之一在于作者将“老庄及道家”作为整体来讲……其说的困难之二在于将《老子》的自然归之于“物自然”,“限于人的生物本能”,这都背离了《老子》中“法自然”“百姓皆谓我自然”的基本思想内涵。

这是针对《“自然”与型范:〈文心雕龙〉与魏晋玄学之比较研究》提出的批评。不过,《独特性》似乎没有反对老庄及道家哲学里“自然”的基本含义即“自身如此”。由于《独特性》截取拙文的分析,就有可能断章取义。为免混淆之弊,下面只分别简略回应该文提出的“两个困难”。

《独特性》说:“此说的困难之一在于作者将‘老庄及道家’作为整体来讲。”实际上,拙文除了分析“自然”概念的基本含义,还论述了老子、庄子和王充以及魏晋玄学的“自然”观念的异同。而且拙文说的是“在老庄及道家哲学中,‘自然’范畴主要是用来解释事物生成、变化的本因”——请注意,拙文这里用了限定词“主要”,并没有否定其间或有不同(这需要严谨的分析论证,然后得出结论)。

《独特性》说:“其说的困难之二在于将《老子》的自然归之于‘物自然’,‘限于人的生物本能’,这都背离了《老子》中‘法自然’‘百姓皆谓我自然’的基本思想内涵。”其实,探讨老庄及道家哲学的“自然”,需要分清概念和观念的区别,也就是说,需要探究“自然”这一哲学范畴的发生和“自然”观念的确立及其历史流变。《老子》说:“人法地,地法天,天法道,道法自然。”这样的递次取法,清楚地说明人应取法于大地(含万物)的产生、变化,进而形成包括指涉人的“自然”观念。所以,从“自然”观的本源或发生来说,它是一种“物自然”观念。老庄论“自然”,最终目的却是关注人及其行为,所以形成了人类应取法(效法)天地之道的“自然”,形成了道家哲学的“自然”观。说这违背了《老子》中“法自然”的基本思想内涵,从事实和逻辑上都是有问题的。

王力先生很早就强调指出,要通过了解古人的语言研究古人的思想。[1] 现在看来,研究老子也需要先读懂老子。[2] 尤其值得重视和警惕的是,学术研究一定要实事求是,否则学将不学,这恐非耸人听闻。至于切磋学问,对读书人而言是一件必需的而且愉快的事情,期待讨论和批评。

---

① 参见王力:《训诂学上的一些问题》,《中国语文》1962年第1期。

② 顺便提到,如果否认人类取法天地,那么老子的“自然”观就陷入封闭和无限否定性循环的双重困境。

融道于儒：刘勰《文心雕龙》的文学"自然"论[*]

引　言

刘勰（约 465—约 532）所撰《文心雕龙》，其理论博大精深、系统严整，是悠久深厚的中华文化沃土滋生出的卓烁古今、历久弥新的理论瑰宝。对它进行深入研究，无论就阐扬中华历史文化精粹而言，还是就中外文化交流对话而言，都有不可忽视的意义。

然而，民族有民族之文化，文化有时代之特征，某一特定的历史文化载体都不可能不融入民族和时代的质素。因此，探讨作为中国古代文论之最的《文心雕龙》的文学观念，就应该将它置于中国古代的哲学文化环境中去考察、去认识。唯其如此，才有可能取得"古今对话"的深入理解和沟通；而建立在这样基础上的研究，也就更适宜以为凭借来进行正确有效的中西文化对话。

基于以上的考虑，笔者近廿年来除用传统的"语文学"方法解读《文心雕龙》外，又致力于其理论的哲学文化背景或渊

---

* 原载（台北）《孔孟月刊》第 36 卷第 9 期，1998 年 5 月。

源考察。认为从总体而言,《文心雕龙》的确是以孔子为代表的儒家思想作为理论主导①,同时也融合了其他学派的精华,尤其是吸取了以老庄为代表的道家学派的哲学成分。本文即对《文心雕龙》的文学“自然”论进行分析探讨,试图如实地揭示以孔子思想为主导的刘勰正统的文学理论对道家及魏晋玄学“自然”论的改造或融合现象,由此显示刘勰建构其文学理论系统而“融道于儒”的事实。

另须说明,中国大陆学术界某些领域近些年来有感面对西方学术理论而存在发言权的困难,故引发所谓“失语症”之说。其实,我们的学者对中华本土的先贤旧典竟时常有不经意间的误解,或为著书立说而强生曲解,在“古今对话”上也存在问题。然积习风靡,因由多门,归本未易,实在是所应关注的一大问题。因此,除拙文在方法上多涉实证之途,凡所谈及道家与魏晋玄学“自然”论这一中国哲学史上之重要问题,其观点均出自笔者的自行探究,对原有成说则未敢一意依傍。

一、由事物生化论到文学发生论

道家及魏晋玄学用“自然”来解释万物的生成变化,刘勰《文心雕龙》则用“自然”来解释天地与动植万物之“文”以及文学(人文)的生成或发生。这样,“自然”这个本属事物生化

① 这个问题很明显。请参见拙文:《论〈文心雕龙〉“文之枢纽”前三篇的理论结构》,《文心雕龙》学会编:《文心雕龙学刊》第6辑,齐鲁书社1992年版,第142—164页。研究者亦多有论述。限于篇幅,本文不赘。下同此。

论的范畴，到刘勰便推延成了文学发生论范畴，并形成了《文心雕龙》独具特色的文学发生论。

（一）老庄至魏晋玄学的事物生化“自然”论

在中国哲学史上，是老子首先提出“自然”这一哲学范畴，用以解释万物生化的本因。他说：“人法地，地法天，天法道，道法自然。”①“自然”即今所谓“自身如此”，亦即万物之非他使然的自身生化。②“道法自然”又说明老子之“道”即“自然之道”。三国时期曹魏玄学家王弼认为：“法自然者，在方而法方，在圆而法圆，于自然无所违也。”③并且又说明：“凡物之所以生，功之所以成，皆有所由。有所由焉，则莫不由乎道也”④；“故涉之乎无物而不由，则称之曰道”⑤。因此，所谓“自然之道”即事物生化之所由，亦即事物自身如此之法则（或规律）。

除庄子、韩非之外，东汉王充对道家“自然”之内涵又有较明确的阐发。他说：“夫天道，自然也，无为；如谴告人，是有

---

① 《老子》二十五章，朱谦之：《老子校释》，中华书局1984年版，第103页。

② 对此拙著和拙文曾有所涉及：《文心雕龙释义》，山东教育出版社1986年版，第15—16页；《“文心”与“雕龙”——关于〈文心雕龙〉文章美学的探索》，香港中文大学中国语言文学系主编：《魏晋南北朝文学论集》（台北）文史哲出版社1994年版，第399—413页；《中国古代的文美理论巨著——〈文心雕龙〉性质评说》，（台北）《孔孟月刊》第35卷第12期，1997年8月。

③ 王弼《老子》二十章注，楼宇烈校释：《王弼集校释》上册，中华书局1980年版，第6页。

④ 王弼《老子》五十一章注，《王弼集校释》上册，第137页。

⑤ 王弼：《老子指略》，《王弼集校释》上册，第197页。

为,非自然也”①;“天地合气,万物自生,犹夫妇合气,子自生矣”,“或说以为天生五谷以食人,生丝麻以衣人,此谓天为人作农夫、桑女之徒也。不合自然,故其义疑,未可从也”,“夫人之施气也,非欲以生子,气施而子自生矣;天动不欲以生物,而物自生,此则自然也”,“春观万物之生,秋观其成,天地为之乎？物自然也”。② 王充正确地指出,事物生成变化,是非他使然、非或为之的“自身如此”,如“物自生”“子自生”之类,即所谓“自然”。

到魏晋玄学,则又把老庄之“自然”更为明确地解释为“自尔”“自己而然”。如晋代玄学家郭象认为:天“不运而自行”,地“不处而自止”,日月“不争所而自代谢”,“自行”“自止”“自代谢”这种自为而非他使为的变化或动态是“皆自尔”。③ 显然,“自尔”即“自然”(尔者,然也;然、尔皆“如此”之义)。又《列子》:“自生自化,自形自色,自智自力,自消自息。”晋张湛注:“皆自尔耳,岂有尸而为之者哉!”④正因为非“尸而为之”,故为“自尔”或“自然”。所以,郭象又把“自然”“自尔”解释为“自己而然”。他说:“无既无矣,则不能生有;有之未生,又不能为生。然则生生者谁哉？块然而自生耳。自生耳,非我生也。我既不能生物,物亦不能生我,则我自然矣。自己而然,则

---

① 王充:《论衡·谴告》,程湘清等编:《论衡索引》,中华书局 1994 年版,第 1433 页。

② 《论衡·自然》,《论衡索引》,第 1461—1463 页。

③ 郭象《庄子·天运》注,郭庆藩辑:《庄子集释》第二册,中华书局 1961 年版,第 493—495 页。

④ 张湛《列子·天瑞》注,杨伯峻:《列子集释》,中华书局 1979 年版,第 5 页。

谓之天然。天然耳,非为也。故以天言之,所以明其自然也,岂苍苍之谓哉!"①可见,晋代玄学家把"自然"解释为"自尔",又具体地解释为"我既不能生物,物亦不能生我"的"自己而然"。中国哲学史学家或不悟此旨,把"自然"这一重要哲学范畴误解为普通词语的"自然而然"或自然界之"自然";其论道家与魏晋玄学已失关键。②

总之,在以老庄为代表的道家学说与魏晋玄学中,"自然"是对事物生化本因给予解释的一个重要哲学范畴,它指涉的是事物生成变化本因方面的内容;而万物生化莫不"自己而然"、无不由乎"自然之道",便是道家以及魏晋玄学万物生化论的基本内容。

---

① 郭象《庄子·齐物论》注,郭庆藩辑:《庄子集释》第一册,中华书局1961年版,第50页。

② 例如张岱年《释"天"、"道"、"气"、"理"、"则"》云:"天之所为是自然而然,人之所为是有意为之","天就是自然状态,人就是自然的改造"。(《中国哲学范畴集》,人民出版社1985年版,第99页)洪修平《老子、老子之道与道教的发展——兼论"老子化胡说"的文化意义》认为:"在玄学家看来,人是自然的人,又是社会的人。人从自然中来,又将回到自然中去,但却必须生活在现实的社会之中。因此,人生来就陷入了自然与社会的矛盾之中","为了从理论上协调自然之性与社会之性的关系,以老子自然之道来会通儒家名教就成了玄学的最佳选择"。[《南京大学学报》(哲学·人文·社会科学版)1997年第4期]又如北京大学哲学系中国哲学史教研室选注《中国哲学史教学资料选辑》上册(中华书局1981年版)第74、81、335、425、429页,中国大百科全书总编辑委员会《哲学》编辑委员会、中国大百科全书出版社编辑部编《中国大百科全书·哲学》(中国大百科全书出版社1987年版)第一册第114、621页及第二册第871、891、1265页,等等。

(二)刘勰的文学发生“自然”论

刘勰把原本为道家的事物生化论,引入他的文学理论体系中,形成了他的文学发生理论,即文学发生“自然”论,由此而阐明文学产生的本因。他说:

> 文之为德也大矣,与天地并生者何哉?夫玄黄色杂,方圆体分,日月叠璧,以垂丽天之象;山川焕绮,以铺理地之形:此盖道之文也。仰观吐曜,俯察含章,高卑定位,故两仪既生矣。惟人参之,性灵所钟,是谓三才;为五行之秀,实天地之心;心生而言立,言立而文明:自然之道也。傍及万品,动植皆文:龙凤以藻绘呈瑞,虎豹以炳蔚凝姿;云霞雕色,有逾画工之妙;草木贲华,无待锦匠之奇。夫岂外饰?盖自然耳!至于林籁结响,调如竽瑟;泉石激韵,和若球锽:故形立则章成矣,声发则文生矣。夫以无识之物,郁然有彩;有心之器,其无文欤!①

刘勰认为:自从天地判分,则上有日月星辰绚丽之象,下有山川纹理锦绣之形,这是“道之文”。而“道”即“自然之道”,所以此处所谓“道之文”,也就是天地自身所表现出的“丽天之象”“理地之形”;这样的“象”“形”也就是天、地之“文”。刘勰同时认为:人类生天地之间,钟天地五行之灵秀,具物所不备之情性,有心智、思维之能力;而有心、思即有语言,即有文章:这

① 《文心雕龙·原道》,范文澜:《文心雕龙注》上册,人民文学出版社1958年版,第1页。

又是“人文”之“自然”,亦即文学发生由乎人之“自然”。非但如此,刘勰又论及“傍及万品,动植皆文”:龙凤自有其藻绘,虎豹自有其炳蔚;云霞绚美,草木斑斓。凡此之类,均非他使然或外在修饰,不过是事物之“自然”,即“自己而然”罢了。

可见,刘勰认为天地以及动植万物“形立则章成”“声发则文生”,有其声、形则有其“文”“章”,此乃天地万物之“文”发生之“自然”。既然物之“文”因物之“形立”“声发”而生成,人类何独反不以其有心智、情性而有其文学呢!故“人文”亦因人类之“自然”而发生:这都是天地及万物之“文”与人类之文学的“自身如此”之“道”。换言之,天地万物各有其“文”,乃各其“自然”所致。这就是刘勰的“文由自然”论,或物之“文”与“人文”发生“自然”论。当然,刘勰的重心是论人类之文学,单就此而言,便是刘勰的“人文”或文学发生“自然”论。可以说,在中国文学批评史上,是刘勰第一个明确地引入道家的事物生化“自然”论,而对文学发生本因作出阐释,从而形成了他的文学发生“自然”论。刘勰这一理论,把文学发生的本因阐释为人类情感或情志活动之“自然”,所以又是一种值得重视的理论。

二、由“自生”“独化”到“情动而言形”

刘勰把道家以至魏晋玄学的事物生化“自然”论引入文学领域,成为文学发生论。表面看来,这种关系是比较直接的,但事实并非如此:刘勰是借鉴了道家之“自然”的合理内核,而融入其以儒家思想为主导的文论体系。

（一）道家及魏晋玄学的“自生”“独化”论

在老庄与魏晋玄学家看来，事物生化之“自然”具有绝对性，即突出强调生化的自我或独自性。老子说：“天地相合，以降甘露，人莫之令而自均”①；“道常无为而无不为，侯王若能守之，万物将自化”，“不欲以静，天下将自定”。② 庄子则又把“自然”视为“常然”，他说：“天下有常然，常然者，曲者不以钩，直者不以绳，圆者不以规，方者不以矩，附离不以胶漆，约束不以纆索。故天下诱然皆生而不知其所以生，同焉皆得而不知其所以得。故古今不二，不可亏也。”③可见庄子之“常然”即“恒常之自然”，如曲者自曲、直者自直、圆者自圆、方者自方之类，均非以钩、绳、规、矩治之使然，而是“自然”，并且恒常如此，这就突出、强调了“自然”的独自特性或其非可使然性质。

到魏晋玄学，“自然”又更为明确地被视为事物生化的本然自足之理，不但不能有外在的所为，而且也无法加以解释和描述。如王弼就说：“自然已足，为则败也”④；“自然，其端兆不可得而见也，其意趣不可得而睹也”⑤；“自然者，无称之言，穷极之辞也”⑥。郭象则认为：凡物之生化，皆其“自然”或“自尔”，如推寻其“自尔”的“所以然”，则无他可寻，仍是“自尔”；他明确地说：“夫物事之近，或知其故，然寻其原以至乎极，则

① 《老子》三十二章，《老子校释》，第 130 页。
② 王弼《老子》三十七章注，《王弼集校释》上册，第 91 页。
③ 《庄子・骈拇》，《庄子集释》第二册，第 321 页。
④ 王弼《老子》二章注，《王弼集校释》上册，第 6 页。
⑤ 王弼《老子》十七章注，《王弼集校释》上册，第 41 页。
⑥ 王弼《老子》二十五章注，《王弼集校释》上册，第 65 页。

无故而自尔也。”①正因为魏晋玄学家突出“自然”的独自特性并把它绝对化，所以郭象又把“自然”明确地看成“自生独化”，认为一切事物均为无资无待的独自生化。他说：“若责其所待，而寻其所由，则寻责无极，卒至于无待，而独化之理明矣。”“请问夫造物者有耶，无耶？无也，则胡能造物哉？有也，则不足以物众形。故明众形之自物，而后始可与言造物耳。是以涉有物之域，虽复罔两，未有不独化于玄冥者也。故造物者无主，而物各自造。物各自造而无所待焉，此天地之正也。”“故彼我相因，形景俱生，虽复玄合，而非待也。明斯理也，将使万物各反所宗于体中，而不待乎外。”②显然，郭象的“独化”说，实际上就是凸显事物生化独自的绝对性，即“物各自造”而无所待。对事物生化之相因、条件关系，郭象也加以否认，而视为“玄合”。基于此种观念，郭象甚至认为像生、死之类密切相依的事物关系也是独自而然，他说：“夫死者独化而死耳，非夫生者生此死也”，“生者亦独化而生耳”。③ 因此，郭象又用“突然”“忽然”等来说明事物这种“无所资借”的自生独化，他说：“得生之难，而犹上不资于无，下不待于知，突然而得此生矣”；“既明物物者无物，又明物之不能自物，则为之者谁乎哉？皆忽然而自尔也”；“死生出入，皆欻然自尔”。④

从总体而言，老庄与魏晋玄学的事物生化“自然”观念，均

---

① 郭象《庄子·天运》注，《庄子集释》第二册，第493—496页。

② 郭象《庄子·齐物论》注，《庄子集释》第一册，第111—112页。

③ 郭象《庄子·知北游》注，《庄子集释》第三册，第763页。

④ 郭象《庄子·天地》注，《庄子集释》第二册，第425页；郭象《庄子·知北游》注，《庄子集释》第三册，第754页；郭象《庄子·庚桑楚》注，《庄子集释》第四册，第802页。

突出或强调事物的独自生化,这可以说是其基本特点。当然,老庄及魏晋玄学是从事物发生本因角度立论的,并非追寻事物生化的条件或相关因素,因此即使生、死亦“各自成体”,即不但“生生者自生”,而且死亦非生之所生,这是可以理解的。但它回避或拒绝探讨事物生化的条件及过程,就不能不说是理论上的缺陷。

(二)刘勰的文学发生、变化因素论

刘勰与老庄及魏晋玄学“自生独化”的事物生化论不同:他既引入道家的“自然”作为文学发生论的哲学基础,又不把文学的产生变化简单地归结为“自然”,而是对此“自然”诸因素或过程加以阐释。

如上文曾谈到,刘勰认为作为“有心之器”的人类,“心生而言立,言立而文明”,即着眼于人类之特性,从“心”“言”“文”三个基点的必然关系来解释文学(文章)的产生,这就比魏晋玄学“无故而自尔”的事物生化论解释更富有理论价值。而刘勰有关的论述,在《文心雕龙》中并非少见,如他又说:

> 人禀七情,应物斯感;感物吟志,莫非自然。①
>
> 神用象通,情变所孕;物以貌求,心以理应。②
>
> 夫情动而言形,理发而文见:盖沿隐以至显,因内而符外者也。③

---

① 《文心雕龙·明诗》,《文心雕龙注》上册,第65页。

② 《文心雕龙·神思》,《文心雕龙注》下册,第494页。

③ 《文心雕龙·体性》,《文心雕龙注》下册,第505页。

若乃综述性灵，敷写器象，镂心鸟迹之中，织辞鱼网之上，其为彪炳，缛采名矣。故立文之道，其理有三：一曰形文，五色是也；二曰声文，五音是也；三曰情文，五性是也。五色杂而成黼黻，五音比而成韶夏，五情发而为辞章，神理之数也。①

夫缀文者情动而辞发，观文者披文以入情。②

刘勰明确指出：文学是人类思想情感活动之“自然”产物；而人的情感活动则受外物（或客体）影响，人“应物斯感”而至“感物吟志”，所以文学便因其“自然”而产生或形成。这一点刘勰在《物色》篇说得更清楚：“岁有其物，物有其容，情以物迁，辞以情发。一叶且或迎意，虫声有足引心，况清风与明月同夜，白日与春林共朝哉！”如果除去外物对人的影响因素不论，那么“情动而言形”“理发而文见”或“五情发而为辞章”，是从人的“情”“理”活动的根本因素方面对“人文”的发生或形成进行了解释。这样的解释不仅含有文学发生本因的具体内容，而且注意到了这种发生过程诸因素的作用，同时也突出了“情动而言形”的决定因素在于“情动”，即人的情感活动这一主旨。对于文学变化，刘勰也多有论述，且往往联系演变的相关因素，亦并非原封不动借用魏晋玄学“独化”之说。例如，刘勰认为文学是“时运交移，质文代变”“文变染乎世情，兴废系乎时序”③，就正确地说明了文学兴衰演变受时代、世情的影响。

① 《文心雕龙·情采》，《文心雕龙注》下册，第537页。
② 《文心雕龙·知音》，《文心雕龙注》下册，第715页。
③ 《文心雕龙·时序》，《文心雕龙注》下册，第675页。

正因为刘勰避免了老庄及魏晋玄学“自生独化”论回避事物生化相关因素问题的缺陷,所以他的文学发生“自然”论与《文心雕龙》“神思”“体性”“情采”“时序”“物色”诸论共相弥纶而不矛盾。假如刘勰的文学发生论只是简单地照搬老庄及魏晋玄学之说,那么,“文由自然”这种文学生化本因说的解释也无非即魏晋玄学所谓的“无故而自尔”,“自尔,则无所稍问其故”。① 如此,则真可谓“其论如已”了。如果是那样,刘勰也就不可能建构起《文心雕龙》体大思精的文学理论大厦。

三、由“物性自然”到文学属性论

在刘勰《文心雕龙》的文学“自然”论中,又包含着文学属性或本质论方面的内容,这与道家及魏晋玄学的“自然”观也有密切关系。

(一)道家及魏晋玄学的“物性自然”与“真性”论

继老庄之后,王充根据道家学说明确地提出了“物性自然”。例如,他认为:“火不苦热,水不痛寒”,是“气性自然”;汉高祖斩大蛇并非“天道先至,而乃敢斩之”,而是“勇气奋发,性自然”(此处之“性”就禀性或生物本能而言)。② 因“性”本“自然”,故此性为“自然之性”③,形成了王充的“物性自然”说。

---

① 郭象《庄子·天运》注,《庄子集释》第二册,第 495 页。

② 《论衡·累害》,《论衡索引》,第 1318 页;《论衡·初禀》,《论衡索引》,第 1338 页。

③ 《论衡·累害》,《论衡索引》,第 1318 页。

在魏晋玄学中，物性与“自然”的关系问题尤其得到重视，并且又进一步把“自然之性”视为“常性”“真性”。王弼阐发老子之意，认为“道不违自然，乃得其性，法自然也”[①]；“明物之性，因之而已”[②]。这可因而不可为的“物之性”，即“自然之性”。所以王弼又说：“万物以自然为性，故可因而不可为也，可通而不可执也。物有常性，而造为之，故必败也。”[③]正因为“道不违自然，乃得其性”，而对万物来说是“自然之质，各定其分”[④]，所以“自然之性”被视为“常性”或“真性”。[⑤] 郭象在阐释《庄子》时认为：“天地者，万物之总名也。天地以万物为体，而万物必以自然为正。自然者，不为而自然者也”，“不为而自能，所以为正也”，“故乘天地之正者，即是顺万物之性也”。[⑥] 因为“万物必以自然为正”，而“乘天地之正”就是“顺万物之性”，所以性即“自然之性”，同时也就被视为“真性”了。[⑦]

总之，道家之“自然”即事物“自己而然”，亦即其本然。所以，由生化论转入物性论，则“自然之性”即指涉事物本自固有之性，亦即所谓“常性”或“真性”。这是道家“自然”论的一种发展。

---

① 王弼《老子》二十五章注，《王弼集校释》上册，第 65 页。

② 王弼《老子》五十一章注，《王弼集校释》上册，第 126 页。

③ 王弼《老子》二十九章注，《王弼集校释》上册，第 76 页。

④ 王弼：《周易注》，楼宇烈校释：《王弼集校释》下册，中华书局 1980 年版，第 421 页。

⑤ 王弼《老子》三十二章注：“我守其真性无为。”《王弼集校释》上册，第 81 页。

⑥ 郭象《庄子·逍遥游》注，《庄子集释》第一册，第 20 页。

⑦ 郭象《庄子·齐物论》注：“凡得真性，用其自为者……”（《庄子集释》第一册，第 59 页）

（二）刘勰的文学本质属性论

在刘勰的文学“自然”论中,与文学发生论相应的是文学本质属性论,亦不妨视为文学“真性”论。它说明的是文学的本质属性或真性这种有关文学性质的重要问题。①

如《原道》篇所论,就天地之“文”而言,天“文”是如同叠璧般的“丽天”之象,地“文”是如同焕绮般的“理地”之形;在“傍及万品,动植皆文”来说,则如龙凤之“藻绘”、虎豹之“炳蔚”,以及可逾画工的云霞“雕色”、无待锦匠之奇的草木“贲华”(以上均为形文),另按《情采》篇所说,“形文”则如“五色相合”而形成的“黼黻”——所有这些,都是美的。至于“声文”,如“调如竽瑟”的林籁结响与“和若球锽”的泉石激韵,或按《情采》篇所说,则如“五音和比”而形成的“韶夏”美乐,同样也都是美的。

又如《原道》所说,包括天地以至动植万物,无不因其“自然”而有其“文”。这些“文”是按自然界事物的“自然”而有的。人类的文学辞章亦如此:“人文”本是人类(“有心之器”)情感活动的产物,人类有其文学乃其“自然”规律。这就表明:不论是“形文”“声文”还是“情文”,都是发而为“文”的本体(人或客观事物)“自然”的产物。因此,“文”的产生本于“自然”,同时又是必然的。

而如上所论,不论是“形文”“声文”,还是“情文”,都具有

① 笔者对刘勰的文学本质属性论已有所论述,在此就这一问题不再详述。参见拙文:《中国古代的文美理论巨著——〈文心雕龙〉性质评说》,(台北)《孔孟月刊》第35卷第12期,1997年8月。

"美"这一共同的特征。因此,所谓"文"由"自然",亦即"美"由"自然"。可见,在刘勰的文学"自然"理论中,所谓包括人类以及天地、动植万物无不因其"自然"而有其"文",即意味着人类以及天地、动植万物无不因其"自然"而有美的表现(或表达——对人类而言)形式;换言之,正因为"文"由"自然"、人类及世界万物有"文"是其自身规律所决定的,所以也就可以认为人类及万物之有"文"这种"美"的形式是其自身规律使然。这已经充分表明:刘勰强调"文美"本"自然",亦即认为"文"的本质是一种具有"美"的表现形式;作为人类的文而言,这种具有"美"的属性的表现形式是人类按其"自然"规律而有的,所以人类有文学辞章这种美的表现形式又是必然的。

刘勰此说的基本内容可概括为简明的模式,即"(人、物)自然→文(形文、声文、情文)→美";"文"只取"情文",即"自然→文章或文学→美"。这一框架中,"文"由"自然",而"文"的属性是"美",所以最终体现为"美"由"自然"。这一观点表明了文美的属性本之于"自然",这就给"文"本质属性以"必然是美的"这种"自然"或本自固然的规定性。

可见,在刘勰的文学"自然"论中,道家及魏晋玄学的"物性自然"或"自然之性"及事物之本然、"真性"说,被改造成为了文学本质属性理论。而与道家及魏晋玄学把物性径直归于"自然"不同,刘勰并未停留在文学之性即"自然"的表面层次上,而是以文学发生论为中介,对文学之美的本质属性给予"自然"同时也就是本然或必然的规定性,这就使其文学本质论不但具有了哲学的基据,而且也具备了文学本质论的特定内容。

四、由物“自然”观念到人或人文“自然”论

以上讨论了刘勰把道家及魏晋玄学的“自然”论加以改造，而形成其有关文学发生、变化及文学属性等方面的重要理论。由讨论可见，在“自然”范畴的基本含义上，刘勰与道家及魏晋玄学并无不同。但在由此而展开的理论上，两者却存在着相当大的差别，甚至有着根本的不同。究其根源，则在其“自然”观念以及由此而来的哲学目的不同。

（一）道家与魏晋玄学的物“自然”观念及其哲学目的

老子提出的“人法地，地法天，天法道，道法自然”说，除体现了“自然”的重要或终极地位、“道”即“自然之道”这样的观念外，另有两层内容应予注意：一是在人、地、天、道与“自然”递次取法的框架内，人处在最初级的地位；二是在这一理论框架内，表面上是天、地、人统一于共同的“法自然”的“道”，实际上“人法地”这一环节就决定了老子的“自然”是以天为中心的物“自然”观念。以此为基础，老子又提出“道常无为而无不为”这一个被认为是中国哲学史上的重要哲学命题。[1] 实际上，其间的理论逻辑关系十分清楚：老子认为万物皆由“道”生，即“道生之”；[2]而“道法自然”，所以天地万物生成变化莫

① 《老子》二十五章，《老子校释》，第 146 页。

② 《老子》二十三章，《老子校释》，第 103 页。

不由乎其“自己而然”之“道”。因此,从“自然”角度而言,天地万物的生化是其自生自化,由此而观即“道”之“无为”;而就万物生化莫不由乎“自然之道”而言,则是万物皆由“道”生,此即“道”之“无不为”。可见,老子“道常无为而无不为”,是从万物生化与“法自然”之“道”的关系角度提出的哲学论题。而其哲学目的,则在主张人类的“无为”:因为“人法地,地法天,天法道,道法自然”,人处在最初级的位置,“自然”属以天为中心的物“自然”,天地无为,“道”亦无为,故人亦应无为。这是老子以天为中心的物“自然”观念所导引出的必然结论。庄子与老子有所不同,他认为物“各有所然”,即“物各自然”。他说:“物固有所然,物固有所可,无物不然,无物不可。”①这与老子人、地、天、道与“自然”递次取法的观念不同。但是,庄子依然持以天为中心的物“自然”观念,认为“无为”之“道”(或称“天道”)与“人道”是对立的。他说:“牛马四足,是谓天;落马首,穿牛鼻,是谓人。”②“何谓道?有天道,有人道;无为而尊者天道也,有为而累者人道也”,“天道之与人道也,相去远哉!”③庄子的哲学目的,同样是强调“无为而尊”的“天道”或以天为中心的物“自然”,认为人类的“有为而累”是违背物“自然”的,进而主张人类应任随或均同于物“自然”。所以庄子明确提出:“顺物自然而无容私焉,而天下治矣。”④王充则用道家的“自然”论为武器,批驳汉儒的“天人感应”说,因此尤其突出人或“人事”与“道”或“自然”的对立。如他认为“天人感应”论

---

① 《庄子·齐物论》,《庄子集释》第一册,第69页。

② 《庄子·秋水》,《庄子集释》第三册,第590页。

③ 《庄子·在宥》,《庄子集释》第二册,第401页。

④ 《庄子·应帝王》,《庄子集释》第一册,第294页。

者所宣扬的天可谴告人“是有为，非自然也”，“使自然无为转为人事”；[①]称寒温诸说“说合于人事，不入于道意”[②]，认为灾异变动是“天道自然，非人事也”[③]，吉凶逢遇之类是“天道自然，非为人也”[④]。可见在王充的理论中，“自然”“天道”与“人事”是明显对立的；王充的“自然”观，同样也是物“自然”观念，强调的是“自然”的“无为”特征。

魏晋玄学的“自然”观也基本上是一种物“自然”观念。如前所述，王弼认为物性“自然”，“自然之性”为物之“真性”。[⑤] 因为“万物以自然为性”，“故可因而不可为也，可通而不可执也。物有常性，而造为之，故必败也”，所以其“自然”论的哲学目的即“因物自然，不设不施”或“顺自然而行，不造不施”[⑥]，亦即任随物“自然”而无为。郭象以其自生独化的“自然”观念为基础，也同样区别物、我或天、人。他既明确地认为“自然即物之自尔耳”[⑦]，又认为“知之所无奈何，天也；犯其所知，人也”[⑧]，“司职有为，事累繁扰者，人伦之道”[⑨]，则显然也是以天为中心的物“自然”观念。又由于他在一定程度上意识到有为

---

① 《论衡·谴告》，《论衡校释》，第 1434 页。

② 《论衡·自然》，《论衡校释》，第 1464 页。

③ 《论衡·乱龙》，《论衡校释》，第 1444 页。

④ 《论衡·卜筮》，《论衡校释》，第 1512 页。

⑤ 王弼《老子》二十九章注，《王弼集校释》上册，第 77 页。

⑥ 王弼《老子》二十七章注，《王弼集校释》上册，第 71 页。又王弼《老子》四十章注：“因物自然，不立不施。”《王弼集校释》上册，第 112 页。

⑦ 郭象《庄子·知北游》注，《庄子集释》第三册，第 764 页。

⑧ 郭象《庄子·养生主》注，《庄子集释》第一册，第 125 页。

⑨ 郭象《庄子·在宥》注，《庄子集释》第二册，第 402 页。

是人之“自然”①,所以他主张因“自然”而为,而不是“拱默”之“无为”。不过,郭象没有能够完全跳出老庄以来物“自然”观念的窠臼,因此也就没有形成人、物各“自然”的明确观念。

综上可知,从老庄以至魏晋玄学,其“自然”观基本上是一种以天为中心的物或客体“自然”观念;它从万物生化的规律或物性论的哲学高度,视“自然”为万物生化之规律(道)及其本然或真性。其哲学目的,是认为人类不但应该任物“自然”,而且还应该效法物“自然”,这就必然形成其“无为”之论或主张。可见,道家与魏晋玄学的物“自然”论表面上是重视以天为中心的物“自然”,实际上却是针对人类而发,亦即它实质上是以物“自然”为法而框限人类。即使在一定程度上承认人或人类社会之“自己而然”事实的郭象,也明确地认为:“以自然言之,则人无小大;以人理言之,则侔于天者可谓君子矣。”②所谓“侔于天”,即任随并取法于以天为中心的物“自然”,亦即郭象所说的“同乎天之任物”。③

老庄及魏晋玄学“自然”论的根本缺陷,在于它既是一种物“自然”观念,而其哲学目的又并非为了人类更合理地认识并利用客体事物,而是用以天为中心的物“自然”观念为依据而框限人类。因此,尽管这一理论不乏认识客体事物自身规律与人类活动应因乘物“自然”的有益启示,但其理论的根本缺陷决定了在哲学目的方面基本上是一种否定人类主动性行为

① 郭象《庄子·秋水》注,《庄子集释》第三册,第391页;《庄子·人间世》注,《庄子集释》第一册,第156页。

② 郭象《庄子·大宗师》注,《庄子集释》第一册,第273页。

③ 郭象《庄子·在宥》注,《庄子集释》第二册,第402页。

的消极观念，也决定了这种“自然”论自身具有很强的封闭性。

（二）刘勰的人或人文“自然”论

正因为道家及魏晋玄学的“自然”论是一种有关事物生化论、物性论的哲学理论，但它又是有着严重缺陷的封闭性理论，所以自老庄始，直到郭象从根本上仍没有突破其基本框架。那么，具有根本理论缺陷的老庄至魏晋玄学的“自然”论，在《文心雕龙》中被改造为包容性极强的重要文学理论，其原因何在？这是问题的核心。

如前所论，老庄至魏晋玄学基本上是以天为中心的物“自然”观念，其哲学目的是以此为基据而主张人类的任随及取法物“自然”而无为。但是，就“自然”范畴即“自己而然”来说，它可以包含世间人类及客体事物各有其“自然”。因此，人类的“有为”固然不可以不顾物“自然”而任意妄为，但具有思维以及有意识行为，合理地认识、改造或利用客体，创造文明，也正是人之“自然”。然而，老庄与魏晋玄学家基本上不承认这一人之“自然”，而是以物“自然”为规范来框限人类的一切行为。可见，只有突破道家“自然”论的根本限制，才能根除其理论的封闭性。刘勰也正是这样做的。

在《文心雕龙·原道》篇，刘勰吸取了《易传》的“三材”说。《易·系辞下》：“《易》之为书也，广大悉备，有天道焉，有人道焉，有地道焉，兼三材而两之，故六；六者非它也，三材之道也。”[①]又《说卦》：“昔者圣人之作《易》也，将以顺性

---

① 《易·系辞下》，《周易正义》卷八，阮元校刻：《十三经注疏》上册，中华书局 1980 年影印本，第 78 页。

命之理。是以立天之道曰阴与阳，立地之道曰柔与刚，立人之道曰仁与义；兼三才而两之，故《易》六画而成卦。”[①]“三材”说的特点是明确了人或“人道”的独立地位，而不是从属或依附于天或“天道”。刘勰又综合《礼记》《孝经》诸说，从而认为“惟人参之，性灵所钟，是谓三才；为五行之秀，实天地之心”[②]。又《序志》篇认为人“肖貌天地，禀性五才，拟耳目于日月，方声气乎风雷，其超出万物，亦已灵矣”[③]。这说明刘勰不仅继承了《易传》“三材”之说，肯定人相对天地而言的独立地位，而且也强调了人的心智情性特点，认为人不惟不均同于物，而且是“超出万物”，这就彻底地摆脱了道家“自然”观念以天或物“自然”为法的藩篱。以此为基点，刘勰认为“心生而言立，言立而文明：自然之道也”，把道家与魏晋玄学的物“自然”引入“人文”同时也就是人类的领域。正因人为“有心之器”，当然不可能如物般“无为”，亦非如天那样“任物自然”，故“情动而言形，理发而文见”是人类之“自尔”或“自然”，所以刘勰又提出：“人禀七情，应物斯感；感物吟志，莫非自然。”这样就从根本上克服了从老庄以至魏晋玄学“自然”论的根本缺陷，而形成了他的“人文”或文学“自然”论。

---

① 《易·说卦》，《周易正义》卷九，《十三经注疏》上册，第 81—82 页。

② 参见杨明照：《文心雕龙校注拾遗》，上海古籍出版社 1982 年版，第 1—2 页。

③ 郭象《庄子·大宗师》注，《庄子集释》第一册，第 273 页。

五、结语

刘勰打破了老庄及魏晋玄学物“自然”理论的封闭性，改造并融入其文学理论体系中，这不但在文学理论史上是一个吸取与创新的典范，而且实际上也改造了从老庄一直到魏晋玄学具有根本缺陷的“自然”说这一重要的哲学理论。刘勰的理论，颇符合“自然”范畴的特性：“自然”本即“自己而然”，世间人、物不同，物物有别，以各有其“自然”而别于其他。因此，刘勰建立在人、物“各自然”观念基础上的文学“自然”论就不是一个封闭的而是一个开放的理论，他的“自然”论与老庄及魏晋玄学家的“自然”论已不可同日而语。这样，刘勰的文学“自然”论就既具有文学发生、变化及本质论的意义，又与其文学“徵圣”“宗经”论所提出的文美“雅丽”或文质和谐统一标准及其创作、鉴赏论，均相合不贰。正因为刘勰的文学理论是以孔子为代表的儒家圣哲的思想为规范，而他的文学“自然”论是对道家及魏晋玄学“自然”论的改造而用于其文学理论体系中，所以就不妨把刘勰这种改造和移用视为“融道于儒”。

中国古代的文美理论巨著[*]

——《文心雕龙》性质评说

纵观《文心雕龙》学的发展演变，如果仅就切入到理论的研究而言，则自黄侃《文心雕龙札记》始。[①] 其间发表的论著，真可谓“汗牛充栋”。按道理说，像“《文心雕龙》的性质”这样的问题，应该已得到比较符合实际的研究结论。然而，事实则或有不然，而且这关乎性质的问题又是不可不特别注意的。本文即就此进行分析、评说。

（一）

在用中国传统的“语文学”方法解读《文心雕龙》获得的认识而对其性质作出分析、评说之前，笔者认为仍十分有必要对此前的有关意见作出举要式的回顾。

---

* 原载（台北）《孔孟月刊》第 35 卷第 12 期，1997 年 8 月。

① 黄侃 1914 年至 1919 年曾在北京大学讲授《文心雕龙》，作札记三十一篇，此后印作讲义；1927 年取《神思》后二十篇札记，由北京文化学社刊印；1935 年中央大学《文艺丛刊》刊印《原道》以下十篇札记；1962 年，中华书局出版《文心雕龙札记》一书。

据现有的相关文献资料看，对《文心雕龙》的性质问题前人早有涉及。例如明代的何良俊就说：

古今之论文者，有魏文帝《典论》、陆机《文赋》、挚虞《文章流别论》、任昉《文章缘起》、刘勰《文心雕龙》……作文之法，盖无不备矣。苟有志于文章者，能于此求之，欲使体备质文，辞兼丽则，则去古人不远矣。①

清人臧琳则说：

刘勰《文心雕龙》之论文章，刘劭《人物志》之论人，刘知幾《史通》之论史，或谓千古绝作，余所深嗜而快读者。②

梁章钜则谓：

窃谓刘勰《文心》，实文话所托始。③

不论"作文之法""论文章"，还是"文话"，大致是一个意思，即刘勰《文心雕龙》是一部"论文"或论述文章问题的书。所谓"文"或者"文章"，指的是中国古代各文类的作品（包括"有韵之文"和"无韵之笔"），并不限于今人所说的文学作品，当然也不是现在所谓"文章"。可以说，在清代以前，其说大致

① 何良俊：《四友斋丛说·文》卷二三。
② 臧琳：《经义杂记·三刘三绝》卷二五。
③ 梁章钜：《楹联丛话序》。

如斯，并无背道而驰之论。

称《文心雕龙》为文学理论或文学批评之书，大约始于20世纪20年代前后。例如吴熙《刘勰研究》中就有“刘氏的文学批评论”一节，并认为不能不给刘勰“一个‘空前的文学批评家’的徽号”。[①] 梁绳祎《文学批评家刘彦和评传》说《文心雕龙》是“一部专论文学的书”。[②] 有人则对“文学理论”和“文学批评”加以区别，例如徐善行《革命文学的——文心雕龙》就有“新文学的创造”“批评文学的建设”的专节。[③] 敝厂的《文心雕龙及其作者》则说：“它的性质是介乎文学史、文学概论、文学批评三者之间，而以文学批评的成分比较浓厚，所以后人论《文心雕龙》，每每誉之以中国的第一部文学批评专著，便是因之这个原故，但实际上《文心雕龙》则是一部综合论述文学的书。”[④]由此可以看出20世纪20年代前后人们对《文心雕龙》性质认识的基本概况。

值得注意的是，从明清两代的“论文”“论文章”“文话”“作文之法”说，到20世纪20年代的“文学理论”“文学批评”诸说，现在看来似乎是关乎不同性质的认识，其实在当时来说并无大的矛盾。“文学”一语，大约是五四运动以后汉语中的借词（指文学作品），源自日语（借用古代汉语《论语·先进》：“文学，子游、子夏。”），为英语 literature 的意译。可见“文学”是一个“来自西洋，途经日本”的词，清代以前自然无由得用，论《文心雕龙》性质便有中国传统的“论文章”“文话”“作文之

① 载上海《时事新报》副刊《学灯》1924年5月9—10日。

② 载《小说月报》第17卷《中国文学研究》（下），1927年6月。

③ 载《孟晋非战专号》第2卷10期，1925年10月。

④ 载《庸报》1938年6月14—15日。

法”之类的说法。20世纪20年代前后论《文心雕龙》,便有“文学”“文学理论”“文学批评”等新的术语了。但是,“文学”的所指却并不限于诗歌、小说、散文、戏剧等“文学作品”,而是借指中国历史上所有的主要文类。因此,在当时这似乎是“约定俗成”的事,无所谓争论。譬如前述徐善行文,提到“文学批评”“新文学”“批评文学”,但在分析《文心雕龙》的结构或系统时又说:“第二组二十篇,‘论文叙笔’,便是历代文学的批评。”①可见所谓的“文学”,也就是《文心雕龙》“论文叙笔”。此后及今,大约因“文学”的内涵逐渐“西化”,人们的文学观念也有了大的变化,于是谈到“文学”便非“文学作品”莫属了,对于《文心雕龙》性质的争论也似乎因之而起,延续不断。

综观20世纪三四十年代以后《文心雕龙》研究的相关著述,可知大多数学者或作者都视《文心雕龙》为“文学批评”或“文学理论”著作②,也有些学者认为《文心雕龙》是“文章理论”或者“文章作法论”③。而且,持后一种见解的学者,有的也并不否定《文心雕龙》具有文学批评或文学理论的性质。例如王运熙先生主“文章作法论”,但他又从认识角度对此作出解释:“还要说明一点,即我们说《文心雕龙》的中心是论作文之道,是研讨文章作法,是就书的写作宗旨和结构而言。若就全书内容看,则较为广泛,其中涉及不少重要文学理论问题,涉及

① 载《孟晋非战专号》第2卷10期,1925年10月。

② 如刘永济《文心雕龙校释》(中华书局1962年版)、罗根泽《中国文学批评史》(商务印书馆1943年版)。持此说者后来更众多非一,不繁举。

③ 如杨柳桥《文章理论的唯心主义本质》(《文史哲》1980年第1期)、王运熙《文心雕龙探索》(上海古籍出版社1986年版),其他不录。

历代许多重要作家作品的评论,并发表了许多精辟独到的见解,有些方面且有较为系统的论述,这些内容无疑使《文心雕龙》成为中国文学批评史上一部伟大著作,其价值远远超过他论述作文之道、矫正当时文风的本意。我们研究《文心雕龙》,必须把作者的写作本意和该书的客观价值区别开来。"①

依实而论,视着眼角度如何,这些意见都是言之有据的:假如不是以西方或现当代文学批评或文学理论的框架来比况《文心雕龙》的理论,而是依据中国古代文学特别是六朝以前的中国文学的事实,从而检视基于这一文学历史及其思想文化背景而产生的理论的话,视《文心雕龙》为中国古代的文学理论或文学批评巨著,不能不说是合乎情理的;同样,如果着眼于中国此期"文"(包括"有韵之文""无韵之笔")的特点,以及《文心雕龙》所论文类或文体的事实,视其为一部中国古代文章学著作,也不能不说是"徵实"之论;甚至有的学者从美学的角度研究《文心雕龙》,视其为中国古代的"文学之美学"著作,也是值得重视的。②《文心雕龙》既然论述的是"文"的问题,就必然脱离不了或者说不能不涉及"文美"的一系列问题。在这些或同或异的意见中,最不值得称道的,是这样的议论:"刘勰着力要建立的是文学理论体系。不能把《文心雕龙》说成是

---

① 王运熙:《说〈文心雕龙·序志〉的一段话》,中国《文心雕龙》学会编:《〈文心雕龙〉研究》第1辑,北京大学出版社1995年版,第1—8页。

② 参见冯春田:《"文心"与"雕龙"——关于〈文心雕龙〉文章美学的探索》,香港中文大学中国语言文学系主编:《魏晋南北朝文学论集》,(台北)文史哲出版社1994年版,第399—413页;冯春田:《论"自然"观是〈文心雕龙〉文章美学的理论基础》(1995年《文心雕龙》国际研讨会论文),(台北)《中国国学》1996年第24期。

‘文章理论’,或其它什么理论。”①此乃不知何因的“必”“固”之言,参阅上述拙论可明,无待置辩。

当然,《文心雕龙》的性质不应是因“言人人殊”而无“定性”。不过,这种定性的研究需要选择合理的角度,否则就难免产生不必要的歧见。或者说,定性研究所论述的问题或论据要有“定性”的价值。比如,假设主张《文心雕龙》是一部美学著作,那就不是以美学的观念从《文心雕龙》中寻章摘句、借以发挥而可以了事的;如果说刘勰“着力要建立的是文学理论体系”,而不是别的理论,那应该是在对《文心雕龙》原著确实理解的基础上,提出实质性的论据,而不是想当然地议论就能令人信服或可成为定论的。笔者认为,《文心雕龙》定性的研究,首先要看其论述的对象,其次看刘勰对“文”的本质属性的看法及由此而形成的观点,最后是看其论文时的主要理论标准。下文即据此展开进一步的讨论。

(二)

如上文所说,要讨论《文心雕龙》的性质问题,就要看它所论述的对象及由此而来的基本观点。

刘勰《文心雕龙》自然是“论文”之作,它论述的是“文”的一系列问题。《序志》篇说得明白:

---

① 杨明照主编:《文心雕龙学综览》,上海书店出版社 1995 年版,第 86 页。

> 夫“文心”者，言为文之用心也……盖《周书》论辞，贵乎体要；尼父陈训，恶乎异端：辞训之异，宜体于要。于是搦笔和墨，乃始论文。①

这一点无须多说。而刘勰所论之“文”（又称“文章”），包括六朝以前的诗、乐府、赋、颂赞、祝盟、铭箴、诔碑、哀吊、杂文、谐隐、史传、诸子、论说、诏策、檄移、封禅、章表、奏启、议对、书记诸文体或文类的作品（这也就是《文心雕龙》“论文叙笔”部分，即《明诗》篇到《书记》篇所论到的各种文体）。我们可以称之为“文章”或诗文辞章，但又与今人通常所谓“文章”在含义上并非完全相同。

那么，刘勰对“文”的本质属性是如何看待或阐释的呢？据此而来的基本观点又是如何的呢？《文心雕龙·序志》篇说：

> 盖《文心》之作也，本乎道，师乎圣，体乎经，酌乎纬，变乎骚：文之枢纽，亦云极矣。

据此，可知《文心雕龙》前五篇《原道》《徵圣》《宗经》《正纬》《辨骚》所论述的，乃“文之枢纽”，即关于“文”的关键性问题。② 而“本乎道”，即“文之枢纽”之首《原道》一篇所

---

① 《文心雕龙》引文均据范文澜《文心雕龙注》本，人民文学出版社1958年版；除引文标点或有未从外，为打印方便，僻异字改为相应的通行字。下皆仿此，不另注。

② 参见拙文：《论〈文心雕龙〉“文之枢纽”前三篇的理论结构》，《文心雕龙》学会编：《文心雕龙学刊》第6辑，齐鲁书社1992年版，第142—164页。

论述的问题。所谓“本乎道”或“原道”，显谓“文”乃本其所以然之规律（“道”）而形成（或产生）之意；《原道》所论，即包含了刘勰“文”的本质或属性论。

《原道》篇说：

> 文之为德也大矣，与天地并生者何哉？夫玄黄色杂，方圆体分，日月叠璧，以垂丽天之象；山川焕绮，以铺理地之形：此盖道之文也。仰观吐曜，俯察含章，高卑定位，故两仪既生矣。惟人参之，性灵所钟，是谓三才；为五行之秀，实天地之心，心生而言立，言立而文明：自然之道也。傍及万品，动植皆文：龙凤以藻绘呈瑞，虎豹以炳蔚凝姿；云霞雕色，有逾画工之妙；草木贲华，无待锦匠之奇。夫岂外饰？盖自然耳！至于林籁结响，调如竽瑟；泉石激韵，和若球锽：故形立则章成矣，声发则文生矣。夫以无识之物，郁然有彩；有心之器，其无文欤！

以上引文从总的方面看，是对“文”及“与天地并生”的论述；而“形立则章成”“声发则文生”则是对“文”乃“道之文”或“文由自然”的理论概括。从另外的角度说，又是以天地、动植万物皆有其“文”，来论证作为“有心之器”的人类，更应有其“文”。作为现在对其研究而言，更为重要的，是通过刘勰的论述，了解刘勰心目中的“文”是什么，也就是说，可以使人们认识刘勰所谓“文”的本质属性。这一重要问题可以从两个方面来看。

一方面，刘勰阐述“人文”（人类的诗文），论述人类必有其“文”，证之以自然界事物皆有其“文”（“文”即形象声色之类）："玄黄色杂，方圆体分，日月叠璧，以垂丽天之象；山川焕绮，以铺理地之形"，此所谓日月星象、山川纹理之类的天、地之"文"；"龙凤以藻绘呈瑞，虎豹以炳蔚凝姿；云霞雕色，有逾画工之妙；草木贲华，无待锦匠之奇"，以及"调如竽瑟"的"林籁结响"和"和若球锽"的"泉石激韵"，此所谓"动植皆文"（包括和谐如乐的声响）；而"人参天地"，"为天地之秀，实天地之心"，"心生而言立，言立而文明"，此所谓"人文"。可见，"丽天之象""理地之形"是美的（"丽"：表示"使……丽"；"理"：表示"使……富有纹理"）；[1]龙凤之"藻绘"，虎豹之"炳蔚"（犹"炳蔚之姿"），可逾画工之妙的"云霞雕色"、无待锦匠之奇的"草木贲华"，以及如同竽瑟、球锽之乐般和谐美好的"林籁结响""泉石激韵"，自然也是美的。可见，刘勰所谓"文"，实则即"美"（或者说具有"美"的属性）。这一点不应再有疑义。[2] 另一方面，刘勰以是美的载体的天地及动植万物之"文"来证明人类自应有"文"，说明刘勰认为人类之文更应是美的。何况，刘勰在论述天象、地形之类的"文"后，接着更进一步论证："人参天地""性灵所钟"，"为五行之秀，实天地之心"，那么其"文"非美而何？在刘勰看来，"人文"更应是美的。因此，我们可以说，在刘勰的理论中，"人文"的本质属性就是"美"。

在《原道》以上所引关于"文"的论述中，刘勰提出了"道"与"文"的关系理论。刘勰认为："文"（包括天象、地形在内的广义的"文"）与天地并生，以至于动植万物皆有其"文"，故人

① 参见拙著：《文心雕龙释义》，山东教育出版社 1986 年版，第 9 页。

② 参见张少康：《〈文心雕龙〉在中国文学批评史上的地位》，日本九州大学中国文学会主编：《〈文心雕龙〉国际学术研讨会论文集》，（台北）文史哲出版社 1992 年版。

类更应具有“文”——这是由天地乃至动植万物“形立则章成”“声发则文生”的规律所决定的；人类之有“文”，则是“心生而言立，言立而文明”的“自然之道”。在这里，刘勰特别强调“道”的“自然”（指世界万物自身之所然）特性。因此，这也就强调了从天地到人类之“文”存在的必然性。①

不过，如果认为刘勰《原道》篇提出“道”“文”关系论仅仅是在一般意义上揭示人类及万物莫不因其“自然”而有其“文”的规律，现在看来还远远不够。而事实上，刘勰从“文”与天地并生的命题入手，以天地及动植万物莫不有“文”乃是由事物自身规律所决定的为证，进而论到人类有“文”则是因其自身规律而然，这是想在根本上或从规律的不可移易性上来论证人类有“文”这种“美”的形式是必然的。因此，《原道》篇提出的“道”“文”关系论或“人文”“自然”说，其根本的意图是要揭示“文美”（说到终极，却是人的诗文之美）具有规律（“道”）的规定性。

由以上的讨论，似可以看到：所谓“文”本“自然”，就是“美”本“自然”；显然，这样“文美”就具有了规律上的必然性的理论意义，也就是说，刘勰从事物（包括人类）自身规律使然的哲学角度阐释了“文美”的属性。因此可以说，刘勰在最基本的理论方面，是立足于“美”的属性来看待诗文辞章的。如果细读《文心雕龙》，可知首篇《原道》提出的“道”“文”关系理论或“文美”属性论，是贯彻全书的。下文将就此进一步加以讨论。

---

① 参见拙文：《〈文心雕龙·原道〉之“道”本原略考及其特性辨》，《东岳论丛》1989年第6期。

如刘勰所言,“文”(或“文章”)乃“情理设位,文采行乎其中”,亦即“万趣会文,不离辞情”(《文心雕龙·镕裁》篇)。“辞”和“情”是诗文辞章的两大要素。而刘勰《情采》篇是这样论述“文”的属性及其“情”“采”关系的:

> 圣贤书辞,总称“文章”,非“采”而何?夫水性虚而沦漪结,木体实而花萼振:文附质也;虎豹无文,则鞟同犬羊,犀兕有皮,而色资丹漆:质待文也。若乃综述性灵,敷写器象,镂心鸟迹之中,织辞鱼网之上,其为彪炳,缛采名矣。故立文之道,其理有三:一曰形文,五色是也;二曰声文,五音是也;三曰情文,五性是也。五色杂而成黼黻,五音比而成韶夏,五情发而为辞章:神理之数也。

刘勰认为:圣贤的“书辞”,统称为“文章”,还不是“采”又是什么呢?其意谓:往昔圣贤的“书辞”,都是称为“文章”的,所以就是“采”(美采,美的文采)。可见,刘勰认为“文章”与“美”是分不开的(当然,此处的“文章”是沿用了古义,与现在所谓“文章”含义不同),“美”是“文”或“文章”的属性。在以上《情采》篇引文中,刘勰又以“水性虚”而结为沦漪、“木体实”而绽放花萼,来说明“文附质”的道理(“沦漪”“花萼”为“文”,“水性”“木体”为“质”);以“虎豹无文,则鞟同犬羊;犀兕有皮,而色资丹漆”,来说明“质待文”(一定的“质”有待于“文”来体现,即“文”为“质”的表现体)的道理。以“文附质”“质待文”的“文质”关系论为前提,进而论证人类的“文”本是表达心灵情性、描绘物象的,“镂心”而“织辞”,其所为者本身即彪蔚炳明之事,所以便有了“缛采”(华美的文采)的名称。

在这里,刘勰更是再明白不过地宣示了“文”即“美”的观点。

此外,《情采》篇引文中刘勰所说的“立文之道”,则正是他在《原道》篇里所论的天象、地形、“动植皆文”以至“人文”皆本其“自然”而产生的进一步阐述;他说的“神理之数”即对“立文之道”而言,无非是说各种“文”的形成皆其“自然”(自身如此),非外因所主宰,故视为神妙之理(“神理”)。[①] 由此,我们可以知道:刘勰在《情采》篇里不只更为明确地阐述了“美”即“文”的属性问题,而且又强调了其“自然”或在规律上的必然性。

在《情采》篇里,又有一段因人们对“文”“质”问题的不同看法而发的“折之中和”之论。刘勰说:

> 《孝经》垂典,丧言不文:故知君子常言未尝质也;老子疾伪,故称美言不信,而五千精妙,则非弃美矣。庄周云“辩雕万物”,谓藻饰也;韩非云“艳采辩说”,谓绮丽也:绮丽以艳说,藻饰以辩雕,文辞之变,于斯极矣。

刘勰论文,“原道”“徵圣”而“宗经”,所谓“不述先哲之诰,无益后生之虑”(《文心雕龙·序志》)。事实也证明,《文心雕龙》中的许多基本观点都脱胎于以孔子思想为代表的“圣训”,同时也吸取了一些其他学派的思想精华。而在这继承和吸收方面,刘勰也堪称典范,有时确实是“别有会心”。《孝经·丧亲》章里有“言不文”的话,谓“丧言”不能华美文饰;而刘勰由此而理解为,所以“君子平常的言辞却不是质朴无文

---

① 参见拙著:《文心雕龙释义》,第197页。

的”,因而证明了他的“文美”之说。老子《道德经》里有“美言不信”的话,刘勰解释说:由于老子痛恶不真实,所以才说这样的话,而《道德经》一书,却文辞精妙,并非“弃美”,同样也是证明了刘勰自己的“文美”观。此外,刘勰又引庄子、韩非之说,断定“绮丽以艳说,藻饰以辩雕”是文辞之美巧变化的极致。可见,刘勰的意图是十分明显的,即证明“文”的本质属性就是“美”。黄侃(季刚)《文心雕龙札记》论《情采》之旨,颇值得注意:“(彦和)首推文章之称,缘于采绘,次论文质相待,本于神理,上举经子以证文之未尝质,文之不弃美,其重视文采如此,曷尝有偏畸之论乎!”①刘勰“首推文章之称,缘于采绘”等,其意皆在证明“文美”本于“神理”(此外“神理”对上文“立文之道”而言,即“道”或“自然之道”),黄说得刘氏本意。

在讨论这一问题时,也不能忽略了刘勰在《文心·序志》篇中所说的一段话:

> 夫“文心”者,言为文之用心也。昔涓子“琴心”,王孙“巧心”,心哉美矣,故用之焉。古来文章,以雕缛成体,岂取驺奭之群言“雕龙”也?

可以说,这是刘勰对《文心雕龙》一书的“题解”,关乎其书性质或主旨。尽管刘勰对其书名的“文心”解释为“为文之用心”(陆机《文赋》:“余每观才士之所作,窃有以得其用心。”),但他又说因为“心”是“美”的,所以才用它——这难道不是因为“文美”才用美“心”或“文心”吗?而“古来文章,以雕缛成

① 黄侃:《文心雕龙札记·情采》,中华书局1962年版。

体”（“雕缛”谓文采藻饰或使其有华美的文采），更是再清楚不过地道出了“文美”的属性。尤可注意的，这是刘勰对于《文心雕龙》的说明，也就是对《文心雕龙》一书性质的说明；在此，刘勰又特意强调了“文”或“文章”之美的属性。

据上所述，《文心雕龙》既为“论文”或论述文章问题之作，而刘勰是从规律（“自然”“道”）的哲学高度揭示或阐述“文”的本质属性（美）的；《序志》篇对《文心雕龙》的说明亦明确地显示出它是一部关于“文美”问题的著作。因此，完全可以认为《文心雕龙》是一部中国古代关于“文美”问题或“文的美学”的巨著。

（三）

上文从刘勰的“人文”本质或属性论的角度探讨了有关问题，通过刘勰对“文”的属性的阐释论述，可以看出《文心雕龙》是一部中国古代关于“文美”问题的著作。现在，本文将从《文心雕龙》“论文”的最基本的理论标准方面对此作出进一步的讨论。

在《文心雕龙》的“文之枢纽”中，继首篇《原道》之后，便是《徵圣》《宗经》，刘勰的“论文”标准在其中有集中的体现。《徵圣》篇根据与孔子有关的言论和故实，归纳出“政化贵文”“事迹贵文”“修身贵文”三事，接着说：

> 然则志足而言文，情信而辞巧，乃含章之玉牒，秉文之金科矣。夫鉴周日月，妙极机神；文成规矩，思合符契。或

简言以达旨，或博文以该情，或明理以立体，或隐义以藏用。故《春秋》一字以褒贬，《丧服》举轻以包重，此简言以达旨也；《邠》诗联章以积句，《儒行》缛说以繁辞，此博文以该情也；书契断决以象夬，文章昭晰以象离，此明理以立体也；四象精义以曲隐，五例微辞而婉晦，此隐义以藏用也。故知繁略殊形，隐显异术，抑引随时，变通会适，徵之周孔，则文有师矣。

在这里，刘勰认为“志足而言文，情信而辞巧”乃是“含章”“秉文”，即为文的金科玉条。其中，“志足”“情信”是诗文情志方面的标准，“言文”“辞巧”是诗文辞采方面的标准。而“足”“信”和“文”“巧”是对情志和文辞的各自的美学要求或标准。可见，情志的充实纯正(“足”“信”)和文辞的美好巧妙(“文”“巧”，“文”谓有文采)的统一，就是刘勰对于“文”或“文章”之美的标准。而这一标准又绝非空洞的教条，其具体化，就是刘勰所提出的儒圣之文“鉴周日月，妙极机神；文成规矩，思合符契”，也就是“或简言以达旨，或博文以该情，或明理以立体，或隐义以藏用”，或者“繁略殊形，隐显异术，抑引随时，变通会适”。尽管“志足言文”“情信辞巧”的“文美”标准是刘勰基于孔子之言及儒家经典所概括出来的，但是孔子的话主要是着眼于“政化”“事功(迹)”“修身”而发的，完全用之于“文章”的美学角度并且作为一种标准，不能不承认刘勰镕旧铸新的本领，不能不认为这种汲取式的继承发展，堪称哲人式的继承。

刘勰倡导为文宗法周孔，所谓“徵之周孔，则文有师矣”，这里边自然就包含着刘勰以“圣文”为完善范式的意思。从另一角度看，刘勰特别强调的是“文美”在“志”“情”的“足”“信”

和“言”“辞”的“文”“巧”方面的不可偏废，或缺一不可。《徵圣》篇说：

> 虽精义曲隐，无伤其正言；微辞婉晦，不害其体要。体要与微辞偕通，正言共精义并用；圣人之文章，亦可见也。颜阖以为“仲尼饰羽而画，徒事华辞”。虽欲訾圣，弗可得已。然则圣文之雅丽，固衔华而佩实者也。

这是认为圣人为文“抑引随时，变通会适”，文辞形式与情志内容的表达巧妙或完美地统一为一体。而刘勰驳斥颜阖对孔子的批评，却是强调文章文辞美的不可或缺。《庄子·列御寇》记载：“鲁哀公问乎颜阖曰：‘吾以仲尼为贞干，国其有瘳乎？’曰：‘殆哉圾(汲)乎！仲尼方且饰羽而画，从事华辞，以支为旨，忍性以视民而不知不信，受乎心，宰乎神，夫何足以上民！……’”①鲁哀公欲以孔子为卿相，颜阖则以为不可，理由是孔子修文德，倡仁义，“修饰羽仪”，②“圣迹既彰，令从政任事，情伪解华，析派分流为意旨也”③。刘勰驳斥颜阖“虽欲訾圣，弗可得已”，进而引入文章的品评，说：“然则圣文之雅丽，固衔华而佩实者也。”按如驳颜阖，也可以这样说：“贞干可则”不仅仅在于有忠贞干济之德，同时亦需要修文饰仪，所谓政化、事功(迹)、修身皆当“贵文”。但刘勰却将这种“文”“实(质)”关系引申到文章范畴，其意显谓：“文”不应只是情志内容充实

① 《庄子》引文据郭庆藩辑：《庄子集释》，中华书局1961年版。
② 《庄子·列御寇》篇成玄英疏。
③ 《庄子·列御寇》篇成玄英疏。

纯雅，文辞形式亦应华美。所谓“衔华而佩实”，就是圣文之“雅丽”（“雅”谓情志内容雅正，“丽”谓文辞华美）。所谓“雅丽”就是圣文之美，它和“志足言文”“情信辞巧”一样，就是刘勰的“文美”标准。

在《徵圣》之后便是《宗经》，倡言为文“宗经”是《宗经》篇的主旨。本篇在论述“圣文”（经）的种种典范性之外，又具体地提出为文宗经的“六义”之说：

> 故文能宗经，体有六义：一则情深而不诡，二则风清而不杂，三则事信而不诞，四则义直而不回，五则体约而不芜，六则文丽而不淫。扬子比雕玉以作器，谓五经之含文也。

“六义”即为文“宗经”在六个方面的意义：“情深”、“风清”、“事信”、“义直”（“直”谓贞正）、“体约”和“文丽”。其中的“深”“清”“信”“直”“约”“丽”是对文章的“情”“风”“事”“义”“体”“文”各成素的审美要求或标准。刘勰既然以此作为“文能宗经”的意义或益处，他自然是把它作为文篇各成素理想的审美标准。这“六义”自然又可区分成“质”（“情”“风”“事”“主”）和“文”（“体”“文”）两大成素的审美标准，所以它同样是文章情志内容和表达形式完美和谐的统一标准。颇能说明问题的是，刘勰在标举出“文能宗经”的“六义”说之后，又引扬雄“比雕石以作器”来说明经典之有文采①，亦同样强调文采美的不可或缺。正因为刘勰认为儒家经典是“衔华而佩

① 扬雄《法言·寡见》篇：“或曰：良玉不雕，美言不文，何谓也？曰：玉不雕，玙璠不作器；言不文，典谟不作经。”

实”,即“文”“质”完善统一的典范,所以才力主“文能宗经”,他感慨道:

> 夫文以行立,行以文传,四教所先,符采相济。励(迈)德树声,莫不师圣;而建言修辞,鲜克宗经。是以楚艳汉侈,流弊不还,正末归本,不其懿欤!

显然,刘勰认为,孔子“四教”(《论语·述而》:“子以四教:文、行、忠、信。”),“符采相济”(“符采”谓文、行,比况文之“文”“质”),人们“励(迈)德树声”都以圣人为师表,但是为文却很少能宗法儒家经典这种“符采(或‘文质’)相济”的思想。其结果是“楚艳汉侈”、流弊延绵。所谓楚之“艳”、汉之“侈”,即文采辞藻过度,与“质”不称,失“符采相济”或“文质相称”之义,有背“雅丽”之则,所以刘勰呼吁为文“宗经”“正末归本”。可见,刘勰力倡为文“宗经”的真谛在于主张为文“质”“文”要完美地统一。“徵圣”与“宗经”,一就为文的师表(圣人)而言,一就文的典范(经)而言,然究其主旨,可谓“殊途同归”,即都是强调文章情志内容和文辞形式的完美和谐。同时,这也就是刘勰理想的“文美”标准。关于文章“文”“质”和谐的文美理论,《情采》篇又有专论。其中说:

> 夫铅黛所以饰容,而盼倩生于淑姿;文采所以饰言,而辩丽本于情性。故情者文之经;辞者理之纬;经正而后纬成,理定而后辞畅:此立文之本源也。
>
> …………
>
> 是以联辞结采,将欲明经,采滥辞诡,则心理愈翳。固

> 知翠纶桂饵，反所以失鱼。言隐荣华，殆谓此也。是以衣锦褧衣，恶文太章；贲象穷白，贵乎反本。夫能设谟(模)以位理，拟地以置心，心定而后结音，理正而后摛藻，使文不灭质，博不溺心，正采耀乎朱蓝，间色屏于红紫，乃可谓雕琢其章，彬彬君子矣。

刘勰以“铅黛所以饰容，而盼倩生于淑姿”为喻，说明“文采所以饰言，而辩丽本于情性”，从而揭示了“文美”的根本在于情志内容(或决定于情志内容)的道理。因此，如果文辞过度华丽或奇诡，则导致文质不称、情志不显。在这里，刘勰强调的是在“述志为本”的前提下合度适中的文采美，这显然正是“志足而言文，情信而辞巧”或“衔华而佩实”以及“雅丽”的“文美”标准的理论阐述。

既然刘勰的《文心雕龙》是以“志足言文”“情信辞巧”或“衔华而佩实”的“雅丽”之美作为其“论文”的理论标准，我们就有坚实的依据认为它是一部中国古代关于“文的美学”的著作。

(四)

据前所述，可知《文心雕龙》本属“论文”之作，刘勰认为“美”是“文”的本质属性，而他“论文”的标准是“志足言文”“情信辞巧”或“衔华而佩实”的“雅丽”，亦即情志内容和文辞形式两大方面和谐的美。而实际上，也就是在刘勰具体论文时，不论在“论文叙笔”部分(即所谓文体论)，还是在“剖情析采”部分(即所谓创作论和鉴赏论)，这一“文美”标准无不贯彻其中。那么,我们又有何理由不认为《文心雕龙》是一部关于“文美”问题或“文的美学”的著作呢?又如前文所说,《文心雕龙》所论的文与今之“文学”(诗歌、小说、散文、戏剧)差别很大,含“有韵之文”和“无韵之笔”两大类,古人可径谓之“文”或者“文章”,但与今之“文学”或“文章”所含文类、文体均有较大差别。权衡取舍,为较合乎传统及实际起见,不妨仍沿用“文章”一语;而《文心雕龙》之“文的美学”,就不妨称之为“文章美学”。因此,这里可以用一句定性的话来结束本文:《文心雕龙》是一部中国古代的“文章美学”巨著。①

① 参见拙文:《“文心”与“雕龙”——关于《文心雕龙》文章美学的探索》,香港中文大学中国语言文学系主编:《魏晋南北朝文学论集》,(台北)文史哲出版社 1994 年版,第 399—413 页;《论“自然”观是〈文心雕龙〉文章美学的理论基础》(1995 年《文心雕龙》国际研讨会论文),(台北)《中国国学》1996 年第 24 期。

由“人格之善”到“情文之美”*

——《文心雕龙》之“文质”论对孔子思想的继承

刘勰所撰、成书于齐梁时期的《文心雕龙》①,是一部博大精深的文学或文章(诗文辞章)学理论巨著。② 其理论之系统、观点之精粹,越来越受到人们的重视。而关于诗文辞章的“文质”论,则是《文心雕龙》的重要理论之一,它包含着诗文辞章的“质”(或内容,情志义理)和“文”(或形式,文辞采藻)及其关系这类最基本的理论问题。其中之精萃,则是认为“文”的内容和形式(即“文”和“质”)应合度适中,形成和谐美好的统

---

* 原载(台北)《孔孟月刊》第 35 卷第 7 期,1997 年 3 月。

① 刘勰《文心雕龙》的成书年代,有齐末和梁代二说:清人刘毓崧、纪昀以及顾千里、范文澜等持成书于齐末说,可参见刘氏《通谊堂文集·书〈文心雕龙〉后》、《文心雕龙·序志》纪氏评及范氏注;今人叶晨辉等持成书于梁代说,可参见叶氏《〈文心雕龙〉成书的年代问题》[《山西大学学报》(哲学社会科学版)1979 年第 3 期],施助、广信《关于〈文心雕龙〉著述和成书年代的探讨——兼向郭绍虞、杨明照先生请教》(《文学评论》编辑部编:《文学评论丛刊》第 3 辑,中国社会科学出版社 1979 年版),贾树新《关于〈文心雕龙〉的成书时间及刘勰生卒年的新探》[《四平师院学报》(哲学社会科学版)1980 年第 3 期]。

② 所谓“文章”,指《文心雕龙》一书所论到的中国古代的各文类作品,大略可视为“诗文辞章”,而与今人通常所谓“文章”所含文类不同。下不另注。

一体。所以说,《文心雕龙》“文质”论的核心,就是关于“情文之美”的理论(“情文”,即人类的诗文辞章,《文心·情采》篇语)。①

刘勰力倡为文要“徵圣”“宗经”,认为“不述先哲之诰,无益后生之虑”(《文心·序志》篇);②他又是以周公、孔子诸圣为楷模、以圣人经典为范式确立起论文的理论标准的,认为“圣文”正是“志足而言文,情信而辞巧”或“衔华而佩实”,即“文质”和谐完美的典范(《文心·徵圣》、《文心·宗经》篇)。因此,刘勰的“文质”论与儒家“圣哲”,特别是孔子的思想密切相关。可以说刘勰是继承了孔子有关修身的思想或“人格之善”的标准而阐扬、发展成为其“情文之美”的理论标准的。由“人格之善”到“情文之美”,是刘勰对孔子思想在文学理论领域的一大发展。本文即就此加以讨论。

(一)

作为《文心雕龙》“文之枢纽”(《文心·序志》篇)之一的《徵圣》篇,主旨在于论述“圣人”为文的典范性与“徵圣立言”的必要性;同时,刘勰也归纳、概括出“圣哲彝训”(《文心·论

---

① 参见拙文:《“文心”与“雕龙”——有关〈文心雕龙〉文章美学的探索》,香港中文大学中国语言文学系主编:《魏晋南北朝文学国际研讨会论文集》,(台北)文史哲出版社 1994 年版,第 399—413 页;《论〈文心雕龙〉的性质》,中国《文心雕龙》学会第七次年会论文,1996 年 10 月。

② 《文心雕龙》引文均据范文澜《文心雕龙注》本,人民文学出版社 1957 年版。下同此。

说》篇）的“文质”观。

《徵圣》篇说：

> 夫作者曰圣，述者曰明，陶铸性情，功在上哲，夫子文章，可得而闻：则圣人之情，见乎文辞矣。先王圣化，布在方册；夫子风采，溢于格言。是以远称唐世，则“焕乎为盛”；近褒周代，则“郁哉可从”：此政化贵文之徵也。郑伯入陈，以文辞为功；宋置折俎，以多文举礼：此事迹（绩）贵文之徵也。褒美子产，则云“言以足志，文以足言”；泛论君子，则云“情欲信，辞欲巧”：此修身贵文之徵也。然则志足而言文，情信而辞巧，乃含章之玉牒，秉文之金科矣。

所谓“见乎文辞”的“圣人之情”，即下文所述“政化”“事迹（绩）”“修身”莫不崇“文”（“贵文”）的思想。而“修身贵文”，则是归纳自孔子关于修身的言论。

《左传·襄公二十五年》载：

> 冬十月，子展相郑伯如晋，拜陈之功……仲尼曰：“《志》有之：‘言以足志，文以足言。’不言，谁知其志？言之无文，行而不远……”①

《礼记·表记》：

① 杜预集解：《春秋经传集解》，上海古籍出版社1978年版，第1036页。另参见本篇范氏注。

子曰:“君子不以色亲人;情疏而貌亲,在小人,则穿窬之盗也与?”子曰:“情欲言,辞欲巧。”(注:“巧谓顺而说也”疏:“此明更申以情行相副”;“既称情疏而貌亲,故更明情貌信实,所以重言之也”;“‘辞欲巧’者,言君子情貌欲得信实,言辞欲得和顺美巧、不违逆于理,与‘巧言令色’者异也”。)①

《左传》所载孔子之论,认为“言”乃宣达“志”的载体,“志”须“言”而明,而“言”又待文巧才传之久远;②《礼记》所载孔子之言,说的则是情志信实而又言辞美巧:这都是对修身或君子人格而言的,指的是情志和言辞之间的关系以及两者的兼美。刘勰却把孔子这种“修身”说中的情志和言辞关系思想引申阐延,用之于其论文或诗文辞章的“文质”论中,认为“志足而言文,情信而辞巧”,即情志内容(质)充实诚信而又文辞(文)美妙,乃是为文的金科玉律,也就是达到“情文之美”的标准。因此可以说,由孔子的关于修身以求“人格之善”的“言”和“志”或“情”和“辞”关系说扩展到文的“情”和“辞”或“志”和“文”的关系领域,而成为“情文之美”的理论标准,这是刘勰对孔子思想的重要发展。

同样值得注意的,是刘勰提出的“圣文”“雅丽”说,又正是针对有人对孔子人格的訾议而发的。

---

① 阮元校刻:《十三经注疏·礼记正义》,中华书局1980年影印本,第1644页。

② “言之无文,行而不远”,旧注意谓:文辞(言语)无文采,则不能到远方为使。然刘勰用此语,则理解为:立言必有文采,方可传之久远。又《文心·情采》篇云“言以文远,诚哉斯验”,更可为证。

《徵圣》篇说：

> 故知正言所以立辩，体要所以成辞；辞成无好异之尤，辩立有断辞之义。虽精义曲隐，无伤其正言；微辞婉晦，不害其体要。体要与微辞偕通，正言共精义并用；圣人之文章，亦可见也。颜阖以为"仲尼饰羽而画，徒事华辞"。虽欲訾圣，弗可得已。然则圣文之雅丽，固衔华而佩实者也。

刘勰认为："圣文"之"体要与微辞偕通，正言共精义并用"，亦即内容和形式完美地统一为一体；"圣文"之美，即"雅丽"之美（"雅"谓内容美，"丽"谓形式美），也就是"衔华而佩实"的"情文之美"的理想标准。在此，刘勰又是以驳斥颜阖（春秋战国间鲁国隐士）对孔子"文质"美备人格的訾议，而提出"圣文""雅丽"的文美观的。

颜阖訾圣（孔子）事载《庄子·列御寇》：

> 鲁哀公问乎颜阖曰："吾以仲尼为贞干，国其有瘳乎？"曰："殆哉圾乎！仲尼方且饰羽而画，从事华辞。以支为旨，忍性以视民而不知不信。受乎心，宰乎神，夫何足以上民！……今使民离实学伪，非所以视民也。为后世虑，不若休之。难治也！"（郭注："夫至人以民静为安，今一为贞干，则遗高迹于万世，今饰竞于仁义而雕画其毛彩。……从事饰画，非任真也。"成疏："方将贞干辅相鲁廷，万代奔逐，修饰羽仪，丧其真性也。后代人君，慕仲尼遐轨，安忍情性，用之临人，上下相习，矫伪黔黎，而不知已

无信实也。”)①

鲁哀公以孔子具忠贞干济之德,欲委以辅相鲁廷之任,而征询于颜阖。颜阖则认为孔子倡仁义、崇礼仪(即所谓“文”),事属“饰羽而画,从事华辞”,而“令民离实学伪”。本来,仲尼既怀忠贞干济之德,且又重仁倡礼,正是“贵器用而兼文采”或“雕而器”(《文心·程器》篇)的贞干。在刘勰看来,这不仅是孔子自身人格的事实,而且也体现着孔子注重的完善的或“质”“文”美备的人格理念。颜阖纯然是从“治民”“使民从”的治权观念出发,对孔子加以訾议。刘勰则在驳斥颜阖的同时,从论文的角度阐扬了孔子“德(质)文”兼备的人格理念,提出了“圣文”乃“衔华而佩实”的理论评价,并且作为《文心雕龙》论述诗文辞章问题的最基本、最重要的“文质”兼备的“情文之美”的理论标准。

(二)

在同属“文之枢纽”的《宗经》篇中,刘勰又从“圣文”(即经)之“质”“文”各成素及其完美统一的角度加以论述,以阐明他的为文“宗经”之论。其中,亦体现出刘勰的“文美”观或“情文之美”的标准与孔子修身思想及完善人格理念的密切关系。

《宗经》篇说:

---

① 郭庆藩辑:《庄子集释》第三册,中华书局 1961 年《新编诸子集成》本,第 1050 页。

若文能宗经，体有六义：一则情深而不诡，二则风清而不杂，三则事信而不诞，四则义直而不回，五则体约而不芜，六则文丽而不淫。扬子比雕玉以作器，谓五经之含文也。夫文以行立，行以文传，四教所先，符采相济。励(迈)德树声，莫不师圣，而建言修辞，鲜克宗经。是以楚艳汉侈，流弊不还，正末归本，不其懿欤！

刘勰认为：为文若能宗法圣人经典（"五经"），则有六大益处，即可在"情""风""事""义""体""文"六方面达到"深而不诡""清而不杂""信而不诞""直而不回""约而不芜""丽而不淫"的境界。实际上，这也就是使文在有关"质"（"情""风""事""义"）和"文"（形式，"体""文"）两大范畴内达到完美和谐。因此，刘勰才举出扬雄"玉不雕，玙璠不作器；言不文，典谟不作经"的譬喻①，来证明"五经"不仅内容典雅美好，而且文辞表达形式也是美好的。可见这也就是《徵圣》篇所说的"圣文"之"衔华而佩实"或"志足而言文，情信而辞巧"的"文质"兼备的文美观。在此，刘勰又是以孔子"四教"（实则也可视为教育或修身思想）中有关的内容及其关系来作为其理论依据的。

《论语·述而》云："子以四教：文、行、忠、信。"（《集解》："四者有形质，可举以教。"《正义》："文谓先王之遗文，行谓德行，在心为德，施之为行，中心无隐谓之忠，人言不欺谓之信。此四者有形质，故可举以教也。"②朱熹注引程子："教人以学文

① 参见扬雄：《法言·寡见》。另参见拙著：《文心雕龙释义》，山东教育出版社1986年版，第63页。

② 阮元校刻：《十三经注疏·论语注疏》，中华书局1980年影印本，第2483页。

修行而存忠信也。”①

孔子“四教”之“文、行、忠、信”，按旧注“文”谓“先王之遗文”，“行”谓“德行”。刘勰所谓“四教所先”，即指“文”“行”而言（“文”“行”居“四教”之首）；所谓“符采相济”即是说“文”“行”相济（“文”为“采”，亦即“文质”之“文”；“符”为“行”，亦即“文质”之“质”），也就是“文质”相济相成的意思。不过，孔子“四教”之“文、行”系对教育与完善人格而言，强调的是“文行（质）”或“文质”兼备。② 而刘勰则以孔子施教的“文质”兼备思想作为依据，施之文章，把“四教”之“文行（质）”关系思想阐扬为诗文辞章的“文质”关系论，成为“符采相济”（或“文质相胜”亦即“衔华而佩实”）的关于“情文之美”的理论标准。刘勰《宗经》篇上述引文明白地宣示了这一观点：孔子“四教”，“符采（即‘文行’或‘文质’）相济”，人们修身立德［“励（迈）德树声”］，莫不以圣人为师表（即秉持“四教”之“文行”兼备之训）；但写作文章（“建言修辞”），却很少能够宗法圣哲经训，亦即未能像“励（迈）德树声”那样宗法圣人“文行”兼备的训教。显然，刘勰是认为孔子“四教”中的“文行”兼备思想不应该只是作为教育或修身以求人格完善的信条，还应该作为世人在为文方面“文质”兼备以求“情文之美”的“圣训”（《文心·正纬》篇语）。而这似乎足以使我们看到刘勰“文质”兼备的“情文之美”理论标准对孔子关于“文质”兼备以求“人格之善”的修身（或教育）思想的继承了。

---

① 朱熹：《论语集注》，中华书局 1983 年《新编诸子集成》本，第 99 页。

② 参见拙著：《文心雕龙释义》，第 33 页。

（三）

《文心雕龙·情采》篇专论诗之辞章之“情”与“采”的关系，实则是一篇关于诗文辞章“文质”问题的专论（“情”属“质”的范畴，“采”属“文”的范畴）。由此，同样可以看出刘勰“情文之美”的“文质”论与孔子关于“人格之善”标准的关系。

《情采》篇说：

> 夫铅黛所以饰容，而盼倩生于淑姿；文采所以饰言，而辩丽本于情性。故情者文之经，辞者理之纬；经正而后纬成，理定而后辞畅：此立文之本源也……是以联辞结采，将欲明经（按：“经”谓“情”，上文“情者文之经”），采滥辞诡，则心理愈翳……夫能设谟（模）以位理，拟地以置心，心定而后结音，理正而后摛藻，使文不灭质，博不溺心，正采耀乎朱蓝，间色屏于红紫，乃可谓雕琢其章，彬彬君子矣。

刘勰以“铅黛所以饰容，而盼倩生于淑姿”为喻，说明文美的根本在于文的情志内容；又以“经”和“纬”的关系，说明“情”之于“采”是“沿隐以至显，因内而符外”的关系（《文心·体性》篇），认为“经正而后纬成，理定而后辞畅”是“立文之本源”。正因为文美的根本在于“情”“理”，所以采藻过度、文辞侈靡，反而导致情理不显，造成“文质”不谐。设使如此，则何言文美？所以，刘勰提倡的是“要约而写真”的“为情而造文”

或“体情”之作(《文心·情采》篇),强调的仍然是“情采”或“文质”兼美(或和谐)的文美标准。他认为在“心定”“理正”的前提下而“结音”“摛藻”,做到“文不灭质”“博不溺心”,“正采”彪炳而芜辞不生,亦即使作品情志纯正而文辞美好,则可称得上“雕琢其章,彬彬君子”了。而所谓“彬彬君子”,则又正是孔子关于“君子”美善人格的标准。

《论语·雍也》云:“子曰:‘质胜文则野,文胜质则史。文质彬彬,然后君子。’”(《集解》引包咸曰:“彬彬,文质相半之貌。”《正义》:“此章明君子也。‘质胜文则野’者,谓人若质多胜于文,则如野人,谓鄙略也;‘文胜质则史’者,言文多胜于质则如史官也。‘文质彬彬,然后君子’者,彬彬,文质相半貌,言文华、质朴相半彬彬然,然后可为君子也。”)[①]朱熹注:“野,野人,言鄙略也。史,掌文书,多闻习事,而诚或不足也。彬彬,犹班班,物相杂而适均之貌。”[②]

可见,孔子所谓“文质彬彬”本是关于“君子”美善人格的理念或标准,它强调的是人格上的“质”“文”兼备(或相济相成):“质胜文”则鄙略,“文胜质”则浮华,唯有“文质”兼备而相称(“彬彬”),才是君子美善人格的理想境界。显然,刘勰把孔子“文质彬彬”这一“人格之善”的理想标准用于诗文辞章的“文质”论,是指诗文辞章的“文质彬彬”,亦即指在“述志”“体情”“明理”充实雅正的基础上,而又文辞美好,实则即“文质相胜”、“华实相扶”(《文心·才略》篇)、“华实相胜”(《文心·章表》篇)的关于文的“文质”论,或“衔华而佩实”(“雅丽”)的

---

① 阮元校刻:《十三经注疏·论语注疏》,第2479页。

② 朱熹:《论语集注》,第89页。

“情文之美”标准。

通过以上的讨论，我们可以看到，就孔子关于修身、施教或“人格之善”的思想及标准而言，是注重或强调人的品格上的“文质”相称（或兼备）；在刘勰“情文之美”的理论标准来说，则是主张“人文”（诗文辞章，《文心·原道》篇语）的“文质”相称，即在内容和形式两方面的完美统一，有“志足言文”“情信辞巧”“衔华佩实”的“雅丽”之美。刘勰这一“情文之美”的理论标准，则正是脱胎于孔子关于修身或“人格之善”思想；由“人格之善”到“情文之美”，是刘勰对孔子思想的阐扬和发展。由此，也就形成了中国古代文学批评史上关于写作或品评的最基本的重要理论标准；而这一“情文之美”的“文质”关系论，即使在今天看来，仍不失为一条文学创作及批评的重要理论标准。

“文之枢纽”：《文心雕龙》的文学基本理论*

刘勰将《文心雕龙》首五篇《原道》《徵圣》《宗经》《正纬》《辨骚》，称为“文之枢纽”。《序志》篇说：

> 盖《文心》之作也，本乎道，师乎圣，体乎经，酌乎纬，变乎骚：文之枢纽，亦云极矣。

按许慎《说文》：“枢，户枢也。”段玉裁注说：“户所以转动开闭之枢机也。”《易・系辞上》谓：“言行君子之枢机。”韩康伯注：“枢机，制动之主。”又《说文》：“纽，系也。一曰结而可解。”段注：“结，缔也；缔者，结不可解也。其可解者曰纽。”因此，“枢纽”本即户枢、纽结，户枢是门户开闭转动的要辖，纽结是绳带结系抽解的关键，都是“制动之主”。刘勰在这里“枢纽”连用，称自《原道》至《辨骚》五篇所论的内容为“文之枢纽”，便清楚地说明：这五篇所论述的问题在刘勰看来，是为文或文学理论中的关键性，即起“制动作用”的理

---

* 有关内容曾在数家刊物发表，这里据拙著《〈文心雕龙〉阐释》（齐鲁书社 2000 年版，第 67—149 页）收入。

论问题。它既是刘勰《文心雕龙》文学思想的基本理论,又是《文心雕龙》文论思想体系中起“制动作用”的枢纽——这应当是没有疑义的。

因此,探讨作为《文心雕龙》文学理论的“枢纽”五篇的理论及其关系,是确切把握刘勰文论思想体系和深入研究刘勰的具体文论观点的重要方面。可以说,对《文心雕龙》“枢纽”论的内容如果没有确切把握或深入了解,就谈不到《文心雕龙》文论思想体系的研究或了解。

在这里,将分“原道”“徵圣”“宗经”“正纬”“辨骚”五论,对各论的内容或理论逐一进行探讨,然后归纳、总结出“枢纽”论各论的理论观点及其结构关系。

一、原道:文学原理论

《文心雕龙》首篇即为《原道》,是“枢纽”论的首论。《序志》篇也说“盖《文心》之作也,本乎道,师乎圣,体乎经,酌乎纬,变乎骚:文之枢纽,亦云极矣”,便是把《原道》列为“文之枢纽”的首位。

刘勰“原道”之“原”,当为“本”或“本原”义;“原道”,是说“文”乃本其“道”而有(产生)的意思。《序志》的“本乎道”,也正是指“文”本于其自身规律(道)而发生之意。就《原道》篇的内容来说,它论述的是文学理论的一些最基本的问题;可以说,刘勰的“原道”论,也就是文学原理论(这当然也不能以现代的观念为楦)。

（一）刘勰“原道”论旧说述要

刘勰《原道》篇的主旨是从根本上,用现在的话来说就是从哲学的高度来论述“文”的发生及本质问题,或者说提出“道”与“文”的关系理论;依此为基础,又提出“道”“圣”“文”的关系论,以此而为他的为文“徵圣”“宗经”以及写作和鉴赏的理论原则张本。

所以,研究刘勰的“原道”论,必须首先讨论清楚“原道”所谓“道”的内容究竟是什么。“道”在《原道》篇又称为“自然之道”,这个“自然”对了解“道”的特性也至为重要;可以说,不明白刘勰《原道》的“自然”为何义,将是正确了解《文心雕龙·原道》之“道”甚至刘勰文学思想的一大障碍。

从《文心雕龙》学史的角度说,最早专门谈到有关“道”及“自然之道”或刘勰“原道”论主旨等问题的是清代的纪昀(晓岚)。纪氏《原道》评说:

> 自汉以来,论文者罕能及此。彦和以此发端,所见在六朝文士之上。

他认为:

> 文以载道,明其当然;文原于道,明其本然。识其本乃不逐其末。首揭文体之尊,所以截断众流。

纪氏又说:

> 齐梁文藻，日竞雕华，标自然以为宗，是彦和吃紧为人处。

纪氏之说简言评点，未能明白道出“道”或“自然”为何义。但是，他的意思是显而易见的，即认为刘勰“原道”论之意乃谓“文原于道”，是“明其（指‘文’）本然”；而刘勰的“自然”说则针对“日竞雕华”的齐梁文藻而发。纪昀之说显然包含着认为刘勰此论有“文崇自然”的意思。假设果真如此，那么“标自然”则与“竞雕华”显然是两相对立而非可并存了。

到黄侃（季刚）《文心雕龙札记·原道》，则更详细地论述了有关问题。黄先生说：

> 案彦和之意，以为文章本由自然生，故篇中数言自然。一则曰：“心生而言立，言立而文明，自然之道也。”再则曰：“夫岂外饰？盖自然耳。”三则曰：“谁其尸之？亦神理而已。”寻绎其旨，甚为平易。盖人有思心，即有言语，既有言语，即有文章；言语以表思心，文章以代言语，惟圣人为能尽文之妙。所谓道者，如此而已。此与后世言“文以载道”者截然不同。①

在这里，黄氏阐述了“自然”的含义，并且把“道”与“自然”联系了起来，同时也反驳了纪氏以为刘勰“文原于道”说与后来“文以载道”说相一致的评点。但是，就现在研究者的理解而言，黄氏对“道”和“自然”的上述说明或许未免还欠清晰。不

---

① 黄侃：《文心雕龙札记·原道》，中华书局1962年版。

过,黄氏有更进一步的说明,这是不可不注意的:

> 《韩非子·解老》篇曰:“道者,万物之所然也,万理之所稽也。理者,成物之文也。道者,万物之所以成也……”《庄子·天下》篇曰:“古之所谓道术者果恶乎在?曰:无乎不在。”案庄韩之言道,犹言万物之所由然。文章之成,亦由自然,故韩子又言:“圣人得之以成文章。”韩子之言,正彦和所祖也。①

由此可见,黄氏对“道”“自然”已有较明确的解释,并且已揭示出其基本意蕴。基于黄氏所论,范文澜、刘永济等又有所阐发。范氏说:

> 《淮南子》有《原道训》。高诱注云:“原,本也。本道根真,包裹天地,以历万物,故曰原道。”按彦和篇中屡言“心生而言立,言立而文明,自然之道也”;“夫岂外饰,盖自然耳”;“故知道沿圣以垂文,圣因文而明道”。综此以观,所谓道者,即自然之道,亦即《宗经》篇所谓“恒久之至道”。……彦和所称之道,自指圣贤之大道而言,故篇后承以《徵圣》《宗经》二篇,义旨甚明,与空言文以载道者殊途。②

比较而言,范氏对“道”和“自然”的解说反远不如黄侃所论明

---

① 黄侃:《文心雕龙札记·原道》。

② 范文澜:《文心雕龙注·原道》注[二],人民文学出版社 1958 年版。

白而确切。但是,范氏把《原道》的“道”或“自然之道”和《宗经》篇认为圣哲经书是“恒久之至道,不刊之鸿教”的“道”联系在了一起,这虽然存在着偏差,但又是很值得重视的。刘永济则认为:

> 舍人论文,首崇自然。二字含义,贵能剖析,与近人“自然主义”未可混同。此所谓“自然”者,即“道”之异名。道无不被,大而天地山川,小而禽鱼草木,精而人纪物序,粗而花落鸟啼,各有节文,不相凌杂,皆自然之文也。文家或写人情,或模物态,或析义理,或记古今,凡具伦次,或加藻饰,阅之动情,诵之益智,亦皆自然之文也。①

刘氏又提出刘勰论文“首崇自然”的问题,这在表面上与纪氏“标自然以为宗”之说无异;但是,刘氏又认为“自然二字含义,贵能剖析”。而他的剖析,实与黄侃之说大体一致。其后,李曰刚又对此加以解说:

> 黄师以为文原于道,乃文章本由自然生;刘氏以为文崇自然,自然者即道之异名。二家之说,辞异而义同。考《原道》篇中言及“道”者凡七次,……细加体味,则知所谓道,即自然之道;所谓道之文,即自然之道之文。自然者,客观事物是也。②

---

① 刘永济校释:《文心雕龙校释 · 原道》,中华书局 1962 年版。

② 李曰刚:《文心雕龙斠诠 · 原道》,(台北)“国立编译馆”中华丛书编审委员会 1982 年版。

比较而言,刘永济说明刘勰所谓"自然"与近人"自然主义"不同,而是"道"之异名(从刘氏此说,可看出他受黄说影响的痕迹),并且指出"道无不被",人物万类各有其"文"(即"道之文",或"自然之文"),在对刘勰"自然"说的研究上是一进展。李曰刚在总体上承黄、刘之说,并多所阐发,指出"道"即"自然之道"。但是,李氏又认为"道"即"客观事物",不能不说这是非常错误的解释!可以说,李氏对"道"(同时又是对"自然")这一重要范畴的解说,较之黄、刘反而走向了偏差。

综观上述诸家之说,可知对于《原道》"自然"说的研究本已有相当的基础。但是,由于其说或有欠明晰,或正误杂糅;又加上古今语殊,《文心雕龙》原文有时并非今人所可轻易理解,所以就难免导致后人滋生歧见。今之中外学者论"道"者,即有儒道、佛道、老庄之道、自然之道、绝对精神、宇宙本体、兼包数家之道等说;且同主一"道"者,其论也互有异同。真可谓言人人殊!其中,最该注意的是把刘勰《原道》"自然之道"的"自然"理解为形容词的"自然"(即今语"自然而然"的"自然")或"自然界"的"自然"。这两种解释虽然有时看起来于刘勰《原道》原文"可通"(因为"自然"的这几种常见的意义本来就有联系),但并不符合其原意。如果满足于"可通",那就妨碍了对刘勰的"自然"说作出正确的阐释,同时也就谈不上正确认识刘勰"原道"论的理论实质。以下,将就刘勰"原道"论的一些问题加以讨论。

(二)"道"与"文"的关系理论或"文"的发生及本质论

我们认为:"文之枢纽"首篇《原道》的理论核心,是关于"道"与"文"的关系或"文"的本质论等一系列的重要理论问题。那么,这个“道”的特性是什么?这一问题是讨论“道”“文”关系理论时应该首先要解决的。

《原道》篇说:

> 文之为德也大矣,与天地并生者何哉?夫玄黄色杂,方圆体分,日月叠璧,以垂丽天之象;山川焕绮,以铺理地之形:此盖道之文也。

刘勰认为:天、地不同的色彩相合(《说文》:“杂,五采相合也。”),而其方、圆不同的形体分立(古人或以为“地方”“天圆”,或以为“地道方”“天道圆”);日月如同两块相叠的璧玉,垂现出使天绚丽华美的景象;山川如同纹理斑斓的锦绣,展铺下使大地纹理优美的形状:这些都是“道之文”。显然,这里的“道”指的就是天、地自身运动变化的规律,所以刘勰又把这个“道”称为“自然之道”。《原道》篇说:

> 仰观吐曜,俯察含章,高卑定位,故两仪既生矣。惟人参之,性灵所钟,是谓三才;为五行之秀,实天地之心;心生而言立,言立而文明:自然之道也。

这里则说明:自从天地产生,人类置身其间,是天地间的精英(“实天地之心”),“心生而言立,言立而文明”,即由天地而到有人类,乃至由“心”而“言”,由“言”而“文”,这是天、地、人运动变化的“自然”规律。如同“丽天之象”“理地之形”这样的“象”“形”之“文”是天地运动变化规律的体现或外现形式一样,作为由天地而到人类、由“心”而“言”、由“言”而“文”的

“人文”来说,它仍然是客观事物以及人类运动变化的“自然”规律使然。《原道》篇还说:

> 傍及万品,动植皆文:龙凤以藻绘呈瑞,虎豹以炳蔚凝姿;云霞雕色,有逾画工之妙;草木贲华,无待锦匠之奇。夫岂外饰?盖自然耳!至于林籁结响,调如竽瑟;泉石激韵,和若球锽:故形立则章成矣,声发则文生矣。夫以无识之物,郁然有彩;有心之器,其无文欤!

这里则认为天地间“万品”“动植”无不各有其“文”,这些“文”并非外来的修饰,而是“万品”“动植”自身运动变化的体现,从而证明人类有“文”(即“人文”)是人类的“自然”规律使然,它的形成或产生是“自然”的,因而又是“必然”的。

所有这些,都已经十分清楚地表明:这里的“道”即指事物自己运动变化的规律,它有着“自然”的特性。应该特别注意:“自然”即“(事物)自己(或‘自身’)这样(‘然’,如此、这样)”,也就是客观事物“自己运动变化”。所以,“自然之道”即客观事物“自身或自己运动变化的规律”,这在刘勰的上述论述中已得到证明。

如果从历史的角度看问题,在我国古代哲学史上,“自然”的观点可以说是“源远流长”了。老子认为:“人法地,地法天,天法道,道法自然。”(《老子·道》篇)这里的“自然”,便是“自身如此”的意思;而“道法自然”,无非就是说“道”是取则于事物自己或自身的运动变化的本然。韩非则说:“夫物有常容,因乘以导之……随自然,则臧获有余。故曰:‘恃万物之自然而不敢为也。’”(《韩非子·喻老》)又云:“若饥而食,寒而衣,不令而自然也。”(《韩非子·安危》)“守成理,因自然。”(《韩非子·大体》)《淮南子·原道训》则说:“所谓无治者,不易自然也;所谓无不治者,因物之相然也。”这些地方的“自然”,也是表示事物“自身如此”。再者,以“疾虚妄”为论战口号的唯物主义思想家王充“问孔”“刺孟”而“非韩”,却对道家的“自然”说颇为服膺,《论衡》一书多言“自然”。《论衡·乱龙》:“夫东风至,酒湛溢,鲸鱼死,彗星出,天道自然,非人事也。”“今伎道之家,铸阳燧取飞火于日,作方诸取水于月,非自然也。”又《论衡·谴告》:“夫天道,自然也,无为;如谴告人,是有为,非自然也。黄老之家论说天道,得其实矣。”再如《论衡·自然》篇:“天地合气,万物自生,犹夫妇合气,子自生矣。万物之生,含血之类,知饥知寒。见五谷可食,取而食之;见丝麻可衣,取而衣之。或说以为天生五谷以食人,生丝麻以衣人,此谓天为人作农夫、桑女之徒也,不合自然,故其义疑。未可从也。”又云:“夫人之施气也,非欲以生子,气施而子自生矣;天地不欲以生物,而物自生,此则自然也。”王充说到的“自然”,即事物“自己(或自身)如此”,亦即事物“自己运动变化”(如“东风至,酒湛溢,鲸鱼死,彗星出”“天地合气,万物自生”“含血之类,知饥知寒”等)。王充也称“自然道”或“自然之道”,如《论衡·说日》:“月丽于上,山烝于下,气体偶合,自然道也。”又《论衡·寒温》:“天地之性,自然之道也。”这与刘勰所说的“自然”或“自然之道”,其基本含义是一致的。《文心雕龙·明诗》篇:“人禀七情,应物斯感;感物吟志,莫非自然。”《丽辞》篇:“夫心生文辞,运裁百虑,高下相须,自然成对。”这与《原道》篇的“自然”,内容是相同的。

所以,如果说“道”即法则或规律的话,那么“自然之道”的

“自然”则标明“道”的特定内涵即事物“自身如此”或“自己运动变化”。或者说,刘勰这里论述的“道”或“自然之道”具有“自然”的特性,其内涵即事物自己运动变化的规律。

在讨论刘勰所谓“道”或“自然之道”这个问题时,我们不能不注意到另一个重要的内证:在《原道》篇里,与“道”相联系的一个重要哲学概念便是“德”。刘勰说:“文之为德也大矣,与天地并生者何哉!”这个“德”,指的就是个别或具体事物所以然或某物所以成其为某物的本质或特殊规律,它是作为抽象或概括化了的客观事物总规律的“道”在一定的或具体事物中的体现。《管子·心术上》:“德者,道之舍。”又云:“故德者,得也。得也者,其谓所得以然也。”“虚而无形谓之道,化育万物谓之德。”《韩非子·解老》则谓:“德者,内也。上德不德,言其神不淫于外也。神不淫于外则身全,身全之谓德。德者,得身也。”上引《管子》的话说明“德”是“道”在个别事物中的具体存在,是个别或具体事物“所得以然”的特殊规律。而韩非则认为:“德”是属于内在的东西,只有保情、保性,才能不失人的“所得以然”(这是韩非对老子思想的阐述)。因此,“德”是事物的特殊本质或规律,是“道”在具体事物中的特殊表现;万物之“德”,即一切事物特殊规律的抽象概括或总和,便是所谓“道”。对“道”和“德”的这种关系,文子也说得比较明确。例如《文子·道德》篇:“物生者道也,长者德也”;“夫道者,德之无”;“道散而为德”。这也说明了“道”和“德”是一般规律和具体或特殊规律之间的关系。

当然,由于刘勰论述问题的角度不同,《原道》篇对“德”的内涵并未说明,这虽然是导致后来研究者众说纷纭的客观原因,但并非意味着这个问题无法解决。实际上,通过刘勰“文”乃“道之文”和“文之为德”的具体论述,我们完全可以得知

“德”的含义是指事物的特殊或个别规律。对这个问题,笔者已有专文讨论过了。现在将其中的一段归纳性的文字转录于此,以便说明问题:

> 总括言之,不论是天、地之“文”,还是“人文”或者“傍及万品,动植皆文”,在刘勰看来,都是客观事物“自然”规律——“道”的外现,是“道之文”。但是,刘勰又认为“道”的特性是“自然”,即指客观事物是按其自身之所以然的特殊规律而然的。因此,具体到一定的、个别的事物和这一定的事物的“文”,就是这种带有具体的、个别的事物自身之所以然的特殊规律的体现,即“德”的表现了,在这个意义上说,不是“文之为德”又是何物呢?在《文心雕龙》一书里,“自然”这一概念本身就具有“自身之所以然”的个别或特殊的规定性。而具体的客观事物的“自然”是统属于“道”的概括之中的。所以,具体的事物,“得于道”或“体道”——或称具体的事物中包括的具有特殊性或个性的“道”,便是所谓“德”。因此,“自然之道”这一概念,就包含有“道”是总规律而又同时承认“道”具体到一定的、个别的客观事物而具有的个性或特殊性。作为一定的具体事物的“文”,便是这种具体化、个性化了的特殊规律,即“德”的体现了……①

① 拙文:《〈文心雕龙〉“文之为德”观试探》,《东岳论丛》1985年第1期。另参见拙文:《〈文心雕龙〉释义六题》,《山东大学研究生学位论文集》(文科版)1985年第2期;拙著:《文心雕龙释义》,山东教育出版社1986年版,第1—8页。

可以相信,《原道》篇"文之为德"之"德"即指具体的客观事物自身所有的特殊本质或规律。"德"的含义及其与"道"的关系亦可确凿证明刘勰上述的"道"或"自然之道"是指事物自身运动变化的规律,它的特性是"自然"。

不可回避的问题是:使论者得出否定刘勰《原道)之"道"即"自然"规律的答案,有时也确实是由《原道》篇本身的论说所致。但是,似乎可以使人理折的反证,也还是刘勰对"河图""洛书"之类的论说。《原道》篇这样认为:

> 若乃河图孕乎八卦,洛书韫乎九畴,玉版金镂之实,丹文绿牒之华:谁其尸之? 亦神理而已。

从刘勰本篇行文看,这段话里的"神理"与上文的"道""自然之道""自然"异语同指。如果类比起来看,那么刘勰把《易传》等书中"河出图""洛出书"以及《书纬·中候握河纪》中类似的荒诞传说称为"神理"使然,①而"道""自然之道""自然"不是神秘的神理又是什么呢? 其实问题并非如此简单。我们只有历史地、全面地观察和分析这个问题,才有可能得出符合实际的答案。如《易·系辞上》所说:"天生神物,圣人则之。天地变化,圣人效之。天垂象,见吉凶,圣人象之。河出图,洛出书,

---

① 纪评云:"何晏《论语注》引孔安国之说,谓《河图》即八卦,与此'孕乎八卦'语相合。"《易·系辞上》:"河出图,洛出书,圣人则之。"《正义》:"河龙图发,洛龟书感……孔安国以为《河图》则八卦是也,《洛书》则九畴是也。"又《汉书·五行志》引刘歆说同。范文澜《文心雕龙注·原道》注[二二]云:"《尚书中候·握河纪》:'河龙出图,洛龟书感,赤文绿字,以授轩辕。'(马国翰《玉函山房辑佚书》)"

圣人则之。”在《易传》作者看来，这种“天生”“地出”的“物”“象”“图”“书”之类，是天地变化的结果；“圣人”能“则之”“效之”“象之”，则是人的作用。由于天、地、人“三材”（又作“三才”）的运动，才产生了《易》八卦、《洪范》这类“人文”。可见，这类“人文”也是“道之文”。刘勰上段论述，基本意蕴即本《易传》之说。而其中的“神理”，实际上也就是指“道”或“自然之道”而言的。问题正在于刘勰把儒书中的迷信和荒诞传说也纳入他的“原道”论中，使他的“道”或“自然之道”染上了神秘的色彩，致使后来论者作出否定的论断。但是，假使我们采取历史的、全面的态度来看待这个问题，就不难看到：刘勰在这个问题上是论据上的错误。由于刘勰主观上极其尊崇圣人经书，结果导致他把其中（有些并非圣人之书，如《书纬》）荒谬的传说也纳入其理论的论证之中，作为论据之一。这一点很重要：刘勰并不是放弃其“自然”观点而特意宣扬其中的迷信传说，而是将它作为论据之一。当然，刘勰在这里是错误的，但是我们却不能因此而否定《原道》之“道”的“自然”特性。否则，那就无法解释刘勰的“自然”观点，同样也就无法解释刘勰在《原道》篇的论述里所体现出的“道”和“德”的关系。

既坚持唯物的“自然”说，又相信（或无力反对）儒书“河图”“洛书”之类的传说，并且将它们纳入“自然”的范围中，在我国古代思想史上并非刘勰一人。以“疾虚妄”“辩然否”为论辩纲领的王充，在他的《论衡·自然》这篇阐述“自然”观、批判汉儒宣扬的神学目的论的论著中，论述“自然”观时有这样一段论辩性文字：

或曰：“太平之应，河出图，洛出书；不画不就，不为不成。天地出之,有为之验也。张良游泗水之上,遇黄石公授太公书,盖天佐汉诛秦,故命令神石为鬼书授人,复为有为之效也。"

曰:此皆自然也。夫天安得以笔墨而为图书乎?天道自然,故图书自成。晋唐叔虞、鲁成季友生,文在其手,故叔曰"虞",季曰"友"。宋仲子生,有文在其手,曰"为鲁夫人"。三者在母之时,文字成矣。而谓天为文字,在母之时,天使神持锥、笔墨刻其身乎?自然之化,固疑难知,外若有为,内实自然。是以太史公纪黄石事,疑而不能实也。……妖气为鬼,鬼象人形,自然之道,非或为之也。

至于"河出图""洛出书""在母之时,文字成",以及"妖气为鬼,鬼象人形"之类,当然是荒诞的,在事实上是不存在的。但是,王充却在批驳神学目的论的"有为"说的同时,将这些统统说成是"固疑难知"的"自然之化",认为"外若有为,内实自然"。这显然是错误的,因为这些传说在事实上是不存在的,所以也就不会有其"自然";凡是"自然",即表现为"自身运动变化"的,都必须是客观实在的。王充将儒书等的虚妄之说作为实有,并且用"自然",即"自身如此"或"自己运动变化"来解说虽然是错误的,但是我们却不能因此而否定王充朴素的唯物主义"自然"说。同样的道理,我们也不能因为刘勰说到"河图""洛书"之类,就从根本上否定他的"自然"观点以及"道"的"自然"特性。

刘勰《原道》篇提出这一具有"自然"特性的"道"(包括"德"),是为了揭示出他的"道"与"文"的关系或"文"的本质论。在我们讨论清楚"道"的特性之后,这个重要的理论问题也就容易了解了。

《原道》篇认为：包括天地、人类以及“动植”“万品”之“文”在内的所有的“文”，无不是基于“道”，即天地、人类以及万物自身运动变化规律而产生的。“文”是客观事物自身运动变化规律的外现形态。因此，从广义上来说，“文”是作为总规律的体现，是“道之文”。具体地说，一定的或具体的“文”，是一定的或具体的事物自身特有的本质或特殊规律，即“德”的外现形态。总之，“文”是按照事物自身运动变化（“自然”）的规律而发生的，是这种规律的外现：这就是“道”与“文”的特定关系。刘勰在这个意义上揭示出了“文”的本质，提出了他的“道”“文”关系理论或“文”的本质论。

刘勰提出“道”与“文”的关系理论或“文”的本质论，为的是论述文学，即“人文”的问题。因此，在这一“道”“文”关系理论或“文”的本质论中，就具体地表现为人的自身运动变化规律与“人文”的特定关系上的“人文”发生和本质论。所以，作为特定的“人文”，即文学来说，其是人情感活动自身规律的体现。《文心雕龙·明诗》篇说：“人禀七情，应物斯感；感物吟志，莫非自然。”《物色》篇说：“岁有其物，物有其容；情以物迁，辞以情发。”这说明，“情动而言形，理发而文见”或“五情发而为辞章”（《体性》《情采》），是“沿隐以至显，因内而符外”的“自然”（《体性》），也就是人情感活动的“自然之道”。所以，刘勰在《原道》一篇里历述了世间万物无不因其“自然”而有其“文”之后说：“故形立则章成矣，声发则文生矣。夫以无识之物，郁然有彩；有心之器，其无文欤！”总之，“人文”的本质是人情感活动的“自然”的体现或外现形态，它反映或体现的是人情感活动的“自然之道”：这就是“人文”的特定的本质。

因此,文学创作和文学批评应该遵循这一“人文”与“道”的关系理论或“文”的本质论原则,而不能违反“道”“文”之间的关系或“文”的本质。刘勰的这一理论,为他的文学创作论和文学批评论建立起了一个最基本、最重要的准则,它是《文心雕龙》文论思想体系的理论基石。

(三)“自然”与“形”“声”“情”诸类文的关系

如上文所论,刘勰“原道”论之“道”,即指规律;而这所谓规律,是指“(事物)自身如此(或自身之所然)的规律”(“自然之道”)。这便表明,“道”又称为“自然之道”,是因为“道”的特性是“自然”。正因如此,有时《原道》的“自然”也就代指“道”了(如“夫岂外饰? 盖自然耳”)。仅从这个意义上说,认为“自然”即“‘道’之异名”是对的。但是,又不能认为在任何情况下“自然”都等同于“道”:“道”又称为“自然之道”本身就是明证。应特别注意的问题是既然“自然”标明了“道”的特性,可见“自然”说不仅关涉“道”的性质问题,而且所谓“道之文”或“原道”论的“道”“文”关系理论的核心,就集中在“自然”与“文”的关系上。所以,有必要在这里就此再作专门的讨论。

首先,明确了刘勰《原道》之“自然”的所指,就可以看出:刘勰的“自然”说,或者“文”乃“道之文”、“文”由“自然”生的观点,并非清人所谓“崇尚文章自然”,而是表明所有的“文”或“文”的发生都是按照事物各自的所然之理而有的,同时不同的“文”又都是必然而有的;而作为“人文”(文章)来说,则是基于人类自身的所然之理或自身规律而有的。这才是刘勰“自然”说的基本内容。

然而，尽管对刘勰《原道》“自然”这一概念本身的阐释已达正确，认识到刘勰所谓“文”由“自然”说是说明人类及万物无不因其“自然”之理而有其“文”，因而人类及世间万物必有其“文”这一重要问题，但是如果认为仅此而已，那么我们与对刘勰“自然”说的实质或深层的意义，亦即刘勰此说究竟缘何而发的彻底了解，仍有一步之遥。

刘勰《原道》在论“文”由“自然”或“文”乃“道之文”时，曾论到“形文”“声文”“情文”的问题。如何看待“形文”“声文”“情文”的关系，或者说如何把握刘勰在这个问题上的意图，是探讨刘勰“自然”说的实质以及《文心雕龙》文美学理论的一个重要问题。为讨论方便，仍须将《原道》篇有关的原文撮要引录如下：

> 文之为德也大矣，与天地并生者何哉？夫玄黄色杂，方圆体分，日月叠璧，以垂丽天之象；山川焕绮，以铺理地之形：此盖道之文也。
>
> 仰观吐曜，俯察含章，高卑定位，故两仪既生矣。惟人参之，性灵所钟，是谓三才；为五行之秀，实天地之心；心生而言立，言立而文明：自然之道也。
>
> 傍及万品，动植皆文：龙凤以藻绘呈瑞，虎豹以炳蔚凝姿；云霞雕色，有逾画工之妙；草木贲华，无待锦匠之奇。夫岂外饰？盖自然耳！
>
> 至于林籁结响，调如竽瑟；泉石激韵，和若球锽：故形立则章成矣，声发则文生矣。夫以无识之物，郁然有彩；有心之器，其无文欤！

在以上引文中,刘勰对其“自然”说进行了反复论证。其中,天象、地形和龙凤之藻绘、虎豹之炳蔚,以及云霞的雕色、草木的贲华,即所谓“形文”,也就是天、地之“文”和动植万品之“文”;而林籁的结响、泉石的激韵之类,由于富有音乐美(“调如竽瑟”“和若球锽”),即所谓“声文”;至于“心生而言立,言立而文明”的“文”,即“情文”,也就是人类的文章。在刘勰看来,这所有的“文”都是“道(自然之道)之文”;换言之,这所有的“文”都是本于人及世间万物自身的特殊规律而有的,而这种因事物不同随之而有的“文”的产生又是具有必然性的。这种“自然”之理,在“情文”(亦称“人文”)表现为“心生而言立,言立而文明”,在“形文”“声文”则表现为“形立则章成”“声发则文生”。刘勰的这种“形文”“声文”“情文”各因发而为“文”的事物的“自然”而有的观点,在《情采》篇里又有更集中的概括:“故立文之道,其理有三:一曰形文,五色是也;二曰声文,五音是也;三曰情文,五性是也。五色杂而成黼黻,五音比而成韶夏,五情发而为辞章:神理之数也。”不过在这里,“形文”不只是指自然界事物华美的形象,而是包括了“五色杂”而形成的画绘之类(如“黼黻”);“声文”不只是指自然界事物发出的美妙的音响,而是包括了音乐(如“韶夏”,代指典雅美好的音乐)。

一般地讲,如果把刘勰的“自然”说或者“文”由“自然”生的观点理解为包括人类在内的世间万物无不因其“自然”而有其“文”这一人文发生论内容的话,那么,可以肯定这种阐释是正确的,但是还不够,因为这样还没有把刘勰为什么论“人文”而“形”“声”“情”诸“文”并论的底蕴完全揭示出来,也就是还没有回答上述诸“文”存在着何种关系或有无共同特征的问题。

如刘勰《原道》篇以上引文所论，就天地之“文”而言，天“文”是如同叠璧般的“丽天”之象，地“文”是如同焕绮般的“理地”之形；在“傍及万品，动植皆文”来说，则如龙凤之“藻绘”、虎豹之“炳蔚”，以及可逾画工的云霞“雕色”、无待锦匠之奇的草木“贲华”（以上均为“形文”），另按《情采》篇所说，“形文”则如“五色相合”而形成的“黼黻”——所有这些，都是美的。至于“声文”，如“调（调和，和谐）如竽瑟”的林籁结响，“和若球锽”的泉石激韵，或按《情采》篇所说，则如“五音和比”而形成的“韶夏”美乐，同样也都是美的。刘勰列举自然界事物具有的如天象、地形以及动植万物的美丽之“文”（“形文”，包括画绘）和自然界事物发出的具有音乐美的声音（“声文”，包括音乐），而进一步论证人类更应有“文”（“情文”），说明刘勰是从“美”的角度来看待“文”的。否则，刘勰《文心雕龙》专论文学辞章问题，而《原道》《情采》却以“形”“声”“情”诸“文”并论的问题就不好解释，或势必归之于妄谈了。事实上，刘勰是认为：即使天地以及动植万物都有呈现其美的“文”，那么作为“有心之器”或万物之灵的人类而言，岂有没有体现其心志、情感而呈现为美的形式——“文”之理！因此完全可以说，不论是“形文”“声文”，还是“情文”，其共同特征是“美”，这是刘勰《原道》《情采》篇将其并论的根由，是刘勰以事物之有“文”而论证人类更应有“文”的关键所在。

应当注意的是，《原道》篇将“形”“声”“情”三种“文”并论，并非混淆了它们各自的界限。这从《原道》认为“人文”或“情文”乃“心生而言立，言立而文明”的结果，以及把它作为“有心之器”的“文”，就已经看得出来。况且，《情采》篇讲“立文之道”(即形成“文”的规律),更把“形”“声”“情”三种“文”判别得十分清楚。所以,刘勰以富有美感的事物的“形”“象”以及具有音乐美的声音这“形”“声”之“文”来推论人类之应有“文”,显示出他认为“形”“声”“情”诸“文”之间有着“美”的共同特征(或共性,无美则不足以谓之“文”)。所以我们坚持认为:刘勰由“形”“声”之“文”推论人类之有“情文”,是要说明人类更应有“文”这种表现情志活动的美的载体。但是,论者或认为刘勰《原道》篇混淆了“自然之文”和“人文”,不合理;自然现象所呈现的文彩是客观存在,作家的创作是主观意识,存在不同于意识,所以把两者混同起来是错误的。如有的学者认为:“但《原道》里也有不合理的地方,他把自然之文和人文混淆了。他把自然界的天地万物所具有的颜色、形体、声音称为道之文;又把反映社会上政治教化的文章也称为道之文。认为这两种道之文都是自然形成的。”①这种理解显然是不正确的。

我们之所以认为刘勰的“自然”说是《文心雕龙》的文美理论基础,就是根据刘勰此说的实质而言的,而在讨论清楚刘勰“自然”说或其文章学理论中关于“形”“声”“情”诸种“文”之关系或者审美因素之后,刘勰“自然”说的实质就更容易看清了。

如刘勰《原道》所说:包括天地以至动植万物,无不因其“自然”而有其“文”;这些“文”按自然界事物的“自身之所然”的规律而有的。人类的文学辞章亦如此:“人文”本是人类(“有心之器”)情感活动的产物,是人类因其“自身之所然”的

① 周振甫:《文心雕龙今译》,中华书局1986年版,第9页。

规律而有的。这就表明:不论是“形文”“声文”,还是“情文”,都是发而为“文”的本体(人或客观事物)“自然”的产物。因此,“文”的产生本于“自然”,同时又是必然的。这也就是刘勰在《原道》篇中所体现出的文学发生论的内容。

而如上所论,不论是“形文”“声文”,还是“情文”,都具有“美”这一共同的特征。因此,所谓“文”由“自然”,亦即“美”由“自然”(也可以说,“文”本身就具有“美”这种属性)。刘勰的文章学理论中,所谓包括人类以及天地、动植万物无不因其“自然”而有其“文”,即意味着人类以及天地、动植万物无不因其“自然”而有美的表现(或表达——对人类而言)形式;换言之,正因为“文”由“自然”、人类及世界万物之有“文”是其自身规律所决定的,所以也就可以认为人类及世界万物之有“文”这种“美”的形式是其自身规律使然。这已经充分说明:刘勰《原道》的“自然”说,其实质在于强调“文美”本“自然”,亦即认为“文”的本质是一种具有“美”的属性的表现形式;作为人类的文章而言,这种具有“美”的属性的表现形式是人类按其“自身之所然”的规律而有的,所以人类有文学辞章这种美的表现形式又是必然的。因此,这可以说又是《文心雕龙·原道》篇所体现出的与文学发生论密切相关的文学属性论。

如果把刘勰此说的基本内容概括为简明的模式,则有“(人、物)自然→文(形文、声文、情文)→美”;如果“文”只取“情文”,则有“自然→文章→美”。在这一框架中,“文”由“自然”,而“文”的属性是“美”,所以最终体现为“美”由“自然”,“文美”具有在法则(规律)上的必然性。这样,就形成了刘勰《文心雕龙》全书文章美学中最基本也是最重要的观点。因此,这一观点表明了文美的属性本之于“自然”,这就给“文”以

“必然是美的”这种符合“自然”的规定性。那么,《文心雕龙》全书论“文”,也就离不开“美”这一文的属性;从另一个角度而言,“文”由“自然”或“文美”本“自然”的观点在《原道》篇为全书挈领,那么《文心雕龙》全书就势必强调或贯穿着这一文章美学理论。因此,应该说,刘勰的“自然”说是《文心雕龙》文章美学的理论基础。验之《文心雕龙》,事实也正是如此。由于本书其他地方对此已有所论述,这里只约举数端。

刘勰《情采》篇论述文章“情”“采”之间的关系,却首先提出“圣贤书辞,总称‘文章’,非‘采’而何?”的诘问,强调文章之美的属性,并由自然界的事物“文附质”“质待文”的事实,而论到人类的文章乃述性灵、写器象,它“镂心”“织辞”,富有文采美,所以有了“缛采”的名称。这实际上就是在揭示“文美”的本来属性。同篇在论证了“形文”“声文”“情文”形成的规律之后又说:“《孝经》垂典,丧言不文,故知君子常言未尝质也。老子疾伪,故称‘美言不信’,而五千精妙,则非弃美矣。”《孝经·丧亲》章上有“言不文”的话,本来是说丧言不应华美,但刘勰从相反的角度来看,得出“君子通常的言辞也不是质朴无华的”这种结论;老子《道德经》中有“美言不信”的话,原本是说漂亮的话不信实,而刘勰认为这是由于老子憎恶虚假才说的话,《道德经》本身却很美(“五千精妙”),足见老子并非厌弃文采之美。这些何为而发?都是刘勰特意强调文章本应是美的。所以《情采》篇下文又说:“庄周云‘辩雕万物’,谓藻饰也;韩非云‘艳(乎)采辩说’,谓绮丽也。绮丽以艳说,藻饰以辩雕,文辞之变,于斯极矣。”所谓“藻饰”“绮丽”,即文章辞藻之美;而“绮丽以艳说,藻饰以辩雕”,就是文美的极致了。可见,刘勰既提出文美由“自然”的文章美学观点,又在具体论文时强调“文”本来的美的属性。

如前所述，刘勰在《文心雕龙》首篇《原道》中论“文”和“道”及“自然”的关系，从美的特征着眼，揭示出文美的本来属性；《情采》篇论“情”与“采”的关系，又首先论述“文（采）”美问题。其实，综观《文心雕龙》全书各篇，都在不同角度或不同程度上体现着其“文美”观。这里再提出一个应予注意的例子，即《文心雕龙》书名的问题。可以说，刘勰以“文心雕龙”为他这部文章学巨著命名，就集中体现了他的文章美学观点；而就“名”与“实”符的一般情况而言，这样命名也就决定着刘勰此书作为文章美学著作的特点。《序志》篇说：

> 夫“文心”者，言为文之用心也。昔涓子“琴心”，王孙“巧心”，心哉美矣，故用之焉。古来文章，以雕缛成体，岂取驺奭之群言“雕龙”也？

所谓“文心”，是讲写作文章的“用心”问题的。刘勰认为，自古以来的文章都是以“雕缛”而形成篇体的，其藻饰雕琢与雕画龙纹有共同之处，所以称之为“文心雕龙”。而“文心”之“文”即“情文”，“雕龙”之“文”即“形文”，“为文用心”表现为文采美，雕画龙纹表现为纹彩（画绘）美。可见，其共同之处在于“美”。这与《原道》《情采》的文美观合若符契！

当然，在刘勰的文章美学理论中虽然从“自然”的基点出发而阐述文美的属性，强调文学辞章本质上就是美的，但是又并非孤立地只强调文采美这唯一的方面，而是持“质待文”“文附质”“符采相济”的“文质”论，提出“为情而造文”、批评“为文而造情”（《情采》）；而所谓“衔华而佩实”（《徵圣》），也就是刘勰关于文章美的最基本标准。

（四）“道”“圣”“文”关系理论

《原道》篇论述文乃本其“道”(“自然之道”)而产生,提出“道”与“文”的关系理论或关于“文”的本质及属性论。但是,《文心雕龙》本为“论文”,即论述人类的“文章”(诗文辞章)而作,所以刘勰的“原道”论并没有停留在“‘文’本原于‘道’”这样的哲学高度而后止,而是又从“人文”的实践层次论述了相关问题,即在“道”与“文”的关系理论基础上,注重人(即作者)这一起主观能动作用的因素,从而提出了“道”“圣”“文”的关系理论,为他主张的为文“徵圣”“宗经”论张本。

《原道》篇首先从“人文”的历史谈起。刘勰描述“人文之元”的情形时说:

> 人文之元,肇自太极,幽赞神明,《易》象惟先。庖牺画其始,仲尼翼其终。而《乾》《坤》两位,独制《文言》:言之文也,天地之心哉!若乃《河图》孕乎八卦,《洛书》韫乎九畴,玉版金镂之实,丹文绿牒之华,谁其尸之?亦神理而已。

刘勰这段论述尽管非常重要,但是又晦涩难懂,有必要加以考辨以探其理。所谓“人文之元,肇自太极”的“人文”,即“人之文”。斯波六郎《札记》:“‘人文’一词似本《周易·贲卦彖传》,但彖传王注仅云‘人之文’,并未阐明其内容。彦和的用法则是承前段末‘有心之器,其无文欤’,在词形上虽然晦涩如王注，但内容却显然指文章（文学）。”①此说近是。但应该指出，刘勰“人文”之“文”与现在文学之“文”内涵不同，它除包括文学外，还包括人类的文化。范注引《易·贲·象传》：“观乎天文以察时变，观乎人文以化成天下。”斯波氏《札记》又释“人文之元”的“元”为“‘人文’所生之本或根源”，“也就是尚未获得具体形象的物之本原”。② 此说不妥。按《说文》：“元，始也。”段注：“见《尔雅·释诂》。《易·九家注》曰：‘元者，气之始也。’”“人文之元”的“元”应释为“初始”“开端”义。“人文之元，肇自太极”两句，意思是说人文的开端，肇始于“太极”。如果按斯波氏所说，解“元”为“本”或“根源”“本原”，那就与下文“肇自太极”相矛盾了，因为“根源”或“本原”是不能说“肇始”的。

刘勰认为，“人文”的开端，肇始于“太极”。“太极”是什么？《易·系辞上》：“是故《易》有太极，是生两仪。两仪生四象，四象生八卦。”《易·乾凿度》郑注谓“太极”为：“气象未分之时，天地之所始也。”高亨则说：“太极者，宇宙之本体也。宇宙之本体，《老子》名之曰‘一’，《吕氏春秋·大乐》篇名之曰‘太一’，《系辞》名之曰‘太极’。”③据此，“太极”即宇宙原始混沌未分之本体。原始本体运动而为阴阳或天地（“两仪”），由阴阳而生出四时（“四象”），因而又有天、地、风、雷、水、火、山、泽八种自然物象（在《易》则用“八卦”象征），从而又推衍

---

① 〔日〕斯波六郎：《〈文心雕龙〉札记》，王元化编选：《日本研究〈文心雕龙〉论文集》，齐鲁书社1983年版，第44页。

② 〔日〕斯波六郎：《〈文心雕龙〉札记》，王元化编选：《日本研究〈文心雕龙〉论文集》，第44—45页。

③ 高亨：《周易大传今注》，齐鲁书社1998年版，第403页。

为宇宙万物。在《易传》作者看来,《易》卦卦象是体现或包括了其运动变化规律的。所以《易·系辞下》又说:“八卦成列,象在其中矣”;“是故《易》者,象也;象也者,像也”。这就是说《易》的主体是卦象,而卦象是体现或象征宇宙间阴阳对立及运动变化的。刘勰认为“人文”之初,是肇始于“太极”的,正是本于《易传》此说而言。因为《系辞》认为宇宙本体为“太极”,“太极”产生天地、天地又产生动植万物,而《易》卦卦象是体现了其规律的。反过来说,《易》象是“太极”运动变化规律的体现,所以说“人文之元,肇自太极”。这里的“人文”,实指《易》而言。说它“肇自太极”,是在《易》是“太极”运动变化之“道”的反映或体现这个意义上而言的。本篇上文认为“丽天之象”“理地之形”是“道之文”,作为“幽赞神明”的“《易》象”自然更应当是“文”。这种“文”又是“庖牺画其始,仲尼翼其终”的,它自然又是作为“三才”之一的人的“文”(即“人文”)。本篇下文说“幽赞神明,《易》象惟先”,既然“《易》象”是“幽赞神明”之“先”,所以它是“人文之元”。显然,刘勰是依据《易传》作者的宇宙起源及运动变化之说立论,从而把“《易》象”作为“人文之元”的。《易·系辞下》:“古者包牺氏之王天下也,仰则观象于天,俯则观法于地,观鸟兽之文与地之宜,近取诸身,远取诸物,于是始作八卦,以通神明之德,以类万物之情。”这大概就是刘勰所说的“人文之元”的情形吧!

再按刘勰的“道”与“文”的关系理论来看,他认为“形立则章成”“声发则文生”,宇宙万物无不有其运动变化的“形”“声”,因此就必然有其“文”“采”。本篇上文又说:“仰观吐曜,俯察含章,高卑定位,故两仪既生矣。惟人参之,性灵所钟,是谓三才。”显然,这是认为天、地、人从根本上说都是来源于

“太极”的。而人为“有心之器”,“有心之器”既生,则必有其“文”(“人文”),于是便出现反映“太极”运动变化规律的“人文”——“《易》象”,所以说“人文之元,肇自太极”。刘勰这样认识“人文之元”,或许是不确切的。但是从刘勰理论的主干看,应该认为还是辩证和一贯的。

“幽赞神明”云云,承上文“人文之元,肇自太极”而言。“幽赞”句本于《易传》中的《说卦》:“昔者圣人之作《易》也,幽赞于神明而生蓍。”韩康伯注:“幽,深也;赞,明也。蓍受命如响,不知所以然而然也。”《正义》:“圣知深明神明之道,而生用蓍求卦之法,故曰‘幽赞于神明而生蓍’也。”又云:“幽者,隐而难见,故训为深也。赞者,佐而助成而令微者得著,故训为明也。蓍受命如响,不知所以然而然者,释圣人所以深明神明之道,便能生用蓍之意,以神道与用蓍相协之故也。神之为道,阴阳不测,妙而无方,生成变化不知所以然而然者也。”《说文》:“赞,见也。”段注:“此以叠韵为训,疑当作所以见也。”“赞”即“阐明”义,“幽赞”即“深明”义。

从旧注看,“神明”在这里当指“神明之道”。之所以称为“神明”,是因为“阴阳不测,妙而无方,生成变化不知所以然而然”。又《易・系辞上》:“阴阳不测之谓神。”韩康伯注:“神也者,变化之极,妙万物而为言,不可形诘者也。”此也是这个意思。斯波六郎《札记》:“‘神明’亦指‘道’,是从其作用的神妙著明方面加给它的称呼。”[①]这是对的。又马王堆汉墓帛书《经法・名理》:“道者,神明之原也。神明者,处于度之内而见于

① 〔日〕斯波六郎:《〈文心雕龙〉札记》,王元化编选:《日本研究〈文心雕龙〉论文集》,第45页。

度之外者也。处于度之内者,不言而信。见于度之外者,言而不可易也。处于度之内者,静而不可移也。见于度之外者,动而不可化也。静而不移,动而不化,故曰神。神明者,见知之稽也。"可见,"神明"便是妙理或精神,实即规律、法则,与本篇的"道"相似。那么,所谓"幽赞神明"即"深晓(或深明)事物的妙理或精神"的意思。刘勰认为深明事物妙理的,《易》卦卦象是最早的("《易》象惟先")。为什么这样说?这个问题很重要。

《易·系辞上》认为《易》能"弥纶天地之道,仰以观于天文,俯以察于地理,是故知幽明之故",由此可以看出"神明"可指"天地之道"。《易·系辞上》还说:"圣人有以见天下之赜,而拟诸其形容,象其物宜。是故谓之象。"《易·系辞下》则说:"古者包牺氏之王天下也,仰则观象于天,俯则观法于地,观鸟兽之文与地之宜。近取诸身,远取诸物。于是始作八卦,以通神明之德,以类万物之情。"又云:"乾坤,其《易》之门邪?乾,阳物也;坤,阴物也。阴阳合德,而刚柔有体,以体天地之撰,以通神明之德。"在《易传》作者看来,《易》的主体是卦象,它是象征或表现"天地之道"或者说是"通神明之德""类万物之情"的,所以刘勰才说"幽赞神明,《易》象惟先"。联系上文"人文之元,肇自太极"来看,因为《易》是"幽赞神明",即阐明"道"和反映事物的妙理的,是"道"或"物宜"的体现,所以才说它"肇自太极",即肇始于太极的"人文"。

"而乾坤两位,独制《文言》。言之文也,天地之心哉"中的"乾坤两位",系指《周易》中的"乾""坤"两卦,这是最重要、最基本的两个卦象。它代表阴、阳两种对立势力(乾为阳,坤为阴),是矛盾对立的两个方面,乾卦之象为天,坤卦之象为地。

《易·乾·彖传》:“大哉乾元,万物资始,乃统天。”又《易·坤·彖传》:“至哉坤元,万物资生,乃顺天。”作为《易传》“十翼”之一的《文言》,是专门解说“乾”“坤”两卦的。范注:“《周易音义》:‘《文言》,文饰卦下之言也。’《正义》引庄氏曰:‘文谓文饰,以乾坤德大,故特文饰以为文言。’黄先生曰:‘此二说与彦和意正同。’”①黄侃说是,下文“言之文也,天地之心哉”的意蕴正承此说而来。《文言》既然是“文饰(即修饰、藻饰使有文采)卦下(乾、坤两卦)之言”的产物,所以说《文言》是“言”(卦下之言)之“文”(即文饰卦下之言而形成的“文”);“天地之心哉”,是说“文饰卦下之言”形成的“文”,即《文言》是“天地之心”的体现。“天地”即应上文“乾坤”,“天地之心”也就是天地,即乾坤运动变化的规律或“天地之道”。《易·系辞上》:“一阴一阳之谓道。”因为《文言》是“文饰卦下之言”的结果,它体现了阴阳对立及运动变化的《易》“道”,所以刘勰才这样说。

“天地之心”语出《易传》。《易·复·彖传》:“反复其道,七日来复,天行也。利有攸往,刚长也。复,其见天地之心乎!”高亨注:“此申释卦义。有往必有复,往复循环,乃天地之中心规律。”②尚秉和云:“天行,天道也。言阴阳刚柔、往来消长,天道固如斯也。此天地之心也。坤为心(象失传,详焦氏《易诂》),此以爻数括天地间之公例公理。”③在《易传》看来,《易》是反映或体现了天地间矛盾对立及运动变化规律(即“天

① 范文澜:《文心雕龙注·原道》注[二〇]。

② 高亨:《周易大传今注》,第183页。

③ 尚秉和:《周易尚氏学》,中华书局1980年版,第123页。

地之心”)的,所以说:“复,其见天地之心乎!”这里的“天地之心”,正是指天地或阴阳矛盾对立及运动变化的规律。当是刘勰所说的“言之文也,天地之心哉”的所本。

此外,刘勰又认为“河图”“洛书”以及所谓“玉版金镂”“丹文绿牒”之类的“文”也是本之于“道”而出现的。“谁其尸之?亦神理而已”,即是说“河图”“洛书”之类是“神理”所致,这便使他的学说蒙上了一层神秘的色彩,导致争论纷纭。所以,必须透过这种汗漫之说的表层,才能审理出刘勰所谓“神理”的实质所在。

如《易·系辞上》所说,是“天生神物,圣人则之。天地变化,圣人效之。天垂象,见吉凶,圣人象之。河出图,洛出书,圣人则之”。而这种“天生”“地出”的“物”“象”“图”“书”之类,是天地变化的结果;“圣人”对此“则之”“效之”“象之”,则是人的作用。由于天、地、人“三才”的运动,才产生了所谓“人文”(伏牺取法河图而作八卦,夏禹取则洛书而作《洪范》),可见所谓“文”仍然是“道之文”。① 换言之,刘勰认为“河图”“洛书”之类是“神理”使然,也就是说他认为这些都是天地运动变化的产物,是“道之文”,那么所谓“神理”正与“道”相通,这一点是很清楚的。本篇又根据《易·观·彖传》“观天之神道,而四时不忒;圣人以神道设教,而天下服矣”之说论道:“爰自风姓,暨于孔氏,玄圣创典,素王述训,莫不原道心以敷章,研神理而设教;取象乎河洛,问数乎蓍龟,观天文以极变,察人文以成

① 王充《论衡·自然》篇:“或曰:太平之应,河出图,洛出书,不画不就,不为不成,天地出之,亦有为之验也。”“曰:此皆自然也。夫天安得以笔墨而为图书乎?天道自然,故图书自成。”

化,然后能经纬区宇,弥纶彝宪,发挥事业,彪炳辞义。故知道沿圣以垂文,圣因文而明道,旁通而无滞,日用而不匮。《易》曰:‘鼓天下之动者存乎辞。’辞之所以能鼓天下者,乃道之文也。”这里“道心”和“神理”对举,是同一个含义。这段文字可为“道”“道心”与“神理”含义相通的力证。本篇赞文:“道心惟微,神理设教。”又是其证。

根据上文,本篇的“道”指“自然之道”;“自然”即客观事物自身如此或自身运动变化,“道”就是这种客观事物自身运动变化的规律。刘勰的“道”“文”或“德”“文”关系理论的“道”,就是这种具有“自然”特性的“道”,即“自然之道”。但是在这里,又表现为“道”与“神理”相通,“道”与“文”的关系又表现为“神理”与“文”的关系。那么,是“神理”也有“自然”的特性与“自然之道”相同呢,还是刘勰的“道”与“文”关系理论本身存在着矛盾?这显然是一个人们感到棘手而无法回避的问题。本书上文已对此加以论证,表明刘勰以“河图”“洛书”之类作为他的“道”“文”关系理论的论据,这当然是错误的,但并不能动摇“道”本身作为客观事物自身运动变化规律的特性,这只是某些论据上的失误,并不是基本论点或者全部论据的错误。① 在这里,“神理”与“道”的特性是一致的,“道”与“文”的关系、“神理”与“文”的关系在理论上是一致的。对于这个问题,还可以在《文心雕龙》一书中找到强有力的证据。

《文心·情采》篇:“故立文之道,其理有三:一曰形文,五

---

① 参见拙文:《刘勰〈文心雕龙·原道〉之“道”本原略考及其特性辨》,《东岳论丛》1989年第6期。

色是也;二曰声文,五音是也;三曰情文,五性是也。五色杂而成黼黻,五音比而成韶夏,五情发而为辞章:神理之数也。”请注意刘勰这段论述的行文:“立文”之“道”,其“理”有三,这里“道”和“理”对举;而“立文之道”的三条“理”,是“五色”“五音”“五情”的“杂”(《说文》:“杂,五采相合也。”)、“比”、“发”,即客观事物的“色”“音”“情”的运动或变化而成为“形文”“声文”“情文”,刘勰又称之为“神理之数”。“神理”正应上文“立文之道,其理有三”的“道”和“理”。显然,所谓“神理”也就是“理”。那么,为什么刘勰又说“立文之道”的“理”有三呢?由此可以明确“神理”“理”与“道的关系。《韩非子·解老》篇:“理者,成物之文也。”又云:“万物各异理,万物各异理而道尽。”“理者,成物之文”,是说“理”是具体事物自身规律形成的东西。韩非认为,“理”是事物自身的特殊规律,“道”是客观事物的普遍的或一般规律,是万事万物之“理”的概括。[①] 刘勰说“立文之道,其理有三”,就正反映了在对“道”和“理”的认识上与韩非相通的观点。“立文之道”,是讲形成文的规律,因为这是不体现区别的讲“立文”的规律,也就是说是在讲“立文”的一般规律,所以称“立文之道”。“其理有三”,是具体地讲形成不同的“文”的特殊或个别的规律,即讲“形文”“声文”“情文”三者的形成规律,所以称“理”。正因为这样,所以刘勰称“形文”“声文”“情文”的形成规律为“神理之数”。因此可以证明,“神理”和“理”含义相同,它们与“道”

---

① 黄生《字诂》之“理”字条:“凡言文理者,交错曰文,条遂曰理。”“言道理者,宏达曰道,旨奥曰理。”黄生撰,黄承吉合按:《字诂义府合按》,中华书局 1984 年版,第 40 页。

的关系是特殊规律同普遍或一般规律的关系，都具有“自然”的特性。

又《文心·丽辞》篇：“造化赋形，支体必双；神理为用，事不孤立。夫心生文辞，运裁百虑；高下相须，自然成对。”《易·说卦传》：“是以立天之道，曰阴与阳；立地之道，曰柔与刚；立人之道，曰仁与义。”刘勰上文的意图是要说明“丽辞”的“自然”性质，从而反对刻意堆砌“丽辞”的文风。其中“造化”（自然界）、“神理”、“自然”三者相对，而“造化赋形，支体必双”“神理为用，事不孤立”“高下相须，自然成对”分别从不同角度论证说明矛盾双方形成一个统一体的“自然”性质。由此可以看出刘勰所说的“神理”具有“自然”的特性，与他所说的“自然之道”是相通的。据此我们可以得出结论：从理论上说，刘勰的“神理”与“文”的关系说与他的“道”与“文”、“德”与“文”的关系理论是一致的。

总之，刘勰认为“人文”之初，自庖牺氏作“八卦”始；而仲尼之所以为《易》撰“十翼”，给《乾》《坤》特别撰作《文言》，体现出的也是“天地之心”，即天地之道的核心精神（刘勰在此论到仲尼撰《易》之《文言》，是想证明庖牺“八卦”这种“文”体现“道心”的重要；因为《原道》这一段文字主要在论述“《易》象”及“河图”“洛书”之类的非文字的“人文”）；至于“河图”“洛书”之类，亦是“道”之精微之理使然。考其用意，则是认为：自庖牺氏画卦，以至“河图”“洛书”之类的“文”，都是“道沿圣以垂”之“文”。因为这些所谓“文”或“通神明之德”，或“类万物之情”，体现了“天地之心”（亦即“神理”），总之是圣人推原“道心”而形成的“文”，所以从为文的角度而言，其是“原道心”而形成的“文章”。尽管刘勰论文以“道”（自然之道）为本,但以上的具体论述尚多谬误。如果从基本思理或刘勰的本意来认识,可以看出:在这里,刘勰所要论述的,是"人"(圣人)在"道"和"文"之间中介的也是能动的作用。

《原道》篇更多的则是叙述了文字产生以后的"人文",刘勰又说:

> 自鸟迹代绳,文字始炳。炎、皞遗事,纪在《三坟》,而年世渺邈,声采靡追。唐、虞文章,则焕乎始盛:元首载歌,既发吟咏之志;益稷陈谟,亦垂敷奏之风。夏后氏兴,业峻鸿绩,九序惟歌,勋德弥缛。逮及商周,文胜其质,雅、颂所被,英华日新。文王患忧,繇辞炳曜,符采复隐,精义坚深。重以公旦多材,振其徽烈,制诗缉颂,斧藻群言。

在这里,刘勰从远古炎(炎帝神农氏)、皞(太皞伏牺氏,亦作"庖牺""伏羲")之"文"(《三坟》),一直谈到商周之文。刘勰认为炎、皞之世有记载其事的《三坟》之书,①但由于年世久远而无法知其"声采";唐尧、虞舜时的文章,则开始兴盛;②夏禹时的文章,作用显著;而到商(汤)、周(周文王、周公),文章就有了更大发展。③ 由此我们可以看到,刘勰在这里实际上是叙述的一段自文字产生以后的"圣文"(即《徵圣》篇所谓"圣人之文章")之"发展简史"。除炎、皞之"文""声采靡追"外,刘

① 相传《三坟》为伏羲、神农、黄帝之书。

② 《论语·泰伯》:"子曰:大哉尧之为君也,巍巍乎唯天为大,唯尧则之。荡荡乎民无能名焉,巍巍乎其有成功也,焕乎其有文章。"此处"文章"指典章制度,为广义的"文"。

③ 《礼记·表记》:"虞夏之文,不胜其质;殷周之质,不胜其文。"

勰都是以赞美的笔调来加以叙述的，如“唐、虞文章”的“既发吟咏之志”“亦垂敷奏之风”，夏后氏之文的“九序惟歌，勋德弥缛”，商、周之世的“文胜其质”等。而且，尽管这些“圣文”是有发展过程的，但在刘勰看来，它们都是可以垂范于世的。所以《原道》篇又说：

> 至夫子继圣，独秀前哲，镕钧六经，必金声而玉振；雕琢情性，组织辞令，木铎起而千里应，席珍流而万世响，写天地之辉光，晓生民之耳目矣。

孔子继前圣而为圣，并且超越了前圣，他删述、修订“六经”（自孔子以前的圣人之文），集其大成，使其成为“写天地之辉光，晓生民之耳目”的经典之文。至此，在刘勰看来，圣人之“文”则可与日月同辉了。

刘勰的这一“圣文简史”，是从他的“道”“圣”“文”关系理论角度着眼的。所以，刘勰在《原道》篇对此作出概括：

> 爰自风姓，暨于孔氏，玄圣创典，素王述训，莫不原道心以敷章，研神理而设教；取象乎河洛，问数乎蓍龟，观天文以极变，察人文以成化，然后能经纬区宇，弥纶彝宪，发辉（挥）事业，彪炳辞义。故知道沿圣以垂文，圣因文而明道，旁通而无滞，日用而不匮。《易》曰：“鼓天下之动者存乎辞。”辞之所以能鼓天下者，乃道之文也。

刘勰认为：从庖牺氏（风姓）到孔子，他们“创典”“述训”，无不推原“道心”（“道”或“自然之道”的精理）以敷设为文章，深究世界间的神妙之理而设立教化(指“圣文”的教化而言)①,如圣人“取象乎河洛,问数乎蓍龟,观天文以极变,察人文以成化”。② 正因为此,方能有经略天下、包举典章伦常、弘扬事业的巨大作用,而使“人文”本身炳耀人间。正是在这样的前提下,刘勰提出了“道沿圣以垂文,圣因文而明道”这一“道”“圣”“文”的关系理论。

抛开刘勰所论的“人文之元”以及“圣文”发展是否一定属于事实不谈,他的理论本身的逻辑是可以成立的。然而,对刘勰此说表现出的“道”“圣”“文”三者的关系,学界认识和评价并不统一。

我们认为,揭开刘勰“道”“圣”“文”关系说内幕的关键,必须把握住两个问题:一是“道”和“圣”的联系,二是“道”的特性。第一个问题我们可以从马王堆汉墓帛书古佚书中得到较为明确的答案。古佚书认为:仁、义、礼、智四者之“和”称为“善”;此四者与“圣”统一,则为“德”,“德”为“天道”。因此,“圣”“德”“天道”三者就有密不可分的联系。而刘勰认为,周公、孔子等是“圣人”或睿智、“盛德”之人,自然便是得“道”之人或能够得知“道心”之人了。这就是“道”和“圣”的联系。在刘勰看来,“文”是“道之文”,那么孔子之类的“圣人”能“原

① 《易·观·彖传》:“圣人以神道设教,而天下服矣。”《正义》:“微妙无方,理不可知,目不可见,不知所以然而然,谓之神道”;“圣人法则天之神道,本身自行善,垂化于人,不假言语教戒……在下自然观化服从。”

② 《易·系辞上》:“探赜索隐,钩深致远,以定天下之吉凶,成天下之亹亹者,莫大乎蓍龟。是故天生神物,圣人则之;天地变化,圣人效之;天垂象,见吉凶,圣人象之;河出图,洛出书,圣人则之。”又《易·贲·彖传》:“观乎天文以察时变,观乎人文以化成天下。”

道心以敷章，研神理而设教”“观天文以极变，察人文以成化”，所以就必然得出“道沿圣以垂文，圣因文而明道”的结论。

再看第二个问题。首先应该说明，刘勰视庖牺氏、孔子等为高不可攀的“圣人”或“得道”之人，“道”通过他们才垂文于世，并作为经范。这有点像是“人文”发展史上的“圣人史观”。固然，这可能是不足为训的。但是我们又不能因此而忽略了“道”在本篇里的特定含义。因为同一概念在不同时代甚至在不同的人说来，可能会具有非常不同的含义。上文我们已经论证过，刘勰认为“文”是与天地一起产生的，因为有天地就有天“象”、地“形”之“文”。这种“象”“形”之“文”是天地运动变化的体现，所以是“道之文”，而“道”就是天地自身运动变化的规律。《原道》篇又论到“心生而言立，言立而文明”是“自然之道”，“自然之道”就是客观事物自身运动变化的规律。刘勰还正确地说明：“万品”“动植”都按其“自然”而有其“文”“采”，并非“外饰”。据此本篇得出结论说：“故形立则章成矣，声发则文生矣。”有“物”则有“形”、有“声”，“形立”“声发”则“章成”“文生”——这是“自然”的规律。因此我们说“道”具有“自然”的特性，这是无可否认的事实，也是极可值得注意的问题。德国古典唯心主义集大成者黑格尔提出否定之否定的基本出发点，是世界（黑格尔认为是绝对精神实体）的自我发展本性，而列宁对黑格尔的“自我运动”（“自己运动”）概念极为注重，并给予很高的评价。[1] 列宁的《谈谈辩证法问题》，就正是用事物“自己运动的原则”来阐述辩证法问题的。[2] 刘勰所

---

① 参见列宁：《哲学笔记》，人民出版社 1960 年版，第 81—257 页。

② 参见列宁：《哲学笔记》，第 403—412 页。

说的“自然”,其内涵就是“自己运动变化”。因此,“道”就是客观事物“自己运动”的规律。

在明确“自然”的内涵、把握住“道”的特性的前提下,去分析“道沿圣以垂文,圣因文而明道”的“道”“圣”“文”关系说,就可迎刃而解。因为“道”即客观事物自身的法则或规律,它的内涵是“自然”,即“自己运动变化”的,那么它就只能被人们认识和发现,而不能由人们来任意地、主观地发明或创造。正因为“道”是事物“自然”的法则或规律,所以即使是“圣人”,也只能是“明道”。王夫之《周易外传·系辞上》也说:“古之圣人,能治器而不能治道。”[①]“器”,即“形而下者”;“道”,即“体乎物之中以生天下之用者也”,或“自然者也”,[②]也就是“形而上者”或事物自身的法则、规律。[③] 王夫之此说,也是认为“器”可以治理、创造而其法则或规律(“道”)则不能人为地治理、创造,人们只能循“道”而治“器”。这正与刘勰的观点相一致。明此,固知刘勰的“道”“圣”“文”关系说是符合认识论的,不可轻率否定。如果事实如此,我们就不必多余地顾忌有“拔高古人”之嫌。

显然,在刘勰看来,“文”是客观事物自身运动变化的反映,是“自然之道”的体现,是“道之文”。而作为孔子之类的“圣人”,是能“原道心以敷章,研神理而设教”的。所以,“道”就可以通过这类“圣人”而“垂文”;反过来说,孔子这类“圣人”就能够“因文”而“明道”。自然,这里反映出刘勰过于迷信

---

① 王夫之:《周易外传·系辞上》,中华书局1977年版,第203页。

② 王夫之:《周易外传·乾》,第1页。

③ 《易·系辞上》:“是故形而上者谓之道,形而下者谓之器。”

圣人的作用和盲从经书的局限性，他还把“取象乎河洛，问数乎蓍龟”之类的虚妄传说杂入其论述中，使得他的理论笼罩上一层神秘色彩。但是，从主流来说，刘勰此说表明“文”是一定的客观事物自身运动变化的体现，是“道之文”，文学创作应该本乎这一客观规律的观点却是应该肯定的。刘勰自己也正是根据客观事物的“自然”规律或法则分析和论述文学创作、文学批评的理论问题的。

在刘勰的“道”“文”关系理论中，“道”与“文”是具有普遍存在的意义的，所谓万事万物皆有其“理”、世间万物皆有“形立则章成”“声发则文生”之“文”，人类亦有“心生而言立，言立而文明”之“文”，这所有的“文”皆因其“自然之道”而有。但在“道”“圣”“文”的关系理论中，刘勰在“道”“文”两者关系之间，提出或注重了人的认识和反映的能动作用，于是这里的“文”就限定在了“人文”的范围之内，一般意义上的“道”“文”关系就限定在了“道(自然之道)”与“人文”的关系理论之内。

此外，刘勰在“道”“文”关系论之间置入的有认识和反映能动作用的人，又并非一般的人，而是具超凡的智慧和德性的“圣人”；“圣人”能识“道心”、研“神理”，能“观天文”“察人文”而作出经纬天下、教化人类的文章，所以这种“文”也就不是一般意义上的“文”，而是“经”了(也就是说，“道”“圣”“文”关系理论中的“文”是圣哲之文，即经书)。

由上述分析，可见刘勰在《原道》篇提出的“圣文”发展史观，是他的“道”“圣”“文”关系理论的依据。同时，刘勰回顾“圣文”发展的历史，却并不是发思古之幽情，而是为了文学的现实；他提出的“道”“圣”“文”关系论，便是在“道”“文”关系论的基础上，提出具有认识和反映的能动作用的中间环节因素的楷模(“圣”),而“文”也就是“道沿圣以垂”的,又是“因文明道”的文之典范。这样,“道”“圣”“文”实际上就是“道”“圣”“经”。显然,在“原道”论之后,便是“徵圣”和“宗经”之论,刘勰的理论确实是非常系统的。

当然,“道”、“圣”、“文”(“经”)的理论框架是具有典范性的意义的;刘勰提倡人们为文“师乎圣”“体乎经”,在这种意义上看,“道”“圣”“文”的理论框架就成为“道”“人”“文”这种一般意义上(或具有普遍意义)的理论框架。因为刘勰最终的目的并不是论述、赞美“圣人”和“圣文(经)”,而是想给世人提出为文的在“道”“文”关系理论基础之上的作者(圣)和文(经)的楷模和典范。

二、徵圣:作者楷模论

《文心雕龙》继《原道》篇之后,就是《徵圣》。对于“徵圣”论的地位,《序志》篇说得明白:

> 盖《文心》之作也,本乎道,师乎圣,体乎经,酌乎纬,变乎骚:文之枢纽,亦云极矣。

可见,“徵圣”也就是“师乎圣”,亦即为文要以圣人为师表之意。而“徵圣”或“师乎圣”,是《文心雕龙》理论同时也就是关于诗文辞章理论的关键性问题之一,由此即可知“徵圣”论的地位。

（一）《徵圣》诸说平议

从《文心雕龙》学史的角度看，对于《徵圣》篇，同时也就是刘勰专门的“徵圣”论的地位，是曾经存在不同意见的。最先就有清人纪昀（晓岚）的“装点门面”说，他从“徵圣”与“宗经”的关系着眼，认为“徵圣”最终仍不过是“宗经”而已。纪氏说：

> 此篇却是装点门面，推到究极，仍是宗经。①

王更生则从分析的角度肯定了纪氏的品评，他说：

> 我倒觉得纪氏“装点门面”的说法，也许容得商量；而“推到极处，仍是宗经”之语，又何尝不对？他不但言中肯綮，而且也代我们揭穿了《徵圣》篇内经学思想的真面目。②

周振甫的意见与王氏相同，认为如从圣人的写作讲，“徵圣”则与“宗经”一样，“所以纪昀评它是‘装点门面’，‘仍是宗经’，从这点说是对的”③。牟世金更是曾经说得干脆直接：“（《文心雕龙》总论）其中《徵圣》和《宗经》，实际上是一个意思，就

① 《文心雕龙·徵圣》纪评。

② 王更生：《文心雕龙研究》，（台北）文史哲出版社 1997 年版，第 285 页。

③ 周振甫：《文心雕龙注释》，人民文学出版社 1981 年版，“前言”。

是要向儒家圣人的著作学习。”①

纪昀的“徵圣”属“装点门面”说,也引起过批评。如孙德谦就说:

> 刘彦和作《文心雕龙》,《徵圣》而下,继以《宗经》。所以析为二篇者,《徵圣》之意,则以圣人之言用为考徵,其文称“先王圣化,布在方册;夫子风采,溢于格言”是也。昧者不察,见其中有“必宗于经”之说,遂谓此与《宗经》无异。吾谓不然。《徵圣》《宗经》,明明各自为篇。《宗经》者,盖言文章体用俱备于经,与《徵圣》之奉圣人论文为主者,其道则有别。《易》之“同归殊途”,是其说也。②

黄侃则认为:

> 此篇所谓宗师仲尼以重其言。纪氏谓为“装点门面”,不悟宣尼赞《易》、序《诗》、制作《春秋》,所以继往开来,唯文是赖。后之人将欲隆文术于既颓,简群言而取正,微孔子复安归乎?③

刘永济亦反对纪氏的“装点门面”说,认为:

> 纪昀评此篇为装点门面,谓“推到究极,仍是宗经”,

---

① 牟世金:《〈文心雕龙〉的总论及其理论体系》,《中国社会科学》1981年第2期。

② 孙德谦:《太史公书义法》卷上,台湾中华书局1985年影印本。

③ 黄侃:《文心雕龙札记·徵圣》。

> 非也。盖《徵圣》之作,以明道之人为证也,重在心;《宗经》之篇,以载道之文为主也,重在文。圣心合天地之心,故繁、简、隐、显,曲当神理之妙。经文即自然之文,故详略先后,无损体制之殊。二义有别,显然可见。①

由此可见,同是以《徵圣》与《宗经》相比较来观察问题,而结论却大相径庭。如以"符合《文心雕龙》原著之意"的标准衡量,自以"非装点门面"之说为是。因为在《文心雕龙》"文之枢纽"的理论体系中,"道沿圣以垂文,圣因文而明道"是一有机联系的理论构架,"圣"(即人)是其中的重要一环;如将《徵圣》视为"装点门面"的虚设之篇,岂谓其当?再者,刘勰《文心雕龙》全书处处表现出对"为文而造情"或"言与志反"的虚浮之文的批评,难道刘氏自己却竟为掩人耳目虚造一"装点门面"的篇章?当然,也确实应该看到,"圣"之须"徵",其实即在于"圣"之作"经"(或言可为"经");"徵"其人,实则也是为了"师"其文。所以,由此而言,论者之意当予体会。但是,这又不能走得太远。因为如果依此推论下去,则必漫无准的:假如有人因为《徵圣》《宗经》两者其实都在为"论文"而发,故可均视之为"装点门面"又如何?有的研究者后来即出此论:

> 纪氏"装点门面"之评,固然不在怀疑或否定刘勰的宗儒思想。但对于刘勰之于论文来说,不仅《徵圣》,有的研究者认为:"推究纪氏的意见,可知《原道》《徵圣》都是'装点门面',只有《宗经》云云,才是刘氏论'文'指导思

① 刘永济:《文心雕龙校释·徵圣》。

> 想的实质所在。”①这可能是以“原道”之“道”为儒道而言。若从儒道的角度来考察,对于论“文”来说,所谓“宗经”,也不过是“装点门面”而已……这就充分说明,刘勰并无某家某教的门户之见,而主要是从文章的好坏出发。从这种意义上来看刘勰的“徵圣”“宗经”,就都可谓之“装点门面”了。②

这说明:在研究的“定点”上还需要明确。

(二)刘勰所徵之圣及“徵圣”论的内容

要探讨《文心雕龙》的“徵圣”论,或者说要明了《徵圣》篇的意义及理论价值,以下问题似乎是不能不予以研究的。

首先,王更生说得好:“说到《徵圣》,我们有两个问题要先弄清楚:一是圣人有何可徵?一是所徵者为何人?我们了解了可徵的事实,与所徵者为何人以后,才能认定刘彦和经学思想的本质。”③

刘勰提倡为文“徵圣”(也就是《序志》所说的“师乎圣”),则所徵或所师者为何圣?研究清楚这一问题的意义则在:可以更清楚地知道刘勰的思想渊源,免除有关纷争。比如,孔子认为,只有“博施于民,而能济众”的尧、舜、禹、汤、文、武、周公才是圣人;儒家的后继者则又把孔、孟作为圣人;法家(如韩非)

---

① 马宏山:《也谈〈文心雕龙〉的理论体系》,《学术月刊》1983年第3期。

② 牟世金:《文心雕龙研究》,人民文学出版社1995年版,第168—173页。

③ 王更生:《文心雕龙研究》,第285页。

又把“不期修古，不法常可，论世之事，因为之备”的改革者视为“新圣”；道家主张“绝圣弃智”，贬斥一般意义上的圣人，认为只有无为、无事、无欲的得道之人才算是圣人。那么，如知刘勰所“徵”之“圣”是哪些圣人，其思想倾向问题也就基本可以得到廓清了，甚至这在中国思想史的研究上也是有益的。比如，当今《文心雕龙》学界论及刘勰“徵圣”论的问题，动辄以“儒圣”或“儒家思想”相许。实际上，这都是特定的具有历史性的概念范畴，刘勰却并未给他所徵之圣戴上儒冠。刘勰“徵圣”意如何？即刘勰力倡为文“徵圣”，其意图何在？只有讨论清楚这一问题，才知道刘勰主张为文“徵圣”，即树立起为文“文质”兼美的师表，这除具有矫正当时讹滥文风的现实动机之外，也可以充分看到“徵圣”的理论意义，以及《徵圣》在“文之枢纽”中的地位，特别是它与《原道》《宗经》之关系，由此可以看出《文心雕龙》关于文的“枢纽”论的理论系统。

通考《文心雕龙》全书，可知刘勰是以庖牺氏、神农氏、轩辕氏“三皇”（或称“三王”）和唐尧、虞舜、夏禹、成汤、周文王“五帝”以及周公、孔子为圣人。而在诸圣之间，极重周、孔，尤其突出孔子。那么，刘勰所谓“圣”的视野，显然要大于孔子了。而且，刘勰以古代圣王（有些在今人看来是传说）为圣人，则“法先王”的意识是十分浓厚的。这从思想脉络来说，实属于孔子的一系。因此可以说，刘勰显然是“法先王，宗仲尼”的、中国古代正统思想的继承者了。仅从这方面而言，如果按照后来人们的中国古代思想史观来看，那么释、道两家在刘勰的思想上无一丝渊源关系。

此外，在《文心雕龙》里，“圣”和“儒”具有截然不同的性质。“儒”仅仅是与法家、墨家及道家相对并列的学派，刘勰的

"徵圣"绝非相当于"崇儒",况且刘勰也不把孔子作为儒家思想代表来看,而是继前圣而又"独秀前哲"的圣哲。这一点,是研究《文心雕龙》或研究刘勰思想时应必须加以区分开来的。我们不能不特别注意,切忌用不属于当时或刘勰的古代思想史观的东西去衡量刘勰的思想(今人的称述或评价又当别论)。

要说《文心雕龙》"文之枢纽"中《原道》一篇的核心是提出了"道""文"关系理论或"文"的本质论这一系列的重要原则性理论问题的话,那么,《徵圣》篇则是在"道""文"关系理论的前提下,再专门论述其"道沿圣以垂文,圣因文而明道"这一理论环节中"圣"的有关问题,标举出一个为文或创作符合"道""文"关系理论的关于作者的楷模,从而标明刘勰的关于符合"道""文"关系理论的创作论原则。

《徵圣》篇说:

> 夫作者曰"圣",述者曰"明"。陶铸性情,功在上哲。夫子文章,可得而闻,则圣人之情,见乎文辞矣。

此处的"圣人"是指以孔子为代表的"圣哲"。在这里,刘勰是从作者或为文的角度来论述问题。所谓"圣人之情",这里不是指圣人的政治或哲学思想,而是指作为作者即圣"因文明道"之"情",也就是从为文的角度来看圣人"沿道垂文"的。因此,刘勰在本篇里便从"政化贵文""事迹(绩)贵文""修身贵文"三个方面对"因文明道""沿道垂文"的"圣人之情"作了概括性论述,从而得出结论说:

> 然则志足而言文,情信而辞巧,乃含章之玉牒,秉文之

金科矣。

认为志情足信,而言辞文巧,即情志内容和文辞形式达到完美的统一,才是创作或为文的金科玉律。[①]《原道》篇认为“形立则章成”“声发则文生”,“形立”“声发”而“章成”“文生”这是“自然”的关系。[②] 按照“道”“文”关系理论或“文”的本质论来说,“人文”是人情感或情志活动的“自然”的体现,是人的情志活动的外现形态。因此,作为完美的作品来说,那就是要“志足而言文,情信而辞巧”。所以说,“志足而言文,情信而辞巧”,即情志内容和文辞形式完美统一的为文或创作论原则,正是建立在“文”乃“道之文”或“道”“文”关系理论基础之上的。从理论上说,“道”和“文”的关系表明“文”是按照客观事物的自身规律而有的,“人文”是人的情志活动“自然”即自身运动变化的结果。因此,这一理论本身就从根本上确立了为文或创作顺应“道”“文”关系,要“志足而言文,情信而辞巧”这一原则的正确性。同时,这也就从根本上对违背“道”“文”关系的为文或创作路线给予了否定。可见,刘勰谈“圣人之情”,从圣人“政化贵文”“事迹(绩)贵文”“修身贵文”谈起,固然是强调圣人对于文(文辞、文章)在政治教化、事迹功业和人格修养诸方面的极其重要的作用,但又并非仅限于此,而是由圣人“贵文”的事实而过渡到论述文的问题,即从创作或为文角度

---

① 《易·坤》爻辞:“含章可贞。”王弼注:“含美而可正者也。”“含章”与下句“秉文”均指为文而言。又《文选·扬雄〈剧秦美新〉》:“金科玉条。”李善注:“谓法令也;言金、玉,贵之也。”“玉牒”“金科”,犹“金科玉律”,具有法则义。

② “形立则章成”“声发则文生”系指“形文”和“声文”而言。

出发,认为“圣”是推原、顺应“道”“文”关系而属辞缀文(“沿道而垂文”)的楷模。刘勰提倡为文“徵圣”,也就是主张效法“圣人”为文,即标举循着“道”“文”之间的“自然”关系进行写作的榜样。所以,刘勰“徵圣”之说的实质,正是提倡符合“道”“文”关系理论的创作论原则。

那么,“圣人”为文的典范性何在?刘勰主张为文“徵圣”是提倡人们效法“圣人”为文的哪些内容?只有弄清楚这些问题,才能够更明晰地看到或更确切地把握刘勰所提倡的关于符合“道”“文”关系理论的创作论原则的实际含义。

《徵圣》篇论到“圣人”为文时说:

> 夫鉴周日月,妙极机神;文成规矩,思合符契。或简言以达旨,或博文以该情,或明理以立体,或隐义以藏用。故《春秋》一字以褒贬,《丧服》举轻以包重,此简言以达旨也;《邠诗》联章以积句,《儒行》缛说以繁辞,此博文以该情也;书契断决以象夬,文章昭晰以象离,此明理以立体也;“四象”精义以曲隐,“五例”微辞以婉晦,此隐义以藏用也。故知繁略殊形,隐显异术,抑引随时,变通会适,徵之周孔,则文有师矣。

刘勰认为:“圣人”鉴察力可与日月媲美,能极尽神妙的幽理;①

---

① 范注引《易·系辞上》“阴阳之义配日月”谓:“‘鉴周日月’,犹言穷极阴阳之道。”斯波六郎《文心雕龙范注补正》:“范说恐非。‘鉴周日月’与赞之‘鉴悬日月’同意,谓明之周遍也。”又《易·系辞下》:“几者动之微,吉之先见者也。君子见几而作,不俟终日。”又《易·系辞上》:“阴阳不测之谓神。”韩康伯注:“神也者,变化之极,妙万物而为言,不可以形诘者也。”

写成文章成为范式,为文运思如同符契相合。[1] 这具体表现在“圣人”为文“或简言以达旨,或博文以该情,或明理以立体,或隐义以藏用”上。而“繁略殊形,隐显略术;抑引随时,变通会适”,则显然是“圣人”为文典范性的概括。

斯波六郎认为:“‘繁略’之‘繁’与上文‘博文以该情’相应,‘略’与‘简言以达旨’相应;‘隐显’之‘隐’与‘隐义以藏用’相应,‘显’与‘明理以立体’相应。”[2]此说极是。“繁略殊形”之“繁”,实即指“博文以该情”,也就是对上文“《邠诗》联章以积句,《儒行》缛说以繁辞”而言:因为所举文例“联章”“积句”、“缛说”“繁辞”,所以说是“繁”。[3] “略”,实即指“简言以达旨”,也就是对上文“《春秋》一字以褒贬,《丧服》举轻以包重”而言:因为“一字”则可以“褒贬”、“举轻”则可以“包

① 王元化《日本研究〈文心雕龙〉论文集·序》:“所谓‘思合符契’即思与文相合有如符契。”拙著《文心雕龙释义·徵圣》以为:“思合符契”,当谓为文运思之精,指思与事物之理妙合犹如符契相合而无间。今按:“符契”也可能本来指符券契约之类征信的凭证,它具有“法度”的含义;“思合符契”,说不定就是说圣人为文之思妙合法度,故为可“徵”,如此则正与上句“文成规矩”相应,“规矩”(即法式)、“符契”所指相类。

② 〔日〕斯波六郎:《〈文心雕龙〉札记》,王元化编选:《日本研究〈文心雕龙〉论文集》,第62页。

③ 黄侃《札记》:“《七月》一篇八章,章十一句,此风诗之最长者。”故谓之“联章以积句”(《七月》即《诗·豳风·七月》篇)。范注:“据《礼记·儒行》篇郑注,则孔子所举十有五儒,加以圣人之儒为十六儒也。”故谓之“缛说以繁辞”。

重",所以是"略"。① "繁"与"略"形式不同,所以说"殊形"。而"隐显异术"之"隐",实则指"隐义以藏用",也就是对上文"'四象'精义以曲隐,'五例'微辞以婉晦"而言:因为"精义""曲隐"、"微辞""婉晦",所以是"隐";②"显",实则指"明理以立体",也就是对上文"书契断决以象夬,文章昭晰以象离"而言:因为"断决"而"象夬"、"昭晰"而"象离",所以是"显"。③"隐"与"显"方式不同,所以说"异术"。

"抑引随时,变通会适"承上"繁略殊形,隐显异术"而来。斯波六郎释"抑引随时"时认为:"彦和此处的用意可能是'循规蹈矩地使用'或'合乎原则地使用',就是说以这种方式来使用上文的'繁、略、隐、显'之法。"④此说实误。"抑"本为"抑制"义,"引"的本义是"开弓"(《说文》:"引,开弓也。"),引申

① 范宁《春秋穀梁传序》:"一字之褒,宠逾华衮之赠;片言之贬,辱过市朝之挞。"即所谓"一字以褒贬"。《礼记·曾子问》:"曾子问曰:相识有丧服,可与于祭乎?孔子曰:缌不祭,又何助于人?"黄叔琳《文心雕龙辑注·徵圣》(中华书局1957年版):"明举缌不祭,则重于缌之服,其不祭不言而知。"此则"举轻以包重"之例。

② 《易·系辞上》:"《易》有太极,是生两仪;两仪生四象,四象生八卦。"又:"《易》有四象,所以示也。"黄侃《札记》:"四象:彦和之义盖与庄氏同,故曰'四象精义以曲隐'。《正义》引庄氏曰:'四象谓六十四卦之中有实象,有假象,有义象,有用象。'"《左传·成公十四年》:"《春秋》之称,微而显,志而晦,婉而成章,尽而不污,惩恶而劝善,非圣人谁能修之?"另见杜预《春秋左氏传序》。

③ 《易·夬卦》彖辞:"夬,决也,刚决柔也,健而说,决而和。"又《易·系辞下》:"上古结绳而治,后世圣人易之以书契,百官以治,万民以察,盖取诸《夬》。"又《易·离卦》彖辞:"离,丽也;日月丽乎天,百谷草木丽乎土。"《易·说卦》:"离也者,明也。"

④ 〔日〕斯波六郎:《〈文心雕龙〉札记》,王元化编选:《日本研究〈文心雕龙〉论文集》,第63页。

为“拉长”或“引伸”义(《易·系辞上》:“引而伸之,触类而长之。”)。“抑引”在这里即表示抑制和引伸:“抑”对上文“简言以达旨”和“隐义以藏用”而言,这两者“简言”“隐义”,所以是“抑”;“引”对上文“博文以该情”和“明理以立体”而言,这两者“博文”“明理”,所以是“引”。因此,“抑引”实际上就是指“繁略殊形”“隐显异术”的“繁略”“隐显”来说的:“繁”“显”比较“略”“隐”来说,就是“引”,而“略”“隐”则是“抑”。所以,“抑引随时”是说“圣人”为文“繁”“略”、“隐”“显”都根据不同的情况而变化,也就是说顺应不同的时间或环境需要而采取或“抑”(“略”“隐”)或“引”(“繁”“显”)的不同的表现形式。下句“变通会适”的“变通”,语出《易传》。《易·系辞下》:“变通者,趣(趋)时者也。”“趣时”与“随时”义近,均为适应时境或顺应时势、灵活变化而不拘滞之意。[1] “会适”,唐写本作“适会”,按诸家说当作“适会”,[2]义为适应时机或机会。可见,“变通适会”也是说“圣人”为文“繁”“略”、“隐”“显”的变化或取舍都根据时势或时宜的不同而变化。因此,这就是刘勰所说的“圣人”为文“文成规矩,思合符契”的具体内容。由此看来,所谓“文成规矩,思合符契”,便是说“圣人”为文“抑引随时,变通会适”,亦即能顺应“道”“文”之间的“自然”关系,随时变化而不拘滞。刘勰在这里说的是“圣人”为文在表现或表达上的典范性,换个角度说,“圣人”为文之所以具有这种典范性,在于刘勰认为它妙合“自然”或符合“自然之道”。刘勰

---

① “随时”亦《易》之习用语,如《易·随》:“大亨贞无咎,而天下随时,随时之义大矣哉!”

② 参见杨明照:《文心雕龙校注拾遗》,上海古籍出版社1982年版,第15页。

提倡"徵圣",便是主张效法"圣人"为文符合"道""文"关系理论的榜样,在表达上"抑引随时,变通会适",即根据表达的需要而变化。这里显然是讲的"圣人"为文"志足而言文,情信而辞巧"的"言文""辞巧",也就是"圣人"为文在文辞或表达上可为楷式。

刘勰认为,"圣人"为文不仅是"言文""辞巧",而且是"志足""情信",或内容上也是美好的,是完美的形式与美好的内容的和谐统一。《徵圣》篇说:

> 《易》称辨物正言,断辞则备;《书》云辞尚体要,弗惟好异。故知正言所以立辩,体要所以成辞;辞成无好异之尤,辩立有断辞之义。虽精义曲隐,无伤其正言;微辞婉晦,不害其体要。体要与微辞偕通,正言共精义并用;圣人之文章,亦可见也。颜阖以为"仲尼饰羽而画,徒事华辞"。虽欲訾圣,弗可得已。然则圣文之雅丽,固衔华而佩实者也。

这就是说:"圣人"为文不仅表现形式完美,而且内容也是美好的,也就是"圣人"为文能做到"志足而言文,情信而辞巧"或这里所说的"衔华而佩实"("志足""情信"即"佩实","言文""辞巧"即"衔华")。刘勰认为"圣人"为文"精义曲隐"而"无伤其正言","微辞婉晦"而"不害其体要","体要与微辞偕通,正言共精义并用"——内容和文辞表现形式相合如契,成为和谐的统一体。尽管圣哲为文"难堪其誉",但从刘勰的原意来看,这些正是符合他提出的"道""文"关系理论的。因为在刘勰看来,"文"是事物自身运动变化规律("自然之道")的体现

(或“文之为德”),那么“人文”当然就是人情志活动的体现了。所以,写作文章“志足而言文,情信而辞巧”,或“衔华而佩实”,也就是内容和形式完美统一,才是为文不移的法则。可见,这正是根据“道”“文”关系理论而提出的创作论原则。刘勰的“徵圣”论,旨在标举出一个在为文时符合“道”“文”关系理论的作者(人)的楷模;刘勰主张“徵圣”,便是提倡为文要依据“道”“文”关系和效法符合这一关系理论的榜样——“圣”,做到“志足而言文,情信而辞巧”或“衔华而佩实”——这就是刘勰“徵圣”论的实质。

总之,从《文心雕龙》“文之枢纽”的理论系统的整体性上看,《徵圣》篇是在《原道》篇提出的“道”“文”关系理论的统摄下,标举出一个让人效法的在为文方面符合“道”“文”关系理论的楷模;从理论上说,《徵圣》篇的核心是建立在“道”“文”关系理论的基础之上,提出了为文或创作“志足而言文,情信而辞巧”,即内容和表现形式完美统一的重要创作论原则。

三、宗经:作品型范论

《文心雕龙》中继《原道》《徵圣》之后,便是《宗经》篇。在《宗经》篇里,刘勰集中地论述了为文“宗经”的主张,本篇所提出的为文“宗经”论,是刘勰的又一重要文论思想。

(一)“宗经”的一般含义

“宗经”之“宗”,即“宗法”的意思;“宗经”,也就是宗法圣哲经书这样的文。《文心·序志》篇也把“体乎经”(“体”是效法、仿效的意思)作为"文之枢纽"之一。由此可见,为文"宗经"论在《文心雕龙》中有着重要地位。

从《文心雕龙》学史的角度而言,虽然对刘勰"宗经"论的地位认识比较一致。但对于《宗经》篇与"文之枢纽"其他各篇(特别是与《徵圣》篇)关系的看法却尚多歧异。比如清人刘开就说:

> 伐薪必于昆邓,汲水宜从江海,此宗经所由笃也。①

在刘勰以前,也有人涉及为文"宗经"的问题。如扬雄就说:

> 舍舟航而济乎渎者,末矣;舍《五经》而济乎道者,末矣;弃常珍而嗜乎异馔者,恶睹其识味也?委大圣而好乎诸子者,恶睹其识道也?②

又说:

> 或问:《五经》有辩乎?曰:惟《五经》为辩,说天者莫辩乎《易》,说事者莫辩乎《书》,说体者莫辩乎《礼》,说志者莫辩乎《诗》,说理者莫辩乎《春秋》。舍斯,辩亦小矣。③

---

① 刘开:《孟涂骈体文》卷二《书〈文心雕龙〉后》,檗山草堂刊本。
② 《法言·吾子》篇。
③ 《法言·寡见》篇。

王充则说：

> 文人宜遵《五经》、六艺为文，诸子传书为文。①

而桓谭也有“古袟《礼记》……古《论语》……古《孝经》……盖嘉论之林薮，文义之渊海”之类的议论。② 但是，这些议论毕竟过于简单。真正从为文的角度提出“宗经”的理论，还是刘勰的《宗经》篇。

刘勰“宗经”论之“经”，自然是圣人的经书。今人谈到这一问题，往往称为“儒家经书（典）”。从内容来说，这固然不错；但从历史的角度或从刘勰的本意来看，这却并不准确。因为，刘勰并未把圣人作为儒家的圣人，称经为“儒家经书（典）”，这就如同今人称刘勰所谓“圣”为“儒家圣人（哲）”一样，不符合刘勰的原意。经书为圣人之书，在刘勰看来却并不是“儒家经书（典）”：刘勰并未把圣人列为某家或某一学派的范围内，也未曾把圣人之书看作某家或某一学派的经典。所以，我们的研究也要有历史的观点（起码这古今的不同或刘勰的原意是应说明的）。

刘勰所谓“宗经”之“经”，《徵圣》篇又称为“圣文”（“然则圣文之雅丽，固衔华而佩实者也”），即“圣人之文章”。但其具体所指，在《文心雕龙》中却非一致，即有“六经”“五经”之说。《宗经》篇在论述“为文宗经”则“体有六义”后说：“扬子比雕玉以作器，谓五经之含文也。”“五经”指《诗》《书》《礼》《易》

---

① 《论衡·佚文》篇。

② 《新论·正经》篇。

《春秋》。在前引扬雄《法言·寡见》“惟五经为辩”说之后,扬子又说:“玉不雕,玙璠不作器;言不文,典谟不作经。”所谓“惟五经为辩”之“辩”,即文辞巧妙之意,与“言不文”之“文”异语同指。《宗经》篇在历述经书为各种文体之源时,也只涉及“五经”。又《文心·诸子》篇谓“诸子”之书“述道言志,枝条五经”,也称言“五经”。

除“五经”之外,另有“六经”,即除《诗》《书》《礼》《易》《春秋》五经外,再加上《乐》(《乐经》)。《原道》篇即有“至夫子继圣”而“镕钧六经”之说。按《庄子·天运》引孔子之言:

> 丘治《诗》《书》《礼》《乐》《易》《春秋》六经,自以为久矣。

又《礼记·经解》:

> 温柔敦厚,《诗》教也;疏通知远,《书》教也;广博易良,《乐》教也;絜静精微,《易》教也;恭俭庄敬,《礼》教也;属辞比事,《春秋》教也。

另外,《文心·正纬》篇说“夫六经彪炳,而纬候稠叠”、《文心·时序》篇说“六经泥蟠,百家飙骇”,均为“六经”之名。但是,《乐经》早已亡佚(传世《礼记》中有《乐记》一篇,只是《礼》的一部分),所以刘勰“宗经”论之“经”实即“五经”,除上述所说《宗经》篇论“五经”为各种文体即可为明证外,本篇又称:“夫《易》惟谈天,入神致用”;“《书》实记言,而训诂茫昧”;“《诗》主言志,诂训同《书》”;“《礼》以立体,据事制范”;“《春秋》辨理，一字见义”。亦专就“五经”立论。又《徵圣》篇论圣人之文（经），述及的也是《春秋》《礼记》《诗经》《易经》《尚书》（以述及先后列出）五种经书。因此，所谓“六经”者，不过是仅称述其名而已。

（二）标举“道”“文”关系理论的典范

要说《原道》篇提出了“道”“文”关系理论，而《徵圣》篇则从为文或作者创作方面标举出符合这一理论的楷模，从而提出了“志足而言文，情信而辞巧”的创作论重要原则的话，那么《宗经》篇则是在“道”“文”关系理论的统摄下，从作品角度标举出一个符合这一理论的典范——“经”，从而提出内容和形式完美统一，即“衔华而佩实”的作品标准或作品批评论原则。

《宗经》篇说：

> 三级彝训，其书言经。经也者，恒久之至道，不刊之鸿教也。故象天地，效鬼神，参物序，制人纪，洞性灵之奥区，极文章之骨髓者也。

“三极彝训，其书言经”的“三极”语出《易传》。范文澜注：“《易·上系辞》：‘六爻之动，三极之道也。’韩康伯注曰：‘三极，三材也。’《正义》曰：‘六爻递相推动而生变化，是天地人三才至极之道。’彝训犹云常训。”①又《尚书·酒诰》：“聪听祖考之彝训。”传：“言子孙皆聪听父祖之常教。”斯波六郎《札记》：“此处‘彝训’宁作‘恒常的教训’解，证之下文‘恒久之至道，

① 范文澜：《文心雕龙注·宗经》注[一]。

不刊之鸿教也’可明。《论说》篇‘圣哲彝训曰经’,用法与此相同。”①“三极彝训”,即有关“三极”即“三材”运动变化规律的训典。刘勰认为,讲述天、地、人运动变化之“道”的训教,这种书就叫“经”——实际上就是《原道》篇“道沿圣以垂文”的另一种说法。在这个意义上看,圣哲经书是“道沿圣以垂”的“文”,是圣哲“因文明道”的产物,它是“道”的体现,所以称它为永久的规律(“恒久之至道”)、不可磨灭的鸿教(“不刊之鸿教”)。我们说,刘勰称“经”为“至道”,是因为他认为“经”是“明道”的产物,是“道”的载体。所以,这里的“道”和《原道》篇的“道”是一脉相承但又是不同的概念。

“故象天地,效鬼神;参物序,制人纪”中之“象”,本为“形象”“物象”之“象”。《易·系辞上》:“是故法象莫大乎天地,变通莫大乎四时,县(悬)象著明莫大乎日月。”又《易·系辞下》:“是故《易》者,象也。象也者,像也。”王夫之《尚书引义·毕命》:“物生而形形焉,形者质也。形生而象象焉,象者文焉。”杨明照《文心雕龙校注拾遗》:“按《汉书·礼乐志》:‘六经之道同归……故象天地而制礼乐,所以通神明,立人伦,正情性,节万事者也。’”②“象天地”之“象”用作动词,表示“效则”“仿效”义,与下句“效鬼神”之“效”词性相同,表义一样。《易·系辞上》:“圣人有以见天下之赜,而拟诸其形容,象其物宜,是故谓之象。”又《易·乾卦》:“象曰:‘天行健,君子以自强不息。’”《正义》:“此大象也,《十翼》之中,第三翼总象一卦,

---

① 〔日〕斯波六郎:《〈文心雕龙〉札记》,王元化编选:《日本研究〈文心雕龙〉论文集》,第74页。

② 杨明照:《文心雕龙校注拾遗》,第18页。

故谓之大象。但万物之体自然,各有形象。圣人设卦以写万物之象。”因此,“象天地”即“效则天地”或摹拟体现天地的运动变化。总之,“象天地”,即仿效(这里指表现)天地运动变化规律或天、地之“道”;“效鬼神”,即效则鬼神,这里指体现鬼神妙理;“参物序”,即参稽事物的秩序,这里指反映世间万物运动变化的法则或规律;“制人纪”,即把握、掌握人伦纲纪,这里指表现人伦纲常或处身立世的法则。刘勰这段论述明确地说明了圣人经典的性质,即反映体现了“天”“地”“人”及万物在内的“自然”之理或法则,是“明道”或“体道”的产物,所以称为“至道”。

刘勰认为,经典所反映或体现的是天、地、人以及万物在内的运动变化或“自然之道”,是“明道”的产物,是“道”的化身。它既“洞性灵之奥区”,又“极文章之骨髓”,也就是本篇所说的“义既极(挺)乎性情,辞亦匠于文理”,即在内容和形式上都达到了登峰造极的境界。所以,刘勰在《宗经》篇中论述经书之典范性时说:

> 夫《易》惟谈天,入神致用,故《系》称“旨远辞文”“言中事隐”;韦编三绝,固哲人之骊渊也。《书》实记言,而训诂茫昧,通乎《尔雅》,则文意晓然。故子夏叹《书》,“昭昭若日月之明,离离如星辰之行”,言昭灼也。《诗》主言志,诂训同《书》;摛风裁兴,藻辞谲喻;温柔在诵,故最附深衷矣。《礼》以立体,据事制范;章条纤曲,执而后显;采掇片言,莫非宝也。《春秋》辨理,一字见义;“五石”“六鹢”,以详略成文;“雉门”“两观”,以先后显旨:其婉章志晦,谅以邃矣。《尚书》则览文如诡,而寻理即畅;《春秋》则观辞

立晓,而访义方隐:此圣文之殊致,表里之异体者也。

总之,经书是“根柢盘深,枝叶峻茂”“辞约旨丰,事近喻远”“往者虽旧,余味日新”,其影响力则如“泰山遍雨,河润千里”。刘勰又认为:《易》是论、说、辞、序的源头,《书》是诏、策、章、奏的开始,《诗》是赋、颂、歌、诗的本源,《礼》是铭、诔、箴、祝的发端,《春秋》是纪、传、盟、檄的始作:一言以蔽之,后来各种文体,具本源皆在经书。[①] 所以刘勰提出“禀经制式,酌雅富言”,即为文“宗经”的理论。刘勰力主“宗经”,从总的原则来看,正是从作品角度标举出一个符合“道”“文”关系理论的典范,提倡效法经书“明道”的原则。《原道》篇认为“道沿圣以垂文,圣因文而明道”,实际上就已经预示了这一点。

刘勰的“宗经”论,自然不限于提倡效法经书在于它是“明道”之文这样笼统的原则,而是又从作品的角度,或者说又从经书的内容和形式的典范性角度论述了这个问题:这就是在“文之枢纽”部分具有重要地位的“六义”说。《宗经》篇说:

若禀经以制式,酌雅以富言,是仰(即)山而铸铜,煮海而为盐也。故文能宗经,体有六义:一则情深而不诡,二则风清而不杂,三则事信而不诞,四则义直而不回,五则体约而不芜,六则文丽而不淫。扬子比雕玉以作器,谓五经之含文也。

① 《颜氏家训·文章》篇:“夫文章者原出《五经》:诏、命、策、檄,生于《书》者也;序、述、论、议,生于《易》者也;歌、咏、赋、诵,生于《诗》者也;祭、祀、哀、诔,生于《礼》者也;书、奏、箴、铭,生于《春秋》者也。”

斯波六郎认为“体有六义”之“体”,“当指文章的形式和内容浑一之姿”,①堪称精解。这里的“体”,实际上就是指文章或作品,它包括内容和形式,而非专指文体。刘勰说“文能宗经,体有六义”,是说明如果为文能够效法经书,有六个方面的意义。因此,“六义”一方面是经书典范性的概括,另一方面由此也可以看出刘勰根据“道”“文”关系理论而提出的作品标准或批评论原则。所以在这里有必要对“六义”说的内容加以缕析。②

“六义”中一是“情深而不诡”:“情”,指体现在作品中的情志义理;“诡”,深晦、诡异。《徵圣》篇认为“圣人”为文“虽精义曲隐,无伤其正言;微辞婉晦,不害其体要”,“体要与微辞偕通,正言共精义并用”。本篇论到《诗》时则说它“摛风裁兴,藻辞谲喻”,但“温柔在诵,最附深衷”;论到《尚书》时则说它“览文如诡,而寻理即畅”,认为《春秋》“观辞立晓,而访义方隐”,但“其婉章志晦,谅以邃矣”。可见,“情深而不诡”即指作品“述情”深邃而不诡异。二是“风清而不杂”:“风”,指文风,即由作者情怀气质倾注在作品中而显现出的风姿、情态;“不杂”,即显明清朗,不芜杂。《风骨》篇说“风”是“化感之本源”“志气之符契”。又说:“意气骏爽,则文风清焉。”“深乎风者,述情必显。”“思不环周,索莫乏气,则无风之验也。”可证。“风清而不杂”,即指文风骏爽清朗而不芜杂。三是“事信而不诞”:“事”,指作品中述说的事实或事情,即本篇所说的“言中

① 〔日〕斯波六郎:《〈文心雕龙〉札记》,王元化编选:《日本研究〈文心雕龙〉论文集》,第74页。

② 黄侃《文心雕龙札记·宗经》:“此乃‘文能宗经’之效。六者之中,尤以事信、体约二者为要。折衷群言,俟解百世,事信之徵也;芟夷烦乱,剪截浮辞,体约之故也。”

事隐”“据事制范”“事近而喻远”的“事”,亦即《文心雕龙·事类》篇所说的“据事以类义”的“事”;“信”,信实不虚(《徵圣》篇:“情信而辞巧。”);“诞”,虚诈、荒诞,与“信”含义相反。“事信而不诞”,即指作品记述事实信实而不荒诞。四是“义直而不回”:“义”,指作品中的义理、旨趣,包括《事类》篇所说的“据事以类义”的“义”,也就是本篇“《春秋》辨理,一字见义”“雉门两观,以先后显旨”的“义”“旨”;“直”,纯洁、雅正;“回”,曲邪,这里表示环诡、邪僻,与“直”含义相反。“义直而不回”,即指作品义理雅正而不邪僻。五是“体约而不芜”:“体”,指文篇形式;“约”,要约(《总术》篇:“精者要约。”)、不繁杂。“体约”即作品篇统精要,可与本篇“辞约而旨丰”的“辞约”相参照。“体约而不芜”,即指作品精要而不芜杂。六是“文丽而不淫”:“文”这里指作品的文采辞藻;“丽”,美好、华丽。(《徵圣》篇:“然则圣文之雅丽,固衔华而佩实者也。”);“淫”,过度无节制、淫滥。“文丽而不淫”,即指作品文辞华美而不过度。

可见,“六义”实际上是从作品的“情”“风”“事”“义”“体”“文”六个方面来论述问题的。综合地看,“情”“风”“事”“义”属于内容的范畴,而“体”“文”则属于形式的范畴。所以,“六义”实际上就是作品在“情”“风”“事”“义”“体”“文”,亦即内容和形式方面的六项标准或批评原则,其实质便是主张作品内容和形式完美统一——在“情”“风”“事”“义”方面“深而不诡”“清而不杂”“信而不诞”“直而不回”,在“体”“文”方面“约而不芜”“丽而不淫”。因此本篇下文接着说:“扬子比雕玉以作器,谓五经之含文也。”玉的质性美好,而加雕饰使具文采,才成为美好的艺术品。“五经”内容美好而兼具文采,就像

“雕玉以作器”一样，所以刘勰才引用扬雄的比喻。① 这显然是强调作品内容和形式的完美统一问题。

正因为经书在文的内容和形式的各成素上都可为规矩或典范，所以刘勰才力倡为文“宗经”。《宗经》篇又强调说：

> 夫文以行立，行以文传，四教所先，符采相济。② 励（迈）德树声，莫不师圣；③而建言修辞，鲜克宗经。是以楚艳汉侈，流弊不还；正末归本，不其懿欤！

刘勰以孔子“四教”之“文”“行”相济之思想为例，认为人们在立德树声（声誉）方而无不师法圣人“文”“行”相济的训教；但在为文方面却很少有宗法经书“文质（即内容和形式，譬之于‘文’‘行’）相济”范式的，所以导致在作品上的由楚之“艳”（艳丽）到汉之“侈”（侈靡、文采藻饰过度），以至于“流弊不还”的文坛颓风。于是，刘勰便以圣人经书这种他认为内容、形式达到完美统一的作品为范式，提倡为文者效法。

---

① 扬雄《法言·寡见》篇：“或曰：良玉不雕，美言不文，何谓也？曰：玉不雕，璠玙不作器；言不文，典谟不作经。”

② 《论语·述而》：“子以四教：文、行、忠、信。”“文”和“行”（德行）居“四教”之首，所以说“四教所先”。“符采相济”，“符采”以喻“四教”之“文”（采）、“行”（符），亦即“文质”，又喻文之“文（形式）质（形式）”。“符采相济”，在“文”和“行”而言，即“文”“行”相济；在文章的“文”和“质”而言，即“文”“质”相济，也就是内容和形式相济相成、完美和谐地成为一体。

③ 范文澜《文心雕龙·宗经》注［三七］：“伪《大禹谟》：‘皋陶迈种德。’枚传曰：‘迈，行也。’今本‘迈’误作‘励’，唐写本不误。《左传·文公六年》：‘树之风声。’”

刘勰“宗经”论中的“六义”说,一味标榜经典,似乎不是宏通之论。但“六义”的所指,确实是为文或作品评鉴的原则性问题。刘勰说“文能宗经,体有六义”,从“六义”方面来确定“宗经”的核心内容,这实际上就是主张作品要遵循“六义”,亦即要求作品内容和形式两方面的完美统一,这便是很可宝贵的理论了。然而如上文所说,这显然又是以“道”“文”关系理论为根据而提出的。

因此,《宗经》篇是在《原道》篇提出的“道”“文”关系理论的统摄下,从作品角度标举出一个符合“道”“文”关系理论的典范——“经”;刘勰主张“宗经”,正是提倡作品宗法或效则经典在内容(“情”“风”“事”“义”)和形式(“体”“文”)两方面完美统一的榜样。这是刘勰“宗经”论的实质。

从理论上说,本篇的核心则是根据“道”“文”关系理论提出了对作品六个方面的要求或标准(“六义”),它可以概括为作品内容和形式完美统一的标准,既是创作论原则,同时也是作品批评或鉴赏论方面的标准。这与《徵圣》篇的主旨相表里,但二者论述问题的角度不同:《徵圣》篇是从作者或创作角度着眼,标举出一个为文方面符合“道”“文”关系理论的楷模——“圣”,从而提出“志足而言文,情信而辞巧”,即内容和形式完美统一的创作论原则;而《宗经》篇则是从作品角度着眼,标举出一个在作品方面符合“道”“文”关系理论的典范——“经”,从而提出“情深而不诡”“风清而不杂”“事信而不诞”“义直而不回”“体约而不芜”“文丽而不淫”,亦即内容和形式完美统一的写作或作品批评的原则。

四、正纬:“弃邪采正”观

《正纬》论述有关纬书的问题。“正纬”乃是通过对纬书的辨析,因而对它有一个正确认识或评价的意思。《序志》篇把“正乎纬”作为“文之枢纽”之一,则说明刘勰对于正确分析和评价纬书问题是相当看重的。

(一)“正纬”之纬及其一般含义

斯波六郎《札记》说:“‘正纬’云者,意为对纬书的正确认识,亦即对纬书的错误评价的纠正。彦和之特撰此篇,当是由于当时承后汉以来风习,纬书十分流行,而且受到不适当的过高评价所致。”①

纬书之“纬”的得名,是取配合经书,如同织布时经线要有纬线配合之意;纬书始于汉朝,是汉人为配合经书并伪托孔子的话而形成的。《正纬》篇里提到“谶纬”,最初谶和纬是分开的:纬是配合经书、议论经义的,谶则是一种短短的预言吉凶的谶言。后来纬书也夹杂一些妖妄的话,于是与谶界限模糊,才有“谶纬”这种合二而一的提法。《隋书·经籍志》“六艺纬类”序说:“孔子既叙《六经》以明天人之道,知后世不能稽同其意,故别立纬及谶,以遗来世。”范注引胡应麟《四部正讹》说:“世率以谶纬并论,二书虽相表里,而实不同。纬之名所以配

① 〔日〕斯波六郎:《〈文心雕龙〉札记》,王元化编选:《日本研究〈文心雕龙〉论文集》,第91—92页。

经,故自《六经》《论》《孝》而外,无复别出,《河图》《洛书》等纬皆《易》也。谶之依附《六经》者,但《论语》有谶八卷,余不概见,以为仅此一种,偶阅隋《经籍志》,注附见十余家,乃知凡谶皆托古圣贤以名其书,与纬体制迥别。盖其说尤诞妄,故隋禁之后永绝…… 又有以纬、候并称者,今惟《尚书中候》见目中,他不可考云。”①《四库提要 · 易类》对谶纬辨析尤分明:“案儒者多称谶纬,其实谶自谶,纬自纬,非一类也。谶者,诡为隐语,预决吉凶……纬者,经之支流,衍及旁义…… 盖秦汉以来去圣日远,儒者推阐论说,各自成书,与经原不相比附。如伏生《尚书大传》、董仲舒《春秋 · 阴阳》,核其文体,即是纬书,特以显有主名,故不能托诸孔子。其他私相撰述,渐杂以术数之言,既不知作者为谁,因附会以神其说。迨弥传弥失,又益以妖妄之辞,遂与谶合而为一。”②又因为谶或有图,称为“图书”,又称“图纬”。③

刘永济概述《正纬》之旨说:“舍人之作此篇,以箴时也。盖谶纬之说,宋武禁而未绝,梁世又复推崇。其书多托始仲尼,抗行经典,足以长浮诡之习,扬爱奇之风。故列四伪以匡谬,述四贤而正俗。疾其‘乖道谬典’,正所以足成《徵圣》《宗经》之义也,故次之以《正纬》。”④这样的概括是合理的。

(二)“正纬”论的内容

现在讨论“正纬”论的内容。刘勰《正纬》篇要“正乎纬”,

---

① 范文澜:《文心雕龙注 · 正纬》注[一]。

② 《钦定四库全书总目》(整理本),中华书局 1997 年版,第 72 页。

③ 参见《后汉书 · 桓谭传》。

④ 刘永济校释:《文心雕龙校释 · 正纬》。

首先是辨别、指出纬书之伪。《正纬》篇说：

> 夫神道阐幽，天命微显。马龙出而大《易》兴，神龟见而《洪范》耀。故《系辞》称："河出图，洛出书，圣人则之。"斯之谓也。但世夐文隐，好生矫诞，真虽存矣，伪亦凭焉。

刘勰认为："龙马负图出于河，（伏牺氏）遂法之画八卦"，从而产生大《易》；[①]"禹治洪水，赐洛书，法而陈之"，从而成为《洪范》，[②]这些都是圣人缘"神道""天命"神秘之理而仿效它以形成文的远古遗事。但是由于年世久远、文意隐晦，真实的尽管可能也有，但虚假伪托也就由此而生。这使我们相信，刘勰虽然相信远古圣人仿效"河图""洛书"而画八卦、作《洪范》之类的传说，但仍持谨慎态度，并且以为"世夐文隐，好生矫诞"，而对纬书加以辨伪。在本篇里，刘勰指出纬书"四伪"：

> 夫《六经》彪炳，而纬候稠叠；《孝》《论》昭晰，而钩谶葳蕤。按经驱纬，其伪有四：盖纬之成经，其犹织综，丝麻不杂，布帛乃成；今经正纬奇，倍摘千里，其伪一也。经显圣训也，纬隐神教也，圣训宜广，神教宜约，而今纬多于经，神理更繁，其伪二矣。有命自天，乃称符谶，而八十一篇，皆托于孔子，则是尧造绿图，昌制丹书，其伪三矣。商周以前，图箓频见，春秋之末，群经方备，先纬后经，体乖织综，

---

① 参见《礼记正义 · 礼运》。

② 参见《汉书 · 五行志》。

其伪四矣。伪既倍摘,则义异自明。经足训矣,纬何预焉!

刘勰辨析说:《六经》文章辞义炳彪,其纬书(“纬候”,纬书或以“候”为名,故称)却重叠繁复;《孝经》《论语》条理清晰,其纬书(“钩谶”,《孝经》《论语》谶纬之书有《钩命诀》《论语谶》等,故称)却文辞枝蔓。因此,这在整体上即可见“经”“纬”相左。“按经验纬”,刘勰指出纬书具体之伪有四项。如同织综,以经受纬,布帛乃成;今经书雅正,而纬书诡异,两相背迕,是纬之一伪。经书是宣示圣人训教的,纬书是隐含神理的,前者宜广,后者宜约;而今纬书却多于经书,使得神理更繁,则是“广”“约”背实,是纬之二伪。“有命自天”(即上天降圣人以符瑞),方可称为“符谶”,而纬书八十一篇都假托孔子所作①,这无异于说唐尧造“绿图”、姬昌作“丹书”之类的“符命”,是纬之三伪。商周以前,谶纬之类(“图箓”,又作“图录”“箓图”,指尧时“绿图”、姬昌“丹书”之类的符瑞之物,此指谶纬)居然频繁出现,而事实上群经到春秋之末方才编定②,这种“先纬后经”的情况违背了先经后纬的常规,是纬之四伪。有此“四伪”可鉴,则纬书与经书大异旨趣自然可明。值得注意的是,刘勰以经验纬,明其虚诞怪异,对纬书基本上是否定的,所以他提出:“经足训矣,纬何豫焉!”这无疑是正确的。

在《正纬》篇里,刘勰以自己的观点略述了“谶纬”的历史,进一步说明其“正纬”的观点。刘勰说:

---

① 荀悦《申鉴·俗嫌》篇:“世称纬书仲尼作也”,“然则八十一首,非仲尼之作也”。另见《隋书·经籍志·六艺纬类序》。

② 参见《汉书·儒林传》。

原夫图箓之见，乃昊天休命，事以瑞圣，义非配经。故河不出图，夫子有叹，如或可造，无劳喟然。昔康王《河图》，陈于东序，故知前世符命，历代宝传，仲尼所撰，序录而已。于是伎数之士，附以诡术，或说阴阳，或序灾异，若鸟鸣似语，虫叶成字，篇条枝蔓，必假孔氏；通儒讨核，谓起哀、平，东序秘宝，朱紫乱矣。

刘勰认为，推原图箓的出现，是上天降于圣人的祥瑞（它只兆示圣人的祥瑞），并不是用来配经。假设可由人造，孔子则无须喟然而叹“河不出图”了。[①] 相传周康王时把《河图》“陈于东序”，说明仅作为世代相传的秘宝。[②] 至于孔子，则仅可能是记录其事而已。[③] 然而伎数之士“附以诡术”，造作阴阳、灾异之谶，附会天人之变，且或假托孔子，自此真假淆乱，而时值汉代哀帝、平帝之际。[④]《正纬》篇又说：

至光武之世，笃信斯术，风化所靡，学者比肩，沛献集

---

① 《论语·子罕》：“子曰：风鸟不至，河不出图，吾已矣夫！”孔安国曰：“圣人受命，则凤鸟至，河出图，今天无此瑞，‘吾已矣夫’者，伤不得见也。”

② 《尚书·顾命》：“大玉、夷玉、天球、河图，在东序。”范注：“案《河图》与大玉、夷玉、天球并陈，意者，天球如浑天仪之类，《河图》如舆地图之类，虽历代相传，不必真是神秘之宝器。”

③ 斯波六郎《札记》：“这虽是纬书之说，但彦和也可能有类似的想法”；“（序录）大概是记述符命或图箓意义的记载”。〔日〕斯波六郎：《〈文心雕龙〉札记》，王元化编选：《日本研究〈文心雕龙〉论文集》，第104—106页。

④ 参见《后汉书·方术传序》，以及《汉书·哀帝纪》《汉书·息夫躬传》《汉书·五行志》。

纬以通经,曹褒撰谶以定礼,乖道谬典,亦已甚矣。

可见到后汉光武(刘秀)时,因其"笃信斯术",而谶纬盛行,不仅"学者比肩",而且用以"通经""定礼",所以被刘勰批评为"乖道谬典,亦已甚矣"。《文心·时序》篇也说:"自哀、平陵替,光武中兴,深怀图谶,颇略文华。"①

其实,作为附会灾异、预言吉凶的谶语在先秦即有,汉代已甚;②只是敷衍成书,可能始于汉哀帝、汉平帝时,这又与王莽篡位大造图谶有关。《后汉书·方术传序》说:"汉自武帝颇好方术,天下怀协道艺之士,莫不负策抵掌,顺风而届焉。后王莽矫用符命,及光武尤信谶言,士之赴趋时宜者,皆骋驰穿凿,争谈之也";"自是习为内学,尚奇文,贵异数,不乏于时矣"。③ 这就是当时情形的写照,可与刘勰之说相参验。这虽然是"风化所靡",但也引起了一些有识之儒的批评和反对。《正纬》篇说:

是以桓谭疾其虚伪,尹敏戏其深(浮)瑕,张衡发其僻谬,荀悦明其怪诞:四贤博练,论之精也。

刘勰对桓谭称谶纬乃"今诸巧慧小才伎数之人,增益图,矫称谶记,以欺惑贪邪,诖误人主"、尹敏戏增谶书阙文,以及张衡、

① 参见《后汉书·光武帝纪》《后汉书·桓谭传》。

② 如《左传·襄公三十年》:"鸟鸣于亳社,如曰'嘻嘻'。甲午,宋大灾,宋伯姬卒。"另见《汉书·五行志》,以及《后汉书·沛献王辅传》《后汉书·曹褒传》。

③ 李贤注:"内学,谓图谶之书也,其事秘密,故称内。"

荀悦对谶纬僻谬怪诞的指摘,大表赞同,并称之为“四贤博练,论之精也”。[①] 由此,则可进一步看出刘勰对谶纬的排斥态度。

总之,刘勰对谶纬之书基本上是否定的。他分析纬有“四伪”、称谶纬“乖道谬典”,是与他正统的“徵圣”“宗经”思想相一致的。但是,上文说过,刘勰似乎不怀疑“瑞圣”的“昊天休命”,《正纬》还说:

> 若乃羲、农、轩、皞之源,山渎钟律之要,白鱼赤乌之符,黄银紫玉之瑞,事丰奇伟,辞富膏腴,无益经典,而有助文章。是以后来辞人,采摭英华,平子恐其迷学,奏令禁绝;仲豫惜其杂真,未许煨燔。前代配经,故详论焉!

刘勰认为,像纬书中有关伏羲、神农、轩辕等的起源,山岳、黄钟律吕的精义,这类记载“事丰奇伟,辞富膏腴”,“无益经典,而有助文章”。这说明,他认为即使纬书有关圣人的传说描写也于经典无益,只是因为它所记之事丰伟超奇而辞采丰富,对于文章之事是有益的罢了。

那么,刘勰为什么要“正纬”呢?这里说得很清楚:“前代配经,故详论焉!”原来只是因为人们曾以纬配经,刘勰才详加讨论。这在今天看来,“正纬”之论实无足轻重,列为“文之枢纽”之一,似不相称。但是,刘勰的为文“徵圣”“宗经”论是他重要的文学思想及主张,必须明确地提出具体的理论依据(如《宗经》篇所论);由于历史的原因,以纬乱经肇始于汉,但在刘

---

① 参见《后汉书·桓谭传》《后汉书·儒林列传·尹敏》《后汉书·张衡传》,以及荀悦《申鉴·俗嫌》。

勰的时代其风未泯。那么,如不“正纬”,将纬与经一刀两断,则“宗经”的旗帜未免受纬之扰。如此看来,“正纬”在刘勰的理论中,的确也是重要的一环了。又《正纬》赞曰:“荣河温洛,是孕图纬。神宝藏用,理隐文贵。世历二汉,朱紫腾沸。芟夷谲诡,糅其雕蔚。”这也说明:刘勰对于“圣人”之事,即使是图纬所记,也不疑其无;但他对这类内容的保留态度又十分明显,仅以“瑞圣”视之;或以为记事奇伟、辞采丰腴,对于“文章”尚不无助益,所以在为文上可“芟夷谲诡,糅其雕蔚”。他的看法无疑也是对的:文章的记事和敷辞,奇伟、丰腴有时仍是需要的。《文心·序志》谈到“文之枢纽”时说“酌乎纬”,看来“正纬”论除以纬有“四伪”且“乖道谬典”而排斥其与经书的联系外,尚有因其记事奇纬、辞采丰美故可酌取这一个方面。

(三)关于“神道”“天命”问题

《正纬》篇论谶纬,排斥了它与经书的任何联系。但对于有关“圣人”的“河图”“洛书”说等,尽管仅看作“瑞圣”之事,但也毕竟认为是“昊天休命”,认为“有命自天,乃称符谶”,并有“神道阐幽,天命微显”之论。这关系到刘勰所谓“道”的性质及其思想等重要问题,因而有必要对此作些讨论。

“神道阐幽,天命微显”之“神道”,似应本于《易传》。《易·观·彖传》:“观天之神道,而四时不忒;圣人以神道设教,而天下服矣。”疏云:“神道者,微妙无方,理不可知,目不可见,不知所以然而然,谓之神道。”《文心·夸饰》篇本于《易·系辞上》说:“夫形而上者谓之道,形而下者谓之器。神道难摹,精言不能追其极;形器易写,壮辞可得喻其真。”这里刘勰称“道”为“神道”,是包含着神秘莫测的意思。斯波六郎《札记》说:“此处的‘神道’与‘天命’相对,下文又有‘神教’之语,看来应解作执司神秘事物的道。”[①]“天命”,一般解为“上天的意志”。在古代,“天命”既可以指上天或天神的命令(如《尚书·大诰》:“天命不僭。”),又可以指自然界的必然规律(如《荀子·天论》:“从天而颂之,孰与制天命而用之?”)。由外证类比,很难判定刘勰所说的“天命”的性质。因此,这就只有通过本篇的内证来解决这个问题。而纵观本篇,“天命”一语很难说是指“自然规律”,似应看作具有神秘性的上天意志。本篇说:“马龙出而大《易》兴,神龟见而《洪范》耀。”把“河出图”“洛出书”之类的迷信传说视为“天命”,此为其证一。本篇又说:“有命自天,乃称符谶。”这里明明把“符谶”的出现称为上天的意旨,此为其证二。本篇还说:“原夫图箓之见,乃昊天休命。”把“图箓”的出现说成是上天的美意,这与“有命自天,乃称符谶”是同一论调,此为其证三。据此,我们则不能不认为刘勰这里所说的“天命”是具有浓厚的神秘色彩的“上天之命”了。固然,这与《原道》篇所说的“自然之道”的理论发生了根本性的矛盾。也有人把“神道”“天命”等皆认为指“自然”而言。张立斋就说:“凡彦和所称神、神理、天命者,概指自然而言。自然不可究极,故曰神。天道、神道皆统自然之理而言。究其极致者,乃谓之神理。承其赋予者,则谓之天命。”[②]《论语·为政》:“五十而知天命。”朱熹注:“天命,即天道之流行而赋于物者,乃事物所以当然之故也。”按朱注,《论语》“天命”即

---

① 〔日〕斯波六郎:《〈文心雕龙〉札记》,王元化编选:《日本研究〈文心雕龙〉论文集》,第94页。

② 张立斋编著:《文心雕龙注订·正纬》,(台北)正中书局1967年版。

同“自然之道”,张立斋则认为刘勰“神道”“天命”即此类含义。但是,如前所说,则很难如此定论。实际上,问题并非单一,而是刘勰似乎把“天命”也纳入他的“自然”说的轨道。《原道》篇说:“若乃河图孕乎八卦,洛书韫乎九畴,玉版金镂之实,丹文绿牒之华,谁其尸之?亦神理而已。”这里把“河图”“洛书”或“玉版金镂”“丹文绿牒”之类的出现,说成是“神理”的“自然”。当然,作为上天意志的“天命”是不存在的,因此它的“自然”性质也便是子虚乌有。不过,我们还应该看到,正是“自然”的观点给刘勰的“道”“文”关系理论以及《文心雕龙》整个文论体系起了科学的保证作用。因为文学创作和文学批评理论,在《文心雕龙》主要表现为围绕“道”“人”“文”或“物”“情”“辞”之间的关系而展开的,而“自然”观点贯穿其中,就使得刘勰的理论能正确地揭示出它们之间的辩证关系,从而科学地展示出文学创作和批评中的一系列原则性问题。此外,刘勰虽然讲“天命”,并且给它加上“自然”的特性,但在本篇里“天命”或“神教”的地位却是有限的。刘勰说:“经显圣训也,纬隐神教也,圣训宜广,神教宜约。”这就充分表明了刘勰对“天命”“神教”的态度(“宜约”)。而对于后世经生“好生矫诞”、造作纬书,刘勰更是极为反对,斥之为“乖道谬典,亦已甚矣”,所以要纠其谬误(即“正纬”)。可见,刘勰的“正纬”就是主张对待纬书一类的作品要“芟夷谲诡,糅其雕蔚”,即“弃邪采正”。

五、辨骚:为文“通变”观

《辨骚》是“文之枢纽”部分的最后一篇。所谓“辨骚”,也就是对“骚”进行辨析之意;《序志》把“辨骚”称为“变乎骚”,则是表示对“骚”进行剖析而由此以观文的变化之意。

(一)关于“辨骚”之“骚”

“辨骚”之“骚”,本即屈原《离骚》;这里则是以《离骚》为代表,而统指《楚辞》。纪昀评谓:“《离骚》乃《楚辞》之一篇,统名《楚辞》为‘骚’,相沿之误也。”又云:“辞赋之源出于‘骚’,浮艳之根亦滥觞于‘骚’,‘辨’字极为分明。”①黄侃说:“自彦和论文,别‘骚’于赋,盖以尊屈子,使《离骚》上继《诗经》,非谓骚赋有二。观《诠赋》篇云:‘灵均唱骚,始广声貌。’是仍以《离骚》为赋矣。《隋书·经籍志》别《楚辞》于总集,意盖同舍人。”②刘勰《辨骚》篇以《离骚》为代表的楚人辞赋为分析对象,意在以《宗经》之“经”为标准辨其异同,以此提出为文“通变”的文学观,所以列为“文之枢纽”之一;《楚辞》亦为赋体,则《辨骚》与《诠赋》宗旨不同(一在由“辨骚”而宣示某种理论或文学主张,一在论赋体之文)。所以,既不能因刘勰“辨骚”“诠赋”两论分立而认为“骚”“赋”主要在于文体的不同,也不能认为《辨骚》也是文体论的内容之一(这两种看法往往相联系)。

(二)“辨骚”的内容及其理论意义

以屈原《离骚》为代表的楚人辞赋,是继《诗经》一派诗歌作品之后而出现的一代“奇文”,刘勰对它给予很高的评价。

---

① 《文心雕龙·辨骚》纪评。

② 黄侃:《文心雕龙札记·辨骚》。

《辨骚》篇说:

> 自风雅寝声,莫或抽绪;奇文郁起,其《离骚》哉!固已轩翥诗人之后,奋飞辞家之前,岂去圣之未远,而楚人之多才乎?

由此可知,刘勰认为:自“风雅”(代指《诗经》一派诗歌作品)停止了创作以后,没有其他继承其传统的作品出现;而另一种风格的作品郁然崛起,那就是以《离骚》为代表的楚人辞赋了,并且称之为“奇文”。可见,刘勰对《楚辞》的文学地位是非常看重的。按刘勰的“徵圣”“宗经”文学观,“风雅”(《诗》)是所宗之经;刘勰把以《离骚》为代表的辞赋看作继《诗》之后而出现的“奇文”。这种地位的评定,和持一般的文学发展史观的评价相较,自然颇为悬殊。在这一点上,也要有历史的观点。

在历史上,对《离骚》及其他《楚辞》作品,曾有不同的评价。总的来说,是褒多于贬。但是,刘勰却对有关的评价并不以为然。《辨骚》说:

> 昔汉武爱《骚》,而淮南作传,以为《国风》好色而不淫,《小雅》怨诽而不乱;若《离骚》者,可谓兼之。蝉蜕秽浊之中,浮游尘埃之外,皭然涅而不缁,虽与日月争光可也。班固以为露才扬己,忿怼沉江;羿浇二姚,与左氏不合;昆仑悬圃,非经义所载:然其文辞丽雅,为词赋之宗,虽非明哲,可谓妙才。王逸以为诗人提耳,屈原婉顺,《离骚》之文,依经立义,驷虬乘翳,则时乘六龙;昆仑

流沙，则《禹贡》敷土：名儒辞赋，莫不拟其仪表，所谓“金相玉质，百世无匹”者也。及汉宣嗟叹，以为皆合经术；扬雄讽味，亦言体同诗雅。四家举以方经，而孟坚谓不合传。褒贬任声，抑扬过实，可谓鉴而弗精，玩而未核者也。

刘勰叙述评价《离骚》及有关辞赋的“五家言”：淮南王作《离骚传》，认为《离骚》兼有《诗经》“好色而不淫”“怨诽而不乱”之义。① 班固则截然相反，他认为屈原是显露才能、张扬自己，因忿恨而沉江自溺，并举出《离骚》与经书不合的例子，但他又肯定屈赋“文辞丽雅，为词赋之宗”。② 王逸则认为屈原《离骚》文辞“优游婉顺”，这比《诗经》“言提其耳”的讽谏之语更为温雅，并举出其“依经立义”的例子，而“名儒辞赋”，无不以其为

---

① 淮南王刘安作《离骚传》，参见《汉书·淮南王传》《汉书·武帝纪》。《史记·屈原列传》：“《国风》好色而不淫，《小雅》怨诽而不乱，若《离骚》者，可谓兼之矣……濯淖污泥之中，蝉蜕于浊秽，以浮游尘埃之外，不获世之滋垢，皭然泥而不滓者也。推此志也，虽与日月争光可也。”班固《离骚序》：“昔在孝武，博览古文。淮南王安叙《离骚》传，以为《国风》好色而不淫，《小雅》怨诽而不乱，若《离骚》者，可谓兼之。蝉蜕浊秽之中，浮游尘埃之外，皭然泥而不滓。推此志，虽与日月争光可也。斯论似过其实。”

② 班固《离骚序》：“今若屈原，露才扬己，竞乎危国群小之间，以离谗贼。然责数怀王，怨恶椒、兰，愁神苦思，强非其人，忿怼不容，沉江而死，亦贬絜狂狷景行之士。多称昆仑冥婚宓妃虚无之语，皆非法度之政、经义所载，谓之兼《诗》风、雅而与日月争光，过矣。然其文弘博丽雅，为辞赋宗，后世莫不斟酌其英华，则象其从容……虽非明智之器，可谓妙才者也。”

范氏,可以称得上是“金相玉质,百世无匹”之作。[①] 汉宣帝又认为《楚辞》“大者与古诗同义”,即与经书之义相同。[②] 扬雄也认为,《离骚》等辞赋与《诗经》一样有讽谏之义。

在以上五家言中,淮南王刘安、王逸、汉宣帝、扬雄都把《离骚》等赋同经书相比,亦即认为它或兼有《风》《雅》之义、或“依经立义”、或“皆合经术”;只有班固认为屈原人非“明哲”,《离骚》的内容也与经义不合。如按四家“方经”之说,则《离骚》之类辞赋即无疑等于《诗》的后继(或“抽绪”)之作,也就可以认为是《风》《雅》之余绪了,这显然与刘勰本篇开头所

---

① 王逸《楚辞章句序》驳责班固之说,又谓:“且诗人怨主刺上曰:‘呜呼小子,未知臧否。匪而(面)命之,言提其耳。’风谏之语,于斯为切。然仲尼论之,以为大雅。引此比彼,屈原之词,优游婉顺,宁以其君不智之故,欲提携其耳乎?而论者以为露才扬己,怨刺其上,强非其人,殆失厥中矣。夫《离骚》之文,依托五经以立义焉。‘帝高阳之苗裔’则‘厥初生民,时惟姜嫄’也(今按:此《诗·大雅·生民》句);‘纫秋兰以为佩’,则‘将翱将翔,佩玉琼琚’也(今按:此《诗·郑风·有女同车》句);‘夕揽洲之宿莽’,则《易》‘潜龙勿用’也(今按:见《易·乾》初九);‘驷玉虬而乘翳’,则‘时乘六龙以御天’也(今按:此《易·乾》彖辞);‘就重华而陈词’,则《尚书》《咎繇》之谋谟也(今按:指《书·皋陶谟》);‘登昆仑而涉流沙’(今按:此指《离骚》“邅吾道夫昆仑兮”“忽吾行此流沙兮”二句),则《禹贡》之敷土也。故智弥盛者其言博,才益多者其识远。屈原之词,诚博远矣。自终没以来,名儒博达之士,著造词赋,莫不拟则其仪表,祖式其模范,取其要妙,窃其华藻。所谓金相玉质、百世无匹、名垂罔极、永不刊灭者矣。”

② 《汉书·王褒传》:“(宣帝征能为《楚辞》九江被公,召见诵读云云)议者多以为淫靡不急,上曰:‘不有博弈者乎,为之犹贤乎已!’辞赋大者与古诗同义,小者辩丽可喜。辟如女工有绮縠,音乐有郑卫,今世俗犹皆以此虞说耳目,辞赋比之,尚有仁义风谕、鸟兽草木多闻之观,贤于倡优博弈远矣。”

说的“自《风》《雅》寝声，莫或抽绪”的观点不合。而如班固的《离骚》等与经传不合之说，则全然否定了它与“经典”的关系，这无疑也否认了“去圣之未远”或受到圣哲经典之作影响这一层因素。这当然也是刘勰所不同意的。因此，刘勰对他之前评价《离骚》等辞赋的“五家言”所采取的是据实分析的态度，认为是“褒贬任声，抑扬过实”，属于“鉴而弗精，玩而未核”的评价。

那么，刘勰是怎样评价《离骚》等辞赋的呢？这就是刘氏自己的“辨骚”之论的核心了。《辨骚》篇说：

> 将核其论，必徵言焉。故其陈尧、舜之耿介，称禹、汤之祗敬：典诰之体也；讥桀、纣之猖披，伤羿、浇之颠陨：规讽之旨也；虬龙以喻君子，云蜺以譬谗邪：比兴之义也；每一顾而掩涕，叹君门之九重：忠怨之辞也。观兹四事，同于《风》《雅》者也。

刘勰以“徵言”（证之于《楚辞》之文）与“核论”（检核诸家评《骚》之论）的方式，对《楚辞》加以剖析。他认为：像《离骚》陈述“尧舜之耿介”“禹汤之祗敬”之类，符合经典的典诰之体；①像《离骚》讥讽“桀、纣之猖披”、感伤“羿、浇之颠陨”之类，是《诗经》的规谏讽喻之旨；②像《九章·涉江》以虬龙来喻指君

---

① 《离骚》：“彼尧舜之耿介兮，既遵道而得路。”“称禹、汤”句原作“称汤、武……”，误。

② 《离骚》：“何桀纣之猖披兮，夫惟捷径以窘步。”王注：“猖披，衣不带之貌”；“衣不及带，欲涉邪径”。又云：“羿淫游以佚田兮，又好射夫封狐；固乱流其鲜终兮，浞又贪夫厥家。浇身被服强圉兮，纵欲而不忍。日康娱而自忘兮，厥首用夫颠陨。”

子、《离骚》用云蜺来比譬佞人之类,是《诗经》的比兴之义;[1]至于像《九章·哀郢》中表达"每一顾而掩涕"、《九辩》中"叹君门之九重"这类内容的文句[2],则同于经典(《诗》)的"忠怨"之辞。刘勰认为从以上的四方面来看,这是《离骚》等辞赋与经典(主要是《诗》)的相同之处。同时,刘勰也指出《离骚》等不同于或有背于经典之旨的"四事"。《辨骚》篇说:

> 至于托云龙,说迂怪,丰隆求宓妃,鸩鸟媒娀女:诡异之辞也;康回倾地,夷羿弹日,木夫九首,土伯三目:谲怪之谈也;依彭咸之遗则,从子胥以自适:狷狭之志也;士女杂坐,乱而不分,指以为乐,娱酒不废,沉湎日夜,举以为欢:荒淫之意也。摘此四事,异乎经典者也。

刘勰认为:像《离骚》中"驾八龙""载云旗"这类迂曲怪诞之事,以及"令丰隆求宓妃""令鸩鸟媒娀女"之类,都是诡异怪诞之辞;[3]又像《天问》中所说的"康回倾地""后羿弹日",《招魂》

---

① 《涉江》:"驾青虬兮骖白螭。"王注:"虬螭,神兽,宜于驾乘,以喻贤人清白可信任也。"《离骚》:"飘风屯其相离兮,帅云蜺而来御。"注:飘风,无常之风,以兴邪恶;云蜺,恶气,以喻佞人。"

② 《哀郢》:"望长楸而太息兮,涕淫淫其若霰;过夏首而西浮兮,顾龙门而不见。"《九辩》:"岂不郁陶而思君兮,君之门以九重。"

③ 《离骚》:"驾八龙之婉婉兮,载云旗之委蛇。"王注:"驾八龙者,言己德如龙,可制御八方;载云旗者,言己德如云雨,能润施万物也。"又:"吾令丰隆乘云兮,求宓妃之所在。"王注:"丰隆,云师,一曰雷师;宓妃,神女也,以喻隐士。"又云:"望瑶台之偃蹇兮,见有娀之佚女。吾令鸩为媒兮,鸩告余以不好。"王注:"言我使鸩鸟为媒,以求简狄,其性谗贼,不可信用,还诈告我,言不好也。"

中所说的“一夫九首”“土伯三目”之类,都是谲奇荒诞的说法;[①]像《离骚》中所说的“愿依彭咸之遗则”、《九章》中所说的“从子胥而自适”之类,表现的则是狷介狭隘的情志;[②]又像《招魂》中的“士女杂坐”“娱酒不废”之类,表现的则是荒淫的内容。[③] 这四种情况,皆不合于经典;也就是说,“诡异之辞”“谲怪之谈”“狷介之志”“荒淫之意”,有悖于“发乎情,止乎礼义”以及“温柔敦厚”的“《诗》教”或“乐而不淫”以及“兴、观、群、怨”之旨。[④] 所以,不论刘勰对《楚辞》的这种分析在今人看来是否得当,如仅以刘勰的论述来看,这确实也是《楚辞》与经典大异其趣之处了。

在剖析《楚辞》与经典的异同(即“四同”“四异”)之后,刘

---

① 《天问》:“康回凭怒,地何故以东南倾?”王注:“康回,共工名也。《淮南子》言共工与颛顼争为帝,不得,怒而触不周之山。天维绝,地柱折,故东南倾也。”又云:“羿焉彃日?乌焉解羽?”王注:“《淮南》言尧时十日并出,草木焦枯,尧令羿仰射十日,中其九日。日中九乌皆死,堕其羽翼。”《招魂》:“一夫九首,拔木九千些。”王注:“言有丈夫一身九首,强梁多力,从朝至墓,拔大木九千株也。”又云:“土伯九约……参目虎首,其身若牛些。”注:“土伯,后土之侯伯也”,“其貌如虎,而有三目”。

② 《离骚》:“虽不周于今之人兮,愿依彭咸之遗则。”注:“彭咸,殷贤大夫,谏其君不听,自投水而死”;“言己所行忠信,虽不合于今之世,愿依古之贤者彭咸余法,以自率厉也”。《九章·悲回风》:“浮江淮而入海兮,从子胥以自适。”意谓追随子胥,亦投水而死。

③ 《招魂》:“士女杂坐,乱而不分些。”王注:“言醉饱酣乐,合罇促席,男女杂坐,比肩齐膝,恣意调戏,乱而不分别也。”又云:“娱酒不废,沈日夜些。”注:“言昼夜以酒相乐也。”

④ 《论语·为政》:“子曰:《诗》三百,一言以蔽之,曰:思无邪。”又《论语·八佾》:“子曰:《关雎》乐而不淫,哀而不伤。”又《论语·阳货》:“子曰:小子何莫学夫《诗》?《诗》可以兴,可以观,可以群,可以怨。迩之事父,远之事君,多识于鸟兽草木之名。”

勰对它作出了总体性评价:

> 故论其典诰则如彼,语其夸诞则如此,固知《楚辞》者,体慢(宪)于三代,而风雅(杂)于战国,乃《雅》《颂》之博徒,而词赋之英杰也。观其骨鲠所树,肌肤所附,虽取镕经意,亦自铸伟辞。故《骚经》《九章》,朗丽以哀志;《九歌》《九辩》,绮靡以伤情;《远游》《天问》,瑰诡而惠巧;《招魂》《招隐》,耀艳而深华;《卜居》标放言之致,《渔父》寄独往之才。故能气往轹古,辞来切今,惊采绝艳,难与并能矣。

刘勰认为:辨析《楚辞》,“论其典诰”(即“同于《风》《雅》”)则如“典诰之体”“规讽之旨”“比兴之义”“忠怨之辞”,“语其夸诞”(即“异乎经典”)则如“诡异之辞”“谲怪之谈”“狷狭之志”“荒淫之意”,可知《楚辞》“体慢(宪)于三代,而风雅(杂)于战国,乃《雅》《颂》之博徒,而词赋之英杰也”。“体慢(宪)”“风雅(杂)”云云,是刘勰对《楚辞》辨析后的概括性评价。

“体慢”,按诸家说当为“体宪”。“体宪于三代”之“体”,指《楚辞》之文而言,不是仅指文辞形式,更不是仅指文体。《辨骚》上文:“扬雄讽味,亦言体同《诗·雅》。”“体”的所指与此同。“宪”本为宪章、法典,此处用为动词。因此,“体宪于三代”,是说《楚辞》取法于“三代”(夏、商、周)之文(主要是就《诗经》一派的作品而言),其根据即在于《楚辞》有“同于《风》《雅》”之处。

《楚辞》的“体宪于三代”是一方面,另一方面则是它又“风雅(杂)于战国”。“风雅”,按诸家说当为“风杂”。① “风杂于战国”,是说《楚辞》杂糅或染上了战国时代的文风。其“风杂于战国”的根据,即本篇所归纳出的“异乎经典”的四个方面。从理论上说,“风杂于战国”就是本书《时序》篇所说的“文变染乎世情”的现象。正因为《楚辞》有“同于《风》《雅》者”、又有“异乎经典者”,所以刘勰说它是“体宪于三代,而风杂于战国”,这是刘勰“辨骚”的概括。刘永济所说:“‘体宪三代’、‘风杂战国’二语,尤得屈文体义。”②

“《雅》《颂》之博徒,而词赋之英杰”则是刘勰对《楚辞》的定性评价。《雅》《颂》,即《诗》中的《雅》诗和《颂》诗,这里指代《诗》一派的作品,与本篇上文“扬雄讽味,亦言体同《诗》《雅》”“观兹四事,同于《风》《雅》者也”的“《诗》《雅》”“《风》《雅》”同指,亦即本篇所谓“体宪于三代”的“三代”之文。

“博徒”,范注:“《史记·信陵君列传》:‘公子闻赵有处士毛公,藏于博徒。’博徒,人之贱者。”“博徒”一语,《史记·魏公子列传》除范注所引外,尚有“今吾闻之,乃妄从博徒、卖浆者游,公子妄人耳”一例。此处“博徒”,当指博弈、博戏之徒。而刘勰称《楚辞》之文为“《雅》《颂》之博徒”究竟是什么含义?《汉书·王褒传》:“宣帝时修武帝故事,讲论六艺群书,博尽奇异之好,征能为《楚辞》九江被公,召见诵读。”又云:“上令褒与

---

① 范文澜《文心雕龙注·辨骚》注[一七]:“风雅亦应据《唐写本》作风杂。风杂于战国,谓异于经典之四事。”杨明照《文心雕龙校注拾遗》:“按唐写本是。《时序》篇:‘屈平联藻于日月,宋玉交彩于风云,观其艳说,则笼罩《雅》《颂》,故知炜烨之奇意,出乎纵横之诡俗也。’正可作为‘风杂于哉国’一语注脚。”(第38页)诸家说是。

② 刘永济校释:《文心雕龙校释·辨骚》。

张子侨等并待诏,数从褒等放猎,所幸宫馆,辄为歌颂,第其高下,以差赐帛。议者多以为淫靡不急,上曰:'不有博弈者乎,为之犹贤乎已!'(此孔子语,见《论语·阳货》篇——引者)辞赋大者与古诗同义,小者辩丽可喜。辟如女工有绮縠,音乐有郑卫,今世犹皆以此虞说(娱悦)耳目。辞赋比之,尚有仁义风谕、鸟兽草木多闻之观,贤于倡优博弈远矣。"汉宣帝说辞赋"尚有仁义风谕、鸟兽草木多闻之观",与孔子言《诗》同义。《论语·阳货》篇:"子曰:小子何莫学夫《诗》?《诗》可以兴,可以观,可以群,可以怨。迩之事父,远之事君,多识于鸟兽草木之名。"所以刘勰本篇说"及汉宣嗟叹,以为皆合经术"。另外汉宣帝认为辞赋"尚有仁义风谕、鸟兽草木多闻之观"而"贤于倡优博弈远矣"。但是刘勰认为这是"褒贬任声,抑扬过实",他分析总结出《楚辞》"同于《风》《雅》者"四事和"异乎经典者"四事,即立足于同《诗》的比较,指出二者之间的同、异。这便否定了前人对《楚辞》的任意"褒贬"和失实"抑扬",而其中自然也就包含了对汉宣帝以为《楚辞》"皆合经术"之说的否定。在这里,刘勰又巧妙地借用了汉宣帝称辞赋"贤于倡优博弈远矣"的话,反过来称《楚辞》为"《雅》《颂》之博徒"。所以,刘勰称《楚辞》为"《雅》《颂》之博徒",是针对汉宣帝谈辞赋认为"贤于倡优博弈远矣"的话而发。"博徒"即汉宣帝语"倡优博弈"的所指。汉宣帝以辞赋与《诗》并论,认为"贤于倡优博弈远矣";而刘勰以《楚辞》与《诗》相比较,把《楚辞》比作"博徒",并且是"《雅》《颂》之博徒",这就概括了《楚辞》"体宪于三代,而风杂与战国"的含义。如果仅仅把"博徒"理解为"卑贱的人",是不能透彻了解刘勰的原意的。下句"而词赋之英杰也"承上句而来,指出《楚辞》较之《诗》实为"博徒",但它又是词赋中的佼佼者（“英杰”，本指人而言，这里也是比喻说法，与“博徒”相对）。这样，不但指出了《楚辞》与《诗》以及后来辞赋的优劣异同，并且暗示了屈赋承上（《诗》）启下（后来辞赋）的历史地位。因此《诠赋》篇说：“然赋也者，受命于诗人，拓宇于《楚辞》也。”①

明确了“《雅》《颂》之博徒”“词赋之英杰”这一对《楚辞》的定性评价，就可以更透彻地了解本篇伊始所说《离骚》等“固已轩翥诗人之后，奋飞辞家之前”的含义：因《楚辞》只是“体宪于三代，而风杂于战国”之文，所以它自然无法超越“诗人”之作（《诗》一派的作品），而只能“轩翥”（飞翔上下貌）于“诗人”之后，所以又谓之“博徒”；但相较于后来“辞人”之赋，却是“拓宇”之作，是“奋飞”于“辞家”之前，所以又谓之“英杰”。

正因《楚辞》是“体宪三代”而“风杂战国”的“新变”之文，所以刘勰又从《楚辞》作品的整体角度作出了分析，认为“其骨鲠所树，肌肤所附，虽取镕经旨，亦自铸伟辞”。表面看来，所谓“骨鲠所树”，指《楚辞》作品的“立体”而言，“肌肤所附”指《楚辞》作品的“结采（文辞）”而言。但实际上，所谓“虽取镕经意，亦自铸伟辞”，是说《楚辞》虽然也有取式于经典之处，同时也铸就了自身的、不同于经典的奇伟风格。此处的“意”和“辞”，并非专指内容和形式，而是互文见义：《楚辞》所取式的不单单是“意”，其“自铸”的也不单单是“辞”。“取镕经意”与“自铸伟辞”，无非是说《楚辞》既取式圣人经书、又有自身的（同时也是时代的）特色，从而铸就一代“奇文”。刘勰所说的

① 参见拙文：《〈文心雕龙〉新释三则》，《中国社会科学院研究生院学报》1987 年第 2 期。

“《骚经》《九章》,朗丽以哀志”,“《九歌》《九辩》,绮靡以伤情”,“《远游》《天问》,瑰诡而惠巧”,“《招魂》《大招》,耀艳而深华”,“《卜居》标放言之致,《渔父》寄独往之才”,也就是“取镕经意”“自铸伟辞”而形成的“奇文”的具体分析。因此,如果说刘勰对《楚辞》“同于《风》《雅》”的四事和“异乎经典”的四事的剖析是类比举例式的分析的话,那么“虽取镕经意,亦自铸伟辞”则是对《离骚》等作品的整体性分析。正因为“取镕”(取法前式)而“自铸”(自成新变),所以才成为“气往轹古,辞来切今,惊采绝艳,难与并能”的一代“奇文”。

刘勰除对屈赋等进行具体剖析之外,又从以屈原为代表的赋作对后世的影响角度论述了有关问题,并进而提出了他的文学观点或主张。《辨骚》篇说:

> 自《九怀》以下,遽蹑其迹;而屈、宋逸步,莫之能追。故其叙情怨,则郁伊而易感;述离居,则怆怏而难怀;论山水,则循声而得貌;言节候,则披文而见时。是以枚、贾追风以入丽,马、扬沿波而得奇:其衣被词人,非一代也。故才高者菀其鸿裁,中巧者猎其艳辞,吟讽者衔其山川,童蒙者拾其香草。若能凭轼以倚《雅》《颂》,悬辔以驭楚篇,酌奇而不失其真(贞),玩华而不坠其实,则顾盼可以驱辞力,欬唾可以穷文致,亦不复乞灵于长卿,假宠于子渊矣。

刘勰指出屈(原)、宋(玉)赋作叙情、述离(即抒情)以及描绘山水、节候(即描景)的高度形象化或艺术性,认为其“叙情怨”“述离居”,则“郁伊而易感”“怆怏而难怀”;其“论山水”“言节候”,则“循声而得貌”“披文而见时”。正因如此,枚乘、贾谊追攀其风而文成艳丽，扬雄、司马相如循其余波而文成奇异，屈原等赋才影响了数代词（辞）赋家。但是，作品的影响，同样是因人的才学或鉴赏观念不同而有所差异，所谓“才高者”“中巧者”云云，便是对这种情况的说明。

“才高者菀其鸿裁”之“菀”，通“苑”，即苑囿，为畜养禽兽并种植树木的地方，古代多为帝王及贵族游玩射猎的场所。在这里，“菀”（“苑”）用作动词，表示“以……为苑囿”。“菀其鸿裁”，即以《楚辞》之文的大的体制为苑囿，也就是把《楚辞》之文的巨制看作苑囿（“鸿裁”，即巨制，《文心·才略》篇：“李尤赋铭，志慕鸿裁。”这里指《楚辞》之文的体制）。这是说“才高”之人不只看到《楚辞》作品中的艳辞丽采，而是从大的方面或整体上把握住其体制。犹如置身苑囿，“才高者”不只将注意力局限在其中的山川花木上，而是着眼于整个苑囿的体制、布局。

“中巧者猎其艳辞”句的“中巧”，范文澜注：“中巧犹言心巧。”[①]后来论者或释“中巧”之“中”为“精神心志”，或解“中巧”为“心思巧妙”，实误。“中巧者猎其艳辞”同上句一样，是以人置身苑囿，但由于才智或见识高下不同而对苑囿本身的观赏不同来比喻人们对《楚辞》之文鉴赏态度的不同。“中巧者”当与上句“才高者”相对，“巧”指智巧，“中巧者”指智巧或才力居中或在中等的人。由于“中巧者”，即智巧属中等的人见识在“才高者”之下，所以就像游览苑囿不能纵观整个体制布局，而只是赏玩摘采其中丽花艳草一样，他们对于《楚辞》也只是猎取其艳丽的辞藻。因此，“才高者菀其鸿裁，中巧者猎其

① 范文澜：《文心雕龙注·辨骚》注[三〇]。

艳辞”,是说“才高者”能从大的体制上把握《楚辞》之文,而“中巧者”则只是猎取《楚辞》之文中的辞采(如果释“中巧”为“心巧”,则与“才高”无别,因为“才高者”未必不“心巧”,“心巧者”未必不“才高”,所以,“才高”“中巧”当是相对而言)。“才高者”与“中巧者”在才智上有“高”“中”之别,因此二者对《楚辞》之文就有“菀其鸿裁”与“猎其艳辞”的不同。

“吟讽者衔其山川”之“吟”,本指歌咏。《庄子·德充符》:“倚树而吟,据槁梧而瞑。”“讽”,本指背诵。《周礼·春官·大司乐》注:“倍文曰讽,以声节之曰诵。”(“倍”,即背)这里“吟讽”连用,即“歌咏讽诵”义。“吟讽者”,指“歌咏讽诵的人”。而“吟讽者衔其山川”,是说能歌咏讽诵的人(实即可以为文的人)对于《楚辞》往往是模仿其中对山川的描绘。

“童蒙者拾其香草”的“童蒙”,或注为“启蒙的童子”“初学者”,或单释“童”为“暗昧无知”,均欠妥。“童”本指孩童(字又作“僮”,《说文》:“僮,未冠也。”),《易·蒙卦》:“匪我求童蒙,童蒙求我。”疏:“蒙者,微昧暗弱之名。”孩童暗弱幼稚,所以“童”又引申为愚昧暗塞义,常“童蒙”连用。如《淮南子·齐俗训》:“古者,民童蒙不知东西。”字又作“瞳矇”。《论衡·自然》篇:“纯德行而民瞳矇。”本篇“童蒙”即愚暗不明义。所以,“童蒙者”即是指“愚昧无知的人”。“童蒙者拾其香草”,是说才智低下的人只不过是喜欢或猎取《楚辞》中有关芳草一类的描写。

如果说“才高者”“中巧者”“吟讽者”“童蒙者”四句是说明了对屈原等赋作的接受或欣赏的角度、观念不同的话(从另一个角度说,就是屈赋等对人们的不同影响),那么“凭轼”“悬辔”之说则是显示出刘勰对《楚辞》的态度,同时也就是他具体的文学主张。凭轼以倚《雅》《颂》之“凭”,即“倚着”“靠着”。“轼”,古代车厢前面用作扶手的横木。“凭轼”,即扶着或靠着车轼(古代驾车时凭轼执辔,《汉书·郦食其传》:“韩信闻食其冯(凭)轼下齐七十余城。”)。“凭轼以倚《雅》《颂》”,这是比喻或形象说法,指为文像驾车奔驰凭轼那样依傍“《雅》《颂》”。“《雅》《颂》”,指代《诗》,实际上就是指儒家经书。“凭轼以倚《雅》《颂》”,照直说来就是“宗经”。“悬辔”之“辔”,即马缰绳;“悬辔”,指将驭马的缰绳拿在手中,也就是驾驭的意思。“楚篇”,即指《楚辞》。“悬辔以驭楚篇”,指为文像驾车凭轼而执辔策马一样来驾驭或把握《楚辞》之文。“凭轼”之说,表现出刘勰一贯的“宗经”主张;而“悬辔”之说,则表明了刘勰对《楚辞》之文的态度是主张驾驭或把握它。后两句“酌奇而不失其真,玩华而不坠其实”正是“悬辔”说,即驾驭把握《楚辞》之文的具体主张。“凭轼”“悬辔”主张的统一,则表明为文如同驾车凭轼执辔,要“倚《雅》《颂》”“驭楚篇”,则可以达到“顾盼可以驱辞力,欬唾可以穷文致”的境界。这里既体现出刘勰的“宗经”思想,又体现出刘勰对《楚辞》的重视;两者结合,则可以窥见刘勰关于为文的继承(“宗经”)、革新(“辨骚”以观文变)或者为文“通变”的理论。

此外,“亦不复乞灵于长卿,假宠于子渊矣”之说亦不当忽视。“乞”,本指乞求神灵的助益。“乞灵于长卿”,意谓从司马相如(汉武帝时辞赋家之首)那里讨得助益。“假宠”之“宠”,义为“荣耀”“荣光”(用例如《国语·楚语上》:“抚征南海,训及诸夏,其宠大矣。”而非“宠爱”义)。“假宠”,这里指从别人那里乞求荣耀。“假宠于子渊”,意谓从王褒(字子渊,汉宣帝时辞赋家之首)那里讨得荣耀(或释“假宠”为“凭借威望地位”,不妥)。“亦不复乞灵于长卿,假宠于子渊”承上文而来,意谓只要宗法“《雅》《颂》”、斟酌“楚篇”,做到“酌奇而不失其真,玩华而不坠其实”,那么顾盼之下就可以支配、挥洒文辞(“顾盼可以驱辞力”),谈吐之间便可以极尽文章情趣(“欬唾可以穷文致”),也就用不着从司马相如的赋里乞求助益、从王褒的赋里讨取荣耀了。刘勰的这种议论,又显示出他的“倚《雅》《颂》”、“驭楚篇”、抑汉赋的观点。

刘勰称《离骚》为代表的辞赋为“奇文”,而从他“辨骚”的内容看,以“骚”为代表的辞赋的突出特点就是“艳”(或“艳逸”)。如刘勰论《离骚》《九章》等《楚辞》之作,说它们或“朗丽以哀志”、或“绮靡以伤情”、或“瑰诡而惠巧”、或“耀艳而深华”、或“标放言之志”、或“寄独往之才”,总离不开“艳逸”的范围,所以说它“惊采绝艳”而“难与并能”。《宗经》篇也说:“励(迈)德树声,莫不师圣,而建言修辞,鲜克宗经。是以楚艳汉侈,流弊不还。”所谓“楚艳”,就是说的楚人辞赋“艳逸”的特色。《文心·定势》篇则说:“是以模经为式者,自入典雅之懿;效《骚》命篇者,必归艳逸之华。”《时序》篇也说:“屈平联藻于日月,宋玉交彩于风云,观其艳说,则笼罩《雅》《颂》,故知暐烨之奇意,出乎纵横之诡俗也。”正因为《骚》赋等以“艳”为突出特征,所以仿效它的作品则“必归艳逸之华”。

刘勰主张为文“徵圣”“宗经”,即主张以圣人及其作品为范式,但“宗经”仅是一个理论上的理想标准,实际存在的作者及作品却是森罗万象。刘勰辨析屈赋等,即在于剖析一个“文变”的典型。这个典型是由“取镕经意”和“自铸伟辞”而成为影响几代辞人的“艳逸”之文:“取镕”便有“宗经”,即继承(经典)的一面;“自铸”便有新变的一面,并且是在“取镕”这一基础上的新变。因此可以说,刘勰"辨骚",是以剖析一个"文变"典型来宣示他的文学"通变"观。

另外,《骚》赋这类的"奇文",其突出特点是"艳逸",这与经典"衔华而佩实"的"雅丽"区别明显。刘勰并不因为它已越出了经典的范式,而加贬抑,这与它的"艳"尚未淫滥有关;《宗经》篇说"楚艳汉侈",就明显地有这层意思:既越出了经典之范,而其"艳"尚未到"侈"的程度,可见刘勰并不反对"艳",只是反对"侈"。所以《定势》篇说:"然渊乎文者,并总群势:奇正虽反,必兼解以俱通";"若爱典而恶华,则兼通之理偏,似夏人争弓矢,执一不可以独射也"。因此,就屈赋等而言,刘勰是认为正可以作为一个"文变"的典型,这也就是刘勰在"文之枢纽"部分辨"楚篇"而不涉及汉赋的根本原因。但是,对屈赋等这种"取镕""自铸"而形成的艳逸奇文,刘勰毕竟把它看作是"奇",它有由艳而导致侈的危险,所以他又主张"倚《雅》《颂》"而"驭楚篇",这也就明确地宣示了其"执正驭奇"的"奇正"观。

六、"文之枢纽"论的理论及其关系

在以上讨论的基础上,现在对《文心雕龙》"文之枢纽"部分的理论及其结构关系或系统作总结性的论述。

(一)"原道"论

"道"与"文"的关系理论。"原道"论提出"道"(或"自然之道")即事物"自身(自己)如此(即自身运动变化)"的规律,而“文”由“道”(自然)生;就具体或个别的“文”来说,则是作为具体或个别事物的“自身之所然”的规律(“道”)的外现形态;包括人在内的世间万物,无不有其“自然”,则无不有其“文”:这就是“道”与“文”的关系理论。这一理论从哲学的角度解释了“文”的发生问题,同时也从根本之处揭示出了“文”的本质。它表明,作为诗文辞章这类人之“文”来说,是人的情感活动或认识、思维活动的外现形式,这就从理论根本上确定了文学的内容和形式之间的特定关系,成为文学理论中最基本的写作和鉴赏原则。

“自然”说与“文”的属性理论。在“原道”论的“道”“文”关系理论中,表明“人文”乃基于人的情志活动的“自然”而来;就此而言,即“文由自然”。而“文”的属性是“美”,所以“文由自然”也就是“美由自然”。这样,“文美”就具有了规律上的规定性。因此,刘勰的“自然”说不仅标明了“道”的特性以及“文”产生的本因,而且也表明了“文”所具有的“美”的属性,所以,它实际上也就是《文心雕龙》“文的美学”的理论基础。

“道”“圣”“文”关系理论。刘勰是为了匡正六朝以后的讹滥文风才写作《文心雕龙》的,其著书的动机决定了他的理论的“现实性”。因此,刘勰并没有把关于“文”的问题的讨论定点在哲学的高度而后止;他论述“道”“文”关系理论,却是为了在根本上为其“现实性”的文学理论确立不可动摇的根基。因此,在“道”“文”关系理论的基础上,刘勰也就特别强调“人”的主观能动作用。因为就文章或文学作品而言,当然是人类精神活动的产物,在“道”“文”关系理论中,“人文”的形成自然离不开人的精神活动或人的认识能动作用。不过,刘勰认为:圣人能“原道心”“研神理”而形成文章,最早的“人文”

历史就是“圣文”的历史，圣人为文可垂范于世。因此，他首先提出的不是一般意义上的“道”“人”“文”关系理论，而是“道”“圣”“文”的关系理论。在这一理论中，“圣”是在“道”“文”关系理论的基础上，提出的为文（即作者）的楷模或师表。这样，“原道”论实际上已为位居其后的“徵圣”“宗经”两论确立了理论模式。

（二）“徵圣”论

刘勰的“徵圣”论，实际上就是“原道”论所提出的“道”“圣”“文”关系理论的中间环节，即作为作者的“人”（圣）的专论。《文心雕龙》所谓“圣”，总的说来可以包括“三皇”（庖牺氏、神农氏、轩辕氏）、“五帝”（尧、舜、禹、汤、文）和周公、孔子，而以孔子为至尊。“徵圣”论即在“道”“圣”“文”关系理论的统摄下，从作者或写作的角度标举出一个楷模——“圣”；并且认为圣人“鉴周日月，妙极机神；文成规矩，思合符契”，为文则“繁略殊形，隐显异术，抑引随时，变通会适（适会）”，达到了“衔华而佩实”的“雅丽”的境界；所谓“徵圣”，也就是提倡符合“道”“文”关系理论的“志足而言文，情信而辞巧”的、内容和形式完美统一的创作论原则。

（三）“宗经”论

刘勰此论与“徵圣”论互为表里、相辅相成。所谓“经”，即“圣文”或“圣人之文章”。如果说“徵圣”是“道”“圣”“文”关系理论中“圣”这一环节的专论、从而提出在为文或作者方面的楷模的话，那么，“宗经”论就是“道”“圣”“文”关系理论中“文”这一环节的专论（在这一理论中，“文”即“经”）。刘勰认为“经”乃“恒久之至道,不刊之鸿教”,它“象天地,效鬼神,参物序,制人纪:洞性灵之奥区,极文章之骨髓”,而且是后来一切文体的始祖。此外,刘勰又提出了“文能宗经”的“六义”之说,它实际上就是关于文的“情”“风”“事”“义”“体”“文”,即内容和形式各组成要素完美统一的理论,从而由作品或文的角度标举出一个典范——“经”;所谓“宗经”,也就是提倡符合“道”“文”关系理论的、内容和形式完美和谐的文学批评或鉴赏论原则。

(四)“正纬”论

刘勰此论实际上是对纬书这种“乖道谬典”之文的批判:“乖道”,即违背了“道”“文”关系理论;“谬典”,即与经典(圣文)“因文明道”或“情信而辞巧”的范式相背谬。刘勰从整体上否定它,这在当时的背景下,对于明确他所力倡的“徵圣”“宗经”论是必要的。但是,刘勰还是从写作,即“有益文章”的角度肯定了纬书“事丰奇伟”的可取性,主张对纬书应“弃邪采正”。

(五)“辨骚”论

刘勰此论在于在“道”“圣”“文”关系理论的基础上,以“宗经”为原则(在方法上也可以说是“执正”),剖析一个为文新变的模式(在方法上也可以说是“驭奇”),由此而提出为文的“通变”观和“执正以驭奇”的理论。“辨骚”论的理论意义,还在于它表明刘勰在总体的文论主张上并没有停留在“徵圣”“宗经”这样的理想化层面上,而是以“圣文”(经)为典式,来剖析一个既有继承“圣文”因素(“取镕经意”)又有变化成分

(“亦自铸伟辞”)的作品模式,从而体现出他的为文“通变”并且求变则必须“执正驭奇”的文学观。

可见,《文心雕龙》“文之枢纽”论的基本理论观点是关于“文”的本质以及创作和鉴赏的一些最重要的理论原则(当然也是《文心雕龙》全书理论体系中起“枢纽”,即“制动作用”的理论),并且在理论上又是一个有机的系统。刘勰在《序志》篇里说有上述五论,则“文之枢纽,亦云极矣”! 此言不妄。

《文心雕龙》的文体学*

刘勰把《文心雕龙》中《明诗》篇到《书记》篇这一部分叫作"论文叙笔"。《序志》篇说：

> 盖《文心》之作也，本乎道，师乎圣，体乎经，酌乎纬，变乎骚：文之枢纽，亦云极矣。若乃论文叙笔，则囿别区分，原始以表末，释名以章义，选文以定篇，敷理以举统：上篇以上，纲领明矣。

"论文叙笔"的"文"，基本上就是"有韵之文"（韵文），如诗、乐府、赋、颂赞、祝盟、铭箴、诔碑、哀吊等；所谓"笔"，即"无韵之笔"（亦即非韵文），如史传、诸子、论说、诏策、檄移、封禅、章表、奏启、议对、书记之类。位居《哀吊》之后而在《史传》之前的杂文、谐隐两者，则在韵与非韵之间。黄侃说："六朝人分文、笔，大概有二途：其一以有韵者为文，无韵者为笔；其一以有文采者为文，无文采者为笔。谓宜兼二说而用之。"①范注：

* 有关内容曾在刊物发表，这里主要根据拙著《〈文心雕龙〉阐释》，齐鲁书社2000年版，第150—245页。

① 黄侃：《文心雕龙札记·序志》，中华书局1962年版。

"'论文叙笔',谓自《明诗》至《哀吊》皆论有韵之文,《杂文》《谐隐》二篇,或韵或不韵,故置于中;《史传》以下,则论无韵之笔。"①

文章的"文""笔"之分,始于南朝。刘勰《文心·总术》篇说:"今之常言,有文有笔。以为无韵者'笔'也,有韵者'文'也。夫文以足言,理兼诗书,别目两名,自近代耳。"梁萧绎《立言》也说:"古人之学者有二,今人之学者有四。"②所谓"有二",即指汉代"文学"(学术)与"文章"之分;"有四",即从"文学"(学术)中分出"儒"与"学",从"文章"中分出"文"与"笔"。刘勰的"论文叙笔",仅从形式上看,"文"和"笔"的区别也就在于有韵和无韵之分。由此可见,这一部分实际上含有两大文体类别的作品。而"文"和"笔"之内,又各自包括所属的文类或文体,这也就是刘勰所说的"囿别区分"。所以,《文心雕龙》的"论文叙笔"部分实际上就是中国古代的文体分类学,一般则把"论文叙笔"部分叫作"文体论"。

刘勰"论文叙笔"的内容或角度,就是《序志》篇所说的"原始以表末,释名以章义,选文以定篇,敷理以举统"。黄侃曾举例说明:"'原始以表末'四句,谓《明诗》篇以下至《书记》篇,每篇叙述之次第。兹举《颂赞》篇以示例:自'昔帝喾之世'起,至'相继于时矣'止,此'原始以表末'也。'颂者,容也'二句,'释名以章义'也。'若夫子云之表充国'以下,此'选文以定篇'也。'原夫颂惟典雅'以下,此'敷理以举统'也。"③"原始

① 范文澜:《文心雕龙注》卷十《序志》注[一九],人民文学出版社1958年版。

② 萧绎:《金楼子》卷四《立言》,知不足斋本。

③ 黄侃:《文心雕龙札记·序志》。

以表末”在内容上来说有分类作品史的性质，其目的在于从史的角度论述某一文体作品；“释名以章义”大概是受东汉刘熙《释名》的影响，想以名课实，释文体之名义，也就是推求文体所以命名之意；“敷理以举统”则具有文章体别理论的性质；“选文以定篇”，则实际上是论述某一文类或文体作品时选择典型的、有代表性的作品作为分析对象。如此看来，“论文叙笔”部分事实上是涉及文学（文章）历史的内容。但是，如果认为这一部分是“文学史论”，却是不切实际的。所以，把“论文叙笔”部分看作文体分类学，是比较适宜的。本篇以诗、乐府、赋、颂赞、杂文、史传、诸子、论说作为主要依据，来分析刘勰的文体学及其特色。

一、诗论

《文心雕龙》“论文叙笔”首篇《明诗》，是一篇诗的专论。本篇论述的内容包括：释“诗”之名以体现其特性和意义；诗歌活动发生或诗之所产生的原因；历代诗歌发展演变的概况，并涉及社会对诗风的影响；诗美特点（含诗体因素）。现在，我们将主要讨论以下几个问题。

（一）诗的体义

诗的体义，就是诗这种文体的理义。刘勰显然认为诗歌这种韵文之所以叫作“诗”，是有它的理义的；而探究“诗”的理义，这实际上就关系到了诗的特性问题。《明诗》篇说：

> 大舜云:“诗言志,歌永言。”圣谟所析,义已明矣。是以在心为志,发言为诗,舒文载实,其在兹乎?诗者,持也,持人情性。三百之蔽,义归“无邪”,持之为训,有符焉尔!

这一段话就是对诗的“释名以章义”。刘勰引《尚书·尧典》的话,认为诗的体义是“言志”;[1]换言之,从语源学上说,之所以称为“诗”,就在于它是“言志”。[2]《说文》:“诗,志也。从言,寺声。”“诗”释之以“志”,是声训(中国古代一种训诂方法,用语音相同或相近、意义相关的词语对所说明者加以解释)。从理论上说,“言志”也就是诗体的特性。《诗大序》也说:“诗者,志之所之也。在心为志,发言为诗。”孔颖达《正义》:“诗者,人志意之所之适也。虽有所适,犹未发口,蕴藏在心,谓之为志。发见于言,乃名为诗。言作诗者,所以舒心志愤懑,而卒成于歌咏,故《虞书》谓之‘诗言志’也。”可见,刘勰释诗之名以显其体义是以圣人之言(“圣谟”)为根据的,他又正是以“言志”来确定诗的特性的。所以在刘勰看来,诗体产生的原动力也就在于“言志”(即由于“言志”才产生了诗)。本篇下文也说:“人禀七情,应物斯感,感物吟志,莫非自然。”[3]即这种思想的体现。对刘勰的“感物吟志”说,有必要作出阐释,以利于问题的

---

① 《尧典》是今文《尚书》中的一篇;伪古文《尚书》把下半篇分出,并加二十八字,作为《舜典》。其中云:“诗言志,歌永言,声依永,律和声,八音克谐,无相夺伦。”

② 除《尚书》外,又《礼记·乐记》:“诗言其志也,歌咏其言也,舞动其容也。”《左传·襄公二十七年》也说:“诗以言志。”

③ 《礼记·乐记》:“凡音之起,由人心生也。人心之动,物使之然也。感于物而动,故形于声。”

讨论。

中国古代思想史上,曾把人之“情”分为七类。《礼记·礼运》:“何为人情? 喜、怒、哀、惧、爱、恶、欲,七者弗学而能。”这“七情”是人的先天禀受,即“弗学而能”,所以说“人禀七情”。“应物斯感”之“应”,本义是“当”,即“对着”(《说文》:“应,当也。”段注:“当,田相值也,引伸为凡相对之称。”),在这里指接或接触;“应物”,即接触到外在事物。其他古书中也有“应物”一语,指“适应外物(变化)”。《庄子·知北游》:“其用心不劳,其应物无方。”《史记·太史公自序》:“与时推移,应物变化。”这里的“应物”与“应变”(即顺应时、事变化)含义相仿(《荀子·王制》:“举措应变而不穷。”)。其均与刘勰的“应物”说含义迥异。“应物斯感”之“感”,《说文》:“动人心也。”“应物斯感”意谓触及或接触到外在事物而引起情感上的变化,即引起人的情志活动。“感”是对上文“人禀七情”的“情”而言的,说的是“情”之“应物斯感”。也就是说,“人禀七情”,触及外物之后便产生情志或情感活动。

“感物吟志”的“感物”,即“感于物”,也就是“应物斯感”的意思。“吟志”之“志”,《说文》:“意也。”又云:“意,志也。”这里“意”“志”互训,指的是含有一定的理念或思想内容的意趣、志向。“吟志”,即吟咏或抒发意趣、志向。应该注意:上文说“人禀七情,应物斯感”,这里又说“感物吟志”,可见人接触到外物引起情感活动,这种情感活动产生了“志”,所以说“感物吟志”。“情”是先天的禀赋(“弗学而能”),“应物”而动(活动、变化),从而形成“志”:起码在这里,“情”和“志”并不是一回事。在“禀情—感物—吟志”这个表明人的创作活动过程的链条中,“情”和“志”之间有个“物”的因素,这个外在的因素触发人的情感活动而形成一定的意趣志向。刘勰认为“感物吟志,莫非自然”,便是认为“情”应物“感”,形成一定的志趣而形之于文咏,是人诗文创作的自身活动规律(“自然”,即客观事物自己这样,并非外因使然)。

“诗言志”曾被人们认为是中国古代诗论“开山的纲领”,“言志”说和“缘情”说也曾以其特定含义(或人们的理解)不同而形成对立。由以上来看,刘勰是秉持了孔子的“无邪”之说和传统的“发乎情,止乎礼义”的诗教原则的。因此他又说:“诗者,持也,持人情性。”这里强调诗的教化功能。这与“言志”之说在思想上是统一的。但是,在刘勰的诗论中,“志”与“情”却并不是对立的。《文心·情采》篇专论“文”(当然也就包括诗)的两大成素——“情”与“采”的关系,即是明证之一。《体性》篇也说:“盖情动而言形,理发而文见,盖沿隐以至显,因内而符外者也。”这里也以“情”和“言”、“理”和“文”对举而称。可见,刘勰以“言志”说释诗之名并且显示其特性,却并没有把“志”作为“情”的对立范畴。自然,刘勰论文,“徵圣”而“宗经”,其论诗的属于内容范畴的“情”,当然以“无邪”的“雅正”为审美标准。

(二)诗美特征

刘勰《明诗》篇对诗“原始以表末”,自远古(传说)葛天氏“玄鸟”、黄帝“云门”之歌起(以作为所见诗歌之始),一直讲到当时诗歌的状况。然后,《明诗》篇说:

> 故铺观列代,而情变之数可监;撮举同异,而纲领之要可明矣。若夫四言正体,则雅润为本;五言流调,则清丽居

宗:华实异用,唯才所安。故平子得其雅,叔夜含其润,茂先凝其清,景阳振其丽;兼善则子建仲宣,偏美则太冲公干。然诗有恒裁,思无定位,随性适分,鲜能通圆。若妙识所难,其易也将至;忽之为易,其难也方来。

刘勰基于对历代诗作的总结,归纳出了诗美的特点。他认为:四言诗属于“正体”,其根本或主要的特点是“雅润”;五言诗则属于变体(“流调”),其根本或主要的特点是“清丽”。所谓“雅润”,从鉴赏或审美角度说,就是诗给人以典雅、润泽(或温润)的感受;从诗的本身说,即四言诗有典雅、温润之美。所谓“清丽”,从鉴赏或审美角度说,就是诗给人以清新、绮丽的审美感受;从诗的本身说,即五言诗有清新、绮丽之美。但是,此处刘勰论诗美特点却是分别诗体(如四言、五言)而言的。那么,如不论诗体之别,诗美的总特征又是怎样的呢?《明诗》篇却并未谈到。但是,《文心·定势》篇说:“章表奏议,则准的乎典雅;赋颂歌诗,则羽仪乎清丽。”这里则是认为诗在总的“体势”特征上要“清丽”,而且“清丽”又并非诗体独有,而是与赋、颂之类所共同具备的。由此看来,刘勰却是以“清丽”为诗美主旨。曹丕《典论·论文》说:“诗赋欲丽。”陆机《文赋》也说:“诗缘情而绮靡。”“绮靡”也就是“丽”。在诗体的“丽”上,刘勰与曹、陆二家一致。不过,四言的“雅润”和五言的“清丽”在刘勰的理论中还可以再分为“雅”和“润”、“清”和“丽”。

诗作为一种文体,是因“言志”(或“感物吟志”)而发生或形成的,当然它并不能脱离作者及其创作活动而独立存在。所以刘勰明言他所论到的诗美特点是由历代诗歌中归纳而来的(“撮举同异,而纲领之要可明”)。从另一角度而言,作者的诗作也就必然与诗美的类型相关。但是,刘勰认为诗的“雅”“润”“清”“丽”又是因作者而异的。所以,他认为张衡(平子)的四言诗具有“雅”之美,嵇康(叔夜)的四言诗具有“润”之美;①张华(茂先)的五言诗具有“清”之美,张协(景阳)的五言诗具有“丽”之美。② 作者写诗于四种诗美也可以兼而有之(“兼善”),刘勰认为曹植(子建)、王粲(仲宣)就是“兼善”的;有的则只具“雅”“润”或“清”“丽”之美(“偏美”),刘勰认为刘桢(公干)、左思(太冲)就属于“偏美”的。③ 不过,由于刘勰把“雅润”限定在了四言诗之内,把“清丽”限定在了五言诗内,所以,所谓“兼善”的作者则一定擅长四言、五言,否则即无所谓“兼善”(如曹植、王粲四言和五言都擅长);“偏美”的作者则肯定是偏于四言或五言(如刘桢、左思都写五言诗)。但是,这并不意味着四言、五言诗都能写作的人就是“雅润”或“清丽”的“兼美”。刘勰倒是认为:四言的“雅润”和五言的“清丽”不同,作者擅长何体就要看其才性如何了。这可以看作是诗美与作家的关系论。

再者,虽然五言诗自魏晋发展到齐梁,已成为最盛行的诗体,但是刘勰仍把四言看作“正体”、把五言看作“流调”,这是有其原因的。《诗经》一派的诗作以四言为主,古人大多视其为“正体”;更加上刘勰论文“徵圣”“宗经”,所以论诗不能不

---

① 《明诗》篇上文:“至于张衡《怨》篇,清典可味;仙歌缓歌,雅有新声。又《才略》篇:“张衡通赡,蔡邕精雅。”

② 《文心·才略》篇称“张华短章,奕奕清畅”,又称景阳“才绮”。《诗品》卷上称张协诗“文体华净”。

③ 颜延之《庭诰·论诗》:“至于五言流靡,则刘桢、张华;四言侧密,则张衡、王粲;若夫陈思王,可谓兼之矣。”

宗《诗》,自然也把四言作为正体。《文心·章句》篇也说:"至于诗颂大体,以四言为正。"在刘勰之前,挚虞的《文章流别论》就说:"夫诗虽以情志为本,而以成音为节。然则雅音之韵,四言为正;其余虽备曲折之体,而非音之正也。"钟嵘的看法便与此不同,他的《诗品序》说:"夫四言,文约意广,取效风骚,便可多得。每苦文繁而意少,故世罕习焉。五言居文词之要,是众作之有滋味者也,故云会于流俗。"如果仅从表面看,刘勰的"正体""流调"说为时代或他的"宗经"思想所囿,显然容易得出在这一问题上他反而不如钟嵘的结论。如进一步观察,则刘勰的"正体""流调"说则近乎"正""变"之论:"正"即本体,"变"即本体的演变;有"正"、有"变",乃事物常理,诗亦如此。更重要的问题还在于,刘勰是追溯诗体流变,即所谓"原始以表末",却并未贬抑五言诗。上文说过,刘勰虽然说"四言以雅润为本""五言以清丽居宗",但《定势》篇却说诗和赋颂等均"羽仪乎清丽"。由此可见,刘勰的五言"流调"说实即认为五言诗乃流变之体,本意并不在贬抑。

二、乐府论

《文心雕龙·乐府》篇是关于乐府的专论。本篇论述的主要问题有乐府释名、乐府的起源及其历史发展、音乐和诗的关系等;如同强调诗的内容雅正及其教化作用一样,刘勰论乐府也同样坚持这一论文标准。以下主要讨论这样几个问题。

（一）乐府的起源

“乐府”作为一种诗、乐相配的艺术形式的名称，始于汉代。最初，汉武帝时设立的掌管音乐的机关叫乐府，负责搜集民歌，并配以音乐。① 因此，这种配乐诗也就称为乐府或乐府诗。② 如果按照这一历史事实，应该说乐府产生于汉代武帝时。但是，尽管刘勰《乐府》篇也说“暨武帝崇礼，始立乐府，总赵代之音，撮齐楚之气”（此处“乐府”指掌管音乐的官署），但他并不认为乐府始于汉代。刘勰《乐府》篇说：

> 乐府者，“声依永，律和声”也。钧天九奏，既其上帝；葛天八阕，爰乃皇时。自咸英以降，亦无得而论矣。至于涂山歌于候人，始为南音；有娀谣乎飞燕，始为北声；夏甲叹于东阳，东音以发；殷整思于西河，西音以兴：音声推移，亦不一概矣。匹夫庶妇，讴吟土风，诗官采言，乐盲（胥）被律，志感丝篁，气变金石。是以师旷觇风于盛衰，季札鉴礼于兴废，精之至也。夫乐本心术，故响浃肌髓，先王慎焉，务塞淫滥；敷训胄子，必歌九德。故能情感七始，化动八风。

---

① 《汉书·礼乐志》称“至武帝定郊祀之礼”，“乃立乐府”，“采诗夜诵，有赵、代、秦、楚之讴，以李延年为协律都尉，多举司马相如等数十人，造为诗赋，略论律吕，以合八音之调，作十九章之歌”。宋代王应麟及后来有人以汉惠帝时已有乐府令，故以为乐府不始于汉武时。其实，汉惠帝时只有乐府令之官职，到汉武帝时才设乐府官署。当然，这两者的关系也是应当承认的。

② 到后来，模仿乐府的诗，并不配乐，也叫乐府，这与刘勰所论并不是一回事（拟乐府诗以唐人为盛）。

刘勰释乐府之名,并论其源,首先引《尚书·尧典》“诗言志,歌永言,声依永,律和声”之说,认为所谓乐府即“歌咏其诗言,配以音声乐律”。而实际上,《尧典》的话是说诗歌在发展初期与音乐的密切关系(所谓诗、乐不分)。刘勰以此解释乐府,是他论述诗文辞章问题“述先哲之诰”(《序志》篇)的必然结果。所以,刘勰的观点可以说是理不符实。从道理上说,诗乐一体是中国上古诗歌和后来的乐府的共同特点,但真正的乐府确是产生于汉代。因此,我们只能把“声依永,律和声”作为乐府的原理来看,而不能拘拘于乐府诗出现的实际时代。事实也正是如此,他的乐府起源说又是建立在这种理论的基础之上的。

刘勰溯乐府之源,叙述了传说中远古时代黄帝的“咸池”、帝喾的“五英”之歌,又述及夏禹时涂山女的“候人兮猗”、有娀氏的“燕燕往飞”以及夏代孔甲和殷时整甲之歌,然后又论及秦、汉。如果以名课实,以为乐府起自远古,自属妄谈;而事实却是,刘勰是以“诗乐一体”的原理来追溯历史的。因此,在刘勰看来,以诗配乐乃中国诗歌既往的史实,汉武帝时“始立乐府”则不过是因此而确立“乐府”其名罢了。

此外,一般认为《诗经》一系的诗歌本来也是配乐的,而刘勰却在《乐府》篇里没有论述,遑论作为宗法的典范了。但是,刘勰认为后来所有的一切文体都源自圣人经书,《宗经》篇又明言“赋颂歌赞,则《诗》立其本”(其中的“歌”,当兼诗、乐府而言)。刘勰论乐府未述及这“立其本”的《诗》可能是因为《明诗》篇论述较详的缘故。

总之,刘勰论乐府不拘其名,而据其理,所以他的乐府起源说便不能以“乐府定于汉时”的事实加以框定了。

（二）“乐本心术”说

刘勰在《明诗》篇里论诗，引《尧典》“诗言志，歌永言”，以证明“诗”是“志”表现于外而形诸载体“言”的文学形式，其根本在于人（作者）的情志活动。换言之，“诗”的形成，其原动力在于人类的情志活动。从理论上说，这就是《文心·体性》篇所谓“夫情动而言形，理发而文见：盖沿隐以至显，因内而符外者也”。那么，从一般意义上讲，乐府之“辞”即为诗，乐府之“声”即为乐。刘勰认为诗乃作者情志形之于“文”者，而刘勰又是如何看待乐府两大成素（“辞”和“声”）之一的乐呢？这一问题就表现在刘勰的“乐本心术”之说中了。刘勰论道：

> 夫乐本心术，故响浃肌髓，先王慎焉，务塞淫滥。敷训胄子，必歌九德，故能情感七始，化动八风。

“心术”，《庄子·天道》篇：“须精神之运，心术之动，然后从之者也。”成玄英疏：“术，能也；心之所能，谓之心术也。”按《说文》：“术，邑中道也。”《汉书·刑法志》：“园囿术路。”集注引如淳曰：“术，大道也。”这是“术”的本义，其他如计谋、术路等皆引申之义。“心术”之“术”当指“性能”，“心术”即人的情志活动的自身性能，也就是人的精神活动的自身规律。① “术”，本义是人行走的途径，引申为活动的规律是很自然的。“乐本

---

① 《礼记·乐记》：“夫民有血气心知之性，而无哀乐喜怒之常，应感起物而动，然后心术形焉。”注：“术，所由也。”《史记·乐书》：“淫乐废礼，不接于心术。”《正义》：“术，道也。淫乐秽礼，不与心道相接。”《汉书·礼乐志》：“然后心术形焉。”颜师古注：“术，道径也；心术，心之所由也。”

心术"即认为音乐是本于或来源于人的心性或情性活动的自身性能的。范注引《汉书·礼乐志》"夫乐本情性，浃肌肤而臧(藏)骨髓"，[①]此为刘勰所本。所谓"乐本情性"即认为音乐是本于人的情性活动的自然(即自身之所然)的。又《礼记·乐记》："凡音之起，由人心生也。人心之动，物使之然也。感于物而动，故形于声"；"乐者，音之所由生也，其本在人心之感于物也。是故其哀心感者，其声噍以杀；其乐心感者，其声啴以缓；其喜心感者，其声发以散；其怒心感者，其声粗以厉；其敬心感者，其声直以廉；其爱心感者，其声和以柔。六者非性也，感于物而后动，是故先王慎所以感之者"。又云："凡音者，生人心者也。情动于中，故形于声，声成文，谓之音。"因为"其本在人心之感于物"，所以刘勰说"乐本心术"(即音乐是本于人的情感活动的)。

还应该注意，《乐记》认为"凡音之起，由人心生"，其中强调了"物使之然"或"感于物而后动"的外在事物的因素。音乐的形成是人心有感于物，"情动于中，故形于声；声成文，谓之音"。《明诗)篇："人禀七情，应物斯感；感物吟志，莫非自然。"这里虽然是讲人"情"因物而"感"从而发诸文咏的观点，但从理论上说是与《乐记》及本篇所讲的"情""物""音"的关系相一致的。

此外《礼记·乐记》还认为："夫民有血气心知之性，而无哀乐喜怒之常，应感起物而动，然后心术形焉。"由此可以看出，"心术"实指人情"应感起物而动"，也就是人的情感活动的自身规律。《乐记》"心术"一语，当是刘勰所本(或训"心术"为"思想和心计"，释"乐本心术"为"音乐本是思想与心计合成

---

① 范文澜：《文心雕龙注》卷二《乐府》注[八]。

的产物”或“音乐根据性情制作”,均系望文生训)。正因为音乐是本于人的情感活动或者说音乐是人的情感活动的“自然”体现,所以音乐本身有着震撼、洞彻人心灵或精神的感染力量,因此刘勰说“夫乐本心术,故响浃肌髓”。所谓“响浃肌髓”,即“响浃于肌髓”,也就是音乐的音响能通彻到人的骨髓里,这是就音乐的感染力来说的。

由上可知,刘勰认为乐和诗一样,来自人的情感(或情志)活动。从另一个角度而言,乐就自然地体现或反映人的情感。如果再从“接受”的角度说,乐就自然地对人产生某种影响。所以刘勰特别提出“先王慎焉,务塞淫滥”,①并重视其教育作用。② 另外,乐和诗一样可以体现人情世风,因此由乐也可以观察社会的盛衰或兴废。③ 刘勰说:

> 匹夫庶妇,讴吟土风,诗官采言,乐盲(胥)被律,志感丝篁,气变金石。是以师旷觇风于盛衰,季札鉴微于兴废,精之至也。④

---

① 《礼记·乐记》:“乐者,音之所由生也,其本在人心之感于物也”,“是故先王慎所以感之者”。《汉书·礼乐志》:“然自雅颂之兴,而所承衰乱之音犹在,是谓淫过凶嫚之声,为设禁焉。”

② 《尚书·尧典》:“帝曰:夔!命汝典乐,教胄子。”《汉书·礼乐志》:“典者自卿大夫师瞽以下,皆选有道德之人,朝夕习业,以教国子……皆学歌九德。”又《汉书·董仲舒传》:“乐者,所以变民风、化民俗也。其变民也易,其化民也著。故声发于和而本于情,接于肌肤,臧于骨髓。故王道虽微缺而管弦之声未衰也。”

③ 《汉书·艺文志》:“古有采诗之官,王者所以观风俗,知得失,自考正也。”

④ 师旷事见《左传·襄公十八年》、季札事见《左传·襄公二十九年》。

而音乐之所以能有这种种作用或力量，就在于其原发因素在于人的情感活动。

（三）乐府两大成素的关系

诗和乐是乐府的两大组成要素。“诗”在《文心雕龙》中是“文”的一种，自不待言。其实从广义的角度说，音乐也是“文”（即《文心·原道》《文心·情采》两篇所谓“声文”），《乐府》篇赞文说：“八音摛文，树辞为体。”这里也是把乐作为一种“文”来看待的。所以，从性质上说，乐府是一种由“乐”和“辞”（诗）相互配合的、特殊的艺术形式。《乐府》篇说：

> 故知诗为乐心，声为乐体；乐体在声，瞽师务调其器；乐心在诗，君子宜正其文。“好乐无荒”，晋风所以称远；“伊其相谑”，郑国所以云亡。故知季札观乐，不直听声而已。①

刘勰认为，在乐府表现于声的歌乐形式中，“诗”（即歌辞）是“乐心”，“声”是“乐体”，两者互为一体。因此，才要求“正其文”（指“诗”而言）和“调其器”（指“乐”而言），以求乐府两大成素的和谐统一。由于乐府及其两大成素的教化或影响作用，所以刘勰对乐府美的要求便不仅是和谐统一，还必须是“雅正”的：在音乐而言，他倡雅声而排溺音；在乐辞（诗）方面，他倡雅正而斥淫滥。可以说，“乐心”（诗）和“乐体”（声）两大成

① 参见《左传·襄公二十九年》季札观乐事。

素的雅正而和谐的统一,才是乐府的审美标准。所以,《乐府》篇又说:

> 若夫艳歌婉娈,怨志诀绝,淫辞在曲,正响焉生?然俗听飞驰,职竞新异;雅咏温恭,必欠伸鱼睨;奇辞切至,则拊髀雀跃:诗声俱郑,自此阶矣。凡乐辞曰诗,诗声曰歌,声来被辞,辞繁难节。故陈思称李(左)延年闲于增损古辞,多者则宜减之,明贵约也。

"淫辞""正响"必不能相谐,反之亦然;"诗声俱郑"("郑",不雅),尤等而下之。唯"诗""声"俱雅,方为"中和之响"。刘勰的乐府审美观,由此可见。

三、赋论

《文心·诠赋》篇是赋体文的专论,主要论述了赋体的理义、赋的体式要求及其形成和演变等问题。这里主要就以下几个问题加以讨论。

(一)赋的体义和来源

刘勰论赋,首释赋的命名,以阐明这种文体的理义。《诠赋》篇说:

> 《诗》有"六义",其二曰赋。赋者,铺也;铺采摛文,体物写志也。昔邵公称:公卿献诗,师箴瞽赋。传云:登高能

> 赋,可为大夫。《诗序》则同义,传说则异体,总其归涂,实相枝干。故刘向明“不歌而颂”,班固称“古诗之流也”。

“赋者,铺也”是用声训(又称“音训”,本是用声音相同或相近的字来训释字义的训诂方法)释“赋”之名(即解说为什么称为“赋”)。《序志》篇说:“释名以章义。”这里就是从解释“赋”名(即“释名”)开始来论述赋体的特点或意义(即“章义”)。刘勰说“赋”就是“铺”,也就是说,刘勰认为:赋的得名即在于从事铺陈。刘熙《释名·释典艺》:“赋,敷也,敷布其义谓之赋。”而“铺”指的则是“铺采摛文,体物写志”。“铺采”,即敷设或铺陈文辞。“摛文”,即布设辞藻,与“铺采”同指(义同“摛藻”“摛翰”“摛辞”。如班固《答宾戏》:“驰辩如涛波,摛藻如春华。”左思《魏都赋》:“摛翰则华纵春葩。”《晋书·陈寿传赞》:“摛辞综理。”),均指铺陈文辞。“体物写志”之“体物”,即描绘事物的形貌;“写志”,即刻画描述情志。可见“铺采摛文”,说明“赋”在形式上的特点是铺陈辞藻;“体物写志”,则从描绘物形和抒写情志两方面的内容上说明“赋”体的特点。纪昀说:“铺采摛文,尽赋之体;体物写志,尽赋之旨。”①这是符合刘勰原意的。

此外,刘勰说:“《诗》有六义,其二曰赋。”他论“赋”体首先把“《诗》六义”(即风、赋、比、兴、雅、颂)提出来,作为论赋之本。范注:“郑注《周礼·大师》曰:赋之言铺,直铺陈今之政教善恶……《毛诗·关雎序》:诗有六义,二曰赋。《正义》云:赋者,铺陈今之政教善恶,其言通正变,兼美刺。又云:直陈其

---

① 《文心雕龙·诠赋》纪评。

事不譬喻者,皆赋辞。案彦和铺采二语,特指词人之赋而言,非六义之本源也。"[①]郑注所谓"直铺陈今之政教善恶",正是刘勰论赋"写志"说的所指。然而,刘勰论辞赋首先提出《诗》"六义"之"赋",并非认为两者绝无关涉,相反,他认为《诗》"六义"之"赋"是后来辞赋的源头,并且把它作为论述辞赋的标准,即刘勰认为辞赋应该是"体物写志"的。本篇说:"诗序则同义,传说则异体,总其归涂,实相枝干。"这便是说"六义"之"赋"和辞赋之"赋"是"枝"与"干"的关系,即以《诗》"六义"之"赋"为"干",以辞赋之"赋"为"枝",后者是前者的流变或发展。所以本篇说:"刘向明'不歌而颂',班固称'古诗之流也'。"[②]刘勰是同意这些意见的。因此本篇又说:"然赋也者,受命于诗人,拓宇于《楚辞》也。于是荀况《礼》《智》,宋玉《风》《钓》,爰锡名号,与诗画境。六义附庸,蔚成大国。"本篇赞文也说:"赋自诗出,分歧异派。写物图貌,蔚似雕画。"这些都充分说明,刘勰既不把《诗》"六义"之"赋"和辞赋混为一谈,又不认为二者毫无关系,而是认为后来"蔚成大国"的辞赋来源于《诗》"六义"之"赋"("六义附庸")。当然,刘勰这样论述辞赋,是企图从根本上揭示出辞赋与《诗》的关系,从而强调辞赋应该继承《诗》"六义"之"赋"的"直铺陈今之政教善恶"

---

① 范文澜:《文心雕龙注》卷二《诠赋》注[一]。

② "明"字前原本有"云"字,据范文澜《文心雕龙注》卷二《诠赋》注[四]删。又《汉书·艺文志》:"不歌而诵谓之赋。"班固《两都赋序》:"赋者,古诗之流也。"皇甫谧《三都赋序》:"诗人之作,杂有赋体。子夏序《诗》曰:一曰风,二曰赋。故知赋者,古诗之流也。"刘熙载《艺概·赋概》:"赋,古诗之流。古诗如《风》《雅》《颂》是也,即《离骚》出于《国风》《小雅》。可见言情之赋本于《风》,陈义之赋本于《雅》,述德之赋本于《颂》。"

或“美刺”的传统,即主张辞赋不但“铺采摛文”,而且要“体物写志”,这正是刘勰论辞赋的一条重要标准。在刘勰之前的挚虞(文章流别论》也说:“赋者,敷陈之称,古诗之流也。古之作者,发乎情,止乎礼义。情之发,因辞以形之,礼义之旨,须事以明之,故有赋焉。所以假象尽辞,敷陈其志。”在赋以敷陈得名及其与诗的关系上,其说与刘勰并无二致。

(二)赋体的形成和演变

刘勰虽然认为赋与《诗》“六义”之“赋”有关,它与《诗》是枝和干的关系,并且同意班固“赋者,古诗之流也”的意见(《两都赋序》),但这是就赋的来源产生因素而言的。刘勰对赋体的形成或产生另有论述。《诠赋》篇说:

> 至如郑庄之赋“大隧”,士蒍之赋“狐裘”,结言短韵,词自己作,虽合赋体,明而未融;及灵均唱《骚》,始广声貌,然赋也者,受命于诗人,拓宇于《楚辞》也。于是荀况《礼》《智》,宋玉《风》《钓》,爰锡名号,与诗画境。六义附庸,蔚成大国。遂(述)客主以首引,极声貌以穷文,斯盖别诗之原始,命赋之厥初也。

刘勰认为:郑庄公赋“大隧之中,其乐也融融”①、晋士蒍赋“狐

① 《左传·隐公元年》:“郑庄公以弟叔段之故,遂置母姜氏于城颍而誓之曰:‘不及黄泉,毋相见也。’因颍考叔而告之,悔。对曰:‘君何患焉?若阙地及泉,隧而相见,其谁曰不然?’公从之。公入而赋‘大隧之中,其乐也融融’。姜出而赋‘大隧之外,其乐也泄泄’。遂为母子如初。”

裘蒙茸，一国三公，吾谁适从”[①]，都是出自己口的短短的韵语，尽管符合赋的体式特点，却并未能由此而形成赋体。相反，刘勰认为到屈原的《离骚》，才在敷陈事物的声色形貌方面有了扩展。《离骚》中敷陈内容的发展，无疑是向赋体的形成迈进了关键的一步，所以刘勰认为赋是“拓宇于《楚辞》”（此处《楚辞》实指以《离骚》为代表的屈赋，但刘勰以“骚体”概括这类作品，而未把它们列为赋体之作）。又因为《离骚》之敷陈及后来赋体得名于“铺陈”，所以刘勰才认为赋来源于《诗》“六义”之“赋”。从这个意义上说，赋又是“受命于诗人”（“诗人”指《诗经》一派作品的作者），亦即赋体的生命是“诗人”赋予的。可见，从《诗》到赋，其中间起关键作用的因素是《离骚》之类的作品。在刘勰看来，《离骚》之类的作品在赋体形成过程中是有重要地位的。《辨骚》篇说《离骚》“轩翥诗人之后，奋飞辞家之前”就已经预示了《离骚》在《诗》和赋之间的承前启后的作用。

继《离骚》“始广声貌”，拓展敷陈之风，则荀况、宋玉等人的赋作便出现了，如荀子的《礼》《智》诸赋[②]，以及宋玉的《风赋》《钓赋》之类。[③] 这些作品的突出特点是敷陈的色彩更为浓

① 《左传·僖公五年》：“晋献公使士蒍为二公子筑蒲与屈，不慎。公让之。退而赋曰：‘狐裘蒙茸，一国三公，吾谁适从？’”

② 《玉海》卷五九引《文心雕龙》文下注：“《汉志》：荀卿赋十篇，今其存者《成相》《佹诗》并《赋》篇而七，《赋》篇曰《礼》、曰《知》、曰《蚕》、曰《箴》、曰《云》。”按：今本《荀子》有《赋》篇，内含《礼》《知》《云》《蚕》《箴》，篇末有《佹诗》（此诗可能本为独立的篇章）。

③ 《玉海》卷五九引“宋玉《风》《钓》”注云：“见《文选》《古文苑》。”《艺概·赋概》：“宋玉《风赋》出于《雅》，《登徒子好色赋》出于《风》，二者品居最上。《钓赋》纵横之气骎骎乎入于说术，殆其降格为之。”

厚，并且正式使用了“赋”的名称。这样，就与诗划分开了界限，标志着赋已作为独立的文体跻身文坛。也就是说，到荀子、宋玉的时代，作为“六义附庸”的“赋”，就取得独立的地位而蔚成泱泱赋苑了。可见，刘勰是认为到战国时代，赋这一中国古代文学中的重要文体方宣告形成。另外，刘勰也从写作方式特点上论述了赋体的形成。他说“遂（述）客主以首引，极声貌以穷文，斯盖别诗之原始，命赋之厥初也”，便明明白白地提出自以铺叙主客问答之辞开端（“遂客主以首引”）、极尽事物声色形貌和文彩敷陈之事而形成文篇，这就是与诗区别的初始，也就是形成赋体的开端。显然，刘勰这又是从文章写法或特点上来论述问题的。

虽然刘勰说明他论文体时“原始以表末”，即讨论某种文体的产生和演变，但在这方面有时未必是详细探讨。他论赋体，除认为赋是“受命于诗人，拓宇于《楚辞》”外，而所谓“讨其源流”，从主体来看，也就是他的“信兴楚而盛汉”说了。刘勰认为，自荀况的《礼》《智》、宋玉的《风》《钓》之赋始，才用“赋”的名称，这标志着“赋与诗别”，即赋体正式形成的时代的到来。其后，“秦世不文，颇有杂赋”，而“汉初词人，顺流而作”，出现了陆贾、贾谊、枚乘、司马相如、王褒、扬雄以及枚皋、东方朔等许多辞赋家，产生了大量的赋作。据班固《两都赋序》，到汉宣帝时，不但赋作繁积，而且“言语侍从之臣”亦“时时间作”，“或以抒下情而通讽喻，或以宣上德而尽忠孝”；至孝成之世，则“论而录之，盖奏御者千有余篇”。可见其时辞赋之作已不仅仅是辞人铺陈采藻之事，而且影响已弥漫宫廷。所以，刘勰“信兴楚而盛汉”的论述是符合事实的。

（三）“鸿裁”与“小制”：赋体的两大类型

刘勰《诠赋》篇没有系统地讨论赋体的流变，但对赋的体制进行了分类，这是应该注意的。所谓“鸿裁”与“小制”就是刘勰所区分的赋体的两大类型：“鸿裁”就是鸿篇巨制，也就是“大赋”；“小制”就是短篇，也就是“小赋”。刘勰的这种分类不是单从赋作的大小着眼的，而是区别或论述了它们在内容或写作上的不同特点。刘勰《诠赋》篇说：

> 夫京殿苑猎，述行序志，并体国经野，义尚光大；既履端于唱序，亦归余于总乱。序以建言，首引情本；乱以理篇，迭致文契（写送文势）。按《那》之卒章，闵马称“乱”，故知殷人缉颂，楚人理赋：斯并鸿裁之寰域，雅文之枢辖也。至于草区禽族，庶品杂类，则触兴致情，因变取会，拟诸形容，则言务纤密；象其物宜，则理贵侧附：斯又小制之区畛，奇巧之机要也。

其中“京殿苑猎，述行叙志，并体国经野，义尚光大”，是对“鸿裁”，即大赋的内容或体制特点的概括；“草区禽族，庶品杂类”云云，是对“小制”即小赋的内容及体制特点的概括。有必要分别加以条析。

“京殿”指国都、宫殿；“苑猎”，指苑林、射猎。黄叔琳云：“京殿，《文选》《两都》，《二京》，《灵光》，《景福》之类是也；苑猎，《上林》，《甘泉》，《长杨》，《羽猎》之类是也；述行，《北征》，《东征》之类是也；序志，《幽通》，《思玄》之类是也。”[①]黄说是。萧统《文选》分赋为“京都”(上中下)、“郊祀”、“耕籍”、“畋猎”(上中下)、“纪行”(上下)、“游览”、“宫殿”、“江海”、“物色”、“鸟兽”(上下)、“志”(上中下)、“哀伤”、“论文”、“音乐”(上下)以及“情”,共十五类。其中,“京都”类包括有班固《两都赋》;张衡《西京赋》、《东京赋》和《南都赋》,左思《三都赋序》、《蜀都赋》、《吴都赋》和《魏都赋》;“宫殿”类则有王延寿《鲁灵光殿赋》、何平叔《景福殿赋》;“畋猎”类包括有司马相如《子虚赋》和《上林赋》、扬雄《羽猎赋》和《长杨赋》、潘安仁《射雉赋》;“志”类包括有班固《幽通赋》、张衡《思玄赋》和《归田赋》、潘安仁《闲居赋》;“纪行”类包括有班彪《北征赋》、曹大家《东征赋》和潘安仁《西征赋》。刘勰所说的“京殿”,也就是萧统《文选》所列的“京都”和“宫殿”这两类描写古代都城和宫殿的辞赋;刘勰所说的“苑猎”,也就是《文选》所列的“畋猎”一类描写游猎的辞赋;刘勰所说的“述行”,也就是《文选》所列的“纪行”一类描写、记述行旅的辞赋;刘勰所说的“序志”,也就是《文选》所列的“志”这类铺陈、抒发某种抱负或情怀的辞赋。因此“京殿苑猎”,是指描写有关京都宫殿和苑林射猎的辞赋;“述行叙志”,是指记述、铺陈行旅和情志的辞赋。

“体国经野”,语出《周礼》。《周礼·天官·司徒第二》:“惟王建国,辨方正位,体国经野,设官分职。”但刘勰用此语,含义与原义迥异。“体国”,原指规划国都(“国”古指都城,如《左传·隐公元年》:“先王之制,大都不过参国之一。”);“经野”,原义是度量土地原野(“野”对“国”而言,与现在的荒野

① 范文澜:《文心雕龙注》卷二《诠赋》注[一四]。

义有所不同)以确立疆界。因此,“体国经野”后用来泛指经纬或治理国家。刘勰论述汉赋用“体国经野”一语,含义实与《周礼》不同。“体”,这里当指体貌、描绘(动词);“体国”,即铺陈描绘都城状貌(这是承上两句“京殿苑猎,述行叙志”中相关的内容而言)。“经”,本为经纬、度量义,这里表示包笼、摹画;“经野”,即描绘、摹画原野(这也同样是承上两句“京殿苑猎,述行叙志”中相关的内容而言)。因此,“体国经野”在这里实际上是指“京殿苑猎,述行叙志”这类赋作一般都摹状都城宫殿、描绘苑林郊野,体制宏大,气势恢廓,所以认为这类辞赋“义尚光大”,亦即崇尚或要求体制和表义的宏大。

除上述内容或体制的特点之外,大赋在体制形式上又有其特点:一是在赋的主体(正文)前有小序(如班固《两都赋序》等),以引出作赋的事因情由;二是篇末有作为结尾的“乱”,用以总结全篇,增强全作的文势。凡上述种种,刘勰认为是鸿篇巨制赋作的主要特点。

现在再讨论“小制”(小赋)的内容或体制特点。所谓“草区禽族,庶品杂类”,是从内容上对小赋的概括。“草区”,即草域;也就是草木之类;“禽族”,即禽类(古代以“禽”作为鸟兽的总称,与后来专指“飞禽”不同),也就是飞禽走兽之类。可见,“草区禽族”是指描写有关草木禽兽的赋作。“庶品杂类”,即众多繁杂的事物品类,这里也是指描写庶物的赋作而言的。据萧统《文选》,赋除“京都”“郊祀”“耕籍”“畋猎”“纪行”“游览”“宫殿”“江海”“志”各类外,另有“物色”(如宋玉《风赋》、潘安仁《秋兴赋》、谢惠连《雪赋》、谢希逸《月赋》)、“鸟兽”(上下,如贾谊《鹏鸟赋》、祢正平《鹦鹉赋》、张茂先《鷦鷯赋》、颜延年《赭白马赋》、鲍明远《舞鹤赋》)两类。另据《汉书·艺文志》著录,“杂禽兽六畜昆虫赋十八篇,杂器械草木赋三十三篇”。范文澜注又录《西京杂记》所载小赋有枚乘、魏文帝《柳赋》各一篇,另有路乔如《鹤赋》、公孙诡《文鹿赋》、羊胜《屏风赋》、邹阳《几赋》、中山王胜《文木赋》。其均为有关“草区禽族,庶品杂类”之赋。

因为“小制”之赋描写的对象较之于“京殿苑猎,述行序志”之类的赋作,在体裁上要狭得多,自然其篇制就小得多。唯其为小赋,所以就不能像“鸿裁”之赋那样有序在前而又有乱在后,也不能像大赋那样极尽铺陈之能事。因此,它在写作方法上也就有特殊的要求。刘勰认为:小赋贵在触物而寄兴致情,因应事物的变化而求得情与物的交融;描写物貌,文辞务求精致简省;比类事物的义理,则贵在侧面的寄寓(即不能铺张其说)。刘勰认为这是小赋写作的要点所在(“小制之区畛,奇巧之机要”)。

(四)刘勰对汉赋的评价

刘勰在《宗经》篇里曾认为“楚艳汉侈,流弊不还”,我们相信,所谓“汉侈”就是指的汉赋的文辞艳丽过度(“丽以淫”或“丽淫”)而言的。《辨骚》篇在论屈原《离骚》(实兼《楚辞》)对后世的影响时也说:“是以枚贾追风以入丽,马扬沿波而得奇。”这同样是说汉赋的特点在“奇丽”。在《诠赋》篇里,刘勰并未专门就汉赋的“侈”提出批评,而是对汉赋作者作品进行分析性的评价:

> 观夫荀结隐语,事数自环;宋发巧谈,实始淫丽:枚乘《菟园》,举要以会新;相如《上林》,繁类以成艳;贾谊《鹏

鸟》,致辨于情理;子渊《洞箫》,穷变于声貌;孟坚《两都》,明绚以雅赡;张衡《二京》,迅发以宏富;子云《甘泉》,构深玮之风;延寿《灵光》,含飞动之势。凡此十家,并辞赋之英杰也。

而这辞赋十"英杰",除荀况和宋玉之外,其余都是汉代辞赋家。值得注意的是,刘勰认为自宋玉辞赋始,便启"淫丽"之端。原来,所谓"楚艳汉侈",则是认为楚"艳"即已开汉"侈"之风。而上述汉赋八大家,或"繁类以成艳",或"构深玮之风",或"含飞动之势";只有班固的《两都赋》"明绚以雅赡",看来并无贬意的评价。可见,在刘勰所举出的汉赋八大家中,多数具有"夸艳"的特点。那么,从"文""质"和谐统一(相称)的标准来看,说汉赋具有"淫丽"之弊就毫不奇怪了。也正是在这一点上,刘勰才认为"汉侈"。由此看来,刘勰对汉赋的评价与其理论是具有一贯性的。我们不能认为《诠赋》篇并没有对汉赋提出专门的批评,就认为刘勰对汉赋没有"贬抑"之意,或认为刘勰的"汉侈"之说与他的赋论观点(或评价标准)并不一致。

(五)赋美的标准

刘勰论赋,最精要之处还在于提出了关于赋这种文体在体制上的特点或美的标准。《诠赋》篇说:

原夫登高之旨,盖睹物兴情。情以物兴,故义必明雅;物以情观,故词必巧丽。丽词雅义,符采相胜,如组织之品朱紫,画绘之著玄黄,文虽新而有质,色虽糅而有本,此立赋之大体也。

古有“登高能赋”之说,《汉书·艺文志》:“传曰:‘不歌而颂谓之赋,登高能赋可以为大夫。’”此语见《毛诗·定之方中》传(“登”传作“升”),《正义》:“升高能赋者,谓升高有所见,能为诗赋其形状,铺陈其事势也。”可见,此说原本谓能登高感物而赋诗、铺陈物貌而寄寓情志,由此测其能。刘勰以溯源的方式阐明作赋的本意——“睹物兴情”,而不是专以铺陈物貌、繁积辞采为宗。在“睹物”是为了“兴情”的前提下,刘勰提出了赋的体制标准。

赋本是“铺采摛文,体物写志”的一种文体,所以它的体制标准或要求,就离不开“物”“情”“辞”的关系。刘勰提出:情以感物而兴,所以其义一定要清新典雅(“明雅”);外物通过情感活动来观察,所以其文辞一定要巧妙华美(“巧丽”);华丽的文辞、雅正的内容(“丽词雅义”)相济相成,成为美好的统一体,就如同彩锦恰到好处地点染各种色彩、像绘画那样妙施丹青,文彩虽然鲜丽繁盛而有美质,这就是“立赋”,即作赋的根本。换言之,“丽辞雅义,符采相胜”,即华丽的文辞或雅正的内容的和谐统一,就是赋的基本体制标准。可见,尽管赋这种文体的突出特点是“铺采摛文”,但刘勰认为只是“文丽”却不能看作赋文之美的正确标准(否则,即成为扬雄所说的“丽淫”);只有在“铺采摛文”以达到文采美的同时,又具有雅正美好的内容,才是赋文之美的标准。本篇赞文也说:“写物图貌,蔚似雕画”;“风归丽则,辞剪美稗”。可以说,刘勰关于赋文美的观点,既重视了赋在形式上的突出特点,又不放弃内容上关于“雅正”的要求,是一种“文”“质”兼备的赋美观。

四、颂赞论

《文心·颂赞》篇是颂赞体文类的专论。颂赞本来是两种文体(即颂和赞),刘勰在这里一并加以讨论,是因为二者有相同之处。本论分别论述了颂和赞这两种文体的体义、它的产生与演变及其体式要求等一系列问题。

(一)颂论

(1)颂体文的体义

刘勰《颂赞》篇首释颂之名义,以阐明这一文体的体义及始因,并述其与相关文体的异同及颂体成熟时代。刘勰说:

> 四始之至,颂居其极。颂者,容也,所以美盛德而述形容也。昔帝喾之世,咸墨(黑)为颂,以歌《九韶》。自商以下,文理允备。夫化偃一国谓之风,风正四方谓之雅,容告神明谓之颂。风雅序人,事兼变正;颂主告神,故义必纯美。鲁以公旦次编,商以前王追录,斯乃宗庙之正歌,非宴飨之常咏也。

刘勰释颂之名义,首先把颂这种文体与《诗》"四始"之一的"颂"联系在一起,显然认为后来的颂体发源于"四始"之"颂"。《诗大序》:"是以一国之事,系一人之本,谓之风。言天下之事,形四方之风,谓之雅;雅者,正也,言王政之所由兴废也。政有小大,故有《小雅》焉,有《大雅》焉。颂者,美盛德之形容,以其成功告于神明者也。是谓‘四始’,诗之至也。”《正义》:“诗之至者,诗理至极,尽于此也。”但是,“四始”中的“颂”,原本是“诗体”之一(《诗经》中有“周颂”“鲁颂”“商颂”);而后来的颂体文,却是与诗不同的另一种文体。刘勰探颂体之源,溯至“四始”之“颂”,其原因在于颂体的体义即来自于风、雅、颂之“颂”,即由诗体之一而演化为专门的文体,这也是文体发展的一种历史事实。而风、雅、颂之“颂”,得名于“容”,即“美盛德而述形容”或“容告神明”。郑玄《周颂谱》:“颂之言容,天子之德,光被四表,格于上下,无不覆焘,无不持载,此谓之容。于是和乐兴焉,颂声乃作。”《正义》:“此解名之为颂之意;颂之言容,歌成功之容状也。(以“容”训“颂”为声训。东汉刘熙《释名·释言语》:“颂,容也,叙说其成功之形容也。”又《释名·释典艺》:“称颂成功谓之颂。”)刘勰认为“颂赞”之颂,其体义也正如“四始”之颂,即“美盛德而述形容”“以其成功告于神明”。另外,刘勰也对“颂”与“风”和“雅”作了比较或辨别:“风”和“雅”叙述人事,而人事有正和非正(即“变”)之别,所以“风”“雅”也有正有变(“风雅序人,事兼变正”)。但是,“颂主告神”,即颂的体义在于颂功德、述形容,“以奏于宗庙,告于鬼神”(挚虞:《文章流别论》),所以刘勰提出颂“义必纯美”(即纯以歌颂其美,而不杂以讽刺或规谏之义)。又因颂体文的体义是颂德述容(也就是本篇下文所说的“褒德显容”)而主于纯美,所以也就对颂体的体式作了界定。

(2)颂体的流变

刘勰虽然说颂体文作为一种文体来源于“四始”之颂,但《颂赞》篇又认为在帝喾(传说中远古五帝之一)的时代颂已萌芽（“昔帝喾之世，咸墨为颂”）；[1]而到商代，颂这一文体便已经形成，如鲁国因歌颂公旦的功勋而有《鲁颂》，商人因追念先王而产生《商颂》。[2] 刘勰还特别指出：《周颂》中《时迈》一篇（旧说谓周公所作）[3]，就已经可以作为颂体的范式了。实际上，刘勰仍然是以《诗经》之“颂”作为颂体文的正体或范式（“褒德显容”的“宗庙之正歌”）。因为颂体文与其他文体体义的最大不同，就在于“美盛德而述形容”，即主于人的功德仪容的颂扬，所以刘勰述其流变、分析作品，都以此作为评判“正”“变”的标准。《颂赞》篇说：

> 夫民各有心，勿壅惟口。晋舆之称原田，鲁民之刺裘韠，直言不咏，短辞以讽，丘明子高（顺），并谍（谓）为诵：斯则野诵之变体，浸被乎人事矣。及三闾《橘颂》，情采芬芳，比类寓意，又覃及细物矣。

刘勰认为，像晋国民众“原田每每，舍其旧而新是谋”之诵，[4]和鲁国人“麛裘而芾，投之无戾；韠而麛裘，投之无邮”的谤诵，[5]都是直接诵于口而不歌咏，以短小的文辞表达讽喻，涉及人事上的表达，这是民间之诵的变体；又如屈原《橘颂》，“情采芬

---

① 据《吕氏春秋·古乐》，帝喾之臣咸黑作《九招》之歌颂其功德。

② 刘勰认为《商颂》为商朝人所作，而一般则认为是周（宋国）人所作。

③ 据《国语·周语上》，《时迈》为周公所作。

④ 参见《左传·僖公二十八年》。

⑤ 参见《吕氏春秋·乐成》篇、《孔丛子·陈士义》篇。据《文心雕龙》文，刘勰所据为《孔丛子》。

芳”,但“比类寓意”寄托在“颂橘”中,这就又延及细小的事物(橘)。如以颂的体义衡量,这又都是变体了。此外,刘勰论颂体,又涉及“诵”,这里有对文体认识上的错误。据《说文》:“诵,讽也”;“颂,貌也”。“诵”“颂”本不同义。《左盦文论》说:“(‘夫民各有心’至‘浸被乎人事矣’)此节彦和羼诵于颂,实为失考”;“如所引《左传·僖公二十八年》晋舆人之诵,及《孔丛子》载鲁人谤诵孔子之词,并皆百姓之歌谣,乃讽诵之诵,而非风、雅、颂之颂”。[①] 此说是。“诵”本诵语,故可讽喻人事,与颂本不相同。刘勰却认为“诵”是颂的变体,这就与实不符了。尽管如此,如体察刘勰的原意,则颂体之文如越出本来的体义、如“浸被乎人事”或“覃及细物”等,皆属于流变之体。

刘勰也论述了颂在秦以后的历史。《颂赞》篇说:

> 至于秦政刻文,爰颂其德;汉之惠景,亦有述容:沿世并作,相继于时矣。若夫子云之表充国,孟坚之序戴侯,武仲之美显宗,史岑之述熹后,或拟《清庙》,或范《駉》《那》,虽浅深不同,详略各异,其褒德显容,典章一也。至于班、傅之《北征》《西征》变为序引,岂不褒过而谬体哉!马融之《广成》《上林》,雅而似赋,何弄文而失质乎!又崔瑗《文学》,蔡邕《樊渠》,并致美于序,而简约乎篇。挚虞品藻,颇为精核,至云“杂以风雅”,而不变旨趣,徒张虚论,有似黄白之伪说矣。及魏晋辨(杂)颂,鲜有出辙。陈思所缀,以《皇子》为标;陆机积篇,惟《功臣》最显:其褒贬杂

① 刘申叔:《左盦文论·文心雕龙颂赞篇》(上),罗常培笔述,《国文月刊》第1卷第9期,1941年。

居，固末代之讹体也。

这是刘勰对颂体文在秦以至晋代的历史的论述。秦始皇时代纪颂其功德的刻石文，刘勰作为颂来看待；[①]汉代惠帝、景帝时代，也有“述容”之颂[②]，其后颂文渐多，如扬雄的《赵充国颂》、班固的《安丰戴侯颂》、傅毅的《显宗颂》、史岑的《和熹邓后颂》。扬、班、傅、史之颂，有的仿效《周颂》（如傅毅即拟《周颂·清庙》），有的摹拟《鲁颂》（如扬雄即拟《鲁颂·那》）。刘勰认为：这些颂文尽管有深浅、详略的不同，但其褒美功德、显扬仪容却是章法如一的。可见刘勰认为扬雄等汉人之颂还是合乎颂文的体式法度的。但是，对班固的《北征颂》、傅毅的《西征颂》、马融的《广成颂》和《上林颂》以及崔瑗、蔡邕等颂文，刘勰却提出了批评：班、傅二颂均序文过长，而颂却甚短（《后汉书·窦宪传》有班固《燕然山铭》，即《北征颂》，序长且有韵，叙事实，颂仅数语），使颂文变为“序引”，且内容褒美过当，所以斥之为“褒过而谬体”；马融《广成》《上林》二颂（《广成颂》见《后汉书》本传，《上林颂》已不可考），其文典雅但写得像赋，则又失颂体之实；东汉崔瑗的《南阳文学颂》和蔡邕的《京兆樊惠渠颂》，都是致力于序文的美好，而颂本篇却极为简

① 参见《史记·秦始皇本纪》，又王充《论衡·须颂》篇：“秦始皇东南游，升会稽山，李斯刻石，纪颂帝德，至琅琊亦然。秦无道之国，刻石文世，观读之者，见尧舜之美。由此言之，须颂明矣。”

② 据《汉书·礼乐志》，惠帝时改《房中祠乐》为乐舞，景帝时改《武德舞》为《昭德舞》。李曰刚《文心雕龙斠诠·颂赞》[（台北）“国立编译馆”中华丛书编审委员会 1982 年版]：“‘亦有述容’云者，正指此颂乐之舞容而言。”

约。看来,入汉以来颂体发生了较大变化,此时之颂已非《诗》“颂”之体,所以力主宗经的刘勰是不可能不对此加以贬责的。到魏晋之时,颂文较盛,而刘勰认为:此时的杂颂(即非颂之正体),很少能脱离汉人之颂的轨迹:而如陈思的代表作《皇太子生颂》、陆机的名篇《汉高祖功臣颂》,褒贬夹杂,实为衰落时代的讹变之体(这主要是指陆颂而言)。由上可见,刘勰述颂体演变、评述颂作,有三项原则,即序不可长;与赋不同,应分其体;义主颂扬,有美无刺。但自汉以来,长序之颂、兼有讽刺之颂均有,甚至东汉时赋、颂实不甚区别(如上述马融《广成颂》显极近赋体)。刘勰执一而论,未免拘泥。

此外,刘勰论颂体流变,举独立的颂体文例,则为春秋战国时的作品(如《左传》“野诵”及屈原《橘颂》),然似并未能清晰地指出颂文与《诗》颂画境成为独立文体的时代;又以“野诵”及秦刻石并入由《诗》颂演变而来颂文一体,颇为淆乱。此均为刘勰论颂之瑕疵。《左盦文论》说:“秦之刻石,与三代之颂不同。颂之音节虽无可考,然三代之诗皆可入乐,颂为诗之一体,必可被之管弦。秦刻石则恐皆不能谱入乐章。故三代而后,颂与诗分,此其大变迁也。”①

(3)颂的体式标准

在论述了颂的体义及其流变(含对颂体文的评价)后,刘勰又从颂的体式的角度,论述了颂的体式标准(也就是颂之美)。《颂赞》篇说:

---

① 刘申叔:《左盦文论·文心雕龙颂赞篇》(上),罗常培笔述,《国文月刊》第1卷第9期,1941年。

> 原夫颂惟典雅(懿),辞必清铄;敷写似赋,而不入华侈之区;敬慎如铭,而异乎规戒之域;揄扬以发藻,汪洋以树义。虽纤曲巧致,与情而变,其大体所底,如斯而已。

据此,颂的体式标准可概括为:第一,颂文之美在于"典懿"(典雅美好;因其主于颂扬,初在用于"告神",故当如此),文辞应清畅明雅;第二,叙述功德或仪容,如同赋体需要铺陈,但又不可像赋那样以"铺采摛文""体物写志"为能(即不可"华侈");第三,因颂文主颂而告神,所以需要敬慎而类似于铭,但又不能像铭文那样有规劝戒慎的内容。在此前提下,"揄扬以发藻,汪洋以树义",就是颂文的基本体式要求了。刘勰也同时指出,其他或有些小的"巧致",那都是随着作者写作时的具体情况而有所变化,但其"大体"则不外乎辞清铄、事敷写(戒华侈)、持敬慎(不规戒)而"揄扬发藻""汪洋树义"的"典懿"。因此可以认为:颂文之美集中表现为"典懿"。

(二)赞论

(1)赞文的体义

考赞作为文体,其义非一。刘勰作为一种文体讨论,则对其体义必有歧说。《颂赞》篇论述赞体文的体义及流变时说:

> 赞者,明也,助也。昔虞舜之祀,乐正重赞,盖唱发之辞也。及益赞于禹,伊陟赞于巫咸,并扬言以明事,嗟叹以助辞也。故汉置鸿胪,以唱拜(言)为赞,即古之遗语也。至相如属笔,始赞荆轲;及迁史、固书,托赞褒贬,约文以总录,颂体以论辞;又经传后评,亦同其名。而仲洽(治)《流

别》，谬称为述，失之远矣。及景纯注《雅》，动植必赞，义兼美恶，亦犹颂之变耳。

刘勰对赞“释名以章义”，解作“明”和“助”；也就是说，这种文体之所以称作“赞”，即因其含“明”和“助”之义。黄侃《札记》：“彦和兼‘明’‘助’二义，至为赅备。详‘讚’（以下均用简字“赞”——引者）字见经，始于《皋陶谟》。郑君注曰：‘明也。’盖义有未明，赖赞以明之。故孔子赞《易》，而郑君复作《易》赞，由先有《易》而后赞有所施，《书》赞亦同此例。至班孟坚《汉书》赞，亦由纪传意有未明，作此以彰显之，善恶并施。故赞非赞美之意。而后史或全不用赞，或其人非善，则亦不赞。此缘以赞为美，故歧误至斯。史赞之外，若夏侯孝若《东方朔画赞》，则赞为画施；郭景纯《山海经》《尔雅》图赞，则赞为图起，此赞有所附者，专以助为义者也。”①黄先生说是。刘勰释赞文的体义，首举“明”“助”的本义，其说合于赞文起始的实际。但《颂赞》下文刘勰却说：“本其为义，事生奖叹。”他又认为推原赞文之义，是由于事（包括对人）的褒美、赞叹：这又把赞的体义推原到赞美之义上去了。这未免前后矛盾，本末淆乱。

（2）赞文的流变

由以上引文可知，刘勰认为虞舜时祭祀、乐正所进的“赞”就可以看作赞文的初始。② 而舜时伯益、殷时伊陟的赞辞，也

---

① 黄侃：《文心雕龙札记·颂赞》。

② 《尚书大传》：“舜为宾客，而禹为主人。乐正进赞曰：‘尚考大室之义，唐为虞宾，至今衍于四海；成禹之变，垂于万世之后。’于时，卿云聚、俊士集，百工相和而歌《卿云》。”

属赞文古例。[①] 汉代设鸿胪之官(职掌朝贺庆吊司仪),典礼时高声呼喊的礼拜之辞也是赞,[②]但刘勰把它看作"古之遗语"(即有古赞之义)。到司马相如作《荆轲赞》(文已不传),即已含赞美之义,与前代赞辞不同。[③] 而司马迁的《史记》、班固的《汉书》,在纪传之后的评语也都称为赞(《史记》即"太史公曰"后文,《汉书》则为"赞曰"),内容则有褒有贬;在形式上是"颂体"而"论辞"(具有论说性的文辞)。其不但不同于古赞辞,与司马相如的赞文又有了差异。挚虞《文章流别论》称之为"述",遭到刘勰的批评,认为"失之远矣"。到了晋代,郭璞注《尔雅》,[④]不论动物、植物都有赞,并且内容有褒美也有贬抑,犹如颂文的变体。刘勰对此采取了贬斥的态度,本篇赞文"降及品物,炫辞作玩",就是对品物之赞的批评。

刘勰对赞文流变的论述同样有未当之处,对赞文演变及其与相关文体的分合也未能厘清。实际上,赞文主于赞明的,有孔子赞《易》的《十翼》;刘勰标榜"徵圣""宗经",竟对此未置一词!另外,在三代以前,赞与颂互不交叉,东汉以后其界限渐趋模糊,赞才又有赞美之义,与古赞相比较,可以说是一大变化。《左盦文论》说:"东汉郑康成有《尚书赞》,叙《尚书》之源

---

① 《尚书·大禹谟》:"(益赞于禹曰)惟德动天,无远弗届;满招损,谦受益,时乃天道。"传:"赞,佐。"又《史记·殷本纪》:"(帝太戊立伊陟为相)伊陟赞言于巫咸,巫咸治王家有成,作《咸艾》,作《太戊》。"

② 《汉书·百官公卿表》:"(典客,秦官)武帝太初元年更名大鸿胪。"应劭曰:"郊庙行礼,赞九宾,鸿声胪传之也。"

③ 《汉书·艺文志》"杂家"有《荆轲论》五篇,然正《荆轲赞》。

④ 《尔雅释文叙录》:"《尔雅》,郭璞注,三卷,音一卷,图赞二卷。"宋代以后图赞无著录。

流;文亦散行,有类于后世之序。而汉碑中多有四言韵文而称为序者,又实即后世之所谓赞体。且古常以‘序赞’并称,故知赞之与序实源出一途。至如后之以赞颂相近,盖就其变体以言,非其本也。然自东汉以后,颂与赞已不甚分别矣!彦和于赞之本源,考之犹有未精,因附益之于此。”①

(3)赞文的体式

刘勰对赞文的体式也作了概括。《颂赞》篇说:

> 然本其为义,事生奖叹,所以古来篇体,促而不广:必结言于四字之句,盘桓乎数韵之辞,约举以尽情,昭灼以送文,此其体也。发源虽远,而致用盖寡,大抵所归,其颂家之细条乎!

刘勰“本其为义,事生奖叹”之说误,与篇首对赞体之义的解说又相矛盾,已如前述;而所谓“所以古篇体,促而不广”之论,把赞文篇体短促的原因归纳于“本其为义,事生奖叹”,自然就是错误的了。但事实是,赞文一般都较简短,刘勰认为“必结言于四字之句,盘桓乎数韵之辞”,也是较早时期赞文的实际情况。黄侃《札记》:“案四言之赞,大抵不过一韵数言而止,惟《东方画赞》稍长,《三国名臣序赞》及《汉书》偶一换韵。”②又《左盦文论》:“三国之时,颂赞虽已混淆,然尚以篇之长短分之。大抵自八句以迄十六句者为赞,长篇者为颂,其体之区别,

① 刘申叔:《左盦文论·文心雕龙颂赞篇》(下),罗常培笔述,《国文月刊》第1卷第10期,1941年。

② 黄侃:《文心雕龙札记·颂赞》。

至为谨严。彦和所谓'促而不广'云云，正与斯时赞体相合。及西晋以后，此界域遂泯。如夏侯湛之《东方朔画像赞》，篇幅增恢，为前代所无。袁宏《三国名臣赞》，与陆机《高祖功臣颂》实无别致，而分标二体。可知自西汉以下，颂赞已渐合为一矣。"①但无论如何，假如以颂赞比较而言，赞体一般是短的。而"约举以尽情，昭灼以送文"，则是从"情"和"辞"两方面概括赞文的特点，叙述情事应简约具概括性，文辞应明白显畅。因此，篇体短小，而叙事简约、文辞显畅，即是赞文的体式要求。

此外，刘勰也提到赞文"发源虽远，而致用盖寡"，而又把赞体归结为颂的一个小的分支。

五、杂文论

《文心雕龙·杂文》篇是杂文体类作品的专论。"杂文"与今含义不同（今为文学体裁名，现代散文中的一类），是零散的、不能归入《文心雕龙》其他文体的"文"类。据目前所见的文献看，"杂文"这个概念不一定是刘勰最早提出的。《晋书·干宝传》说干宝著《晋纪》、撰《搜神记》，"又为《春秋左氏义外传》，注《周易》《周官》凡数十篇，及杂文集皆行于世"。但干宝"杂文"集已不可考，其内容及干宝是否曾用"杂文"一语（或其书即名为"杂文集"）也不得而知。《晋书》乃唐人房玄龄等撰，干宝集的称名也不排除是房氏等所为的可能。总之，可确

---

① 刘申叔：《左盦文论·文心雕龙颂赞篇》（下），罗常培笔述，《国文月刊》第1卷第10期，1941年。

知的是刘勰已用“杂文”的名称，并且用作许多文体式样作品的统称（《后汉书》中虽有“杂文”之名，但所包括文体难考知）。

从《杂文》篇来看，杂文这一文类不但包括“对问”（或“答问”）、“七辞”和“连珠”这三种主要体式的文，而且汉代以后，“名号多品”，如典、诰、誓、问，览、略、篇、章，曲、操、弄、引，吟、讽、谣、咏。谓之“杂文”，可说是名符其实。但《杂文》篇所论，主要还是“对问”“七辞”“连珠”三体。孙梅《四六丛话·凡例》说：“若乃辨体正名，条分缕析，则《文选序》及《文心雕龙》所列，俱不下四十；而《雕龙》以《对问》《七发》《连珠》三者入于杂文，虽创例，亦其宜也。”由此可知，把“对（答）问”“七辞”“连珠”三体作为“杂文”一类，在中国古代文体分类学上说，是刘勰首创。刘师培论《文心雕龙》“杂文”时说：“刘彦和作《文心雕龙》，叙杂文为一类。吾观杂文之体，约有三端。一曰‘答问’，始于宋玉，盖纵横家之流亚也”，“一曰‘七发’，始枚乘，盖《楚词·九歌》《九辩》之流亚也”，“一曰‘连珠’，始于汉魏，盖荀子演《成相》之流亚也”。李曰刚有更进一层的说明，他认为，所谓“杂文”者，乃《明诗》《乐府》《诠赋》《颂赞》《祝盟》《铭箴》《诔碑》《哀吊》《谐隐》等九类以外之别裁也。以其多为即兴之作，或因事造文，因文生义，引义立体，而统归斯类，故约为“对问”“七发”“连珠”三体而已，所谓“文章之枝派，暇豫之末造”者也。[①] 李说可从。刘勰正是因杂文类各体不便归属某体，才综括为一类的。同时，刘勰又把杂文类看作文章的“枝派”和暇豫（闲暇逸乐）时的“末造”，显然不把它看作正宗

① 参见李曰刚：《文心雕龙斠诠·杂文》。

的文体类别。以下分三个方面对刘勰的杂文论进行讨论。

（一）杂文的缘起和类别

刘勰论杂文，首先究其缘起（成因）和论列其类别。《杂文》篇说：

> 智术之子，博雅之人，藻溢于辞，辞盈乎气。苑囿文情，故日新殊致。宋玉含才，颇亦负俗，始造《对问》，以申其志，放怀寥廓，气实使之。及枚乘摛艳，首制《七发》，腴辞云构，夸丽风骇；盖七窍所发，发乎嗜欲，始邪末正，所以戒膏粱之子也。扬雄覃思文阔（阁），业深综述，碎文琐语，肇为《连珠》，其辞虽小，而明润矣。凡此三者，文章之枝派，暇豫之末造也。

刘勰论文（杂文）兼及论人，即论杂文缘起上的人的因素。他认为：怀有智慧学术或博学文雅的人，横溢的文采在文辞里得到显示，辩智才力又在文章的气势中得到体现，也就是说“智术之子”“博雅之人”在文章里展现出的是他们的文才智慧。因此，其创作活动便使得文苑的情势如同苑囿般异采纷呈，从而也使文苑的意态情致日新月异。刘勰这样论述问题的目的何在？就在于他认为由于“智术之子”“博雅之人”的文学辞章活动，文苑“日新殊致”，才产生或出现了“杂文”类这些原非“正宗”的文体样式。所以，刘勰接着论述宋玉“始造《时问》”、枚乘“首制《七发》”以及扬雄“肇为《连珠》”的文学现象或实例，便是具体论述他的这一观点。《杂文》篇赞文则说：“伟矣前修，学坚多（才）饱；负文余力，飞靡弄巧。”此也正是这一观点的反映。

在刘勰看来：宋玉是有才华的，但也颇为世俗所讥刺或不容，因此才写作《对问》来申写他的情志；在《对问》里，宋玉展放胸怀于寥阔的太空，实为其才性气质使然。① 这便说明，刘勰具体地认为：《对问》的首次产生是宋玉“含才”而“负俗”、为“申其志”的结果。再者，刘勰认为：枚乘用艳丽的文辞首创《七发》，丰腴的采藻如云集聚，夸饰的丽辞如风般汹涌奇诡；其所以如此，则在于需用这种“始邪末正”的作品形式来“戒膏粱之子”。② 可见，刘勰又认为《七发》是由于表达的需要（“说七事以启发太子”）而产生的文体样式。此外，刘勰又认为：正因为扬雄曾在文阁潜研学问，精于综合式的作品，所以用一些零碎的文语，首先写成《连珠》。③ 可见，刘勰认为是由于扬雄博学深思才首创《连珠》的。总之，宋玉、枚乘、扬雄是刘勰所举出的“智术之子”“博雅之人”具代表性的实例，由于他们“藻溢于辞，辞盈乎气”“苑囿文情，故日新殊致”，所以在文苑中才产生出新的文体作品。这同时也说明，一种新的文体样式的形成，总是通过具体的作品的出现来实现的。这就是刘勰的杂文

① 《文选》卷四十五“对问”类只有宋玉《对楚王问》一篇。其文曰：“楚襄王问于宋玉曰：先生其有遗行与？何士民众庶不誉之甚也？宋玉对曰：……其曲弥高，其和弥寡。故鸟有凤而鱼有鲲，凤皇上击九千里，绝云霓，负苍天，翱翔乎杳冥之上，夫蕃蓠之鷃，岂能与之料天地之高哉！……”

② 《文选》李注：“《七发》者，说七事以启发太子也，犹《楚辞·七谏》之流。枚乘事梁孝王，恐孝王反，故作《七发》以谏之。”

③ 扬雄所作《连珠》仅存《全汉文》卷五十三所辑数条。徐师曾《文体明辨序说》“连珠”类引傅玄云：“（连珠）辞丽言约，合于古诗讽兴之义。”

缘起论。

如果我们从文体类别的角度来看,那么刘勰在论述杂文缘起时,就已对杂文给予了分类。所谓“杂文”,即在文人的创作活动中形成的以“对问”“七发(辞)”“连珠”为主的有别于“正体”的文体式样(参见下文)。当然,刘勰把它看作“文章之枝派”“暇豫之末造”,排斥于正统的文体范围之外,也许是比较保守的文体观念;但是,他认为“杂文”类文体式样是文人雅士“苑囿文情”的结果,却是正确的理论。

(二)杂文各式的历代作品

(1)“对问”体历代作品及其体式特点

在宋玉“始造《对问》”以后,刘勰所论到的“对问”体作家作品有汉至魏晋的十家。《杂文》篇说:

> 自《对问》以后,东方朔效而广之,名为《客难》,托古慰志,疏而有辨。扬雄《解嘲》,杂以谐谑,回环自释,颇亦为工。班固《宾戏》,含懿采之华。崔骃《达旨》,吐典言之裁。张衡《应间》,密而兼雅。崔寔《客讥》,整而微质。蔡邕《释诲》,体奥而文炳;景纯《客傲》,情见而采蔚。虽迭相祖述,然属篇之高者也。至于陈思《客问》,辞高而理疏;庾敳《客咨》,意荣而文悴:斯类甚众,无所取裁(才)矣。

据《汉书·东方朔传》“朔上书陈农战强国之计,因自讼独不得大官,欲求试用”,而“终不见用”;“因著论,设客难己,用位卑以自慰喻”,其文即《答客难》。刘勰认为:东方朔之作是仿宋玉《对问》而再加以扩展,借古事来自慰,作品条理分明而且具有思辨的理性。又据《汉书·扬雄传》,哀帝时诸趋附权贵者"或起家至二千石","时雄方草《太玄》,有以自守,泊如也","或嘲雄以玄尚白,而雄解之,号曰《解嘲》"。扬雄文中以自嘲的方式反复自我解释,所以刘勰说它"杂以谐谑,回环自释",并且也很工巧。[①] 至于后汉至晋代,刘勰认为:班固的《答宾戏》,具有美好的文采;[②]崔骃的《达旨》,文辞典雅;[③]张衡的《应间》,其文细密而雅正;[④]崔寔《客讥》,整齐而略偏于质朴;[⑤]蔡邕的《释诲》,文篇深奥而辞采光华;[⑥]郭璞的《客傲》,情志显朗而文采丰蔚。[⑦] 所有以上"对问"体作品,刘勰总的评价是:尽管先后互有模仿,但都是"对问"体的上乘之作。但是,刘勰又认为:像陈思王(曹植)的《客问》,文辞高妙但义理粗疏;庾敳的《客咨》,内容丰富但文辞枯燥。这样的作品很多,但没有可取的。

---

① 《解嘲》有"客徒欲朱丹吾毂,不知一跌将赤吾之族也",以及"今子乃以鸱枭而笑凤皇,执蝘蜓而嘲龟龙,不亦病乎",或即"谐谑"之语。

② 班固《答宾戏》,挚虞《文章流别论》作《应宾》。《汉书·叙传》:"……专笃志于博学,以著述为业,或讥以无功。又感东方朔、扬雄自喻以不遭苏、张、范、蔡之时,曾不折之以正道,明君子之所守,故聊复应焉。其辞曰《宾戏》。"

③ 《后汉书·崔骃传》谓骃"少游太学,与班固、傅毅齐名。常以典籍为业,未遑仕进之事","时人或讥其太玄静,将以后名失实。骃拟扬雄《解嘲》,作《达旨》以答焉"。

④ 《后汉书·张衡传》谓衡"不慕当世,所居之官,辄积年不徙。自去史职,五载复还,乃设客问,作《应间》以见其志"。

⑤ 崔寔事见《后汉书》本传,其文载《艺文类聚》二十五。

⑥ 蔡邕事见《后汉书》本传。

⑦ 郭璞(景纯)事及其文见《晋书》本传。

由以上刘勰对“对问”体作品的评论，可以知道刘勰所用来品评作品的标准最基本的就是文（文辞）、质（内容）相辅相成或完美统一。东方朔、扬雄以及郭璞的作品之所以被刘勰认为是“虽迭相祖述，然属篇之高者”，是因为比较接近于这一标准（或距之不远）；曹植等人的作品之所以被刘勰称为“斯类虽众”而“无所取裁”，也还是因为这类作品或“辞高而理疏”，或“意荣而文悴”——“辞”“理”或“意”“文”两者有一不美，则“无所取裁”，遑论其余！

刘勰在评论历代“对问”体作品的基础上，又“敷理以举统”，提出了这一文体样式的基本特点或要求。《杂文》篇说：

> 原兹文之设，乃发愤以表志，身挫凭乎道胜，时屯寄于情泰，莫不渊岳其心，麟凤其采，此立本（体）之大要也。

刘勰认为，推原“对问”体文章的起始，本是由于抒发心中郁闷而表达情志的，因此，如果是生不逢时或遭受挫折，则表现出在道义上的胜利；如果是时世艰难，则显示出泰然处之的心情：总之，是应该使作品的心性思想表达如渊般深邃、如岳般崇高，其文采如麟凤般绚美。刘勰把这“渊岳其心”（内容要求）、“麟凤其采”（文辞要求）的标准，看作“对问”体作品的“立体之大要”。

（2）“七辞”体历代作品

刘勰认为，“枚乘摛艳，首制《七发》”，并从历史的角度对一些代表性作品进行评论。《杂文》篇说：

> 自《七发》以下，作者继踵。观枚氏首唱，信独拔而

> 伟丽矣。及傅毅《七激》，会清要之工；崔骃《七依》，入博雅之巧；张衡(七辩》，结采绵靡；崔瑗《七厉》，植义纯正；陈思《七启》，取美于宏壮；仲宣《七释》，致辨于事理。自桓麟《七说》以下，左思《七讽》以上，枝附影从，十有余家：或文丽而义睽，或理粹而辞驳。观其大抵所归，莫不高谈宫馆，壮语畋猎，穷瑰奇之服馔，极蛊媚之声色；甘意摇骨体，艳辞动魂识，虽始之以淫侈，而终之以居正，然讽一劝百，势不自反，子云所谓"先骋郑卫之声，曲终而奏雅"者也。唯《七厉》叙贤，归以儒道，虽文非拔群，而意实卓尔矣。

"七辞"类作品，自枚乘《七发》以后，继作者不断。但是刘勰认为，枚乘的创始之作(即《七发》)确实是杰出而伟丽的作品。至于其他，刘勰所论不外乎汉至魏晋之作，但评价都不高。他认为：傅毅《七激》，有清省简要的工巧；[①]崔骃《七依》，有广博雅致的优点；[②]张衡《七辨》，辞采细密；[③]崔瑗《七厉》，文义纯正；[④]曹植《七启》，有宏壮之美；[⑤]王粲(仲宣)《七释》，致力于

---

① 《后汉书·文苑传》谓傅毅"以显宗求贤不笃，士多隐处，作《七激》以为讽"。文见《艺文类聚》卷五十七、《全晋文》卷四十六。

② 《七依》残缺，范注谓"《全后汉文》辑得九条"。

③ 《七辨》残佚，范注谓"《全后汉文》辑得十条"。

④ 范文澜《文心雕龙注》卷三《杂文》注[一七]："崔瑗《七厉》，据本传应作《七苏》。"文残佚，《全后汉文》仅辑得两句。

⑤ 《文选》卷三十四收曹植《七启》八首。序云："昔枚乘作《七发》，傅毅作《七激》，张衡作《七辨》，崔骃作《七依》，辞各美丽，余有慕之焉。遂作《七启》，并命王粲作焉。"

事理的辨析。[1] 以上刘勰所论，只评其优点而不置贬辞。不过，刘勰认为：自后汉桓麟的《七说》到晋代左思的《七讽》之间，同时或前后相继写作“七辞”体作品的有十多家，有的文辞华丽而义理乖违，有的义理精粹但辞采驳杂，无“质”“文”兼美之作。从这类作品内容的基本倾向而言，即“莫不高谈宫馆，壮语畋猎”，“穷瑰奇之服馔，极蛊媚之声色”，给人以“甘意摇骨体，艳辞动魂识”的感觉；虽然开始夸饰侈艳而文后又回到正道上来，但是从实际效果上而言，讽谏劝戒的作用只有一分，而淫靡劝诱的结果却有百分，自不可能归于正道。[2] 刘勰从内容的方面对这类作品持明显的批评态度。不过，刘勰认为只有《七厉》叙写贤人，是回归儒道的例子；尽管文辞并非“拔群”，但文意是出类拔萃的。

总之，从总体上说，刘勰对汉至晋代的“七辞”体作品评价是较低的；与刘勰对差不多是同一时期的“对问”体作品有相当的肯定性评价相比，似乎“七辞”类作品自枚乘“首唱”之后，难得再有佳作。这种情况除当然与作者有关之外，恐怕其文体式样也起局限作用。因为自枚乘作《七发》之后，多为“始邪末正”或“始之以淫侈”而“终之以居正”的定式，如能合度地掌握分寸，做到“文”“质”相称或俱美，确实是有很大的难度。

(3)“连珠”体作品的评价及其体式特点

现在讨论刘勰对“连珠”体历代有代表性作品的评价及这种文体样式的体式特点。刘勰认为“连珠”体肇始于扬雄，并

---

① 范文澜《文心雕龙注》卷三《杂文》注[一九]谓“《七释》残佚，《全后汉文》辑得十三条”。

② 《汉书·司马相如传赞》：“扬雄以为靡丽之赋，劝百而风(讽)一，犹骋郑卫之声，曲终而奏雅，不亦戏乎！”

称扬作"其辞虽小,而明润矣"。刘勰所论到的其他"连珠"体作品,则基本上限于后汉及魏晋之作。《杂文》篇说:

> 自《连珠》以下,拟者间出。杜笃、贾逵之曹,刘珍、潘勖之辈,欲穿明珠,多贯鱼目:可谓寿陵匍匐,非复邯郸之步;里丑捧心,不关西施之颦矣。唯士衡运思,理新文敏,而裁章置句,广于旧篇,岂慕朱仲四寸之珰乎?夫文小易周,思闲可赡,足使义明而词净,事圆而音泽,磊磊自转,可称珠耳。

刘勰认为:自扬雄《连珠》以后,拟作者间或可见,而后汉时期杜笃、贾逵、刘珍、潘勖之类作家的"连珠"体作品,[①]是"欲穿明珠"而"多贯鱼目";又由于这类作品是模仿扬雄《连珠》而作,所以刘勰用"寿陵匍匐,非复邯郸之步;里丑捧心,不关西施之颦"的典故评其拟巧成拙。[②] 在刘勰看来,只有陆机(士衡)所作《演连珠》,义理新颖而文思敏捷,并且"裁章置句"(即构篇)也比前人之作有所扩大。[③] 可见,除陆机的"连珠"体作品得到刘勰的称褒之外,其余诸家则均受到刘勰的贬斥。

对于"连珠"体的写作要求或体式特点,刘勰只是简要地

---

① 杜笃《连珠》文残佚,《文选·蜀都赋》注等引二句;贾逵《连珠》文亦残佚,《文选·景福殿赋》注引二句;刘珍《连珠》文佚;潘勖事见《魏志·卫觊传》,《艺文类聚》卷五十七载其文,不全。

② 《庄子·秋水》"且子独不闻夫寿陵余子之学行于邯郸与?未得国能,又失其故行矣,直匍匐而归耳。"又《天运》:"故西施病心而颦其里,其里之丑人,见而美之,归亦捧心而颦其里。其里之富人见之,坚闭门而不出;贫人见之,挈妻子而去走。彼知颦美,而不知颦之所以美,惜乎!"

③ 陆机《演连珠》载《文选》。

论及。他认为：因为“连珠”体篇幅短小，所以构思容易周密；而“文小易周”则文思悠暇，这又更可以使作品充实。因此，刘勰认为，这足可以做到意义显明而文辞洁净、事理圆备而音律润泽；如此，则作品有“磊磊自转”之势，就可称为“珠”了。可见，“连珠”体的体式要求即在于“义明而词净”“事圆而音泽”，其特点则在于使读者有“磊磊自转”的鉴赏感受。① 此外，“七辞”和“连珠”两式也有其共同点。《文心·定势》篇说：“连珠、七辞，则从事于巧艳。”可见，在“巧艳”的“文势”上，“七辞”“连珠”应是共同的。但刘勰在《杂文》篇里并未具体论到这一方面。

（三）杂文的范围

在《杂文》篇里，刘勰虽然专论“对问”“七辞”“连珠”三种体式，但也谈到“杂文”的范围。他说：

> 详夫汉来杂文，名号多品：或典诰誓问，或览略篇章，或曲操弄引，或吟讽谣咏。总括其名，并归杂文之区；甄别其义，各入讨论之域。类聚有贯，故不曲述也。

可见，除刘勰详论的三种式样外，汉代以后的杂文品类很多：有的叫作典（如班固《典引》）、诰（如冯衍《德诰》）、誓（如蔡邕《艰誓》）、问（如《文选》“策问”类），有的叫作览（如《隋志》“子类”之儒家“要览”“正览”等）、略（如刘歆《七略》）、篇（如司马相如《凡将篇》）、章（如史游《急就章），有的叫作曲

① 傅玄《连珠序》：“欲使历历如贯珠，易睹而可悦，故谓之连珠也。”

(如《鼓吹曲》)、操(《风俗通》谓“闭塞忧愁而作,命其曲曰操”)、弄(王褒《洞箫赋》“时奏狡弄”,《文选》注:“小曲也”)、引(如《箜篌引》),有的叫作吟(如黄叔琳所举张永元《大雅吟》)、讽(即述讽谏之意者,范注谓如韦孟《讽谏诗》)、谣(如《汉邪径谣》)、咏(如夏侯湛《离亲咏》、谢安《洛生咏》)。以上足见刘勰所谓“杂文”范围很广,名类繁多。而刘勰“总括其名,并归杂文之区”,则见“杂文”也就是散杂文体的总汇之名了。

但是,《杂文》篇不加详论的杂文名类,刘勰又认为如鉴别它们的体义,可各自归入所讨论的范围,因“类聚有贯,故不曲述”。对于它们可“各入讨论之域”,范文澜说:“凡此十六名,虽总称杂文,然典可入《封禅》篇,诰可入《诏策》篇,誓可入《祝盟》篇,问可入《议对》篇,曲、操、弄、引、吟讽、谣咏可入《乐府》篇,章可入《章表》篇”(览、略、篇,或可入《诸子》篇)。

六、史传论

《文心·史传》一篇属“叙笔”之一,是关于历史文体的专论。清代纪昀评《文心·史传》篇说:“彦和妙解文理,而史事非其当行,此篇文句特烦,而约略依稀,无甚高论,特敷衍以足数耳!学者欲析源流,有刘子玄之书在。”[①]纪氏之说,把刘勰的历史文体专论视为毫无可取之篇,而推崇刘知幾(子玄)《史通》一书。但纪氏重《史通》是对的,如果说刘勰《史传》篇“无甚高论”“特敷衍以足数”,则未为知言。读纪氏《文心》之评,

① 《文心雕龙·史传》纪评。

多未中肯綮，可知长于文才，则未必富于学问。对纪氏之论，范文澜即加以驳斥，他说："案《史通》专论史学，自必条举细目；《文心》上篇总论文体，提挈纲要，体大事繁，自不能如《史通》之周密。然如《史通》首列《六家》篇（《尚书》家、《春秋》家、《左传》家、《国语》家、《史记》家、《汉书》家），特重《左传》《汉书》二家，《文心》详论《左传》《史》《汉》，其同一也；《史通》推扬二体（编年体、纪传体），言其利弊，《文心》亦确指其短长，其同二也；至于烦略之故，贵信之论，皆子玄书中精义，而彦和已开其先河，安在其为敷衍充数乎？"①后来，刘永济等人也对纪氏之说加以批评，如刘氏就说："纪氏讥其'史事非当行'，'诸子为谰言'，非知言也。今按此篇以'依经''附圣'为纲领，深得史迁著述之遗意……而'二难''两失''四要'，尤得史法之精微。后世子玄作《史通》，盖即此意扩言之者，安可宗子玄而祧彦和哉？"②李曰刚则说："综观彦和之史学思想，于史官建置、史著源流，论史途径，以及二难、两失、四要等，皆能针对当世史家好奇之弊，与夫《春秋》经传以及马、班、史、汉之既有成就，由史意、史情，进而激浊扬清，推阐史学之义法，词简而意赅，条析而流别，为中国一千五百年来之史学界开创新局面。"③

（一）史体的缘起及其相关问题

刘勰论史体（历史文体），同样也没忘记探寻其起源的因素、背景以及它的体义。而由此，也使人们可以更准确地把握

① 范文澜：《文心雕龙注》卷四《史传》注[一]。

② 刘永济校释：《文心雕龙校释·史传》，中华书局1962年版。

③ 李曰刚：《文心雕龙斠诠·史传》。

刘勰的历史文体理论或他的史学思想。《史传》篇说：

> 开辟草昧，岁纪绵邈，居今识古，其载籍乎！轩辕之世，史有仓颉，主文之职，其来久矣。《曲礼》曰史，载笔左右；史者使也，执笔左右，使之记也。古者：左史记事者，右史记言者。言经则《尚书》，事经则《春秋》。唐虞流于典谟，商夏被于诰誓。洎周命维新，姬公定法，细三正以班历，贯四时以联事，诸侯建邦，各有国史，彰善瘅恶，树之风声。自平王微弱，政不及雅，宪章散紊，彝伦攸斁。

刘勰首先指出史籍对于后世认识、了解古代社会的巨大作用（"居今识古，其载籍乎"）。因此，他据篇籍所载，认为远古黄帝（轩辕）时就有史官（仓颉）这一"主文之职"。[①] 而《礼记·曲礼上》则有"史载笔"之说；初时"史"又有左史、右史之分，如《礼记·玉藻》就有"动则左史书之，言则右史书之"的记载。[②] 所以刘勰认为"史"即"使"意，得名于"执笔左右，使之记也"。[③] 不过刘勰所释之"史'是史官之史（也就是"主文之职"）。但有史官则有所记之言、事，即有"主文之职"便有其"文"。因此，后来就把史官所记或所撰之"文"称之为"史"。[④]

---

① 许慎《说文叙》："黄帝之史仓颉，见鸟兽蹄迒之迹，知分理之可相别异也，初造书契。"另见《荀子·解蔽》。

② 《汉书·艺文志》则说："左史记言，右史记事。"《太平御览》卷六〇三引《文心雕龙》本篇文也作"左史记言，右史书事。"

③ 《白虎通·谏诤》："所以谓之史何？明王者使为之也。"

④ 金毓黻《文心雕龙史传篇疏证》（《中国学报》第1卷第2期，1943年）："《说文》以'记事者'三字释史，则古所谓史，即为史官之简称，乃专指记事之人而言。至汉魏以后，乃泛称记事之书为史。"

这就是刘勰的史体缘起之说。

在刘勰看来，史体文导源于史官的记事、记言，因此从所记的内容（“言”或“声”）上说，史体文献也就自然有所区别。所以，刘勰据此称《尚书》为以记言为主的“言经”，称《春秋》为以记事为主的“事经”。当然，《尚书》记言，也未尝不记事；《春秋》记事，也未尝不记言，但从主要方面说，“《尚书》记言，《春秋》记事”还是正确的。对刘勰此论，未宜苛责。① 从史体发源的历史角度而言，起初只是史官随从帝王之侧，录其言、事，谈不上系统而有目的地撰著，所以记言、记事之别只是史官记事录言的一种形式，并谈不上历史的文体划分。不过，刘勰却是从“宗经”的角度来看《尚书》《春秋》的，认为它们是史体之宜，所以称为“言经”“事经”（在《宗经》篇里，刘勰认为“诏策章奏，则《书》发其源”，“纪传铭檄，则《春秋》为根”，似乎只强调《春秋》是史传的经祖）。

除史之外，刘勰还论到传的缘起或体义问题。《史传》篇说：

> 昔者夫子闵王道之缺，伤斯文之坠，静居以叹凤，临衢而泣麟，于是就太师以正雅颂，因鲁史以修《春秋》，举得失以表黜陟，徵存亡以标劝戒……然睿旨[存亡]幽隐，经文婉约，丘明同时，实得微言，乃原始要终，创为传体。传者，转也；转受经旨，以授于后，实圣文之羽翮，记籍之冠

---

① 荀悦《申鉴·时事》篇：“左史记言，右史记动，动为《春秋》，言为《尚书》。”章学诚《文史通义·书教》：“夫《春秋》不能舍传而空存其目，则左史所记之言，不啻千万矣。《尚书》典谟之篇记事，而言亦具焉；训诰之篇记言，而事亦见矣。古人事见于言，言以为事，未尝分事与言为二也。”

冕也。

刘勰论“史传”之传，标举鲁史左丘明为《春秋》所作之传，并依此认为“传”即“转（递）相传授”之义，而所“转受”的又是“经旨”，即“转受经旨，以授于后”。显然，刘勰所谓“传”，是“经传”之“传”，也就是解释经书之文。当然左氏《春秋》之传，与一般的解释词语、阐述经义的注疏文体又有所不同（如《毛诗诂训传》《韩诗内外传》等一类），它是在阐述经文的基础上叙述历史事件，对原书（经）作重要的补充（除《春秋左传》外，另如《公羊传》《穀梁传》等，均属此类）。这类传尽管一向被“小学”（中国传统的文字、音韵、训诂之学）家们认为是“注疏体式”之一，但是也同样被历史学家们认为是“史书”。然而值得指出的是，即使在史学的范围之内，《左传》（或《春秋》“三传”）这种“史传”也不同于历史文体中记述人物事迹的传。刘勰认为“史传”之传缘起于左丘明之《春秋》传，甚至把“史传”之传的体义说成是“转受经旨，以授于后”，这与后来人们对“史传”概念及其所含文体的认识是有着很大距离的。刘勰赞扬左丘明“原始要终，创为传体”，而在实际上，这种“附经之传”后来却并未得到发展，“史传”之传在一般情况下却是属于记述人物生平事迹的一种史体（即“传记”）。明确这一点，对于正确评价刘勰的历史文体理论或史学思想是有益的。

（二）史体的演变及刘勰对历代史著的评价

历史文体的演变问题是刘勰史传论中的重要内容之一。刘勰以他独特的历史文体观，评论了中国历史文体的演变。

先秦时期的历史文体及有关问题。在刘勰看来，《尚书》

和《春秋》是中国最早的史书,并分别尊奉为“言经”和“事经”。他认为:唐虞之世的某些历史见于《书》中《尧典》《皋陶谟》等篇,夏商两代的一些史实则见于《书》中《甘誓》《汤诰》等篇(“唐虞流于典谟,商夏被于诰誓”)。可见,刘勰确实认为《尚书》具有史的性质。

继《尚书》之后,则有《春秋》。刘勰认为:到周代文王时,维新国运,周公(姬公)制定法典,推究夏、殷、周三代的正朔(正月)而颁布历法(“细三正以班历”),条贯春、夏、秋、冬四季的统序而依此记事(“贯四时以联事”),从而就可以成为以“四时”为统序的编年史体(所以就名为“春秋”)。[①] 此时,周天子所封诸侯各国,也都有“国史”,其作用则在于彰善惩恶,建立良好的风气。[②] 到周平王时,国运衰落,国政谈不上推行礼乐教化,法制典章已紊乱,伦理纲常也已败坏。在这种情况或背景之下,后来才出现了孔子“修《春秋》”而左丘明作传的一段历史。

如前所说,“姬公定法”而诸侯“各有国史”,这些周代诸侯国国史都是按四时记事的编年史。孟子说:“王者之迹熄而《诗》亡,《诗》亡然后《春秋》作:晋之《乘》,楚之《梼杌》,鲁之《春秋》,一也。其事则齐桓、晋文,其文则史。孔子曰:‘其义

① 杜预《春秋序》:“记事者,以事系日,以日系月,以月系时,以时系年……史之所记,必表年以首事。年有四时,故错举以为所记之名也。”

② 杜预《春秋序》:“诸侯亦各有国史,大事书之于策,小事简牍而已。”又《后汉书 · 班彪传》:“唐虞三代,《诗》《书》所及,世有史书,以司典籍。暨于诸侯,国自有史。”刘知幾《史通 · 曲笔》:“史之为用,记功司过,章善瘅恶。”又《史通 · 直书》:“史之为务,申以劝戒,树之风声。”“彰善瘅恶,树之风声”,见《尚书》伪《毕命》篇。

则丘窃取之矣。'"[1]这就是说,诸侯"春秋"之书,晋国的叫作《乘》,楚国的叫作《梼杌》,鲁国的则叫作《春秋》,其实是一样的(即均为"春秋"一系的国史)。[2] 到周平王及春秋时代,"世衰道微,邪说暴行有作",伦理纲常败坏,孔子忧惧,于是"作《春秋》"。[3] 孔子所作《春秋》,有人认为即因"鲁史"(即鲁国的《春秋》)修撰而成的。杜预《春秋序》说:"韩宣子适鲁,见《易》象与鲁《春秋》,曰:'周礼尽在鲁矣,吾乃今知周公之德与周之所以王。'韩子所见,盖周之旧典礼经也。周德既衰,官失其守。上之人不能使《春秋》昭明,赴告策书,诸所记注,多违旧章。仲尼因鲁史策书成文,考其真伪,而志其典礼,上以遵周公之遗制,下以明将来之法。"又谓:"其发凡以言例,皆经国之常制,周公之垂法,史书之旧章,仲尼从而修之,以成一经之通体。"又范宁《春秋穀梁传序》:"昔周道衰陵,乾纲绝纽,礼坏乐崩,彝伦攸斁……孔子睹沧海之横流,乃喟然而叹曰:'文王既没,文不在兹乎?'言文王之道丧兴之者在己,于是就太师而正雅颂,因鲁史而修《春秋》……于时则接乎隐公,故因兹以托始,该二仪之化育,赞人道之幽变,举得失以彰黜陟,明成败以著劝诫,拯颓纲以继三五,鼓芳风以扇游尘。"又称《春秋》:"一字之褒,宠逾华衮之赠;片言之贬,辱过市朝之挞。德之所助,虽贱必申;义之所抑,虽贵必屈。故附势匿非者无所逃其罪,潜德独运者无所隐其名。信不易之宏轨。百王之通典也。"孔子以"鲁史"(《春秋》)而撰的《春秋》,成为我国

---

① 《孟子·离娄下》。

② 《春秋》本为各国史的通名,因此《墨子》中有"百国《春秋》""燕之《春秋》""宋之《春秋》"等。

③ 参见《孟子·滕文公下》。

最早的一部编年体史著,在中国史学或历史文体学上具有开山的巨大意义。

但是,刘勰认为:由于《春秋》"睿旨幽隐,经文婉约",后人不免难以理解;而左丘明(相传为鲁国史官)与孔子同时,能体会到圣人立言的精义,于是"原始要终,创为传体",成《春秋左氏传》这一历史巨著。杜预《春秋序》说:"盖周公之志,仲尼从而明之。左丘明受经于仲尼,以为经者不刊之书也。故传或先经以始事,或后经以终义,或依经以辨理,或错经以合异,随义而发。"又说:"身为国史,躬览载籍,必广记而备言之。其文缓,其旨远,将令学者原始要终,寻其枝叶,究其所穷。"并认为丘明之传"发传之体有三,而为例之情有五"。尽管《左传》为解释《春秋》经文而作,但由于它"言见经文而事详传内""或经阙而传存",且"其言简而要,其事详而博",[①]所以实际上形成了一部"附经而撰"的历史名著,而不仅仅是一部"传经"之书。《左传》对中国史学或历史文体的发展有重要的贡献,但这种"附经"的体式在后来的史著中并未能得到传承或发展。

继春秋之后,则为战国时期,刘勰论述其时的史著情况说:

> 及至纵横之世,史职犹存;秦并七王,而战国有策。盖录而弗叙,故即简而为名也。

刘勰认为:到了合纵连横、兵连祸结的战国时代,史官之职仍然存在;秦国灭掉其他六国(燕、齐、楚、韩、魏、赵),并七国为一

---

① 刘知幾:《史通·六家·左传家》。

国,记录其某些历史情况的就有《战国策》。之所以称“策”,刘勰认为是由于只对当时的史事加以记录,但并没有系统叙述。也就是说正因为“录而弗叙”,才“即简(简策)而为名”(亦即名为“策”)。据杜预《春秋左传后序》:战国时史册除后人辑录为《战国策》一系外,另有《竹书纪年》,它“起自夏、殷、周,皆三代王事,无诸国别,惟特记晋国”,“晋国灭,独记魏事,下至魏哀王之二十年,盖魏晋之史记也”;至《战国策》一书,所记载的为“继春秋之后,讫楚、汉之起,二百四十五年间之事”。其书为汉代刘向据战国时期各国史官或策士对当时某些史事的记录辑录而成。据刘向《书录》,《战国策》辑录所据,“中书余卷,错乱相糅莒。又有国别者八篇,少不足”,刘向“因国别者,略以时次之,分别不以序者以相补,除复重,得三十三篇”。又原书名称,“或曰《国策》,或曰《国事》,或曰《短长》,或曰《事语》,或曰《长书》,或曰《修书》”;刘向“以为战国时,游士辅所用之国,为之策谋,宜为《战国策》”,因而定名。① 由此,可见战国时“史职犹存”及当时历史文体的内容和特点。

两汉时期的史籍。中国的历史文体,到汉代有了更大的发展。其显著特点,是史著的数量多,尤其重要的,是真正出现了史的文体观念,出现了有明确的“史的目的”的历史著作,标志着中国古代史学的成熟。《史传》篇论述该期史籍,仍然是以时代为序。刘勰论西汉(前汉)史籍说:

> 汉灭嬴、项,武功积年,陆贾稽古,作《楚汉春秋》。爰及太史谈,世惟执简,子长继志,甄序帝勣:比尧称“典”,则

① 参见《战国策》所附刘向《书录》。

> 位杂中贤，法孔题“经”，则文非元圣，故取式《吕览》，通号曰“纪”，“纪纲”之号，亦宏称也。故“本纪”以述皇王，“列传”以总侯伯，“八书”以铺政体，“十表”以谱年爵：虽殊古式，而得事序焉。尔其实录无隐之旨，博雅弘辩之才，爱奇反经之尤，条例踳落之失，叔皮论之详矣。

刘勰认为：刘邦（汉高祖）灭嬴秦、项羽，立汉朝（西汉），征战之功累积数年；有此史事，陆贾（楚人，善口辩，以客从刘邦定天下）则有《楚汉春秋》，记楚汉战争之事。① 从此书的名称看（名为“春秋”），它显然还深受春秋时期国史记录类史籍传统的影响。其时又有太史令司马谈，其祖累世为史官之职，其子司马迁继承父志，甄别叙述历代帝王的功业事绩，历时十二年撰成上起黄帝、下讫汉武帝，总括三千余年史事的《史记》（又称《太史公书》），②《史记》成为中国第一部纪传体通史，是中国历史文体史上的一个新的里程碑。在《史记》的命名方面，刘勰又有他的看法。首先，《史记》中“本纪”除载“圣王”（尧、舜、禹、汤、文武）之外，也罗列世承诸王以及秦、楚、汉初历代

① 此书已佚。《汉书·艺文志》“春秋”类：“《楚汉春秋》九篇。”注谓“陆贾所记”。刘邦曾与项羽在灭秦后进行了长达四年的战争，史称“楚汉战争”，于公元前202年最终击败项羽。一般认为陆贾此书可能即主要记载楚汉战争中的史事，当然也在于记叙刘邦（汉）的“武功”。

② 《史记·太史公自序》：“司马喜生谈，谈为太史公，仕于建元、元封之间。有子曰迁。太史公发愤且卒，执迁手而泣曰：‘余先，周室之太史也，自上世曾显功名于虞夏，典天官事，后世中衰，绝于予乎？汝复为太史，则续吾祖矣。’谈卒三岁，而迁为太史令。”其中亦有“司马氏世典周史”之语。

国君,实为“圣贤并载,明昏兼叙”。[①] 所以刘勰认为《史记》的“本纪”如“比尧称典,则位杂中贤”。又由于史迁不属于“圣人”,其文即不能称为“圣文”(也就是不能称为“经”),所以刘勰认为《史记》的“本纪”如“法孔题经,则文非元圣”;那么,就取法《吕览》(《吕氏春秋》),“通号曰‘纪’”。在刘勰看来,司马迁《史记》的得名是取式于《吕览》的。[②] 并且认为,“纪”有“纪纲”之义。以此命名,也算得上是“宏称”了。至于刘勰论《史记》命名,独以“本纪”为论题,则是因为在他看来,“本纪”是叙述皇王的,居核心位置。

此外,刘勰认为《史记》“‘本纪’以述皇王,‘列传’以总侯伯,‘八书’以铺政体,‘十表’以谱年爵”,是“虽殊古式,而得事序焉”。由于刘勰论文一本“宗经”的立场,而司马迁所创的“纪传体”自然是前所未有的,因此刘勰对它的评价是“虽殊古式,而得事序”。刘勰认为《史记》“殊古式”,是执古;而认为《史记》“得事序”,则又是不泥古。从刘勰“宗经”并且把文体之源都归结于经典的立场看,“殊古式”是自然的或不得不然的评价,而“得事序”则表明刘勰并不以“宗经”而泥古。不过,刘勰对《史记》的评价除“殊古式”“得事序”之外,主要是接受

---

① 范文澜《文心雕龙注》卷四《史传》注[一四]:“位杂中贤,谓后世帝王不皆贤圣;文非元圣,谓迁不敢比《春秋经》。《自序》所谓‘述故事整齐其世传,非所谓作也,而君比之于《春秋》,谬矣’是也。”

② 《吕览》有“八览”“六论”“十二纪”。范文澜《文心雕龙注》卷四《史传》注[一四]:“本纪之名,彦和谓取式《吕览》,恐非。《史记·大宛传赞》两言《禹本纪》,正迁所本耳。”清人晏世澍《太史公本纪取式吕览辨》据司马迁《报任安书》“不韦迁蜀,世传《吕览》”等文,谓“言为心声,自比如此,岂非有所欣羡于其素哉!以此知刘舍人之言为有据,其为取式无疑也”(《沅湘通艺录》卷二)。

了班彪对《史记》的评论。① 其中,“实录无隐之旨”“博雅弘辩之才”是褒扬的内容,而“爱奇反经之尤”“条例踳落之失”则是批评的内容。总起来看,刘勰对《史记》的评价确实有失精当,对《史记》在史体上的历史价值等也不能作出适当的评价。

刘勰论述东汉的史籍,同样显得比较粗略,同时也夹杂着对《史记》以及后来史体的评论。他说:

> 及班固述汉,因循前业,观司马迁之辞,思实过半;其“十志”该富,赞序弘丽,儒雅彬彬,信有遗味。至于宗经矩圣之典,端绪丰赡之功,遗亲攘美之罪,徵贿鬻笔之愆,公理辨之究矣。观夫左氏缀事,附经间出,于文为约,而氏族难明。及史迁各传,人始区详而易览,述者宗焉。及孝惠委机,吕后摄政,史、班立纪,违经失实。何则?庖牺以来,未闻女帝者也。汉运所值,难为后法。

---

① 《后汉书·班彪传》载班彪(叔皮)论云:“孝武之世,太史令司马迁采《左氏》《国语》,删《世本》《战国策》,据楚、汉列国时事,上自黄帝,下讫获麟,作本纪、世家、列传、书、表凡百三十篇,而十篇缺焉。迁之所记,从汉元至武以绝,则其功也。至于采经摭传,分散百家之事,甚多疏略,不如其本,务欲以多闻广载为功,论议浅而不笃。其论术学,则崇黄老而薄《五经》;序货殖,则轻仁义而羞贫穷;道游侠,则贱守节而贵俗功:此其大敝伤道,所以遇极刑之咎也。然善述序事理,辩而不华,质而不野,文质相称,盖良史之才也。诚令迁依《五经》之法言,同圣人之是非,意亦庶几矣。”又云:“司马迁序帝王则曰本纪,公侯传国则曰世家,卿士特起则曰列传。又进项羽、陈涉而黜淮南、衡山,细意委曲,条例不经。若迁之著作,采获古今,贯穿经传,至广博也。一人之精,文重思烦,故其书刊落不尽,尚有盈辞,多不齐一。若序司马相如,举郡县,著其字,至萧、曹、陈平之属,及董仲舒并时之人,不记其字,或县而不郡者,盖不暇也。”

> 牝鸡无晨，武王首誓；妇无与国，齐桓著盟；宣后乱秦，吕氏危汉。岂唯政事难假，亦名号宜慎矣。张衡司史，而惑同迁、固，元、平二后，欲为立纪，谬亦甚矣。寻子弘虽伪，要当孝惠之嗣；孺子诚微，实继平帝之体：二子可纪，何有于二后哉？

东汉班固撰《汉书》，“起元高祖，终于孝平、王莽之诛，十有二世，二百三十年。综其行事……为春秋考纪、表、志、传，凡百篇”①。此前，固父班彪因司马迁《史记》所记止于汉武帝太初年间，于是重新收集史料，作《史记后传》数十篇。班固《汉书》所述，对《史记》及《史记后传》必有所本，所以刘勰称之为“因循前业”。② 刘勰认为《汉书》“其‘十志’该富，赞序弘丽，儒雅彬彬，甚有遗味”，评价还是比较高的。③ 但他同时又因袭仲长统（公理）的议论，撮举出“宗经矩圣之典”“端绪丰赡之功”两得和“遗亲攘美之罪”“徵贿鬻笔之愆”两失，对班固及其《汉书》给予总体性的评价，肯定《汉书》的“宗经”“徵圣”和弘富丰赡，而贬斥其窃父之著为己有和求取贿赂而出卖文笔的愆尤。但刘勰承仲长统之说对班固“罪”“愆”的指斥，其实并不

---

① 《汉书·叙传》。

② 范文澜《文心雕龙注》卷四《史传》注[一七]：“前业，谓太初以前多本《史记》，太初以后又本其父班彪《后传》数十篇。”

③ 《后汉书·班固传论》：“迁文直而事核，固文赡而事详。若固之序事，不激诡，不抑抗，赡而不秽，详而有体，使读之者亹亹而不厌。信哉其能成名也。”

完全符合事实。[1] 因此，刘勰对《汉书》的评价，也同样缺乏创见性，更多的是除恪守"宗经""徵圣"的立场之外，附和他人之说。从体例而言《汉书》是纪传体，这显然是继承了《史记》所创始的条例；但从另一角度而言，《汉书》实际上是"汉史"，因此它可以被认为是一部断代史。那么，依后人对史体的分类而言，也可以说《汉书》开创了断代史的体例。当然，这也不在刘勰的审断视野之内。但是，刘勰能从比较的角度肯定《史记》《汉书》纪传体在叙事的系统、清晰方面的优点。他认为：像《左传》的记事，是依附于《春秋》经之后的（而《春秋》为编年体），于是经传交错；在行文上有简约的好处，然而人物的姓氏、宗族等却难以清楚地记述。到了司马迁的"列传"（亦包括"纪"），人物的氏族、事迹才开始专门详加叙述而能使人一目了然。因此，班固《汉书》以后人们也都效法它。应该说，刘勰还是认识到了"纪传"体的优点的。不过，刘勰又从儒家正统思想的角度出发，对《史记》《汉书》等为"女帝"（帝后）立纪进行激烈批评。在他看来，吕后代汉惠帝执政，班固为此作《吕后本纪》，这是"违经失实"，因为从伏牺氏以来没有"女皇帝"，汉代当然不是刘勰所认为的"圣王之世"，如此一来，它所遇到的女人执政事自然就"难为后法"。[2] 他还举出周武王"牝鸡无

---

① 仲长统字公理，所著《昌言》亡佚，其言不可考。杨明照《文心雕龙校注拾遗·史传》（上海古籍出版社 1982 年版）："按《傅子》：班固《汉书》，因父得成，遂没不言彪，殊异马迁也。""《颜氏家训·文章》篇：'班固盗窃父史。'并足证成仲长公理之说。"

② 范文澜《文心雕龙注》卷四《史传》注[二一]："按少帝及恒山王弘实孝惠后宫子，八年之间，帝位两易，班氏为整齐计，故立《高后纪》，以省烦扰（如立《少帝纪》，则文帝有篡窃之嫌）。彦和怵于后世母后临朝，外戚阉宦肆虐，故云'违经失实'。"

晨”、齐桓公与诸侯会盟时“毋使妇人与国事”的话，以及“宣后乱秦”“吕氏危汉”的事，[①]以证明其“不唯政事不可托之于妇人，同时连帝王的名号也是应该慎重的”（“岂唯政事难假，亦名号宜慎矣”）这一观点。刘勰认为：东汉张衡司职国史，曾主张为元后立纪，这与《史记》《汉书》为吕后立纪一样，是蔽惑之举，[②]荒谬至极。在他看来，孝惠时刘弘虽然的确是后宫子，却毕竟是惠帝的继嗣；宣帝玄孙孺子婴的确是一孩童，但总还是平帝的继承者：这二人均可立纪，又与吕后、元后有何干系！[③]刘勰对《史记》《汉书》为吕后、元后立传持极端的排斥态度，则是他采取一贯的“宗经”立场所形成的矛盾。吕后临朝，且不论其是否合乎“圣王之道”或“先哲之诰”，只从历史角度看，却是事实。因此这容易使人们认为，为吕后立纪可以说是“违经”，但却不能认为“失实”。然而，刘勰所谓“实”，乃是建立在帝统世序“妇无与国”的正统观念之上的，与此相合则谓之

① 《尚书·牧誓》：“古人有言曰：牝鸡无晨，牝鸡之晨，惟家之索。”《春秋穀梁传·僖公九年》载齐桓公与诸侯会盟事云：“毋使妇人与国事。”宣后，即宣太后，楚人，秦昭襄王母。据《史记·匈奴列传》：“秦昭王时，义渠戎王与宣太后乱，有二子。”又云：“宣太后诈而杀义渠戎王于甘泉，遂起兵伐残义渠，于是秦有陇西、北地、上郡。”又《史记·穰侯列传》：“昭王少，宣太后自治，任魏冉（即宣太后弟）为政。”另参见《史记·范雎列传》。“吕氏危汉”事见《史记·高太后本纪》《汉书·高后纪》。

② 据《后汉书·张衡传》，衡以为《王莽本传》但应载篡事而已，至于编年月，纪灾祥，宜为《元后本纪》。

③ 据《史记·吕后本纪》，宣平侯张敖女为孝惠皇后时，无子佯为有身，取美人子名之，杀其母，立所名子为太子。孝惠崩，太子立为帝，吕太后幽杀之。复立孝惠后宫子恒山王义，更名曰弘。据《汉书·王莽传》，（王莽）居摄元年三月，立宣帝玄孙婴为皇太子，号曰孺子，而莽居摄，为假皇帝。

“实”，否则即非“实”。所以，刘勰认为立吕后纪之类是“违经失实”，这属于历史观方面的问题，但并不能认为刘勰的理论本身存在着矛盾。

对东汉史著的评价。刘勰在比较详细地论述了《史记》《汉书》这两部汉代人所作的史学巨著之后，又专门论到后代人所作的记述后汉（东汉）历史的著作。《史传》篇说：

> 至于后汉纪传，发源东观。袁、张所制，偏驳不伦；薛、谢之作，疏谬少信。若司马彪之详实，华峤之准当，则其冠也。

关于东汉史的著作，现存史书著录者十余种，如后汉刘珍等的《东观汉纪》、三国吴谢承的《后汉书》、晋薛莹的《后汉纪》、晋司马彪的《续汉书》，晋华峤、谢沈、袁山松和宋范晔、刘义庆及梁萧子显又各有《后汉书》，晋张莹有《后汉南记》（又称《汉南纪》）、袁宏和张璠则各有《后汉纪》。① 刘勰认为：后汉史的纪传，导源于《东观汉纪》；而袁山松、张莹之作，偏颇驳杂，没有条理；薛莹、谢承之作，则粗疏错谬，缺乏真实。只有司马彪《续汉书》详赡信实，华峤《后汉书》准确切当，是后汉史著作中的代表性作品。

对三国史、晋史著述的评价。刘勰对后汉史著作的论述比较简略，而对三国史、晋史著述的评论也同样概略言之。《史

---

① 以上史著大都亡佚，司马彪《续汉书》志三十卷存（附范晔书以行世）、纪传亡佚，别有辑本；宋范晔《后汉书》存。其他如《东观汉纪》、谢承《后汉书》、薛莹《后汉纪》、华峤《后汉书》（又作《汉后书》）、谢沈《后汉书》、袁山松《后汉书》均有辑本。参见李曰刚：《文心雕龙斠诠·史传》。

传》篇说：

> 及魏代三雄，记传互出《阳秋》《魏略》之属，《江表》《吴录》之类，或激抗难徵，或疏阔寡要。唯陈寿"三志"，文质辨洽，荀、张比之于迁、固，非妄誉也。至于晋代之书，繁乎著作：陆机肇始而未备，王韶续末而不终；干宝述纪，以审正得序；孙盛《阳秋》，以约举为能。按《春秋》经传，举例发凡；自《史》《汉》以下，莫有准的。至邓粲《晋纪》，始立条例，又摆落汉魏。宪、章殷周，虽湘川曲学，亦有心典谟。及安国立例，乃邓氏之规焉。

三国时期，史著迭出。如魏王沈《魏书》、吴韦昭《吴书》，则属于官修史书，其他则为私撰。其时史著除王沈、韦昭之作外，属魏史的又有魏鱼豢《魏略》、晋孙盛《魏氏春秋》、阴澹（又作"魏澹"）《魏纪》、孙衍《后魏春秋》（又作《汉魏春秋》）和《魏尚书》（又作《后魏尚书》）、梁祚《魏国统》，属蜀汉史的有蜀王崇《蜀书》、谯周《蜀本纪）和晋王隐《蜀纪》、习凿齿《汉春秋》（又作《汉晋阳秋》），属吴史的则又有晋环济《吴纪》、虞溥（又作"虞浦"）《江表传》、梁张勃《吴录》。[①] 晋时陈寿，集魏、蜀、吴国别史著的大成，撰为《三国志》，流传至今。刘勰认为：东晋孙盛的《魏氏春秋》（即刘勰所谓《阳秋》）、魏国鱼豢的《魏略》之类的魏国史作，西晋虞溥的《江表传》和张勃的《吴录》之类的吴国史作，有的偏激违实，难以征信，有的则疏略而缺乏统

---

① 其书除鱼豢《魏略》未全亡（有辑本）外，其余皆亡佚，有的《三国志》裴松之注有引录。参见李曰刚：《文心雕龙斠诠·史传》。

纪，令人不得要领，只有陈寿的《三国志》，文、质相称。[①] 刘勰认为晋张华等人以陈寿之书与《史》《汉》对比评价是符合事实的称扬（“非妄誉也”）。[②]

关于晋代史的著作，其数量更多。齐梁时期以前，仅以《晋书》命名的即有晋王隐、虞预、朱凤、谢沈、干宝，宋谢灵运，齐臧荣绪，梁萧子云、郑忠、沈约诸作，以《晋纪》命名的则有晋陆机、曹嘉之、邓粲（邓著又名《元明纪》），宋刘谦之、王韶之、徐广、郭季产（郭著名《续晋纪》），其他则有晋习凿齿《汉晋春秋》（《隋志》作《汉晋阳秋》）、孙盛《晋阳秋》（即《晋春秋》），宋檀道鸾《续晋阳秋》、何法盛《晋中兴书》、梁萧子显《晋史草》、庾铣《东晋新书》等。[③] 刘勰所谓“繁乎著作”，大概就是指的这种情况。[④] 对于晋史著述，刘勰认为：陆机《晋纪》记述晋初的历史但不完备，王韶之《晋纪》记述晋末的历史但并没有写到东晋之末；干宝的“述纪”（即《晋书》）精审规范而有条

---

① “文质辨洽”谓陈寿《三国志》的文、质（内容）能相济相称。

② 杨明照《文心雕龙校注拾遗·史传》引《华阳国志·后贤志》：（陈寿）“乃鸠合三国史，著魏、吴、蜀三书六十五篇，号《三国志》……品藻典雅。中书监荀勖、令张华深爱之，以班固、史迁不足方也”。

③ 刘知幾《史通·正史》篇称“前后晋史十有八家，制作虽多，未能尽善”。上举晋史之作近二十家，均已亡佚。

④ “繁”明刊本作”系”，诸家或以“繁”为误字。据此则“著作”为职掌史任的官职。据《后汉书·安帝纪》：“诏谒者刘珍及五经博士，校定东观五经诸子传记。”《晋书·职官志》：“元康二年诏曰：著作旧属中书，而秘书既典文籍，宜改为秘书著作。于是改隶秘书省。著作郎一人，谓之大著作郎，专掌史任。”

理,孙盛的《晋阳秋》以简约撮要而见长。[1] 刘勰对干宝、孙盛之作是肯定的。《文心·才略》篇也说:“孙盛、干宝,文盛为史,准的所拟,志乎典训;户牖虽异,而笔彩略同。”由此可见,刘勰肯定干宝、孙盛的晋史之作,与“宗经”(“志乎典训”)是分不开的。此外,他又认为:《春秋》经传,已经创定了史体的条例;[2]但到《史》《汉》以后的诸史,却均无一定的规范。他称赞邓粲《晋纪》又开始建立条例,并且能够摆脱汉、魏以来史著的体制,而取法殷、周之世如《尚书》《春秋》的范式,“虽湘川曲学,亦有心典谟”。[3] 他认为孙盛编史也立条例,就是效法邓粲的法式。由于邓粲撰史正合于刘勰“宗经矩圣”的主张,所以得到了他特别的称扬。其实,刘勰论史的过失,在这里表现得尤为明显,如既不辨别体式,又无历史发展观念,是之与非多以“宗经”与否为判定尺度,在史著评价上就难免出现问题。另外,范文澜曾说:“班彪论《史记》,谓其细意委曲,条理不经。范晔谓班氏最有高名,既任情无例,不可甲乙辨(《狱中与诸甥侄书》)。彦和之说本此。然《史》《汉》一为通史,一为断代,皆正史不祧之宜。后之撰史者,无能逾其规范,所谓莫有准的,

---

① 《晋书·干宝传》谓干宝“其书(指《晋纪》)简略,直而能婉,咸称良史”。又《晋书·孙盛传》谓孙盛“著《晋阳秋》,词直而理正,咸称良史”。

② 《春秋》有五例,《左传》则有五十凡例。参见杜预:《春秋左传序》。

③ 邓粲,长沙人,故称邓氏之著述为“湘川曲学”。《战国策·赵策二》:“穷乡多异,曲学多辨。”刘向《说苑·说丛》篇:“穷乡多曲学。”李曰刚《文心雕龙斠诠·史传》:“虽湘州曲学:‘州’原作‘川’,形误,征诸旧本改……案古荆广二州地,东晋永嘉初分置湘州,治临湘,即今长沙县。”

特以比《春秋经传》为不足耳。"①

总之,刘勰对他以前中国历代史著的评价,大致还称得上平允。问题是他浓厚的"徵圣""宗经"思想,往往有限制其进行历史的评价的思理,从而影响到他对历史文体重大变化之于中国历史文体学发展的意义的认识,同时也影响到了他对具体史家或史著评价的正确性。但刘勰毕竟是有理论、有标准的历史文体评论家,他的褒贬是建立在其理论、标准基础之上的,而不是随意的"褒贬任声"而导致"抑扬过实"。我们指出刘勰史评的缺失,只是超越历史的再评价,而不是以今人的认识和观点来指责刘勰这位一千五百余年前的杰出文评家。

(三)刘勰的史体或史学理论

刘勰的历史文体论,比较而言,其精华则不在于历代史著评论,而在于他的史学理论或史评理论。如条判缕析,则刘勰的史学理论可概括为以下几个方面。

(1)史著的性质功能

《文心·史传》篇说:

> 原夫载籍之作也,必贯乎百氏,被之千载,表徵盛衰,殷鉴兴废;使一代之制,共日月而长存,王霸之迹,并天地而久大。是以在汉之初,史职为盛,郡国文计,先集太史之府,欲其详悉于体国也;阅石室,启金匮,抽裂帛,检残竹,欲其博练于稽古也。是(以)立义选言,宜依经以树则;劝戒与夺,必附圣以居宗:然后铨评昭整,苛滥不作矣。

---

① 范文澜:《文心雕龙注·史传》注[三七]。

刘勰认为:史著(“载籍”)的撰作,必然是贯穿百家、披载千年史实。这是说史著的性质乃历史百家及漫长的历史事实的载体。而史著的作用或功能,则是通过史著这种载体,使后人可以看到历代社会的盛衰之由,并可以作为朝政世事兴废的借鉴。也就是说,史籍不仅具有“居今识古”的作用,而且又有由此而观社会盛衰而用作鉴戒的功能。从史实记载的角度而言,史籍之作可以使历史上的典章制度流传于后世而不致湮没无闻,使帝王侯霸的功业事迹与天地并存。总之,史籍的作用在于记史传后,据此则“今之所以知古,后之所以观前”,其作用是巨大的。由此,刘勰也援据“在汉之初,史职为盛”的历史,说明古代对史的重视。

(2)撰史的理论原则

修撰史集,除撰作者当明悉详知国家体制(“详悉于体国”)、博通精熟于稽考古迹(“博练于稽古”)这类个别的或自身的条件外,在原则上则必须要“徵圣”“宗经”,即史籍之作,在“立义选言”或标举义理和建言修辞方面,应该以圣人经典为准则(“立义选言,宜依经以树则”);在表达劝勉或惩戒(劝善戒恶)的取舍方面,必须依据圣人之训而作为宗法的信条(“劝戒与夺,必附圣以居宗”)。刘勰认为,倘能如此,就能够做到对史料阐述评价明白清晰、有条不紊,而且就不会产生苛刻或浮滥的问题了。可见,刘勰是把“宗经矩圣”作为撰史的总的理论原则。

(3)撰史的困难及问题

刘勰尽管主张史著之作“宜依经以树则”“必附圣以居宗”,并认为能坚持这一原则可使史著达到“诠评昭整,苛滥不作”的境界，但他并没有把总的原则代替撰著史书的所有问题，也就是说，刘勰并没有认为如果把握住“宗经”“徵圣”的原则就可以解决撰史的所有具体问题，而是根据史著的内容及特点分析了撰史的困难及问题。

一是史料的“总会”“铨配”上的困难。《史传》篇说：

> 然纪传为式，编年缀事，文非泛论，按实而书。岁远则同异难密，事积则起讫易疏，斯固总会之为难也。或有同归一事，而数人分功，两记则失于复重，偏举则病于不周，此又铨配之未易也。故张衡摘史、班之舛滥，傅玄讥《后汉》之尤烦，皆此类也。

史著自上古至刘勰的时代，脱不出编年、纪传二体。但编年是以时（年）系事；纪传虽然以史事为纲，但时间却不可或缺（寓时于事）。所以，史著作为文体一式，无非“编年缀事”（刘勰“纪传为式”之“纪传”泛指史体，兼编年、纪传两体而言，并非专指纪传一体）。也可以说，“编年缀事”是史体的总特点。史体因为为式“编年缀事”，所以“文非泛论，按实而书”，是记述历史事实的文体。基于史体的这些特点，刘勰又提出撰史的“两难”之说。一是史著记述的历史如果年代久远，则时间史实的记载就很难做到完全符合事实或相合无间（“岁远则异同难密”）；历史事件纷繁众多，则又很容易产生在历史的记载上首尾而不严密（“事积则起讫易疏”）：这是撰史时在史料的鉴别综合上的困难。二是有时历史事件涉及的主要人物不只一人，分别记述则失之重复、只在某处记载则有不周全的弊病，这又是在历史事实的铨列分配上的困难。刘勰提出的撰作史著的“总会”和“铨配”的两难，确实是撰史的两大重要困难。李曰刚氏说：“年代久远，史有缺文，事类繁多，传说纷纭；二者于史家皆不易处理，故彦和特发此难。”[①]刘勰提到东汉张衡指摘《史记》《汉书》的错舛不整，傅玄批评《后汉书》尤其繁杂，都属于以上“总会”“铨配”方面的问题。

二是“述远”“记近”的问题。《史传》篇说：

> 若夫追述远代，代远多伪。公羊高云“传闻异辞”，荀况称“录远略近”。盖文疑则阙，贵信史也。然俗皆爱奇，莫顾实理。传闻则欲伟其事，录远而欲详其迹，于是弃同即异，穿凿傍说，旧史所无，我书则传：此讹滥之本源，而述远之巨蠹也。

史著不免记述时代较远的历史，但时代越远事件就越多失实。刘勰举公羊高、荀况之说以自证，[②]并认为对古代遗文有疑问者则付之阙如，[③]这表明刘勰对“信史”是很看重的。这是认为

① 李曰刚：《文心雕龙斠诠·史传》。

② 《公羊传·隐公元年》：“所见异辞，所闻异辞，所传闻异辞。”（语又见《公羊传·桓公二年》《公羊传·哀公十四年》）何氏注：“所见者谓昭、定、哀，已与父时事也。所闻者谓文、宣、成、襄，王父时事也。所传闻者谓隐、桓、庄、闵、僖，高祖、曾祖时事也。”“传闻异辞”谓传闻的历史往往其辞不一，异辞越多则可信程度越低。《荀子·非相》：“传者久则论略，近则论详；略而举大，详则举小。”俞樾认为两“论”字“皆‘愈’”字之误，《韩诗外传》作“夫传者久则愈略，近则愈详”。

③ 《穀梁传·桓公五年》：“《春秋》之义，信以传信，疑以传疑。”《论语·为政》：“多闻阙疑，慎言其余，则寡尤。”又《论语·卫灵公》：“吾犹及史之阙文也。”《集解》引包咸曰：“古之良史，于书字有疑则阙之，以待知者。”

史作述远征信为难,应以阙疑的信史为贵。但是世俗的态度却是爱好奇异而不顾实理,正如东汉王充所说:“俗人好奇,不奇言不用也。”[①]传闻则往往夸张其事以骇视听,记述远代的历史则往往要使事迹周详,于是便舍弃相同记载的史事,而牵合撰作异说,旧有史著所没有的则特加撰述。如此之类,违背了“信史”的基本原则,刘勰特别指出这一问题,并称之为“讹滥之本源”“述远之巨蠹”,是必须戒免的。

刘勰在指出并批评了撰史“述远”时“弃同即异,穿凿傍说”的主要问题的同时,也指出并批评了撰史“记近”的主要问题。《史传》篇说:

> 至于记编同时,时同多诡,虽定、哀微辞,而世情利害:勋荣之家,虽庸夫而尽饰;迍败之士,虽令德而常嗤:吹霜煦露,寒暑笔端。此又同时之枉,可为叹息者也。故述远则诬矫如彼,记近则回邪如此。析理居正,唯素臣乎!

刘勰认为:编撰同时代的历史,由于时代相同,则又多有虚假不实之处。比如孔子修《春秋》,记载与他同时的鲁哀公、鲁定公之事,对其过失措辞隐微,而仍不免有触世俗之情或利害之忧。[②] 可见,“记近”而“时同多诡”是由于“世情利害”的影响或左右。正因如此,勋高显荣人家,尽管是庸夫也都加以褒赞;困迍落败之人,哪怕很具美德懿行也往往遭到讥评或埋没。[③]

---

① 王充:《论衡·艺增》。

② 《公羊传·定公元年》:“定、哀多微辞。”

③ “虽令德而常嗤”,注家或谓“常嗤”当作“嗤埋”。

撰史不尚客观，褒贬失实，无异于吹寒气凝为严霜、呵暖气降作甘露，[①]或寒或暑全在笔端。刘勰论道：所有这些，均属撰史“记近”的失实回邪之病，实可令人叹息！

总之，刘勰认为：“述远”则有“弃同即异，穿凿傍说”之弊，“记近”则有“勋荣尽饰”“令德常嗤”之病，均为撰史之忌但又是最容易出现的问题。因此，刘勰认为撰史如能“析理居正”，则只有秉持公心的史才方能做到。[②]《史传》赞文说：“辞宗丘明，直归南、董。”这说明刘勰是提倡撰史应直笔不阿如春秋时代的南史氏和董狐氏。[③]

三是关于“尊贤隐讳”以及其他问题。臣为君讳、子为亲讳以及为贤者讳，是《公羊》家所说的“《春秋》之法”（刘勰《史传》篇将此视为孔子之训），也是中国古代史学中的一个重要原则。[④] 但这一问题又与“直笔”“信史”存在着矛盾。如何看待这一问题，刘勰也有他的见解。《史传》篇说：

---

① 《史通·杂说上》云：“左氏之叙事也”，“谈恩惠则煦如春日，纪严切则凛若秋霜”。

② “素臣”，校注家或谓当作“素心”。

③ 《春秋·襄公二十五年》载：夏五月乙亥，齐崔杼弑其君。《左传》：“太史书曰：‘崔杼弑其君。’崔子杀之”，“南史氏闻太史尽死，执简以往，闻既书矣，乃还”。又《春秋·宣公二年》载：秋九月乙丑，晋赵盾弑其君。《左传·宣公二年》：“赵穿攻灵公于桃园，宣子未出山而复。太史（即董狐）书曰“‘赵盾弑其君。’以示于朝……”又云：“孔子曰：‘董狐，古之良史也，书法不隐。’”

④ 《公羊传·闵公元年》：“《春秋》为尊者讳，为亲者讳，为贤者讳。”《史通·曲笔》篇：“盖子为父隐，直在其中，《论语》之训也；略外别内，掩恶扬善，《春秋》之义也。自兹以降，率由旧章，史氏有事涉君、亲，必言多隐讳。虽直道不足，而名教存焉。”

> 若乃尊贤隐讳，固尼父之圣旨，盖纤瑕不能玷瑾瑜也；奸慝惩戒，实良史之直笔，农夫见莠，其必锄也：若斯之科，亦万代一准焉。至于寻繁领杂之术，务信弃奇之要，明白头讫之序，品酌事例之条，晓其大纲，则众理可贯。

由此可以明白，刘勰把为尊者、贤者讳作为孔子（尼父）的“圣旨”；从“徵圣”的立场而言，自然不能不尊奉这一原则。不过，刘勰有进一步的解说，认为这是在“纤瑕不能玷瑾瑜”的意义上而言的。也就是说，尊者、贤者的过失应该尊奉“圣训”为其隐讳（或微辞以书），但重要的是纤瑕（喻小的过失）不能玷污瑾瑜（喻大德或主体），或即属于瑕不掩瑜的情况；反之，假如是奸凶、邪恶则必实书以给予惩戒，方是“良史之直笔”，这就如同农夫见害禾之草，务必除之。[①] 刘勰强调，上述条件，为撰史的万代准绳，必不移易。可见，刘勰的意见并未因尊奉“圣旨”而失于偏颇。

此外，在论述了以上撰史的困难（“总会”“铨配”两难）和问题（“述远”和“记近”、“尊贤隐讳”）之后，刘勰又认为：至于撰作史书时对于寻讨和统贯繁杂的史料的方法、追求真实而摈弃奇异的要点、首尾一体及条理清晰的次序、品列史事的条例等，只要明白其大体纲要，就可以贯通其余。在更具体的撰史细节方面，刘勰只是撮举最基本的四条，并未另加详论。

在刘勰的史体论中，也谈到撰史不易或为史的责任问题。《史传》篇说：

---

① 《左传・隐公六年》：“周任有言曰：‘为国家者，见恶如农夫之务去草焉，芟夷蕴崇之，绝其本根，勿使能殖，则善者信矣。’”

> 然史之为任，乃弥纶一代，负海内之责，而赢(嬴)是非之尤，秉笔荷担，莫此之劳。迁、固通矣，而历诋后世，若任情失正，文其殆哉！

刘勰正确地看到：史职(其实可扩大到撰史者)的责任，在综合董理某一时代整个的史实事迹，这样便负有国家的责任，而且又会受到是非的责难。所以刘勰认为撰史之事，“秉笔荷担，莫此之劳”，即执笔负重，没有比撰史更为辛劳的了！刘勰举司马迁、班固为例，认为这两人可以说是“通人”，但也遭到历代的批评、指摘；如果不循撰史大法，一任私情好恶，那么所撰之史将是何等的险物！刘勰从史责等方面重又强调了撰史应循的原则，以及不可“任情失正”的重要性。

七、诸子论

《文心·诸子》篇，专论诸子之文。“诸子”之名，起自西汉，指先秦至汉初的学术思想流派，如《史记·屈原贾生列传》谓“(廷尉乃言贾生年少)颇通诸子百家之书”。又指先秦至汉初各学派的学者或其著作，如《汉书·艺文志》：“战国从(纵)衡，直伪分争，诸子之言纷然殽乱。”清人姚华《论文后编·目录上》：“诸子者，史之别派，集之先河也。”刘勰《文心雕龙》所谓“诸子”，则指诸子之文。

《汉书·艺文志》“诸子略”列有儒家、道家、阴阳家、法家、名家、墨家、纵横家、杂家、农家、小说家，云：“诸子十家，其可观者九家而已。皆起于王道既微，诸侯力政，时君世主，好恶殊方，是以九家之术蜂出并作，各引一端，崇其所善，以此驰说，取合诸侯。其言虽殊，辟犹水火，相灭亦相生也。仁之与义，敬之与和，相反而皆相成也。《易》曰：'天下同归而殊涂，一致而百虑。'今异家者各推所长。穷知究虑，以明其指，虽有蔽短，合其要归，亦六经之支与流裔。使其人遭明王圣主，得其所折中，皆股肱之材已。仲尼有言：'礼失而求诸野。'方今去圣久远，道术缺废，无所更索，彼九家者，不犹愈于野乎！若能修六艺之术，而观此九家之言，舍短取长，则可以通万方之略矣。"《汉书·艺文志》列诸子于"六艺"之后，兼儒、道诸家而言。可见诸子在中国古代文化史上的地位。所以，刘勰论文不能不论诸子。但纪昀《诸子》篇评谓："此亦泛述成篇，不见发明。盖子书之文，又各自一家，在此书原为谰入，故不能有所发挥。"范文澜不同意纪说，他认为："纪氏此说亦误。柳子厚谓'参之《孟》《荀》以畅其支，参之《庄》《老》以肆其端'（《答韦中立论师道书》）。彦和论文，安可不及诸子耶！"①张立斋则说："诸子之文，别于群经，然说理见道则一也。其先后尊逊有互异者，时与势有不同耳。故《五千言》与孔《论》体相近也，《墨》《庄》《孟》《荀》体相近也。然旨虽异趣，而其为文章大宗，派衍无穷，谁有闲言哉！彦和继《史传》之后，有《诸子》，此必然耳。"张氏据此认为"纪评'谰入'之说非是"。②

刘勰的诸子文论，主要包括诸子的性质和缘起、先秦诸子论、两汉以后诸子评说等内容。

---

① 范文澜：《文心雕龙注·诸子》注[一]。

② 张立斋编著：《文心雕龙注订·诸子》，(台北)正中书局 1967 年版。

（一）诸子的性质和缘起

刘勰论诸子，首先阐明对诸子性质的看法，并溯其缘起。《诸子》篇说：

> 诸子者，入道见志之书。太上立德，其次立言。百姓之群居，苦纷杂而莫显；君子之处世，疾名德之不章。唯英才特达，则炳曜垂文，腾其姓氏，悬诸日月焉。昔《风后》《力牧》《伊尹》，咸其流也。篇述者，盖上古遗语，而战伐（代）所记者也。至鬻熊知道，而文王咨询，余文遗事，录为《鬻子》。子自肇始，莫先于兹。及伯阳识礼，而仲尼访问，爰序《道德》，以冠百氏。然则鬻惟文友，李实孔师；圣贤并世，而经子异流矣。

刘勰首先为诸子定性，称其为“入道见志之书”。而由“入道见志”，则可见刘勰认为诸子是谈论道术、显扬心志之文。《左传·襄公二十四年》有“太上有立德，其次有立功，其次有立言”之说，[1]刘勰以此“三立”说为前提，认为普通人纷然相聚处，苦于无由显达或出人头地；而具备才德的人立身在世，又忧患令名美德不能彰显。[2] 但是，在刘勰看来，只有“英才特达”的人，才能垂文于后世，“腾其姓氏，悬诸日月焉”。可见，留文于世并非一般人所能达到。所以诸子之文，也就不是琐语谰

---

① 《正义》谓“太上”即“上圣之人也”；“老、庄、荀、孟、管、晏、孙、吴之徒，制作子书”，“皆是立言者也”。

② 《论语·卫灵公》：“子曰：‘君子疾没世而名不称焉。’”

言，而是“入道见志之书”了。据《汉书·艺文志》，“兵书略”中“兵阴阳”有《风后》十三篇、《力牧》十五篇，[①]“诸子略”中“道家”有《伊尹》五十一篇，相传分别由黄帝臣风后、力牧(墨)及汤相伊尹所作。刘勰认为，这些都属于“诸子”之流，并认为以上诸子之书为上古遗语，到战国(战代)才记述成书。由此也可以看出，诸子之书的产生也缘于“智术之子，博雅之人”为“炳曜垂文”而“腾其姓氏，悬诸日月”这种“立言”的内因。

此外，相传周初鬻熊通晓道术，而周文王奉他为师及咨询治国之策，有关的“余文遗事”被人追录为《鬻子》一书。[②] 刘勰认为这便是最早以“子”命名的书(或最早的子书)；春秋时代的李耳(字伯阳)洞悉礼制(所以孔子曾拜访他并向他请教)，于是叙述“道”“德”问题而写成《道德经》一书，[③]成为百家之冠。但是，周文王、孔子在刘勰看来都是圣人(其书为“经”，与“子”不同)，如果认为鬻熊、李耳是文王、孔子的师友，这未免圣、贤不分。对此，刘勰的解释是“圣贤并世，而经子异流”。这样，圣(如文王、孔子)、贤(如鬻熊、李耳)以及经书、子书的分别就得到了解释。

---

① 《风后》下原注：“图二卷。黄帝臣，依托也。”《力牧》下原注：“黄帝臣，依托之。”又“诸子略”中“道家”又有《力牧》二十二篇，自注：“六国时所作，托之力牧，黄帝相。”

② 据《汉书·艺文志》，“诸子略”中“道家”：“《鬻子》二十二篇。”自注：“名熊，为周师，自文王以下问焉，周封为楚祖。”

③ 《史记·老庄申韩列传》谓老子“姓李氏，名耳，字伯阳，谥曰聃”，“孔子适周，将问礼于老子”，“于是老子乃著书上下篇，言道德之意五千余言而去，莫知其所终”。

（二）诸子的演变

先秦诸子是刘勰诸子论的重点，他认为：周代《鬻子》是最早的诸子之书，而春秋时代的《老子》（即《道德经》）又是子书中的佼佼者。不过，诸子之文（子书）到战国时期则得到了更大的发展。刘勰在《诸子》篇中说：

逮及七国力政，俊乂蜂起。孟轲膺儒以磬折，庄周述道以翱翔，墨翟执俭确之教，尹文课名实之符，野老治国于地利，驺子养政于天文，申商刀锯以制理，鬼谷唇吻以策勋，尸佼兼总于杂术，青史曲缀以街谈，承流而枝附者，不可胜算：并飞辩以驰术，餍禄而余荣矣。暨于暴秦烈火，势炎昆冈，而烟燎之毒，不及《诸子》。逮汉成留思，子政雠校，于是《七略》芬菲，九流鳞萃，杀青所编，百有八十余家矣。迄至魏晋，作者间出，谰言兼存，琐语必录：类聚而求，亦充箱照轸矣。

刘勰认为：到了战国时代，七雄任武争强，这种“合从（纵）连衡，力政争强”的社会态势，①为俊才智士论道术、逞辩说提供了合适的社会空间，所以诸子大量出现。刘勰所论到的战国诸子之人，有孟轲（书为《孟子》）、庄周（书为《庄子》）、墨翟（书为《墨子》）、尹文（书为《尹文子》）、野老（书为《野老》）、驺衍（书为《驺子》）、申不害（书为《申子》）、商鞅（书为《商君》，即《商君书》）、鬼谷先生（书为《鬼谷子》）、尸佼（书为《尸子》）、青史氏

---

① 《汉书·游侠传序》。

（书为《青史子》）。因为孟轲“乃所愿，则学孔子也”，[①]《孟子》一书“述唐、虞三代之德”与“述仲尼之意”，[②]所以刘勰称“孟轲膺儒以磬折”；庄周“其学本归于老子之言”及尚逍遥无为，[③]所以刘勰称之为“庄周述道以翱翔”；墨翟虽然“亦尚尧、舜道”，[④]但倡节用或生勤、死薄之道，[⑤]所以刘勰说“墨翟执俭确之教”；尹文子“学本庄、老”，[⑥]主名学，“名以检形，形以定名；名以定事，事以检名”，[⑦]所以刘勰称“尹文课名实之符”；野老言农家事，所以刘勰称“野老治国于地利”；[⑧]驺衍深究阴阳变化并以此附会说明政治，所以刘勰称“驺子养政于天文”；[⑨]申不害

---

① 《孟子·公孙丑上》。

② 《史记·孟子荀卿列传》。

③ 《史记·老庄申韩列传》。

④ 《史记·孟子荀卿列传》。

⑤ 《史记·太史公自序》。《庄子·天下》篇论墨子之学云：“其生也勤，其死也薄，其道大觳。”

⑥ 据刘向《别录》，又云：“其书自道以至名，自名以至法，以名为根，以法为柄。”

⑦ 范文澜《文心雕龙注》卷四《诸子》注[九]引钱大昭曰：“今《道藏》本上下二篇（《大道》篇上下），盖本魏黄初末山阳仲长氏诠次之旧，故《隋志》已作二卷。”语见《尹文子·大道上》。

⑧ 《汉书·艺文志》“农家”《野老》十七篇。自注：“六国时，在齐楚间。”应劭曰：“年老居田野，相民耕种，故号野老。”王应麟《汉志考证》：“《真隐传》：六国时人，游秦、楚间，年老隐居，著书言农家事，因以为号。”

⑨ 《史记·孟子荀卿列传》谓衍“深观阴阳消息，而作《怪迂之变》《终始大圣》之篇，十余万言”。《汉书·艺文志》“阴阳家”有《邹子》四十九篇，自注：“名衍，齐人，为燕昭王师，居稷下，号谈天衍。”又有《邹子终始》五十六篇，师古曰：“亦邹衍所说。”王应麟《汉志考证》：“《封禅书》云：自齐威宣之时，驺子之徒，论著终始五德之运，及秦帝，齐人奏之。”

“学本黄、老,而主刑名”,[1]商鞅“好刑名之学”,[2]主张严刑峻法,所以刘勰称“申、商刀锯以制理”;鬼谷子曾为苏秦、张仪之师,善以口舌辩给游说之术而获功效,所以刘勰称“鬼谷唇吻以策勋”;[3]尸佼的学说兼包杂家方术,所以刘勰称“尸佼兼总于杂术”;[4]青史子之书为“小说家”言,所以刘勰称“青史曲缀以街谈”。[5] 刘勰撮举上述战国诸子十家,认为“承流而枝附者,不可胜算”,但都是逞辞腾说、展其道术而获得功禄或者彰名于后世。《文心·才略》篇有云:“诸子以道术取资。”其观点是一致的。

继战国之后,刘勰论秦汉以降的诸子之书。他认为:秦始皇时大规模的焚书毒焰,并未祸及诸子。据《史记·秦始皇本纪》,秦始皇三十四年,丞相李斯“请史官非秦记皆烧之;非博士官所职,天下敢有藏《诗》《书》百家语者,悉诣守、尉杂烧之……所不去者,医药、卜筮、种树之书;若欲有学法令,以吏为师”。由此看不出诸子属非焚之书。但“医药、卜筮、种树”之类,大致属《汉书·艺文志》中的“蓍龟”“杂占”(《数术略》)、“医经”“经方”(《方技略》)以及“农家”(《诸子略》)。刘勰论

---

① 申不害见《史记·老庄申韩列传》。《汉书·艺文志》“法家”:“《申子》六篇。”

② 参见《史记·商君列传》。

③ 《史记·苏秦列传》谓苏秦“习之于鬼谷先生”。《集解》引《风俗通义》:“鬼谷先生,六朝时纵横家。”《鬼谷子》,《汉书·艺文志》不著录。《隋志》“纵横家”有《鬼谷子》三卷,注:“周世隐于鬼谷。”

④ 《汉书·艺文志》“杂家”云“《尸子》二十篇”,自注:“名佼,鲁人,秦相商君师之。”

⑤ 《汉书·艺文志》“小说家”云“《青史子》五十七篇”,自注:“古史官记事也。”

战国诸子十家，均本于《汉书·艺文志》；他认为秦皇焚书而“不及诸子”，或许也与不焚“农家”以及数术、方技之书有关。东汉王充《论衡·书解》篇也说：“秦虽无道，不燔诸子，诸子尺书，文篇具在。”或许是史实的记录。但范文澜等认为刘勰“烟燎之毒，不及诸子”之说“恐非事实”，范氏说：“战国诸子之学，亦有师徒相传，珍守勿失，其书籍又非如《六经》之繁重，山岩屋壁，藏匿自易，故至汉代求书，诸子皆出也。”范说言之成理。其实《汉书·艺文志》序就曾说：“战国从横，直伪分争，诸子之言，纷然殽乱，至秦患之，乃燔灭文章，以愚黔首。”由此而言，则秦皇焚书，诸子难可幸免。但又如前所说，《汉书·艺文志》中属“农家”以及数术、方技之类，不在焚烧之列，刘勰论诸子依《汉书·艺文志》，而论其是否遭受烟燎之祸，反根据王充《论衡》之说？

由于秦代尚法焚书，所以汉继秦而统治天下之后，实际上处于“百礼待兴”的局面。《汉书·艺文志》序说：“汉兴，改秦之败，大收篇籍，广开献书之路。迄孝武世，书缺简脱，礼坏乐崩，圣上喟然而称曰：‘朕甚闵焉。’于是建藏书之策，置写书之官，下及诸子传说，皆充祕府。成帝时，以书颇散亡，使谒者陈农求遗书于天下，诏光禄大夫刘向校经传、诸子、诗赋，步兵校尉任宏校兵书，太史令尹咸校数术，侍医李柱国校方技。每一书已，向辄条其篇目，撮其旨意，录而奏之。会向卒，哀帝复使向子侍中奉车都尉歆卒父业。歆于是总群书而奏其《七略》。故有《辑略》、有《六艺略》、有《诸子略》、有《诗赋略》、有《兵书略》、有《术数略》、有《方技略》。”刘勰所谓“逮汉成留思”，即汉成帝下诏整理经传、诸子等书籍事。正因为汉代“改秦之败，大收篇籍”并采取了强有力的措施，才使得经传、诸子以及诗赋百家鳞集荟萃，重发书香。其时编定的诸子之书，即有一百八十余家。[①] 汉代可以说是中国古代古籍整理史上的盛世之一。刘勰论汉代诸子，也是偏重于诸子的编定整理，而未专论汉代的诸子之书。

到了魏晋时代，刘勰认为诸子时有出现（“作者间出”），竟至于“谰言兼存，琐语必录”；如分类汇集，也将为数甚多。[②] 由此可见，刘勰对于魏晋诸子的价值在整体上评价不高。实际上，魏晋诸子或语涉神怪、或零言碎语（检葛洪《抱朴子》以及干宝《搜神记》等可知），其系统性和思想性都无法与先秦甚至两汉诸子（汉代诸子如扬雄《法言》、王充《论衡》等）相比较。刘勰认为诸子是“入道见志”之书，以这样的标准衡量，魏晋诸子自然有着“谰言”“琐语”的突出缺陷。

总之，刘勰的诸子史论（确切地说只能是“诸子史略”）是比较概括的；他的视野主要在于先秦诸子，汉魏而后则或侧重在前世诸子的编定、或略及诸子作者作品概貌，而未加详述。

（三）诸子论评

对诸子的论析和评价，是《文心·诸子》篇的另一重要内容，也是刘勰的诸子论中更有价值的一部分。刘勰对历代诸子的评论，主要是从内容的“纯粹”与“踳驳”、诸子之文的风格以及刘勰对诸子文体的辨别和体势的演变几个方面进行的。

---

① 《汉书·艺文志》“诸子略”：“凡诸子百八十九家，四千三百二十四篇。诸子十家，其可观者九家而已。”即所谓“九家十家”。

② 范文澜《文心雕龙注》卷四《诸子》注［十二］：“《隋书·经籍志》子类著录魏晋人所撰书多种，在杂家、小说家者尤不鲜。”李曰刚《文心雕龙斠诠·诸子》：“谰言，谓遗逸之言，亦即坠闻佚事之义。”

(1)刘勰对诸子内容的论析

刘勰对诸子内容的论析,主要分为"纯粹"(纯正精粹)和"踳驳"(错谬驳杂)两类。《诸子》篇说:

> 然繁辞虽积,而本体易总,述道言志,枝条五经。其纯粹者入矩,踳驳者出规。《礼记·月令》,取乎吕氏之纪;三年问丧,写乎《荀子》之书:此纯粹之类也。若乃汤之问棘,云蚊睫有雷霆之声;惠施对梁王,云蜗角有伏尸之战;《列子》有移山跨海之谈,《淮南》有倾天折地之说:此踳驳之类也。是以世疾诸(子),混洞虚诞。① 按《归藏》之经,大明迂怪,乃称羿弊(毙)十日,嫦娥奔月。殷《易》如此,②况诸子乎?

刘勰认为:尽管诸子之文繁多庞杂,但是它的体制根本却容易把握("然繁辞虽积,而本体易总")。这"易总"的"本体",便是"述道言志,枝条五经",即阐述道术及思想情志而作为圣人经典的附庸或枝条。刘勰这一诸子"本体"观,与一般人心目中的中国古代思想史流派关系的观念大有不同。显然人们通常认为:只有"儒家"(《汉书·艺文志》)内的诸子,才可以与"五经"思想有某种程度上的相合,并视为"五经枝条",至于道家、阴阳家、法家、名家、墨家、纵横家之类,可以说"述道言志"却不可"枝条五经"。因此,刘勰此论的意思,或许并不一定是认为在"五经"思想上以诸子为"枝条",而是认为"五经"之书

---

① "子"字原缺。

② "殷《易》"原作"殷《汤》",据诸家说改。

为人世文明或文化思想的规范,诸子之书则属于其枝节条流或其补充罢了。总之,依据“述道言志,枝条五经”的“本体”标准,刘勰认为诸子中“纯粹”的则合乎规范(“入矩”),“踳驳”的就越出规矩了(“出规”)。“五经”中《礼记》有《月令》一篇,见于《吕氏春秋》之《十二月纪》首章;[①]《礼记》之《三年问》篇(述丧服年月所由),录自《荀子·礼论》。[②] 像吕、荀这样的诸子之书而能为经典所采,是“纯粹”的例子。至于《列子·汤问》篇载殷汤向夏棘(革)询问物之巨细,而棘称蚊虫的睫毛上有小虫在飞,其声如雷霆;[③]《庄子·则阳》篇讲惠施荐戴晋人于梁惠王处说,蜗牛的两个触角上有两国因土地而发生“伏尸数万”的战争;[④]《列子·汤问》篇有“愚公移山”“大人跨海”之谈,《淮南子·天文训》则有共工与颛顼争位,怒触不周山而致使天柱折、地维绝的怪说。[⑤] 所有这些,刘勰认为都属“踳驳”之类。谓之“踳驳”(即驳杂),自然是不能与“述道言志”的“纯粹”一类相比的。况且,刘勰又把诸子中“蚊睫雷霆”“蜗角之战”“移山跨海”“倾天折地”这些神话故事作为“踳驳”的典型例子,于是今天论《文心雕龙》常指出刘勰不能从文学角度重视神话描写的意义。其实,刘勰对“踳驳”之类也有他的眼

---

① 《正义》引郑氏云:“名曰《月令》者,以其记十二月政之所行也。本《吕氏春秋·十二月纪》之首章也。以礼家好事抄合之,后人因题之曰《礼记》。”

② 范文澜《文心雕龙注》卷四《诸子》注[一四]引黄叔琳注:“《荀子·礼论》前半,褚先生补《史记·礼书》采入,其后半皆言丧礼,‘三年之丧’一段,与《礼记·三年问》同文。”

③ 详见《列子·汤问》篇。

④ 详见《庄子·则阳》篇。

⑤ 详见《列子·汤问》篇与《淮南子·天文训》。

光:既不完全肯定,而又不一味排斥。他认为世人嫌弃诸子之文,正由于它的“纯粹”“踳驳”杂糅、虚妄荒诞;但是他又举出属于圣人“经典”的《归藏易》“大明迂怪”之例(即“羿毙十日”“嫦娥奔月”),说明圣人经书尚且如此,更何况诸子之书?这就从“宗经”的角度证明了诸子“踳驳”的可以理解或不可避免。依我们现在对刘勰的诸子论加以评析而言,刘勰此处的理论确实存在着矛盾。他以圣人经书为范式,而判诸子如“蚊睫雷霆”“蜗角之战”之类为“踳驳”,这是必然的;不过既然如此,“踳驳”毕竟是“踳驳”,而不应以其他而有变更,但刘勰又以经书中也有与诸子类似的言谈,便就在态度上有所改变,于是表现出对诸子“踳驳”的宽容。刘勰以圣人经书为宗,而指斥诸子的“踳驳”,然后又以《归藏易》类似之例反证诸子“踳驳”的可以理解,这就未免围绕所谓圣人经典立论而产生“此亦是,彼亦是”而“吾说皆是”的论理之弊。当然,刘勰这样是纯然以他所谓的“圣文”为依据论断诸子,就难免产生简单类比的毛病,从而使得他的观点出现矛盾并有限于表面化的问题。

除了刘勰对诸子内容的“纯粹”“踳驳”之评外,他又主要从以孔子思想为标准或论理方法的角度对诸子内容进行了论述,并进而表明了他对如何看待诸子之文问题的观点。《诸子》篇说:

> 至如商、韩,“六虱”“五蠹”,弃孝废仁,轘、药之祸,非虚至也。公孙之“白马”“孤犊”,辞巧理拙,魏牟比之鸮鸟,非妄贬也。昔东平求诸子、《史记》,而汉朝不与,盖以《史记》多兵谋,而诸子杂诡术也。然洽闻之士,宜撮纲要,览华而食实,弃邪而采正,极睇参差,亦学家之壮观也。

刘勰认为：商鞅、韩非子倡“六虱”“五蠹”之说，弃孝悌而废仁义，商鞅终罹车裂酷刑，韩非则有饮鸩之灾，这都并非虚至之祸，而是自我招至。① 公孙龙子有“白马非马，孤犊无母”之论，刘勰认为其辞辩机巧但事理拙劣，魏公子牟喻之为鸮鸟之鸣，也并非妄贬。② 诸子中法家的商子，视礼乐、诗书、孝悌、仁义等为“六虱”，韩非子则憎恶“称先王之道以藉仁义”来欺罔人主，这显然与刘勰的“徵圣”“宗经”思想格格不入。属名家的公孙龙子的“白马”论，辞涉巧辩，在刘勰看来，无异于“巧言令色”，与圣人“志足而言文，情信而辞巧”(《文心·原道》篇)之文有天壤之别。因此，刘勰对此不可能不持批评的态度。另据《汉书·宣元六王传》，东平思王刘宇“上疏求诸子及《太史公书》”，汉成帝“以问大将军王凤”，王凤认为“诸子书或反经术、非圣人，或明鬼神、信物怪。《太史公书》有战国纵横权谲之谋。汉兴之初，谋臣奇策、天官灾异、地形厄塞，皆不宜在诸侯王，不可予”。刘勰据此为例，认为“东王求诸子、《史记》，而汉朝不予”，即因为“《史记》多兵谋，而诸子杂诡术”。显然，诸子之书多杂有“诡术”又正是诸子内容的另一特点。因为这样便

① 《史记·商君列传》：“鞅少为刑名法术之学。”《商君书·靳令》篇：“六虱：曰礼乐，曰诗书，曰修善，曰孝弟，曰诚信，曰贞廉，曰仁义，曰非兵，曰羞战。国有十二者，上无使农战，必贫至削。”《商君书·去强》篇又有“虱官者六”。“五蠧”见《韩非子·五意》篇，文繁不录。《史记·商君列传》：“秦惠公车裂商君以徇。”又《史记·老庄申韩列传》：“李斯使人遗非药，使自杀。”

② 《列子·仲尼》篇载公孙龙“诳魏王”曰：“有意不心，有指不至，有物不尽，有影不移，发引千钧，白马非马，孤犊未尝有母。”《庄子·秋水》篇则魏公子牟喻龙之说为“浅井之蛙”。

与经典相违，刘勰自然是视为缺点的。

不过，刘勰毕竟是一位伟大的理论家、批评家，他能指出世人对诸子“混洞虚诞”的看法的片面性，而分为“纯粹”与“踳驳”，他也能由历史事实总结出诸子“杂诡术”的特点，但他并不因此而固执一端，对其一概排斥。相反，他认为：博洽多闻之士，应该把握住诸子之文的关键，“览华而食实，弃邪而采正”；尽可能地阅览、了解诸子百家之言（“极睇参差”），此“亦学家之壮观也”。可见，刘勰认为不应该以诸子有“踳驳”之类或杂有“诡术”，就弃置不顾，而是主张辨其“纯粹”与“踳驳”，明了其杂有“诡术”的缺陷，从总的方面去把握和了解它；尤其是作为“洽闻之士”的“学家”，更应该“极睇参差”，而不能见识偏狭。① 刘勰对诸子的这一观点是正确的。

（2）刘勰对诸子风格特点的评论

刘勰对待诸子主张“宜撮纲要”、主张“览华食实”“弃邪采正”，并认为“极睇参差，亦学家之壮观”，所以他自然对诸子之文的风格特点也加以评论。《诸子》篇说：

> 研夫孟、荀所述，理懿而辞雅；管、晏属篇，事核而言练；列御寇之书，气伟而采奇；邹子之说，心奢而辞壮；墨翟、随巢，意显而语质；尸佼、尉缭，术通而文钝；鹖冠绵绵，亟发深言；鬼谷眇眇，每环奥义；情辨以泽，文子擅其能；辞约而精，尹文得其要；慎到析密理之巧，韩非著博喻之富；吕氏鉴远而体周，淮南泛采而文丽：斯则得百氏之华采，而

① 张立斋《文心雕龙注订·诸子》：“以上数语极精，群经之外，诸子亦不可废也。读子之法，‘览华而食实，弃邪而采正’，十字备之矣。”

辞气之大略也。

刘勰推究诸子之书，就有关的诸子的风格进行了概括。他认为：《孟子》《荀子》二书，义理渊懿而文辞典雅（"理懿而辞雅"）；《管子》《晏子》二书，事理实核而言辞精练（"事核而言练"）；《列子》一书，气度弘伟而文采超奇（"气伟而采奇"）；《邹子》一书，构意夸张而文辞雄壮（"心奢而辞壮"）；《墨子》《随巢子》二书，文意明白而语言质朴（"意显而语质"）；《尸子》《尉缭子》二书，道术阐论得明白但文辞钝拙（"术通而文钝"）；《鹖冠子》意趣遥深，邈无涯际，每每发出旨深之言（"鹖冠绵绵，亟发深言"）；《鬼谷子》心迹玄妙，往往环绕着深奥的义理（"鬼谷眇眇，每环奥义"）；情理明辨清晰（"情辨以泽"）《文子》独擅其能；言辞简要而精当（"辞约而精"），《尹文子》能得其大端；慎到的《慎子》有论析细密理论的巧妙（"慎到析密理之巧"），《韩非子》则有广譬博喻之富（"韩非著博喻之富"）；《吕氏春秋》鉴察力深远而体式周备（"吕氏鉴远而体周"），《淮南子》则广采旁说而文采华丽（"淮南泛采而文丽"）。由刘勰对诸子风格的分析，可见诸子之文真可谓千姿百态！而刘勰在对诸子风格作出概括性论评后认为，由他的分析，也便可"得百氏之华采"而知诸子"辞气之大略也"。依实而论，刘勰对诸子风格的论评是比较得当的，并且这也是中国古代文论史上第一次对诸子风格所作出的比较全面和系统之分析。刘勰基于他"极睇参差，亦学家之壮观'的观点，对诸子风格进行精要的论评，是值得充分肯定的。

(3)诸子文体的归类及古今"体势"之辨

刘勰在对诸子之文进行论评的同时，也对某些子书的归类以及诸子"体势"的古今之别问题加以论述。《诸子》篇说：

> 若夫陆贾《新语》,贾谊《新书》,扬雄《法言》,刘向《说苑》,王符《潜夫》,崔寔《政论》,仲长《昌言》,杜夷《幽求》,咸叙经典,或明政术。虽标“论”名,归乎诸子。何者?博明万事为“子”,适辨一理为“论”,彼皆蔓延杂说,故入诸子之流。夫自六国以前,去圣未远,故能越世高谈,自开户牖。两汉以后,体势漫弱,虽明乎坦途,而类多依采:此远近之渐变也。

在诸子之书中,相当一部分属议论文体。按今人的分类,则诸子并不与“论”对立。但是,刘勰《文心雕龙》中《诸子》《论说》分为二论,且“子”“论”分别,于是就有文体辨别的问题。刘勰在“子”“论”判别上的标准是:“博明万事为‘子’,适辨一理为‘论’”,即“子”的特点是杂议(叙)众多的事与理,“论”的特点是只辨明、论说某一道理或理论。所以,像汉代陆贾的《新语》贾谊的《新书》、扬雄的《法言》、刘向的《说苑》、王符的《潜夫论》、崔寔的《政论》、仲长统的《昌言》以及晋代杜夷的《幽求》,尽管标有“论”的名称,刘勰也将其归入诸子,因为上述八家并非“适辨一理”,而是“蔓延杂说”。可见,刘勰是把“博明万事”之书视为诸子。①

---

① 余嘉锡《四库提要辨证·汉魏以后诸子》:“刘勰之言,欲使论与子分,然汉魏子书,大抵适辨一理而已,未见其能博明万事也。”此说与刘勰的意思尚有距离。汉代以后诸子有全书皆属单篇之论合成者,分则“适辨一理”,合则“博明万事”(或“蔓延杂说”)。刘勰立论,基于此而已。另刘勰所谓汉、晋诸子八家,陆贾、贾谊、扬雄、刘向、王符属儒家,崔寔、杜夷属道家。杜夷《晋书》有传,《幽求》即其书《幽求子》(由儒入于道)。

此外,刘勰也从历史演变的角度,对诸子之体作了纵向的概括性评述。在他看来,六国以前,距离圣人之世尚未遥远,所以能够超越当时的时代而发高论,“自开户牖”,而成诸子一派。但是,汉代以后,诸子“体势”逐渐衰颓;尽管尚能明通诸子的平坦大道在于“述道言志”,但大多依傍前说而采掇陈言。刘勰指出:这是诸子之体由上古而至当时渐次演变的大致情况。由此可知,两汉以后的诸子“体势”“弥近弥淡,风末气衰”,这是刘勰的基本评价。

综上所述,可知刘勰的诸子论对先秦以及两汉以后的诸子的论述是比较概括的,他对诸子之学主张“览华食实”“弃邪采正”,以及从“学家”的角度提出应“极睇参差”也是客观而合情理的。当然,刘勰论诸子之文依旧是“崇古抑今”,这也是刘勰文体论中“一以贯之”的观点(看待这一问题也不能简单化,而是应从历史的、综合的方面加以探索)。

尽管刘勰以“徵圣”“宗经”为本,论诸子也认为“今不如昔”,但在他的诸子论之后,有一段抒发感慨的话,含有对诸子的深深同情和理解。他说:

> 嗟夫!身与时舛,志共道申,标心于万古之上,而送怀于千载之下,金石靡矣,声其销乎!

历代诸子,命途多舛。而“立功”“立德”“立言”这“三立”之说,并非人人可兼。诸子“身与时舛”,与“立功”无缘。但“丈夫处世,怀宝挺秀;辨雕万物,智周宇宙;立德何隐?含道必授”(《诸子》篇赞),虽“身与时舛”,而“志共道申”,因此“立言”以“标心于万古之上,而送怀于千载之下”。这“标心”“送怀”也便是诸子述作的动因了。“标心万古”“送怀千载”即足可“腾其姓氏,悬诸日月焉”,金石逾久可靡,但诸子立言、“心声”长在(“金石靡矣,声其销乎”)！刘勰在《文心·序志》篇也曾这样说:“岁月飘忽,性灵不居,腾声飞实,制作而已”;“形同草木之脆,名逾金石之坚,是以君子处世,树德建言”。明乎此,足见刘勰与诸子之心相通。

八、论说

《文心·论说》篇专论“论说”体文类。范文澜说:“凡说解谈议训诂之文,皆得谓之为论;然古惟称经传,不曰经论;经论并称,似受释藏之影响。《魏晋释老志》曰:‘释迦后数百年,有罗汉菩萨,相继著论,赞明经义,以破外道……’《隋书·经籍志》以佛所说经为三部,又有菩萨及诸深解奥义,赞明佛理者,名之为论。彦和此篇,分论为二类:一为述经、传注之属;二为叙理、议说之属。八名虽区,总要则二。”①李曰刚认为:“《文心雕龙》之‘论说’体,依今习语言之,‘论’即‘论辨文’或议论文,‘说’即‘说明文’或解释文,所包甚广。”②刘勰所论,其实是历史上的“论说”体文类,与现代所谓“论说文”不能等同。如果以现代论说(议论)文与刘勰所论相比较,明古今异同,这是应该的;如果以现代文体分类为楦,而批评刘勰所论不当,则未为知言。以下分“论”“说”两部分,对《文心雕龙》的“论说”

---

① 范文澜:《文心雕龙注》卷四《论说》注[一]。

② 李曰刚:《文心雕龙斠诠·论说》。

体文类说进行讨论。

（一）"论"体文

(1)"论"的体义、命名及门类

刘勰论述"论"体文,仍然循着"释名以章义"的论文原则,释"论"之名以阐释这种文体的含义。《论说》篇说:

> 圣哲彝训曰经,述经叙理曰论。论者,伦也;伦理无爽,则圣意不坠。昔仲尼微言,门人追记,故仰其经目,称为《论语》,盖群论立名,始于兹矣。自《论语》已前,经无"论"字;《六韬》二论,后人追题乎!

刘勰论述"论"体,首先与"经"联系起来,认为"圣哲彝训"叫作"经",而"述经叙理"叫作"论"。[①] 不过,依中国古代传统的称谓,"经"与"传"(释经之文)合称"经传",却无"经论"之称。揣摩刘勰的用意,大概论之一体也缘经而生("述经"),所以才有这样的议论。《宗经》篇说:"故论说辞序,则《易》统其首。"这便是认为作为"五经"之一的《易》是论说体文类的开端。总之,从"述经叙理"的文体界定上可以看出,刘勰认为论体的正宗在阐述经义、叙说道理。正因如此,所以从"论"的体义上说,刘勰认为"论"就是"伦"(有伦序),[②]以其"述经叙理"井然有序而无差失,所以圣哲的思想才不至于湮没无闻。[③] 可见,

---

① "彝训"犹"常教",见《尚书·酒诰》及传。

② 刘熙《释名·释典艺》:"论,伦也,有伦理也。"刘勰用《释名》之说。以"伦"释"论"为声训之法。

③ 《论语·子张》:"文武之道,未坠于地,在人。"

“论”的体义在于论说而有条理伦常。但从刘勰“伦理无爽,则圣意不坠”的话来看,似乎是把“论”也看作“经”(申说“圣意”的载体)的附庸。不过,《论说》篇又说:“论也者,弥纶群言,而研精一理者也。”这是说“论”体在于综括诸家之说,而研核精审并得出一个正确的理论观点。可以说,这才是“论”体的特点。

从“论”体命名的角度说,刘勰认为是始于孔子《论语》(“昔仲尼微言,门人追记”),此前经典无标“论”名者。至于相传《六韬》有《霸典文论》《文师武论》,刘勰也推测是“后人追题”,并非原著的本来面目。① 在《文心·宗经》篇里,刘勰把“论说”类文体的始祖归于《易》经,而《论说》篇又把“论”体之“论”的首先立名归于《论语》,则显然不当。蒋祖怡曾经指出:“《论语》之‘论’,是‘论纂’之‘论’,不是‘议论’之‘论’或‘辩论’之‘论’。其实,论说之体,并不始于《论语》,而且《论语》中大半是记言记事,不纯粹是议论。刘氏因为‘尊圣宗经’把《论语》作为论说文的始祖,这种说法显然是很勉强的。”②蒋氏说明了《论语》之“论”与“论”体之“论”意义不同,但刘勰把两者混而为一的错误,这是正确的。但刘勰在此并没有认为《论语》是“论”体的“始祖”,而是认为“论”的“立名”始于《论

① 《汉书·艺文志》“六艺略”:“《论语》者,孔子应答弟子、时人及弟子相与言而接闻于夫子之语也。当时弟子各有所记,夫子既卒,门人相与辑而论纂,故谓之《论语》。”范文澜引《后汉书·何进传》章怀注“太公《六韬》篇:第一《霸典文论》,第二《文师武论》”,云:“今本《文师》在《六韬》为第一篇,与章怀所举不合,亦无《文论》《武论》之目,盖又非唐时之旧矣。”

② 蒋祖怡:《文心雕龙论丛·〈文心雕龙〉内容述评》,上海古籍出版社 1985 年版。另参见范文澜:《文心雕龙注》卷四《论说》注[一]。

语》，这是应该区别开来的。

刘勰《论说》篇也对“论体”的流品或门类及其关系加以论断。他说：

> 详观论体，条流多品：陈政则与议说合契，释经则与传注参体，辨史则与赞评齐行，铨文则与叙引共纪。故“议”者宜言，“说”者说语，“传”者转师，“注”者主解，“赞”者明意，“评”者平理，“序”者次事，“引”者胤辞：八名区分，一揆宗论。论也者，弥纶群言，而研精一理者也。

除以“论”为名的外，“论体”文又有议、说、传、注、赞、评、序、引，其中议与说、传与注、赞与评、序与引都是相近似的文类。刘勰认为：“论”体文陈说、议论政事的，就与议、说相契合；解释经书的，就与传、注相重叠；辨析论述历史的，就与史体的赞、评一样；论析品评作品的，就与书文的序、引同属一类。同时，刘勰又对“论体”流品各门类的体义或特点进行解析，认为：议的特性是议论得宜，说则得名于论说而令人悦服（或易为人接受），传则取转述、传衍师说（师承的学说），注则专主于解释，史赞在于说明撰作之意，史评则权衡平量事理，序（叙）言在于叙次内容义理，引言则是导引文篇之辞。① 对于“论体”这些流品门类，刘勰指出“八名区分，一揆宗论”。而依今看来，“论体”之文的流品与现代“论说文”自然有较大差别。特别是传、

① 刘勰所谓“议者言宜，说者说（悦）语”等，多属以声为训（即以“宜”释“议”、以“悦”释“说”、以“转”释“传”、以“主”释“注”、以“平”释“评”、以“胤”释“引”，其中以“主”释”注”是误用声训）。

注之类，与今人分类截然不同。但在刘勰看来，凡论说研理之文即均为“论体”之属。所以他才归结其标准说：“论也者，弥纶群言，而研精一理者也。”

(2)历代“论体”文评

刘勰论述“论体”文，同样对历代有代表性的作品进行概括性评论。因为这种评论是以时代先后为序，所以其也可以看作刘勰的“论体”文史论。《论说》篇说：

> 是以庄周《齐物》，以论为名；不韦《春秋》，六论昭列；至石渠论艺，白虎通讲，述圣通经，[①]论家之正体也。及班彪《王命》，严尤《三将》，敷述昭情，善入史体。魏之初霸，术兼名法。傅嘏、王粲，校练名理。迄至正始，务欲守文，何晏之徒，始盛玄论。于是聃、周当路，与尼父争途矣。详观兰石之《才性》，仲宣之《去代(伐)》，叔夜之《辨声》，太初之《本玄(无)》，辅嗣之《两例》，平叔之《二论》：并师心独见，锋颖精密，盖人伦(论)之英也。至如李康《运命》，同《论衡》而过之；陆机《辨亡》，效《过秦》而不及，然亦其美矣。
>
> 次及宋岱、郭象，锐思于几神之区；夷甫、裴頠，交辨于有无之域：并独步当时，流声后代。然滞“有”者全系于形用，贵“无”者专守于寂寥，徒锐偏解，莫诣正理。动极神源，其般若之绝境乎？逮江左群谈，惟玄是务，虽有日新，而多抽前绪矣。至如张衡《讥世》，韵似俳说；孔融《孝廉》，但谈嘲戏；曹植《辨道》，体同书抄：言不持正，其论

① “述圣通经”原作“聚述圣言通经”，依诸家说改。

如已!

尽管刘勰认为"述经叙理曰论",把"论体"视为附经而来的文体,但在重点论述"论体"文时,他却仍然以"弥纶群言,而研精一理"作为标准。他举出先秦时期庄子的《齐物论》、吕不韦《吕氏春秋》的"六论"(即《开春论》《慎行论》《贵直论》《不苟论》《似顺论》《士容论》),均以"论"为名。汉宣帝时,"诏诸儒讲《五经》同异"于石渠阁(汉藏秘书之所);①又章帝时,诏诸王诸儒会白虎观,"讲议《五经》同异","如孝宣甘露、石渠故事,作《白虎奏议》"。② 这都是"述经"之"论",所以刘勰持特别的肯定态度,称之为"论家之正体",而高居庄周《齐物论》及吕不韦"六论"之上。到后汉时,"论体"之著有班彪《王命论》、严尤《三将军论》,刘勰认为班、严之作陈述事理而能明晰尽情,善于史论。③ 到曹魏始成霸业,兼取名、法二家之术,所以此时的论体之作,便具此种色彩。如傅嘏"好论才性""常论才性同异",④王粲则"辩论应机",⑤其所著论均以精于推考形

① 参见《汉书·宣帝纪》,以及《汉书·瑕丘江公传》《汉书·刘向传》《汉书·韦玄成传》。

② 参见《后汉书·章帝纪》《后汉书·班固传》。孙诒让《白虎通义考》卷下云:"窃尝以《白虎通义》《白虎通德论》《白虎通》三名详考之,而知《通义》为建初(章帝年号)之原名,《通德论》为六朝人之题,《白虎通》为援引之省字也。"《白虎奏议》即《白虎通义》。

③ 参见《后汉书·班彪传》。《王命论》载于《汉书·叙传》、《文选》卷五十二。严尤即庄尤,避汉明帝讳改。《三将军论》亡佚。

④ 参见《三国志·魏书·傅嘏传》及注、《世说新语·文学》"及钟会撰《四本论》"刘孝标注。

⑤ 参见《三国志·魏书·王粲传》注引《典略》,以及《世说新语·文学》。

名、理则为突出特点。到魏正始(齐王芳年号)年间,玄风始盛,何晏等人大张玄论,撰作推考《老》《庄》《易》之论,①于是形成以老、庄为代表的道家之学盛行当世,而与孔子思想学派争雄的局面。刘勰认为:此时傅嘏(字兰石)《才性论》、王粲(字仲宣)《去伐论》、嵇康(字叔夜)《声无哀乐论》、夏侯玄(字太初)《本无论》、王弼(字辅嗣)《易略例》、何晏(字平叔)《道德论》,都是"师心独见"而"锋颖精密"之作。刘勰从"文"的角度加以评价,认为傅嘏至何晏数人之论,是"论体"的杰出作品。至于李康《运命论》,论理(谈"运命")与王充《论衡》一样,在文辞角度却胜过《论衡》;陆机的《辨亡论》,类似贾谊的《过秦论》,实又不及贾作。② 不过刘勰认为,李康、陆机之作,在当时也算作优秀的"论体"文了。

在晋代,刘勰评论宋岱、郭象以及王衍、裴颜等的"论体"作品,认为:宋岱、郭象,将锐利的思辨深入到机微神妙之理的境域;王衍(字夷甫)、裴颜,则在关于本体的"有""无"问题上交相辩论。③ 以上数家则因其"锐思于几神之区""交辨于有无

---

① 今按,《文心·明诗》篇:"乃正始明道,诗杂仙心,何晏之徒,率多肤浅。"这大概是专就"何晏之徒"的诗赋而言的,与"论"评价不同。

② 李康《运命论》载于《文选》卷五十三,参见范文澜:《文心雕龙注》卷四《论说》注[二三]。陆机《辨亡论》(上、下)载于《文选》卷五十三。

③ 宋岱著有《周易论》(《隋书·经籍志》),亡佚。郭象《晋书》有传,《世说新语·文学》注引《文士传》:"象少有才理,慕道好学,托志老、庄,时人咸以为王弼之亚。"又云:"象作《庄子注》,最有清辞道旨。"王衍、裴颜,《晋书》有传,衍著有《难崇有论》,亡佚;裴颜著有《崇有论》《贵无论》,《崇有论》载于《晋书》本传,《贵无论》亡佚。另参见《世说新语·文学》。

之域”而“独步当时”，并“流声后代”。刘勰对此是肯定的，但他又认为：当时也有偏执之弊，即“滞有者”（即偏执于“有”的一端）则完全着眼于外在的形体实用方面而不辨其理，“贵无者”（即崇尚“无”的一面）则一味坚执于静虚空寂的方面而不及实有。刘勰斥其为“徒锐偏解，莫诣正理”，并认为致思而能极尽神妙物理的“本源”，那才是智慧活动的最高境界。①

对以上所举先秦至魏晋“论体”之文，刘勰基本是肯定的（虽有的评价不高，又间或给予批评）。但对于东晋“论体”之作，在刘勰看来却几无可取，他认为：到晋室南渡，偏安江左以后，文人群士，唯务玄谈，虽时有新见，而大都属引申前人之说，并无发明。《文心·明诗》篇说：“江左篇制，溺乎玄风，嗤笑徇务之志，崇盛忘机之谈。”又《文心·时序》篇：“自中朝贵玄，江左称盛，因谈余气，流成文体。”这都是对东晋“文章”玄学化的批评，而“论体”文以其“研精一理”为特色，在玄风弥漫的当时，则势必“惟玄是务”了。除对东晋一代的“论体”文给予批评之外，刘勰也举出历史上不成功的“论体”之作的例子，并略加评析。他认为：后汉张衡的《讥世论》，类似于文字游戏；孔融的《孝廉论》，言谈病在嘲笑戏谑；三国时期魏曹植的《辨道论》，篇体如同书抄。② 在刘勰看来，像这类作品不能“研精一理”或“辨正然否”，还不如不发议论。

---

① 般若：梵语，佛家“智慧”之名。六波罗密之一。如《智度论》云：“般若，秦言智慧，一切诸智慧中最为第一。”

② 张衡《讥世论》、孔融《孝廉论》皆亡佚，曹植《辨道论》见孙星衍《续古文苑》卷九。

（二）“论体”理论及其要求

刘勰论述“论体”文最重要的是他的“论体”理论以及他对于写作“论体”文所提出的标准或要求。《论说》篇说：

> 原夫论之为体，所以辨正然否，穷于有数，追于无形，迹坚求通，钩深取极，乃百虑之筌蹄，万事之权衡也。故其义贵圆通，辞忌枝碎，必使心与理合，弥缝莫见其隙；辞共心密，敌人不知所乘：斯其要也。是以论如析薪，贵能破理，斤利者越理而横断，辞辨者反义而取通：览文虽巧，而检迹如妄。唯君子能通天下之志，安可以曲论哉？
>
> 若夫注释为词，解散论体，杂文虽异，总会是同。若秦延君之注《尧典》，十余万字；朱普之解《尚书》，三十万言：所以通人恶烦，羞学章句。若毛公之训《诗》，安国之传《书》，郑君之释《礼》，王弼之解《易》，要约明畅，可为式矣。

在这里，刘勰提出了“论体”的职司或功用理论，认为：“论”之所以作为一种文体，是用来辨正是非、穷究事物、追寻道理的，它探究艰难的问题而致明通，钩求深奥的道理而取得终极底蕴。由于“论”体的成立或存在缘于这种“辨然否”，以及“穷有数”“追无形”的功用，所以刘勰说它是辨正各种思想理论的工具（“百虑之筌蹄”）、评量一切事物的权衡（“万事之权衡”）。刘勰提出：在“义”的方面应该“圆通”（周全明通），在“辞”的方面应该避免“枝碎”（枝杂碎乱），一定要使“心与理合”“辞共心密”，使文章“弥逢莫见其隙”“敌人不知所乘”——这是论体的关键或主要要求。

“论”在于论理，所以刘勰又用“析薪”为喻，说明它贵在“破理”，即剖判破析其理路。但是，“斤利者”“辞辨者”则或“越理而横断”“反义而取通”，即言辞或思想锋利者或不顾论析对象自身之理而武断地加以论断，或颠倒事理而穿凿取通。显然，这是违背事物的自然之理的、非科学的论理方式。所以，刘勰对此作出了“览文虽巧，而检迹如妄”的评价。这体现出，刘勰反对不顾事理而自负其才、妄加论断。他是正确的。

刘勰由批评逞才巧辩、诡诈虚妄的论理之弊，进而从作者的角度提出“惟君子能通天下之志，安可以曲论哉”的问题，这可以认为是论理原则基础上的作者修养论。“惟君子能通天下之志”的“君子”，当指有才德之人，也就是孔子所谓“文质彬彬”之“君子”。此句出自《易传》，《易·同人·彖传》：“文明以健，中正而应，君子正也。唯君子为能通天下之志。”《正义》：“‘唯君子为能通天下之志’，此更赞明君子贞正之义。唯君子之人于同人之时能以正道通达天下之志。”又云：“若非君子则用威武，今卦之下体为离，故《彖》云‘文明’；又云‘唯君子能通天下之志’，是君子用文明为德也，谓文理通明也。”“天下之志”的“志”，当指义理、情趣而言，与“万物之情”的“情”义近，不仅仅是心志。“天下之志”，也就是天下万物的义理、情趣或规律。“惟君子能通天下之志”，是说只有具备才学和中正之德的人才能够通达或通晓万事万物的义理，也就是说只有德才兼具的“彬彬君子”才能明通万物之理。刘勰强调：哪里能够（或岂能）不顾事理、歪曲事实而加以论辩呢（“曲论”，即不顾事理“反义而取通”的论辩）！

如果暂且抛开带有浓厚的时代及伦理观念色彩的内容，而来看刘勰此说,其中确实包含有非常合理的成分。“惟君子能通天下之志”,说明了只有具备德才两方面的修养,才能够正确地认识和通晓事物的义理。如果没有“执中”“守正”之德而自负“斤利”“辞辨”之才,那就不免逞才曲论、“越理而横断”、“反义而取通”。这就说明了作者的道德修养对于论理的重要性。同时这也给我们以启示:论辩事理一定要首先端正态度,实事求是地分析论证问题,切忌为了“惊听回视”“翻新出奇”而“曲论”。

以往人们一般认为:按刘勰的理论,“注释”之类也可以包括在“论体”之内。这大致不差,但是还没有明白其真实原因。从刘勰“若夫注释为词,解散论体”的话里,可知他认为“注释”之词,是解析“论体”的,也就是“论体”分散使用的产物。因为“注释”主于解释、阐明经书等的义理或文辞,在性质上与“论体”有共同点,只是“注释”随文而施,犹如“论体”的解析离散形式。正因如此,刘勰才又认为它“杂文虽异,总会是同”。

从历史上具体的“注释”之作来说,自有优劣之别。对于“注释”体的要求,刘勰也通过对历史上“注释”体作品的分析中提出了大致的原则。他认为:像汉代秦延君的阐释《尧典》,“两字之说,至十余万言”;①朱普解释《尚书》,多达三四十万言。② 如此则“浮辞繁长,多过其实”③,所以“通人恶烦,羞学章句”,给“注释”(含“章句”)之学带来了危机。但是,像毛公

---

① 参见《汉书·儒林传》,另见《汉书·艺文志·六艺叙》颜师古注及引桓谭《新论》(《正经》第九)。

② 参见《汉书·儒林传》《汉书·桓荣传》,另见《后汉书·桓郁传》。

③ 《后汉书·桓郁传》。

训《诗》、孔安国的《尚书》传、郑玄释《礼》、王弼解《易》,[①]都“要约明畅”,可作为“注释”之体的楷式。由此,可知作为“解散论体”的“注释”之体,其基本要求即在于“要约”和“明畅”:“要约”即辞简,“明畅”即义显,两者结合,得“注释”之体精髓。

(三)“说”体文

(1)“说”体文的体义

《文心·论说》篇所论的“论”和“说”,大致即相当于后来的论说文或议论文。但是,除刘勰把“注释”归入“论体”外,其时的“说”却自有其特殊的、与“论”有别的含义。《论说》篇说:

> 说者,悦也;兑为口舌,故言咨(资)悦怿。过悦必伪,故舜惊谗说。说之善者,伊尹以论味隆殷,太公以辨钓兴周;及烛武行而纾郑,端木出而存鲁,亦其美也。

据此可知,刘勰承“‘说’者,悦也”之训(亦属声训),[②]袭《易传》“兑为口舌”之说,[③]认为“说”辞在于使人悦服;又“说”本即为“兑”,“兑为口舌”,即言语的工具。[④] 所以“说”的体义即在于发言于口而使人悦服。比较“论”的“伦也;伦理无爽,则圣意不坠”,及其“弥纶群言,而研精一理”的特点,则知“说”体的体义特点就在使人悦服上。但是,孔子有“巧言乱德”之教,

---

① 依次见郑玄《诗谱》,以及《汉书·儒林传》、《后汉书·郑玄传》、《三国志·钟会传》裴松之注引何劭《王弼传》。

② 《说文》:“说,说释(悦怿)也,从言兑声。”又云:“兑,说也。”

③ 参见《易·说卦》。

④ 《周易正义·说卦》:“取口舌为言语之具也。”

老子曾经有“美言不信”之说，刘勰也指出“过悦必伪”，即言语过分怿说就会虚假，所以大舜为谗说而感震惊。① 这说明，刘勰认为“说”的体义在于说而使人悦服，但又不能过分，更不能是阿谀取信的谗说。

此外，由“说”的原义看，则为口舌间的言语，所以刘勰所举“说”的例子有些是口谈而非文章的。但是由口谈而到文章，也是文体之变的历史事实。因此，刘勰之所谓“说”，追溯训诂而明其体义，所以先涉及口舌之说。至于论到文体，自然就包括作为文章的“说”了。刘勰所谓“夫说贵抚会，弛张相随，不专缓颊，亦在刀笔”，就正是这种意思。

（2）历代“说”辞（体）论评

刘勰对历史上的“说”体文的评说也是举要式的，并且包括了“口舌”之说，而不限于“刀笔”之文。

刘勰认为，春秋时代以前的“说之善者”如伊尹“说（商）汤以至味”而使殷代兴隆，②姜太公以辨“渔钓”说周文王而使周代振兴；③到春秋时，烛之武“说秦伯”而解除郑国

① 参见《尚书·舜典》及孔传。

② 伊尹“说汤以至味”见《吕氏春秋·本味》篇，其辞云：“凡味之本，水最为始。五味三材，九沸九变。火之为纪，时疾时徐，灭腥去臊除膻，必以其胜，无失其理。调和之事，必以甘、酸、苦、辛、咸，先后多少，其齐甚微，皆有自起。”《史记·殷本纪》：“阿衡（伊尹）欲干汤而无由，乃为有莘氏媵臣，负鼎俎，以滋味说汤，致于王道。”

③ 姜尚事亦见《吕氏春秋》：“吕尚坐茅以渔”，答“文王劳而问取”，其辞有云：“以饵取鱼，以禄取人，以小钓钓川而擒其鱼，以中钓钓国而擒其万国诸侯”。又《六韬·文韬·文师第一》载太公说辞，谓“钓有三权”，又云：“夫钓以求得也，其情深，可以观大矣”；“故以饵取鱼，鱼可杀；以禄取人，人可竭；以家取国，国可拔；以国取天下，天下可毕”。另见《史记·齐太公世家》。

之难，[1]子贡（端木）说田常而保全了鲁国。[2] 以上“说之善者”四例，皆说辞之属，还不是“说体”文章。[3] 但在刘勰看来，这些说辞都能够使人心悦诚服，达到说的目的，因而给予肯定。

如果说春秋以前还都是据事而发的简单说辞的话，那么到了战国，则是“辨士”（能言善辩之七）逞说的风云时代。汉兴之后，此风渐泯，亦时势所致。《论说》篇说：

> 暨战国争雄，辨士云踊；从横参谋，长短角势；“转丸”骋其巧辞，“飞钳”伏其精术。一人之辨，重于九鼎之宝；三寸之舌，强于百万之师。六印磊落以佩，五都隐赈而封。至汉定秦楚，辨士弭节，郦君既毙于齐镬，蒯子几入乎汉鼎。虽复陆贾籍甚，张释傅会，杜钦文辨，楼护唇舌，颉颃万乘之阶，抵戏（嘘）公卿之席，并顺风以托势，莫能逆波而溯洄矣。

刘勰认为：战国时代七国争雄，逞辞游说的辨士云涌而起，有的谋以合纵，有的游说连横，“长短”之术角逐其势[4]：如转丸般骋其辞说，如飞钳制物般使人服其精明之术。当时，甚至“一人

---

① 烛之武说辞见《左传·僖公三十年》。

② 端木赐（子贡）说辞见《史记·仲尼弟子列传》。

③ 范文澜《文心雕龙注》卷四《论说》注［三六］：“伊尹以下四事，惟烛武秦伯可信。”

④ 范文澜《文心雕龙注》卷四《论说》注［三七］引郝懿行：“案刘向《战国策序》，《国策》或曰《短长》。”杨明照《文心雕龙校注拾遗·论说》：“按长短即纵横也。”张立斋《文心雕龙注订·论说》：“纵横言其策，长短论其理。”

之辨，重于九鼎之宝；三寸之舌，强于百万之师”。[①] 又像主张连横之策的苏秦，得佩六国相印；以合纵游说的张仪，受秦国五都之封[②]：辨士逞说，盛极一时！

但是，到汉代平定秦、楚而一统天下，辨士难再四处游说，如汉王辨士郦食其被齐国之镬所烹，齐国辨士蒯通也几乎成为汉鼎所烹之物。[③] 尽管陆贾劝说陈平与周勃合力以防吕氏篡政而名显当时，张释之向汉文帝“言秦汉间事”而能切近时事[④]；杜钦善于论辩，楼护巧于辞说[⑤]：他们或往来于皇帝之前，或活动于王公大臣之间，但大都是趋顺风色、乘机献说，而没有能够直逞口舌而逆流而行的了。这种情况，较之战国，真有天壤之别。

刘勰以上所论到的汉代以前的“说”，可以说还都是“说辞”，而非“说体”文章。而如上所说，由“说辞”演进到文章，也是符合文体发展规律的。大约在秦、汉之际，“说体”作为文体之一，实际上已经成熟。《论说》篇说：

> 夫说贵抚会，弛张相随，不专缓颊，亦在刀笔：范雎之言事，李斯之止逐客，并烦（顺）情入机，动言中务，虽批逆

---

① 《史记·平原君列传》：“平原君曰：毛先生一至楚，而使赵重于九鼎大吕。毛先生三寸之舌，强于百万之师。”

② 苏秦事见《史记·苏秦列传》，张仪事见《史记·张仪列传》。

③ 郦生说齐王遭烹事见《史记·郦食其传》。蒯通曾说淮阴侯，故高祖欲烹之，事见《史记·淮阴侯列传》。

④ 陆贾事见《汉书·陆贾传》，张释之事见《汉书·张释之传》。

⑤ 杜钦系汉贵族王凤谋士，见《汉书·杜钦传》及“赞”。楼护见《汉书·游侠传》本传。

鳞，而功合计成，此上书之善说也；至于邹阳之说吴、梁，喻巧而理至，故虽危而无咎矣；敬通之说鲍、邓，事缓而文繁，所以历骋而罕遇也。

刘勰指出："说"贵在于因时随机、切合客观情况，缓急相间与情而变。"说"又不专在于口舌，也在于笔墨之文、即"说"体文章。[①] 在这里，刘勰又全论文章之"说"。例如，范雎上书秦昭王"言疑事"，李斯上书秦王劝止逐客，都能顺随情理、切合机宜而中时务；[②]尽管有触犯君主的危险，[③]但"功成计合"，刘勰认为这些是"上书之善说"（即上书性质的好的说体文章）。到汉代的邹阳劝说吴王、梁王，指喻巧妙而道理切至，所以尽管身处险境而终至无罪；冯衍（敬通）劝说鲍永、邓禹，言事迂缓，而又文辞过繁，所以几经游说而难得遇合得志。[④]

综上所论，通过刘勰的"说"体历史文评，可知这种文体的兴衰除受到社会因素的影响之外，更重要的是掌握"言资悦怿"或"顺情入机，动言中务"这种文体的度。

(3)"说"体文的要求

从刘勰对"说"体义的阐释和对历代"说"体文的评说中，

---

① 范文澜《文心雕龙注》卷四《论说》注[四一]："不专缓颊，亦在刀笔：谓不仅口说，落于笔札者，亦得称'说'。"

② 范雎事见《史记·范雎列传》，雎《上书秦昭王》文见《战国策·秦策三》及《史记》本传。李斯事见《史记·李斯列传》。

③ 《韩非子·说难》："夫龙之为虫也，可扰狎而骑也，然其喉下有逆鳞径尺，人有婴（撄）之，则必杀人。人主亦有逆鳞，说之者能无婴（撄）人主之逆鳞，则几矣。"

④ 邹阳事见《汉书·邹阳传》，此指邹阳《狱中上梁王书》。敬通（冯衍字）事见《后汉书·冯衍传》。

已经可以令人看到他对“说”的体式要求了。不过,在就以上两类内容加以论述以后,刘勰又专门对“说”体文的体式要求或关键问题作出了概括(这也就是《文心·序志》篇所谓“敷理以举统”)。《论说》篇说:

> 凡说之枢要,必使时利而义贞,进有契于成务,退无阻于荣身;自非谲敌,则唯忠与信;披肝胆以献主,飞文敏以济辞:此说之本也。而陆氏直称“说炜烨以谲诳”,何哉?

“说”的目的在于使对象心悦诚服,并不仅仅是以理胜人。同时,由刘勰所论,可知“说”的受事者在古代往往是帝王或位尊之人,因此这就尤其要注意到时机和技巧。刘勰认为:“说”体文的关键,在于时机的适宜而所说内容的意义要贞正无偏;说而成功则有助于成就事务,否则也应不妨碍自身荣显;除非为了对付敌人而权变谲诈,否则就恪守忠、信而不杂他意。总之,献说应是披肝沥胆以献主上,施展敏捷的文才以加强文章的说服力,这是“说”体的根本。可见,对于“说”体就一般情况而言,刘勰认为在内容方面要贞正、诚信,在文辞方面则应巧妙敏捷。

在这里,刘勰也对晋代陆机的“说炜烨而谲诳”一说提出了不同意见。范文澜引陆氏《文赋》“论精微而朗畅,说炜烨而谲诳”及李善注“说以感动为先,故炜烨、谲诳”之后,认为:“士衡盖指战国策士而言。彦和谓‘言资悦怿’正即炜烨之义。惟当以忠信为本,不可流于谲诳。”陆机、刘勰所论之说,皆古说服之“说”,与今“说明文”或与“论”实同的“说”不同(如柳宗元《捕蛇者说》之类)。分歧在于刘勰认为“说”应“自非谲敌,则唯忠与信”,而陆氏论“说”概括为“炜烨而谲诳”这就是刘勰所反对的了。依今而言,如果就一般的“说”体文而言,无疑是刘勰的理论更为正确和全面。

九、结语

刘勰“论文叙笔”的四个方面,“释名以章义”值得重视。刘勰解释文体之名,是“以名课实”,即追究文体命名的理义,这和东汉刘熙《释名》想探求词(事物名称)的“所以命名之意”在“语源学”上是同样的道理。而刘勰对文体“释名以章义”,或探求文体的“所以命名之意”,实际上就涉及“文体发生学”的重要问题。此外,刘勰从体义上来解释文体的产生或命名,这自然也就触及文体的性质问题。而刘勰如何看待或解释某一文体的体义或性质,也就关系到他如何评价某一文体或属于具体文体的作品。所以说,刘勰的“释名以章义”是“论文叙笔”中比较重要的一个方面,不能以今人的观念视之为无关紧要。

“敷理以举统”可以说是“论文叙笔”中最重要的方面,它论述或概括的是某一文体作品的体式要求或文美特性,具体的文体之所以有或大或小的区别,在这里可以得到理论上的依据、可以看到特性上的不同。

相形之下,“原始以表末”和“选文以定篇”的关系最密切:因为要论述某一文体的起始和流变,就离不开历史上实有的、具体的作品;之所以要“选文以定篇”,当然是选择典型的某体作品作为“原始以表末”的论述对象。至于“选文”的标准,除对刘勰“原始以表末”当然要具有典型性之外,更主要的是刘勰的文学观在起主要作用;也就是说,凡论到的作品,或褒或贬,都以刘勰“徵圣”“宗经”“衔华而佩实”的标准为主导。这不仅在“论文叙笔”部分,即使就《文心雕龙》全书而言,凡涉及作家作品的评论,无不如此。

下编 《文心雕龙》释义

《原道》第一

文之为德也大矣。

这是《文心雕龙》首篇《原道》开宗明义的第一句话。刘勰提出的“文之为德”说,是一个极为重要的文论观点。确切地理解和解释它,是把握刘勰《文心雕龙》全书理论体系的关键性问题之一。

章炳麟《国故论衡 · 文学总略》篇:“文德之论,发诸王充《论衡》(《论衡 · 佚文》篇:“文德之操为文”;又云:“上书陈便宜,奏记荐吏士,一则为身,二则为人。繁文丽辞,无文德之操。”),杨遵彦依用之(《魏书 · 文苑传》,杨遵彦作《文德论》,以为古今辞人皆负才遗行,浇薄险忌,唯邢子才、王元景、温子升彬彬有德素。),而章学诚窃焉。”

范注:“按,《易 · 小畜 · 大象》:‘君子以懿文德。’彦和称文德本此。王、章诸说,别有所指,不与此同。”[①]钱锺书《管锥编》:“《文心雕龙 · 原道》:‘文之为德也大矣,’亦言‘文之德’,而‘德’如马融赋‘琴德’、刘伶颂‘酒德’、《韩诗外传》举

① 范文澜:《文心雕龙注》卷一《原道》注[三],人民文学出版社1958年版。

‘鸡有五德’之‘德’，指成章后之性能功用。”①王元化释“文之为德”说：“过去注释家多训‘德’为‘德行’或‘意义’，均失解。德者，得也，若物德之德，犹言某物之所以得成某物”；“文之为德”，“也就是说文之所由来的意思”。② 马宏山则认为：“‘文之为德’是文的功能或作用之意。《论语·雍也》‘中庸之为德，其至矣乎’，《礼记·中庸》‘鬼神之为德，其盛矣乎’。这两个例子即可说明‘文之为德’的‘德’字的意义是‘功能’或‘作用’。”③日本汉学家斯波六郎《〈文心雕龙〉札记》本条：“‘文’谓文章，亦即文学，‘德’为功德、效能之意。《序志》篇‘唯文章之用，实经典枝条，五礼资之以成，六典因之致用，君臣所以炳焕，军国所以昭明’云云，似乎就是‘文德’的主要内容。《礼记·中庸》篇有云：‘鬼神之为德，其盛矣乎。’彦和此句，或与之有关。”④对刘勰“文之为德”说的解释众说纷纭，由此可见。虽然这些解说均非确诂，但都给我们谨慎研讨这个问题以启发。

解开“文之为德”说这个疑难问题的结症，在于“德”字的确实含义。《管子·心术上》：“德者，道之舍，物得以生生”；“故德者，得也；得也者，其谓所得以然也”。这是认为，“德”是

---

① 钱锺书：《管锥编》，中华书局 1979 年版，第 1506 页。

② 王元化：《〈灭惑论〉与刘勰的前后期思想变化》，《历史学》1979 年第 2 期。

③ 马宏山：《论〈文心雕龙〉的纲》，《中国社会科学》1980 年第 4 期；《刘勰前后期思想“存在严重分歧吗”？——和王元化同志商榷》，《历史研究》1980 年第 5 期。

④ 〔日〕斯波六郎：《〈文心雕龙〉札记》，王元化编选：《日本研究〈文心雕龙〉论文集》，齐鲁书社 1983 年版，第 39 页。

“道”存留或存在的处所，是“物”所以生存的东西。这便说明，“德”是存在于具体事物之中的，“道”在具体事物中的存在形式则称为“德”。所以，“道”是体现在具体事物之中而又总括了具体事物之“德”的规律或法则。反过来说，如果没有这种“道”，则物无其“德”；无其“德”，自然也就无其“物”。所以说：“故德者，得也。”“得也”，是说事物得其“道”从而有其“德”，“德”为物获其“道”之谓。所以又说：“得也者，其谓所得以然也。”“所得以然”，就是某物之所以成其为某物的东西。换言之，就是客观事物自身特有的特殊规律或本质。这就是“德”的具体含义。在《老子》一书里，有著名的“尊道贵德”的思想，认为：“道生之，德畜之，物刑（形）之，而器成之。是以万物尊道而贵德。道之尊也，德之贵也，夫莫之爵而恒自然也。”①这种物无其“道”则不能产生、无其“德”则不能存在的观点，同样也是说明事物的产生和存在不能离开作为总的规律的“道”和作为特殊规律的“德”，所以世间万物“尊道而贵德”。而在老子看来，这又是“恒常”“自然”的。此外，韩非也讲到“道”和“理”以及“道”和“德”的关系，说：“道者，万物之所然也，万理之所稽也。理者，成物之文也。道者，万物之所以成也。”②又说：“夫道者，弘大而形；德者，覈理而普至。至于群生，斟酌用之，万物皆盛（成）而不与其宁。”③这里认为：“道”是“万物之所然”“万物之所稽”“万物之所以成”的法则，是客观存在的一般的或总的规律，是万物之“理”的总和。而“德”

---

① 马王堆汉墓帛书《老子・德篇》。

② 陈奇猷校注：《韩非子集释》卷第六《解老》，上海人民出版社 1974 年版。

③ 陈奇猷校注：《韩非子集释》卷第二《扬权》。

则是“道”在客观事物中的具体体现,是与事物之“理”相依的、事物自身特有的特殊规律。王夫之《周易外传·乾》则说:“道,体乎物之中以生天下之用者也。”①又说:“夫道之生天地者,则即天地之体道是已。”②概括地说,“德”指的是“道”在具体的或个别的事物中的存在,“德”体现出“道”在具体事物中的个性,以此使不同性质的事物彼此之间区别开来。没有这种“德”,事物之间便没有区别;没有区别,自然也就无所谓事物、或者说事物也就不能存在了。因此。“道”是事物自身的规律的概括,而“德”则是具体事物之所以然、能使不同性质的事物彼此区别开来的、具体化或个性化了的“道”。③ 刘勰“文之为德”之“德”,就正是这个含义。④

为什么本篇讲“原道”的问题,讲“道”与“文”的关系问题,劈头第一句便说“文之为德也大矣”呢?解释清楚“德”的特定含义,“文之为德”说的实质就真相大白了。如前所说,“德”指的是具体事物的特殊规律,“道”则是这种特殊规律的总和或概括。刘勰本篇认为:宇宙间一切事物无不有其“文”,这种“文”是“道之文”,也就是一切事物运动变化的体现或者说是“道”的外现形态。但是,在具体的、特定的事物来说,又有诸如天地、人类以及“动植万品”之别,因此就有其各自不同的“文”。从总的方面说,“文”是作为总的规律的“道”的体

---

① 王夫之:《周易外传·乾》,中华书局 1977 年版,第 1 页。

② 王夫之:《周易外传·乾》,第 3 页。

③ 这种含义上的“道”和“德”又见《淮南子》,参见《淮南子·缪称训》。

④ 对论者误释“文之为德”中的“德”字含义的分析,参见拙文:《〈文心雕龙〉“文之为德”观试探》,《东岳论丛》1985 年第 1 期。

现,是“道之文”。[1] 而在具体的“文”来说,它只能是个别的、具体的客观事物运动变化的特殊规律,即“德”的体现。因此,在这个平面或层次上,“文”是“德”的外现形态,是“德之文”,所以说“文之为德”。所谓“文之为德”,便是认为具体的“文”是具体的事物自身的特殊规律,即“德”的外现形态。所以,“文”与“德”的关系和“文”与“道”的关系是一致的,两者只是在层次上(具体的和概括的)不同,而没有本质上的区别。也就是说,“德”与“文”的关系和“道”与“文”的关系是并行不悖的,前者是后者的具体化和个性化。[2]

从理论上说,“道”与“文”的关系表明“文”是按照客观事物的“自然”(即自己运动变化)的规律而有的,这就从根本上对违反这种“自然”的“文”给予了否定;“道”与“德”的关系表明宇宙万物有其总的运动变化规律,但又表明它在具体的事物上有其个性。而“德”与“文”的关系就更为具体地表明了“文”是人或物之“德”的体现,实际上又承认了“文”的特殊性或个别性。这样,就在理论上确定了“文”与“德”之间的“自然”关系。具体地说,人为“有心之器”,“有心”则有性灵情志,所以《明诗》篇引《毛诗序》“在心为志”的话,又说:“人禀七情,应物斯感;感物吟志,莫非自然。”显然,“情”“志”和“心”一样,比较“无识之物”,是属于人“其所得以然”(即人之所以成其为人),即“德”的范畴之中的。而本篇所说的“心生而言立,言立而文明”,是人所“体道”(或“人文”)的特殊性。那

---

① 请参见本篇以下三条释义。

② 参见拙文:《〈文心雕龙〉释义六题》,《山东大学研究生学位论文集》(文科版)1985年第2期。

么,“人文”就理所当然地应该是情志的“自然”体现了。[①] 刘勰正是首先建立起这一理论根据,而形成了他的关于文学创作和批评中的“文质”或“情采”之间的“沿隐以至显,因内而符外”的辩证关系理论(《体性》篇)。那么,违背这种关系,“言与志反,文岂足徵”(《情采》篇)就是刘勰所激烈反对的了。

总之,刘勰的“文之为德”观是他论文“徵圣”“宗经”和提倡“衔华而佩实”的文风的理论根据,在刘勰的文论思想体系中占据着重要地位。刘勰说“文之为德也大矣”,立说伊始就提出和强调了这个问题。所谓“大矣”,是说“文之为德”的理论意义重大,因为有其“物”则有其“德”、有其“文”,“德”与“文”的关系是普遍存在而无遗漏的。

与天地并生者何哉?

本篇又提出“文”与“天地并生”的问题。范注:“下文云‘人文之元,肇自太极’,故曰与天地并生。”[②]斯波六郎《札记》:“这是在承认文与天地并生以后的设问。‘与天地并生’与下文‘人文之元,肇自太极’相呼应。晋陆机《文赋》云:‘彼琼敷与玉藻,若中原之有菽,同橐籥之罔穷,与天地乎并育。’意为文章妙句充斥世间,而又生育无穷。陆机的这种观点本身是很值得注意的,尤其是‘与天地乎并育’暗示了文章扎根于与天地同一之气乃至道之中。当然,陆机创作此句时并不是已经形成了这样的理论概念,或许不过是夸张地表现‘无穷’而

① 《荀子·大略》:“文貌情用,相为内外表里。”《韩非子·解老》:“礼为情貌者,文为质饰者也。”可参酌。

② 范文澜:《文心雕龙注》卷一《原道》注[四]。

已。但即便是夸张手法,它究竟还是暗示了文章与天地的关系。彦和'与天地并生'句恐系本陆机此言,而在理论上更形周密者。"[①]范注及斯波氏所说不确。"与天地并生"的"文",也就是"文之为德"之"文",它并非单指"人文"或文章、文学的"文",而是包括天地以及万物在内的广义上的"文"。说明这一点,是理解这一问题的基点。上句"文之为德"是其前提,而"文之为德"之"文"是指的具体事物运动变化规律的外现形态。所以凡有物、则有形,物的"声""色""形""象"便是所谓"文","物"和"文"是密不可分的。"与天地并生者何哉"是个设问句,下文便是对它的回答或论证。刘勰说:"夫玄黄色杂,方圆体分,口月叠璧,以垂丽天之象;山川焕绮,以铺理地之形:此盖道之文也。""玄黄"本为天地的色彩,这里代指天地,"方圆"这里也是指天地而言,古人认为"天方而地圆"。这段文字是说:天、地色彩相合("玄黄色杂",《说文》:"杂,五采相合也。"),而形体判分,即天、地产生之后,而有"日月叠璧,以垂丽天之象:山川焕绮,以铺理地之形"这样的"象""形"之"文"。而这种"象""形"之"文"是天地运动变化的反映,所以是"道之文"。[②] 这种"道"和"文"又是具体的或特定的事物,即天地的特殊的规律以及由它所表现出来的特定的"文",所以这里的"道之文"也就是"德之文"。因为有其物则有其"德"、有其"文",所以有天地则有天地之"道"(或"德")、有天地之"文",因此"文"是与"天地并生"的。显然,刘勰提出

---

① 〔日〕斯波六郎:《〈文心雕龙〉札记》,王元化编选:《日本研究〈文心雕龙〉论文集》,第39—40页。

② 请参见下条。

“文”“与天地并生者何哉”的设问而引起下文，目的在于以天地判分两立而必然有体现其运动变规律的“象”“形”之“文”这一事实作为“文之为德”的理论根据。

值得注意的是，斯波六郎认为刘勰的“文”与“天地并生”说，当本于陆机《文赋》的“与天地乎并育”说。尽管斯波氏的具体解说不确，但实际上刘勰所谓“文”与“天地并生”说正本《文赋》“同橐籥之罔穷，与天地乎并育”。《文赋》这两句话《文选》李善注：“《老子》曰：‘天地之间，其犹橐籥乎！虚而不屈，动而愈出。’河上公曰：‘橐籥，中空虚，故能育声气也。”可见，“橐籥”即代指天地。《文赋》“同橐籥之罔穷，与天地乎并育”两句含义相类：“同橐籥之罔穷”，是说“文”无所不在，天地之间一切事物无不表现为“文”，所以说“文”与天地一样无穷无尽，这也是有“物”则有“文”的观点（用刘勰的话来说就是“形立则章成，声发则文生”），所以下句才又说“与天地乎并育”。遍照金刚《文镜秘府论》南卷《集论》有云：“然则文章者……与星辰而等焕，随橐籥而俱隆，虽正朔屡移，文质更变，而清浊之音是一，宫商之调斯在。”此说含义正与陆机同。所谓“同橐籥之罔穷，与天地乎并育”或“与星辰而等焕，随橐籥而俱隆”，也就是刘勰说的“文”与“天地并生”的意思。当然，在刘勰本篇里，“文”是指日月星辰之“象”、山川河流之“形”以及“动植万物”之“文”。所以，刘勰说“文”与“天地并生”的观点是正确的，以此来论证“形立则章成，声发则文生”的“自然”理论也切中准的。但是遍照金刚那段话，显然是指“人文”而言，这是应该区别开来的。

夫玄黄色杂，方圆体分，日月叠璧，以垂丽天之象；山川焕绮，以铺理地之形：此盖道之文也。

这是刘勰论述“文”是“道之文”从而回答和证明“文之为德”的一段重要的话。范注：“《易·离卦·彖辞》：‘离，丽也。日月丽乎天，百谷草木丽乎土。’王弼注曰：‘丽，犹著也。’孙君蜀丞曰：‘《尚书·顾命·释文》引马融云：太极上元十一月朔旦冬至，日月如叠璧，五星如连珠。’[①]”又云：“《易·上系辞》：‘仰以观于天文，俯以察于地理。’《正义》：‘天有悬象而成文章，故称文也；地有山川原隰，各有条理，故称理也。’”[②]今按，王充《论衡》：“天有日月星辰谓之文，地有山川陵谷谓之理。地理上向，天文下向。”[③]范注对了解上段文意极有助益，但解“丽”为“附著”却是错误的。后来论者大都依从此说，致使此句不得确诂而碍于研求刘说的底蕴。斯波六郎《札记》：“丽天之象’亦本《周易》，王注云‘丽犹著也’。但彦和的用法是否从‘著’意是有疑问的，可能就作美丽的‘丽’字用，或者至少兼有美丽之意。这只是根据‘理地之形’句所作的推测。”[④]就个人所知，斯波氏是第一个对此提出异议的。他怀疑“丽”是否即“著”义，作出“可能就作美丽的‘丽’字用”的推测，是独到之见。

① 范文澜：《文心雕龙注》卷一《原道》注［七］。

② 范文澜：《文心雕龙注》卷一《原道》注［八］。

③ 《论衡》佚文。《意林》卷三引，疑出《说日》篇。又见《太平御览》卷三十六、《事类赋》卷六。

④ ［日］斯波六郎：《〈文心雕龙〉札记》，王元化编选：《日本研究〈文心雕龙〉论文集》，第40页。

其实,如果从语言角度去分析,这个问题就很容易解决。"以垂丽天之象"的"丽",本即"美丽""华丽""绚丽"之"丽",这里作动词用,表示"使……丽"(这就是古代汉语里所说的"形容词的使动用法"),而不是"附著"义。"丽天之象",即"使天绚丽多彩的景象","丽"与《易传》"日月丽乎天,百谷草木丽乎土"的"丽"在用法上根本不同。刘勰上面的那段文字,从"玄黄色杂,方圆体分"说起,从而谈到"天象""地形"这样的由天地运动变化所呈现出的"文"。"日月叠璧,以垂丽天之象"一说,其中"日月叠璧"(即日月犹如两块相叠的璧玉)便蕴含了美感的特点,所以下文才说由此而"垂下使天绚丽多彩的景象","丽"在涵义上正与"日月叠璧"相照应。如果将"丽"解为"附著",就误解了刘勰的原意。再者,"以铺理地之形"与上文"以垂丽天之象"相对,句式相同。"理"本即"条理""纹理"之"理",在这里与上句"丽"字一样,是动词用法,表示"使……有纹理":"理地",表示"使大地富有纹理"。此句承上句"山川焕绮"而来,认为由此而"铺上使大地富有纹理的形象"。"理"字在涵义上又正应上句"山川焕绮"。因为山川交错纵横,富有纹理,所以用"焕绮"比譬(《说文》:"绮,文缯也。"段注:"谓缯之有文者也。文者,错画也。"),并且说由此而"铺上使大地富有纹理的形象"("以铺理地之形")。只有这样理解,才能正确地了解刘勰的本意。在这里,刘勰称天、地判分后而有的"日月叠璧,以垂丽天之象;山川焕绮,以铺理地之形"的"象""形"为"文",并且是"道之文"。其中,"玄黄色杂,方圆体分"指的是天、地判分两立。《易·坤·文言》:"夫玄黄者,天地之杂也,天玄而地黄。"又云:"坤至柔而动也刚,至静而德方。"《大戴礼·曾子天圆》:"天道曰圆,地道曰方。"而"日月叠璧，以垂丽天之象”是属于天之“文”，“山川焕绮，以铺理地之形”是属于地之“文”。刘勰说这类天象、地形是“道之文”，可见这里的“道”是指天地而言的。说它指天地而言，并非说天地就是“道”，而是说天地判分、阴阳对立及运动变化的规律或法则才是“道”。[①]《易·系辞上》：“一阴一阳之谓道。”这就是说一阴一阳矛盾对立、运动变化就是“道”。《易·系辞上》又说：“乾坤，其《易》之缊（蕴）邪？乾坤成列，而《易》立乎其中矣。乾坤毁，则无以见《易》。”“形而上者谓之道，形而下者谓之器。”这即是认为：乾坤（天地）矛盾对立及运动变化，是《易》的内蕴；如果没有乾坤（天地），也就不会有表示阴阳对立及运动变化的《易》“道”。因此《易·系辞》又认为，“形而上者”（即天地及动植万物等的运动变化规律）叫作“道”，“形而下者”（如天、地和动植万物的实体）叫作“器”。显然，这是认为天地以及动植万物的运动变化规律就是“道”。《易·系辞上》还说：“在天成象，在地成形，变化见矣。”其认为在天有日月星辰之“象”，在地则有山川等“形”，这“象”“形”是天地运动变化的体现（它们体现了天地的运动变化），那么天地矛盾对立、运动变化规律、即“道”就由此可见了。

刘勰把“玄黄色杂，方圆体分”而运动变化呈现出的“丽天之象”“理地之形”称为“道之文”，也是认为这作为“文”的“象”“形”是天地运动变化规律，即“道”的体现，其说即本《易传》。虽然这种“象”“形”之“文”是“道”的体现、是“道之文”，但是具体地说来，这种“象”“形”之“文”毕竟离不开具体的事物，即天和地本身。借用王夫之的话说，即“天地之体道

---

① 天为阳，地为阴。《易·系辞下》：“乾，阳物也；坤，阴物也。”

是已”,“天下无象外之道”。[1] 那么,“丽天之象”和“理地之形”这样的“文”所体现的“道”就有其特殊性,即有它被包含在“道”之中的但又区别于其他事物的个性,亦即有其自身的特殊规律——“德”。从“德”属于“道”的范围来说,“丽天之象”和“理地之形”是天地之“德”,即天地自身的特殊规律的反映,是“文之为德”。刘勰把“丽天之象”和“理地之形”的“象”“形”看作是“道之文”,这又与“象”“形”的特定含义有密切关系,其说也同样本于《易传》。《易·系辞上》:“圣人有以见天下之赜,而拟诸其形容,象其物宜,是故谓之象。”高亨《周易大传今注·系辞上》:“赜,杂也。拟,比拟也。”“万物之性各有其宜,故曰‘物宜’。此言圣人有以见到天下事之复杂,从而用《易》卦比拟其形态,象征其物宜,所以谓卦体曰象。”[2]凡事物合乎事物自身的自然之理称为“宜”,“物宜”包含有物之“理”义。《易·系辞上》说“拟诸其形容,象其物宜,是故谓之象”,这就表明摹拟事物的“形容”是用来象征或体现事物之“理”的。又《易·系辞下》:“古者包牺氏之王天下也,仰则观象于天,俯则观法于地,观鸟兽之文与地之宜,近取诸身,远取诸物,于是始作八卦,以通神明之德,以类万物之情。”这里“象”“法”与“文”“宜”相对言,说明“象”和“文”是体现“法”和“宜”或者“理”的,那么所谓“象”“形”或“文”自然是用以表现物宜或法理的。[3] 而如《韩非子·解老》所说:“道者,万物之所然也,万理之所稽也”;“万物各异理,万物各异理而道尽”。“理”是

① 王夫之:《周易外传·系辞下》,第212页。

② 高亨:《周易大传今注》,齐鲁书社1998年版,第390页。

③ 马王堆汉墓帛书《经法·道法》:“道生法。法者,引得失以绳,而明曲直者殹。”

对具体某物而言的,“道”则是“理”的总括,“道”、“德”和“理”是相关的。那么,刘勰说“日月叠璧,以垂丽天之象;山川焕绮,以铺理地之形”的“象”“形”是“道之文”,其中的深刻意蕴则在:“象”“形”或“文”不单单是“日月叠璧”“山川焕绮”之类的自然界事物的表象,而是反映了客观事物的规律,所以刘勰才称为“道之文”,以此来论证他的“文之为德”观点。显然,刘勰从这一哲学角度辩证地揭示出“文”的本质以及“文”与“道”“德”的关系,是他的整个文论体系的理论基石。

仰观吐曜,俯察含章,高卑定位,故两仪既生矣。惟人参之,性灵所钟,是谓三才;为五行之秀,实天地之心;心生而言立,言立而文明:自然之道也。

“吐曜”“含章”分别指天、地而言。范注:“刘熙《释名·释天篇》:‘曜,耀也,光明照耀也。’《淮南子·天文训》:‘圆者主明,明者吐气者也。’《易·坤》六三:‘含章可贞。’王弼注曰:‘含美而可正,故曰含章可贞也。’《坤·文言》:‘含万物而化光。’《集解》引干宝曰:‘谓坤含藏万物。’”[①]因为天有日月星辰,光芒照耀,所以称为“吐曜”;地有山川陵谷,各有条理,所以称为“含章”。“仰观吐曜,俯察含章”二句可与《易·系辞上》“仰以观于天文,俯以察于地理”以及本篇上文“日月叠璧,以垂丽天之象:山川焕绮,以铺理地之形”相参照。

“高卑定位,故两仪既生矣”,是讲天地判分两立。范注引《易·系辞上》:“天尊地卑,乾坤定矣。卑高以陈,贵贱位

① 范文澜:《文心雕龙注》卷一《原道》注[九]。

矣。”[①]“两仪”，即天地，语出《易传》。《易·系辞上》：“是故《易》有太极，是生两仪。”

刘勰谈以上的问题，是作为论述人之“文”问题的过渡。所以他说：“惟人参之，性灵所钟，是谓三才；为五行之秀，实天地之心；心生而言立，言立而文明：自然之道也。”范注：“《说文》：‘人，天地之性最贵者也。’《礼记·礼运篇》：‘人者，其天地之德，阴阳之交，鬼神之会，五行之秀气也。’又曰：‘人者，天地之心也，五行之端也，食味别声被色而生者也。’”[②]杨明照《校注拾遗》：“按此三句（指“惟人参之，性灵所钟，是谓三才”），谓人于三才中为有生之最灵者。故下文紧承之曰：‘为五行之秀，实天地之心。’《孝经·圣治》章：‘子曰：天地之性，人为贵。’《春秋繁露·人副天数》篇：‘天地之精所以生物者，莫贵于人。’《汉书·刑法志》：‘夫人宵天地之貌，怀五常之性，聪明精粹，有生之最灵者也。’均足为此文注脚。”[③]这里最应该注意的问题之一，是刘勰沿用了《易传》的“三才（材）之道”说。《易·系辞下》：“《易》之为书也，广大悉备，有天道焉，有人道焉，有地道焉。兼三材而两之，故六。六者非它也，三材之道也。道有变动，故曰爻。”“三才（材）”，或称“三始”，即天、地、人。所谓“三才（材）之道”，即天、地、人运动的规律或法则。王夫之《周易外传·咸》：“天、地、人，三始者也。无有天而无地，无有天地而无人，无有道而无天地。故道以阴阳为体，

---

① 范文澜：《文心雕龙注》卷一《原道》注［一〇］。

② 范文澜：《文心雕龙注》卷一《原道》注［一一］。

③ 杨明照：《文心雕龙校注拾遗》，上海古籍出版社 1982 年版，第1页。

阴阳以道为体,交与为体,终无有虚县(悬)孤致之道。”①而上面刘勰这段话即根据《易·系辞》“三才(材)之道”说,认为有天地而后有人类,人参天地,“为五行之秀,实天地之心”。② 那么,“心生而言立,言立而文明”是“自然之道”——由天、地而到人类,由“心”而“言”、由“言”而“文”,就是天、地、人(“三才”)自身运动变化(“自然”)的规律。

“自然”一语,指“自身或自己这样”,也就是客观事物“自身的运动变化”;“自然之道”,即客观事物自身运动变化的规律。换句话说,也就是事物的自身规律。老子说:“人法地,地法天,天法道,道法自然。”③“道法自然”就是说“道”是取法“自然”的,这实际上就已经明确地给“道”加上了“自然”的规定性。王充《论衡·命禄》篇:“春夏囚死,秋冬王相,非能为之也;日朝出而暮入,非求之也,天道自然。”《论衡·谈天》篇:“天地,含气之自然也。”《论衡·说日》篇:“天之行也,施气自然也”;“蚀之皆有时,非时为变,气自然也”。又云:“月丽于上,山烝于下,气体偶合,自然道也。”这里的“自然”,也就是客观事物“自身或自己这样”,与刘勰所说的“自然”含义正同。这里的“自然道”,也就是客观事物自己运动变化的规律,与刘勰所说的“自然之道”同。所以,刘勰在“道”前冠以“自然”,称为“自然之道”,这就再明确不过地说明了“道”作为客观事物自身运动变化规律的特性。明白这一点,将使人们更能进一步清楚“道”与“德”的关系,从而发现刘勰文论体系的哲学

① 王夫之:《周易外传·咸》,第 77 页。

② 杨明照《文心雕龙校注拾遗》本条:“疑原作‘为五行之秀气,实天地之心生’。”(第 2 页)

③ 马王堆汉墓帛书《老子·道篇》。

根基。

因为“道”的特性是“自然”，即按事物自身的规律而运动变化的，所以具体到一定的事物，就带有具体的、个别的事物自身之所以然的特殊性（或个性）。“自然”这一概念，本身就具有“自身之所以然”的特殊或个别的规定性，而具体的客观事物的“自然”是统摄在“道”的概括中的。所以，具体的事物“体道”——或称具体事物中包含的具有特殊性（或个性）的“道”，就是“德”。因此，“自然之道”这一概念，就包含有“道”是总规律而又承认“道”具体到个别的或一定的客观事物而具有的自身的特殊性（或个性）。刘勰沿用《易传》的“三才（材）之道”说，又称天、地、人的运动变化规律为“自然之道”，就正是对《易传》“三才（材）之道”的理解或说明。因为“道”是“自然”的，天、地、人“三才（材）”各自的“道”就有其特定的“自然”。这里的“道”就带有天、地、人自身“体道”的特点（或个性），相当于“德”。由此，刘勰才在论述天地的“象”“形”之“文”后，又谈到“心生而言立，言立而文明”的人之“文”。比较“日月叠璧，以垂丽天之象；山川焕绮，以铺理地之形”的天、地“体道”之“文”，“心生而言立，言立而文明”是人所“体道”的“自然”的特殊性。以“人文”按事物自己运动变化的规律而形成的总原则来说，它是“自然之道”的体现，是“道之文”；而按人的“自然”或者“体道”的个性来说，“人文”是人之“德”的体现，所以它仍然是说明了“文之为德”的观点。

傍及万品，动植皆文：龙凤以藻绘呈瑞，虎豹以炳蔚凝姿；云霞雕色，有逾画工之妙；草木贲华，无待锦匠之奇；夫岂外饰？盖自然耳！

这是刘勰以客观事物无不按其“自然”而有各自的“文”“采”的事实，说明或论证他的“文”与“道”或“文”与“德”的关系理论的又一段重要论述。

杨明照《校注拾遗》“傍及万品”条：“‘傍’，何焯校作‘旁’。按何校‘旁’是。《说文·上部》：‘旁，溥也。’又《人部》：‘傍，近也。’近谊于此不惬，当原是‘旁’字。《史记·五帝本纪》：‘旁罗日月星辰，’《汉书·郊祀志上》：‘旁及四夷，’《文选·张衡〈东京赋〉》：‘旁震八鄙，’其词性并与此同，足为推证。‘旁及万品’者，犹言溥及万品耳。”杨说是。《荀子·性恶》篇：“杂能旁魄而无用。”注：“旁魄，广博也。”杨氏上引《史记·五帝本纪》例张守节《正义》：“旁罗，犹遍布也。”《广雅·释诂》：“旁，广也。”陆机《文赋》：“其始也，皆收视反听，耽思傍讯。”“傍讯”即“旁讯”，也就是多方探求。扬雄《法言·问明》：“傍通厥德。”注：“应万变而不失其正者惟旁通乎！”“傍通”即“旁通”，义为广通。“旁”本义为“溥”，即“广”或“遍”义。“傍及万品”，即“广及（或遍及）万物”的意思。① 刘勰上文论到“日月叠璧，以垂丽天之象”“山川焕绮，以铺理地之形”的天“象”、地“形”之“文”，又论到“心生而言立，言立而文明”的人“文”，这里便接着论述世间万物“动植皆文”的问题。“傍及万品”句的“傍”取“广”义，正与“万品”相应，又可为证。

---

① “傍及万品”句，或释为“推广到万物”，“推及万物”，不确。

“龙凤以藻绘呈瑞，虎豹以炳蔚凝姿”，是说龙凤、虎豹之类的动物各本其“自然”而呈现其“藻绘”“炳蔚”的“文”或“采”。① 范注：“《易·革卦·象辞》：‘大人虎变，其文炳也。’又：‘君子豹变，其文蔚也。’”②刘勰“炳蔚”与《易传》含义同，但在这里只是表明“虎豹”有“炳蔚”之“姿”，与《易传》“君子豹变”说无涉。范注引孙蜀丞说云：“《三国志·蜀志·秦宓传》：‘……夫虎生而文炳，凤生而五色，岂以五彩自雕画哉，天性自然也……’彦和语意本此。”③下文“云霞雕色，有逾画工之妙”，则是以自然界的“云霞”来证明“动植皆文”。“雕色”之“雕”，本指“雕饰”，是动词，这里用作形容词，表示“富有雕彩”或“绚丽”，修饰“色”字。“云霞雕色，有逾画工之妙”，意谓云霞绚丽的色彩，有超出画工雕饰的妙处。“草木贲华，无待锦匠之奇”一句，则是以草木衔具英华来说明“动植皆文”。黄侃《札记》④及范注释“贲华”之“贲”为“文章貌”，杨明照《校注拾遗》：“按《易·序卦传》：‘贲者，饰也。’此‘贲’字亦当训为饰。黄氏引傅、王两家音谊，于此均不惬（此“贲”字与上句‘雕色’之‘雕’，皆当作动词解）。《书·伪汤诰》：‘贲若草木。’枚传：‘贲，饰也……焕然咸饰，若草木同华。’盖舍人语意所本。”⑤杨说近是。《说文》：“贲，饰也。”段注：“《易·象传》曰：‘山下有火，贲。’《序卦传》曰：‘贲，饰也。’”“饰”即藻饰、有文采。“贲”与上文“雕”字相对，释“贲”为“饰”正与“雕”同

① 《抱朴子·广譬》：“泥龙虽藻绘炳蔚，而不堪庆云之招。”

② 范文澜：《文心雕龙注》卷一《原道》注[一三]。

③ 范文澜：《文心雕龙注》卷一《原道》注[一四]。

④ 黄侃：《文心雕龙札记》，中华书局 1962 年版。

⑤ 杨明照：《文心雕龙校注拾遗》，第 3 页。

义。释“贲”为“藻饰”，义转为华丽、多彩，修饰“华”，与“雕”用法正同。“草木贲华，无待锦匠之奇”意谓：草木美丽多彩的花朵，无须织锦巧匠的奇工。这些都是申说动植万物均按其“自然”而有“文采”的理论，所以又说：“夫岂外饰？盖自然耳！”“外饰”，即外在的修饰，与“自然”相对。刘勰认为“动植皆文”并非外来因素的雕画或藻饰，而是客观事物自身运动变化的规律使然。本篇下文还说：“至于林籁结响，调如竽瑟；泉石激韵，和若球锽：故形立则章成矣，声发则文生矣。夫以无识之物，郁然有彩；有心之器，其无文欤！”总之，天、地有“文”，“动植皆文”，“形立则章成，声发则文生”，一切客观事物都按其“自然”而具有“文采”。这种“文”是“自然之道”的体现，是“道之文”。然而，客观事物既然有“万品”之殊、“动植”之异，所以就又有其各自的“自然”，表现为不同的“德”，从一定的事物及其所表现出的“文”的关系说，又是“德之文”、是“文之为德”。

人文之元，肇自太极。

“人文”，即“人之文”。斯波六郎《札记》：“‘人文’一词似本《周易·贲卦彖传》，但彖传王注仅云‘人之文’，并未阐明其内容。彦和的用法则是承前段末‘有心之器，其无文欤’，在词形上虽然晦涩如王注，但内容却显然指文章（文学）。”①此说近是。但应该指出，刘勰“人文”之“文”与现在文学之“文”内涵不同，它除包括文学外，还包括人类的文化。范注引《易·

① 〔日〕斯波六郎：《〈文心雕龙〉札记》，王元化编选：《日本研究〈文心雕龙〉论文集》，第44页。

贲·彖传》:“观乎天文以察时变,观乎人文以化成天下。”[①]斯波氏《札记》又释“人文之元”的“元”为“人文’所生之本或根源”,“也就是尚未获得具体形象的物之本原”。[②] 此说不妥。按《说文》:“元,始也。”段注:“见《尔雅·释诂》。《易·九家注》曰:‘元者,气之始也。’”“人文之元”的“元”应释为“初始”“开端”义。“人文之元,肇自太极”两句,意谓人文的开端,肇始于“太极”。如果按斯波氏所说,解“元”为“本”“根源”“本原”,那就与下文“肇自太极”相矛盾了,因为“根源”或“本原”是不能说“肇始”的。

刘勰认为,“人文”的开端,肇始于“太极”。“太极”是什么?《易·系辞上》:“是故《易》有太极,是生两仪。两仪生四象,四象生八卦。”《易·乾凿度》郑注谓“太极”为:“气象未分之时,天地之所始也。”高亨则说:“太极者,宇宙之本体也。宇宙之本体,《老子》名之曰‘一’,《吕氏春秋·大乐》篇名之曰‘太一’,《系辞》名之曰‘太极’。”[③]据此,“太极”即宇宙原始混沌未分之本体。原始本体运动而为阴阳或天地(“两仪”),由阴阳而生出四时(“四象”),因而又有天、地、风、雷、水、火、山、泽八种自然物象(在《易》则用“八卦”象征),从而又推衍为宇宙万物。在《易传》作者看来,《易》卦卦象是体现或包括了其运动变化规律的。所以《易·系辞下》又说:“八卦成列,象在其中矣。”“是故《易》者,象也;象也者,像也。”这就是说《易》的主体是卦象,而卦象是体现或象征宇宙间阴阳对立及

---

① 范文澜:《文心雕龙注》卷一《原道》注[一六]。

② 〔日〕斯波六郎:《〈文心雕龙〉札记》,王元化编选:《日本研究〈文心雕龙〉论文集》,第44—45页。

③ 高亨:《周易大传今注》,第403页。

运动变化的。刘勰认为"人文"之初,是肇始于"太极"的,正是本于《易传》此说而言。因为《系辞》认为宇宙本体为"太极","太极"产生天地、天地又产生动植万物,而《易》卦卦象是体现了其规律的。反过来说,《易》象是"太极"运动变化规律的体现,所以说"人文之元,肇自太极"。这里的"人文",实指《易》而言。说它"肇自太极",是在《易》是"太极"运动变化之"道"的反映或体现这个意义上而言的。本篇上文认为"丽天之象""理地之形"是"道之文",作为"幽赞神明"的"《易》象"自然更应当是"文"。这种"文"又是"庖牺画其始,仲尼翼其终"的,它自然又是作为"二才"之一的人的"文"(即"人文")。本篇下文说"幽赞神明,《易》象惟先",既然"《易》象"是"幽赞神明"之"先",所以它是"人文之元"。显然,刘勰是依据《易传》作者的宇宙起源及运动变化之说立论,从而把"《易》象"作为"人文之元"的。《易·系辞下》:"古者包牺氏之王天下也,仰则观象于天,俯则观法于地,观鸟兽之文与地之宜,近取诸身,远取诸物,于是始作八卦,以通神明之德,以类万物之情。"这大概就是刘勰所说的"人文之元"的情形吧!

再按刘勰的"道"与"文"的关系理论来看,他认为"形立则章成""声发则文生",宇宙万物无不有其运动变化的"形""声",因此就必然有其"文""采"。本篇上文又说:"仰观吐曜,俯察含章,高卑定位,故两仪既生矣。惟人参之,性灵所钟,是谓三才。"显然,这是认为天、地、人从根本上说都是来源于"太极"的。而人为"有心之器","有心之器"既生,则必有其"文"("人文"),于是便出现反映"太极"运动变化规律的"人文"——"《易》象",所以说"人文之元,肇自太极"。刘勰这样认识"人文之元",或许是不确切的。但是从刘勰理论的主干看，应该认为还是辩证的。

幽赞神明，《易》象惟先。

这两句承上文“人文之元，肇自太极”而言。“幽赞”句本于《易传》中的《说卦》：“昔者圣人之作《易》也，幽赞于神明而生蓍。”韩康伯注：“幽，深也：赞，明也。蓍受命如响，不知所以然而然也。”[①]《正义》：“圣知深明神明之道，而生用蓍求卦之法，故曰‘幽赞于神明而生蓍’也；”又云：“幽者，隐而难见，故训为深也。赞者，佐而助成而令微者得著，故训为明也。蓍受命如响，不知所以然而然者，释圣人所以深明神明之道，便能生用蓍之意，以神道与用蓍相协之故也。神之为道，阴阳不测，妙而无方，生成变化不知所以然而然者也。”《说文》：“赞，见也。”段注：“此以叠韵为训，疑当作所以见也。”杨明照《校注拾遗》：“按《汉书·眭两夏侯京翼李传赞》：‘幽赞神明，通合天人之道者，莫著乎《易》《春秋》。’”[②]王利器《校证》：“‘讚’，黄本作‘赞’，旧本俱作‘讚’，《御览》亦作‘讚’，顾曰：‘旧本作讚，是也。《易·释文》云：幽赞本或作讚。《孔龢碑》：幽讚神明。《白石·神君碑》：幽讚天地。汉人正用讚字。’”[③]“讚”字不见于《说文》，当是后起字。在作“阐明”解的意义上，二字实际上是异形同词。“幽赞”，即“深明”义。

从旧注看，“神明”在这里当指“神明之道”。之所以称为“神明”，是因为“阴阳不测，妙而无方，生成变化不知所以然而

---

① 范文澜：《文心雕龙注》卷一《原道》注［一七］。

② 杨明照：《文心雕龙校注拾遗》，第 4 页。

③ 王利器校笺：《文心雕龙校证·原道第一》注［六］，上海古籍出版社 1980 年版。

然”。又《易·系辞上》:“阴阳不测之谓神。”韩康伯注:“神也者,变化之极,妙万物而为言,不可形诘者也。”其也是这个意思。斯波六郎《札记》:“神明’亦指‘道’,是从其作用的神妙著明方面加给它的称呼。”[①]这是对的。又马王堆汉墓帛书《经法·名理》:“道者,神明之原也。神明者,处于度之内而见于度之外者也。处于度之内者,不言而信。见于度之外者,言而不可易也。处于度之内者,静而不可移也。见于度之外者,动而不可化也。静而不移,动而不化,故曰神。神明者,见知之稽也。”可见,“神明”便是妙理或精神,实即规律、法则,与本篇的“道”相似。那么,所谓“幽赞神明”即“深晓(或深明)事物的妙理或精神”的意思。刘勰认为深明事物妙理的,《易》卦卦象是最早的(“《易》象惟先”)。为什么这样说?这个问题很重要。

《易·系辞上》认为《易》“能弥纶天地之道,仰以观于天文,俯以察于地理,是故知幽明之故”,由此可以看出“神明”可指“天地之道”。《易·系辞上》还说:“圣人有以见天下之赜,而拟诸其形容,象其物宜。是故谓之象。”《易·系辞下》则说:“古者包牺氏之王天下也,仰则观象于天,俯则观法于地,观鸟兽之文与地之宜。近取诸身,远取诸物。于是始作八卦,以通神明之德,以类万物之情。”又云:“乾坤,其《易》之门邪?乾,阳物也:坤,阴物也。阴阳合德,而刚柔有体,以体天地之撰,以通神明之德。”在《易传》作者看来,《易》的主体是卦象,它是象征或表现“天地之道”或者说是“通神明之德”“类万物之情”

① 〔日〕斯波六郎:《〈文心雕龙〉札记》,王元化编选:《日本研究〈文心雕龙〉论文集》,第45页。

的，所以刘勰才说“幽赞神明，《易》象惟先”。联系上文“人文之元，肇自太极”来看，因为《易》是“幽赞神明”，即阐明“道”和反映事物的妙理的，是“道”或“物宜”的体现，所以才说它“肇自太极”。

而乾坤两位，独制《文言》。言之文也，天地之心哉！

“乾坤两位”，系指《周易》中的“乾”“坤”两卦，这是最重要、最基本的两个卦象。它代表阴、阳两种对立势力（乾为阳，坤为阴），是矛盾对立的两个方面，乾卦之象为天，坤卦之象为地。《易·乾·彖传》：“大哉乾元，万物资始，乃统天。”又《易·坤·彖传》：“至哉坤元，万物资生，乃顺天。”作为《易传》“十翼”之一的《文言》，是专门解说“乾”“坤”两卦的。范注：“《周易音义》：‘《文言》，文饰卦下之言也。’《正义》引庄氏曰：‘文谓文饰，以乾坤德大，故特文饰以为文言。’黄先生曰：‘此二说与彦和意正同。’”①黄侃说是，下文“言之文也，天地之心哉”的意蕴正承此说而来。《文言》既然是“文饰（即修饰、藻饰使有文采）卦下（乾、坤两卦）之言”的产物，所以说《文言》是“言”（卦下之言）之“文”（即文饰卦下之言而形成的“文”）；“天地之心哉”，是说“文饰卦下之言”形成的“文”，即《文言》是“天地之心”的体现。“天地”即应上文“乾坤”，“天地之心”也就是天地，即乾坤运动变化的规律或“天地之道”。《易·系辞上》：“一阴一阳之谓道。”因为《文言》是“文饰卦下之言”的结果，它体现了阴阳对立及运动变化的《易》“道”，所以刘勰才这样说。

---

① 范文澜：《文心雕龙注》卷一《原道》注[二〇]。

“天地之心”语出《易传》。《易·复·彖传》:“反复其道,七日来复,天行也。利有攸往,刚长也。复,其见天地之心乎!”①高亨注:“此申释卦义。有往必有复,往复循环,乃天地之中心规律。”②尚秉和《周易尚氏学》:“天行,天道也。言阴阳刚柔、往来消长,天道固如斯也。此天地之心也。坤为心(象矢传,详焦氏《易诂》),此以爻数括天地间之公例公理。”③在《易传》看来,《易》是反映或体现了天地间矛盾对立及运动变化规律(即“天地之心”)的,所以说:“复,其见天地之心乎!”这里的“天地之心”,正是指天地或阴阳矛盾对立及运动变化的规律。当是刘勰说的“言之文也,天地之心哉”的所本。

谁其尸之?亦神理而已。

杨明照《校注拾遗》:“按《诗·召南·采蘋》:‘谁其尸之?’毛传:‘尸,主。’”④本篇说:“若乃河图孕乎八卦,洛书韫乎九畴,玉版金镂之实,丹文绿牒之华,谁其尸之?亦神理而已。”认为“河出图”“洛出书”之类,并非谁的意志所决定,而是“神理”使然。范注:“《易·系辞上》:‘河出图,洛出书,圣人则之。’《汉书·五行志》:‘刘歆以为虙羲氏继天而王,受《河图》,则而画之,八卦是也;禹治洪水,赐《雒书》,法而陈之,《洪范》是也。’”⑤又:“《尚书中候·握河纪》:‘河龙出图,洛龟书

---

① 牟世金《〈文心雕龙〉的“范注补正”》(《社会科学战线》1984年第4期)一文已明此。

② 高亨:《周易大传今注》,第183页。

③ 尚秉和:《周易尚氏学》,中华书局1980年版,第5页。

④ 杨明照:《文心雕龙校注拾遗》,第5页。

⑤ 范文澜:《文心雕龙注》卷一《原道》注[二一]。

威，赤文绿字，以授轩辕。'（马国翰《玉函山房辑佚书》）纪评云：'玉版、丹文、绿字散见纬书，黄注所云《拾遗记》《宋书》皆非根柢。'"①刘勰迷信《易传》等荒诞的传说，认为"河图""洛书"之类是"神理"所致，这便使他的学说蒙上了一层神秘的色彩，导致争论纷纭。所以，我们必须透过这种汗漫之说的表层，才能审理出刘勰所谓"神理"的实质所在。

如《易·系辞上》所说，是"天生神物，圣人则之。天地变化，圣人效之。天垂象，见吉凶，圣人象之。河出图，洛出书，圣人则之"。而这种"天生""地出"的"物""象""图""书"之类，是天地变化的结果；"圣人"对此"则之""效之""象之"，则是人的作用。由于天、地、人"三才"的运动，才产生了所谓"人文"（伏牺取法河图而作八卦，夏禹取则洛书而作《洪范》），可见所谓"文"仍然是"道之文"。在这里，刘勰竟然把儒书上的迷信传说也纳入他的本来很具唯物精神的、辩证的"道""文"关系理论中，这不能不说是他极端崇拜儒家学说所生出的恶果。不过，刘勰认为"河图""洛书"之类是"神理"使然，也就是说他认为这些都是天地运动变化的产物，是"道之文"，那么所谓"神理"正与"道"是相通的，这一点是很清楚的。本篇又根据《易·观·彖传》"观天之神道，而四时不忒；圣人以神道设教，而天下服矣"之说论道："爰自风姓，暨于孔氏，玄圣创典，素王述训，莫不原道心以敷章，研神理而设教；取象乎河洛，问数乎蓍龟，观天文以极变，察人文以成化，然后能经纬区宇，弥纶彝宪，发挥事业，彪炳辞义。故知道沿圣以垂文，圣因文而明道，旁通而无滞，日用而不匮。《易》曰：'鼓天下之动者存乎

① 范文澜：《文心雕龙注》卷一《原道》注［二二］。

辞。'辞之所以能鼓天下者,乃道之文也。"这里"道心"和"神理"对举,是同一个含义。这段文字可为"道""道心"与"神理"相通的力证。本篇赞文"道心惟微,神理设教"又是其证。

根据上文,本篇的"道"指"自然之道","自然"即客观事物自身如此或自身运动变化,"道"就是这种客观事物自身运动变化的规律。刘勰的"道""文"或"德""文"关系理论的"道",就是这种具有"自然"特性的"道",即"自然之道"。但是在这里,又表现为"道"与"神理"相通,"道"与"文"的关系又表现为"神理"与"文"的关系。那么,是"神理"也有"自然"的特性,与"自然之道"相同呢,还是刘勰的"道"与"文"关系理论本身存在着矛盾?这显然是一个人们感到棘手而无法回避的问题。个人认为,刘勰以"河图""洛书"之类作为他的"道""文"关系理论的论据,这当然是错误的,但并不能动摇"道"本身作为客观事物自身运动变化规律的特性,这只是某些论据上的失误,并不是基本论点或者全部论据的错误。① 在这里,"神理"与"道"的特性是一致的,"道"与"文"的关系、"神理"与"文"的关系在理论上是一致的。对于这个问题,我们还可以在《文心雕龙》一书中找到强有力的证据。

本书《情采》篇:"故立文之道,其理有三:一曰形文,五色是也;二曰声文,五音是也;三曰情文,五性是也。五色杂而成黼黻,五音比而成韶夏,五情发而为辞章:神理之数也。"请注意刘勰这段论述的行文:"立文"之"道",其"理"有三,这里"道"和"理"对举;而"立文之道"的三条"理",是"五色""五

---

① 参见拙文:《刘勰〈文心雕龙·原道〉之"道"本原略考及其特性辨》,《东岳论丛》1989年第6期。

音”“五情”的“杂”(《说文》:“杂,五采相合也。”)、“比”、“发”,即客观事物的“色”“音”“情”的运动或变化而成为“形文”“声文”“情文”,刘勰又称之为“神理之数”。“神理”正应上文“立文之道,其理有三”的“道”和“理’。显然,所谓“神理”也就是“理”。那么,为什么刘勰又说“立文之道”的“理”“有三”呢? 由此可以明确“神理”“理”与“道”的关系。《韩非子·解老》篇:“理者,成物之文也。”又云:“万物各异理,而道尽稽万物之理。”“理者,成物之文”,是说“理”是具体事物自身规律形成的东西。韩非认为,“理”是事物自身的特殊规律,“道”是客观事物的普遍的或一般规律,是万事万物之“理”的概括。刘勰说“立文之道,其理有三”,就正反映了在对“道”和“理”的认识上与韩非相同的观点。“立文之道”,是讲形成文的规律,因为这是不体现区别地讲“立文”的规律,也就是说是在讲“立文”的一般规律,所以称“立文之道”。“其理有三”,是具体地讲形成不同的“文”的特殊或个别的规律,即讲“形文”“声文”“情文”三者的形成规律,所以称“理”。正因为这样,所以刘勰称“形文”“声文”“情文”的形成规律为“神理之数”。因此可以证明,“神理”和“理”涵义相同,它们与“道”的关系是特殊规律同普遍或一般规律的关系,都具有“自然”的特性。

又本书《丽辞》篇:“造化赋形,支体必双;神理为用,事不孤立。夫心生文辞,运裁百虑;高下相须,自然成对。”杨明照《校注拾遗》:“按《左传·昭公三十二年》:‘(史墨)对曰:物生有两……体有左右。’杜注:‘谓有两。’”①又云:“按《易·说卦

① 杨明照:《文心雕龙校注拾遗》,第277页。

传》:‘是以立天之道,曰阴与阳;立地之道,曰柔与刚;立人之道,曰仁与义。’”①刘勰上文的意图是要说明“丽辞”的“自然”性质,从而反对刻意堆砌“丽辞”的文风。其中“造化”(自然界)、“神理’、“自然”三者相对,而“造化赋形,支体必双”“神理为用,事不孤立”“高下相须,自然成对”分别从不同角度论证说明矛盾双方形成一个统一体的“自然”性质。由此可以看出刘勰所说的“神理”具有“自然”的特性,与他所说的“自然之道”是相通的。据此我们可以得出结论:从理论上说,刘勰的“神理”与“文”的关系说与他的“道”与“文”、“德”与“文”的关系理论是一致的。

益稷陈谟，亦垂敷奏之风。

“敷奏”之“敷”,义为“铺陈”。范注:“《尧典》:‘敷奏以言。’《伪孔传》云:‘敷,陈;奏,进也。诸侯四朝各使陈进治礼之言。’黄先生曰:‘案彦和以元首载歌,益稷陈谟,属之文章,则文章不用礼文之广谊。’”②“敷”与“陈”同义,所以“敷陈”连用,义与“铺陈”同。《淮南子·要略》篇:“分别百事之微,敷陈存亡之机。”本书《镕裁》篇:“引而伸之,则两句敷为一章。”刘勰承用《尚书》之说,认为伯益、后稷陈述其谋略,给后代垂下敷陈的风范。“敷奏”在这里主要是指“铺陈”“陈述”,“敷奏”对上句“陈谟”而言,可证。又谢灵运《山居赋》:“研书赏理,敷文奏怀。”“奏怀”,即表明情怀。我们还有必要更进一步了解刘勰此说的用意。他说:“元首载歌,既发吟咏之志;益稷陈

① 杨明照:《文心雕龙校注拾遗》,第278页。
② 范文澜:《文心雕龙注》卷一《原道》注[二七]。

谟，亦垂敷奏之风。”“吟咏”本即咏歌，又指抒发。《毛诗序》：“国史明乎得失之迹，伤人伦之废，哀刑政之苛。吟咏情性以风其上。”《明诗》篇：“人禀七情，应物斯感；感物吟志，莫非自然。”可见，“吟”或“吟咏”着重在以歌、诗的形式抒发情志，即所谓“感物吟志”。而“敷奏”则是着重在“铺陈”或“陈述”。本书《诠赋》篇：“赋者，铺也；铺采摛文，体物写志也。”可见，“敷陈”是着重在以铺陈的方式来表达志趣。刘勰称“元首载歌，既发吟咏之志；益稷陈谟，亦垂敷奏之风”，便是认为唐虞之世已为后代“感物吟志”和“铺采摛文，体物写志”标举出了可资师法或遵循的风规。同时，这也暗示了刘勰以下各篇论述“感物吟志”之文（“诗”）和“体物写志”之文（“赋”）的标准。

夏后氏兴，业峻鸿绩。

范注：“黄先生曰：‘案业、绩同训功，峻、鸿皆训大，此句位字殊违常轨。’《伪大禹谟》：‘禹曰：於，帝念哉！德惟善政，政在养民。水、火、金、木、土、谷，惟修；正德、利用、厚生，惟和。九功惟叙，九叙惟歌。戒之用休，董之用威，劝之以九歌，俾勿坏。’”①后来论者大都依从黄侃之说，但杨明照《校注拾遗》说：“按古人行文，位字确有违常轨者。然亦不能一一以后世语法相绳。如《论语·乡党》之‘迅雷风烈’，《大戴礼记·夏小正》之‘剥枣栗零’，其比与此正同。”②实际上，“业峻鸿绩”一语不违常轨，“业”字并非“功业”“业绩”之“业”，黄侃之说当误。

---

① 范文澜：《文心雕龙注》卷一《原道》注[二八]。

② 杨明照：《文心雕龙校注拾遗》，第6页。

先看“业”字的所指。《诗·周颂·有瞽》:“有瞽有瞽,在周之庭。设业设虡,崇牙树羽。”“业”,本即古代乐器架横木上的大板,刻如锯齿形状,用以悬挂钟磬。《尔雅·释器》:“大版谓之业。”郝懿行义疏:“《说文》云:‘版,判也。’‘业,大版也。所以饰县(悬)钟鼓,捷业如锯齿,以白画之,象其鉏铻相承也。’《释名》云:‘笋上之板曰业,刻为牙,捷业如锯齿也。’《诗·灵台》及《有瞽》传并云:‘业,大板也。’《正义》引孙炎曰:‘业,所以饰栒刻板,捷业如锯齿也。’”又《文选·张衡〈西京赋〉》:“负笋业而余怒。”注:“当笋下,为两飞兽以背负,又以板置上,名为业。”据此,“业”在古代的本义是乐器架上的大板。刘勰“业峻鸿绩”之“业”,本来含义正是如此。但在该句中则指代音乐、歌乐之“文”,这便是修辞学上的所谓“借代”或“指代”手法(现代语言学所谓“转指”)。此外,“业峻鸿绩”之“峻”,本即“高峻”义,是形容词,但在此句中则用作使动词,表示“使……峻”,这便是古汉语里形容词的活用法。“业峻鸿绩”句意谓:歌乐(“业”)彰明、光大(“峻”)了其宏伟功绩(“鸿绩”)。这是沿袭伪《大禹谟》所谓“九功惟叙,九叙惟歌”之说而来的,认为夏后氏的功绩,由于歌颂、褒赞,才显得更加宏大。本书《明诗》篇说:“及大禹成功,九序惟歌。”也就是要说明歌乐诗文的褒扬作用。显而易见,本篇“业峻鸿绩”一语与下文“九序惟歌,勋德弥缛”异语而同义,后两句是前者的具体说明。东汉王充《论衡》有《须颂》一篇,其中说道:“古之帝王建鸿德者,须鸿笔之臣褒颂纪载,鸿德乃彰、万世乃闻。”王充所说虽然与刘勰之说出发点不同,但是可以用来帮助理解或证明刘勰所说的“夏后氏兴,业峻鸿绩;九序惟歌,勋德弥缛”这段话的含义。

符采复隐，精义坚深。

“符”,《说文》:“信也。汉制以竹,长六寸,分而相合。”所指即“符信”(古代官方传达命令等所用的凭证,上刻图文,剖分为二,双方各执一半,相合以为凭证)。《文选·左思〈蜀都赋〉》:“其间则有虎珀丹青,江珠瑕英,金沙银砾,符采彪炳,晖丽灼烁。”注:“符采,玉之横文也。”①《山海经·西山经》郭璞注作“符彩”。论者或以这个意义上的“符采”释刘勰“符采复隐”之“符采”,于文意未安。“符采复隐”的“复隐”,即相互包蕴隐含义。如果把“符采”解为“玉之横文”或者“玉的纹理光彩”,那么“复隐”则不可解了。在这种情况下,我们宁可从《文心雕龙》一书本身归纳、寻绎其本来含义,而不用李善的那条注解来训释。

本篇从“人文之元,肇自太极”开始到本篇结束(赞文除外),都讲到“人文”的“文”和“质”相附及其演变的情况。不论是论述“唐虞文章”还是商周之文以及后来文章,都是从“文”“质”,即文化、文辞、文采的形式和当时社会的状况、政治等方面的内容两方面进行论述的,而“逮及商周,文胜其质。《雅》《颂》所被,英华日新”,这一点表现得更为清楚。接下来刘勰说:“文王患忧,繇辞炳曜;符采复隐,精义坚深。”因此,“符采”即指“质”“文”,或者内容和形式;“复隐”即包蕴深隐,指的是“符”(“质”或内容)、“采”(“文”或形式)曲隐融合在

① 杨明照《校注拾遗》:“按《文选·曹植〈七启〉》:‘符采照烂。’李注引刘渊林《蜀都赋》注:‘符采,玉之横文也。’”(《文心雕龙校注拾遗》,第7页)

一起，这又可与本篇上文“文胜其质”相参酌，所以才又说“精义坚深”。

又本书《宗经》篇：“夫文以行立，行以文传。四教所先，符采相济。”“四教”，即文、行、忠、信。《论语·述而》：“子以四教：文、行、忠、信。”“所先”，指“文”和“行”，即将“文”“行”放在前面。因为“文”“行”列在“四教”之前，所以说“四教所先”。下文“符采相济”正承上文“四教所先”而言，“符”正指“行”（德行），也就是“质”；“采”正指“文”，也就是文采。“相济”，相成义。“符采相济”，指“文”“行”两者互为表里、相辅相成，也就是“文质彬彬”或“文质相符”之意。[①] 本篇上文说“夫文以行立，行以文传”，便是“符采相济”的意思。在这里，“符”指“行”、“采”指“文”是很清楚的。如果把“符采相济”的“符采”释为“玉之横文”，那“相济”便无着落了。从句子含义上说，那样解法也是显然不妥的。

再如本书《诠赋》篇：“丽辞雅义，符采相胜，如组织之品朱紫，画绘之著玄黄，文虽新而有质，色虽糅而有本：此立赋之大体也。”此处的“符采”又正对上文“丽辞雅义”而言，“符”即“义”，“采”即“辞”；“符采相胜”即辞、义“相胜”，也就是“文质相符”或本篇所说的“衔华而佩实”，与上文“符采复隐”含义相类。所以下文才用“组织之品朱紫”“画绘之著玄黄”来作比譬，认为“文虽新而有质，色虽糅而有本”。“朱紫”“玄黄”或“文”“色”之类，即是“采”；“质”或“本”，便是“符”。而“文虽

① 《说文》：“份，文质备也。《论语》曰：‘文质份份。’”今本《论语·雍也》作“文质彬彬”。《集解》引包注：“彬彬，文质相半之貌。”郑注：“彬彬，杂半貌也。”《汉书·叙传下》：“孝哀彬彬。”颜注：“彬彬，文质备也。”

新而有质,色虽糅而有本",即"符采相胜"。"符"即"质"、"采"即"文","符采"二者并列,表示的是"质"和"文"的对立统一关系。这样训解,应该说是切合刘勰原意的。

此外,我们也对刘勰用"符采"表示"文""质"的原因作些推论。"符"本即符信或符节,此为实体,即"质";上刻图文,即为"文"或"采"。"符"和其"采"一是"质"、一是"文","符"无其"文"或"采"则无从验证,"文"不附"质"(符的实体)则为空"文"。"文""质"相附或"文""质"相济,符节以成。个人推想,刘勰正是用符节之有"质""文"来比譬文章之有"文""质",而提倡"符采相济""符采相胜""符采复隐"的。①

至夫子继圣,独秀前哲,镕钧六经,必金声而玉振。

"秀"本指"特异""精秀",这里表示"秀于……",即"特异(或优异)于……";"独秀前哲",即"优异于前哲",也就是说孔子比前哲更为特异。任昉《为范尚书让吏部封侯第一表》:"乃祖玄平,道风秀世。爰在中兴,仪刑多士。"这里"道风秀世"之"秀"用法与刘勰"独秀前哲"之"秀"用法正同。

"镕"本指铸器的模子。《说文》:"镕,冶器法也。"《汉书·食货志》:"冶镕炊炭。"应劭注:"镕,谓形容也,作钱模也。""钧"本指制作陶器用的转轮。《淮南子·原道训》:"钧旋毂转。"《说文》"镕"字下段注:"《董仲舒传》曰:'犹泥之在钧,唯甄者之所为;犹金之在镕,唯冶者之所铸。'""镕钧"本来

① "'符',信也,本是合以取信的意思;用'符采'指玉纹,正取玉的花纹和玉合而为一之义。"(陆侃如、牟世金:《刘勰论创作》,安徽人民出版社 1982 年版,第 63 页)

都是名词,在这里连用作动词。“镕钧六经”,表示像用模子铸器、用钧制作陶器一样对“六经”进行规范,也就是删定、斧藻“六经”。

“金声而玉振”语出《孟子·万章下》:“孔子之谓集大成。集大成也者,金声而玉振之也。金声也者,始条理也;玉振也者,终条理也。始条理者,智之事也:终条理者,圣之事也。”赵岐注:“孔子集先圣之大道以成己之圣德者也,故能金声而玉振之。振,扬也。故如金音之有杀,振扬玉音始终如一也。”按照《孟子》所说,“金声玉振”即“始条理”“终条理”,而“始条理”是“智之事”,“终条理”是“圣之事”。孔子是“圣人”,所以能“金声而玉振之”(其字面含义,也就是“使‘六经’金声而玉振”)。这样作解,用来对比刘勰“镕钧六经,必金声而玉振”之说虽然还可以理解,但并不明晰,令人迷茫。斯波六郎《札记》:“‘必金声而玉振’出《孟子·万章》下,但这里不仅有‘集大成’之意,还应该按字面解释,用指六经之优美,主要是指文章而言”;“评论他人时,‘金声而玉振’、‘金声’、‘玉振’,‘金相玉振’等按字面解释的用例散见于《汉书·儿宽传·卫玠别传》(《世说·赏誉》下注引)、《昭明文选序》等文中。而且,如果‘金声而玉振’在这里仅作‘集大成’解的话,那么‘必’字就显得没有着落了。彦和在述及六经时用了‘镕钧’两字,说明他认为孔子是根据自己的理想亦即切身体会的道来把古圣的典籍分类的”。[①] 斯波氏的推理分析有独到之见。论者大都把刘勰这里的“金声而玉振”之说解为“集大成”,但是什么是“集

---

① 〔日〕斯波六郎:《〈文心雕龙〉札记》,王元化编选:《日本研究〈文心雕龙〉论文集》,第47页。

大成”？它的具体或特定含义是什么？人们便又鲜知其涵义了。当然，这是受到材料限制的结果，未宜苛求。我们寻找到了解决这个问题的材料，这里作些讨论。

马王堆汉墓帛书《老子》甲本卷后所附古佚书之一，系思孟学派的言论，其中重点谈到“集大成”和“金声玉振”的问题。其“经文”说：“金声而玉振之，有德者也。金声，善也；王言（玉振），圣也。善，人道也；德，天道也。唯有德者然后能金声而玉振之。”[①]这里说明，只有“有德者”或“圣”才能“金声而玉振之”。而“金声”是“善”，“玉振”是“圣”，“善”为“人道”，“德”为“天道”。那么，什么是“善”？什么又是“德”呢？古佚书“经文”又说：“仁形于内，胃（谓）之德之行”；“义形于内，谓之德之行”；“智刑（形）于内，胃（谓）之德之行”；“圣刑（形）于内，谓之德之行”；“五和胃（谓）之德；四行和，胃（谓）之善。善，人道也；德，天道也”。[②] 而《周礼·地官·师氏》郑注云：“德行，内外之称：在心为德，施之为行。”又《礼记·丧服》篇：“恩者，仁也；理者，义也；节者，礼也；权者，智也：仁义礼智，人道具也。”古佚书举出了仁、义、礼、智、圣五者，并且认为仁、义、礼、智四者之“和”为“善”、为“人道”，仁、义、礼、智、圣五者之“和”为“德”、为“天道”。据此，我们便可以窥见刘勰“金声而玉振”之说的底蕴了。

尽管刘勰所谓“道”的内涵在实际上可能与古佚书之“道”并不完全吻合，但是刘勰认为孔子“镕钧六经，必金声而玉

---

① 庞朴：《帛书五行篇研究》，齐鲁书社 1980 年版，第 34 页。原文用标号将校补的文字标出，为方便起见，引文略去了标号。

② 庞朴：《帛书五行篇研究》，第 23 页。原校误者未从。

振”,则是表明孔子是集“善”或“人道”、“德”或“天道”于己身,而以“善”“德”或“人道”“天道”统一的原则对“六经”加以斧藻、删定,所以说“必金声而玉振”,也就是说孔子“镕钧六经”使之贯穿以“道”。那么,“六经”便包括了“人道”和“天道”。正因为这样,“六经”便具备了“述道”(或“体道”)并用来施行教化的功能或作用。用本篇的话说,儒家经书是“玄圣”“素王”之类的圣人“原道心以敷章,研神理而设教”的结果。“圣人”“观天文以极变,察人文以成化。然后能经纬区宇,弥纶彝宪;发挥事业,彪炳辞义”,儒经是“道沿圣以垂”,“圣因文而明道”的“道之文”。刘勰“金声而玉振”之说的含义与古佚书关于“金声而玉振”的解释正相契合。

可见,对本篇的“金声而玉振”作“集大成”的简单理解是远远不够的。刘勰说孔子“镕钧六经,必金声而玉振”,在于强调孔子“斧藻群言”是以“道”贯穿始终的,这与本篇“原道”的主旨是一致的。所以刘勰在《宗经》篇里又说:“经也者,恒久之至道,不刊之鸿教也。故象天地,效鬼神,参物序,制人纪:洞性灵之奥区,极文章之骨髓者也。”

观天文以极变，察人文以成化。

斯波六郎《札记》:“……‘取象乎河洛,问数乎蓍龟,观天文以极变,察人文以成化’是比较具体地叙述上二句‘原道心以敷章,研神理而设教’的内容的。‘取象乎河洛……察人文以成化’四句当本《系辞传》上‘是故天生神物(指蓍龟),圣人则之,天地变化,圣人效之,天垂象见吉凶,圣人象之,河出图洛出书,圣人则之’及《贲卦彖传》‘观乎天文,以察时变,观乎人文,以化成天下’,然‘察人文’之‘人文’与上文‘人文之元’的

‘人文’内容有异。上文指文章(文学),此处则指人心或社会的活动情况。这一节因为利用成句,不免有拘束之感,因此说理不够清晰。”[①]斯波氏认为刘勰“观天文以极变,察人文以成化”之说本于《易传》是对的。《易·贲·彖传》高亨校补为:“刚柔交错,天文也。文明以止,人文也。观乎天文,以察时变。观乎人文,以化成天下。”高注:“此申释卦义。今本无‘刚柔交错’四字,郭京本有。王弼注曰:‘刚柔交错而成文焉,天之文也。’孔颖达疏曰:‘刚柔交错成文,是天文也。’据此,王、孔本均有此四字,今据增。天象是阳阴并陈,阳阴迭运,刚柔交错以成文,故曰:‘刚柔交错,天文也。’人文指社会之制度文化教育等。《贲》之下卦为离,上卦为艮。离为文明,艮为止。然则《贲》之卦象又是文明以止”;“治国者须观乎天文,以察时序之变化:观乎人文,以化成天下之人。故曰:‘观乎天文,以察时变。观乎人文,以化成天下’”。[②] 尚秉和《周易尚氏学》:“按卦一阴一阳相杂,相杂则有文。故曰斑,曰文饰”;“卦刚柔相杂,故曰文。离日坎月,艮星震辰,天文;离礼震乐,人文。离夏震春坎冬,故曰以察时变;震为生,艮为成、为天,故曰化成天下”。[③] 刘勰“观天文以极变,察人文以成化”之说实本于《易·贲·彖传》。《易传》的“天文”,指日月星辰运动变化之象,本篇上文说:“日月叠璧,以垂丽天之象”,义正与此同。[④]

---

① 〔日〕斯波六郎:《〈文心雕龙〉札记》,王元化编选:《日本研究〈文心雕龙〉论文集》,第48—49页。

② 高亨:《周易大传今注》,第172页。

③ 尚秉和:《周易尚氏学》,第114—115页。

④ 又《易·系辞上》:“仰以观于天文。”《正义》:“天有悬象而成文章,故称文也。”

《易传》认为《易》为“观乎天文以察时变,观乎人文以化成天下”之“文”,而其中的“天文”“人文”实即“道之文”;也就是说,“天文”“人文”是天地运动变化之“文”及人类运动变化之“文”。因此,只有“观乎天文”才能“察时变”,只有“观乎人文”才能“化成天下”。而在刘勰看来,从天、地到人类以至于“动植万品”,无不有其运动变化之“道”,无不表现为体现或反映其“道”的各自的“文”。他说“观天文以极变,察人文以成化”,这两句承上文“原道心以敷章,研神理而设教;取象乎河洛,问数乎蓍龟”而来,正指作为“人文”即“圣因文而明道”之“文”的《易》而言。他说“观天文以极变,察人文以成化”又正是承袭《易·贲·彖传》之说,以此说明圣人之“文”的性质,即“明道”之“文”,同时又强调了它的“明道”而用来极尽时序变化和施行政治教化的作用(“观天文以极变”的“极”用作动词,表示“极尽”“穷尽”)。

发辉事业,彪炳辞义。

杨明照《校注拾遗》:“‘辉’,黄校云:疑作‘挥’(此袭何焯说)。按‘挥’字是。《御览》引正作‘挥’。训故本亦作‘挥’。舍人《剡山石城寺石像碑》:‘发挥胜相。’《程器》篇:‘君子藏器,待时而动,发挥事业。’尤为明证。”[①]“发挥”本指发越挥散,与今“发挥”义异。《易·乾·文言》:“六爻发挥,旁通情也。”疏:“发谓发越也,挥谓挥散也。言六爻发越挥散,旁通万物之情也。”刘勰“发辉(挥)事业”的“发挥”,基本含义与此同。但在这里是使动用法,表示“使……发越挥散”;“发挥事

① 杨明照:《文心雕龙校注拾遗》,第11页。

业”,即“使事业发挥”,也就是使事业发越扩大。

“彪炳”本指“文采焕发”。《正纬》篇:“夫六经彪炳,而纬候稠叠。”又《明诗》篇:“雅颂圆备,四始彪炳。”钟嵘《诗品》卷中:“宪章潘岳,文体相炜(辉),彪炳可玩。”本篇“彪炳”则用作动词,表示“使……彪炳”,“彪炳辞义”,即“使辞义彪炳”。应当注意的是这里的“辞义”不能只按字面的意思理解。这里,“辞义”特指儒家圣哲用文辞所表达的思想或内容。因为刘勰认为儒圣是“沿道垂文”“因文明道”,因此“辞义”便是指关于“因文而明”的包括在“道”中的内容了。所以本书《宗经》篇也说:“三极彝训,其书言经。经也者,恒久之至道,不刊之鸿教也。”本篇赞文说“光采玄圣,炳燿仁孝”(“光采”“炳燿”这里也用作动词),而“炳燿仁孝”正可以和“彪炳辞义”相参照。

道沿圣以垂文,圣因文而明道。

这里,刘勰提出了“沿道垂文”“因文明道”的问题,认为“道沿圣以垂文,圣因文而明道”。对刘勰此说表现出的“道”“圣”“文”三者的关系,学界认识和评价并不统一。①

个人认为,揭开刘勰“道”“圣”“文”关系说内幕的关键,必须把握住两个问题:一是“道”和“圣”的联系,二是“道”的特性。第一个问题我们可以从马王堆汉墓帛书古佚书中得到较为明确的答案。古佚书认为:仁、义、礼、智四者之“和”称为“善”;此四者与“圣”统一,则为“德”,“德”为“天道”。因此,

① 参见马宏山:《论〈文心雕龙〉的纲》,《中国社会科学》1980 年第 4 期;牟世金:《〈文心雕龙〉的总论及其理论体系》,《中国社会科学》1981 年第 2 期。

“圣”“德”“天道”三者就有密不可分的联系。[①] 而刘勰认为,周公、孔子等是“圣人”或“盛德”之人,自然便是得“道”之人或能够得知“道心”之人了。这就是“道”和“圣”的联系。在刘勰看来,“文”是“道之文”,那么孔子之类的“圣人”能“原道心以敷章,研神理而设教”“观天文以极变,察人文以成化”,所以就必然得出“道沿圣以垂文,圣因文而明道”的结论。

再看第二个问题。首先应该说明,刘勰视孔子等为高不可攀的“圣人”或“得道”之人,是不足为训的。但是我们又不能因此而忽略了“道”在本篇里的特定含义。因为同一概念在不同时代甚至在不同的人说来,可能会具有非常不同的含义。本篇认为“文”是与天地一起产生的,因为有天地就有天“象”、地“形”之“文”。这种“象”“形”之“文”是天地运动变化的体现,所以是“道之文”。可见,“道”就是天地自身运动变化的规律。本篇又论到“心生而言立,言立而文明”是“自然之道”,“自然之道”就是客观事物自身运动变化的规律。刘勰还正确地说明:“万品”“动植”都按其“自然”而有其“文”“采”,并非“外饰”。据此本篇得出结论说:“故形立则章成矣,声发则文生矣。”有“物”则有“形”、有“声”,“形立”“声发”则“章成”“文生”——这是“自然”的规律。因此我们说本篇的“道”具有“自然”的特性,这是无可否认的事实。“自然”即客观事物“自身这样”,亦即“自己运动变化”,这是极可值得注意的问题。德国古典唯心主义集大成者黑格尔提出否定之否定的基本出发点,是世界(黑格尔认为是绝对精神实体)的自我发展本性,而列宁对黑格尔的“自我运动”(“自己运动”)概念极为注重,

① 参见庞朴:《帛书五行篇研究》,第23页。

并给予很高的评价。[1] 列宁的《谈谈辩证法问题》,就正是用事物“自己运动的原则”来阐述辩证法问题的。[2] 刘勰所说的“自然”,其内涵就是“自己如此(这样)”,包含“自己运动变化”。因此,本篇的“道”就是客观事物“自身如此”或“自己运动”的规律。

在明确“自然”的内涵、把握住本篇“道”的特性的前提下,去分析“道沿圣以垂文,圣因文而明道”的“道”“圣”“文”关系说,就可迎刃而解。因为“道”即客观事物自身的法则或规律,它的内涵是“自然”,即“自身如此”或“自己运动变化”的,那么它就只能被人们认识和发现,而不能由人们来任意地、主观地发明或创造。正因为“道”是事物“自然”的法则或规律,所以即使是“圣人”,也只能是“明道”。王夫之《周易外传·系辞上》也说:“古之圣人,能治器而不能治道。”“器”,即“形而下者”;“道”,即“体乎物之中以生天下之用者也”或“自然者也”,也就是“形而上者”或事物自身的法则、规律。[3] 王夫之此说,也是认为“器”可以治理、创造而其法则或规律(“道”)则不能人为地治理、创造,人们只能循“道”而治“器”。这正与刘勰的观点相一致。明此,固知刘勰的“道”“圣”“文”关系说是符合唯物认识论的,不可轻率否定。事实如此,我们不必多余地顾忌有“拔高古人”之嫌。

此外,在刘勰看来,“文”是客观事物自身运动变化的反映,是“自然之道”的体现,是“道之文”。而作为孔子之类的

---

① 参见列宁:《哲学笔记》,人民出版社 1960 年版,第 81—257 页。

② 参见列宁:《哲学笔记》,第 403—412 页。

③ 《易·系辞上》:“是故形而上者谓之道,形而下者谓之器。”

“圣人”，是能“原道心以敷章，研神理而设教”的。所以，“道”就可以通过这类“圣人”而“垂文”；反过来说，孔子这类“圣人”就能够“因文”而“明道”。自然，这里反映出刘勰过于迷信儒家圣人的作用和盲从儒家经书的局限性，他还把“取象乎河洛，问数乎蓍龟”之类的虚妄传说杂入其论述中，使得他的理论笼罩上一层神秘色彩，这都是应该扬弃的糟粕。但是，从主流来说，刘勰此说表明“文”是一定的客观事物自身运动变化的体现，是“道之文”，文学创作应该本乎这一客观规律的观点却是应该肯定的。刘勰自己也正是根据客观事物的“自然”规律或法则分析和论述文学创作、文学批评的理论问题的。

《徵圣》第二

文成规矩，思合符契。

“规矩”，本指画圆和画方的器具（一说指校正圆形和方形的工具）。《荀子·礼论》：“规矩诚设矣，则不可欺以方圆。”这里指范式、法式。“文成规矩”，是说圣人的文章成为可资效法的范式或模范。这是对所谓“圣文”的赞美，当然也是刘勰提倡为文“徵圣”的根据之一。斯波六郎《札记》：“‘文成规矩’云者，言圣人文章的结构至为适当。‘规矩’意为标准、模范，故此句虽可解作‘圣人文章自成规范’，但与下句‘思合符契’在意义上不相对称。而且从《神思》篇‘规矩虚位，刻镂无形’看来，‘规矩’当指把文章结构以规矩来衡量。”[①]这种解释并不贴切。首先，刘勰说“文成规矩”，包括文章的文采、结构以及内容各方面，是说“圣文”在文章的各个角度都是可供仿效的范式，并非专指“结构至为适当”。如果理解成“圣文”在篇章结构上自成范式，那就降低了刘勰强调为文“徵圣”的意义，当然在事实上这也不符合刘勰的原意。其次，斯波氏把“文成规矩”解释成“文成由规矩”或“把文章结构以规矩来衡量”就更

---

① 〔日〕斯波六郎：《〈文心雕龙〉札记》，王元化编选：《日本研究〈文心雕龙〉论文集》，第57页。

不正确了。王元化说:"吉川幸次郎对这一句的解释亦大体相同,他解释为'表现形式合乎文章法则之意'。我认为,以上二说皆有悖原文本旨。刘勰论文固然肯定规矩的存在,但他又反对刻板的定程。《神思篇》'规矩虚位,刻镂无形';《情采篇》'为情造文';《通变篇》'变文之术(本作"数","术"字盖引误)无方';《章句篇》'随变适会,莫见定准':均可证。这些话都否定了按照一定规矩去作文的意思。据我看来,所谓'文成规矩',亦即后世章学诚所说的'文成法立,未尝有定格也,然无定之中有一定焉'。这可以作为'文成规矩'的比较惬恰的注释。"①这里用刘勰"反对刻板的定程"来否定斯波氏和吉川氏之说是可以的,但用章学诚之说解释本篇"文成规矩"则是不正确的。因为"文成规矩"无非是说圣哲之"文"是文章的楷模、为文的范式,不牵扯到"文法"有无"定格"的问题。

再看"思合符契"。"思",即"文思",也就是为文的思维活动。本书《神思》篇:"文之思也,其神远矣";"故思理为妙,神与物游";"是以陶钧文思,贵在虚静";"是以意授于思,言授于意,密则无际,疏则千里"。"符契",犹言"符节"(古代用作凭证的信物,以竹木或金属制成,上刻图文,剖而为二,双方各执其一,用时相合为验)。《韩非子·主道》:"符契之所合,赏罚之所生也。"又《文选·袁宏〈三国名臣序赞〉》:"衰世之中,保持名节,君臣相体,若合符契,则燕昭、乐毅,古之流也。""思合符契"即"思合如同符契",也就是说文思或为文运思如同符

① 王元化:《日本研究〈文心雕龙〉论文集·序》,第4—5页。今按,吉川幸次郎之说见他所作《评斯波六郎〈文心雕龙原道、徵圣篇札记〉》,王元化编选:《日本研究〈文心雕龙〉论文集》,第35页。

契相合。斯波六郎《札记》认为:“大体说来,‘文’是形式,‘思’为内容”;“‘思合符契’言其内容如合符契,此处之‘符契’与《风骨》篇‘志气之符契也’用意大致相同”。[①] 王元化说:“至于第二句‘思合符契’,斯波六郎的解释是基本合乎原旨的,但是吉川幸次郎认为不确,重新释为‘作为表现前提的思索与要点一致,并被紧紧地把握住。’我认为把‘符契’训为‘要点’,是缺乏根据,也不足以尽原文之意的。从《文心雕龙》的体例来看,每每对偶句互文足义”;“‘思合符契’中思与什么相合有如符契呢?我以为吉川幸次郎(疑为斯波六郎——引者)把文作为表现形式,把思作为表现前提的思想内容是有一定见解的。所谓‘思合符契’即指思与文相合有如符契”。[②] 这就使问题更加复杂化了。其实,“思合符契”相对上句“文成规矩”而言,正是从“文”和“思”两个方面对“圣人”为文的评价,认为“圣文”成为楷模、法式,而其文思或为文运思合若符契。何以言之?下文说得明白,“圣人”之文“或简言以达旨,或博文以该情,或明理以立体,或隐义以藏用”。总之,“圣人”为文“繁略殊形,隐显异术;抑引随时,变通会适”,在“文”方面说成为范式,在“思”或为文运思方面说犹如符契相合,所以说“文成规矩,思合符契”。

或简言以达旨,或博文以该情;或明理以立体,或隐义以藏用。

这是对“圣人”之“文”,同时也是对“圣人”的“文思”的概

---

① 〔日〕斯波六郎:《〈文心雕龙〉札记》,王元化编选:《日本研究〈文心雕龙〉论文集》,第57—58页。

② 王元化:《日本研究〈文心雕龙〉论文集·序》,第5页。

括性评价。范注："《易・上系辞》：'显诸仁，藏诸用。'《正义》曰：'藏诸用者，谓潜藏功用，不使物知，是藏诸用也。'"[①]斯波六郎《札记》："'简言'与'博文'指形式，'明理'与'隐义'指内容；同时在形式方面以'简'、'博'（'繁'之意）相对照，在内容方面以'明'、'隐'相对照"；"'立体'之'体'与'藏用'之'用'当然是对应的，但非宋儒所谓'体用'的意义。'体'指具体的姿态（文句），'用'指各种具体场合的用法；故'立体'者，谓行文造句须求清晰，'藏用'者，谓婉转深藏于各种用法之中"。[②] 斯波氏认为"简言""博文"指形式，"明理""隐义"指内容，大体不错。更确切地说，应该认为是"简言""博文"的"言"和"文"指形式，而"明理""隐义"的"理"和"义"指内容。至于斯波氏解释"或明理以立体，或隐义以藏用"的"体""用"以及"立体""藏用"却是错误的。"体"，这里指文章篇体；"立体"，是以物体的感立、树立来比譬形成文篇。"明理以立体"，是说以说明事理的方式形成文篇。本篇说："书契断决以象夬，文章昭晰以象离，此明理以立体也。""隐义以藏用"的"义"，指义理情实；"隐义"，指以婉晦的方式表达义理情实。"藏用"正承"隐义"而来，"用"和"义"相对，义相类属。可见，"用"正指文章中的内容："藏用"指把作者的思想或意图包藏在文章即篇体里。本篇说："四象精义以曲隐，五例微辞以婉晦，此隐义以藏用也。"

---

① 范文澜：《文心雕龙注》卷一《徵圣》注［一五］。

② 〔日〕斯波六郎：《〈文心雕龙〉札记》，王元化编选：《日本研究〈文心雕龙〉论文集》，第 58 页。

繁略殊形，隐显异术；抑引随时，变通会适。

斯波六郎《札记》："'繁略'之'繁'与上文'博文以该情'相应，'略'与'简言以达旨'相应；'隐显'之'隐'与'隐义以藏用'相应，'显'与'明理以立体'相应。又'殊制'与'异术'可作互文解。"①斯波氏之说极是。"繁略"之"繁"即指"博文以该情"，也就是本篇所说的"《邠诗》联章以积句，《儒行》缛说以繁辞"。因为"联章""积句"（范注："此云《邠诗》，当指《豳风·七月篇》。《七月》一篇八章，章十一句，风诗之最长者。"）"缛说""繁辞"（《礼记·儒行》一篇，孔子繁列十五种儒，又加上"圣人之儒"，共十六儒），所以是"繁"。"略"即指"简言以达旨"，也就是本篇所说的"《春秋》一字以褒贬，丧服举轻以包重"。因为"一字"则可以"褒贬"（《穀梁传·序》："一字之褒，宠逾华衮之赠；片言之贬，辱过市朝之挞。"），"举轻"则可以"包重"（《礼记·曾子问》："士之所以异者，缌不祭。""缌"是五服中最轻的，举出"缌"不祭，其余比缌重的不祭不言而喻。这即是"举轻以包重"。但斯波六郎《札记》认为此处"丧服"当指《仪礼》中的《丧服》一篇，可参考），所以是"略"。"繁"与"略"形式不同，所以说"殊形"。②

"隐显异术"的"隐"，即指"隐义以藏用"，也就是本篇所说的"四象精义以曲隐，五例微辞以婉晦"。因为"精义""曲隐"（范注："《易·上系辞》：'易有四象，所以示也。'《正义》引

① 〔日〕斯波六郎：《〈文心雕龙〉札记》，王元化编选：《日本研究〈文心雕龙〉论文集》，第62页。

② 杨明照《校注拾遗》"故知繁略殊形"条："'形'，唐写本作'制'。按唐写本是。'制'谓体制。"（《文心雕龙校注拾遗》，第15页）

庄氏曰:‘四象谓六十四卦之中,有实象,有假象,有义象,有用象,为四象也。’案《原道篇》‘乾坤两位,独制《文言》’,彦和同庄氏说,则本篇所云四象精义以曲隐,当即指此。”①),“微辞”“婉晦”(杜预《春秋序》:“发传之体有三,而为例之情有五”,“一曰微而显:文见于此,而起义在彼”;“二曰志而晦:约言示制,推以知例”;“三曰婉而成章:曲从义训,以示大顺”;“四曰尽而不汙:直书其事,具文见意”;“五曰惩恶而劝善:求名而亡,欲盖而章”),所以是“隐”。“显”即指“明理以立体”,也就是本篇所说的“书契断决以象夬,文章昭晰以象离”。因为“断决”“象夬”(范注:“《易·下系辞》:‘上古结绳而治,后世圣人易之以书契,百官以治,万民以察,盖取诸夬。’韩康伯注:‘夬,决也;书契所以决断万事也。’”②),“昭晰”“象离”(斯波六郎《札记》:“‘文章昭晰以效离’句恐是代表了说卦传‘离也者明也,万物皆相见,南方之卦也,圣人南面而听天下,向明而治,盖取诸此也’的文章。”③),所以是“显’。因为“隐”与“显”方式或方法不同,所以说“异术”。

“抑引随时”句斯波六郎《札记》:“‘抑引’一语难解。此语似不见于经典,而见于魏晋以后作品。其中,以下用例的语义较为易解。‘六经以抑引为主,人情以从容为欢,抑引则违其愿,从容则得自然,然则自然之得,不由抑引之六经,全性之本,不须犯情之礼律’(魏嵇康《难张邈自然好学论》),‘抑引’与‘从容’、‘犯情’对应,当是指谨守规范或拘束之意。‘名教

① 范文澜:《文心雕龙注》卷一《徵圣》注[二二]。

② 范文澜:《文心雕龙注》卷一《徵圣》注[二〇]。

③ 〔日〕斯波六郎:《〈文心雕龙〉札记》,王元化编选:《日本研究〈文心雕龙〉论文集》,第60页。

之大极忠孝而已，至乎变通抑引，每事辄殊’（《宋书·郑鲜之传》所载滕羡仕宦议），‘抑引’与‘变通’并用，当指恪守原则或采取正常的行为方式。从以上用例推测，彦和此处的用意可能是‘循规蹈矩地使用’或‘合乎原则地使用’，就是说以这种方式来使用上文的‘繁、略、隐、显’之法。”①这种解说是错误的。“抑引”，即抑制和引伸，也就是“屈伸”义。“抑”为抑制、约束义的用例如《楚辞·九章·惜颂》：“情沈抑而不达兮。”又《晋书·桓伊传》：“安恶其为文，每抑制之。”“引”，本义是“开弓”（《说文》：“引，开弓也。”），引申为“拉长”“延伸”。《易·系辞上》：“引而伸之，触类而长之。”“抑引随时”的“抑引”，基本含义正是如此，在这里表示抑制和引伸。本篇“抑”对“简言以达旨”和“隐义以藏用”而言，这两者“简言”“隐义”，所以是“抑”；“引”对“博文以该情”和“明理以立体”而言，这两者“博文”“明理”，所以是“引”。可见，“抑引”是指“繁略”“隐显”而言的，“繁”和“显”比较“略”和“隐”来说，就是“引”，而“略”和“隐”则是“抑”。“随时”为《易传》习用语，基本含义便是“顺时”“应时”（《晋书·周崎传》中亦有“随时制宜”语），也就是顺应不同的时间或环境。本篇“抑引随时”是说写作文章“繁”“略”“隐”“显”根据不同的情况而变化，也就是说顺应不同的时间或环境而采用或“抑”（“略”“隐”）或“引”（“繁”“显”）的不同的表现形式。

“变通”，语出《易传》。《易·系辞下》：“变通者，趣时者也。”“趣（趋）时”与“随时”义近。可见，“变通”即适应时境、

---

① 〔日〕斯波六郎：《〈文心雕龙〉札记》，王元化编选：《日本研究〈文心雕龙〉论文集》，第62—63页。

灵活变化而不拘滞之意。“会适’,唐写本作“适会”,范注:“作适会是。《易·下系辞》:‘唯变所适。’韩康伯注:‘变动贵于适时,趣舍存乎其会也。’”①“会适”应从诸家之说作“适会”解。“适”本指“到……去”,《诗·郑风·缁衣》:“适子之馆兮。”义与“趣(趋)”相类。“适会”之“会”则有“时机”“机宜”义。王充《论衡·命禄》篇:“逢时遇会。”《后汉书·周章传论》:“将从反常之事,必资非常之会。”陈琳《为袁绍檄豫州文》:“此乃忠臣肝脑涂地之秋,烈士立功之会。”义与“时”相类。可见,“适会”所指与“趣(趋)时”或“随时”相近。所以,“适会”是指顺应或适应时宜。“变通适会”则说明趋舍变化顺应时宜或机会。总之,“变通适会”也是指写作文章“繁”“略”“隐”“显”的变化取舍根据不同的情况或时宜。其基本含义,与“抑引随时”是一致的。

“抑引随时,变通适会”纪昀评:“八字精微,所谓文无定格,要归于是。”斯波六郎《札记》则认为,“变通”“指在使用上旁及他法,不拘泥于‘繁、简、隐、显’之法。他法当谓《体性》篇中所谓的‘八体’”;“此处论述徵‘繁略隐显’于圣,正是彦和‘文无定格’观点的流露”。② 实际上,刘勰在这里举出儒家经典的“繁”“略”“隐”“显”的条例,其主旨并非在于论述文章“定格”;他的“抑引随时,变通适会”之说,也并非在于说明“文无定格”。刘勰的意图是要说明,“圣人”文章或“繁”或“略”、或“隐”或“显”都随时而变,即根据不同的情况,采取不同的表

---

① 范文澜:《文心雕龙注》卷一《徵圣》注[二四]。

② 〔日〕斯波六郎:《〈文心雕龙〉札记》,王元化编选:《日本研究〈文心雕龙〉论文集》,第63—64页。

现形式,而且恰到好处,这是要说明圣人为文"文成规矩,思合符契"。所以下文才得出结论说:"徵之周孔,则文有师矣。"纪昀及斯波氏所说不确。

然则圣文之雅丽,固衔华而佩实者也。

我们说本篇的主旨在于提倡效法"圣人"为文的榜样,这是不错的。但是,刘勰为什么要主张"徵圣"?其根据是什么?这是问题的关键。"衔华而佩实"之说,便是核心的问题。①

"衔",即含义;"华",本即花("华"为"花"的古字),这里指美好的辞采,也就是文的形式。"佩",即佩带义。"实",本即果实,与"华"相对,这里指义理情实,也就是文的内容。"衔华而佩实",这里是指所谓"圣文"既具有美好的文辞(包括文辞技巧的运用)形式,又具备充实美好的义理内容。"衔华""佩实"即形式和内容的完美统一,是刘勰对"圣文"的概括性评价。

刘勰认为"圣文之雅丽,固衔华而佩实者也",由此可以看出"雅丽"便是"衔华而佩实"。也就是说,只有"衔华而佩实",即内容和形式完美统一的作品才能称为"雅丽"。本篇说:"虽精义曲隐,无伤其正言;微辞婉晦,不害其体要。体要与微辞偕通,正言共精义并用;圣人之文章,亦可见也。""精义""体要"属内容方面,"正言""微辞"属形式方面。但是,"精义曲隐"而"无伤其正言"、"微辞婉晦"而"不害其体要",

① 参见牟世金:《〈文心雕龙〉的总论及其理论体系》,《中国社会科学》1981 年第 2 期。

“体要与微辞偕通，正言共精义并用”——内容的表达和文辞表现形式相合如契，成为有机联系的一体。这便是“圣文”“雅丽”的具体所在。显然，“雅丽”指的是“丽辞雅义”的统一。因此，“衔华而佩实”就不仅仅是指内容、形式的统一，而是指美好的形式和典雅的内容的完美统一，这一点是不可忽略的。正因为刘勰认为“圣文”是“雅丽”的“衔华而佩实”，也就是说“圣人之文章”是“丽辞雅义”或美好的形式和典雅的内容的完美统一体，所以他才提倡为文“徵圣”。这里同时也体现出刘勰的文学创作和文学批评理论的最基本的也是最重要的原则。所以本篇又说：“然则志足而言文，情信而辞巧，乃含章之玉牒，秉文之金科矣。”认为只有“志足”“情信”（这是对内容方面的要求）而“言文”“辞巧”（这是对形式方面的要求），才是为文的金科玉律。本书《诠赋》篇则说：“丽辞雅义，符采相胜，如组织之品朱紫，画绘之著玄黄；文虽新而有质，色虽糅而有本：此立赋之大体也。”此便是刘勰这一理论观点具体运用的一例。

鉴悬日月，辞富山海。

“鉴”，《广雅·释诂》：“照也。”《吕氏春秋·适音》：“谿极则不鉴。”注：“鉴，察也。”“鉴悬日月”，可理解为“鉴悬于日月”，意谓周孔之类的圣哲鉴察或鉴照能力特异，可与日月一并高悬。这是说“圣人”的鉴照力能与日月媲美。杨明照《校注拾遗》“鉴悬日月”条：“按《方言·扬雄〈答刘歆书〉》：‘（张）伯松曰：是悬诸日月”不刊之书也。’”①“鉴悬日月”即“鉴悬于日月”，此句

① 杨明照：《文心雕龙校注拾遗》，第 17 页。

不出现引进比较对象("日月")的介词"于"。

"辞富山海',即"辞富于山海",意谓"圣人"文辞或文采丰富,可与山海的蕴藏相比。"辞富山海"即"辞富于山海",此句也不出现引进比较对象("山海")的介词"于"。

《宗经》第三

三极彝训，其书言经。经也者，恒久之至道，不刊之鸿教也。

“三极”语出《易传》。范注：“《易·上系辞》：‘六爻之动，三极之道也。’韩康伯注曰：‘三极，三材也。’《正义》曰：‘六爻递相推动而生变化，是天地人三才至极之道。’彝训犹云常训。”[①]又《尚书·酒诰》：“聪听祖考之彝训。”传：“言子孙皆聪听父祖之常教。”斯波六郎《札记》：“此处‘彝训’宁作‘恒常的教训’解，证之下文‘恒久之至道，不刊之鸿教也’可明。《论说》篇‘圣哲彝训曰经’，用法与此相同。”[②]“三极彝训”，即有关“三极”，即“三材”运动变化规律的训教。刘勰认为，讲述天、地、人运动变化之“道”的训教，这种书就叫“经”——这实际上是《原道》篇“道沿圣以垂文”的另一种说法。在这个意义上看，儒家经书是“道沿圣以垂”的“文”，是儒家圣哲“因文明道”的产物，它是“道”的体现，所以称它为永久的规律（“恒久

① 范文澜：《文心雕龙注》卷一《宗经》注[一]。

② 〔日〕斯波六郎：《〈文心雕龙〉札记》，王元化编选：《日本研究〈文心雕龙〉论文集》，第74页。

之至道”）、不可磨灭的鸿教（“不刊之鸿教”）。[①] 我们说，刘勰称“经”为“至道”，是因为他认为“经”是“明道”的产物。所以，这里的“道”和《原道》篇的“道”是一脉相承的。

故象天地，效鬼神；参物序，制人纪。

“象”本为“形象”“物象”之“象”。《易·系辞上》：“是故法象莫大乎天地，变通莫大乎四时，县（悬）象著明莫大乎日月。”又《易·系辞下》：“是故《易》者，象也。象也者，像也。”王夫之《尚书引义·毕命》：“物生而形形焉，形者质也。形生而象象焉，象者文焉。”杨明照《校注拾遗》：“按《汉书·礼乐志》：‘六经之道同归……故象天地而制礼乐，所以通神明，立人伦，正情性，节万事者也。’”[②]“象天地”之“象”用作动词，表示“效则”“仿效”义，与下句“效鬼神”之“效”词性相同，表义一样。《易·系辞上》：“圣人有以见天下之赜，而拟诸其形容，象其物宜，是故谓之象。”又《易·乾卦》：“象曰：‘天行健，君子以自强不息。’”《正义》：“此大象也，《十翼》之中，第三翼总象一卦，故谓之大象。但万物之体自然，各有形象。圣人设卦以写万物之象。”因此，“象天地”即“效则天地”或摹拟体现天地的运动变化。总之，“象天地”，即仿效（这里指表现）天地运动变化规律或天、地之“道”；“效鬼神”，即效则鬼神，这里指体现鬼神妙理；“参物序”，即参稽事物的秩序，这里指反映世间万物运动变化的法则或规律；“制人纪”，即把握、掌握人伦纲纪，

① “不刊”，即无须修改或无可刊落，语见郭璞《方言序》、杜预《春秋左氏传序》、《后汉书·班彪传》及《古文苑》载扬雄《答刘歆书》等。

② 杨明照：《文心雕龙校注拾遗》，第18页。

这里指表现人伦纲常或处身立世的法则。[1] 刘勰这段论述明确地说明了儒家经典的性质,即反映体现了天、地、人、物以及鬼神在内的一切事物的运动变化之“理”或法则,是“明道”的产物,而且“天地”“鬼神”“物序”“人纪”无所不包,所以称为“至道”。刘勰力主为文“宗经”,从总的原则来说,正是要让人们写作文章效法儒经的“明道”的原则,这和《原道》篇“道沿圣以垂文,圣因文而明道”的理论是一贯的。

义既极乎性情,辞亦匠于文理。

范注:“赵君万里曰:‘《唐写本》极作挻。《御览》六百八引作埏,以下文辞亦匠于文理句例之,则作埏是也。《唐本》作挻,即埏字之讹。案赵说是。”[2]斯波六郎《札记》:“赵说是。‘埏’音‘始然反’(《老子释文》),为作陶瓦器之模型,《管子·任法》篇云:‘昔者尧之治天下也,犹埴之在埏也,唯陶之所以为。’此字又可作动词用,如《老子》第十一章‘埏埴以为器’、《荀子·性恶》篇‘故陶人埏埴而为器’、《齐策》三‘埏之以为人’等。‘匠’指工匠,如木工之类。此字有用作名词(《书记》、《神思》)者,有用作动词者(《章句》)。此处的‘埏’和‘匠’,大概都是作名词的,即‘为埴……、为匠……’之意,而且这里的‘匠’不是指平常工匠,是指‘良匠’、‘宗匠’,可能是取《庄子》‘匠石’之意。此二句当解作‘五经之义(内容)本为陶冶性情的模型,辞(文章)亦系裁制文理的宗匠’。彦和认为在

① 参见范文澜:《文心雕龙注》卷一《宗经》注[四];杨明照:《文心雕龙校注拾遗》,第18页。

② 范文澜:《文心雕龙注》卷一《宗经》注[一二]。

使人性完善和文章精炼方面都是理想的镕范。"[①]斯波氏所说有可取之处。但上两句中的"埏"和"匠"不是作名词,而是作动词。"义既极(埏)乎性情,辞亦匠于文理"二句是说:儒家经书在内容上说,是性情的范式;在文辞上说,是文理的宗匠。也就是说,刘勰认为,儒经的"义"可以作为"性情"的模范;儒经的"辞",可以作为"文理"的榜样。

摛风裁兴，藻辞谲喻。

范注:"《诗大序》:'主文而谲谏,言之者无罪,闻之者足以戒。'"[②]斯波六郎《札记》:"'摛风裁兴'之'风'代表'风雅颂','兴'代表'赋比兴'。'摛风裁兴',故由六义而'藻辞谲喻'。《毛诗序》云'诗有六义焉',述此六义后又云'主文而谲谏,言之者无罪,闻之者足以戒',当是此处'摛风裁兴'以下二句所本。"[③]斯波氏察觉到"摛风裁兴"的"风""兴"与《诗》"六义"(较早时称"六诗",即风、赋、比、兴、雅、颂)的联系,这是极有识见力的。不过,"风"和"兴"在这里并不一定是代表"风雅颂"和"赋比兴"。

"摛风"之"摛",即"布设""敷设"义。"裁兴"之"裁",即"裁制""制作"义。"摛"和"裁"在这里异词同指,都是说的文章或文辞的敷设或裁制。"风""兴",均为诗"六义"之属。《诗大序》:"上以风化下,下以风刺上,主文而谲谏,言之者无

---

① 〔日〕斯波六郎:《〈文心雕龙〉札记》,王元化编选:《日本研究〈文心雕龙〉论文集》,第76页。

② 范文澜:《文心雕龙注》卷一《宗经》注[二三]。

③ 〔日〕斯波六郎:《〈文心雕龙〉札记》,王元化编选:《日本研究〈文心雕龙〉论文集》,第79页。

罪，闻之者足以戒，故曰风。”郑玄《周礼注》引郑众说云：“兴者，托事于物也。”又云：“兴，见今之美，嫌于媚谀，取善事以喻劝之。”刘勰《比兴》篇则说：“观夫兴之讬喻，婉而成章。称名也小，取类也大。”所谓“擒风裁兴”，即依“风”“兴”之义写作文章，也就是敷设“主文而谲谏”“婉而成章”的诗篇。

“藻辞”之“藻”，本即“采藻”之“藻”，这里用作动词，表示“藻饰”“修饰”义。所谓“藻辞”，即藻饰、修饰文辞，也就是使文辞表达富有技巧。因为“风”的表达方式是“主文而谲谏”，“兴”的表达方式是“托事于物”或“婉而成章”，讲求文辞的表达技巧或修饰，所以说“藻辞”。“谲”，即“回互不常”或“异常”，这里表示隐晦、委婉。“谲喻”，即使譬喻或喻导委婉。因为《诗大序》说“风”是“主文而谲谏”，即“风”的特点是立足于辞藻的文饰而委婉或隐晦地规谏、喻导；而“兴之讬喻，婉而成章”，即“兴”的特点是依托事类而委婉晓喻，所以说“谲喻”。“藻辞”和“谲喻”都是对上句“擒风裁兴”而言的。

后进追取而非晚，前修文用而未先。

“后进”，指后来人。《管子·宙合》：“是故圣人著之简策，传以告后进。”又《论衡·自纪》篇：“况《论衡》细说微论，解释世俗之疑，辩照是非之理，使后进晓见然否之分。”“前修”，即前贤。“文”，唐写本作“久”。王利器《校证》改作“运”。[1] 杨明照《校注拾遗》：“按唐写本作‘久’是也。‘文’其形误。‘久用’与上句‘追取’相对为文。天启梅本据曹学佺说改作‘运’，

---

① 王利器校笺：《文心雕龙校证·宗经第三》注[四八]。

非是。”[①]斯波六郎《札记》：“唐写本‘文’作‘久’，宜从(《校勘记》)。‘久用’可与‘追取’相对，‘文用’则不成义。‘文’‘久’两字字形相近，今本当是讹文。通检本从曹学佺等说改作‘运用’，颇为恶劣。”[②]“文”作“久”是，宜从。“久用”是指前贤久从“圣文”那里得到教益、滋养，这也就是效法“圣文”的意思。本篇赞文说“圣文”(经)是“性灵镕匠，文章奥府”，“渊哉铄乎，群言之祖”，这里的“久用”正说明“圣文”是历来文人为文取资的“奥府”。“未先”，指没有能够超过“圣文”(“先”指在前，“未先”即没有超过)。上文认为儒经“根柢槃深，枝叶峻茂，辞约而旨丰，事近而喻远”，所以“往者虽旧，余味日新”，因此这里才又说“后进追取而非晚，前修久用而未先”——后来者追取“圣文”的榜样并不为晚，前代贤者久久取资、效法“圣文”而没有超过它。这是就“圣文”的渊深、生命力旺盛而足以为后来的“缀文之士”的楷模来说的。所以下文接着又说：“可谓太山遍雨，河润千里者也”显然，刘勰这些述说都是在申说儒家经书的优异从而立起他的“宗经”观点的根据。

故文能宗经，体有六义。

本篇说：“若禀经以制式，酌雅以富言，是即山而为铜，煮海而为盐也。”[③]认为儒家经典“穷高以树表，极远以启疆”，以

---

① 杨明照：《文心雕龙校注拾遗》，第 24 页。

② 〔日〕斯波六郎：《〈文心雕龙〉札记》，王元化编选：《日本研究〈文心雕龙〉论文集》，第 84 页。

③ “即”原作“仰”，唐写本作“即”。《史记·吴王濞传》《汉书·吴王濞传》《汉书·晁错传》《汉书·货殖传》均作“即”，“仰”字义不可通。引文据诸家说作“即”字。

它作为写作文章的楷模或为文“宗经”，就像靠山铸铜、傍海煮盐一样取之不尽，用之不竭。这种提倡和强调尽管在反对六朝以后的绮靡文风方面说来是有积极意义的，但把儒经抬得如此高尚，以至于达到“穷高”“极远”的高不可攀、远不可及的境界，未免过分。但是，刘勰为什么这样论说？为什么要“宗经”或“宗经”的具体内容是什么？这便是属于《文心雕龙》“总论”部分重要内容之一的“六义”说。刘勰说：“故文能宗经，体有六义：一则情深而不诡，二则风清而不杂，三则事信而不诞，四则义直而不回，五则体约而不芜，六则文丽而不淫。”斯波六郎《札记》认为，“体有六义”之“体”，“当指文章的形式和内容浑一之姿”，“‘情’似是根据创作冲动而写成的作品的内容；‘风’似是由‘情’而发的风趣，是烘托‘情’的气氛；‘事’是构成作品内容的事实，近于今人所谓‘素材’；‘义’为作品中的旨趣或道理；‘体’是作品的‘体例’，近乎今之谓‘形式’，‘体有六义’之‘体’又当别论。‘文’可以说是构成形式的‘表现’，此义虽不确切，但也相去不远。此六者互相关联，‘情’与‘风’有表里的关系，‘事’与‘义’是密切联系的，‘体’与‘文’则是总体与部分的关系”。① 斯波氏所说，有的相当精采。即使未妥之处，也给人以启发。现再将“六义”说加以简析，以求确切把握其涵义。

“体有六义”之“体”，这里实际上就是指文章（而不是现在说的“文体”），包括内容和形式，是指内容、形式统一之体，斯波六郎认为“当指文章的形式和内容浑一之姿”，实为精解。

---

① 〔日〕斯波六郎：《〈文心雕龙〉札记》，王元化编选：《日本研究〈文心雕龙〉论文集》，第89页。

“义”指内容、含义。“文能宗经,体有六义”,是说为文“宗经”在文章或为文方面说来有六个方面的内容或含义。

一是“情深而不诡”。“情”,指体现在作品中的作者的情志:“诡”,诡异、隐晦。“情深而不诡”,是说效法儒经为文可以使文章述情深邃而又不诡异莫测。《徵圣》篇认为圣人写作文章“虽精义曲隐,无伤其正言;微辞婉晦,不害其体要”,“体要与微辞偕通,正言共精义并用”;本篇论述到《诗》时则认为“摛风裁兴,藻辞谲喻”,但是却“温柔在诵”“最附深衷”;论《尚书》“则览文如诡,而寻理即畅”,《春秋》“观辞立晓,而访义方隐”,“其婉章志晦,谅以邃矣”。① 所以为文“宗经”,能使文章“情深而不诡”。

二是“风清而不杂”。“风”指文风,其特定含义当是指由作者情怀、气质倾注在文章中而显现出的风姿情趣,与现在所说的文风含义不同。《风骨》篇说“风”是“化感之本源”“志气之符契”,可证。“风清而不杂”,即文风清爽而不芜杂。《风骨》篇说:“意气骏爽,则文风清焉”;“深乎风者,述情必显”;“思不环周,索莫乏气,则无风之验也”。

三是“事信而不诞”。“事”指文章中述说的事情或事实,亦即本书《事类》篇所说的“据事以类义”的“事”,也就是本篇所说的“言中事隐”“据事制范”“事近而喻远”的“事”。“信”即信实、不虚妄。《徵圣》篇:“然则志足而言文,情信而辞巧,乃含章之玉牒,秉文之金科矣。”“事信而不诞”,即文章中描写

---

① 此句注家大多引杜预《春秋序》。今按《左传·成公十四年》:“《春秋》之称:微丽显,志而晦,婉而成章。”又《左传·昭公三十一年》:“故曰,《春秋》之称:微而显,婉而辨。”

的事情或事实信实而不虚浮。

四是“义直而不回”。“义”，指文章中的义理、旨趣，包括本书《事类》篇中所说的“据事以类义”的“义”，也就是本篇“《春秋》辨理，一字见义”“雉门两观，以先后显旨”的“义”“旨”。“直”指纯正、雅正；“回”即曲，这里表示环诡邪僻。“义直而不回”，即文章义理、旨趣稚正而不邪僻。

五是“体约而不芜”。“体”当指文章篇体，也就是文章的篇统。“约”，要约、不繁杂。“体约”即文章篇体精要，可与本篇“辞约而旨丰”的“辞约”相参照。又本书《总术》篇：“精者要约。”“芜”，本指杂草丛生、荒芜，这里表示“芜杂”“繁杂”，与“约”含义相反。“体约而不芜”，即文章篇体核要而不繁杂。

六是“文丽而不淫”。“文”，指文章的文辞、辞藻。“淫”，过度或淫滥、无节制。“文丽而不淫”，即文章辞采华美而不淫滥。《徵圣》篇：“然则圣文之雅丽，固衔华而佩实者也。”

如果对“六义”加以总括、对比，不难发现，“六义”实际上是从文章的“情”“风”、“事”“义”、“体”“文”三个大的方面来论述问题的。“情”和“风”是一个方面，作品的“述情”决定“文风”如何。本书《风骨》篇：“是以怊怅述情，必始乎风”；“情之含风，犹形之气”；“深乎风者，述情必显”。“事”和“义”是一个方面，在文章中，“事”是用来明“义”的，“义”有时是包含在“事”中的，二者密切相关。本书《事类》篇：“事类者，盖文章之外，据事以类义，援古以证今者也”；“斯略举人事，以徵义者也”；“然则明理引乎成辞，徵义举乎人事，乃圣贤之鸿谟，经籍之通矩也”。《附会》篇：“必以情志为神明，事义为骨髓。”

《知音》篇:“是以将览文情,先标六观:…… 五观事义。”“体”和“文”是一个方面,文章的篇统虽然与文辞不是一回事,但篇体离不开文辞,文辞不纳入篇统中则形不成文章。本书《风骨》篇:“情与气偕,辞共体并。”《章句》篇:“夫人之立言,因字而生句,积句而成章,积章而成篇。”这“情”“风”、“事”“义”、“体”“文”三组互相联系的方面,可以说囊括了文章的基本构成因素。

如果再换个角度观察,“六义”又可以分为两个方面:一方面是“情”“风”“事”“义”,属于作品的内容(因为“风”指风姿情趣,是感染人的因素,所以可归入内容);另一方面是“体”“文”,属于作品的形式。刘勰提出的“宗经”的“六义”,也就是主张作品内容和形式的完美统一——在“情”“风”“事”“义”方面达到“深而不诡”“清而不杂”“信而不诞”“直而不回”的境界;在“体”“文”方面又有“约而不芜”“丽而不淫”之妙。所以本篇下文说:“扬子比雕玉以作器,谓《五经》之含文也。”玉的质性美好,而只有加以雕饰使具文采,才成为美好的艺术品,儒经兼具文采就像“雕玉作器”一样,所以刘勰才引用扬雄的比喻(《法言·寡见》:“或曰:‘良玉不雕,美言不文。何谓也?’曰:‘玉不雕,玙璠不作器;言不文,典谟不作经。”玙璠:美玉),这是强调文章内容和形式的完美统一。那么,为文“宗经”,就是要在“情”“风”“事”“义”“体”“文”,即内容和形式的完美统一标准上效法“圣文”的榜样。《徵圣》篇:“然则圣文之雅丽,固衔华而佩实者也。”刘勰提出的为文“宗经”的“六义”就是“衔华而佩实”理论在内容上的具体化。

刘勰说“文能宗经,体有六义”,一味标榜儒家经典,并不是宏通之论。但是“六义”的所指，确实是文学创作和批评中的一些基本的、原则的问题。刘勰从“六义”所表明的六个方面来论述为文“宗经”的内容，实际上就是主张写作文章要遵循“六义”，即内容和形式完美统一的原则，这便是很可宝贵的理论了。

《正纬》第四

神道阐幽，天命微显。

“神道”一语似应本于《易传》。《易·观·彖传》:“观天之神道,而四时不忒;圣人以神道设教,而天下服矣。”疏云:“神道者,微妙无方,理不可知,目不可见,不知所以然而然,谓之神道。”本书《夸饰》篇本于《易·系辞上》说:“夫形而上者谓之道,形而下者谓之器。神道难摹,精言不能追其极;形器易写,壮辞可得喻其真。”从这里可以看出,刘勰称“道”为“神道”,是包含着神秘莫测的意思。“天命”,一般解为“上天的意志”。在古代,“天命”既可以指上天或天神的命令(如《尚书·大诰》:“天命不僭。”),又可以指自然界的必然规律(如《荀子·天论》:“从天而颂之,孰与制天命而用之?”)。由外证类比,很难判定刘勰所说的“天命”的性质。因此,这就只有通过本篇的内证来解决这个问题。而纵观本篇,“天命”一语很难说是指“自然规律”,似应看作具有神秘性的上天意志。本篇说:“马龙出而大《易》兴,神龟见而《洪范》耀。”把“河出图”“洛出书”之类的迷信传说视为“天命”,此为其证一。本篇又说:“有命自天,乃称符谶。”这里明明把“符谶”的出现称为上天的意旨,此为其证二。本篇还说:“原夫图箓之见,乃昊天休命。”把“图箓”的出现说成是上天的美意,这与“有命自天,乃称符谶”是同一论调,此为其证三。据此,我们则不能不认为刘勰这里所说的“天命”是具有浓厚的唯心色彩的“上天之命”了。固然,这与《原道》篇所说的“自然之道”的理论发生了根本性的矛盾。但是,更为复杂和饶有兴趣的是:刘勰似乎把“天命”也纳入了他的“自然”说的轨道。《原道》篇说:“若乃河图孕乎八卦,洛书韫乎九畴,玉版金镂之实,丹文绿牒之华,谁其尸之?亦神理而已。”这里把“河图”“洛书”或“玉版金镂”“丹文绿牒”之类的出现,说成是“神理”的“自然”,便是无法摧毁的铁证!当然,作为上天意志的“天命”是不存在的,因此它的“自然”性质也便是子虚乌有。不过,我们还应该看到,正是“自然”的观点给刘勰的“道”“文”关系理论以及《文心雕龙》整个文论体系起了科学的保证作用。因为文学创作和文学批评理论,在《文心雕龙》主要表现为围绕“道”“人”“文”或“物”“情”“辞”之间的关系而展开的,而“自然”观点贯穿其中,就使得刘勰的理论能正确地揭示它们之间的辩证关系,从而科学地展示文学创作和批评中的一系列原则性问题。此外,刘勰虽然讲“天命”,并且给它加上“自然”的特性,但在本篇里“天命”或“神教”的地位却是有限的。刘勰说:“经显,圣训也:纬隐,神教也。圣训宜广,神教宜约。”这就充分表明了刘勰对“天命”“神教”的态度(“宜约”)。而对于后世经生“好生矫诞”、造作纬书,刘勰更是极为反对,斥之为“乖道谬典,亦已甚矣”,所以要纠其谬误(即“正纬”)。

“神道阐幽,天命微显”中“阐幽”“微显”出自《易传》,尤其不易理解。范注:“《易·下系》:‘夫《易》彰往而察来,而微显阐幽。’韩康伯注云:‘《易》无往不彰,无来不察,而微以之显，幽以之阐。阐，明也。'"①而杜预《春秋序》"微显阐幽"句《正义》云："微其显事，阐其幽理。"将"神道阐幽，天命微显"同《易·系辞下》范注所引的那段话联系起来看，当解作"对神道阐其幽理，对天命微其显事"，也就是使神道的幽理彰明、使天命的显事隐微。所谓"微显"或"微其显事"以及"使其显事隐微"，是说从显而易明的事上研求或考稽出微妙的"神理"，这与"阐幽"语意一贯。所以本篇接着说："马龙出而大《易》兴，神龟见而《洪范》耀。故《系辞》称：'河出图，洛出书，圣人则之。'斯之谓也。"其中的"马龙出""神龟见"或"河出图""洛出书"，便是所谓"显"；而"大《易》兴""《洪范》耀"或"圣人则之"，便是"微显"或研求这些显明易见的事中的微妙之理，《易》及《洪范》便是圣人"微显阐幽"的产物。可见，所谓"阐幽""微显"，与《原道》篇所谓"原道心以敷章，研神理而设教"含义是相通的。

经显，圣训也；纬隐，神教也。

范注："《唐写本》无两也字。寻绎语气，两也字似不可删。圣字《唐写本》皆作世，义亦通。"②杨明照《校注拾遗》："唐写本两'圣'字并作'世'。按唐写本是。《夸饰》篇：'虽《诗》《书》雅言，风俗（原作"格"，此据谢钞本）训世，事必宜广。'此云'世训'（因与下句'神教'对，故作'世训'），彼云'训世'，其谊一也。"③斯波六郎《札记》："唐写本二句作'经显世训，纬隐

① 范文澜：《文心雕龙注》卷一《正纬》注[二]。
② 范文澜：《文心雕龙注》卷一《正纬》注[一〇]。
③ 杨明照：《文心雕龙校注拾遗》，第28页。

神教',无二'也'字。如从唐写本则'经显世训,纬隐神教,世训宜广,神教宜约',四句紧密相连,下文又承以'而纬多于经,神理更繁'。无二'也'字不一定是误脱,很可能是原文的本来面目。"①斯波氏的推理甚难得。唐写本无两"也"字极是;而"圣"字唐写本作"世"字(包括下文"圣训宜广"之"圣"),义亦可通。"圣训"即所谓圣哲之训,也就是《宗经》篇的"三极彝训"("三极彝训,其书言经。经也者,恒久之至道,不刊之鸿教也")。又本书《论说》篇:"圣哲彝训曰经。"《总术》篇:"常道曰经。""世训",当解为世间之训,而所指仍是"圣训",因为只有圣哲之训才可以作为世间之训。本条当作:"经显圣(世)训,纬隐神教。"这两句是说:经书宣达(或彰明)圣哲之训,纬书隐含神理之教。"圣训""神教"分别是"显""隐"的宾语(对象)。所以下文说"圣训宜广,神教宜约"。因为经书是彰显圣人训诫的("经显圣训"),而纬书是隐含神理之教的("纬隐神理"),所以前者"宜广",而后者"宜约"。刘勰力倡"徵圣""宗经","经显圣训,纬隐神教"及"圣训宜广,神教宜约"点明"正纬"的根据。如果有两"也"字,读作"经显,圣训也;纬隐,神教也",容易造成"经显是圣训,纬隐是神教"的误解或歧义,而妨碍对刘勰"正纬"之说的了解。

盖纬之成经，其犹织综；丝麻不杂，布帛乃成。今经正纬奇，倍摘千里。

"成经"之"成",即"助成"之义。因为纬书是解释、阐发

---

① 〔日〕斯波六郎:《〈文心雕龙〉札记》,王元化编选:《日本研究〈文心雕龙〉论文集》,第99页。

经书的，纬书依附、助成经书，正如织布时纬线配成经线一样，所以刘勰说"盖纬之成经，其犹织综"。斯波六郎《札记》："'成'者，'成就''成功'之'成'，意谓发挥了充分作用。"[①]此说不确。"综"，本是织机上一种使经线上下交错而受纬的装置，这里用作动词，与"织"连用，表示织作布帛。"丝麻不杂，布帛乃成"句，"不杂"即不乱，也就是织布时经、纬各在其所，不相杂越（桂馥《说文解字义证》引杨慎曰："综，所以持经而施纬，使不失条理者也。"），才能织成布帛。"今经正纬奇，倍擿千里"承上两句"丝麻不杂，布帛乃成"而来。"正"，即适中、正常；"异"，即不正、反常（或释"异"为"奇异"，误）。"经正纬奇"用指织综，即经线适中、正常而纬线杂乱、反常；用指纬书辅翼经书，即经书典正而纬书诡异，所以接着又说"倍擿千里"。"倍擿"，即抵牾不合或乖剌之义。范注："孙诒让《札迻》十二：'今经正纬奇，倍擿千里。倍擿即下文倍摘，字并与適同。《方言》云：適，牾也。（《广雅·释诂》同）郭注云：相触迕也。倍適犹言背迕也。'"[②]孙说当从。

伪既倍摘，则义异自明。

斯波六郎《札记》："孙诒让《札迻》以此处'倍摘'与上文'倍摘千里'之'倍摘'为同一语，意为'背迕'。孔氏说于上文可通，于此则不可通"；"此句是论述伪书四伪以后的总结。如黄注所言，'倍'当是'掊'之误。'掊摘'与'发摘'、'抉摘'结

---

① 〔日〕斯波六郎：《〈文心雕龙〉札记》，王元化编选：《日本研究〈文心雕龙〉论文集》，第 98 页。

② 范文澜：《文心雕龙注》卷一《正纬》注［九］。

构相同,乃暴露、揭露之意。此言纬书之伪已被充分暴露。”①斯波氏之说非是,此处“倍摘”与上文“倍擿”是异形同词。刘勰“正纬”的具体方法之一是“按经验纬”,即以织综经纬“不杂”(即不相背迕)来核验经书与纬书之间是否是不相乖剌的。所以刘勰是以“织综”来判定纬书与经书之间是否存在着矛盾或背迕现象,从而定其真伪的。本篇说:“盖纬之成经,其犹织综,今经正纬奇,倍擿千里,其伪一矣。”“丝麻不杂”即经、纬不相“倍擿”;而“经正纬奇”,正相背迕,所以说“倍擿千里”,这是其“伪”之一。本篇说:“经显圣训,纬隐神教;圣训宜广,神教宜约。而今纬多于经,神理更繁,其伪二矣。”“圣训”的“广”、“神教”的“约”是正常的,但纬多于经,“神理更繁”;宜“约”而“繁”是不正常的:这又是“宜约”而“繁”相背迕,为其“伪”之二。本篇又说:“有命自天,乃称符谶,而八十一篇,皆托于孔子,则是尧造绿图,昌制丹书,其伪三矣。”刘勰认为“有命自天,乃称符谶”,非人力所能为,但纬书“八十一篇,皆托于孔子”,那就等于说“符谶”可以造作:这又是本非人力所为与言称人力所为的矛盾或背迕,所以说这是其“伪”之三。本篇还说:“商周以前,图箓频见;春秋之末,群经方备;先纬后经,体乖织综,其伪四矣。”如同“织综”,本该先经后纬、以经受纬,但是用来助成经书的纬书却在经书之前频繁地出现,宜“后”者反而“先”、宜“先”者反而“后”,这是在时间先后上不合,所以又说是矛盾或背迕的,这是其“伪”之四。可见,在刘勰看来,纬书之所以有“四伪”,就是因为它与经书之间有上述四种

① 〔日〕斯波六郎:《〈文心雕龙〉札记》,王元化编选:《日本研究〈文心雕龙〉论文集》,第102页。

矛盾或背迕现象。显然,刘勰是以分析纬书与经书之间的矛盾或背迕来定“伪”的。所以下文说:“伪既倍摘,则义异自明。”“伪既倍摘”,意谓:纬书的虚假在于它与经书相背迕。“义异自明”,意谓纬书并非是真的助成经书的作品,乃是矫诞虚伪之作,自然也就明了。所以刘勰要“正纬”。由此也可以看出,“倍摘”即上文“倍擿”(“倍”与“背”在“违背”义上是一个词),义为“乖刺”“背迕”,释“倍摘”为“发摘”“指出”,是错误的。

《辨骚》第五

自《风》《雅》寝声，莫或抽绪。

“《风》、《雅》”，即《诗经》中的《风》诗和《雅》诗，这里指代《诗经》一派的作品。“寝”，本义是躺着休息(《说文》:“寝，卧也。”《论语·公冶长》:“宰予昼寝。”郑注:“寝，卧息也。”)，引申为“停止”“停息”义(《庄子·天下》篇:“以禁攻寝兵为外，以情欲寡浅为内。”)，“寝声”之“寝”即为此义。“寝声”，即停息了声响，意谓《诗经》所代表的一派诗歌停止了歌声或创作止息了。“莫或抽绪”的“抽绪”，即拔出或抽出头绪。本书《章句》篇:“如茧之抽绪。”在这里，“绪”应对《诗》而言，即指《诗》的风貌或余韵。本书《论说》篇:“逮江左群谈，惟玄是务；虽有日新，而多抽前绪。”这里的“多抽前绪”，指对前人或前代创作传统的继承，与本篇“抽绪”义同。因此，“自《风》《雅》寝声，莫或抽绪”是说：自从《诗》一派的歌声停息了以后，没有谁能够继承它的传统。

固知《楚辞》者，体慢于三代，而风雅于战国。

范注:“体慢应据《唐写本》作体宪。宪，法也。体法于三代，谓同乎风雅之四事。”[①]王利器《校证》将“体慢”之“慢”改作“宪”，云：“案唐写本、王惟俭本作‘体宪’，今据改。屈子之文，体宪三代，故能取镕《经》旨。‘宪’读‘宪章’之‘宪’。《诏策》篇‘体宪风流’，正以‘体宪’连文。”[②]杨明照《校注拾遗》说同。[③]“体慢（宪）于三代”之“体”，指整个《楚辞》之文而言，包括形式和内容，不是指文辞形式，更不是指文体。本篇上文：“扬雄讽味，亦言体同《诗》《雅》。”“体”的所指与此同。“宪”本即法典，作动词指效法。“体宪于三代”，是说《楚辞》之文取法于三代（夏、商、周）之文（即《诗经》一派的作品）。“体宪于三代”的，即上文所归纳出的“典诰之体”“规讽之旨”“比兴之义”“忠怨之辞”这“同于《风》《雅》者”的四个方面。

“而风雅于战国”句，范注：“风雅亦应据《唐写本》作风杂。风杂于战国，谓异于经典之四事。”[④]杨明照《校注拾遗》：“按唐写本是。《时序》篇：‘屈平联藻于日月，宋玉交彩于风云，观其艳说，则笼罩《雅》《颂》，故知玮烨之奇意，出乎纵横之诡俗也。’正可作为‘风杂于战国’一语注脚。”[⑤]诸家说是，因“杂”的繁体与“雅”形近，故讹作“雅”。“杂”，即杂揉、掺杂。“风”，指文风。“风杂于战国”，即《楚辞》之文杂揉或染上了战国时代的文风。“风杂于战国”的，即本篇所归纳出的“诡异之辞”“谲怪之谈”“狷狭之志”“荒淫之意”这“异乎经典”的四个方面。从理论上说，“风杂于战国”就是本书《时序》篇所说

① 范文澜：《文心雕龙注》卷一《辨骚》注［一七］。
② 王利器校笺：《文心雕龙校证·辨骚第五》注［二九］。
③ 杨明照：《文心雕龙校注拾遗》，第 37—38 页。
④ 范文澜：《文心雕龙注》卷一《辨骚》注［一七］。
⑤ 杨明照：《文心雕龙校注拾遗》，第 38 页。

的“文变染乎世情”。

正因为《楚辞》有“同于《风》《雅》者”，又有“异乎经典者”，所以刘勰说它是“体宪于三代，而风杂于战国”。这两句话，是刘勰“辨骚”的概括。正如刘永济先生所说：“‘体宪三代’、‘风杂战国’二语，尤得屈文体义。”①

乃《雅》《颂》之博徒，而词赋之英杰也。

“《雅》《颂》”即《诗》中的《雅》诗和《颂》诗，这里指代《诗》一派的作品，与本篇上文“扬雄讽味，亦言体同《诗》《雅》”“观兹四事，同于《风》《雅》者也”的“《诗》《雅》”“《风》《雅》”同指，亦即本篇所谓“体宪于三代”的“三代”之文。

“博徒”，范注：“《史记·信陵君列传》：‘公子闻赵有处士毛公，藏于博徒。’博徒人之贱者。”②“博徒”一语，《史记·魏公子列传》除范注所引一例外，尚有“今吾闻之，乃妄从博徒、卖浆者游，公子妄人耳”一例。此处“博徒”，当指博弈、博戏之徒。而刘勰称《楚辞》之文为“《雅》《颂》之博徒”究竟是什么涵义？《汉书·王褒传》：“宣帝时修武帝故事，讲论六艺群书，博尽奇异之好，征能为《楚辞》九江被公，召见诵读。”又云：“上令褒与张子侨等并待诏，数从褒等放猎，所幸宫馆，辄为歌颂，第其高下，以差赐帛。议者多以为淫靡不急，上曰：‘不有博弈者乎，为之犹贤乎已！’（此孔子语，见《论语·阳货》篇——引者）辞赋大者与古诗同义，小者辩丽可喜。辟如女工有绮縠，音乐有郑卫，今世犹皆以此虞说（娱悦）耳目。辞赋比之，尚有

① 刘永济校释：《文心雕龙校释·辨骚》，中华书局1962年版。

② 范文澜：《文心雕龙注》卷一《辨骚》注[一七]。

仁义风谕、鸟兽草木多闻之观，贤于倡优博弈远矣。”汉宣帝说辞赋“尚有仁义风谕、鸟兽草木多闻之观”，与孔子言《诗》同义。《论语·阳货》篇：“子曰：小子何莫学夫《诗》？《诗》可以兴，可以观，可以群，可以怨。迩之事父，远之事君，多识于鸟兽草木之名。”所以刘勰本篇说：“及汉宣嗟叹，以为皆合经术。”另外汉宣帝认为辞赋“尚有仁义风谕、鸟兽草木多闻之观”而“贤于倡优博弈远矣（比倡优、博弈贤得多）”。但是刘勰认为这是“褒贬任声，抑扬过实”，他分析总结出《楚辞》“同于《风》《雅》者”四事和“异乎经典者”四事、即立足于同《诗》的比较，指出二者之间的同、异。这便否定了前人对《楚辞》任意的“褒贬”和失实的“抑扬”，而其中自然也就包含了对汉宣帝以为《楚辞》“皆合经术”之说的否定。在这里，刘勰又巧妙地借用了汉宣帝称辞赋“贤于倡优博弈远矣”的话，反过来称《楚辞》为“《雅》《颂》之博徒”。所以，刘勰称《楚辞》为“《雅》《颂》之博徒”，是针对汉宣帝谈辞赋认为“贤于倡优博弈远矣”的话而发。“博徒”即汉宣帝语“倡优博弈”的所指。汉宣帝以辞赋与《诗》并论，认为“贤于倡优博弈远矣”；而刘勰以《楚辞》与《诗》相比较，把《楚辞》比作“博徒”并且是“《雅》《颂》之博徒”，这就概括了《楚辞》“体宪于三代，而风杂于战国”的含义。如果仅仅把“博徒”理解为“卑贱的人”，是不能透彻了解刘勰的原意的。

下句“而词赋之英杰也”承上句而来，指出《楚辞》较之《诗》实为“博徒”，但它又是词赋中的皎皎者（“英杰”，本指人而言，这里也是比喻说法，与“博徒”相对）。这样，不但指出了《楚辞》与《诗》以及后来辞赋的优劣异同，并且暗示了屈赋承上（《诗》）启下（后来辞赋）的历史地位。本书《诠赋》篇说：

“然赋也者，受命于诗人，拓宇于《楚辞》也。”

观其骨鲠所树，肌肤所附，虽取镕经意，亦自铸伟辞。

“骨鲠”，字又写作“骨梗”，即骨骼、骨干，这里喻指《楚辞》之文的体制。[1] 因为“骨鲠”是人、物立体的主干，用来指文，则表示文章借以立体的构架或体制。

“肌肤”，本指肌肉及皮肤，这里喻指《楚辞》之文的文辞、辞采。因为“肌肤”是人、物依附在其骨骼上的部分，用来指文，则表示文章附丽在体制上的文辞。如同人、物是“骨鲠”和“肌肤”的统一体一样，文章也是作为主体的体制和文辞或辞采的统一。这里是以人、物有“骨鲠”“肌肤”来比譬文章，着眼于文章的整体统一性及其可分性的把握。

“镕”，本即铸器的模型。《说文》：“镕，冶器法也。”法”，即法式、模式。《汉书·食货志》“冶镕炊炭”应劭注：“镕，谓形容也，作钱模也。”这里则表示“法式”义。“取镕”，即取法、取式。“取镕经意”，指《楚辞》之文取法（或“取则”）于儒家经典（《诗》的意旨）。不能释“镕”为“熔炼”“熔化”，译“取镕经意”为“采取经书之意而加以熔化（融合）”或“虽然熔化（融合）经书的含意”，是不正确的。“取镕经意”与上文“体宪于三代”异话而同义，指《楚辞》之文取则儒家经典（《诗》）的榜样。

“亦自铸伟辞”承上句“虽取镕经意”而来，在语意上是一个转折。“铸”，本指铸造、即将金属铸造成器，这里比喻《楚

---

① 其他古籍“骨鲠”（或“骨骾”“骨梗”）多指“正直”，与刘勰此处用义有别。如《史记·陈丞相世家》：“彼项王骨鲠之臣。”《后汉书·来歙传》：“太中大夫段襄骨鲠可任。”注：“骨鲠，喻正直也。”

辞》辞采的炼就。“自铸伟辞”，指《楚辞》自身炼就奇伟的文辞。“伟辞”照字面理解，即雄伟、奇伟的辞藻。但是这里实际上是指其辞采风格，不只指文辞。因为这是骈俪句，受到句式的限制，所以只能以“伟辞”兼代。此句与上文“风杂于战国”异语而同义。

对刘勰评论《楚辞》“虽取镕经意，亦自铸伟辞”之说，黄侃认为：“二语最谛，异于经典者，固由自铸其词；同于风雅者，亦再经镕炼，非徒貌取而已。”①此说显然不确，当由误解“镕”字语义所致。刘勰认为《楚辞》有“同于《风》《雅》者”“体宪于三代”，这是“取镕经意”一说立论的根据。“取镕经意”不包含有“再经镕炼，非徒貌取”之意，这只是说《楚辞》“体宪于三代”，即取式或取法于经书。这是刘勰所肯定的，体现了他的为文“宗经”的品评标准。“自铸伟辞”，是说《楚辞》“风杂于战国”，即杂有战国时的文风，铸就了反映或体现当时时代风貌或特点的辞采风格。这虽然是与经典不同的，但与上文所说的“异乎经典者”并不完全是一回事。因为《楚辞》中的“诡异之辞”“谲怪之谈”“狷狭之志”“荒淫之意”都是与“发乎情，止乎礼义”以及“温、柔、敦、厚”的“《诗》教”和《诗》的“兴、观、群、怨”相违背的，刘勰对此是持否定态度的。而“自铸伟辞”，则是从整个《楚辞》的辞采风格上的特点来评论的。正因为《楚辞》既取法于经典，又铸就了自成风格的辞采，所以才成为“气往轹古，辞来切今，惊采绝艳，难与并能”的一代“奇文”。由刘勰对《楚辞》的这种评论，可以看出他的“通变”观实际上是主张在“依经立义”，即“宗经”的前提下，而在辞采风格上的“新

① 黄侃：《文心雕龙札记·辨骚》。

变”。至于儒经“衔华而佩实”或“志足而言文,情信而辞巧”的创作原则,在刘勰看来,那是不可易夺的金科玉律。

气往轹古,辞来切今,惊采绝艳,难与并能矣。

这是刘勰对《楚辞》辞采风格的概括评价。“气”,指文章中的“气势”,它是作者才气、气质在作品中的体现。本书《风骨》篇:“相如赋仙,气号凌云,蔚为辞宗,乃其风力遒也。”又:“情与气偕。”“轹”,本指车轮碾轧而过,这里指越过、超迈。①“气往轹古”,是说《楚辞》之文的气势超迈古人。“辞来切今”之“辞”,指《楚辞》之文的辞采,亦即“自铸伟辞”的“辞”。“切”,即割绝、切断。《说文》:“切,刌也。”《礼记·内则》:“切葱若薤。”《诗·卫风·淇奥》:“如切如磋。”“辞来切今”,是说《楚辞》的辞采奇伟卓烁,绝后来辞赋采藻之艳丽(也就是说《楚辞》文采卓异艳丽,后来辞赋也无与伦比)。“轹古”“切今”,可以理解为“空前”“绝后”。或释“切”为“切合”,译“辞来切今”为“其文辞切合于今世’,误。刘勰是极力反对“竞今疏古”或“摈古竞今,危侧趣诡”以及“缥缈附俗”的。因此那样作解,并不符合刘勰的思想。②

“惊采绝艳”句。“惊”,本为“惊骇”“震惊”义,这里表示“使……惊”;“惊采”,即“使采藻惊骇”。“绝”,本为“断绝”义,这里表示“使……绝”;“绝艳”,即“使艳绝”,也就是说《楚

---

① 《文选·张衡〈西京赋〉》:“当足见辗,值轮被轹。”注:“车所加为轹。”

② 刘勰说“辞来切今”而不说“辞来绝今”,似乎与下句“惊采绝艳”的“绝”字避复有关。而“惊采绝艳,难与并能”,就正是“辞来切今”的有力明证。

辞》辞采奇伟瑰丽惊骇文坛,文囿辞采无可比拟。“惊采绝艳”是前两句“气往轹古,辞来切今”的总括,实际上就是说《楚辞》之文气势卓异、辞采奇伟,达到文坛上其他作品难以望其项背的境界,所以刘勰说它“难与并能矣”。

才高者菀其鸿裁,中巧者猎其艳辞。

范注:“菀训鬱,训蕴,是自动词,下列三句中‘猎’‘衔’‘拾’三字皆他动词,语气不顺,疑菀即捥之假字,《集韵》:‘捥,取也’。捥其鸿裁,谓取镕屈、宋制作之大义,以自铸新辞,然此非浅薄所能,故曰‘才高者捥其鸿裁’也。”①范说不确,论者从范说误。“菀”唐写本作“苑”。杨明照《校注拾遗》:“按‘苑’字是。‘菀’与‘苑’古虽相通,但本书则全用‘苑’字。《诠赋》篇‘夫京殿苑猎’,以‘苑猎’连文,与此以‘苑’‘猎’对举,其比正同。《杂文》篇‘苑囿文情’,《体性》篇‘苑囿其中矣’,《练字》篇‘颉以苑囿奇文’,其用‘苑’字谊亦并与此同。此固不应单作‘菀’也。(《总术》篇“制胜文苑哉”,元本、活字本“苑”作“菀”,是“苑”“菀”二字易淆之证。)”②王利器《校证》:“‘菀’唐写本作‘苑’,古通,《汉书·谷永传》注云:‘菀’,古‘苑’字。又《百官公卿表》上,太仆属官之牧师菀令,即苑令也。《管子·水地》篇:‘地者,诸生之根菀也。’旧注:‘菀,囿城也。’皆‘苑’‘菀’古通之证。《诠赋》篇‘京殿苑猎’,以‘苑猎’连文,与此正同。《杂文》篇云:‘苑囿文情。’《体性》篇云:‘文辞根叶,苑囿其中。’《练字》篇云:‘苑囿奇文。’‘苑’字义

① 范文澜:《文心雕龙注》卷一《辨骚》注[二九]。

② 杨明照:《文心雕龙校注拾遗》,第39页。

并与此同。盖《离骚》一书，辞藻丰蔚，多所蕴蓄，若草木禽兽之苑囿然，后人多在其中讨生活，所谓‘衣被词人，非一代也’。（“代”原误引作“世”，今正——引者）《诠赋》篇云：‘故知殷人辑《颂》，楚人理赋，斯并鸿裁之寰域，雅文之枢辖也。’亦‘苑其鸿裁’之意也。”①此释“菀”为“苑”极是，堪称精解。

“菀其鸿裁”之“菀’，通“苑”，即苑囿，为畜养禽兽并种植树木的地方，多为帝王及贵族游玩射猎的场所。在这里，“菀”（“苑”）用作动词，表示“以……为苑囿”。“菀其鸿裁”，即以《楚辞》之文的大的体制为苑囿，也就是把《楚辞》之文的巨制看作苑囿（“鸿裁”，即巨制，本书《才略》篇：“李尤赋铭，志慕鸿裁。”这里指《楚辞》之文的体制）。这是说“才高”之人不只看到《楚辞》作品中的艳辞丽采，而是从大的方面或整体上把握住其体制。犹如置身苑囿，“才高者”不只将注意力局限在其中的山川花木上，而是着眼于整个苑囿的体制、布局。

“中巧者猎其艳辞”句的“中巧”，范注：“中巧犹言心巧。”②后来论者大都依从此说，或释“中巧”之“中”为“精神心志”，或解“中巧”为“心思巧妙”，实误。此句同上句一样，是以人置身苑囿，但由于才智或见识高下不同而对苑囿本身的观赏不同来比喻人们对《楚辞》之文鉴赏态度的不同。“中巧者”当与上句“才高者”相对，“巧”指智巧，“中巧者”指智巧或才力居中或在中等的人。在其他古书中有“中材”（又写作“中才”）一语，指才力智能居中的人。《史记·魏豹彭越列传》：“中材以上且羞其行，况王者乎？”司马迁《报任安书》：“夫以中

① 王利器校笺：《文心雕龙校证·辨骚第五》注［四二］。

② 范文澜：《文心雕龙》卷一《辨骚》注［三〇］。

才之人,事有关于宦竖,莫不伤气,而况于慷慨之士乎!"又有"中知(智)"之语,指才智居中的人,均与本篇"中巧"结构相同,含义相类。由于"中巧者",即智巧属中等的人见识在"才高者"之下,所以就像游览苑囿不能纵观整个体制布局,而只是赏玩摘采其中丽花艳草一样,他们对于《楚辞》也只是猎取其艳丽的辞藻。因此,"才高者菀其鸿裁,中巧者猎其艳辞"两句,是说明"才高者"能从大的体制上把握《楚辞》之文,而"中巧者"则只是猎取《楚辞》之文中的辞采。如果释"中巧"为"心巧",则与"才高"无别,因为"才高者"未必不"心巧","心巧者"未必不"才高",所以,"才高""中巧"当是相对而言。"才高者"与"中巧者"在才智上有"高""中"之别,因此二者对《楚辞》之文的鉴赏或态度就有"菀其鸿裁"与"猎其艳辞"的不同。

吟讽者衔其山川,童蒙者拾其香草。

"吟",本指歌咏。《庄子·德充符》:"倚树而吟,据槁梧而瞑。""讽",本指背诵。《周礼·春官·大司乐》"兴、道、讽、诵、言、语"注:"倍文曰讽,以声节之曰诵。"("倍",即背)这里"吟讽"连用,即"歌咏讽诵"义。"吟讽者",指"歌咏讽诵的人"。而"吟讽者衔其山川",是说能歌咏讽诵的人对于《楚辞》,往往是流连其中对山川的描绘。

"童蒙者"的"童蒙",或注为"启蒙的童子""初学者",或单释"童"为"暗昧无知",均欠妥。"童"本指孩童(字又作"僮",《说文》:"僮,未冠也。"),《易·蒙卦》:"匪我求童蒙,童蒙求我。"疏:"蒙者,微昧闇弱之名。"孩童闇弱幼稚,所以"童"又引申为愚昧闇塞义,常"童蒙"连用。如《淮南子·齐俗训》:

"古者,民童蒙不知东西。"字又作"瞳矇"。《论衡·自然》篇:"纯德行而民瞳矇。"本篇"童蒙"义与《淮南子》"童蒙"、《论衡》"瞳矇"相同,即愚阍不明义。所以,"童蒙者"即是指"愚昧无知的人"。"童蒙者拾其香草",是说阍塞蒙昧的人对于《楚辞》的欣赏,只不过是喜欢其中有关芳草一类的描写。

若能凭轼以倚《雅》《颂》,悬辔以驭楚篇,酌奇而不失其真,玩华而不坠其实,则顾盼可以驱辞力,咳唾可以穷文致,亦不复乞灵于长卿,假宠于子渊矣。

"凭",即"倚着""靠着",字又写作"冯(馮)"。"轼",古代车厢前面用作扶手的横木。"凭轼',即扶着或靠着车轼(古代驾车时凭轼执辔,《汉书·郦食其传》:"韩信闻食其冯轼下齐七十余城。")。"凭轼以倚《雅》《颂》",这是比喻或形象说法,指为文像驾车奔驰凭轼那样依傍"《雅》《颂》"。"《雅》《颂》",指代《诗》,实际上就是指儒家经书。"凭轼以倚《雅》《颂》",照直说来就是"宗经"。"悬辔"之"辔",即马缰绳;"悬辔",指将驭马的缰绳拿在手中,也就是驾驭的意思。"楚篇",即指《楚辞》。"悬辔以驭楚篇",指为文像驾车凭轼而执辔策马一样来驾驭或把握《楚辞》之文。"凭轼"之说,表现出刘勰一贯的"宗经"主张;而"悬辔"之说,则表明了刘勰对《楚辞》之文的态度是主张驾驭或把握它。后两句"酌奇而不失其真,玩华而不坠其实"正是"悬辔"说,即驾驭把握《楚辞》之文的具体主张。"凭轼""悬辔"主张的统一,则表明为文如同驾车凭轼执辔,要"倚《雅》《颂》""驭楚篇",则可以达到"顾盼可以驱辞力,咳唾可以穷文致"的境界。这里既体现出刘勰的"宗经"思想,又体现出刘勰对《楚辞》的重视;两者结合,则可以窥见刘勰关于为文的继承（“宗经”）、革新（“辨骚”以观文变）或者为文“通变”的理论。

“亦不复乞灵于长卿，假宠于子渊矣”两句。“乞灵”，本指乞求神灵的助益。① “乞灵于长卿”，意谓从司马相如（汉武帝时辞赋家之首）那里讨得助益。“假宠”之“宠”，义为“荣耀”“荣光”（用例如《国语·楚语上》：“抚征南海，训及诸夏，其宠大矣。”），而非“宠爱”义。“假宠”，这里指从别人那里乞求荣耀。“假宠于子渊”，意谓从王褒（字子渊，汉宣帝时辞赋家之首）那里讨得荣耀。或释“假宠”为“凭借威望地位”，不妥。“亦不复乞灵于长卿，假宠于子渊”二句承上文而来，认为只要宗法“《雅》《颂》”、斟酌“楚篇”，那么顾盼之下就可以支配、挥洒文辞（“顾盼可以驱辞力”），谈吐之间便可以极尽文章情趣（“咳唾可以穷文致”），也就用不着从司马相如的赋里乞求助益、从王褒的赋里讨取荣耀了。刘勰的这种议论，又显示出他的“倚《雅》《颂》”、“驭楚篇”、抑汉赋的观点。

---

① 《左传·哀公二十四年》：“寡君欲徼福于周公，愿乞灵于臧氏。”注：“以臧氏世胜齐，故欲乞其威灵。”

《明诗》第六

是以在心为志，发言为诗。舒文载实，其在兹乎？

范注引《诗大序》："诗者，志之所之也。在心为志，发言为诗。"又引《正义》："诗者，人志意之所之适也。虽有所适，犹未发口，蕴藏在心，谓之为志，发见于言，乃名为诗。言作诗者，所以舒心志愤懑，而卒成于歌咏，故《虞书》谓之'诗言志'也。包管万虑，其名曰心，感物而动，乃呼为志。志之所适，外物感焉。言悦豫之志，则和乐兴而颂声作，忧愁之志，则哀伤起而怨刺生。《艺文志》云：'哀乐之情感，歌咏之声发，'此之谓也。"①刘勰"在心为志，发言为诗"之说，正本《诗大序》。这两句话说明了"志"和"诗"的关系："志"是蕴藏在心中的情志，"诗"是情志外发而形于文辞者，即《正义》所谓"发见于言，乃名为诗"。因此，"诗"的特定内涵便是指作者情志的外现形式。那么，作"诗"而言其"志"，则成为近乎必然的了。朱自清先生《诗言志辨序》指出"诗言志"是中国古代诗论的"开山的纲领"，它对后来的文学理论有着深远的影响。而在这一点上，刘勰也是恪守其风范的。

"舒文载实"句，"舒"为"展"义。《广雅·释诂》："舒，展

---

① 范文澜：《文心雕龙》卷二《明诗》注[二]。

也。”《淮南子·本经训》:“赢缩卷舒。”注:“舒,散也。”本书《神思》篇:“卷舒风云之色。”“舒”可训为“展”“伸”,这里表示“铺陈”。“舒文”,即铺辞或展辞,也就是敷设文辞。[①] “载”,本指“负载”;“载实”,指表达内容。可见,“舒文载实”一语,实即指写作诗文。下句“其在兹乎”,指“舒文载实”,即写作诗文的要义在于“言志”(“兹”,指代《尚书》“诗言志,歌永言”的所谓“圣谟”阐明的要义)。这里,刘勰要说明的是诗文写作的“目的”。

诗者,持也,持人情性;三百之蔽,义归“无邪”,持之为训,有符焉尔。

“诗者,持也”语出《诗纬·含神雾》。范注:“郑玄《诗谱序正义》:‘名为诗者,《内则》说负子之礼云:‘诗负之。’注云:‘诗之言承也。’《春秋说题辞》云:‘诗之为言志也。’《诗纬·含神雾》云:‘诗者,持也。’然则诗有三训:承也,志也,持也。作者承君政之善恶,述己志而作诗,为诗所以持人之行,使不失队(坠),故一名而三训也。’彦和训诗为持,用《含神雾》说。”[②]“持”,即“执”或“握”义。《说文》:“持,握也。”《诗·大雅·凫鹥序》:“太平君子能持盈守成。”疏:“执而不释谓之持。”“诗者,持也”中“持”字表示“持守”“把握”义。刘勰说“诗”便是“持”,为什么这样说?因为是“持人情性”,即持守或把握人的情性。在表示具体的“拿”或“握”义时,“持”的特定含义表

① 杨明照《校证拾遗》:“按《文选·颜延之〈赠王太常〉诗》:“舒文广国华。”(《文心雕龙校注拾遗》,第43页)

② 范文澜:《文心雕龙》卷二《明诗》注[三]。

示“执而不失”;在表示抽象的“持守”义时,“持”的特定含义表示“执守而不失”。“持人情性”,也就是持守或把握人的情性而不使有失,即“持之使正”之义。在这里,刘勰是论述的诗的劝诫教化性质。

“三百之蔽,义归‘无邪’”句,出自《论语》。《为政》篇:“子曰:‘《诗》三百,一言以蔽之,曰‘思无邪。’’”“三百之蔽”,即《诗》三百的概括;“义归‘无邪’”,即《诗》三百篇的要义在于“无邪”。也就是说《诗》三百善于“持人情性”,无“淫邪”“邪恶”之失。“持之为训”之“训”,即“训诫”义,这里指可以作为训诫的准则。

“有符焉尔”之“符”,本义是符节(即古代传达命令或征调兵将所用的凭据,剖一为二,双方各执其一,用时相合以验真伪),这里则指“凭据”“依据”。“持之为训,有符焉尔”,是说拿《诗》三百篇的“无邪”作为准则,那么在这方面就有了确实的依据。这里则是主张要以《诗》的“无邪”作为诗歌写作和鉴赏的内容上的标准。

人禀七情,应物斯感。感物吟志,莫非自然。

“禀”,即“禀赋”“禀受”。“七情”,古代把人之“情”分为七类。《礼记·礼运》:“何为人情?喜、怒、哀、惧、爱、恶、欲,七者弗学而能。”这“七情”是人的先天禀受,即“弗学而能”,所以说“人禀七情”。“应物斯感”之“应”,本义是“当”,即“对着”(《说文》:“应,当也。”段注:“当,田相值也,引伸为凡相对之称。”),在这里指接或接触;“应物”,即接触到外在事物。其他古书中也有“应物”一语,指“适应外物(变化)”。《庄子·知北游》:“其用心不劳,其应物无方。”《史记·太史公自序》:

“与时推移,应物变化。”这里的“应物”与“应变”(即顺应时、事变化)含义相仿(《荀子·王制》:“举措应变而不穷。”)。而均与刘勰的“应物”说含义迥异。“应物斯感”之“感”,《说文》:“动人心也。”“应物斯感”意谓:触及或接触到外在事物而引起情感上的变化,即引起人的情志活动。“感”是对上文“人禀七情”的“情”而言的,说的是情“应物斯感”。① 也就是说,“人禀七情”,触及到外物之后便产生情志或情感活动。

“感物吟志”的“感物”,即“感于物”,也就是“应物斯感”的意思。“吟志”之“志”,《说文》:“意也。”又云:“意,志也。”这里“意”“志”互训,指的是含有一定的理念或思想内容的意趣、志向。“吟志”,即吟咏或抒发意趣、志向。应该注意:上文说“人禀七情,应物斯感”,这里又说“感物吟志”,可见人接触到外物引起情感活动,这种情感活动产生了“志”,所以说“感物吟志”。“情”是先天的禀赋(“弗学而能”),“应物”而动(活动、变化),从而形成“志”:起码在这里,“情”和“志”并不是一回事。在“禀情”—“感物”—“吟志”这个表明人的创作活动过程的链条中,“情”和“志”之间有个“物”的因素,这个外在的因素触发人的情感活动而形成一定的意趣志向。刘勰认为“感物吟志,莫非自然”,便是认为“情”应物“感”,形成一定的志趣而形之于文咏,是人诗文创作的自身活动规律(“自然”,即客观事物自己这样,并非外来意志使然)。《礼记·乐记》:“凡音之起,由人心生也。人心之动,物使之然也。感于物而动,故形于声。”正是刘勰所本。

---

① 刘伶《酒德颂》:“不觉寒暑之切肌,利欲之感情。”

自王泽殄竭，风人辍采。

“王泽”之“王”，当指周天子。上古传有“三皇五帝”，皆以“皇”“帝”为名，周及春秋时代，天子称为“王”。《左传·僖公二十五年》：“今之王，古之帝也。”本书《宗经》篇：“皇世《三坟》，帝代《五典》。“王泽”，即帝王的德惠恩泽（这是褒谀之辞）。“殄竭”，即绝灭。班固《汉书·礼乐志》：“周道始缺，怨刺之诗起。王泽既竭，而诗不能作。”又云：“是时，周室大坏，诸侯恣行，设两观，乘大路。陪臣管仲、季氏之属，三归雍彻，八佾舞庭。制度遂坏，陵夷而不反，桑间、濮上、郑、卫、宋、赵之声并出，内则致疾损寿，外则乱政伤民……”又班固《两都赋序》：“昔成康没而颂声寝，王泽竭而诗不作。”李善注：“言周道既微，《雅》《颂》并废也。”又云：“《毛诗序》曰：止乎礼义，先王之泽也。然则作诗禀乎先王之泽，故王泽竭而诗不作。作，兴也。《孟子》曰：王者之迹息而诗亡。”所谓“王泽殄竭”即班氏所说的“王泽竭”，也就是指周道陵夷、衰微。

“风人”，当指诗作者，即诗人，①也就是《诗经》一派诗歌作品的作者。“辍采”，这里表示停止了创作（“采”，本指文采、采藻）。“风人辍采”承上句“王泽殄竭”而来，是说周代的王道灭绝或不存在了，而《诗经》一派诗歌的作者也停止了创作。这实际上就是说，周代之后王政浇薄、德义不存，而具有教化、美刺传统的诗作便不再出现了。“自王泽殄竭，风人辍采”两句与班固所说的“王泽既竭，而诗不能作”或“昔成康没而颂声

① “风人”中古指诗人的用例再如《曹子建集》卷八《求通亲亲表》：“是以雍雍穆穆，风人咏之。”又见《三国志·魏志·陈思王植传》。

寝,王泽竭而诗不作"基本含义相同。或训"风人"为"采风的人"、"采"为"采风",释"风人辍采"为"采风的人不再采诗",实误。

此外,"自王泽殄竭,风人辍采"是按照"质文代变,与时推移"或"风动于上,而波震于下者"的规律讲到时代政治或社会状况对文学的影响。因为"王泽殄竭",所以"风人辍采"。"王泽"与"风人"相对,"殄竭"与"辍采"相对:"王泽"存则"风人"在,"王泽殄竭"则"风人辍采"。如果将"风人辍采"释为"采诗者不再采诗"便背于文意了。

观其结体散文，直而不野，婉转附物，怊怅切情，实五言之冠冕也。

这是对以《古诗十九首》为代表的一派诗歌作品的评价。"结体"之"体",指诗作的篇体,也就是诗篇。"结体",指连缀篇体,等于说"构篇"。"散文",范注:"散文犹言敷文。"①这是对的。"散",即铺陈、敷散,"散文"即铺设文辞。"结体散文"实际上是一个意思,即敷设诗篇,也就是创作诗篇。或训"结体"之"体"为"风格",则"结体"不可解,误。

"直而不野"承上句"结体散文"而来。"直",即质直、质朴,这里指抒情率直,不事华饰。"野",粗野,粗俗。《论语·雍也》:"质胜文则野,文胜质则史。"《集解》引包咸曰:"野,如野人,言鄙略也。"萧统《答湘东王求文集与诗苑英华书》:"丽而不浮,典而不野。"刘勰所说的"直而不野",即认为《古诗》质朴、真挚而不粗俗。

---

① 范文澜:《文心雕龙》卷二《明诗》注[二三]。

“婉转附物”之“婉转”，词同“宛转”。《庄子·天下》篇：“椎拍輐断，与物宛转。”成玄英疏：“宛转，变化也。”“宛”即曲折、弯曲。《说文》：“宛，屈草自覆也。”《史记·司马相如列传》：“宛宛黄龙。”司马贞《史记索隐》引胡广曰：“宛宛，屈伸也。”字又作“蜿”。《文选·张衡〈西京赋〉》：“状蜿蜿以蝹蝹。”注：“蜿蜿蝹蝹，龙形貌也。”均与“婉”义同。“婉转”，本形容物形委婉曲折或宛曲。“婉转附物”，即是说物形婉转，而诗文能曲尽其婉转之形、屈伸之状。因此，“婉转”在这里则是指诗歌描写事物而具有的婉转、屈伸；“附物”则是指诗歌描写物形的语言婉转逼真，能恰切地合于所描写的事物的形象。这是从形物描写角度对《古诗》所作的艺术评价。

“怊怅切情”的“怊怅”，词同“惆怅”，本即“失意伤感的样子”，是描写情感活动的词语。“怊怅切情”，是说诗歌能悉尽情感活动，即能把人的失意伤感刻画得淋漓尽致。而描写“怊怅”的诗作，便在这种诗作中表现为“怊怅”。因此按原意理解，“怊怅切情”是说《古诗》描写人的怊怅伤感切合人的情感活动。这是从刻画人的心理或情感活动的角度对《古诗》作出的艺术评价。总之，“婉转附物，怊怅切情”的“婉转”“怊怅”是指“文”而言，即由刻画物象和描写情感活动而在文中表现出的动态。

本书《物色》篇说：“写气图貌，既随物以宛转；属采附声，亦与心而徘徊。”“写气图貌”，即描绘刻画物形、物势；“随物宛转”，是说“写气图貌”随着外物的形貌气势的宛转而宛转变化，也就是曲尽外物的宛转之形。“属采附声”，即铺设文辞，这里也是指写作，当是指侧重在人的心声方面的描写；“与心而徘徊”，是说“属采附声”随着人的情感活动（“心”）的变化而曲折变化(“徘徊”在这里是指人的情感活动的变化)。因此,从刘勰艺术主张的大的方面看,《物色》篇的“随物以宛转”,即本篇的“婉转附物”;《物色》篇的“与心而徘徊”,即本篇的“怊怅切情”。本篇是从艺术分析的角度指出《古诗》描绘物状能做到婉转变化而合于物、刻画心声能做到曲折怊怅而切于情。而《物色》篇则是从创作的艺术要求角度提倡描绘物形气势要曲尽其形、刻画心声要与心徘徊的。从理论上说,本篇的“婉转附物,怊怅切情”与《物色》篇的“写气图貌,既随物以宛转;属采附声,亦与心而徘徊”一样,是主张诗歌创作“物宛转而文宛转,心徘徊而文徘徊”,这与陆机《文赋》“虽离方而遁圆,期穷形而尽相”之说在内容上是相通的。

神理共契,政序相参。

这是对诗歌的社会反映或表现力及其对于社会的政治作用所作的概括。“神理”,与“道”“神道”“道心”含义相通。简单说来,即万事万物之理(包括所谓“鬼神”之“理”)。“神理共契”,指诗与“神理”共相契合,这是在诗能够反映或表现万物之“理”的角度来说的。“政序”,指社会政治、教化以及人伦纲纪和物序。“政序相参”,指诗与“政序”互相参稽,这是就诗能够反映社会政治、人伦纲纪及物序并可用来施行教化的角度而言的。

“神理共契,政序相参”承上两句“兴发皇世,风流二南”而言。“兴”“风”均为《诗》“六义”之一,实则指代《诗经》一派的诗篇而言。《论语·阳货》:“子曰:小子何莫学夫《诗》?《诗》可以兴,可以观,可以群,可以怨。迩之事父,远之事君,多识于鸟兽草木之名。”《诗大序》:“风,风也,教也。风以动之,教以化之”;“故正得失,动天地,感鬼神,莫近于诗。先王以是经夫妇,成孝敬,厚人伦,美教化,移风俗”;“上以风化下,下以风刺上,主文而谲谏,言之者无罪,闻之者足以戒,故曰风”。又云:“言天下之事,形四方之风,谓之雅。雅者,正也,言王政之所由废兴也。”班固《汉书·艺文志》则说:“《书》曰:‘诗言志,歌咏言。’故哀乐之心感,而歌咏之声发。诵其言谓之诗,咏其声谓之歌。故古有采诗之官,王者所以观风俗,知得失,自考正也。”本书《宗经》篇也说:“三极彝训,其书言经。经也者,恒久之至道,不刊之鸿教也。故象天地,效鬼神,参物序,制人纪,洞性灵之奥区,极文章之骨髓者也。”正因为《诗》(当然也包括其他儒家经典)可以“象天地”“效鬼神”“参物序”“制人纪”,所以才可以“正得失”“动天地”“感鬼神”“经夫妇”“成孝敬”“厚人伦”“美教化”“移风俗”或像孔子所说的可以“兴”“观”“群”“怨”以及“迩之事父,远之事君”。由于《诗》能够反映或表现物“理”、人“情”及社会政治得失因而可以用来经世施教,所以刘勰说“神理共契,政序相参”。或训“政序相参”之“序”为古代“学校”(掌教化的场所),实误。

《乐府》第七

夫乐本心术，故响浃肌髓。

“心术”,《庄子·天道》篇:“须精神之运,心术之动,然后从之者也。”成玄英疏:“术,能也;心之所能,谓之心术也。’按《说文》:“术,邑中道也。”《汉书·刑法志》:“园囿术路。”集注引如淳曰:“术,大道也。”这是“术”的本义,其他如计谋、术路等皆引申之义。“心术”之“术”当指“性能”,“心术”即人的情志活动的自身性能,也就是人的精神活动的自身规律。①“术”,本义是人行走的途径,引申为活动的规律是很自然的。“乐本心术”,即认为音乐是本于或来源于人的心性或情性活动的自身性能的。范注引《汉书·礼乐志》“夫乐本情性,浃肌肤而臧(藏)骨髓”②,此为刘勰所本。所谓“乐本情性”,即认为音乐是本于人的情性活动的自然(即自身之所然)的。又《礼记·乐记》:“凡音之起,由人心生也。人心之动,物使之然也。感于物而动,故形于声”;“乐者,音之所由生也,其本在人

---

① 《礼记·乐记》:“夫民有血气心知之性,而无哀乐喜怒之常,应感起物而动,然后心术形焉。”注:“术,所由也。”《史记·乐书》:“淫乐废礼,不接于心术。”《正义》:“术,道也。淫乐秽礼,不与心道相接。”《汉书·礼乐志》:“然后心术形焉。”师古注:“术,道径也。心术,心之所由也。”

② 范文澜:《文心雕龙注》卷二《乐府》注[八]。

心之感于物也。是故其哀心感者,其声噍以杀;其乐心感者,其声啴以缓;其喜心感者,其声发以散:其怒心感者,其声粗以厉;其敬心感者,其声直以廉;其爱心感者,其声和以柔。六者非性也,感于物而后动,是故先王慎所以感之者。"又云:"凡音者,生人心者也。情动于中,故形于声:声成文,谓之音。"因为"凡音之起,由人心生也","其本在人心之感于物",所以刘勰说"乐本心术"(即音乐是本于人的情感活动的)。

还应该注意,《乐记》认为"凡音之起,由人心生",其中强调了"物使之然"或"感于物而后动"的外在事物的因素。音乐的形成是人心有感于物,"情动于中,故形于声;声成文,谓之音"。本书《明诗》篇:"人禀七情,应物斯感;感物吟志,莫非自然。"这里虽然是讲人"情"因物而"感"从而发诸文咏的观点,但从理论上说是与《乐记》及本篇所讲的"情""物""音"的关系相一致的。

此外,《礼记·乐记》还认为:"夫民有血气心知之性,而无哀乐喜怒之常,应感起物而动,然后心术形焉。"由此可以看出,"心术"实指人"情""应感起物而动",也就是人的情感活动的自身规律。《乐记》"心术"一语,当是刘勰所本(或训"心术"为"思想和心计",释"乐本心术"为"音乐本是思想与心计合成的产物"或"音乐根据性情制作",均系望文生训)。正因为音乐是本于人的情感活动或者说音乐是人的情感活动的"自然"体现,所以音乐本身有着震撼、洞彻人心灵或精神的感染力量,因此刘勰说"夫乐本心术,故响浃肌髓"。

"浃",义为"通彻"。"响浃肌髓",即"响浃于肌髓",也就是音乐的音响能通彻到人的骨髓里,这是就音乐的感染力来说的。"响浃肌髓"一句不出现引进动作涉及的对象的介词

“于”。《淮南子·原道训》：“不浸于肌肤，不浃于骨髓。”可证。

然俗听飞驰，职竞新异。

“俗”，即“平庸、粗俗”义；“俗听”，当指平庸或粗俗地欣赏。“俗听飞驰”，是说粗俗地欣赏风行（“飞驰”是形容说法）。

“职竞新异”的“职”，本为“职责”义，是名词。这里用作动词，表示“以……为职”“以……为务”；“职竞新异”，即“以竞新异为务”。因为“以竞新异为务”便是主于竞新，所以“职”可以理解为“主”。杨明照《校注拾遗》：“按《诗·小雅·十月》：‘职竞由人。’毛传：‘职，主也。’”[①]可见，“俗听飞驰，职竞新异”两句是说：平庸、粗俗地欣赏风行，专门追新逐奇。所以下文才又说：“雅咏温恭，必欠伸鱼睨；奇辞切至，则拊髀雀跃：诗声俱郑，自此阶矣。”由于“俗听飞驰，职竞新异”，“俗听”者遇到典雅温恭的歌咏，总是厌倦或报以冷眼；见到奇辞淫声，则一定是兴奋得拊髀雀跃。世尚如此，那么“诗”（“乐心”）、“声”（“乐体”）就都趋于淫滥（“俱郑”）了。

讴吟坰野，金石云陛。

“讴吟”，歌唱吟咏。“坰野”，遥远的郊野。《尔雅·释地》：“邑外谓之郊，郊外谓之牧，牧外谓之野，野外谓之林，林外谓之坰。”这里代指平民百姓之中。“讴吟坰野”，即“呕吟于坰野”，也就是歌咏于郊野。这是说歌诗产生于百姓中间。

---

① 杨明照：《文心雕龙校注拾遗》，第58—59页。

“金石”,本为“八音”中的二者。《周礼·春官·大师》:“皆播之以八音:金、石、土、革、丝、木、匏、竹。”即钟磬一类的乐器。《礼记·乐记》:“金石丝竹,乐之器也。”这里代指音乐,而且是用作动词,表示“配乐”或“配上音乐”。“云阶”,杨明照《校注拾遗》:“按‘云陛’,谓宫廷。左思《七讽》:‘建云陛之嵯峨。’《南齐书·孔稚珪传》:‘臣谨仰述天官,伏奏云陛。’《文选·谢朓〈始出尚书省诗〉》:‘十载朝云陛。’”①可见,“金石云陛”,即“金石于云陛”,也就是“配乐(金石)于宫廷(云陛)”。

因此,本篇赞文这两句话,是说明歌诗本歌咏(“讴吟”)或来源于百姓中间(“埛野”),而在宫廷里配上音乐。本篇说:“匹夫庶妇,讴吟土风;诗官采言,乐盲(胥)被律。志感丝篁,气变金石。”“匹夫庶妇,讴吟土风”,即“讴吟埛野”;“诗官采言,乐盲(胥)被律”,即“金石云陛”。可为确证。

---

① 引《七讽》文下原注:“《文选·谢朓〈始出尚书省诗〉》注(误作《七牧》、沈约《齐安陆昭王碑文》注(又误作《七略》)引。”杨明照:《文心雕龙校注拾遗》,第61页。

《诠赋》第八

赋者，铺也；铺采摛文，体物写志也。

这是用声训（又称“音训”，本是一种用声音相同或相近的字来训释字义的训诂方法）释“赋”之名（即解说为什么称为“赋”）。本书《序志》篇说：“释名以章义。”这里就是从解释“赋”名（即“释名”）开始来论述赋体的特点或意义（即“章义”）。刘勰说“赋”就是“铺”，而“铺”指的则是“铺采摛文，体物写志”。“铺”，敷设、铺陈义；“铺采”，即敷设或铺陈文辞。“摛”，即舒布、铺设，与“铺”义同；“摛文”，即布设辞藻，与“铺采”同指，义同“摛藻”“摛翰”“摛辞”（班固《答宾戏》：“驰辩如涛波，摛藻如春华。”左思《魏都赋》：“摛翰则华纵春葩。”《晋书·陈寿传赞》：“摛辞综理。”），均指铺陈文辞。“体物写志”之“体”，本即“形体”之“体”，这里用作动词，表示描绘义；“体物”，即描绘事物的形貌。“写志”之“写”，古义为“摹画”、“仿效”（如《淮南子·本经训》：“雷震之声，可以鼓钟写也。”）、“摹画”义，表示描述刻画，与上句“体”异词同指；“写志”，即刻画描述情志。可见，“铺采摛文”一句，说明“赋”在形式上的特点是铺陈辞藻；“体物写志”一句，则从描绘物形和抒写情志两方面的内容上说明“赋”体的特点。

此外，刘勰在上文说：“《诗》有六义，其二曰赋。”他论

“赋”体，首先把“《诗》六义”（即风、赋、比、兴、雅、颂）提出来，作为论赋之本。范注：“郑注《周礼·大师》曰：‘赋之言铺，直铺陈今之政教善恶。’李详《黄注补正》曰：‘《毛诗·关雎序》：诗有六义，二曰赋。《正义》云：赋者，铺陈今之政教善恶，其言通正变，兼美刺。又云：直陈其事不譬喻者，皆赋辞。’案彦和铺采二语，特指词人之赋而言，非六义之本源也。”①郑注所谓“直铺陈今之政教善恶”，正是刘勰论赋“写志”说的所指。然而，刘勰论辞赋首先提出《诗》“六义”之“赋”，并非认为两者绝无关涉，相反，他认为《诗》“六义”之“赋”是后来辞赋的源头，并且把它作为论述辞赋的标准，即刘勰认为辞赋应该是“体物写志”的。本篇说：“诗序则同义，传说则异体，总其归途，实相枝干。”这便是说“六义”之“赋”和辞赋之“赋”是“枝”与“干”的关系，即以《诗》“六义”之“赋”为“干”，以辞赋之“赋”为“枝”，后者是前者的流变或发展。所以本篇说：“刘向明‘不歌而颂’，班固称‘古诗之流也’。”②刘勰是同意这些意见的。因此本篇又说：“然赋也者，受命于诗人，拓宇于《楚辞》也。于是荀况《礼》《智》，宋玉《风》《钓》，爰锡名号，与诗画境。六义附庸，蔚成大国。”本篇赞文也说：“赋自诗出，分歧异派。写物图貌，蔚似雕画。”这些都充分说明，刘勰既不把《诗》“六义”之“赋”和辞赋混为一谈，又不认为二者毫无关系，而是认为后来“蔚成大国”的辞赋来源于《诗》“六义”之“赋”（“六义附庸”）。当然，刘勰这样论述辞赋，是企图从根本上揭示出

---

① 范文澜：《文心雕龙注》卷二《诠赋》注［一］。

② “明”字前原本有“云”字，据范注及王利器《校证》说删。又《汉书·艺文志》：“不歌而诵谓之赋。”班固《两都赋序》：“赋者，古诗之流也。”

辞赋与《诗》的关系，从而强调辞赋应该继承《诗》"六义"之"赋"的"直铺陈今之政教善恶"或"美刺"的传统，即主张辞赋不但"铺采摛文"，而且要"体物写志"，这正是刘勰论辞赋的一条重要标准。

夫京殿苑猎，述行叙志，并体国经野，义尚光大。

这是刘勰对汉赋主流的概述。"京殿"，指国都、宫殿："苑猎"，指苑林、射猎。范注引黄叔琳云："京殿，《文选》《两都》《二京》，《灵光》，《景福》之类是也；苑猎，《上林》，《甘泉》，《长杨》，《羽猎》之类是也；述行，《北征》，《东征》之类是也；序志，《幽通》，《思玄》之类是也。'"[①]黄说是，但后人多不解。萧统《文选》分赋为"京都"（上中下）、"郊祀"、"耕籍"、"畋猎"（上中下）、"纪行"（上下）、"游览"、"宫殿"、"江海"、"物色"、"鸟兽"（上下）、"志"（上中下）、"哀伤"、"论文"、"音乐"（上下）；"情"，共十五类。其中，"京都"类有班固《两都赋》、张衡《西京赋》《东京赋》《南都赋》、左思《三都赋序》《蜀都赋》《吴都赋》《魏都赋》，"宫殿"类有王延寿《鲁灵光殿赋》、何平叔《景福殿赋》，"畋猎"类包括司马相如《子虚赋》《上林赋》、扬雄《羽猎赋》《长杨赋》、潘安仁《射雉赋》，"志"类包括班固《幽通赋》、张衡《思玄赋》《归田赋》、潘安仁《闲居赋》，"纪行"类包括班彪《北征赋》、曹大家《东征赋》、潘安仁《西征赋》。刘勰所说的"京殿"，也就是萧统《文选》所列的"京都"和"宫殿"这两类描写古代都城和宫殿的辞赋；刘勰所说的"苑猎"，也就是《文选》所列的"畋猎"一类描写游猎的辞赋；刘勰所说的"述

① 范文澜：《文心雕龙注》卷二《诠赋》注[一四]。

行”,也就是《文选》所列的“纪行”一类描写、记述行旅的辞赋;刘勰所说的“序志”,也就是《文选》所列的“志”这类铺陈、抒发某种抱负或情怀的辞赋。因此,“京殿苑猎”,是指描写有关京都宫殿和苑林射猎的辞赋;“述行叙志”,是指记述、铺陈行旅和情志的辞赋。

“体国经野”,语出《周礼》。《周礼·天官·司徒第二》:“惟王建国,辨方正位,体国经野,设官分职。”范注已明此,①但刘勰用此语,含义与原义迥异。“体国”,原指规划国都(“国”古指都城,如《左传·隐公元年》:“先王之制,大都不过参国之一。”);“经野”,原义是度量土地原野(“野”对“国”而言,与现在的荒野义有所不同)以确立疆界。因此,“体国经野”后用来泛指经纬或治理国家。刘勰论述汉赋用“体国经野”一语,含义实与《周礼》不同。“体”,这里当指体貌、描绘(动词);“体国”,即铺陈描绘都城状貌(这是承上两句“京殿苑猎,述行叙志”中相关的内容而言)。“经”,本为经纬、度量义,这里表示包笼、摹画;“经野”,即描绘、摹画原野(这也同样是承上两句“京殿苑猎,述行叙志”中相关的内容而言)。因此,“体国经野”在这里实际上是指汉赋摹状都城宫殿、描绘苑林郊野,与原义显然大不相同了。正因为汉赋从体裁上说有“体国经野”的特点,所以下句才说“义尚光大”,即认为汉赋其含义尚且宏大(“光大”即广大、宏大。《易·坤》:“含弘光大。”)。

草区禽族,庶品杂类。

这也是刘勰对辞赋的概括。“草区”,即草域;“禽”,古代

---

① 范文澜:《文心雕龙注》卷二《诠赋》[一四]。

对鸟兽的总称(与现在专指“飞禽”不同),“禽族”即禽类,也就是飞禽走兽一类。因为“禽族”生存出没于“草区”,所以称“草区禽族”。这里是指有关描写飞禽走兽的辞赋。萧统《文选》有“鸟兽”类辞赋(上下),其中有《鹏鸟赋》《鹦鹉赋》《鷦鷯赋》《赭白马赋》《舞鹤赋》,可证。

“庶品杂类”的“庶品”,即庶类,也就是众多的品类。“杂类”,本即繁杂的物类。因为“杂类”含有物类众多而繁杂的意思,所以称为“庶品杂类”。这里当指描绘有关杂物的辞赋。萧统《文选》有“物色”类辞赋,其中有《风赋》《秋兴赋》《雪赋》《月赋》,刘勰所说的“庶品杂类”大致与此相同。

“草区禽族,庶品杂类”这类辞赋是赋作中体制较小的作品,它描写的对象是禽鸟、物色之类,与“京殿苑猎,述行序志”这一类“体国经野”的辞赋形成显明的对比,所以刘勰在本篇称它为“小制”。

《杂文》第十四

藻溢于辞，辞盈乎气。

“藻”,即文采、采藻。“溢”,充满、盈溢。“辞”,文辞。“藻溢于辞”,指文采飞扬或作者才气横溢使得文采充盈于文辞。如果直译出来,这句话就是“文采漾溢在文辞里”,也就是说文章的文辞富有文采或文采漾溢。应该注意,“藻”和“辞”在这里有很大区别:“藻”侧重在文采美或藻饰方面,“辞”则指一般含义上的文辞。作品文辞文采飞扬,即“藻溢于辞”(介词“于”的作用在于引进行为“藻溢”的处所“辞”)。如果不分别“藻”“辞”所指的不同,这句话就不能正确解释和理解。

“辞盈乎气”句,“辞”唐写本作“辨”。杨明照《校注拾遗》:“按‘辨’字是。‘辨盈乎气’,与上‘藻溢于辞’相对为文。次‘辞’字乃涉上句而误,当据改。《汉书·东方朔传》:‘辩知闳达,溢于文辞。’颜注:‘溢者,言其有余也。’”①“辨”字古与“辩”通,这里指“辩才”“辩智”,“藻溢于辞,辞(辩)盈乎气”二句承上“智术之子,博雅之人”两句而言,“藻溢于辞”是说“智术之子,博雅之人”的文采充盈在文辞里:而“辩盈乎气”,则是说“智术之子,博雅之人”的辩才或辩智充溢在文章的气势中,

---

① 杨明照:《文心雕龙校注拾遗》,第117页。

也就是说在作品的气势里充盈漾溢着“智术之子，博雅之人”的辩才、辩智。此句“气”与上句“藻溢于辞”的“辞”相对，当指文章或作品的气势。所以，“藻溢于辞，辩盈乎气”是从文采（“藻”）和辩智（“辩”）两方面来论述问题的。如果按“辞盈乎气”来理解，那就无法得到正确的训释，从而妨碍对刘勰此说的认识。

苑囿文情，故日新殊致。

范注：“苑囿，禽兽草木所聚，以喻文情丰茂也。”[①]“苑囿”本即帝王贵族游玩、射猎的风景园林（其中畜养禽兽及花草树木），这里则用作动词，表示“以……为苑囿”。“文情”，这里指文苑的情态或情势。“苑囿文情”，意谓“以文情为苑囿”或“把文情看作苑囿”。因为苑囿有禽兽花木，可供赏玩、驰猎，把文情当作苑囿，即取经营文苑使它采藻丰茂斑斓、具有藻绘美而可供鉴赏之意。

“日新殊致”句，“日新”即日日更新。《易・大畜》：“日新其德。”《礼记・大学》：“苟日新，日日新，又日新。”“殊致”，不同的意态、情趣，指文苑丰富多采，情态不一。“日新殊致”，意谓文苑意态、情趣日新月异，争奇斗艳。这一句承上句“苑囿文情”而来，正因为人们把文囿看作苑囿，锐意经营异采殊势，所以文苑中不同或奇异的意态情趣日新月异。

莫不渊岳其心，麟凤其采。

“渊岳”，本即“深潭”和“高山”，是名词。这里则用作动

① 范文澜：《文心雕龙注》卷三《杂文》注[一]。

词,表示“使……如同渊岳”。“渊岳其心”,即“使其心志如同深渊和高山”,也就是说砥砺节操,使心志如同渊岳般深邃高尚。

“麟凤”,本即“麒麟”和“凤凰”,是名词。这里则用作动词,表示“使……如同麟凤”。“麟凤其采”,即“使其文采如同麒麟和凤凰”,这是说雕琢辞藻,使文采如同麟凤般奇伟华丽。

《史传》第十六

《曲礼》曰：史载笔。左右。史者，使也；执笔左右，使之记也。

范注："《礼记·曲礼》上：'史载笔，士载言。'无'左右'二字，此衍文当删。"①杨明照《校注拾遗》："郝懿行云：按'左右'二字疑衍。按郝说是（以下引诸本无"左右"二字为证，略——引者）。"②王利器《校证》本删。其实，"左右"二字不是衍文，诸家说非是。根据文中义理，今人标点有误，应为："《曲礼》曰史，载笔左右。史者，使也；执笔左右，使之记也。"《大戴礼·盛德》篇："天子御者内史、太史，左右手也。"《白虎通·谏诤》："所以谓之史何？明王者使为之也。"《礼记·玉藻》："动则左史书之，言则右史书之。"本篇"《曲礼》曰史"，是说《曲礼》把"主文之职"叫作或称名为"史"，这是明其职称；"载笔左右"，是根据《玉藻》"左史""右史"或《大戴礼》"内史""太史"为"左右手"之说，认为"主文之职"的"史"是"执笔左右"以司记言、记行的，这是明其职守。所以，"《曲礼》曰史"的"曰"字在这里并不是表示征引《曲礼》原文，而是用来述说"主文之职"

---

① 范文澜：《文心雕龙注》卷四《史传》注[三]。

② 杨明照：《文心雕龙校注拾遗》，第131页。

的名称（在语义上相当于现在的“叫作”或“称为”）。再者，“载笔左右”句下文说：“执笔左右，使之记也。”“执”“载”同义，“执笔左右”即“载笔左右”，一用“载”字、一用“执”字，当是避复之语。这又可以作为“左右”二字并非衍文的力证。如果按通行的标点去读，刘勰上句原文就难以理解了。注家以为“左右”为衍文而当删，则更失原文本来面目了。

唯陈寿“三志”，文质辨洽。

陈寿《三国志》包括魏、蜀、吴三志，所以称为“三志”。“文质辨洽”的“文质”，即文辞和内容（或形式和内容）。“辨洽”一语，应特别注意。“辨”，义为“判别”“分别”。《左传·昭公元年》：“男女辨性。”注：“辨，别也。”《荀子·非相》：“以其有辨也。”注：“辨，别也。”这里又含有分一为二的意思。“洽”，义为“和谐”“融洽”。《诗·小雅·正月》：“洽比其邻。”《左传》引作“协比”（见僖公二十二年、襄公二十九年）。“协”与“洽”义同。在“文质辨洽”一语中，“辨”“洽”含义相反而相连为用，都对“文质”而言，说明一个问题的两个方面。“辨”着眼于作品是“文”与“质”的统一体而有“文”“质”的区别或可分性，也就是说作品可以分为形式和内容两者；“洽”着眼于作品分为“文”“质”或形式和内容两者而又有着和谐的统一性，也就是说作品是形式和内容的统一体。“文质辨洽”，是说陈寿“三志”之文“文”“质”相称（或相符），形成和谐的统一体。

再者，“文质辨洽”与“文质彬彬”含义最为近似。《论语·雍也》：“文质彬彬。”集解引包咸注：“彬彬，文质相半之貌。”郑注：“彬彬，杂半貌也。”《汉书·叙传下》：“孝哀彬彬。”颜注：

“彬彬，文质备也。”“文质相半”，即“文”“质”两者能匀称而和谐地统一，与“文质辨洽”所指正同。总之，“辨洽”一语中，“辨”说明作品分为内容（“质”）和形式（“文”）两大要素，“洽”则说明这两者的和谐统一。

《诸子》第十七

孟轲膺儒以磬折。

“膺”,本指胸,是名词。这里则用作动词,表示“服膺”或“钦佩”,也就是牢记心中或衷心佩服。“膺儒”,即服膺儒家学说。《史记·孟子荀卿列传》:“而孟轲乃述唐、虞、三代之德,是以所如者不合。退而与万章之徒序《诗》《书》,述仲尼之意,作《孟子》七篇。”

“磬折”之“磬”,本为一种乐器,形状曲折如矩,是名词。这里则用作修饰语,表示“像磬似地……”“磬折’,即身体像磬背似地偻折。《礼记·曲礼下》:“立则磬折垂佩。”《庄子·渔父》:“今渔父杖拏逆立,而夫子曲要(腰)磬折,言拜而应。”“磬折’形容恭敬的样子,与上“磬折”义同。

是以世疾诸混同虚诞。

范注:“诸下脱一‘子’字。混同,疑当作鸿洞。鸿洞,相连貌,谓繁辞也。《汉书·扬雄传》:‘雄见诸子各以其知(智)舛驰,大氐(抵)诋訾圣人,即(王念孙曰:即,犹或也。)为怪迂析辩诡辞,以挠世事,虽小辩,终破大道而或(惑)众,使溺于所闻而不自知其非也。”①杨明照《校注拾遗》：“何焯云：‘诸’下疑脱‘子’字”；“按何、范谓‘诸’下脱‘子’字是，范谓‘混同’当作‘鸿洞’则非”；“‘混洞虚诞’四字并列，而各明一义，‘混’谓其杂，‘洞’谓其空，‘虚’谓其不实，‘诞’谓其不经，皆就踳驳方面言。若作‘鸿洞’，则为联绵词，与‘虚诞’二字不类矣。”②诸家认为“诸”下脱‘子’字，是。本篇题为“诸子”，主旨在论诸子之文，所以当作：“是以世疾诸子，混同虚诞。”“混同”，范注认为当作“鸿洞”，杨明照则认为当作“混洞”，均无确凿证据，应仍按“混同”解。

本篇论诸子之言，分为“纯粹”（纯正精粹）之类和“踳驳”（虚诞驳杂）之类。“世疾诸子，混同虚诞”，是说世人厌恶诸子之言，而不辨别它的“纯粹”和“踳驳”，一概视为荒诞不经之说（即“混同虚诞”）。本篇论析诸子，指出它的“纯粹”和“踳驳”，这本身就是与“混同虚诞”的世俗之见唱一反调，而采取分析的态度。本篇又说：“然洽闻之士，宜撮纲要，览华而食实，弃邪而采正。”这便是针对世俗之见而发，主张对诸子“弃邪”而“采正”，也就是非“混同虚诞”之意。明白了这些，固知“混同”不误。

然洽闻之士，宜撮纲要，览华而食实，弃邪而采正。

“洽闻”之“洽”，即融通、博洽义。《后汉书·杜林传》：“博洽多闻，时称通儒。”“洽闻”，指有广博、融通的见闻，也就是学识博大淹通。《汉书·楚元王传》：“皆博物洽闻，通达古

① 范文澜：《文心雕龙注》卷四《诸子》注[一九]。

② 杨明照：《文心雕龙校注拾遗》，第150页。

今。”“洽闻之士”,也就是见闻学识博通的人。“纲要”,即起主要作用或具有纲领性的东西,这里指诸子之言的纲要、要则。本篇说:“然繁辞虽积,而本体易总。”“本体易总”,是主张掌握或把握诸子之言的“本体”,“总本体”也就是“撮纲要”。而本篇下文接着又说:“述道言治,枝条《五经》,其纯粹者入矩,踳驳者出规。”所谓“述道言治,枝条《五经》”,就是诸子之言的“本体”或“纲要”。本篇开头就说:“诸子者,入道见志之书。”“撮纲要”或“总本体”就是要把握住诸子“述道言治,枝条《五经》”或“入道见志”的这一纲要或原则,去看待和分析诸子之言。只有这样,才能从大的方面去衡量诸子,指出它的“纯粹”和“踳驳”,而不至于笼统地“混同虚诞”。

“览华而食实,弃邪而采正”二句,“华”指诸子之文的文辞形式,“实”指诸子之文的内容实质。“览华而食实”,是主张观览诸子的文辞形式,而消化它的内容实质。下句“弃邪而采正”,其中“邪”和“正”对上句“华”“实”而言,“览华”“食实”要“弃邪”“采正”。“邪”即本篇指出的“踳驳之类”,“正”即本篇指出的“纯粹之类”。“弃邪而采正”便是主张对诸子之言不要“混同虚诞”,而应该从“华”“实”两方面着眼,扬弃其虚诞邪僻的成分、吸取其纯正的精华。从理论和方法上来说,刘勰这一观点是很精审的。

《论说》第十八

原夫论之为体，所以辨正然否，穷于有数，追于无形，迹坚求通，钩深取极。

这是刘勰对“论”这种文体的特点的说明。“辨正”，即辨析、订正；“然否”，即“对”和“不对”，与“是非”同义。王充《论衡·定贤》篇：“世间为文者众矣，是非不分，然否不定。”“辨正然否”，即辨析订正是非。王充《论衡·超奇》篇：“又作《新论》，论世间事，辩照然否，虚妄之言，伪饰之辞，莫不证定。”又《论衡·对作》篇：“明辨然否，疾心伤之”；“况《论衡》细说微论，解释世俗之疑，辩照是非之理，使后进晓见然否之分。”又《论衡·自纪》篇：“论贵是而不务华，事尚然而不高合。论说辩然否，安得不谲常心、逆俗耳！”以下数句都是“辨正然否”的具体叙述。

“穷于有数”的“数”，当为“数目”“数量”义。“有数”，这里指具体的事物。“穷于有数’，是说“论”这种文体要穷究客体事物（“穷”为“穷竟”“穷究”义）。“追于无形”句的“无形”按字面解释即“没有形体”，相对上句的“有数”而言，这里指事理或规律。因为事理、规律是没有形体的，所以才称为“无形”。“追于无形”，是说“论”这种文体要追寻、探求事理或规律。也就是要论析事理。《易·系辞上》：“是故形而上者谓之道,形而下者谓之器。”“道”(事理、规律)是“形而上者”,所以可以称它为“无形”;“器”(具体的形器、事物)是“形而下者”,有一定的形态体制,所以可以称它为“有数”。本书《夸饰》篇则说:“形而上者谓之道,形而下者谓之器。神道难摹,精言不能追其极;形器易写,壮辞可得喻其真。”“神道难摹”而“精言追极”之说,可与“追于无形”相参照;“形器易写”而“壮辞喻真”之说,也可以帮助对“穷于有数”的理解。又本书《徵圣》篇:“天道难闻,犹或钻仰。”“天道”无形,所以难以晓见,本篇的“无形”所指正包括这种“难闻”的“天道”;“钻仰”即钻求、探索,与本篇“追于无形”的“追”异词而同义。

“迹坚求通,钩深取极”两句承上文而言。“迹坚”之“迹”,本即“踪迹”“轨迹”之“迹”,这里用作动词,表示“检迹”。本篇下文:“览文虽巧,而检迹如妄。”也就是循着轨迹或印迹(迹象)而探寻。因此,“迹”可以理解为“寻求”“探索”义。“坚”本即“坚硬”“牢固”,这里指难以探寻或剖析的事物或问题。“迹坚求通”,便是说探寻难以剖析的事物或问题而求其通晓明了。① 这一句可与上引《论衡》文“解释世俗之疑,辩照是非之理,使后进晓见然否之分”相参看。“钩深取极”的“钩”,这里指“钩取”,也就是“探索”的意思(此义古书常见,如“钩玄”指探索精微,“钩校”指探索考核)。“深”,指深隐难见,即深奥的事理。“钩深取极”,即探索隐微的事理而求其底

---

① 杨明照《校注拾遗》“迹坚求通”条:“‘迹’,黄校云:一作‘钻’(天启梅本作‘钻’)。按‘钻’字义长。《御览》、《文章辨体汇选》三九二、《文章缘起》注引,并作‘钻’。《论语·子罕》:‘钻之弥坚。’当为‘钻坚’二字所本。”(杨明照:《文心雕龙校注拾遗》,第161页。)但刘勰“迹坚”义与《论语》“钻坚”不同,只可聊备一说。

蕴（“极”，终点、终极，这里指事理的极致或底蕴）。

乃百虑之筌蹄，万事之权衡也。

“百虑”，这是夸张说法，实际上就是思虑、思想，换一个角度看，也就是“百家之言”。本书《附会》篇：“是以附辞会义，务总纲领，驱万途于同归，贞百虑于一致。”这里的“百虑”基本含义与本篇“百虑”同，但特指不同。本篇“百虑”，特指诸家或众多的思虑或思想，对“百家之言”而发；《附会》篇的“百虑”，则是指某个作家在写作文章时的各种思虑或思理。这是应该分清的。[①] “筌蹄”，本即捕鱼和捕兔的器具。“筌”，字又作“荃”（本字是“筌”）。《庄子·外物》篇：“荃者所以在鱼，得鱼而忘荃；蹄者所以在兔，得兔而忘蹄。”后用“筌蹄”喻指达到某种目的的工具或凭借。王弼《周易略例·明象》篇：“意以象尽，象以言著。故言者所以明象，得象而忘言；象者所以存意，得意而忘象。犹蹄者所以在兔，得兔而忘蹄；筌者所以在鱼，得鱼而忘筌也。然则言者，象之蹄也；象者，意之筌也。”后来又称在言词上留下痕迹为“言筌”。严羽《沧浪诗话·诗辨》：“不涉理路，不落言筌者，上也。”刘勰这里用的“筌蹄”，当是指“用以达到某种目的的工具或凭借”义。“百虑之筌蹄”，是说“论”这种文体是“辨正然否”的，所以它是包笼、统摄“百虑”，即百家之言的工具或凭借。

“权衡”，本即秤锤和秤杆（“权”，字又写作“铨”），连用指称量物体重量的器具。《庄子·胠箧》：“为之权衡以称之。”引

---

① 《易传》又有“百虑”一语。《易·系辞下》：“天下同归而殊途，一致而百虑。”

申为动词斟酌、权衡义。这里是一种比喻说法，“万事之权衡”，是说“论”是辨正万事是非的工具或凭借。“权衡”与上句“筌蹄”一样，都是用的比喻义。

本篇又说：“论也者，弥纶群言，而研精一理者也。”这与上两句基本含义是相同的。“弥纶”，“包笼”“统摄”义。《易·系辞上》：“《易》与天地准，故能弥纶天地之道。”“弥纶群言”，即包笼、统摄诸家或百家之言，正可与“百虑之筌蹄”相参照；“研精”，即研讨而使精审（《后汉书·卢植传》：“能通古今学，好研精而不守章句。”伪孔安国《尚书序》：“研精覃思。”），“研精一理”指研讨而精于一理，正又可与“万事之权衡”相参较。①因为“论”作为一种文体，其特点在于“辨正然否”或“弥纶群言，而研精一理”，因此说它是“百虑之筌蹄，万事之权衡”。

是以论如析薪，贵能破理。斤利者越理而横断，辞辨者反义而取通。

“析薪”，即劈柴。（《说文》：“析，破木也。”《诗·齐风·南山》：“析薪如之何？匪斧不克。”）“论如析薪”，即论理如同劈柴。“贵能破理”，“理”即“文理”（纹理）、“腠理”之“理’，此句具有双重含义：以“析薪”作比喻，是说劈柴贵在循着木体的自然纹理而将它劈开；谈论理则如同劈柴，贵在能剖析到论析对象本身的、自然的义理，也就是切中肯綮。

“斤利者越理而横断，辞辨者反义而取通”两句：“斤”即斧的一种（《孟子·梁惠王上》：“斧斤以时入山林。”）。“横断”，

---

① 陆机《文赋》：“论精微而朗畅。”萧统《文选序》：“论则析理精微。”

横着砍断。析薪应该纵向顺理,“横断”则是不顾木体本身的纹理而拦腰砍断,所以说“越理而横断”。这是比喻言辞或思理锋利者,有的不顾论析对象本身的义理而武断地论断问题。“辞辨”之“辨”,本即“剖析”“辨别”义(《易·系辞下》:“辨是与非。”),这里指“善辨”,又本书《议对》篇:“辞裁以辨,事通而赡。”“辨”正是“有辨才”“善辨”义。“辞辨”,即文辞善辨、锋利,与上句“斧利”同指。“反义”,即“反其义”,也就是把论辩的对象本身的义理加以颠倒或不顾事物本身的义理,即与本来或实际存在的义理相反,与上句“越理”意同。“辞辨者反义而取通”,是说言辞善辨者有的颠倒事物本来的义理而求取其论得通。“越理而横断”是违反“析薪”“贵能破理”的原则的,因而“反义而取通”是违背论辩问题的规矩的,是非科学的。所以本篇下文说它:“览文虽巧,而检迹如妄。”这说明,刘勰反对不顾事物本身的义理而自负其才、妄加论断的不良文风,而主张“辨正然否”“贵能破理”的科学的论辩艺术。可见,刘勰的这些观点对我们掌握论说文论理的原则、反对逞才巧辩或诡诈虚妄的恶劣文风,还是很有现实性意义的。

惟君子能通天下之志,安可以曲论哉!

“君子”,这里当指贤德之人、即有才德的人。《论语·子路》:“故君子名之必可言也,言之必可行也。”本书《徵圣》篇:“泛论君子,则云‘情欲信,辞欲巧’。”此句出自《易传》,《易·同人·彖传》:“文明以健,中正而应,君子正也。唯君子为能通天下之志。”《正义》:“‘唯君子为能通天下之志’,此更赞明君子贞正之义。唯君子之人于同人之时能以正道通达天下之志。”又云:“若非君子则用威武,今卦之下体为离,故《彖》云

‘文明’,又云‘唯君子能通天下之志’,是君子用文明为德也,谓文理通明也。”“天下之志”的“志”,当指义理、情趣而言。与“万物之情”的“情”义近,不仅仅是心志:“天下之志”,也就是天下万物的义理、情趣或规律。“惟君子能通天下之志”,是说只有具备才学和中正之德的人才能够通达或通晓万事万物的义理,也就是说只有德才兼具的“彬彬君子”才能明通万物之理。“安可以曲论哉”,即哪里能(或岂能)不顾事理、歪曲事实加以论辩呢!“曲论”,即不顾事理“反义而取通”的论辩。

如果暂且抛开带有浓厚的时代政治及伦理观念色彩的内容,而来看刘勰此说,其中确实包含有非常合理的成分。“惟君子能通天下之志”,说明了只有具备德才两方面的修养,才能够正确地认识和通晓事物的义理。如果没有“执中”“守正”之德而自负“斤利”“辞辨”之才,那就不免逞才曲论、“越理而横断”、“反义而取通”。同时这也给我们以启示:论辩事理一定要首先端正态度,实事求是地分析论证问题,切忌为了“惊听回视”“翻新出奇”而“曲论”。

伊尹以论味隆殷,太公以辨钓兴周。

“隆”,本为“隆盛”义,是形容词。这里则用作动词,表示“使……隆盛”。“隆殷,即“使殷隆盛”。杨明照《校注拾遗》:“按《史记·殷本纪》:‘伊尹名阿衡,欲干汤而无由,乃为有莘氏媵臣,负鼎俎,以滋味说汤,致于王道。’(《吕氏春秋·本味》篇所论甚详)”①曹操《褒枣祗令》:“摧灭群逆,克定天下,以隆王室。”“隆”字用法与上句同。

---

① 杨明照:《文心雕龙校注拾遗》,第163页。

“兴”,本为“兴起”“兴盛”义,是自动词(不及物动词)。这里则用作他动词(及物动词),表示“使……兴盛”。“兴周”,即“使周兴盛”。范注:“《史记·齐太公世家》:‘吕尚盖尝穷困,年老矣,以渔钓奸周西伯。’今《六韬·文韬·文师篇》载太公辨钓语。”①《论语·尧曰》:“兴灭国,继绝世。”《荀子·王霸》:“兴天下同利,除天下同害。”“兴”字用法与上句同。

颉颃万乘之阶，抵嘘公卿之席。

范注:“颉颃万乘,郦、蒯、张之属;抵嘘公卿,谓陆、杜、楼诸人也。《札朴》三:‘扬雄《解嘲》:邹衍以颉颃而取世资。夏侯湛《东方朔画赞》:苟出不可以直道也,故颉颃以傲世。案颉颃,犹上下浮沉也。《诗》:燕燕于飞,颉之颃之。传云:飞而上曰颉,飞而下曰颃。’”②“颉颃”,本即形容上下翻飞的样子(《诗·邶风·燕燕》),这里表示往来游说。“颉颃万乘之阶”,即“颉颃于万乘之阶”,也就是出入或游说于帝王之前。此句不出现引进行为(“颉颃”)发生的处所(“万乘之阶”)的介词“于”。

杨明照《校注拾遗》“抵嘘公卿之席”条:“按‘嘘’当作‘巇’。《鬼谷子》有《抵巇》篇,陶弘景注云:‘抵,击实也;巇,衅隙也。’今本作‘嘘’,盖误山为口,而又脱其戈耳。”③此说是。《鬼谷子·抵巇》:“巇始有朕(按:“朕”,征兆、迹象),可抵而塞,可抵而却,可抵而息,可抵而匿,可抵而得,此谓抵巇之

① 范文澜:《文心雕龙注》卷四《论说》注[三四]。

② 范文澜:《文心雕龙注》卷四《论说》注[四十]。

③ 杨明照:《文心雕龙校注拾遗》,第164页。

理也。”注:“抵,击实也;巇,衅隙也。墙崩因隙,器坏因衅,而击实之,则墙不败。”“抵巇”,也就是补苴罅漏。这里是指陆贾、杜钦、楼护之类的人,以见微补缺游说公卿王侯,在这里即指代游说、献策。“抵嘘(巇)公卿之席”,即“抵嘘(巇)于公卿之席,也就是献谋于公卿王侯或向公卿王侯陈述己说。此句不出现引进行为(“抵嘘(巇)”)发生的处所(“公卿之席”)的介词“于”。

《诏策》第十九

故授官选贤，则义炳重离之辉；优文封策，则气含风雨之润。

范注:“《易·离卦·彖辞》:‘离,丽也。重明以丽乎正。’《象》曰:‘明两作离,大人以继明照于四方。’”①“炳”,本即“明亮”“光明”义,是形容词。《易·革》:“大人虎变,其文炳也。”这里则用作动词,表示“彰明”“显示”,“炳”与下句“优文封策,则气含风雨之润”中的“含”字词性正同。“义炳重离之辉”,即诏策“授官选贤”,显示出日月般的光辉。

“优文封策”,其中“优”本即“优异”“优良”之“优”,是形容词,这里则用作动词,表示“嘉奖”“褒奖”义。“优文封策”,即指褒奖的诏令或者策封官爵侯位的策文。“气含风雨之润”,是形容“优文封策”德惠泽润。杨明照《校注拾遗》:“按《易·系辞上》:‘润之以风雨。’盖舍人所本。”②

腾义飞辞，涣其大号。

“腾”,本即“飞腾”义,是自动词。这里用作他动词,表示

---

① 范文澜:《文心雕龙注》卷四《诏策》注[二九]。

② 杨明照:《文心雕龙校注拾遗》,第172—173页。

“使……飞腾”。“腾义”,即“使义飞腾”。本书《史传》篇:“腾褒裁贬。”“腾”也用作动词。“飞”,本即“飞腾”义,与“腾”同。这里也用作他动词,表示“使……飞”。“飞辞”,即“使辞飞”。“腾义飞辞”,即“使义理腾运、辞采飞扬”。也就是说诏策之文,要让“义”“辞”腾飞。这是形象说法,其真实含义即诏策要含义宏大,文辞炳耀。又本书《序志》篇有“腾声飞实”语,“腾”“飞”的用法与上句同。

“涣”,本为水流盛大向四方散开的样子,是形容词。这里也用作动词,表示“使……涣”。“涣其大号”,当即“使其大号更为壮盛而流布四方”。这是说诏策“腾义飞辞”,使帝王的号令壮盛而播扬四方。又《易·涣卦》:“涣汗其大号。”《汉书·楚元王传》:“涣汗其大号。”注:“言王者涣然大发号令;如汗之出也。”刘勰“涣其大号”即《易》“涣汗其大号”,但《汉书》旧注所说似不妥贴。

《檄移》第二十

观隗嚣之檄亡新，布其三逆。

“檄”，本即用以征召、声讨的文书，也就是檄文，是名词。本篇：“使声如冲风所击，气似欃枪所扫，奋其武怒，总其罪人，惩其恶稔之时，显其贯盈之数，摇奸宄之胆，订信慎之心；使百尺之衡，摧折于咫书，万雉之城，颠坠于一檄者也。”这里则用作动词，表示“作檄文征召、声讨”，也就是“用檄文晓告”的意思。“檄亡新”，即作檄文晓告王莽政权。这里指的是隗嚣的檄文《移檄告郡国》。本篇“张仪檄楚，书以尺二”“陈琳之檄豫州，壮有骨鲠”“钟会檄蜀，征验甚明”“桓公檄胡，观衅尤切”，其中“檄”的用法与上句同。

鞶鉴吉凶，蓍龟成败。

“鞶”，本即鞶带（束衣用的皮带）；“鉴”，即铜镜，古时用来照形，是名词。《左传·庄公二十一年》：“郑伯之享王也，王以后之鞶鉴予之。”杜预注：“后，王后也。鞶带而以鉴为饰也。”这里则用作动词，表示“明察”“鉴照”义。“鞶鉴吉凶”，即鉴照吉凶而使之明晰。此句含义可与本篇“悬鞶鉴于已然”相参照。

“蓍龟”，本即蓍草和龟甲，古代用来卜吉凶、测神意，是名词。《易·系辞上》:"探赜索隐,钩深致远,以定天下之吉凶,成天下之亹亹者,莫大乎蓍龟。"《史记·龟策列传》:"参以卜筮,断以蓍龟。"这里用作动词,表示"占卜""预测"的意思。"蓍龟成败",即占卜或预断成败。此句含义又可与本篇"标蓍龟于前验"相参照。

《封禅》第二十一

勒功乔岳，铸鼎荆山。

“勒功乔岳”，即“勒功于乔岳”；“铸鼎荆山’，即“铸鼎于荆山”。这两句不出现引进行为（“勒功”“铸鼎”）发生的处所（“乔岳”“荆山”）的介词“于”。《史记·封禅书》：“黄帝采首山铜，铸鼎于荆山下。鼎既成，有龙垂胡髯下迎黄帝。”《论衡·道虚》篇引同，均用“于”字，可证。

炳元符，镜鸿业。

“元”或作“玄”。杨明照《校注拾遗》：“按‘玄’字是。《文选·扬雄〈剧秦美新〉》：‘玄符灵契。’李注：‘玄符，天命也。’”“炳”，本为形容词，这里则用作动词，表示“使……炳”或“述明”的意思。“炳元（玄）符”，即“使元（玄）符炳”，也就是述明或彰显符命。

“镜鸿业”之“镜”，本即铜镜，古代用来照形，是名词。字又写作“鑑”“鉴”“监”。《玉篇》：“镜，鑑也。”《说文》：“鑑，大盆也。一曰鑑诸，可以取明水于月。”徐灏曰：“鑑，古衹作监，从皿以盛水也。其后范铜为之，而用以照形者，亦谓之鑑，声转为镜。”《左传·庄公二十一年》：“王以后之鞶鑑予之。”《释文》：“鑑，镜也。”《诗经·邶风·柏舟》：“我心匪鉴。”传：“鉴，所以察形也。”这里则用作动词。因为“镜”(“鉴’)是“所以察形”或“明形”的,因此用作动词可以表示“彰明”义。“镜鸿业”,说的是彰明“鸿业”。“镜”的含义与上句“炳”字相同。一用“炳”,一用“镜”,是为了避复。

《奏启》第二十三

杨秉耿介于灾异，陈蕃愤懑于尺一。

“耿介”，本即“正直”义，是形容词。《楚辞·宋玉〈九辩〉》：“独耿介而不随兮，愿慕先圣之遗教。”注：“执节守度，不枉倾也。”这里则用作动词，表示“体现耿介”，也就是“直言”。“耿介于灾异”，即“直言于灾异”，也就是对灾异直言不讳。这里是指杨秉上疏谏桓帝事（详《后汉书·杨秉传》）。

“陈蕃愤懑于尺一”的“愤懑”，本即“烦闷”“抑郁不平”。《后汉书·桓谭传》：“臣前献瞽言，未蒙诏报，不胜愤懑，冒死复陈。”这里表示“抒发愤懑”或“倾吐不平”。“尺一”，这里指诏书（汉代以长度为一尺的板写诏书，《后汉书·陈蕃传》章怀注：“尺一，谓版长尺一，以写诏书也。”所以又用作诏书或诏命的代称）。这里是指陈蕃请求皇帝下诏书，令选举事“委尚书三公，使褒责诛赏各有所归”（《后汉书·陈蕃传》）。因此，“陈蕃愤懑于尺一”，便是说在请求皇帝下诏书事上抒泄不平或愤懑。

刘颂殷勤于时务，温峤恳恻于费役。

“殷勤”，本即情意恳切深厚，是形容词。司马迁《报任安书》：“未尝衔杯酒，接殷勤之余欢。”这里则用作动词，表示“表现出殷勤”。“殷勤于时务”，即“表露殷勤于时务”，也就是在上疏议论时务问题上情意恳切（刘颂上疏事见《晋书》本传）。

“恳恻”，本即诚恳痛切，是形容词。《后汉书·黄瓊传》：“瓊辞疾让封六七上，言旨恳恻，乃许之。”《章表》篇：“然恳恻者辞为心使。”这里则用作动词，表示“表现恳恻”。“恳恻于费役”，即“显现恳恻于费役”，也就是温峤在上疏谏侈费劳役的事上诚恳痛切（温峤上疏事见《晋书》本传）。

并体国之忠规矣。

此句上承“刘颂殷勤于时务，温峤恳恻于费役”而言。“体”，本指“形体”。《易·系辞上》：“故神无方而易无体。”用作动词，则指对事物的规划、经营。《周礼·天官·序官》：“惟王建国，辨方正位，体国经野，设官分职。”后来用“体国经野”泛指治理国家。刘勰“并体国之忠规矣”一句中的“体国”，当指“治理国家”（“体”为治理义）。本篇认为“奏”文应该“酌古御今”“献政陈宜”，可为内证。“忠规”的“规”，本即“规矩”之“规”（画圆的工具）。《孟子·离娄上》：“不以规矩，不能成方员（圆）。”引申为“法度、准则”及“规谏”义。[①] 考察本篇文意，“体国之忠规”一句当取“规谏”义。“忠规”，即“忠诚的规谏，这是指“刘颂殷勤于时务，温峤恳恻于费役”来说的。因为刘颂、温峤都是在“时务”或“费役”的问题上上奏“陈政献宜”，所以说是治国（“体国”）的忠谏（“忠规”）。

① “规”指规谏，如《尚书·胤征》：“官师相规，工执艺事以谏。”

然后逾垣者折肱，捷径者灭趾。

本篇论“奏”体文写作时说：“是以世人为文，竞以诋诃，吹毛取瑕，次骨为戾，复似善骂，多失折衷。若能辟礼门以悬规，标义路以植矩，然后逾垣者折肱，捷径者灭趾，何必躁言丑句，诟病为切哉！”范注：“逾垣，犹言逾越礼法。捷径，谓涉邪径。”①“捷”，本为“敏捷”“便捷”义，是形容词。《吕氏春秋·贵卒》篇：“吴起之智，可谓捷矣。”注：“捷，疾也。”《小尔雅·广诂》：“捷，疾也。”本书《议对》篇：“若贾谊之遍代诸生，可谓捷于议也。”本篇“捷径”之“捷”则用作动词，表示“使……捷”或“趋近图速”。“捷径”，即“使径捷’，也就是走近路、趋捷径；“捷径”与上句“逾垣”结构性质正同，含义相类。②《左传·成公五年》：“待我，不如捷之速也。”注：“捷，邪出。”“捷径”的字面含义为“趋近图速”，而实际上是指逾出“义路”、规矩，正是“邪出”之意，这与上句“逾垣”指“逾越礼法”异语而同义。

---

① 范文澜：《文心雕龙注》卷五《奏启》注[三一]。

② 《楚辞·离骚》：“何桀纣之猖披兮，夫为捷径以窘步。”注：“捷，疾也。”这里的“捷径”即抄近路、趋捷径的意思，与上例“捷径”结构相同，而与表示“径直近便的小路”义的“捷径”有异。本书《定势》篇：“夫通衢夷坦，而多行捷径者，趋近故也。”这里的“捷径”，即“近路”义。

《议对》第二十四

故其大体所资，必枢纽经典。

“枢纽”，本即户枢和纽结，比喻事物的要辖或关键，是名词。《南齐书·崔祖思传》：“是以有耻则格，敬让之枢纽，令行禁止，为国之关键。”本书《序志》篇：“盖《文心》之作也，本乎道，师乎圣，体乎经，酌乎纬，变乎骚：文之枢纽，亦云极矣。”这里则用作动词，表示“以……为枢纽”。“枢纽经典”，即“以经典为枢纽”，也就是以儒家经典为典范。刘勰本篇认为“议”体文章“动先拟议，明用稽疑，所以敬慎群务，驰张治术”，具有经世致化的作用，所以说“议”体文章的基本要求是以儒家经典为范式，“采故实于前代，观通变于当今；理不谬摇其枝，字不妄舒其藻”，使之“事实允当”“质文得要”。本篇说：“《周书》曰：议事以制，政乃弗迷。议贵节制，经典之体也。”可明。

证验古今，辞裁以辨。

这是对晁错对策的评价。“证验古今”，即参酌古今，也就是“酌古明今”的意思。《汉书·晁错传》载晁错对策文：“诏策曰‘明于国家大体’，愚臣窃以古之五帝明之”；“诏策曰‘通于人事终始’，愚臣窃以古之三王明之”；“诏策曰‘直言极谏’，愚臣窃以五伯之臣明之”；“诏策曰‘吏之不平，政之不宣，民之不宁’,愚臣窃以秦事明之”;“诏策曰‘悉陈其志,毋有所隐’,愚臣窃以五帝之贤臣明之”。所谓“证验古今”,即对此而言。

“辞裁以辨”的“裁”,本即剪裁、删裁义,是动词。本书《镕裁》篇:“剪截浮词谓之裁。”又云:“裁则芜秽不生。”这里则用作形容词,表示“精练”。“辞裁”,即文辞精练或精要。在《文心雕龙》里,形容作品辞采或文辞又用“断”字。如《檄移》篇:“必事昭而理辨,气盛而辞断。”“辞断”,是说文辞刚断。虽然“文辞刚断”与精要有关,但并不相同。“裁”侧重在精要,“断”侧重在刚断有力。又《檄移》篇:“刘歆之移太常,辞刚而义辨。”“辞刚”与“辞断”义相近似。

“辨”,本即辨别、分别,是动词。《易·系辞下》:“辨是与非。”虞翻注:“辨,别也。”《左传·昭公元年》:“男女辨姓。”注:“辨,别也。”这里则用作形容词,表示“明晰”。“辞裁以辨”,即文辞精要而明晰。本书《总术》篇:“精者要约,匮者亦尠;博者该赡,芜者亦繁;辩者昭晰,浅者亦露。”“辩”与“辨”通。“辨”在《文心雕龙》里又对“情”“义”“理”而言,也是“昭晰”义。除上举《檄移》篇“必事昭而理辨”“辞刚而义辨”外,又如《诸子》篇:“情辨以泽,文子擅其能。”有时“辨絜”连用,义与“辨”同。《诔碑》篇:“孝山、崔瑗,辨絜相参。”本篇:“文以辨絜为,不以繁缛为巧;事以明覈为美,不以深隐为奇。”又“辨约”连用,表示明晰而精要。本书《定势》篇:“综意浅切者,类乏酝藉;断辞辨约者,率乖繁缛。”在这里,“辨约”与“繁缛”相对。

对策揄扬,大明治道。

“揄扬”一语古书屡见,一般训为两义。一为“挥扬、扬起”,如《楚辞·九叹·逢纷》:“揄扬涤荡。”二为“宣扬”,或举班固《两都赋序》:“或以抒下情而通讽喻,或以宣上德而尽忠孝,雍容揄扬,著于后嗣,抑亦《雅》《颂》之亚也。”注家用“宣扬”一义释“对策揄扬”,文义不通。“揄”,本即“引”义,也就是拉长、伸展;“扬”,本为“扬起”“扬举”义。“揄扬”连用,字面含义即伸展、扬举。伸展、扬举则放而不拘,所以表示雍容展畅或坦放不拘义。上举班固《两都赋序》“雍容揄扬”例,《文选》李善注训“揄扬”引《说文》及《尚书》孔安国传,取“揄”为“引”、“扬”为“举”义,不释“揄扬”为“宣扬”。再者,从《两都赋序》“雍容揄扬”本身看,也不当作“宣扬”解。此句“揄扬”同“雍容”并列,“雍容”指“从容大方”。《史记·司马相如列传》:“从车骑,雍容闲雅甚都。”①显然,“揄扬”也应是“坦放不拘”义,才能与“雍容”相类。本篇“对策揄扬”的“揄扬”,即是这个含义。“对策揄扬”,是说对策之文坦放闲畅、雍容优雅,所以下句才说“大明治道”。也就是说,正因为对策之文坦放不拘、议论宏阔而不偏狭,所以才能“大明治道”。

又本篇上文说:“夫驳议偏辨,各执异见。”“偏辨”即偏于一隅的析辨,所以是“各执异见”。“偏辨”与“揄扬”相对而言,可见“揄扬”正是形容对策之文陈辞论理宏大不拘。又本篇下文说:“风恢恢而能远,流洋洋而不溢,王庭之美对也。”“恢恢”“洋洋”,均为宏大、恢廓义,正是“对策揄扬”的具体说明。均可为“揄扬”表示“雍容坦放”义的力证。再者,本书《颂

---

① 《楚辞·九怀·昭世》:“握神精兮雍容。”《汉书·薛宣传》:“宣为人好威仪,进止雍容,甚可观也。”《古文苑·舞赋》:“雍容惆怅,不可为象。”“雍容”均为闲雅大方义。

赞》篇:“原夫颂惟典雅,辞必清铄,敷写似赋,而不入华侈之区;敬慎如铭,而异乎规戒之域:揄扬以发藻,汪洋以树义。”“发藻”,即铺陈辞采;“树义”,即立义。“发藻”而要“揄扬”,“树义”而要“汪洋”,“揄扬”“汪洋”正相比类,都是坦放恢廓的意思。① 又可为证。

酌三五以镕世,而非迂缓之高谈。

“三五”,杨明照《校注拾遗》:“按‘三五’,谓三皇五帝。《史记·孔子世家》:‘楚令尹子西曰:……今孔丘述三五(原作“王”,此据《文选·班固〈东都赋〉》注、王融《曲水诗序注》改。)之法,明周召之业。’《文选·班固〈东都赋〉》:‘事勤乎三五。’刘良注:‘三五,三皇五帝也。’”②又指“三代”之王(即夏禹、商汤、周文王及周武王)和春秋“五霸”(五霸又作“五伯”,所指不一,通行的说法是指齐桓公、晋文公、楚庄王、吴王阖闾及越王句践),见《荀子·王霸》篇旧注。又《楚辞·九章·抽思》:“望三五以为像兮。”注:“三王五伯,可修法也。”本篇“三五”,指“三王五霸”还是“三皇五帝”虽不能确定,但其含义尚可明了。“三五”这里即以“三皇五帝”或“三王五霸”代指以往各代。“酌三五”,是说权衡、斟酌历代政治的得失。“镕世”之“镕”,本为铸器的模型(见《说文》及《汉书·食货志》“冶镕炊炭”注),这里作动词用,表示“规范”义,也就是治理。“镕世”,即治理当时的社会。因此,“酌三五以镕世”是说对策斟

① “汪洋”本指水广无际的样子,用来形容文章气势磅礴坦荡。陆机《晋平西将军孝侯周处碑》:“汪洋廷阙之傍。”

② 杨明照:《文心雕龙校注拾遗》,第 215 页。

酌或谈论以往历代的政治是为了治理当时的社会,所以下句说它“而非迂缓之高谈”。本篇上文:“观晁氏之对,证验古今。”又云:“仲舒之对,祖述春秋,本阴阳之化,究列代之变,烦而不混者,事理明也。”由此可以看出“酌三五以镕世”之说的真实含义。牟世金先生采《汉书·郊祀志下》“夫周秦之末,三五之隆”王先谦补注之说,以为本篇“三五”当指“西汉文帝武帝时期”,并且认为:“案文帝为西汉第三代帝王,武帝为第五代帝王。刘勰论对策之兴隆,正谓‘汉文中年,始举贤良’,至‘孝武益明,旁求俊乂’。若此,则‘酌三五’乃指参酌文武之世写对策的实际经验,与本段对策的‘敷理以举统’之旨相符。”①“酌三五以镕世”,当是说斟酌、考察或权衡“三五之世”或“三五”时代的政治得失作为借鉴治理当世,也就是“酌古御今”(《奏启》篇语)。认为“酌三五以镕世”即“参酌写对策的实际经验”,似可再酌。

---

① 牟世金:《〈文心雕龙〉的“范注补正”》,《社会科学战线》1984年第4期。

《书记》第二十五

志气盘桓，各含殊采。

“盘桓”，注家或引陆机《拟青青陵上柏》诗“名都一何绮，城阙鬱盘桓”为证，释为“广大”义，与义未妥。今按，“盘桓”义为“回旋”。《易·屯卦》：“盘桓利居贞。”马注：“盘桓，旋也。”义与“徘徊”“便旋”“盘旋”相通。《广雅·释训》：“徘徊，便旋也。”王念孙疏证：“此叠韵之变转也。‘俳佪’（即‘徘徊’——引者）之正转为‘盘桓’，变之则为‘便旋’。薛综注《西京赋》云：‘盘桓，便旋也。’便旋，犹盘旋耳。”又《荀子·礼论》：“则必徘徊焉。”注：“徘徊，回旋飞翔之貌。”可见，“盘桓”“徘徊”均有“回旋”义。《淮南子·汜论训》：“夫弦歌鼓舞以为乐，盘旋揖让以修礼。”刘勰“志气盘桓”的“盘桓”，即用“盘旋”“回旋”义，这里是“盘旋回荡”的意思。“志气”，指本篇上文所说的司马迁、东方朔、杨恽、扬雄的“书”体作品所寄寓或体现出的情志、气势。“志气盘桓”，是说司马迁等人的这些“书”体作品，表情达意条畅、恳恻，读来令人有意气盘旋回荡之感。也就是说，上举司马迁等人的“书”体文章，情意恳恻、志气倜傥，跃然纸上。

并杼轴乎尺素，抑扬乎寸心。

“杼轴”，字又写作“杼柚”，都是织布机的关键部件（杼：梭子；轴：布筘），是名词。《诗·小雅·大东》：“杼柚其空。”本篇则用作动词，表示“经营制作”的意思，这是用织锦比喻运思缀文或作品的经营。陆机《文赋》：“虽杼轴于予怀，怵他人之我先。”①“杼轴”的用法、含义均与本篇“杼轴”同。又“尺素”，“素”本为生绢，古代写文章或书信用长一尺左右的绢帛，称为“尺素”。《文选·陆机〈文赋〉》：“函绵邈于尺素，吐滂沛乎寸心。”李注：“毛苌《诗传》曰：‘函，含也。’《古诗》曰：‘中有尺素书。’”“函绵邈于尺素”，刘良注：“虽远者含文于尺素之上。”陆说正为刘勰所本。“杼轴乎尺素”，即“经营于尺素”，也就是说像织锦一样制作或经营文章。

“抑扬乎寸心”句的“抑扬”，本即“或高或低”“或起或伏”的意思。张衡《南都赋》：“进退屈伸，与时抑扬。”引申为“褒（扬）贬（抑）”义。《文心雕龙》多用此义，如《辨骚》篇：“褒贬任声，抑扬过实。”又《才略》篇：“但俗情抑扬，雷同一声。”而本篇的“抑扬”含义与“高下”“起伏”义最近似。这里，“抑扬”形容人的思想或情感活动，指思想或情感起伏徘徊。“寸心”，上引陆机《文赋》“吐滂沛乎寸心”句李善注引《列子》：“文挚谓叔龙曰：吾见子之心矣，方寸之地虚矣。”刘良注：“虽大者吐辞于方寸之间。”因古人称心为“方寸之地”，所以叫“寸心”。“抑扬乎寸心”，即徘徊于寸心。这是形容的说法，其实际含义即“情动于中”。

① 《文选》注：“杼轴，以织喻也。”

“杼轴乎尺素”和“抑扬乎寸心”两句是相对而言的：前者是说缀辞成文，后者是说内心的情志活动。本书《体性》篇说：“夫情动而言形，理发而文见：盖沿隐以至显，因内而符外也。”“抑扬乎寸心”是“情动”，“杼轴乎尺素”是“文见”。正因为司马迁等人的“书”体作品是“并杼轴乎尺素，抑扬乎寸心”、心有真情实感发而成文的，所以上文才说这些作品“志气盘桓，各含殊采”。换句话说，作者的“抑扬乎寸心”决定了作品的“志气盘桓”。

故宜条畅以任气，优柔以怿怀。

“条畅”，义为“条直顺畅”。《礼记·乐记》：“感条畅之气，而灭平和之德。”《文选·王褒〈洞萧赋〉》：“洞条畅而罕节兮。”注：“条直通畅也。”又用作动词，表示“条理使通畅”。《论衡·实知》：“孔子条畅增益。”本篇“条畅”用“条直顺畅”义，表示顺畅宽和。“任”有“听凭”义，《尚书·禹贡序》：“任土作贡。”《后汉书·马融传》：“达生任性，不拘儒者之节。”本篇“任气”之“任”与此义近，表示“顺从”。“任气”，即“顺从气之自然”。“条畅以任气”，即宽闲顺畅而顺从气性的自然。

“优柔”，义为“从容闲适”。《文选·王褒〈洞箫赋〉》：“优柔温润，又似君子。”注：“《大戴礼》曰：‘优之柔之。’《礼记》曰：‘温润而泽。’”“怿”，本为“悦怿”“和乐”义，是自动词。《诗·小雅·頍弁》：“既见君子，庶几说（悦）怿。”又《汉书·萧何传》：“上不怿。”师古注：“怿，悦也。”这里用作他动词，表示“使……怿”。“怿怀”，即不逆性情、使情志或精神和怿顺畅。本书《神思》篇：“驯致以怿辞。”“怿”的用法与上句同。“优柔以怿怀”，即从容和柔而保持情志、精神的和怿顺畅。

“条畅以任气，优柔以怿怀”二句含义相类，都是说的要和悦从容而顺从情性的自然。“任气”“怿怀”与“率志”或“率情”义近。本书《养气》篇：“率志委和，则理融而情畅；钻砺过分，则神疲而气衰：此性情之数也”；“率志以方竭情，劳逸差于万里”；“志于文也，则申写郁滞，故宜从容率情，优柔适会。若销铄精胆，蹙迫和气；秉牍以驱龄，洒翰以伐性，岂圣贤之素心，会文之直理哉！”而本篇则说：“详总书体，本在尽言；所以散郁陶，托风采，故宜条畅以任气，优柔以怿怀。文明从容，亦心声之献酬也。”其理论是一贯的。

清美以惠其才，彪蔚以文其响。

“惠”，本为“仁厚”“宽惠”义。《诗·邶风·燕燕》：“终温且惠，淑慎其身。”毛传：“惠，顺也。”疏：“又终当颜色温和，且能恭顺，善自谨慎其身。”又《小雅·节南山》：“昊天不惠。”这里则用作动词，表示“使……惠”。“清美以惠其才”，是说笺记体作品要写得清新优美，以使作者的才性显得宽柔贤惠。

“彪蔚”，本即“华美繁盛”义，与“彪炳”“炳蔚”义近。本书《情采》篇：“若乃综述性灵，敷写器象；镂心鸟迹之中，织辞鱼网之上，其为彪炳，缛采名矣。”又《原道》：“龙凤以藻绘呈瑞，虎豹以炳蔚凝姿。”这里指文章辞采华美而繁盛。“文”，本即“文采”，在“彪蔚以文其响”里用作动词，表示“使……有文采’，也就是“斧藻、修饰”义。“响”，本即“声响”“音响”，这里指作品的文辞，是就作品语言可供诵读、诵而有声的特点方面说的。“彪蔚以文其响”，是说笺记体作品要写得华美以使富有文采。

夫书记广大，衣被事体。

“衣被”,本即衣服和被子,是名词。《晋书·吴逵传》:“家极贫窘,冬无衣被。”这里则用作动词,表示“给……衣被穿盖”,比喻包笼或覆载。“衣被事体”,是说书记品类众多,在内容上说,它包笼许多事体。本篇下文说:“笔劄杂名,古今多品。是以总领黎庶,则有谱籍簿录;医历星筮,则有方术占试;申宪述兵,则有律令法制;朝市征信,则有符契券疏;百官询事,则有关刺解牒;万民达志,则有状列辞谚。”又本书《辨骚》:“其衣被词人,非一代也。”这里的“衣被”也是动词,表示“给……以影响”或“加惠于人”。与上句“衣被”词性相同,但是含义有别。

《神思》第二十六

神思。

杨明照《校注拾遗》:“按曹植《宝刀赋》:‘摅神思而造象。’(《初学记》二二、《御览》三四六引,此盖“神思”二字之最先见者)。《宗炳别传》:‘(画山水序)万趣融其神思。’(《历代名画记》六引,孔融《荐祢衡表》有“思若有神”语)。”①“神思”之“神”,指人的精神,相对人的形骸而言,古书常用此义。如《荀子·天论》:“形具而神生。”陆云《答兄机》诗:“神往同逝感,形留悲参商。”“思”,指思虑或思维活动。《三国志·魏书·荀攸传》:“反复思惟。”本篇说:“形在江海之上,心存魏阙之下’,神思之谓也。”“形在”“心存”二句出自《庄子·让王》篇,②原意是指身在草莽而心神向往荣禄。③ 刘勰引用它,则是取“形在此”而“心存彼”之意,说明人的精神活动可以不受形体、地域等的限制而展开。因为这种活动就是“神游”或精神活动,所以称为“神思”。本篇下文又“神”“思”分用,说:“文

---

① 杨明照:《文心雕龙校注拾遗》,第229页。

② 参见范文澜:《文心雕龙注》卷六《神思》注[二]。

③ 《吕氏春秋·审为》篇:“身在江海之上,心居乎魏阙之下。”文与《庄子》同。《淮南子·俶真训》也有“而神游魏阙之下”语。“心”与“神”所指正同。

之思也，其神远矣。”“文之思”即“文思”，也就是为文或创作的思维活动；“其神远矣”，是说创作时的思维展开时，人的精神活动范围非常广阔。又本篇“思理为妙，神与物游”“神居胸臆，而志气统其关键”“关键将塞，则神有遁心”之“神”，都是指精神。或释“神思”为“神随意往，留心思考”，译注者或译为“变化不测的思想”（这是把“神思”之“神”理解成“神妙”），均误。

故思理为妙，神与物游。

“思理”之“理”，当指规律。《韩非子·解老》：“道者，万物之所然也，万理之所稽也。理者，成物之文也”；“物有理，不可以相薄；物有理不可以相薄，故理之为物之制。万物各异理，万物各异理而道尽”。“思理”，指思维或为文运思的特殊规律。这与《晋书·戴若思传》“思理足以研幽”、《抱朴子·勖学》篇“思理有修短”中的“思理”（指思考或思辨能力），含义不同。

“神与物游”一句，是说明“思理”之“妙”的，意谓：为文运思，人的精神总是和物象联系在一起，也就是说文思活动能构现艺术形象。这些都是文思活动的自身规律使然。“物”，这里是指文思活动展开时显现出的物象，而不是外在的实有物体。对此，本篇说得很明白：“故寂然凝虑，思接千载；悄焉动容，视通万里；吟咏之间，吐纳珠玉之声；眉睫之前，卷舒风云之色。”“寂然凝虑”，即静心凝思；“悄焉动容”，是形容为文运思时人的神情变化，实际上也是在说为文运思。“思接千载”，是说“寂然凝虑”或静心凝思，那么千载之事浮现脑际；“视通万里”，是说“悄焉动容”或遐想之下，那么万里之外的事物如在眼前。吟咏之间,便可以吐出如珠似玉般的声音(实指吟咏出美好的诗文);眉睫之前,如同翻卷飞舞着风云变幻般的壮观景象。这里的“千载”“万里”“珠玉之声”“风云之色”,都是“神与物游”的“物”的概括,自然不是“外在实物”。刘勰下文便说这些都是“思理之致”,即为文的思维活动使然的,怎么能说“神与物游”的“物”就是“外在实物”呢!这里的“物”实即思维活动中呈现或展现出的艺术形象,它是思维活动的结果(也就是曹植《宝刀赋》“摅神思而造象”的“象”)。而“神与物游”是认为为文运思时,作者的精神活动总是与思维活动中呈现的物象的变化相伴随,并不是如论者说的“心神随事物(外在实物)而活动”。

物沿耳目,而辞令管其枢机。

“物沿耳目”的“物”,指外在事物,包括耳可闻、目可见的有形、有声的一切事物。“沿”,本指“循着”“顺着”。陆机《文赋》:“或沿波而讨源。”本书《知音》篇:“沿波讨源,虽幽必显。”这里表示“沿……到达……”或“从……通过”的意思。“物沿耳目”,是说外物的声色、形容是沿着耳目而传达到人的精神或心灵里去的(这是按照古人的说法,实际上人的认识过程,是通过感官触觉而进入大脑)。

“辞令管其枢机”的“管”,本即古代锁钥,也叫“管籥”,是名词。《礼记·檀弓下》:“管库之士。”注:“管,键也。”疏:“管,谓夹取键。”《国语·越语下》:“请委管籥。”注:“管籥,取键器也。”这里则用作动词,表示“控制”“掌管”。“辞令管其枢机”,即文辞掌管着关键(“枢机”,这里比喻事物的关键。《易·系辞上》:“言行君子之枢机。”韩康伯注:“枢机,制动之主。”)。

所以,“物沿耳目,而辞令管其枢机”是说:外物的声音、形貌通过耳目进入心灵,但是要把这种外物的声色、形容反映出来,变为语言艺术形象(文学作品中的形象),还是文辞(“辞令”)在起着“制动”作用。所以下文说:“枢机方通,则物无隐貌。”

是以陶钧文思,贵在虚静,疏瀹五藏,澡雪精神。

范注引《庄子·知北游》:“老聃曰:汝齐(斋)戒疏瀹而心,澡雪而精神。”《白虎通·情性》:“五藏者何也?谓肝、心、肺、肾、脾也。”又云:“内有五藏六府,此情性之所由出入也。”范氏又认为:“疏瀹五脏,谓情性不可妄动,使人烦潰也。”又引黄侃《文心雕龙札记》:“此与《养气篇》参看。《庄子》之言曰‘惟道集虚’,《老子》之言曰‘三十幅(辐)共一毂,当其无,有车之用’。尔则宰有者无,制实者虚,物之常理也。”①“陶钧文思”的“陶钧”,本即制瓦器上的转轮。《盐铁论·遵道》:“转若陶钧。”用作动词,义为“制作”“造就”,这里则表示酝酿、培养。“陶钧文思”,便是酝酿、培养文思。“贵在虚静”,是说酝酿或培养创作的构思贵在保持精神上的专一、纯净。“疏瀹”“澡雪”,最早见于《庄子·知北游》。又马融《长笛赋》:“是故可以通灵感物,写神喻意,致诚效志,率作兴事,溉盥汙(污)秽,澡雪垢滓矣。”二者义同,都表示洗涤而使洁净的意思。“五藏”,即“五脏”,这里代指人的心志或精神,与下句“精神”义同。“疏瀹五藏,澡雪精神”,即涤除心志、精神上的杂秽,使之

① 范文澜:《文心雕龙注》卷六《神思》注[九]。

专一、清静。这就是上文“贵在虚静”一句中“虚静”的所指。可见,刘勰认为培养和酝酿创作的构思,涤除精神上的杂秽或保持心志的纯净,是一个很关键的问题。这就是刘勰文思“虚静”说的基本内容。

当然,从中国古代哲学史上看,认识论上的“虚静”说是有一个发展演变过程的。首先是老子,他在认识论上提出“涤除玄监(鉴)”“绝圣弃知”“致虚极,守静笃”的静观学说。稷下黄老学则改造了老子的这种排除任何感觉与思维的认识论,提出“静因之道”的认识观。“静”即保持心神的虚静,“虚者,无藏也”[①]。即心中不应抱有任何的成见或存想,否则就会妨害对事物的认识,因而又提出“去智去故”,即抛弃或摈除主观存念的主张。“因”即遵循客观事物之理,“因也者,舍己而以物为法者也”;“因也者,无益无损也”。[②] 主张认识事物要忠实于客观事物的自身规律,这是符合唯物认识论的,与老子的认识论有所不同。此后,荀子则提出了“虚壹而静”的观点,他说:“人何以知道?曰:心。心何以知?曰:虚壹而静。心未尝不臧(藏)也,然而有所谓虚;心未尝不满也,然而有所谓一;心未尝不动也,然而有所谓静。”[③]什么是“虚”呢?荀子认为:“人生而有知,知而有志。志也者,臧也:然而有所谓虚,不以所已臧(藏)害所将受谓之虚。”[④]什么是“壹”呢?荀子认为:“心生而有知,知而有异。异也者,同时兼知之。同时兼知之,两也;

① 《管子·心术上》。
② 《管子·心术上》。
③ 《荀子·解蔽》篇。
④ 《荀子·解蔽》篇。

然而有所谓壹,不以夫一害此一谓之壹。"①什么是"静"呢?荀子说:"心卧则梦,偷则自行,使之则谋。故心未尝不动也,然而有所谓静,不以梦剧乱知谓之静。"②总之,荀子主张不以"已臧(藏)"的意识、记忆妨碍新的认识("虚")、不以另一种认识妨碍这一种认识或认识事物要专一("壹")、不以胡思乱想扰乱正常的认识("静"),这样就达到了"虚壹而静"或"大清明"的境界。③ 而刘勰的"陶钧文思,贵在虚静"说,也是主张培养或酝酿文思,贵在专一而静,摈除别的思虑或杂念。因此,刘勰所说的"虚静"并不是虚无,而是纯净专一,从而保障专心致志地进行创作的思维活动。可见,刘勰的"虚静"说在基本内容上更接近于荀子"虚壹而静"的认识论。④

研阅以穷照,驯致以怿辞。

这两句上文另有"积学以贮宝,酌理以富才"二句,前者是说积累学识以储藏学问,后者是说斟酌或权衡事理以丰富才力,同"研阅以穷照,驯致以怿辞"两句一样,都是论述的有关创作构思活动的修养问题。

"研阅以穷照","阅"义为"阅览""察看"(《汉书·文帝纪》:"阅天下之义理多矣。"),这里当指所见所闻或所经历的

① 《荀子·解蔽》篇。

② 《荀子·解蔽》篇。

③ 《荀子·解蔽》:"未得道而求道者,谓之虚壹而静";"虚壹而静,谓之大清明"。"大清明"之说来源于《管子·内业》。

④ 参见杨明照:《文心雕龙校注拾遗》,第229—230页;王元化:《释〈神思篇〉杼轴献功说——关于艺术想象·[附录四]刘勰的虚静说》,《文心雕龙创作论》,上海古籍出版社1979年版,第113—116页。

事情。“研阅”,即研覈所见所闻,其结构形式与上两句的“积学”“酌理”及下句的“驯致”相同。“穷照”之“照”,义为“照察”“明辨”,这里指洞察、明辨事理的能力;“穷照”,即使照察事理的能力达到高境界。“研阅以穷照”,即研覈、考察事理以使分辨事物的能力达到高的境界。这又是讲剖析事理能力的锻炼或培养。

“驯致以怿辞”句,“驯”本为“顺从”“驯服”义。《列子·黄帝》:“无不柔驯。”注:“驯,顺也。”《汉书·公孙弘传》:“夫虎豹马牛,禽兽之不可制者也,及其教驯服习之,至可牵持驾服,唯人之从。”颜注:“驯,顺也。”“致”,即情致、情趣。“驯致”,这里指条畅疏理情致,使之和谐畅达,也就是本书《养气》篇“率志委和”的意思。“怿辞”之“怿”,范注:“疑当作绎,绎,抽也,谓神理之致,须顺自然不可勉强也。”①杨明照《校注拾遗》:“此当作‘绎’,始能与上句‘研阅以穷照’相承。《易·坤·象辞》:‘履霜坚冰,阴始凝也;驯致其道,至坚冰也。’《正义》:‘驯,犹狎顺也;若鸟兽驯狎然。言顺其阴柔之道,习而不已,乃至坚冰也。’”②王利器《校证》改作“绎”。③“怿辞”确较难解,但以“怿”作“绎”,于理难通。“绎”本为“抽丝”,引申为“寻究”及“连续不断”义,若作“绎辞’,则无从得其义。其实,作“怿辞”不误。“怿”为“喜悦”“悦怡”义。《诗·邶风·静女》:“说怿女美。”又《诗·大雅·板》:“辞之怿矣。”传:“怿,悦也。”刘勰“怿辞”之“怿,即“使……怿”之义;“怿辞”,是说

---

① 范文澜:《文心雕龙注》卷六《神思》注[一〇]。

② 杨明照:《文心雕龙校注拾遗》,第230页。

③ 参见王利器校笺:《文心雕龙校证·神思第二十六》注[一]。

使文辞和怡通畅。嵇康《兄秀才公穆入军赠诗》:“长寄灵岳,怡志养神。”《隋书·刘炫传》:“玩文史以怡神,阅鱼鸟以散虑。”这里的“怡志”“怡神”之“怡”,与刘勰所说的“怿辞”之“怿”意义相似。本书《养气》篇说:“率志委和,则理融而情畅。”这就是说使心志和谐顺畅,则理趣融通而情感畅达,正与“驯致以怿辞”内容一致。本书《体性》篇又说:“夫情动而言形,理发而文见:盖沿隐以至显,因内而符外者也。”“言”“文”是“情动”“理发”的结果。“理融情畅”则“言”“辞”“文”也必然和谐顺畅。因此,“驯致”和“怿辞”是因和果的关系,即由于“驯致”、条畅疏理情致,才能“怿辞”或使文辞和怿顺畅。在这里,“驯致”自然是首要的、根本性的问题,所以本篇说:“是以秉心养术,无务苦虑;含章司契,不必劳情也。”

以上“积学以储宝,酌理以富才,研阅以穷照,驯致以怿辞”中的“积学”“酌理”“研阅”三者,是从学识积累、才力的培养、剖析事理的能力三个方面谈创作的构思修养问题,而“驯致以怿辞”则是从精神修养的角度来谈构思修养问题的,这都属于刘勰所说的“秉心养术”的范围。此外,从刘勰“积学”“酌理”“研阅”“驯致”之说来看,他是很重视学识、才力、辨察力以及精神或情致方面的修养对于文学创作构思的作用的,他不是唯心主义的思维论者。

使玄解之宰,寻声律而定墨;独照之匠,窥意象而运斤。

范注:“《庄子·养生主》:‘古者谓是帝之县解。’《释文》:

‘县，音玄。’又《齐物论》：‘若有真宰。’玄解之宰谓心。”①“县解”一语，《庄子》两见。《庄子·养生主》：“适来夫子时也，适去夫子顺也。安时而处顺，哀乐不能入也。”郭象注：“以有系者为县（悬），则无系者县（悬）解也。（悬）解而性命之情得矣，此养生之要也。”成玄英疏：“夫子者，是老君也。秦失叹老君大圣，妙达本源，故适尔生来，皆应时而降诞；萧然死去，亦顺理而返真耳。”又云：“为生死所系者为县（悬）解，则无死无生者县（悬）解也。夫死生不能系，忧乐不能入者，而远古圣人谓是天然之解脱也。”又《庄子·大宗师》：“且夫得者，时也；失者，顺也。安时而处顺，哀乐不能入也，此古之所谓县（悬）解也。而不能自解者，物有结之。”注：“一不能自解，则众物共结之矣。故能解则无所不解，不解则无所而解也。”疏：“处顺忘时，萧然无系，古昔圣人，谓为县（悬）解。若夫当生虑死而以憎恶存怀者，既内心不能自解，故为外物结缚之也。”从《庄子》文看“县（悬）解”即“处顺忘时，萧然无系”，也就是顺乎造化自然，心志不为外物所牵。陆德明《经典释文》读“县”为“玄”，知《庄子》“县解”正是刘勰“玄解”所本。“玄解之宰”之“宰”，义为“主宰”，这里指心。《荀子·正名》篇：“心也者，道之工宰也。”可见，“玄解之宰”则指“虚静之心”，也就是“疏瀹”“澡雪”之后的精神心志。本篇上文说：“是以陶钧文思，贵在虚静，疏瀹五藏，澡雪精神。”“玄解之宰”即承上文而来，它指的是“虚静”，即荀子所谓“虚壹而静”之“心”。刘勰论文思的培养，主张精神上的专一而静，所以称心为“玄解之宰”。此外，刘勰的“玄解”虽本《庄子》“县解”，但他只是用来说明创

---

① 范文澜：《文心雕龙注》卷六《神思》注[一一]。

作的构思要专一贞静、不被杂虑所扰，而不是照搬庄子虚无的“县解”说。

“寻声律而定墨”句，“声律”本指诗文的韵调，这里当是指经过构思而形成的文辞。之所以称为“声律”，是从文章辞采或语言的音乐美角度来说的。本篇赞文说：“刻镂声律，萌芽比兴。”“刻镂声律”即写作诗歌，可证。又本书《声律》篇则说：“是以声画妍蚩，寄在吟咏。”“声画”即诗文，这也是从诗文具有音乐美角度来说的。“使玄解之宰，寻声律而定墨”，是说“虚壹而静”进行创作构思，追寻着文思活动所形成的声音韵调来确定诗文的文辞。

“独照之匠”，指具有独特的鉴察力或独具见解和认识的人。《庄子·天道》篇：“轮扁曰：‘臣也以臣之事观之。斫轮徐则甘而不固，疾则苦而不入；不徐不疾，得之于手而应于心。口不能言，有数存焉于其间。臣不能以喻臣之子，臣之子亦不能受之于臣，是以行年七十而老斫轮。’”郭象注：“此言物各有性，教学之无益也。”成玄英疏：“轮扁之术，不能示其子；轮扁之子，亦不能禀受其教，是以行年至老，不免斤斧之劳。故知物各有性，不可仿效。”范注认为刘勰“独照之匠语本此”[①]，不为无理。但是，《庄子》轮扁语在于说明人、物有独特禀赋（即郭注“物各有性”），不可传授、不可仿效。而刘勰“独照之匠”一语，主要是强调“独照”，即独特的辨察或认识，并不是去宣扬术数的不可授受。本篇强调“积学”“酌理”“研阅”“驯致”对于“陶钧文思”的重要作用，并且说为文“难易虽殊，并资博练”，均可为证。

---

① 范文澜：《文心雕龙注》卷六《神思》注[一一]。

“窥意象而运斤”一句，“意象”指经过构思或想象活动而形成的意趣形象。范注认为“意象”与王弼《周易略例·明象》篇的“言”“意”“象”的关系说有关，恐非是。[①] 因为王弼论述的是“意以象尽，象以言著。故言者所以明象，得意而忘言；象者所以存意，得意而忘象”。在这里，不但“言”而且连“意”和“象”都不是同一个平面（或层次）上的东西——“言”是“明象”、“象”是“尽意”或“存意”的凭借物。而刘勰本篇的“意象”，并不包含这种内容。它是指构思成的情态形象，“意”和“象”二者属同一层次，并互相渗透或融合。

“独照之匠，窥意象而运斤”，是说根据作者独特或独到的鉴察，按照构思的意趣、形象运笔刻画。“运斤”语也出自《庄子》，《庄子·徐无鬼》篇：“郢人垩慢其鼻端若蝇翼，使匠石斫之，匠石运斤成风，听而斫之。”郭象注：“瞑目恣手。”成玄英疏：“郢人谓泥画之人也。垩者，白善土也。漫，汙也”；“瞑目恣手，听声而斫，运斤之妙，遂成风声。若蝇翼者，言其神妙也”。刘勰用“运斤”来比喻刻画“意象”，正与“独照之匠”相应，取“匠心独运”义：正因为“独照’，所以才能“运斤”神奇，刻画“意象”，运笔自如。

是以意授于思，言授于意；密则无际，疏则千里。

刘勰的文学创作思维论，还包括构思和语言表达的关系问题。本篇说：“夫神思方运，万途竞萌；规矩虚位，刻镂无形。登山则情满于山，观海则意溢于海，我才之多少，将与风云而并驱矣。”这里说明了创作构思或思维活动是一种复杂的精神活

---

① 参见范文澜：《文心雕龙注》卷六《神思》注[一一]。

动:作家应物而感,思绪并发,情怀汪洋,浮想联翩。在这时,“方其搦翰,气倍辞前”;而“暨乎篇成”,却“半折心始”(本篇)。原因则是“意翻空而易奇,言徵实而难巧”(本篇)。这又说明,“意(即构思或想象产生的内容,包括意趣和形象)有着“翻空”的特点,所以“易奇”;而语言的表达,是用文辞把想象的意境具体地刻画、描绘出来(“徵实”),所以“难巧”。“言”(文辞的具体表达)的“徵实”“难巧”,是对“意”的“翻空”“易奇”而言的。正由于“意翻空而易奇,言徵实而难巧”的矛盾,所以才形成“方其搦翰,气倍辞前;暨乎篇成,半折心始”的构思或想象的内容(“意”)和语言的具体表现(“言”)二者之间不容易完全吻合的现象。

也正因为想象或构思的意境和语言表达之间存在着“翻空”“易奇”和“徵实”“难巧”的矛盾,所以刘勰在本篇里又从“思”“意”“言”三者的关系上提出了他的意见。他说:“是以意授于思,言授于意;密则无际,疏则千里:或理在方寸而求之域表,或义在咫尺而思隔山河。”“意授于思,言授于意”,说明了构思或想象活动(“思”)、构思的内容(“意”)和文辞(“言”)之间的关系。刘永济《校释》认为:“此言文意受之文思,文辞又受之文意,盖有文意始有文辞,而其本皆在文思也。”[①]后来,对“思”“意”“言”的所指有另一种解释,认为:“‘思’相当于‘情志’;‘意’,应解释作‘意象’(亦即《神思》篇上文所说‘独照之匠窥意象而运斤’的‘意象’),相当于‘事

① 刘永济校释:《文心雕龙校释·神思》。

类'；'言'，相当于'文辞'。"[①]又说："刘勰正是用'思'（情志）—'意'（意象）—'言'（文辞）来预示他后来提出的'三准说'，以表明'设情以位体'—'酌事以取类'—'撮辞以举要'三个步骤"，"这两种说法异语而同义"。[②] 这种解说不能认为是正确的。首先，"意授于思，言授于意"是说构思或想象活动所形成的内容（"意"）是来源于（"授于"）思维或想象活动（"思"）的，而文辞（"言"）是本于或来源于（"授于"）构思所形成的"意"的。"意"，和上文"意翻空而易奇"的"意"相同，指的就是作家运用思维能力构思而成的意象或意境，它可以泛指构思成的内容，但是根本不同于"据事以类义，援古以证今"的"事类"[③]，它是"思理所致"；"言"，指的是依附于"意"而有的文辞：这是从创作活动的思维所形成的内容和文辞的关系角度看待问题的。总之，"思"不是指"情志"，而是指创作思维活动本身；"意"不是指"事类"，而是思维或想象活动构思成的意境或内容；而"言"则是指与"意"相表里的文辞。"意授于言，言授于意"，讲的是构思的结晶（"意"）和构思活动的本身（"思"）、构思的内容（"意"）所体现的文辞（"言"）和构思的内容（"意"）本身之间的相依或授受关系。同时也应该指出，

---

① 王元化：《释〈熔裁篇〉三准说——关于创作过程的三个步骤》，《文心雕龙创作论》，第189页。

② 王元化：《释〈熔裁篇〉三准说——关于创作过程的三个步骤·[附录一]思意言关系兼释〈文心雕龙〉体例》，《文心雕龙创作论》，第190页。

③ 《文心雕龙·镕裁》篇："举正于中，则酌事以取类。"《文心雕龙·事类》篇："事类者，盖文章之外，据事以类义，援古以证今者也。"很明显，"意"和"事类"不能混为一谈。

“思”—“意”—“言”和本书《镕裁》篇里提出的“三准说”——“履端于始,则设情以位体;举正于中,则酌事以取类;归余于终,则撮辞以举要”根本不是一回事。①

正因为“意”由“思”而来,“翻空而易奇”,“言”虽然依附于“意”,但它关系到具体的表达,“徵实而难巧”,所以,刘勰才说“密则无际,疏则千里”,“密”和“疏”都应该是对“思”而言的。因为“意”由“思”致,“言”附于“意”,“思”是首要的也是关键的环节。所以,文思严密,则构意坚实,形成文章则或天衣无缝;如果文思飘忽,构意游离,敷设成文就会破碎支离。像本篇所说的“或理在方寸而求之域表,或义在咫尺而思隔山河”,就是说的为文运思疏阔游离的两种情况。可见,“意授于思,言授于意”,讲的就是构思本身、构思或想象活动的结晶以及文辞这三者的来源或相依的关系,从而说明创作思维活动的严密、构意坚实的重要性。这是从创作思维活动和构意特点以及具体的语言表达角度分析和论证问题的。论者认为“密则无际,疏则千里”的“密”和“疏”是指“思”“意”“言”三者的结合而言,因而不能正确认识刘勰“思”“意”“言”关系理论的实质。

再者,在我国文学史上,晋代以后从永嘉、宋初到齐梁整个文坛弥漫在浮诡尚玄、追求艳丽、虚无缥缈的绮靡风气中,刘勰“于是搦笔和墨,乃始论文”②,他的“神思”论也不会是无的放矢。他论述“思”“意”“言”三者的关系,从而强调构思的坚实,正是针对时尚的不良文风而发的。这也是我们作以上分析

① 参见本书《镕裁》篇“是以草创鸿笔,先标三准”条释义。

② 《文心雕龙·序志》篇。

的有力的证明。

难易虽殊，并资博练。

本篇认为："人之禀才，迟速异分；文之制体，大小殊功。"但是，刘勰又认为文章篇制的大小，并不是作家创作时构思成文或速或缓的主要的起决定性作用的因素，而是取决于作家才力"迟""速"不同的内因。本篇举司马相如作《上林赋》《子虚赋》以及扬雄、桓谭等人作赋思"迟"（"缓慢""迟钝"义）之例，认为他们"虽有巨文，亦思之缓也"；又举刘安、枚皋、曹植、王粲、阮瑀、祢衡等人作赋思"速"之例，说他们"虽有短篇，亦思之速也"。刘勰本篇又认为：不论是"思速"的"骏发之士"，还是"思缓"的"覃思之人"（"覃"有"长"或"延"义，《说文》："覃，长味也。"段注："引申之，凡长皆曰覃。"又见《广雅·释诂》。"覃思"亦指"深思"。《汉书·叙传下》："下帷覃思，论道属书。"字又作"潭思"。本篇"覃思"是指长思或缓慢的文思，与"骏发"相对），为文运思都是凭借着一定的学识和技能才"造次而成功"（"造次"有"急遽""轻率""鲁莽"义，这里是指文思敏捷、属文轻易而就）或者"愈久而致绩"的。"骏发之士"之所以能够"当机立断""造次而成功"，还在于他们"心总要术"，也就是把握了"驭文之首术"；"覃思之人"之所以能够"研虑方定""愈久而致绩"，也还是因为他们"鉴在疑后"。因此，本篇又提出了"博练"的问题。

刘勰说："机敏故造次而成功，虑疑故愈久而致绩：难易虽殊，并资博练。""博""练"在这里对举："博"指"博见"，即博闻多识；"练"，指"贯一"，即贯练专精。本篇说："若学浅而空迟，才疏而徒速，以斯成器，未之前闻。是以临篇缀虑，必有二患：

理郁者苦贫,辞溺者伤乱。然则博见为馈贫之粮,贯一为拯乱之药,溥而能一,亦有助乎心力矣。”显然,所谓“博练”就是“博见”和“贯一”,也就是“博而能一”。从结构形式上说,“博练”是并列关系,而不是修饰与被修饰的关系。从语义上看,“博练”即“博见”和“贯一”,表示对立统一的关系。论者大都误解“博练”为“广泛(或‘广博’)地练习”,一度使得刘勰的“博练”说不能被人们正确认识。其实,从刘勰本篇既说“难易虽殊,并资博练”,又说“博见为馈贫之粮,贯一为拯乱之药”“博而能一,亦有助乎心力”的具体论述中,是完全可以得出“博练”即“博见”和“贯一”或者“博而能一”的正确结论的。又本书《正纬》篇:“是以桓谭疾其虚伪,尹敏戏其深瑕,张衡发其僻谬,荀悦明其诡诞:四贤博练,论之精矣。”这里的“博练”指博学精深,又可为证。

此外,这从词义角度也能得到解释或证明。“博”指博闻多识(即“博见”),这很明显。《荀子·修身》篇:“多闻曰博。”又本书《事类》篇:“是以将赡才力,务在博见。”无须赘述。“练”,《说文》:“湅缯也。”段玉裁注:“湅者,滴也。滴者,淅也;淅者,汏米也。湅缯汏诸水中,如汏米然。《考工记》所谓‘湅帛’也。已湅之帛曰练,引申为精简之称,如《汉书》‘练时日’‘练章程’是也。”又《说文》:“鍊,治金也。”段注:“治,大徐本讹作冶,今正。湅,治丝也;练,治缯也;鍊,治金也。皆谓滴湅欲其精,非第冶之而已……引申之,凡治之使精曰鍊。”可见,“练”的本义是“治缯”,引申为“简练”或“治之使精”义。刘勰“博练”之“练”,当取此义,表示“精要”或“专精”义,与“博”(博见)相对。“博练”即“广博、精深”或“博大精深”的意思。又《后汉书·马融传》:“(融)尝欲训《左氏春秋》,及见贾逵、郑众注,乃曰:‘贾君精而不博,郑君博而不精;既精既博,吾何加焉!’”这里,“博”和“精”正相对而言。刘勰所说的“博练”,即《后汉书》所说的“既精既博”,也就是“博大精深”的意思。又本书《正纬》篇:“是以桓谭疾其虚伪,尹敏戏其深瑕,张衡发其僻谬,荀悦明其诡诞:四贤博练,论之精矣。”更可为证。刘勰说“难易虽殊,并资博练”,用意正是在于说明:为文运思,或难或易,或速或迟,都必须要凭借着学识的博大和精深才能“成器”的。这是强调学识的广博和精深的统一对写作文章的作用。所以本篇才又说:“若学浅而空迟,才疏而徒速,以斯成器,未之前闻。”

我们说“博练”即“博见”“贯一”或者“博而能一”,“博”指“博见”毫无疑义,而“练”为何又称为“贯一”呢?这也并非难解。“练”指精深,学识广博繁富而不精深,则如同一屋散钱;如果“既博既精”,则能使“博”贯通一理,犹如一屋散钱用钱贯串连起来一样。也就是说,精深指在博学基础上的精研通贯,即对“博”的“治之使精”,而贯于一统。所以刘勰才又说:只有“博见”,才能“馈贫”;只有“贯一”,才能“拯乱”;只有“博练”或“博而能一”,才能救正“临篇缀虑”时“理郁者苦贫,辞溺者伤乱”的“二患”。

若情数诡杂,体变迁贸。

“情数”,这里指“情理”或“情意”而言。《后汉书·班超传》:“胡夷情数,臣颇识之。”这里“情数”指“情况、情形”。又本书《章句》篇:“情数运周,随时代用矣。”“情数”则指事物的“情理”而言,均与刘勰本篇所说的“情数”含义有别。“诡杂”,即“诡异杂乱”义。“诡”有“乖违”义。《文选·马融〈长笛赋〉》:“波澜鳞沦,窊隆诡戾。”注:“诡戾,乖违貌。”“诡杂”连用,义正相类。又本书《情采》篇:“是以联辞结采,将欲明经;采滥辞诡,则心理愈翳。”“滥”“诡”相对成文。本书又“繁诡”连用,如《体性》篇:“才性异区,文辞繁诡。”“繁诡”,即“繁杂”义。所以说,“情数繁诡”是指作品情意驳杂而不协调。

“体变迁贸”的“体”,相对上句“情数”而言,当指作品的体制或体式。“体变”,则是说作品体制的变化。“迁贸”是同义词连用,倒言之则为“贸迁”。《文选·任昉〈为卞彬谢修卞忠贞墓启〉》:“而年世贸迁,孤裔沦塞。”“迁贸”“贸迁”义同,均表示“变更、改换”。“体变迁贸”,实际上就是说作品的体制在变化上不能保持体势或风格上的一致,也就是变易杂乱,这是对写作文章时不能保持统一的体制要求而言的。此句“迁贸”与上句“诡杂”对举,一指作品“情数”乖违杂乱,一指作品篇体在体式上迁贸不协。

杼轴献功,焕然乃珍。

“杼轴”,也作“杼柚”,“杼”是梭子,“轴”(或“柚”)是布筘,都是织机上的主要部件。《诗·小雅·大东》:“大东小东,杼柚其空。”朱熹集注:“杼,持纬者也;柚,受经者也。”后用“杼轴”喻指文章的构思或组织。陆机《文赋》:“虽杼轴于予怀,怵他人之我先。”刘勰《书记》篇:“并杼轴乎尺素,抑扬乎尺心。”“杼轴”基本意义与《文赋》“杼轴”同。本篇“杼轴献功”说的“杼轴”,喻指义与上二例有联系,但并不相同。“杼轴”在这里当指“神思”或“文思”。“杼轴”代指“文思”,可以构思组织文,正取杼轴可以织综布帛锦绣之义。刘勰的“杼轴献功”说,是关于构思的艺术再创造(或加工)的理论。

本篇说:“若情数诡杂,体变迁贸,拙辞或孕于巧义,庸事或萌于新意;视布与麻,虽云未贵,杼轴献功,焕然乃珍。”黄侃认为:“杼轴献功,此言文贵修饰润色。拙辞孕巧义,修饰则巧义显;庸事萌新意,润色则新意出。”[①]我们虽然不很赞成黄侃认为“杼轴献功”即“文贵修饰润色”的意见,但他释“拙辞或孕于巧义,庸事或萌于新意”为“拙辞孕巧义”“庸事萌新意”却是对的。“拙辞或孕于巧义,庸事或萌于新意”二句中的“于”,其作用是介绍出动词(“孕”“萌”)所涉及的对象(“巧义”“新意”)。[②] 所以,“拙辞或孕于巧义,庸事或萌于新意”即“拙辞或孕巧义,庸事或萌新意”。这两句话,是说构思的结晶有义巧而辞拙、意新而事庸的情况。显然,这和“辞”“义”、“事”“意”达到完美统一的构思结果比较起来,犹如“布”和“麻”的区别一样(按:“视布于麻”的“于”,作用是介绍出动作、行为“视布”实行时所旁及的对象“麻”,可译为“跟”。所以,“视布于麻”即“视布跟麻”,表示比较。不能认为刘勰说的“视布于麻”是指“拙辞”和“庸事’、“巧义”和“新意”各自的比较。因为“拙辞”和“巧义”、“庸事”和“新意”不是在同一平面上,或者说不是具备同等质素的事物,“辞”和“义”、“事”和“意”在性质上形不成比譬关系)。但是,“义巧”“辞拙”或“意新”“事庸”的构思尽管粗糙、原始,只要有“巧义”“新意”在其中,这就在根本上具备了构成完美文思的基本素质。就像尚未加工成布的“麻”一样,虽然还不是完美的成品,但有成为完美成品的

① 黄侃:《文心雕龙札记·神思》。

② 句式与《荀子·天论》“故明于天人之分,则可谓至人矣”、柳宗元《送李判官往桂州序》“今李生学于诗有年矣”同例。

素质。因此，如果像用机杼将麻织作成布那样，将“义巧”“辞拙”“意新”“事庸”的构思进行一番组织经营或再加工，发挥文思的构思组织作用（“杼轴献功”），使它在“辞”和“义”“事”和“意”两方面得到完美统一，也还是会成为素帛锦绣般焕然可珍（“焕然乃珍”））的艺术成品的。有人认为：“使庸事可以萌新意，使拙辞可以孕巧义，决不是在形式方面进行修饰润色所能收功奏效的”，而是“想象活动所起的作用”。由此进而认为：“拙辞或孕于巧义，庸事或萌于新意”，“正是针对作家运用想象对现实进行加工而言”，即“凭借想象作用去揭示其中为人所忽略的‘巧义’，为人所未见的‘新意’”。① 这是误解了刘勰关于文思艺术再加工的理论，从而把刘勰主张对“拙辞”和“巧义”、“庸事”和“新意”这种“辞”“义”、“事”“意”不配（即不能形成内容和形式上比较完美的统一）的构思进行再加工的观点，解释成了主张作家人为地要“使庸事可以萌新意，使拙辞可以孕巧义”，因而又得出这是“针对作家运用想象对现实进行加工而言”的结论。

同时，我们还应该看到：刘勰的文思艺术再加工的理论，是建立在或者说是着眼于“义”或“意”的基点上的。只有“巧义”或者“新意”具备（即内容可取），而“辞”“事”拙庸（即形式粗庸），还可以进行构思再加工。显然，如果“义”“意”毫不足取，便没有再加工的价值了。这也很符合文学创作的规律，因而又是很可宝贵的论点。

---

① 王元化：《释〈神思篇〉杼轴献功说——关于艺术想象》，《文心雕龙创作论》，第 97—98 页。

神用象通，情变所孕。

本篇说:“文之思也,其神远矣。故寂然凝虑,思接千载;悄焉动容,视通万里;吟咏之间,吐纳珠玉之声;眉睫之前,卷舒风云之色:其思理之致乎!”由此可见,“文思”或“文之思”活动具有超时空、能联想和构现物象或形容声色的特点。陆机《文赋》也说:“观古今于须臾,抚四海于一瞬”;“恢万里而无阂,通亿载而为津”;“遵四时以叹逝,瞻万物而思纷”。他认为思维有不受时空限制的特点,也谈到了构思或想象活动与物象的关系,刘勰所论当受到陆机之说的影响。因为文学创作思维活动的主要任务之一就在于塑造艺术形象,而这种艺术形象的构成归根到底还是人的情感活动的作用,所以刘勰才又说:“神用象通,情变所孕。”这就是说的文学创作思维活动(即“神用”,《养气》篇说:“心虑言辞,神之用也。”)之所以能构现艺术形象或与形象相融(“象通”),是由于作家情感活动或情志变化(“情变”)包蕴或孕育了(“所孕”)这种基本因素。可见,刘勰不但认为文学创作思维活动总是和形象相融,而且认为这是源于作家的情感活动的。本书《物色》篇也说:“是以诗人感物,联类不穷:流连万象之际,沉吟视听之区,写气图貌,既随物以宛转;属采附声,亦与心而徘徊。”这里更为明确地说出了作家情感活动对创作时构思艺术形象的决定作用。总之,“神用”(进行创作思维活动)之所以能“象通”(构现出艺术形象),根本在于“情变所孕”;离开后者,前者便是无源之水、无本之木。

本篇说“思理为妙,神与物游”,是说创作思维活动中,作家的神志或精神总是和形象紧密相连的。这里的“物”,指的是“情变所孕”或“神用象通”的艺术形象。由于“岁有其物,物有其容”，而“情以物迁，辞以情发”。[①] 作家的“情变”，即情感活动孕育或积累了许许多多的客观事物的形容声色，到了创作思维活动（“神用”）一旦展开，就会构现出艺术形象（“象通”），就形成心物交融（“神与物游”）的境界。“神用象通”和“神与物游”，说的都是创作思维与“思理所致”的形象的相依关系，并非指构思时的想象活动随外物而变化。至于随外境变化而变化的，在刘勰看来，那是人的情感活动，也就是所谓“情变”。本书《物色》篇对此有专门论述，说：“春秋代序，阴阳惨舒，物色之动，心亦摇焉。盖阳气萌而玄驹步，阴律凝而丹鸟羞，微虫犹或入感，四时之动物深矣。若夫珪璋挺其惠心，英华秀其清气，物色相召，人谁获安？是以献岁发春，悦豫之情畅；滔滔孟夏，鬱陶之心凝；天高气清，阴沉之志远；霰雪无垠，矜肃之虑深。岁有其物，物有其容，情以物迁，辞以情发。一叶且或迎意，虫声有足引心。况清风与明月同夜，白日与春林共朝哉！”这里说明了客观外物或外境对人的精神的感召、影响以及情感活动受外物影响而变化的关系，从而更使我们看出刘勰所说的“情变”的底蕴便是建立在客观外境基础上的情感活动。正由于这种情感活动为创作思维提供或积累了构思艺术形象的质素，才使得创作时构思艺术形象成为可能的事。由此可见，刘勰认为情感活动的变化是基于客观存在的外界事物，也就是说，作家的“情变”是由于外境的变幻。由“情变”而进到“神用”，即由情感活动而到创作思维活动，便是自然的了。“情变”是“神用象通”的前提，但“情变”本身并不是创作思维活动，这是应该分别清楚的。

---

① 《文心雕龙·物色》篇。

此外还应该说明，刘勰论“神用象通”的根源，并不限于认识的直观性方面，而是强调作家的情感活动，称之为“情变”，即由作家主观方面的精神与外境接触，产生情感活动。由此再进行创作构思活动，便是自然的规律了。刘勰并不简单地把创作的积累或认识事物的初级阶段看作单纯的感官直觉，而是强调了作家的“情变”。这一论点是很有独到之处的有关创作思维论的观点。

《体性》第二十七

体性。

“体”，本即事物的形体，就事物的形制而言，指“形式”（凡是事物的形制”都可以称为“体”）。“体性”之“体”，基本意义就是“形式”。在语义学来看，真正反映出概念实质性区别的是概念（或词语）的内涵。“体”在这里虽然是指“形式”，但它的内涵却是“作品的风格”形式。“体性”之“性”，这里指的是作者的“才性”或才力特性。“体性”连用组成一对术语结构，表示一定的作品的风格形式（“体”）是由一定的作者的“才性”（“性”）如何所决定的。本篇就是论述作为作品风格形式的“体”和作为作者才性的“性”两者的关系问题。刘勰说：“夫情动而言形，理发而文见：盖沿隐以至显，因内而符外者也。”这里说明：“言形”“文见”是“情动”“理发”的结果，“言”“文”是“情”“理”的外现形式。“情”“理”和“言”“文”，是“沿隐以至显，因内而符外”的关系（“情”“理”为“隐”“内”，“言”“文”为“显”“外”）。然而，作为作品风格的“体”是属于“言”“文”范围内的，它是一定的作品的风格形式；作为作者才力特性的“性”是属于“情”“理”范围内的，它是一定的作者内在的才力。因此，“体”与“性”的关系，也就由“情”“理”与“言”“文”的关系所决定，也就是说，“性”和“体’也是“沿隐以至显，因内而符外”的关系。因此，“性”是属于作者情性范围，即内在的才性，而“体”则是由作者才性所决定的作品风格形式。自然，一定的作品风格形式，就反映出一定的作者的才性。从另一个角度看，这种作品风格形式显然是创作风格。因此，由于作者才性（“性”）不同，所以就形成了不同的创作风格。本篇赞文说：“才性异区，文辞繁诡。”这便是说的由于作者才性不同，所以创作风格形式众多各异（“文辞”这里是代指作品风格；“诡”，杂异）。

然才有庸俊，气有刚柔，学有浅深，习有雅郑：并情性所铄，陶染所凝，是以笔区云谲，文苑波诡者矣。

“才有庸俊”的“才”，即作者的才力、才性；“气有刚柔”的“气”，即作者的气质。“才”和“气”属于作者情性的范围。这两句说明：作者的才性有平庸（“庸”）和杰出或卓异（“俊”）的不同，而气质也有刚健（“刚”）和柔靡（“柔”）的差别。

“学有浅深”的“学”，指学闻、所学；“习有雅郑”的“习”，即染习。这两句说明：作者的学闻有浅、有深，而染习（陶染）又有雅正和俚俗的差异（“郑”本指“郑声”，即古代一种音乐，古人以“郑声”为“淫邪之音”，这里表示俚俗不雅）。

以上“才”“气”“学”“习”可分为两组：“才”“气”二者是属于作者情性范围内的，主要在于先天的禀赋；“学”“习”二者是后天的学习，是作者学识染习方面的修养。刘勰认为，由于作者“才有庸俊”“气有刚柔”“学有浅深”“习有雅郑”这些方面的差别，所以才出现“笔区云谲，文苑波诡”，即文坛上不同的创作风格如云变幻、如波腾涌的景象。可见，刘勰虽然强调了“性”和“体”的“沿隐以至显，因内而符外”的关系，但他并不认为“才性”是决定创作风格的唯一的因素。相反,他认为“才”“气”的不同是“情性所铄”,即由情性所铸铄或炼就的;“学”“习”的不同是“陶染所凝”,即由陶冶染习所造成的。由于作者“情性”的不同,才形成“才”“气”的区别;由于染习的各异,才有“学”“习”的不同。由于属于情性范围的或内在的“才”“气”的不同和属于陶染的外在的“学”“习”的不同这些因素的互相融合渗透,形成了决定作者创作风格的要素,使得不同的作者具有不同的创作风格。

辞理庸俊,莫能翻其才;风趣刚柔,宁或改其气? 事义浅深,未闻乖其学;体式雅郑,鲜有反其习。

“辞理庸俊”的“辞理”,即文辞的特性或文辞的理趣;“莫能翻其才”的“翻”,本指“翻转”“倒过来”,这里表示“与……相反”,和“反”同义。这是说,文章辞理的平庸和俊发(或卓异)没有一个是与其才性相反的。可见,刘勰认为文章辞理的平庸或俊发,是由作者的才性决定的。

“风趣刚柔”的“风趣”,指文章的风力情趣,也就是文风。“风趣刚柔,宁或改其气”,意谓:文章风趣的刚健、柔靡哪有能改变得与作者的气质不同的呢? 这是以反问句表示断定或肯定的内容,实际上是说文章的风趣或刚或柔是由作者的气质有刚、有柔所决定的,文章风趣不会与作者的气质相反。可见,刘勰认为文章的风趣刚健或柔靡,决定于作者的气质。

“事义浅深”的“事”,即文章中叙述或援引的事情、事实。本书《事类》篇:“事类者,盖文章之外,据事以类义,援古以证今者也。”“事义”之“义”,指文章中的义理。本书《知音》篇:“五观事义。”“事义浅深,未闻乖其学”是说:文章中的叙事和义理的肤浅、深邃，没有听说与作者的学识相违背的（“乖”，乖剌、违背，这里表示“与……相乖”）。这是认为文章事类义理的或浅或深，是由作者的学识所决定的。

“体式雅郑”的“体式”，这里指文章篇体或体制。“体式雅郑，鲜有反其习”，意谓：文章体制的典雅（或雅正）、俚俗，少有与作者的染习相反的（“反”，即相反，这里表示“与……相反”）。这是认为文章体制的雅正与否，决定于作者的染习。

通过分析，我们不但可以看出“才”对“辞理”、“气”对“风趣”、“学”对“事义”、“习”对“体式”的各自的决定性关系，而且又可以明白：刘勰“体性”之“体”，实际上就包括了“辞理”“风趣”“事义”“体式”四方面的风格。也就是说，“体性”之“体”作为创作或作品风格形式，它是文辞风格、文章风趣、事义风格、体式风格四方面的总和或融合。同时，这也说明，刘勰论“体”和“性”的关系，在“性”的方面，他不把才性作为一个孤立的因素，而是把它看作和“气”“学”“习”诸因素互相渗透、互相影响的内在因素。

若总其归途，则数穷八体。

刘勰认为，如果对创作风格加以归纳概括，则不超过或者说有“八体”。“体”即本篇“体性”之“体”，也就是创作风格形式。“八体’，即创作风格（在作品角度说，即作品风格）的八种形式，本篇说：“一曰典雅，二曰远奥，三曰精约，四曰显附，五曰繁缛，六曰壮丽，七曰新奇，八曰轻靡。”

“典雅”，本篇说：“典雅者，镕式经诰，方轨儒门者也。”“镕式”之“镕”，本义是铸器的模子。《说文》：“镕，冶器法也。”段玉裁注：“冶者，销也，铸也。《董仲舒传》曰：‘犹泥之在钧，唯甄者之所为;犹金之在镕,唯冶者之所铸。'师古曰:'镕谓铸器之模范也。'今人多失其义。"引申为"法式"义,与"式"义同。"镕式"连用,在这里作动词,表示"取则""取式"。"镕式经诰",即以经诰为镕式,也就是取法、取式儒家经书的意思,简而言之,即为文"宗经"。"方轨儒门"的"方轨",古代指两车并行,与"方驾"同义。《史记·苏秦列传》:"车不得方轨,骑不得比行。"这与本篇"方轨"含义不同。又《宋书·谢灵运传论》:"爰逮宋氏,颜谢腾声,灵运之兴会标举,延年之体裁明密,并方轨前秀,垂范后昆。""方轨"在这里基本含义即"两车并行","方轨前秀"喻指与前贤并驾齐驱,指文章可与前秀相媲美。这里的"方轨"与刘勰"方轨儒门"的"方轨"含义也不同。本篇的"方轨",当指"遵循""依傍"义,也就是宗法的意思。"方轨儒门",即遵循、宗法儒家文章的风范,也就是向"儒门"看齐。刘勰说"典雅"即"镕式经诰,方轨儒门者也",这并没有说明"典雅"的具体含义,只是说明取式儒家经典、仿效儒门为文的风范来写作文章就形成"典雅"之体。所以,要想知道"典雅"的含义,还得了解刘勰是怎样评论儒家经典的。《宗经》篇说:"故文能宗经,体有六义:一则情深而不诡,二则风清而不杂,三则事信而不诞,四则义直而不回,五则体约而不芜,六则文丽而不淫。"由此可以看出,"镕式经诰,方轨儒门"就是要像儒家经典那样,做到文章"情""风"方面的"深""清","事""义"方面的"信""直","体""文"方面的"约""丽"。也就是说,写作文章能够"情深""风清""事信""义直""体约""文丽",便形成典雅的风格。范注:"若孟坚、平子所作者是。义归正直,辞取雅驯,皆入此类。若班固《典引》,潘勖《册魏公九锡文》之流是也。”[1]

“远奥”，本篇说：“远奥者，馥采典文，经理玄宗者也。”“馥”义为“香”或“香气”，按此义解，“馥采”与“远奥”无涉。范注：“馥当作複，《总术篇》云‘奥者複隐’。”[2]此说近是。“馥（複）采”，即采藻繁复。“典文”，“典”王利器《校证》认为当作“曲”，[3]宜从。“曲文”，即文辞曲隐，与“馥（複）采”义同。“複采曲文”，即文辞繁复曲隐。“经理玄宗”的“经理”，本指经营治理，这里表示研求论述的意思。“玄宗”，一般认为是指宗教玄理。王俭《褚渊碑文》：“眇眇玄宗，萋萋辞翰。”钟嵘《诗品》卷中“晋宏农太守郭璞诗”：“《翰林》以为诗首，但《游仙》之作，辞多慷慨，乖远玄宗。”《颜氏家训·勉学》：“何晏、王弼，祖述玄宗。”在本篇，“玄宗”与上例含义有联系，但并不单单是指宗教玄理，而是指幽远深隐之理。“经理玄宗”，即钻求或论说幽深之理，实际上是指文章叙理幽深微妙。由此可见，“远奥”之体即文辞繁复曲隐、文理幽远玄妙的风格形式。范注：“若嗣宗、叔夜所作者是。理致渊深，辞采微妙，皆入此类。若阮籍《大人先生论》、嵇康《声无哀乐论》之流是也。”[4]

“精约”，本篇说：“精约者，覈字省句，剖析毫厘者也。”“覈”，即核实。“覈字省句”，即审覈字句、文辞精练要约、不忽于片言只字，所以下句说“剖析毫厘”。“精约”，义同于“精要”。本书《书记》篇：“随事立体，贵乎精要。意少一字则义阙，句长一言则辞妨。”又《总术》篇：“精者要约。”可见，“精

---

① 范文澜：《文心雕龙注》卷六《体性》注［六］。

② 范文澜：《文心雕龙注》卷六《体性》注［六］。

③ 王利器校笺：《文心雕龙校证·体性第二十七》注［二］。

④ 范文澜：《文心雕龙注》卷六《体性》注［六］。

约”即精练简要的风格。范注：“若贾生、仲宣所作者是，断义务明，练辞务简，皆入此类。若贾谊《过秦论》、王粲《登楼赋》之流是也。”①

“显附”，本篇说：“显附者，辞直义畅，切理厌心者也。”“辞直义畅”，即文辞率直、义理明畅，这是“显附”中的“显”；“切理厌心”，即切合事理、贴合人心，这是“显附”中的“附”。可见，“显附”即文辞坦直、义理显畅而又切中事理人情。②

“繁缛”，本篇说：“繁缛者，博喻酿采，炜烨枝派者也。”“繁缛”，繁盛细密义，这里指文章辞藻繁盛富赡，不表示贬义。“博喻酿采”的“博喻”，即广譬、广为譬喻。《礼记·学记》：“能博喻，然后能为师。”义同“博依”。《学记》：“不学博依，不能安诗。”郑注：“博依，广譬喻也。”疏：“博，广也；依，谓依倚也。谓依倚譬喻也。”“酿”，本指酿酒；“酿采”，指经营采藻雕饰。“炜烨枝派”的“炜烨”，又作“炜晔”，义为“显明”。陆机《文赋》：“奏平彻以闲雅，说炜烨而谲狂。”本篇“炜烨’，形容文辞光彩斑斓。

“枝派”之“枝”，本即树木旁出的枝条；“派”，本指水的分支、支流。“枝派”连用，这里作形容词，形容文章辞采蔓延纷披。可见，“繁缛”一体，是指文章广譬博喻、富有雕采、采藻彪炳、文采纷披。③

“壮丽”，本篇说：“壮丽者，高论宏裁，卓烁异采者也。”“壮丽”，古多用来形容建筑物或山川雄伟美丽，这里形容文章壮

---

① 范文澜：《文心雕龙注》卷六《体性》注［六］。

② 范文澜：《文心雕龙注》卷六《体性》注［六］。

③ 范文澜：《文心雕龙注》卷六《体性》注［六］。

盛华丽。“高论宏裁”，指文章谈吐高尚、体制宏阔。“卓烁”，杨明照《校注拾遗》：“‘卓’，疑‘焯’之误。《文选·扬雄〈羽猎赋〉》：‘隋珠和氏，焯烁其陂。’李注：‘焯，古灼字。’（《汉书·扬雄传》上：‘焯烁，光貌。’）左思《蜀都赋》：‘符采彪炳，晖丽灼烁。’（刘注：‘灼烁，艳色也。’）嵇康《琴赋》：‘华容灼烁，发采扬明。’《古文苑·宋玉〈舞赋〉》：‘珠翠灼烁而照曜兮。’（章注：‘灼烁，鲜明貌。’）张衡《观舞赋》：‘光灼烁以发扬。’并其证。”[1]今按，“卓烁”“焯烁”“灼烁”（又“灼爚”，《文选·嵇康〈琴赋〉》：“华容灼爚，发采扬明，何其丽也。”），实际上是一个词（异形同词），义为“光彩鲜明”。“异采”，即卓异、卓殊的辞采。“卓烁异采”，指辞采卓殊，光彩炳燿。可见，“壮丽”一体，指议论高尚、体制宏阔而辞采彪炳卓异。

“新奇”，本篇说：“新奇者，摈古竞今，危侧趣诡者也。”“摈”，绝弃、排摒义（字又写作“屏”“摒”）；“摈古”，即绝弃古训，也就是为文不宗法儒家经典。“竞今”，即趋今（“竞”为“追逐”义），“今”对俗而言。“摈古竞今”，即弃古趋今，也就是本书《通变》篇所说的“竞今疏古”。“危侧趣诡”的“危侧”，本指险峻倾斜，这里形容趋新逐异者所行险邪倾侧。“趣诡”，即追逐诡异（“趣”，即“趋”）。可见，“新奇”一体指的是弃古附俗、一味追求诡奇的作品所体现出的风格，“新奇”并不包含褒义。《通变》篇说：“宋初讹而新。”这里把“讹”与“新”视为同类，可见“新”有时也是指诡异。本书《史传》篇有“爱奇反经之尤”，“奇”和“经”相对”，则知“奇”主要是指“反经”（与经相反）的诡奇而言的。本书《明诗》篇：“宋初文咏，体有因革，

---

① 杨明照：《文心雕龙校注拾遗》，第236页。

庄老告退,而山水方滋;俪采百字之偶,争价一句之奇;情必极貌以写物,辞必穷力而追新:此近世之所竞也。”又《定势》篇则说:“自近代辞人,率好诡巧,原其为体,讹势所变,厌黩旧式,故穿凿取新。察其讹意,似难而实无他术也,反正而已。故文反正为乏,辞反正为奇。效奇之法,必颠倒文句,上字而抑下,中辞而出外,回互不常,则新色耳。”总之,这种“新奇”,即“逐奇而失正”之“奇”,所以刘勰称它为“趣诡”,因而这种“奇”也只能看作淫滥诡异。①

“轻靡”,本篇说:“轻靡者,浮文弱植,缥缈附俗者也。”“轻靡”的字面含义即“轻浮柔靡”。“浮文”,指文辞虚浮。“弱植”的“植”当指“植义”,即文章的立义。本书《檄移》篇:“故其植义飏辞,务在刚健。”弱植”,指作品立义柔靡(《左传·襄公三十八年》:“其君弱植。”“弱植”,指软弱。与本篇“弱植”含义有联系,但并不相同)。“缥缈附俗”的“缥缈”,即隐约恍惚,这里指虚浮游离。“附俗”,即趋俗、随于流俗。可见,“轻靡”一体是指作品虚浮柔靡的一种风格。②

刘勰对“八体”中的“新奇”“轻靡”二体,显然是持否定或贬抑态度的,这一点无可置疑。再者,本篇又将“八体”分为相反或互相对立的四组:“雅”(典雅)与“奇”(新奇)、“奥”(远奥)与“显”(显附)、“繁”(繁缛)与“约”(精约)、“壮”(壮丽)与“轻”(轻靡)。他认为:“雅与奇反,奥与显殊,繁与约舛,壮与轻乖。”从“八体”这种相对或相反的角度看,更有利于人们探知“八体”的确切内容。

---

① 参见范文澜:《文心雕龙注》卷六《体性》注[六]。

② 参见范文澜:《文心雕龙注》卷六《体性》注[六]。

文辞根叶，苑囿其中矣。

本篇在论述了“八体”的内容之后说：“故雅与奇反，奥与显殊，繁与约舛，壮与轻乖：文辞根叶，苑囿其中矣。”“文辞根叶”的“文辞”，这里上承“八体”而来，显然是代指作品或创作风格。“根叶”，本即树木的根干、枝叶，这里喻指创作风格的巨细或主次。“苑囿”，古代畜养禽兽、种植树木花草的园林，是帝王及贵族射猎、游览的场所。在这里用作动词，表示“包笼”“笼括”。“文辞根叶，苑囿其中矣”，意谓：作品风格不论巨细，都包笼在“八体”之中了。这里是以“八体”为苑囿，取“八体”包笼“文辞根叶”如同苑囿笼圈禽兽草木之意。这是认为“八体”概括了所有的作品风格。

刘勰此说，隐含有另一层意思，即既然“八体”是作品或创作风格形式的概括分类，那么，具体到一定的、个别的作者、作品时，就有可能不一定完全符合“八体”中的某一体（这并不意味着没有完全相符的情况），其中必有参差。本篇说：“若夫八体屡迁，功以学成；才力居中，肇自血气；气以实志，志以定言：吐纳英华，莫非情性。是以贾生俊发，故文洁而体清；长卿傲诞，故理侈而辞溢；子云沉寂，故志隐而味深；子政简易，故趣昭而事博；孟坚雅懿，故裁密而思靡；平子淹通，故虑周而藻密；仲宣躁锐，故颖出而才果；公干气褊，故言壮而情骇；嗣宗俶傥，故响逸而调远；叔夜俊侠，故兴高而采烈；安仁轻敏，故锋发而韵流；士衡矜重，故情繁而辞隐：触类以推，表里必符。岂非自然之恒资，才气之大略哉！”这就说明，不同的作者有着不同的“情性”，而“吐纳英华，莫非情性”，所以不同的作品或不同的作者就有不同的创作风格，这些不同的创作风格就不一定与

“八体”中的某一体完全一致,甚至还有交叉的情况,不过这些都在“八体”的概括中而已。如果不清楚这一点,硬以“八体”去套某些作品,从而断定作品具有某种风格形式,那就难免纠缠不清。

雅丽黼黻,淫巧朱紫。

“雅丽”,即雅正(或典雅)华美(或清丽)。刘勰用此语,一般是指作品既有雅正的内容,又具美好的文采,即“丽辞雅义,符采相胜”或“衔华而佩实”。本书《徵圣》篇:“颜阖以为‘仲尼饰羽而画,徒事华辞’。虽欲訾圣,弗可得已。然则圣文之雅丽,固衔华而佩实者也。”可明。“黼黻”,古代礼服上绘绣的花纹。《周礼·考工记》:“白与黑谓之黼”,“黑与青谓之黻”。又《文选·韦孟〈讽谏诗〉》:“黼衣朱黻。”注引应劭曰:“黼衣,衣上画为斧形,而白与黑为采。”古代以白、黑、青等为“正色”、与“正色”相对的有“间色”。《礼记·玉藻》“衣,正色”疏引皇侃说:“正谓青、赤、黄、白、黑五方正色也。不正,谓五方间色也,绿、红、碧、紫、骝、黄是也。”“雅丽黼黻”,是说文章的雅丽就如同黼黻那样典雅华美。这是以典雅华美的“黼黻”,来比况或说明文章“雅丽”的。

“淫巧朱紫”的“淫巧”,当即“淫丽”,也就是华而不实、辞藻繁缛华奢。本书《通变》篇:“则黄唐淳而质,虞夏质而辨,商周丽而雅,楚汉侈而艳,魏晋浅而绮,宋初讹而新。”其中的“淳而质”“质而辨”偏重在内容质实而文采不及,“丽而雅”便是内容和形式达到了完美的统一;“侈而艳”便已经趋于文藻方面的艳丽过分,而“浅而绮”“讹而新”便是不用怀疑的“淫丽”或“淫巧”了。“朱紫”二者,在古代“朱”为“正色”,而“紫”为

“间色”。《论语·阳货》:“恶紫之夺朱也。”何晏《集解》:“朱,正色;紫,间色之好者。恶其邪好而夺正色。”刘勰所说的“朱紫”,正是以“朱紫”相杂、以邪乱正来比譬作者淫辞浮奢而失其质或淆乱典雅。[①] 因此,“淫巧朱紫”是说“淫巧”就如同“以紫夺朱”那样,这是用“邪好而夺正色”来比况说明“淫巧”的。本书《情采》篇:“绮丽以艳说,藻饰以辩雕:文辞之变,于斯极矣。研味《李(孝)》《老》,则知文质附乎性情;详览《庄》《韩》,则见华实过乎淫侈”;“故为情者要约而写真,为文者淫丽而烦滥”。又云:“是以‘衣锦褧衣’,恶文太章;《贲》象穷白,贵乎反本。夫能设谟(模)以位理,拟地以置心;心定而后结音,理正而后摛藻。使文不灭质,博不溺心,正采耀乎朱蓝,间色屏于红紫,乃可谓雕琢其章,彬彬君子矣。”这在理论上是一贯的。

---

① 杨明照《校注拾遗》驳范注“‘朱紫’当作‘青紫’”说云:“按此与《诠赋》篇‘组织之品朱紫’,《定势》篇‘宫商朱紫,随势各配’之‘朱紫’,皆仅就其不同之色言,非关正色与间色也。若谓‘朱’字不伦类,而改为‘青’,则‘青’又何尝不是正色耶?”(杨明照:《文心雕龙校注拾遗》,第240页)此驳范说是,然以为此处“朱紫”与正色、间色无关,恐未必是。

《风骨》第二十八

风骨。

“风骨”是《文心雕龙》中一对重要文论术语，黄侃《札记》说：“二者皆假于物以为喻。文之有意，所以宣达思理，纲维全篇，譬之于物，则犹风也。文之有辞，所以摅写中怀，显明条贯，譬之于物，则犹骨也。必知风即文意，骨即文辞，然后不蹈空虚之弊。或者舍辞意而别求风骨，言之愈高，即之愈渺，彦和本意不如此也。”①范注：“风即文意，骨即文辞，黄先生论之详矣，窃复推明其义曰：此篇所云风情气意，其实一也，而四名之间，又有虚实之分。风虚而气实，风气虚而情意实，可于篇中体会得之。辞之与骨，则辞实丽骨虚。辞之端直者谓之辞，而肥辞繁杂亦谓之辞，惟前者始得文骨之称，肥辞不与焉。”②历来论者对“风骨”的所指争论很大。③

但从本篇来看，“风骨”的含义尚可明了。受范注启发，在本篇里我们可以归纳出两组紧密相关的术语，即“风”“气”

---

① 黄侃：《文心雕龙札记·风骨》。

② 范文澜：《文心雕龙注》卷六《风骨》注[四]。

③ 参见明合刻五家言本《文心雕龙注》曹学佺评。后来论者或认为“风骨”之“风”指文章的情志、“骨”指文章的“事义”，有人则认为“风骨”即“风格”，等等。此不具述。

“情”和“骨”“辞”“体”。“风”“气”“情”一组,本篇说:“《诗》总六义。风冠其首,斯乃化感之本源,志气之符契也。是以怊怅述情,必始乎风。”又云:“情之含风,犹形之包气。”本篇赞文:“情与气偕。”“情”“气”对作者而言,是作者内在的情志、气质;“风”则是对文章或作品而言,指的是作者“情”“气”在作品里的反映或体现。“骨”“辞”“体”一组,本篇说:“沉吟铺辞,莫先于骨。故辞之待骨,如体之树骸。”又说:“结言端直,则文骨成焉。”本篇赞文:“辞共体并。”“辞”“体”是对作品的形式而言,“骨”则是对作品形式的一种要求。以上两组术语所表示的内容对作品来说,“风”“气”“情”属于“意”的范畴,“骨”“辞”“体”属于“形”的范畴。刘勰提倡文章要有“风骨”,就是在“意”(相当于内容)和“形”(相当于形式)这两个方面的创作要求和品评标准。所以他才强调说:“是以怊怅述情,必始乎风;沉吟铺辞,莫先于骨。”

“述情”,即抒发、铺述情怀,要以“风”为首,而本篇说:“意气骏爽,则文风清焉”,“思不环周,索莫乏气,则无风之验也”,“深乎风者,述情必显”。《宗经》篇也说:“风清而不杂。”可见,“风”的形成是以作品写作抒发情怀“意气骏爽”、清明显朗为特点的。也就是说,作品表情达意或抒发情怀(“述情”)骏爽显朗、神采飞扬,就形成“风”。

“铺辞”,即敷设文辞,也就是“立体”(因为“辞共体并”),要以“骨”为先。而本篇说:“结言端直,则文骨成焉”,“若瘠义肥辞,繁杂失统,则无骨之徵也”。又说:“故练于骨者,析辞必精。”本书《议对》篇也说:“及陆机断议,亦有锋颖。而腴辞弗剪,颇累文骨。”“腴辞”即本篇所说的“肥辞”;“腴辞弗剪”,也就是本篇所说的“繁杂失统”,它使得文篇臃肿繁杂,所以说

"颇累文骨"。可见,文章之"骨"的形成是写作时联辞结采以"端直"、精要为特点的。也就是说,作品铺辞立体(即敷设文篇)端直精要、坚实刚健,就形成"骨"。显然,"风""骨"二者是在写作或鉴赏方面对作品"述情""立体"两个方面的要求。

《诗》总六义,风冠其首,斯乃化感之本源,志气之符契也。

刘勰论文章"风骨"之"风",首先提出《诗》"六义"(较早的时候称为"六诗",排列顺序是"风、赋、比、兴、雅、颂"。后来称"六义",只是排列顺序上有所差别)之"风",把两者联系起来。他认为:"《诗》总六义,风冠其首,斯乃化感之本源,志气之符契也。是以怊怅述情,必始乎风。"①这也是一个令人疑惑然而又比较重要的问题。

根据本篇的意蕴,我们可以看出,刘勰把他的"风骨"论之"风"和传统的《诗》"六义"之"风"联系起来讨论的原因,是他继承"六义"说中有关"风"的风化、教喻的思想。据张揖《广雅·释诂》,"风"有"动""告""教"数项义训。"动也"义王念孙疏证:"《释名》云:'风,兖豫司冀横口合唇言之:风,氾也,其气博氾而动物也。青徐言风,踧口开唇推气言之:风,放也,气放散也。'《诗序》云:'风,风(按:读去声)也,风以动之,教以化之。'是凡言风者皆动之义也。"又《诗大序》说:"风,风也,教也。""上以风化下,下以风刺上。"郑笺:"风化风刺,皆谓譬喻

① "本源"又见《情采》篇,上古多作"本原"。《左传·昭公九年》:"木水之有本原。"引申为事物的根本。《汉书·董仲舒传》:"太学者,贤士之所关也,教化之本原也。"

不斥言也。”由此可知,“风”又被训为“讽喻”“教化”(此义后来写成“讽”字)。而如《诗大序》所言,“风以动之,教以化之”,则“风”又被理解为“动”义(这是古代训诂学上的训解,严格地说来,它并不等于现在词汇学上的“词义”),即“使之动”的意思。刘勰认为写作文章“怊怅述情,必始乎风”,提出他的“风骨”论,而“风”之得名,便是如同自然之风吹拂或拂动万物(用于讽喻、教化而称为“风”,也应当是由此转化而来),取作品述情显朗,爽爽有一种风气,可以感召或撼动人心、摇荡性灵之意,重点又在一“动”字上,也就是钟嵘《诗品·总论》所说的“使闻之者动心”。“使闻之者动心”,目的在于感动、讽喻或教化别人,因而这一含义又和“告”“教”相联系,所以刘勰把“风骨”之“风”同《诗》“六义”的“风”联系起来,认为“风”为“化感之本源,志气之符契”,强调写作文章“怊怅述情,必始乎风”。

是以缀虑裁篇,务盈守气;刚健既实,辉光乃新。

“缀虑裁篇”,即写作文章。杨明照《校注拾遗》:“按《左传·昭公十一年》:‘单子会韩宣子于戚,视下,言徐。叔向曰:‘单子其将死乎?……今单子为王官伯,而命事于会,视不登带,言不过步,貌不道容,而言不昭矣。不道,不共;不昭,不从。无守气矣。’孔疏:‘言无守身之气,将必死。’此‘守气’二字所本。”①“守气”,即“守身之气”,也就是本篇所说的“志气之符契”“气之清浊有体”的“气”以及《体性》篇“才力居中,肇自血气;气以实志,志以定言”的“血气”或“气”。因为古人认为

① 杨明照:《文心雕龙校注拾遗》,第241页。

“气”是生命之本或人的“守身”之物，所以称为“守气”。“缀虑裁篇”而“务盈守气”，是强调写作文章（“缀虑裁篇”）要做到“骨劲气猛”，就必须首先要让作者自身的“志气”“守气”充实盈满。

“刚健既实，辉光乃新”两句，承上“是以缀虑裁篇，务盈守气”而来，杨明照《校注拾遗》：“按此用《易·大畜·彖辞》，系从汉儒旧读：刚健笃实（句）辉光日新（句），其德二字属下。惠栋《后汉书补注》（卷八《列传》第二十下）、钱大昕《答问》一（文集卷四）、王引之《经义述闻》（卷二）、马国翰《目耕帖》（卷三）并有说。黄注从王弼断句，与舍人文不相应，非是。”①《周易正义·大畜·彖传》：“言大畜刚健笃实者，此释大畜之义。刚健谓乾也，乾体刚性健，故言刚健也。笃实谓艮也，艮体静止，故称笃实也。辉光日新其德者，以其刚健笃实之故，故能辉耀光荣日日增新其德。”此按“刚健笃实，辉光日新其德”作解。《易·大畜·彖传》文高亨读为“刚健笃实，辉光日新”，云：“此释卦名。《大畜》二字举卦名也。《尔雅·释诂》：‘笃，厚也。’《大畜》之下卦为乾，上卦为艮。乾为天，艮为山。天之道刚健，山之性厚实，天光山色，相映成辉，日日有新气象。然则《大畜》之卦象是‘刚健笃实，辉光日新’。在天山之刚健笃实，辉光日新之中，草木生之，禽兽居之，宝藏兴焉。其积蓄者大矣。人能有‘刚健笃实、辉光日新’之德，其积蓄者亦大矣。”②

刘勰本篇“刚健既实，辉光乃新”之说，正承袭《易·大畜·彖传》而来。据《易·大畜·彖传》，本卦卦象象征乾性刚

① 杨明照：《文心雕龙校注拾遗》，第241—242页。
② 高亨：《周易大传今注》，第191页。

健、艮性厚实,刚健、厚实相应,所以辉光日新、万物葱茏斑斓。这里有个内外相因的关系:乾性刚健、艮性笃实,这是内;辉光日新,万物葱茏,这是外。然而辉光日新、万物葱茏,是由于乾性刚健、艮性笃实的原因,这是蓄于内而发于外的关系。刘勰袭用《易传》的说法,也正是用来说明作者“守气”(内)和作品“风骨”(外)这两者之间的辩证关系。本篇认为“缀虑裁篇,务盈守气”,即强调作者内在的“守气”或血气的充实。《体性》篇说:“才力居中,肇自血气;气以实志,志以定言;吐纳英华,莫非情性。”可见,作者内在的“守气”的盈满充实,是根本的或关键的因素。只有“务盈守气”,才能写出“风清骨峻”的作品。本篇又用“征鸟使翼”来说明这个问题,认为:“其为文用,譬征鸟之使翼也。”范注:“《礼记·月令》:‘季冬之月,征鸟厉疾。’《正义》曰:‘征鸟,谓鹰隼之属也。时杀气盛极,故鹰隼之属,取鸟捷疾严猛也。’此以征鸟气盛为喻。”①“征鸟”杀气盛极,所以“捷疾严猛”,这与“缀虑裁篇,务盈守气”而作品才能“风清骨峻”或“刚健既实,辉光乃新”一样,都是“因内而符外”的关系。因此,刘勰强调的是“内”(“务盈守气”),这便抓住了问题的根本。本篇“并重气之旨也”句下黄评曰:“气是风骨之本。”②这是对的。

气之清浊有体,不可力强而致。

曹丕《典论·论文》:“文以气为主,气之清浊有体,不可力强而致。譬诸音乐,典度虽均,节奏同检。至于引气不齐,巧拙

---

① 范文澜:《文心雕龙注》卷六《风骨》注[五]。

② 黄叔琳注:《文心雕龙辑注·风骨》,中华书局1957年版。

有素,虽在父兄,不能以移子弟。”“清浊有体”的“清浊”,相当于“刚柔”,即“清”“柔”、“浊”“刚”。本书《体性》篇:“风趣刚柔,宁或改其气？事义浅深,未闻乖其学。”“气之清浊有体”,意谓“气”的刚柔或清浊不同是各有其体的,所以说“不可力强而致”。

“力强”,义为“勉力”“勉强”。《三国志。魏书·管宁传》:“能自任杖,不须扶持;四时祠祭,辄自力强。”倒言之则为“强力”。曹丕《典论·论文》:“而人多不强力,贫贱则慑于饥寒,富贵则流于逸乐。”又《梁书·何佟之传》:“强力专精,手不辍卷。”“不可力强而致”,是说“气之清浊有体”,不是勉强或勉力就可以改变或取得(“可致”)的。

可见,这里的“气”是指人的“气性”或“气质”而言,与本书《体性》篇“气有刚柔”“宁或改其气”的“气”同旨。这种“气”,刘勰又称为“血气”。《体性》篇:“若夫八体屡迁,功以学成;才力居中,肇自血气;气以实志,志以定言:吐纳英华,莫非情性。”因为“才力居中,肇自血气”,所以又称为“才气”。《体性》篇:“触类以推,表里必符。岂非自然之恒资,才气之大略哉?”“气”“血气”决定了人的“才力”,在这个意义上看,“气”自然就可以称为“才气”了。

唯藻耀而高翔,固文笔之鸣凤也。

本篇的主旨,在于论述文章的“风骨”、主张写作文章要“蔚彼风力,严此骨鲠”,使作品“风清骨峻,篇体光华”。在这个基础上,刘勰进而提出“风”“骨”“采”,即作品“风力遒”“骨鲠峻”“文采美”三者完美统一的写作或鉴赏标准。也就是说,本篇不但在写作方面提出“述情”的“显”(“风”)和立体的

“精”这两个基本的标准，而且又论述到文章“文采美”的问题。本篇说：“夫翚翟备色，而翾翥百步，肌丰而力沉也：鹰隼乏采，而翰飞戾天，骨劲而气猛也：文章才力，有似于此。若风骨乏采，则鸷集翰林；采乏风骨，则雉窜文囿：唯藻耀而高翔，固文笔之鸣凤也。”①范注：“纪评曰：‘风骨乏采是陪笔，开合以尽意耳。’案纪说非是。夏侯湛《昆弟诰》、苏绰《大诰》之属，不得谓为无风骨，而藻采不足，故喻以鸷集翰林。采乏风骨，则齐梁文章通病也。”②在这里，刘勰把“风骨”和“采”（文采）相对待。认为作品没有“风骨”，空具采藻（“采”），则如“雉窜文囿”；只有“风骨”，而无文采，则如“鸷集翰林”。“雉窜文囿”或野鸡式的作品固然不好，但“鸷集翰林”或鹰隼式的文章也不为完美。刘勰主张写作文章要在“风骨”具备的同时，又要有文采，即做到作品的“风骨”和“采”，也就是述情显朗（“风清”）和立体精要（“骨峻”）以及文采美（“藻耀”）这三者完美的统一，成为“藻耀而高翔”的“文笔之鸣凤”。③ 这无疑是一个精审的有关创作和鉴赏的文学理论观点。

若夫镕铸经典之范，翔集子史之术。

“镕”，本即铸器的模型。《说文》“模”字下段注：“以木曰模，以金曰镕，以土曰型，以竹曰笵。”“镕铸”即用模铸器，这里

---

① 杨明照《校注拾遗》“而翰飞戾天”条：“按《诗·小雅·小宛》‘宛彼鸣鸠，翰飞戾天。’毛传‘翰，高；戾，至也。”（《文心雕龙校注拾遗》，第244页）

② 范文澜：《文心雕龙注》卷六《风骨》注［一五］。

③ 杨明照《校注拾遗》：“《文选·何晏〈景福殿赋〉》：‘故能翔岐阳之鸣凤。’”（《文心雕龙校注拾遗》，第244页）

表示“取式于……”或“取则于……”的意思。杨明照《校注拾遗》“翔集子史之术”条:“按《论语·乡党》:‘色斯举矣,翔而后集。’《集解》引周生烈曰:‘迴翔审视,而后下止也。’”①因此,“镕铸经典之范”即“镕铸于经典之范”,也就是规范于(或取则于)儒家经典的范式(即“经典之范”);换句话说,即如用模子铸器一样用经典的范式加以镕铸。“翔集子史之术”,即“翔集于子史之术”,也就是在“子史之术”的范围里迴翔审视而有所取舍。明乎此,则知“镕铸经典之范,翔集子史之术”之说更有深意在,即要取则于“经典之范”,而斟酌于“子史之术”。这一方面依然体现出刘勰的始终不渝的“宗经”观点,另一方面也体现出刘勰主张对“子史”的鉴别酌取的态度或立场——像用模型铸器一样,要以“经典”作范式;像鸟儿飞翔采处,盘旋审视而有所选择一样,要对“子史之术”加以审察鉴别。

若能确乎正式,使文明以健。

“确”,本即“坚固”“牢固”义,是形容词。《易·乾·文言》:“确乎其不可拔。”虞翻注:“确,刚貌也。”《庄子·应帝王》:“正而后行,确乎能其事者而已矣。”《释文》引李注:“确,坚貌。”疏:“确,实也。”郭庆藩《集释》:“按:《文选·刘孝标〈辩命论〉》注引司马云:‘确乎,不移易。’”本篇则用作动词,表示“坚而不移地取法”,略近于现在“确立”“确定”的意思。“确乎正式”,即“坚定地取法(或‘确定’)于正式”。

“正式”,指儒家经典的范式;“确乎正式”,即本篇所说的

① 杨明照:《文心雕龙校注拾遗》,第244—245页。

“镕铸经典之范”,也就是说要以儒家经典为范式或取法儒家经书(这里同样体现出刘勰的为文“宗经”思想)。《宗经》篇说:“故文能宗经,体有六义:一则情深而不诡,二则风清而不杂,三则事信而不诞,四则义直而不回,五则体约而不芜,六则文丽而不淫。”“六义”实际上是从文章述情(“情”“风”)、事理(“事”“义”)、文篇(“体”“文”)三个方面来论述问题的。而“情深而不诡”,即文章述情的“深”而“显”,本篇说:“深乎风者,述情必显。”所以“风清而不杂”是与“情深而不诡”相联系的“文风”的问题。“体约而不芜”,即立体或析辞的“精”,本篇说:“故练于骨者,析辞必精。”又《总术》篇:“精者要约。”所以“体约而不芜”便是“文骨”范围内的问题。“文丽而不淫”,则是说的文采美好而不淫滥,这是关于文采美的问题。刘勰的“风骨”论包括“风”“骨”“采”三者完美统一的内容,那么他论述“风骨”问题提出“确乎正式”或“镕铸经典之范”,就是让人效法儒家经典或“文能宗经,体有六义”中关于“风”“骨”“采”都达到美好的境界的榜样,也就是提倡宗法儒经这样的“文笔之鸣凤”。所以他认为“若能确乎正式,使文明以健”则“风清骨峻,篇体光华”。

“文明以健”,语出自《易传》。杨明照《校注拾遗》:“按《易·同人·彖辞》:‘文明以健,中正而应。’”[①]《易·同人·彖传》:“文明以健,中正而应,君子正也。”《正义》:“此以二象明之,故云‘文明以健’。‘中正而应’,谓六二、九五皆居中得正而又相应,是君子之正道也。故云‘君子正也’。”高亨说:“此释卦辞‘利君子贞’。《同人》之下卦为离,上卦为乾。离为

① 杨明照:《文心雕龙校注拾遗》,第246页。

文明,乾为刚健。然则《同人》之卦象是‘文明以健’,即有文明与刚健之德。”①刘勰本篇论文章“风骨”用“文明以健”语(又本篇赞文:“文明以健,珪璋乃骋。”),在含义上与《易传》有密切关系。

根据《易传》,《同人》上卦、下卦两组符号表示“文明”和“刚健”相统一,从而形成“文明以健”的和谐统一体。刘勰用《易传》“文明以健”语,是借用《易传》“文明”和“刚健”协调统一、形成一个和谐的整体的哲学思想,从而论证或说明他的“风骨”论。《易传》中的“文明”是一个词(“离”为“文明”),不是指的“文章光明”。本篇所说的“文明”,是指文章“意气骏爽”或文风清明显朗及文采华美。这与《易传》的“文明”在含义上有相通之处,但并不相同。至于“文明以健”的“健”,本篇是指写作文章“结言端直”“析辞必精”“捶字坚而难移”所形成的文“骨”(或文章骨鲠峻健),这与《易传》“文明以健”的“健”在外延上有联系,但内涵也是不同的。所以我们说,本篇袭用《易传》“文明以健”之说,目的在于吸取《易传》哲学中“文明”“刚健”统一协调的思想,说明文章也应该是“文明以健”或“风骨”“采”完美统一的和谐的整体(即本篇所说的“藻耀而高翔”的“文笔之鸣凤”)。所以刘勰说:“若能确乎正式,使文明以健,则风清骨峻,篇体光华。”可以说,这是刘勰文论思想中的一个重要的美学观点。

当然,刘勰认为“若能确乎正式”,即以儒家经典为范式,才能“使文明以健”,形成“风清骨峻,篇体光华”的完美作品,这表现出他的始终不渝的“徵圣”“宗经”思想。现在看来这是

① 高亨:《周易大传今注》,第126页。

不足为训的，但是我们又不能因此而否定其中合理的、精审的观点。此外，从时代或文学发展的历史角度看，刘勰的论述又是可以理解的，因为在刘勰看来，最符合他的文论思想或鉴赏标准的作品，自然是"非圣人之文莫或有之"了。

情与气偕，辞共体并。

本篇上文说："是以怊怅述情，必始乎风；沉吟铺辞，莫先于骨。故辞之待骨，如体之树骸；情之含风，犹形之包气。"之所以说"情之含风，犹形之包气"，是因为"情与气偕"；之所以说"辞之待骨，如体之树骸"，是因为"辞共体并"。文章写作，抒发情怀志气轩昂，则风力遒劲显朗，犹如包气之物栩栩有生气，才能产生化人情性、动人魂魄的艺术力量。如果"述情"不"显"，"索莫乏气"，则"情"不能具有动态，如空躯枯髅，毫无生机，又怎么能感召人呢！所以本篇才主张写作文章要"蔚彼风力"。写作文章，结言立体，峻健刚劲，犹如树骸之体骨鲠峻立，才能形成骨劲气猛的"颖脱之文"，所以刘勰又强调写作文章要"严此骨鲠"。

此外，本篇赞文"情与气偕，辞共体并"及下文"蔚彼风力，严此骨鲠"四句，"情与气偕"和"蔚彼风力"相对待，"辞共体并"和"严此骨鲠"相对待："风力"对"气"而言，"骨鲠"对"体"而言，界限分明，毫不淆乱。"骨"（或"骨鲠"）对文章立体而言，这是很显然的。从"辞共体并"一句里，也可以使我们明确"结言端直，则文骨成焉"的真实含义：按辞坚实，弥缝成篇，体无肥辞赘肬，便形成"文骨"。"辞共体并"说明文篇由文辞组成，不能舍文辞而空论，只有认识到"辞共体并"才"不蹈空虚之弊"。但是又要看到，"文骨"是对文章全篇，即立体而言的,只有这样,才有可能用人、物之有骨骸来比譬。零言碎辞,不是以称“骨”。取譬于人、物,也无以为比。所以本篇说“风清骨峻”则“篇体光华”,刘勰是着眼于文篇的述情和立体来论述“风骨”的,“风”和“骨”是对写作文章或作品鉴赏在述情和立体两个方面的要求或标准。

《通变》第二十九

通变。

“通”与“变”二者,《易传》屡见。《易 · 系辞上》:“一阖一辟谓之变,往来不穷谓之通。”这里的“变”指事物在纵向时空线上的横向变化,“通”指事物在纵向时空线上的纵向运动。又《易 · 系辞下》:“变通者,趣(趋)时者也。”高亨说:“《易传》所谓时指当时之具体形势、环境与条件。人之行事有变通,乃急趋以应当时之需要也。天地万物之变通亦在趣时。”①《易 · 系辞下》还说:“穷则变,变则通,通则久。”刘勰的“通变”观,在基本理论上说来,是对《易传》的继承。

从本篇来看,“通变”是讲文学写作上的“通”和“变”及其关系。首先应该理解本篇“通变”具有双重含义。一是刘勰认为文章或文学现象有“通”有“变”。本篇说:“夫设文之体有常,变文之数无方,何以明其然耶?凡诗赋书记,名理相因,此有常之体也;文辞气力,通变则久,此无方之数也。”“有常”的“设文之体”,如诗、赋、书、记等,是“名理相因”的,古今皆然,这便是“通”的事实。②“无方”的“变文之数”,如“文辞气力”

---

① 高亨:《周易大传今注》,第417页。

② 参见黄侃:《文心雕龙札记 · 通变》。

等，因人因时而异，有继承有变化，“与世推移”，“日新其业”，这便是“变”的事实。二是基于这种客观事实，刘勰提出要“会通”和“适变”，即顺应其“通”和适应其“变”。本篇说：“名理有常，体必资于故实；通变无方，数必酌于新声：故能骋无穷之路，饮不竭之源。”“体必资于故实”，即取用“名理相因”的“有常之体”；“数必酌于新声”，即酌取“通变则久”的“无方之数”：前者就是“会通”，后者就是“适变”。本书《议对》篇也说：“采故实于前代，观通变于当今。”可见，刘勰的“通变”观，是基于文学现象有其“通”“变”的客观事实，而提出的“会通”和“适变”的理论。用现在的话来说，便是文学创作上的继承和革新的问题。当然，本篇所说的“变”，是指在“通”的前提下而在技巧文辞（即“文辞气力”）等方面有所“新变”。《南齐书·文学传论》云“若无新变，不能代雄”，“新变”对于文学的发展无疑是极重要的。但是在刘勰看来，“变”必须建立在“通”的基础之上。

斯斟酌乎质文之间，而櫽括乎雅俗之际，可与言通变矣。

这里的“质文”，指质朴和华丽（或“有文采”）。“斟酌乎质文之间”，即在质朴和具有文采之间权衡、斟酌。“櫽括”，字又作“櫽栝”，本是“矫制邪曲之器”，是成器的规矩、法式（《荀子·性恶》篇，亦见于《说文》）。这里用作动词，表示按标准斟酌取舍，与上句“斟酌”含义相类。“雅俗”，即典雅和粗俗，这实际上是对儒家经典和后来的“浅绮”“新奇”之文而言的。“櫽括乎雅俗之际”，即在典雅和新奇之间权衡取舍。本篇说：“黄歌断竹，质之至也；唐歌在昔，则广于黄世：虞歌卿云，则文于唐时；夏歌雕墙，缛于虞代；商周篇什，丽于夏年：至于序志述时，其揆一也。暨楚之骚文，矩式周人；汉之赋颂，影写楚世；魏之策制，顾慕汉风；晋之辞章，瞻望魏采。推而论之，则黄唐淳而质，虞夏质而辨，商周丽而雅，楚汉侈而艳，魏晋浅而绮，宋初讹而新。从质及讹，弥近弥淡。何则？竞今疏古，风末气衰也。"①这就是历来文章或"质"或"文"、或"雅'或"俗"的概况。"斟酌乎质文之间，而檃括乎雅俗之际"，便是在历代文章的这种"质文"或"雅俗"之间加以权衡、斟酌。显然，刘勰的标准是很明确的，即"矫讹翻浅，还宗经诰"。也就是宗法儒经，反对"侈而艳""浅而绮""讹而新"的文风，从而"正末归本"。如果仅仅从"还宗经诰"这方面看，刘勰"斟酌乎质文之间，而檃括乎雅俗之际"一说当然是有很大片面性的。但是，一方面我们要看到他这样主张是为的"矫讹翻浅"；另一方面，也是最根本的一面，在于他对儒家经典的评价。只有这样分析，才能窥见他的主张的真实价值。《原道》篇说："唐虞文章，则焕乎始盛。元首载歌，既发吟咏之志；益稷陈谟，亦垂敷奏之风。夏后氏兴，业峻鸿绩，九序惟歌，勋德弥缛。逮及商周，文胜其质，雅颂所被，英华日新。文王患忧，繇辞炳曜，符采复隐，精义坚深。重以公旦多材，振其徽烈，制诗辑颂，斧藻群言。至夫子继圣，独秀前哲，镕钧六经，必金声而玉振；雕琢情性，组织辞令，木铎起而千里应，席珍流而万世响，写天地之辉光，晓生民之耳目矣。"《徵圣》篇则说："然则圣文之雅丽，固衔华而佩实者也。"《宗经》篇又认为："文能宗经，体有六义。"总之，刘勰认为儒经是"文质相胜"、"符采相济"或"衔华而佩实"，即内容和形式完美统一的杰出作品。刘勰的"徵圣""宗经"思想里体现

① "末"原作"味"。

出“文”“质”并重,主张“文”“质”完美统一的文论观点。因此,“斟酌乎质文之间,而檃括乎雅俗之际”之说,便是主张权衡斟酌文章的“质”“文”、“雅”“俗”,向“文质相胜”或“衔华而佩实”的标准看齐,这与“宗经”“还宗经诰”是一致的。正因为刘勰在这里坚持的是“衔华而佩实”的标准,所以对反对“楚艳汉侈,流弊不还”的讹滥文风才更有针对性;也只有这样,才能够明确地显示出“矫讹翻浅”“正末归本”的意义。

刘勰认为,只有在“质”“文”、“雅”“俗”之间斟酌权衡、弃邪采正,才能够谈得上“通变”。可见,刘勰把“斟酌乎质文之间,檃括乎雅俗之际”看作为文“通变”的前提。本篇赞文又认为“通变”要“望今制奇,参古定法”,“定法”之“法”便是儒经“文质相胜”或“衔华丽佩实”的准则。如果不斟酌权衡“质”“文”、“雅”“俗”,那么“望今制奇”就会成为“竞今疏古”或“趣(趋)新逐异”;相反,如果不是对“质”“文”和“雅”“俗”进行一番斟酌权衡,而一味仿古,那就不可能做到“趋时必果,乘机无怯”,也就不可能“望今制奇”,跟不上“文律运周,日新其业”的“文变”规律。由此可见,刘勰的“斟酌乎质文之间,而檃括乎雅俗之际”以及“矫讹翻浅,还宗经诰”之说,实质在于提倡宗法儒经“衔华而佩实”的标准,而不是一味地模仿儒家经典。

参伍因革,通变之数也。

“参伍”,交互错综。《易·系辞上》:“参伍以变,错综其数。”疏:“参,三也;伍,五也。或三或五,以相参合,以相改变。”又写作“参五”。《淮南子·主术训》:“事不在法律中,而可便国佐治,必参五行之。”“因革”,即因循和革新,这是相对的两个方面。《汉书·百官公卿表》:“建皇帝之号,立百官之职,汉因循而不革。”又本书《物色》篇:“古来辞人,异代接武,莫不参伍以相变,因革以为功。”“参伍因革’,即因循或革新交互错综,这是说“通变”既不是一味因循,也不是一味趋新逐异,而是斟酌参验,循其可通、革其当变,“因”和“革”错综交互,融为一体。所以刘勰说这是“通变之数”(“数”,术,即方法),这里讲的是“通变”的方法或规矩问题。刘勰不主张陈陈相因,一味守旧。他认为“夫夸张声貌,则汉初已极。自兹厥后,循环相因,虽轩翥出辄,而终入笼内”,并举出枚乘《七发》、司马相如《上林赋》、马融《广成赋》、扬雄《羽猎赋》(即本篇所说的《校猎》)、张衡《西京赋》“广寓极状,而五家如一”的例子,认为“诸如此类,莫不相循”,从而提出“参伍因革”才是“通变之数”。

规略文统,宜宏大体。

“规略”,即规划、谋划。“统”,即纲纪或要领;“文统”,即文章的纲纪,这里指写作文章的关键、要领。“宜宏大体”的“宏”,本即“广博”“宏大”义,这里用作动词。“宜宏大体”,是认为“规略文统”应该首先广通文章的总的或根本性的问题。所以本篇下文接着说:“先博览以精阅,总纲纪而摄契。”“先博览以精阅’,即上文的“宏大体”;“总纲纪而摄契”,即上文的“规略文统”(“总”,总括,这里表示“掌握”“把握”义;“摄契”,比喻掌握其关键)。“博览”“精阅”是“总纲纪”“摄契”的前提,所以才说“规略文统,宜宏大体”。在这里,刘勰强调了为文“通变”需要“规略文统”或“总纲纪而摄契”,也就是把握文章关键或要领。然而,想要“规略文统”或“总纲纪而摄契”,

刘勰认为还应该首先“先博览以精阅”或“宜宏大体”。只有这样，才具备为文“通变”的基础或条件。因此本篇又说：“然后拓衢路，置关键，长辔远驭，从容按节，凭情以会通，负气以适变，采如宛虹之奋鬐，光若长离之振翼，乃颖脱之文矣。若乃龌龊于偏解，矜激乎一致，此庭间之回骤，岂万里之逸步哉！”刘勰认为，在“宏大体”而“规略文统”，亦即“先博览以精阅，总纲纪而摄契”的前提下，然后再开拓新的途径（“拓衢路”）、设置新的规则（“置关键”），根据自已的情志所到和才力气质如何的实际情况而参伍因革（“凭情以会通，负气以适变”），文采如同长虹宛转奋其脊背、光辉如同朱鸟振其羽翼，才算是不落窠臼的“颖脱之文”。相反，如果拘泥于偏面的一知半解，洋洋自得于一隅之见，那就如同在庭院里打马转圈子，而不是万里飞奔。这便说明，刘勰非常强调“宏大体”而“规略文统”对于为文“通变”的重要性。

长辔远驭，从容按节。

“从容按节”句的“从容”，注家大都释为“安闲”“从容不迫”“从从容容”，实误。按，《广雅 · 释训》：“从容，举动也。”王念孙疏证：“《楚辞 · 九章 · 怀沙》篇：‘重华不可遌兮，孰知余之从容。’王逸注云：‘从容，举动也。言谁得知我举动欲行忠信。’案：‘从容’有二义，一训为‘舒缓’、一训为‘举动’。其训为‘举动’者，字书、韵书皆不载其义。今详引诸书以证明之。《九章 · 抽思》篇云：‘理弱而媒不通兮，尚不知余之从容。’《哀时命》云：‘世嫉妒而蔽贤兮，孰知余之从容。’此皆谓己之举动，非世俗所能知，与《怀沙》同意。《后汉书 · 冯衍传 ·〈显志赋〉》：‘惟吾志之所庶兮，固与俗其不同。既俶傥而高引兮,愿观其从容。'此亦谓举动而不同于俗。李贤注云:'从容,犹在后也。'失之。《中庸》云:'诚者,不勉而中,不思而得,从容中道,圣人也。''从容中道',谓一举一动,莫不中道,犹云动容周旋中礼也。《韩诗外传》云:'动作中道,从容得礼。'《汉书·董仲舒传》云:'动作应礼,从容中道。'王褒《四子讲德论》云:'动作有应,从容得度。'此皆以'从容''动作'相对成文。"王氏考证精当。而刘勰"从容按节"一句的"从容",确为"举动"义,而不是"从容不迫"(形容词)义。"从容按节",是说"举动(举止行动)按节",也就是说"一行一动都按照节度"。本篇说:"先博览以精阅,总纲纪而摄契;然后拓衢路,置关键,长辔远驭,从容按节;凭情以会通,负气以适变。"显然,刘勰是以驾车驭马来比譬为文。"长辔远驭",即放松缰绳驭马;"从容按节"承此句而来,说明驾车驭马举动合度。所以,以上两句就驾车驭马而言,指驾驭举动中节;用来比譬为文,是说要"凭情以会通,负气以适变",按照或循着自然的节度进行。从另一角度看,这与本书《总术》篇"因时随机,动不失正"含义相类。如果释"从容"为"从容不迫"(即王念孙所说的"舒缓"义),那么"按节"(按照或循着节度)就与"从容"在文理上不相连属了。[①] 刘勰的"从容按节"一说,实际上也就是说的为文的"合度"或"中度"的问题。显然,这与刘勰主张为文要遵循"自然之道"而"执中"或"得中"的理论观点是一致的。又本书《章表》篇:"观其体赡而律调,辞清而志显,应物制巧,随变生趣:执辔有余,故能缓急应节矣。"可参酌。

---

① 本书《书记》篇:"文明从容,亦心声之献酬也。"这里的"从容"才是形容词。

变则其久，通则不乏。

《易·系辞下》:"穷则变,变则通,通则久。"刘勰"变则其久"的"变",也就是"通变"之"变",在这里应当理解为"适变";"变则其久",即写作文章适应文情的变化,则可以长久不衰。本篇赞上文说:"文律运周,日新其业。"其认为文的规律("文律")是运动变化的,文章之事日新月异。[①] 因此,写作文章就应该适应这种变化的规律:只有这样,才能长久不衰。

但是,在另一角度刘勰又强调了"通"的问题,认为"通则不乏"。"通",在这里应当理解为"会通',也就是继承和沿用旧有的仍有生命力的东西。只有这样,写作文章才不至于匮乏。"变则其久,通则不乏"从两个方面说明了为文必须"通变",二者相辅相成。只"变"(适变)而不"通"(会通),则贫乏无资;只"通"(会通)而不"变"(适变),则不能长久,或跟不上"文律运周,日新其业"的文变规律。所以,只有"通"(会通)、"变"(适变)统一,即有继承、有新变,才能久而"不乏"。

---

① 曹植《朔风诗》:"四时代谢,悬景运周。""运周"本指运行周转。这里指运动变化,并不是回环周转义。

《定势》第三十

定势。

“势”，即文章“体势”；“定势”，即确定文章的体势。论述和确定文章体势问题，便是本篇的主旨。因此，什么叫作“势”？它的具体含义是什么？这是关键性的，然而又是一个很复杂的问题。

本篇说：“夫情致异区，文变殊术，莫不因情立体，即体成势也。”“因情立体，即体成势”，说明“势”是依附或依存于“体”的。“体”即文体，“势”便是依附在不同文体上的体势。按字面意思解释，“势”即体态、态势。但是，本篇又说：“势者，乘利而为制也。”这是弄清“势”的内涵的关键，但同时又是一句很费解的话。《说文》：“利，铦也。从刀。和然后利，从和省。《易》曰：‘利者，义之和也。’”段玉裁注：“依《韵会》本。毛传曰：鸾刀，刀有鸾者。言割中节也。《郊特牲》曰：割刀之用而鸾刀之贵，贵其义也，声和而后断也。许据此说会意”；“又引《易》说从和省之意。上云‘刀和然后利’者，本义也。引《易》者，引伸之义也”。可见，“利”的本义是“刀和”（《说文》：“和，相应也。”），意思是说刀锋刃和谐。引申为其他事物的自身和谐，如“义之和”也是“利”（许慎引《易》“利者，义之和也”，出自《易·乾·文言》）。《管子·心术上》：“义者，谓其各处其所宜也。”显然,“利”的含义便是“和”,也就是相应或和谐。凡是事物皆有所“利”、皆有所“和”,也就是说都有其自身的和谐,这种和谐就是“利”。而刘勰说“势’是“乘利而为制”,即是认为“势”是不同文体因乘或按其自身的和谐而形成的形式、态势;也就是说,“势”是根据不同文体自身的特有的和谐而形成的。应该说这是很精采的说法。因为文体之所以有其分别,关键在于不同的文体都有自己不同于其他文体的自身的“和谐”。《通变》篇说:“凡诗赋书记,名理相因,此有常之体也。”诗、赋、书、记等文体之所以不同,是因为它们有各自的“名理相因”的规定性或界限。“名”“理”之间的“相因”,从另一个角度看,便是“名”“理”之间的统一或和谐。不同文体之间各自的“名”“理”相和(或和谐、统一),便成为文体之间区别分明的要素。所以,“势”便是不同文体,如诗赋书记等各自按照其“名”“理”和谐而表现出的不同的形态或态势。用现在的话来说,类似所谓文体风格形式。

为说明“势”的所指,本篇又说:“如机发矢直,涧曲湍回,自然之趣也。圆者规体,其势也自转;方者矩形,其势也自安:文章体势,如斯而已。”①这里用“机发”而“矢直”、“涧曲”而“湍回”,说明“势”是事物按其自身之所以然(即自身的运动变化,从另一个角度看即自身的矛盾对立统一或和谐)而表现出的态势。“自然”,即自身如此,也就是客观事物自身之所以然的规律。事物的“自然”,包含有事物自身的和谐或统一;如果事物本身没有或不能形成自身的和谐或统一,便失去“自然”,

① 《淮南子·原道训》有“员(圆)者常转,窾者主浮,自然之势也”的说法。另参见杨明照:《文心雕龙校注拾遗》,第254页。

事物的本体便不能成立。所以刘勰又说,圆的东西呈现"规体",其态势给人以轮转的印象;方的东西呈现"矩形",其态势给人以平稳的感觉。这里说明,文章的"体势"如同自然事物的态势一样,是基于文体自身的和谐而表现出的风格形式。由于文体不同,自然也就有不同的"体势"。

黄侃认为:"势"即"埶",为"臬"(圭臬)字的假借,所以释"势"为标准、法度。[①] 范注则承用了这种解释,认为:"势者,标准也。审察题旨,知当用何种体制作标准。标准既定,则意有取舍,辞有简择,及其成文,止有体而无所谓势也。纪评曰:'自篇首至自然之势一段,言文各有自然之势。'"[②]因为黄、范二家将"势"释为"标准",无法理解本篇"即体成势"之说,导致范注最后竟认为"止有体而无所谓势",这显然是错误的。但是,由于"势"是"乘利而为制"、是不同文体自身和谐统一所体现出的文体风格形式,所以,一定的文体的"势"对某种文体来说,自然是一定的、有其标准的,不能淆乱。从文章写作或鉴赏的角度说,不同的文体就应该确定不同的"势"。因此,"定势"——确定文体的"体势",即文体风格形式也就是一个既合乎文体不同的事实又非常重要的命题了。

括囊杂体,功在铨别;宫商朱紫,随势各配。

"括囊",本指束扎口袋。《易·坤》:"括囊,无咎无誉。"本篇则表示囊括、总括或包笼的意思。"括囊杂体",即总括或掌握不同的文体风格形式("势")。"杂体",即本篇上文"渊

---

① 黄侃:《文心雕龙札记·定势》。

② 范文澜:《文心雕龙注》卷六《定势》注[二]。

乎文者,并总群势”的“群势”,也就是各种不同的文章“体势”。“功在铨别”一句是说,总括各种不同的文章“体势”,功夫或功效在于能够铨别。刘勰认为,文章“体势”是不同的(“雅俗异势”),每类文体都有它的“总一之势”,即自身和谐统一的风格形式,“若雅郑而共篇,则总一之势离”,也就是如果不同的文章“体势”杂糅在一起,就破坏了文体本身和谐统一的风格形式。刘勰又反对为文只掌握一种文章“体势”,而是主张“奇正虽反,必兼解以俱通;刚柔虽殊,必随时而适用”。所以本篇又说:“若爱典而恶华,则兼通之理偏,似夏人争弓矢,执一不可以独射也。”因此从写作角度说,就存在着“执一不可以独射”和“两难得而俱售”的矛盾。根据这一事实,刘勰于是乎提出了“括囊杂体,功在铨别”的论题。

“宫商朱紫”,范注:“宫商,谓声律;朱紫,谓辞采。”[①]此说实误。“宫商朱紫”承上两句“括囊杂体,功在铨别”而来,显然,“宫商朱紫”即“杂体”,也就是不同的文体风格,与“渊乎文者,并总群势”的“群势”所指正同。之所以称为“宫商朱紫”,则是为了表示“体势”的各异,这显然是指代法。因此,“宫商朱紫”是表示文章“体势”的或雅或郑、或典或华、或刚或柔等。因此,“宫商朱紫,随势各配”便是说或雅或郑、或典或华、或刚或柔,随着不同的文章“体势”而配用。本篇说:“文之任势,势有刚柔,不必壮言慷慨,乃称势也。”这就明确地说明了这个问题。

总之,“括囊杂体,功在铨别;宫商朱紫,随势各配”,其主

---

① 范文澜:《文心雕龙注》卷六《定势》注[九]。

旨便是“定势”。范注:“功在铨别,即所谓定势。”①这是很对的。而对于“宫商朱紫,随势各配”,本篇这样说:“章表奏议,则准的乎典雅;赋颂歌诗,则羽仪乎清丽;符檄书移,则楷式于明断;史论序注,则师范于覈要;箴铭碑诔,则体制于弘深;连珠七辞,则从事于巧艳:此循体而成势,随变而立功者也。”刘勰认为:章表奏议一类文体,要以“典雅”为准的;赋颂歌诗一类文体,则以“清丽”为标尺;符檄书移这一类文体,要以“明断”为尺度;史论序注这一类文体,则以“覈要”为规矩;箴铭碑诔这一类文体,则以“弘深”为体式;连珠七辞这一类文体,则从事于“巧艳”,即以“巧艳”为标准。其中“典雅”“清丽”“明断”“覈要”“弘深”“巧艳”,便是“并总群势”的“群势”,也就是“括囊杂体”的“杂体”和“宫商朱紫,随势各配”的“宫商朱紫”;本篇的上述论说,便是讲的“随势各配”,也就是“循体而成势”或“定势”。陆机《文赋》对这个问题也曾有所涉及,说:“诗缘情而绮靡,赋体物而浏亮,碑披文以相质,诔缠绵而凄怆,铭博约而温润,箴顿挫而清壮,颂优游以彬蔚,论精微而朗畅,奏平彻以闲雅,说炜烨而谲诳。虽区分之在兹,亦禁邪而制放。”但是,陆机没有提出“势”的概念来概括这种情形,他说的是否同刘勰的“势”内涵完全相同也不便断然认定。此外,陆机又以单个的文体分论,虽然可看作一个长处,但分得过细,有“剪不断,理还乱”的毛病。刘勰以“类”为界,把“体势”相同或相近的归为一类,概括性就更高一些了。②

---

① 范文澜:《文心雕龙注》卷六《定势》注[九]。

② 在陆机之前,曹丕《典论·论文》已涉及这个问题,陆机之后,挚虞的《文章流别论》谈到这个问题时,已较曹丕、陆机所说更为详细一些。刘勰所说,当是前说的发展。

章表奏议，则准的乎典雅；赋颂歌诗，则羽仪乎清丽；符檄书移，则楷式于明断；史论序注，则师范于覈要；箴铭碑诔，则体制于弘深。

“准的乎典雅”：“准的”本即“标准”义，是名词。《抱朴子外篇·正郭》：“咸竞准的。”《晋书·良吏传序》：“斯并惇史播其徽音，良能以为准的。”本书《史传》篇：“自《史》《汉》以下，莫有准的。”又《才略》篇：“准的所拟，志乎典训。”这里用作动词，表示“取则”“确立标准”，也就是“以……为准的”。“准的乎典雅”，即“以典雅为（体势）标准”。这是说，章表奏议一类文体要依据“典雅”（本书《体性》篇：“典雅者，镕式经诰，方轨儒门者也。”本篇：“是以模经为式者，自入典雅之懿。”）来确定“体势”。

“羽仪乎清丽”：“羽仪”，本即“羽饰”，是名词。杨明照《校注拾遗》：“按《易·渐·爻辞》：‘鸿渐于陆（逵），其羽可用为仪。’”朱熹曰：“仪，羽旄旌纛之饰也”；“其羽毛可用以为仪饰”。这里用作动词，表示“以……为羽仪”或“确定羽仪（体势）”。“羽仪乎清丽”，即“以清丽为羽仪”或确定体势于“清丽”；也就是说，赋颂歌诗要依据“清丽”来确定“体势”。

“楷式于明断”：“楷式”，本即“法式”“典范”义，是名词。蔡邕《贞节先生陈留范史云碑》：“言行举动，斯为楷式。”这里用作动词，表示“以……为楷式”，即“取式”义。“楷式于明断”，即“以明断为楷式”或“取式于明断”；也就是说，符檄书移要依据“明断”来确定“体势”。

“师范于覈要”：“师”，本即“师表楷模”义，是名词。《后汉书·赵壹传》：“君学成师范，缙绅归慕。”这里也用作动词，表示“以为……范式”,即“效则”义。“师范于覈要”,即“以覈要为师范”或“效则(取式)于覈要”;也就是说,史论序注要依据“覈要”来确定“体势”。本书《通变》篇:“师范宋集。”《才略》篇:“师范屈宋。”“师范”用法与上句同。

“体制于弘深”:“体制”,本即“体式形制”,是名词。嵇康《琴赋》:“体制风流,莫不相袭。”这里还是用作动词,表示“以……为体制”或“取式”义。“体制于弘深”,即“以弘深为体制”或“取式于弘深”;也就是说,箴铭碑诔要根据“弘深”来确定“体势”。

虽复契会相参,节文互杂,譬五色之锦,各以本采为地矣。

“契会”,即契合、会合,这里指不同类的文章“体势”相重叠或交叉的地方。“相参”,即互相错杂、交错;“契会相参”,是说不同的文章“体势”相重或相联系之处相交错。

“节文互杂”句,“节文”本指“节制修饰”,此语较早见于《礼记·檀弓下》。又《史记·刘敬叔孙通列传》:“叔孙通曰:‘五帝异乐,三王不同礼。礼者,因时世人情为之节文者也。故夏、殷、周之礼所因损益可知者,谓不相复也……’”刘勰用指对文章的调节藻饰,实际上也就是指作品的体制及文辞的修饰。因此,“节文互杂”是说文章可能在体式和文辞的修饰上存在着参差或错杂现象,此句与上句“契会相参”含义相类。此外,《文心雕龙》一书多处用到“节文”一语。如《诔碑》篇:“读诔定谥,其节文大矣。”“节文”,指“节制文饰”。《章表》篇:“肃恭节文,条理首尾。”“节文”当指对文(章表)的斧藻修饰。又《书记》篇“若夫尊贵差序,则肃以节文”、《镕裁》篇“献替节文”,“节文”的含义均与《章表》篇所用的“节文”相近或相同。《章句》篇:“若乃改韵从(徙)调,所以节文辞气。”这里的“节文”,则是“节制调谐”的意思。这些,均可与本篇“节文”相参酌。

“契会相参,节文互杂”两句表明,即使是不同类的文体,其“体势”或风格有的也还存在着交错、重叠的地方。这便说明:文章“体势”并不是可以一刀两断,能分得绝对清楚的。相反,应该承认其参差、交错的事实。但是,刘勰认为,尽管文章“体势”“契会相参,节文互杂”,但又是有标准的,也就是有能使不同类的文体互相区别开来的“自然之势”。所以本篇说:“譬五色之锦,各以本采为地矣。”认为文章“体势”虽然有错杂、交叉,但又有其自身的“本采”。本篇上文所说的“典雅”“清丽”“明断”“覈要”“弘深”“巧艳”,就分别是章表奏议、赋颂歌诗、符檄书移、史论序注、箴铭碑诔、连珠七辞这些不同类的文章“体势”的“本采”。掌握住这种“本采”,就可以“兼解俱通”“斟酌浓淡”。可见,刘勰在对待文章“体势”的问题上,既正确地承认其重叠、交叉的事实,又不因此而否认不同类文体风格的界限,而是指出能体现不同文章“体势”之间互相区别的本质所在——“本采”,把握住“本采”,可以说就抓住问题的关键了。而“定势”的中心,便是确定不同文体“体势”的“本采”。

旧练之才，则执正以驭奇；新学之锐，则逐奇而失正。

“旧练之才”,指久精于为文之道的人(“练”,精义);“新学之锐”,指后学之人。“执正以驭奇”“逐奇而失正”两句,都用了“奇”和“正”两个概念。这两者是我国古代军事上常用的术语,“奇”“正”相对,“正”指一般的或正常的,“奇”指特殊的、反常或变化的。《孙膑兵法·奇正》篇，论述了“奇”“正”的相互关系和变化，以及如何运用“奇正”的原则克敌制胜的问题。其中说：“形以应形，正也；无形而制形，奇也”；“同不足以相胜也，故以异为奇。是以静为动奇，佚为劳奇，饱为饥奇，治为乱奇，众为寡奇，发而为正，其未发者奇也”。刘勰本篇所谓“奇”“正”，在语义上与此同。然而“正”在本篇特指写作文章正常的或雅正的方面，“奇”指反常或不正的方面。本篇说：“自近代辞人，率好诡巧，原其为体，讹势所变，厌黩旧式，故穿凿取新，察其讹意，似难而实无他术也，反正而已。故文反正为乏，辞反正为奇。效奇之法，必颠倒文句，上字而抑下，中辞而出外，回互不常，则新色耳。”“执正以驭奇”，即掌握雅正或基本的方面来驾驭反常或变化的方面。马王堆汉墓帛书《经法·道原》：“得道之本，握少以知多；得事之要，操正以政（正）畸（奇）。”①又《经法·成法》：“罢（彼）必正人也，乃能操正以正奇，握一以知多。”刘勰所说的“执正以驭奇”，即帛书中的“操正以政（正）畸（奇）”。应该注意，帛书认为“得事之要”而“操正以政（正）畸（奇）”，可见能“执正以驭奇”是必须能“得事之要”的。刘勰说“旧练之才，则执正以驭奇”，说明“旧练之才”便是精于为文之道或掌握为文的关键的“缀文之士”。刘勰又认为“新学之锐，则逐奇而失正”，便说明“新学之锐”是后学而又锐意进取的人。因为是“新学之锐”，不能够“得事之要”，所以才有“逐奇而失正”的毛病。

还应该注意的是，刘勰并不是一概蔑弃“奇”的，而是主张“执正驭奇”，反对“逐奇失正”。他所批评的，是“穿凿取新”

---

① 马王堆汉墓帛书《经法·道法》：“正、奇有立（位）。”

或“颠倒文句”的“新奇”。所以本篇又认为“密会者以意新得巧,苟异者以失体成怪”。“以意新得巧”的“密会”,刘勰显然是肯定的,而他对“以失体成怪”的“苟异”(即“穿凿取新”)则是完全否定的。范文澜对此作了比较中肯的分析,说:“彦和非谓文不当新奇,但须不失正理耳。上文云:‘章表奏议则准的乎典雅,赋颂歌诗则羽仪乎清丽,’言文章措辞,势有一定,若颠倒文句,穿凿失正,此齐梁辞人好巧取新之病也。绎彦和之意,措辞贵在得体,贵在雅正。世之作者,或捃摭古籍艰晦之字,以自饰其浅陋,或弃当世通用之语,而多杂诡怪不适之文,此盖采讹势而成怪体耳。”①

① 范文澜:《文心雕龙注》卷六《定势》注[一八]。

《情采》第三十一

其为彪炳，缛采名矣。

杨明照《校注拾遗》:“按《释名·释言语》:‘名，明也，实使分明也。’徐氏引作‘明’，盖以意改。”①“彪炳”，《说文》:“彪，虎文也。”“彪”本即虎身斑纹，喻指文采。扬雄《法言·君子》:“以其弸中而彪外也。”又《说文》:“炳，明也。”段注:“《易》曰:‘大人虎变，其文炳也。’”“彪炳”连用，本当为“虎纹光彩明亮”，义转为“如虎纹那样斑烂炳明”，也就是“光彩焕发的样子”。《文选·左思〈蜀都赋〉》:“符采彪炳，晖丽灼烁。”本书《正纬》篇:“夫六经彪炳，而纬候稠叠。”《明诗》篇:“四始彪炳，六义环深。”本篇“彪炳”本即此义，这里喻指“藻饰”。“其为彪炳”，是说“综述性灵，敷写器象；镂心鸟迹之中，织辞鱼网之上”，即写作文章从事的是文采藻饰，所以说“缛采名矣”。

“缛”，《说文》:“繁采饰也。”②《文选·刘琨〈答卢谌诗〉》:“绿叶繁缛。”李注:“缛，繁采饰也。”又《七启》:“华藻繁缛。”张铣注:“繁缛，彩色也。”“采”，即“采藻”“文彩(采)”。

---

① 杨明照:《文心雕龙校注拾遗》，第260页。

② “饰”，本作色。见段玉裁注。

本书《明诗》篇："采缛于正始，力柔于建安。"又云："英华弥缛，万代永耽。""缛采"即"华盛的文采"（与含贬义色彩的"繁采"有异）。它所指的，实际上就是与"情"相对的"采"。"名"本即"名称""名义"，这里用作动词，表示"称名"或"称为……"。"缛采名矣"，是说写作文章从事或离不开文采藻饰，因此就称名为"缛采"（或"采"）了；或者说，因此就有了"缛采"之名。

故立文之道，其理有三。

"立文"，即"形成文"。"文"，在这里是广义的，凡彩色相和、纹理交错、音声相协、情性外发而在人们的感官（如目视、耳闻）意识上感觉到有文彩或美感的，都可以称为"文"，如《原道》篇所说的天地之"文"、"人文"以及"傍及万品，动植皆文"。"立文之道"的"道"，这里并非"道理"义，而是指"途径"或"规律"。"立文之道"，即成文或形成文的规律。

"其理有三"承"立文之道"句而来，"理"实指规律，对上句"道"而言，但两者又有区别。《韩非子·解老》："道者，万物之所然也，万理之所稽也。理者，成物之文也。道者，万物之所以成也。故曰：'道，理之者也。'""物有理不可以相薄（按：陈奇猷《集解》引王先谦曰："薄，迫也。"），故理之为物之制。万物各异理，万物各异理而道尽。"韩非认为："道"是客观事物普遍的、总的规律，是万物生存或运动变化的总依据（即"万物之所然也"，"万物之所以成也"）。而"理"则是客观事物自身所有的特殊规律，它是"道"在具体事物中的存在或体现。可见，"理"是具体的、个别的事物自身的特殊规律，"理"的总和或概括便是"道"。刘勰说"立文之道，其理有三"，就正是在这个意义上使用了"道"和"理"。因为讲总的成文的规律，可以说成是“立文之道”；但是从具体的“文”来说，其形成规律毕竟是具体的或个别的，所以才又说“其理有三”。本篇接着说：“一曰形文，五色是也；二曰声文，五音是也；三曰情文，五性是也。五色杂而成黼黻，五音比而成韶夏，五情发而为辞章：神理之数也。”这里认为：“文”（包括“形文”“声文”“情文”）是由“五色”“五音”“五情”的“杂”（《说文》：“杂，五采相合也。”）、“比”（和比、协调）、“发（（表现、显现）而“自然”形成的，这就是“立文之道，其理有三”的“道”或“理”。刘勰说这是“神理之数”，“神理”即“其理有三”的“理”。因为上文说“立文之道，其理有三”，下面举出“五色杂”“五音比”“五情发”而形成“形文”“声文”“情文”的实际情况，接下来说这是“神理之数”，这是无可置疑的。还应该注意的是，刘勰论述“立文”的“道”和“理”，在于说明“文”是按照或循其“自然”，即自身的规律而形成、产生的。这样，就为他提倡“为情而造文”、反对“为文而造情”从哲学角度打下了坚固的基础。

情者文之经，辞者理之纬；经正而后纬成，理定而后辞畅。

“经”“纬”本是经线和纬线。织布时以经受纬，经正而后纬顺。这里便是以织布经线和纬线的关系，来比譬写作文章中“情”“理”和“文”“采”的关系，认为写作文章如同织作布帛，“情”是“文”的“经”，“辞”是“理”的“纬”；“经”（即“情”“理”）正而后“纬”（即“文”“辞”）可以得成，“理”定而后“辞”畅。这就说明：“情”和“理”是根本，而“文”和“辞”是本于“情”和“理”的。因此，写作文章，首先在于“经正”“理定”；而“经正”“理定”，自然也就“纬成”“辞畅”了。在这里，“经”“纬”相对，“情”“理”与“文”“辞”相对，形成了对立统一关系，这也就是本篇标出的“情”和“采”的关系。

在这种“情”“理”和“文”“辞”关系的基础上，刘勰认为：写作文章或“文”（有文采、华美）或“质”（偏于内容、质实）是依附于作者的“性情”的，是本于作者“性情”的“自然”的（“文质附乎性情”）；或“华”（藻饰、华丽）或“实”（质实、朴实），其过错不在文章是否华丽，而在于过度、无节制（“华实过乎淫侈”）。显然，“淫侈”（即淫滥、过分）是违背“情”“理”和“文”“辞”之间的“自然”关系的，是超出了“自然”的界限的。可见，刘勰并不反对文章的文采美，而是反对违背“情采”二者之间的“自然”关系的“淫侈”。因此，刘勰在本篇里又用形象的比喻来说明这一重要的美学观点：铅黛可以修饰面容，但是顾盼巧笑的美好却存在于本来就美好的姿容上（“夫铅黛所以饰容，而盼倩生于淑姿”）；文采可以藻饰言辞，但是辩说华美却是本于情性（“文采所以饰言，而辩丽本于情性”）。刘勰认为，美的本源或根本是在客观事物本身，美的事物可以修饰，但修饰的事物并不一定美，即非“真美”。因此，文采虽然是用来修饰言辞的，但文章的真美却是取决于作者的情性。由此，本篇得出“经正而后纬成，理定而后辞畅”的结论。刘勰的这一写作和鉴赏的文论观点是很精审的，他称之为“立文之本源”，即写作文章的根本，这是符合客观事实的。

联辞结采，将欲明经；采滥辞诡，则心理愈翳。

“将欲明经”的“经”字，黄校作“理’。范注：“经作理，是。”①

① 范文澜：《文心雕龙注》卷七《情采》注[一八]。

杨明照《校注拾遗》:“按以上下文验之,‘理’字是。”①王利器《校证》:“下文‘采滥辞诡,则心理愈翳’,即承此‘联辞结采,将欲明理’言。”②今按,“经”字不误。本篇说:“故情者文之经,辞者理之纬;经正而后纬成,理定而后辞畅。”因为“情者文之经”,所以说“联辞结采,将欲明经”;因为“辞者理之纬”,所以说“采滥辞诡,则心理愈翳”。“将欲明经”,也就是“将欲明情”或“将欲明理”。“将欲明经”的“经”字承“情者文之经”一语而言,此处用“经”字,又与下文“采滥辞诡,则心理愈翳”的“心理”避复。这是骈体文的常式,改为“理”字,反而背于文法了。

以上四句意谓:联结辞采,即敷辞缀文,为的是表达情性义理;如果辞采淫侈繁诡,反而更使情志(即“心理”)晦暗不明。这里说明写作文章(“联辞结采”)的目的是要表达情志(“将欲明经”),但是如果空事繁采,那将会适得其反。本篇又以“翠纶桂饵,反所以失鱼”的例子来说明这个问题。杨明照《校注拾遗》:“按《阙子》:‘鲁人有好钓者,以桂为饵,黄金之钩,错以银碧,垂翡翠之纶,其持竿处位即是,然其得鱼不几矣。故曰:‘钓之务不在芳饰,事之急不在辩言。’(《御览》八三四引)黄、范两家注皆引而不全,故备录之。”③鲁人好钓,而“翠纶桂饵’,是徒事虚饰,非为务本,所以“得鱼不几”。为文之事亦同此理,文本为情而发,辞采淫侈繁杂,则必然会使“心理愈翳”,也就是《庄子·齐物论》所说的“言隐于荣华”(所言真意被华

① 杨明照:《文心雕龙校注拾遗》,第263页。

② 王利器校笺:《文心雕龙校证·情采第三十一》注[九]。

③ 杨明照:《文心雕龙校注拾遗》,第263页。

美的文采掩盖起来)。[1] 本书《议对》篇也说:“若不达政体,而舞笔弄文,支离构辞,穿凿会巧,空骋其华,固为事实所摈;设得其理,亦为游辞所埋矣。昔秦女嫁晋,从文衣之媵,晋人贵媵而贱女;楚珠鬻郑,为薰桂之椟,郑人买椟而还珠。若文浮于理,末胜其本,则秦女楚珠,复在于兹矣。”这里的“文浮于理,末胜于本”与本篇的“采滥辞诡,则心理愈翳”说的含义是相通的。这体现出刘勰反对空事华辞而不务本的讹滥文风、主张“明情”务本和文采的自然美的文论观点。

心术既形,英华乃赡。

杨明照《校注拾遗》:“按《礼记·乐记》:‘应感起物而动,然后心术形焉。’郑注:‘术,所由也。形,犹见也。’《管子·七法》篇:‘实也,诚也,厚也,施也,度也,恕也,谓之心术。’”[2]“心术”,即人的情怀活动的规律,所以《乐记》说“应感起物而动,然后心术形焉”。在这里,可以直接理解为情性活动,也就是情志,与本篇上文“采滥辞诡,则心理愈翳”的“心理”所指相同。“心术既形,英华乃赡”两句意谓:写作文章,只有将情志首先表达出来,文采才能丰赡华美(“英华”的“华”,指文采;“赡”,丰赡富足)。“心术”和“英华”,在这里是本和末的关系,也就是本篇所说“经”和“纬”的关系;从写作文章的角度看,“心术”的“形”、“英华”的“赡”便有着先后的关系,这便是“务本”,也就是本篇所说的“经正而后纬成,理定而后辞畅”所表示出的关系。本篇下文说:“夫能设谟(模)以位理,拟地以

① 范文澜:《文心雕龙注》卷七《情采》注[一九]。

② 杨明照:《文心雕龙校注拾遗》,第264—265页。

置心,心定而后结音,理正而后摛藻,使文不灭质,博不溺心,正采耀乎朱蓝,间色屏于红紫。”这段论述表明:刘勰的“心术既形,英华乃赡”说,是在强调“心术”的“既形”之后,又指出了“华”的丰赡。也就是说,在“心术既形”的前提下,“英华乃赡”就不是“采滥忽真”,而是必要的了。因此,刘勰此说实际上是主张“情志足实”和“文采华美”二者相统一(“情”和“采”的完美统一)的观点。从写作和鉴赏的角度说,本篇的主要主张也正在这里。

《镕裁》第三十二

情理设位，文采行乎其中。

这两句话本于《易传》。杨明照《校注拾遗》:“《易·系辞上》:‘天地设位,而易行乎其中矣。’舍人语式步此。”①《易·系辞上》这两句话韩康伯注:“天地者,易之门户。而易之为义,兼周万物,故曰‘行乎其中矣’。”高亨注:“设,立也。天地立其上下之位,易道即运行于天地之间。”②刘勰本篇“情理设位,文采行乎其中”之说,正取义于《易传》,并非只是“语式步此”。《易·系辞上》认为:《易》“广大配天地,变通配四时,阴阳之义配日月,易简之善配至德”,“崇效天,卑法地”。《易》的基本卦象是乾、坤(效法天、地的卦象),而在《易传》作者看来,天、地分立或者说有天、地才有《易》,《易》是表现或反映天、地(推衍到万物)的对立以及运动变化之“道”(即“弥纶天地之道”)的。从这个意义上看,《易》“道”即天、地(包括万物)运动变化之“道”,《易》是体现天、地(包括万物)运动变化之“道”的“文”,所以才说:“天地设位,而《易》行乎其中矣。”这是从天、地和《易》的关系来说的:天地(或乾坤)是根本,《易》

① 杨明照:《文心雕龙校注拾遗》,第265页。

② 高亨:《周易大传今注》,第390页。

是天地(包括万物)运动变化的体现;没有天地(或乾坤),则没有体现天地(包括万物)运动变化规律,即"道"的《易》。① 刘勰本篇说"情理设位,文采行乎其中",便是取《易传》所说的天地(乾坤)与《易》的关系说,把"情理"看作根本。写作文章,"情理"(即情志义理,大致相当于内容)先后确定了次序或设立了位置,那么文辞采藻便可以铺设其间了。刘勰的意思是:"情理"是"文采"的本源,如同天地和《易》的关系一样。有"情理"而后有"文采',"情理"设而"文采"行,这与《情采》篇所说的"夫水性虚而沦漪结,木体实而花萼振:文附质也"是一个意思。另外,如同《易》效法"天地"或反映天地及万物运动变化之"道"一样,"文采"是表现或反映"情理"的,"情理"需要"文采"来表现,这又与《情采》篇所说的"虎豹无文,则鞟同犬羊;犀兕有皮,而色资丹漆:质待文也"含义相同。正因为这样,"文采"又不能超越"情理"所需要的范围。这种关系,也正就是《情采》篇所说的:"故情者文之经,辞者理之纬;经正而后纬成,理定而后辞畅:此立文之本源也。"正因为"情"是"文之经"、"辞"是"理之纬",所以"经正"而后"纬"才得以成、"理定"而后"辞"才得以畅。"情理设位",也就是"经正"或"理定"的意思;"文采行乎其中",也正就是在"经正""理定"的基础上尔后"纬成"或"辞畅"的意思。在这里,又表现出刘勰文论观点的系统性和严密性。

此外还要看到,"镕"和"裁"是对"情理"和"文采"而言

---

① 《易·系辞上》又说:"乾坤,其《易》之缊耶? 乾坤成列,而《易》立乎其中矣。乾坤毁,则无以见《易》。""乾坤成列,而《易》立乎其中矣",与"天地设位,而《易》行乎其中矣"义同。

的，本篇首先提出“情理设位，文采行乎其中”的命题，正是为全篇张本。所以下文说：“刚柔以立本，变通以趣(趋)时。立本有体，意或偏长；趋时无方，辞或繁杂。蹊要所司，职在镕裁：檃括情理，矫揉文采也。”“刚柔以立本”或“立本”，即指“情理设位”而言；“变通以趣(趋)时”或“趋时”即对“文采”而言。[①]由于“立本”方面存在着“意或偏长”、“趋时”方面存在着“辞或繁杂”的问题，所以刘勰提出“镕裁”来加以论述。

规范本体谓之镕，剪截浮词谓之裁。

这两句话和上文“蹊要所司，职在镕裁：檃括情理，矫揉文采也”一样，是对“镕”“裁”两者的说明。“本体”，这里指内容，也就是“情理”(情志义理)。“规范本体”，即对内容或“情理”加以条统规范，这就是“镕”。“浮词”，这里指虚浮的辞藻。“剪截浮词”，即剪裁删除文辞上的虚浮或不必要的辞采，也就是对文辞进行剪裁使它规范精要，这就是“裁”。后来，释论者一度将“镕”写作“熔”，释“镕”为“炼意”、“裁”是“炼辞”(认为“镕”为熔炼、冶金义，比喻对内容的提炼)，这是不正确的。[②]

首先，“镕”并非“熔”字的“熔化”义，“熔”也没有“冶金”义。《说文》：“镕，冶器法也。”段玉裁注：“冶者，销也，铸也。《董仲舒传》曰：‘犹泥之在钧，唯甄者之所为；犹金之在镕，唯冶者之所铸。’师古曰：‘镕谓铸器之模范也。’今人多失其义。”又《汉书·食货志》“冶镕炊炭”应劭注：“镕，谓形容也，作钱模

---

① 按《易·系辞下》：“刚柔者，立本者也；变通者，趣(趋)时者也。”

② 最早持这类观点的是清人纪昀，详见《文心雕龙·镕裁》纪评。参见拙文：《〈文心雕龙〉释义六题》，《山东大学研究生学位论文集》(文科版)1985年第2期。

也。"《隋书·食货志》:"私家多镕钱,又间以锡铁。"如果把"镕钱"当作"熔钱"(熔化钱币),或释"镕钱"为"炼钱",那就大错特错了。"镕"本指冶金铸器的模子,并非今"熔"字的"熔化"义,也并非"炼"字的"冶炼"义。段玉裁说"今人多失其义",可见人们误认"镕"为熔化义既久。又《广雅·释诂》释"容"为"法"(法式义)。王念孙疏证解说精当:"容者,象之法也。《考工记·函人》:'凡为甲,必先为容,然后制革。'郑众注云:'容谓象式。'《老子》:'孔德之容。'钟会注云:'容,法也。'《吕氏春秋·士容论》:'此国士之容也。'高诱注与钟会同。"此义"容""镕"同源,"镕"以容式之"容"得名,而表示冶金铸器模型义。从这种同源词的孳乳关系看,也可以确证"镕"并非"熔"(熔化)或"炼"(冶炼)义。"镕"后来写作"熔",这是汉字趋简现象的类化。"熔"虽然在字形上承"镕"字而来,其含义却迥然不同了:"熔"已不复是"镕"的原义,而是表示"熔化"义。因此,"熔"和"镕"已经是含义不同的两个词了。

再看《文心雕龙》一书中"镕"的含义。《辨骚》篇:"虽取镕经意,亦自铸伟辞。""取镕经意",即取法、取式于"经意","镕"即法式义。论者或误解了"镕"的词义,从而认为"取镕经意"就是融合"经意"。《体性》篇:"典雅者,镕式经诰,方轨儒门者也。""镕"为法式义,所以这里"镕式"合用(这里用作动词)。又《定势》篇:"镕范所拟,各有司匠。""镕"和"范"连用,也是法式、范式义。此外,再像《原道》篇的"镕钧六经"、《风骨》篇的"镕铸经典之范","镕钧""镕铸"是规范和取则、取式义,没有例外。而"镕"的"法式"(名词)或"取法"、"取式"以及"规范"(动词)义,都是从原先的铸器模式义引申来的。

本篇用"镕"字,从词义角度看,正与上同。本篇说:"立本有体，意或偏长；趋时无方，辞或繁杂。蹊要所司，职在镕裁：檃括情理，矫揉文采也。”在这里，“檃括情理”是对“镕”的解释，“矫揉文采”是对“裁”的解释。《说文》段注引《尚书大传》“檃栝之旁多曲木，良医之门多疾人，砥厉之旁多顽钝”、《荀子·大略》篇“大山之木，示诸檃栝”云：“檃栝者，矫制邪曲之器也。”①又《广雅·释诂》训“括”为“法”，王念孙疏证：“括者，《法言·修身》篇：‘其为外也肃括。’李轨注云：‘括，法也。’《说文》：‘栝，檃也。’《荀子·性恶》篇：‘故枸木必将待檃栝烝矫然后直。’杨倞注云：‘檃栝，正曲木之木。’义与‘括’同。”可见，“檃括”是“矫制邪曲之器”，是成器的规矩、法式。本篇以此解释“镕”，是因为“镕”即范式、法式义。而在本篇，“檃括”和“镕”都作动词，表示“条统”“规范”义。因此，本篇说“镕”是“规范本体”。而“规范”（义为“使……合乎规范”）就要有一定的标准，是指根据一定的规矩、范式来“规范本体”。显然，本篇“镕裁”说的“镕”不能解释成“炼”，更不能认为它就是“熔”。

“镕裁”之“裁”，本指裁制衣服。《说文》：“裁，制衣也。”《古诗·为焦仲卿妻作》：“十三能织素。十四学裁衣。”如果从义素角度分析，“裁”仍含有“度”或“式”义：“制衣”也是一种“规范”（使之合乎一定的尺度或体式）。刘勰释“裁”为“矫揉文采”，就是原义的转化。《广雅·释诂》：“伸、愓、矫、揉、展、侹、绳、矢、当，直也。”王念孙疏证：“矫、揉者，正曲而使之直也。《说文》：‘矫，揉箭箝也。’《楚辞·离骚》：‘矫菌桂以纫蕙兮。’王逸注云：‘矫，直也。’《汉书·诸侯王表》云：‘可谓挢枉

① 段玉裁：《说文解字注》卷六。

过其正矣。'《考工记·轮人》:"揉辐必齐。'《文选·长笛赋》注引郑注云:'揉,谓以火挢也。'《说卦传》云:'坎,为矫輮。'矫、挢、揉、輮并通。"可见,"矫揉"用作动词时,是"正曲而使之直"义。本篇说"裁"是"矫揉文采",正是由于"裁"和"矫揉"含义是相通的。

黄侃说:"寻镕裁之义,取譬于范金制服。"[①]刘勰"镕裁"说的"镕",仍承原义而来,它表示按照一定的标准或法式对所要表达的内容加以条统安排(即"规范本体""檃括情理"),而不是"炼意"。"裁"虽然可以像通常所解释的那样是"炼辞",但它与后来作为积极修辞手段的"炼辞(词)"(或"炼字")根本不同。从"裁"及"矫揉"的词汇意义,可知刘勰"矫揉文采"的"裁",指的是文章文辞方面的规范,也就是本篇所说的"剪截浮词",而不是古代诗话相传贾岛作诗用"推""敲"字以及王安石诗"春风又绿江南岸"句练谓词"绿"字之类的"炼辞"(炼字)。

概括说来,刘勰"镕裁"说的"镕",特指像用模式铸器或檃括施于竹木而使之成器一样,对文章情志义理或内容加以条理组织,所以本篇才说"规范本体谓之镕",又说"镕"是"檃括情理"。"裁",特指文章文辞的规范剪裁,也就是去芜存精、删裁游离虚浮之词。之所以称为"裁",则是取对文章辞采像裁衣制服一样取需去余,因而才说"剪截浮词谓之裁",又说"裁"是"矫揉文采"。可见,刘勰的"镕裁"说,是关于写作文章时在内容和形式两个方面加以条统和规范的理论。当然,只有正确地理解了"镕裁"的一般词义和刘勰的具体论述,才有可能正确

① 黄侃:《文心雕龙札记·镕裁》。

地认识刘勰的“镕裁”说。

是以草创鸿笔，先标三准。

本篇说：“凡思绪初发，辞采苦杂；心非权衡，势必轻重。是以草创鸿笔，先标三准。”刘勰认为：为文运思，开始时辞采纷然而来，颇有杂乱之苦；而人的心理活动又不像权衡那样，所以对于义理情实的考虑就必然有所轻重不称。因此，刘勰提出“草创鸿笔，先标三准”的主张。

“草创”，本指事情的初始或开始做，引申为起草文篇。司马迁《报任安书》：“草创未就，会遭此祸。”“鸿笔”，这里指体制宏大的文篇、作品，也就是鸿篇巨制。这与本书《封禅》篇“诵德铭勋，乃鸿笔耳”、《书记》篇“然才冠鸿笔”中的“鸿笔”含义不同。“草创鸿笔”，即起草体制大的文篇。

“先标三准”的“标”，本为“标准”“准的”义。高诱《吕氏春秋序》：“然此书所尚，以道德为标的，以无为为纲纪。”本篇用作动词，表示“以……为标”。“先标三准”，即首先以“三准”为标准。刘勰这是认为，起草体制大的文篇，应该以三项准绳为尺度，也就是以“三准”所表明的内容为尺度来谋划文篇。

对于“三准”，本篇说：“履端于始，则设情以位体；举正于中，则酌事以取类；归余于终，则撮辞以举要。”“履端”“举正”“归余”三句，出自《左传》。《左传·文公元年》：“先王之正时也，履端于始，举正于中，归余于终。”范注：“始、中、终非指一篇之首、中、尾而言，彦和盖借《左传》文公元年语以便文词耳。”①此

① 范文澜：《文心雕龙注》卷七《镕裁》注[六]。

说是。本篇“履端于始”“举正于中”“归余于终”,是表示“草创鸿笔,先标三准”的“三准”开始如何、其次如何、最后如何的次序。

“履端于始,则设情以位体”,“位”本即“位置”义,如《易传》“天地设位”、本篇“情理设位”。这里用作动词,表示“设位”或“安排”义。“位体”,即给本体设位或安排位置,也就是“规范本体”。这是“三准”之一,即开始要条统布设情理以确定文篇的本体,也就是本篇“情理设位”的另一种说法。之所以称“情理”为“体”(本体),是因为“情理”是文章的本体(“情者文之经”)。本篇说:“情理设位,文采行乎其中”;“立本有体,意或偏长”。这就是明证。因此,布设条统情理、确定了文篇的本体,才有可能谈得上敷设文采的问题。

“举正于中,则酌事以取类”,这是“三准”之二,即第二个步骤,是指斟酌事典或前人成辞来比譬、说明义理。本书《事类》篇说:“事类者,盖文章之外,据事以类义,援古以证今者也。”又云:“然则明理引乎成辞,徵义举乎人事,乃圣贤之鸿谟,经籍之通矩也。”

“归余于终,则撮辞以举要”,这是“三准”之三,即在“设情以位体”“举事以取类”之后,用精要的文采来表达出文篇的要义。

可见,“三准”是刘勰认为在“草创鸿笔”时三个相互联系的有机整体,它是敷设体制大的文篇时的准绳(或法则)。在刘勰看来,“情”是“文之经”,“辞”是“理之纬”,“经正而后纬成,理定而后辞畅”,写作文章是为了表达“情理”(即《情采》篇所说的“联辞结采,将欲明经”),“情理”是根本,而“情理设位,文采行乎其中”,所以首先要考虑的便是“设情以位体”,其次是“酌事以取类”，最后就是用文辞来表达的问题，即“撮辞以举要”了。这“三准”有先有后，其次序不可颠倒，这是符合刘勰提出的“情采”关系理论的，这里体现的是“为情而造文”的原则。在《情采》篇里，刘勰就已经涉及了这个问题。他说：“夫能设谟（模）以位理，拟地以置心，心定而后结音，理正而后摛藻，使文不灭质，博不溺心，正采耀乎朱蓝，间色屏于红紫，乃可谓雕琢其章，彬彬君子矣。”所谓“设谟（模）以位理，拟地以置心”，即是强调了首先“设情以位体”。而“心定而后结音，理正而后摛藻”之说，又正反映出“三准”之间的关系。因为“设情以位体”“酌事以取类”“撮辞以举要”三者是本于“经正而后纬成，理定而后辞畅”或“联辞结采，将欲明经”的原则而提出的“草创鸿笔”的三个步骤或要求，所以称为“三准”。也就是说，之所以称为“三准”，是因为根据“情采”关系理论提出的“草创鸿笔”的这三个步骤带有准绳或准则的性质。

然后舒华布实，献替节文。

“舒”，扬雄《方言》及《广雅·释诂》均训为“展”；“布”，《广雅·释诂》训为“施”。在这里“舒”“布”异词同指，都是“铺展”“布施”义。“华”与“实”在《文心雕龙》中，大都指文辞形式和情理内容而言。《徵圣》篇：“然则圣人之雅丽，固衔华而佩实者也。”“舒华布实”，实际上就是指敷设文篇。本书《情采》篇说：“若乃综述性灵，敷写器象，镂心鸟迹之中，织辞鱼网之上，其为彪炳，缛采名矣。”因为写作是“镂心”和“织辞”的统一，所以称写作或敷设文篇为“舒华布实”。

“献替节文”的“献替”，即“献可替否”的缩略语，本指进献其可而除其不可，往往有“诤言进谏”意。《后汉书·胡广传》:“臣以献可替否为忠。”《文选·袁宏〈三国名臣序赞〉》:“出能勤功,入能献替。”李注:“《国语》:史黯谓赵简子曰:‘夫事君者,谏过而赏善,荐可而替不(否),献能而进贤。’”刘勰本篇用此语,仅用采其可而去其不可义,指写作文章时对义理、文辞等的取舍。本书《附会》篇:“献可替否,以裁厥中。”“献可替否”的所指与本篇“献替”同。“节文”一语,上古一般有两义。《礼记·乡饮酒仪》:“饮酒之节,朝不废朝,莫不废夕。宾出,主人拜送,节文终遂焉。”疏:“节文终遂焉’也者,终谓终竟也,遂谓申也。言虽至饮毕,主人备礼拜而送宾,节制文章终竟申遂,不有阙少。”此处“节文”,显然是指“规矩礼节”,与后世所谓“繁文缛节”之“节”“文”相当。《孟子·离娄上》:“仁之实,事亲是也;义之实,从兄是也”;“礼之实,节文斯二者是也”。朱熹集注:“节文,谓品节文章。”此处“节文”与《礼记》用例意义有关,但二者大不相同:前者是名词,后者是动词,义为“调节修饰”或“节制藻饰”。又《淮南子·齐俗训》“故礼因人情而为之节文”、《泰族》“因民之所好而为之节文者也”中的“节文”,都是“调节文饰”义。刘勰本篇的“节文”,正是“调节修饰”义,指对文章的调节修饰。可见,“献替节文”指的是写作文章时对作品内容、形式的取舍和调节修饰。

若术不素定，而委心逐辞。

本篇在论到“草创鸿笔,先标三准”的问题后又说:“若术不素定,而委心逐辞;异端丛至,骈赘必多。”“术”,指写作的规则、方法,这里对写作方法的“三准”而言。“素定”的“素”,当为“预先”义。古籍用此义者尚多。《管子·轻重乙》篇:“请以一朝素赏军士。”《国语·吴语》:“夫谋,必素见成事焉,而后履之。”可见,“术不素定”是说写作方法预先没有定准(“素定”即“预定”)。

“委心逐辞”句:“委心”,本指“听任本心的自然”,含有不悖性情、顺其自然意。《淮南子·精神训》:“委心而不以虑。”本篇的“委心”,基本语义即“听凭其心”,但含有“放任”“随便”意。这与《淮南子》中的“委心”内涵不同。“逐辞”,即“追逐文辞”,是形象说法,实际上就是指敷设文辞。所以,“委心逐辞”即任凭精神心志所到而盲目或随便地搜寻或追逐文辞。本篇说:“凡思绪初发,辞采苦杂;心非权衡,势必轻重。是以草创鸿笔,先标三准。”“先标三准”,即“术”有“素定”。如果写作时在方法上预先没有定准,而听凭心思所到去追逐辞藻,那么就自然出现“异端丛至,骈赘必多”的混乱情况。另外,本篇的“术不素定,而委心逐辞”,可与《总术》篇“弃术任心”说相参照。《总术》篇说:“是以执术驭篇,似善弈之穷数;弃术任心,如博塞之邀遇。故博塞之文,借巧傥来。虽前驱有功,而后援难继。少既无以相接,多亦不知所删:乃多少之并惑,何妍蚩之能制乎?”再者,在《文心雕龙》中又用到“任气”“负气”“任情”“凭情”“率情”“率意”“率志”等。其中,“任情”“率意”与本篇“委心”含义最为近似。《史传》篇:“迁、固通矣,而历诋后世;若任情失正,文其殆哉!”《指瑕》篇:“然谬于研求,或率意而断。”而“凭情”“率情”“率志”“负气”,都是指的听凭或顺随“情”“志”“气”的自然的意思,与上举《淮南子》文中“委心”用义相关,而与本篇“委心”不同。如《通变》篇:“凭情以会通,负气以适变。”《养气》篇:“率志委和,则理融而情畅;钻砺过分,则神疲而气衰:此性情之数也”;“率志以方竭情,劳逸差于万里”。又云:“志于文也,则申写郁滞,故宜从容率情,优柔适会。”刘勰一方面反对“委心”“率意”“任情”，另一方面又主张“凭情”“率情”“率志”，因为前者是违反写作规律或为文的“自然”的，而后者则是顺应人的情志活动的“自然”，同时也是符合为文的规律的。

《声律》第三十三

夫音律所始，本于人声者也。

“音律”,即“声律”,也就是关于诗文语言形式音乐美的规律。本篇认为:“夫音律所始,本于人声者也。”这里体现了刘勰声律论的“自然”观点。可以肯定地说,刘勰所说的“自然”,指的就是客观事物自身之所以然或自己运动变化的规律。《原道》篇:“傍及万品,动植皆文:龙凤以藻绘呈瑞,虎豹以炳蔚凝姿;云霞雕色,有逾画工之妙;草木贲华,无待锦匠之奇。夫岂外饰?盖自然耳!”《明诗》篇:“人禀七情,应物斯感;感物吟志,莫非自然。”又《丽辞》篇:“夫心生文辞,运裁百虑,高下相须,自然成对。”刘勰认为,事物之所以作某种运动变化或呈现某种状态,是由事物自身运动变化,即“自然”之理决定,一切的“文”都是“形立则章成,声发则文生”的“自然”结果。“自然”的观点,是刘勰文论思想的哲学支柱。他的声律理论,同样是建立在这一“自然”观点之上的。本篇认为“音律”的产生,是“本于人声”的“自然”的产物,说:“声含宫商,肇自血气,先王因之,以制乐歌。故知器写人声,声非学器者也。”杨明照《校注拾遗》“夫音律所始,本于人声者也”条:“按《礼记·乐记》:‘凡音之起,由人心生也;人心之动,物使之然也。感于物而动，故形于声。'"①刘勰显然是认为，乐律和诗文声律一样，都是"本于人声"的。而"声含宫商"，"商徵响高，宫羽声下"，基于"人声"这种既有相同又有不同的事实，加以调节、安排，从而形成诗文语言形式的音乐美，这是符合"自然"之理的。既然诗文声律是"本于人声""声发则文生"的"自然""清浊和比"而成，那么诗文语言形式具有音乐美也是符合"自然"的，违背这种诗文语言形式音乐美的"文家之吃"是非"自然"的。诗文语言形式的"自然"事实之一，便是基于其自身的文体特点要求、以音的同异和比形成音乐美。那么，能动地认识它，并提出符合这一"自然"的主张或理论，以求诗歌语言符合这种"自然"、具备音乐美，便是比较科学的声律理论了。刘勰的声律"自然"观点，是应该肯定的。

异音相从谓之和，同声相应谓之韵。

"和"，即"和谐"。《说文》释为"相应"。《尔雅·释诂》："谐，和也。"《广雅·释诂》："和，谐也。"《国语·周语下》："乐从和。"注："和，八音克谐也。"这里指诗歌语言形式由不同的音的调节而形成的抑扬的和谐美，它以音的不同为根据，所以说"和"是"异音相从"。"韵"，本字写作"均"，义为"调和""相协"。《荀子·礼论》："笙竽具而不和，琴瑟张而不均。"陆机《演连珠》："赴曲之音，洪细入韵。"这里指诗歌语言形式由同韵字押韵形成的协和的回环美，它以音的相同为根据，所以刘勰说"韵"是"同声相应"。二者虽非一体，实则相辅相成：抑扬的美（"和"）与回环的美（"韵"）相结合，就构成了诗歌语言

---

① 杨明照：《文心雕龙校注拾遗》，第 268 页。

形式的音乐美。以后来格律诗的格律形式表示,则为(以杜甫《闻官军收河南河北》诗为例):

仄仄仄平平仄仄　平平仄仄仄平平
剑外忽传收蓟北,初闻涕泪满衣裳。
仄平平仄平平仄　仄仄平平仄仄平
却看妻子愁何在,漫卷诗书喜欲狂。
仄仄仄平平仄仄　平平仄仄仄平平
白日放歌须纵酒,青春作伴好还乡。
仄平平仄平平仄　仄仄平平仄仄平
即从巴峡穿巫峡,便下襄阳向洛阳。

其中的平仄形式,就是"异音相从"的统一体("和");其中的韵脚"裳""狂""乡""阳",就是"同声相应"的"韵"。这平仄的抑扬美和同韵的回环美的统一,就构成了汉语古典诗歌语言形式的音乐美。

"和"与"韵"是构成诗歌语言形式音乐美的两个重要的方面,刘勰以"和""韵"并提,可见他已经认识到其相依的关系,而且"和"是尤其重要的。如果没有"异音相从",就不会有铿锵抑扬的节奏,单调无变的语音形式不会有音乐美。辩证法认为:矛盾对立面的统一体,是不同于对立物诸方的第三者,是指对立的诸方面结合在一起、统一于一身而形成的一个新事物。也就是说,由相互对立的矛盾方面的统一,产生一个以"变"为主要特征的新的统一体。我国古典诗歌语言形式音乐美的形成,便是由诗歌语言不同的音,即本篇所说的"异音"或"徐""高""飞"、"疾""下""沉"的协调。这种协调的统一体,就是矛盾对立物(不同的音)的统一体,它的“最特征的形式”,也就是“变”。以不同音的调节而成,但又不同于诸矛盾因素的“变”为特征的诗歌语言和谐体,就给人以美的感受。可见,诗歌语言形式音乐美本身所要求的就是一个以“变”为主要特征的、诸不同音响组成的和谐的统一体。诗歌的语言形式,既有“异音相从”的“和”又有“同声相应”的“韵”,抑扬顿挫和回环往复的结合就构成了诗歌语言的音乐美。正如王力先生所说:诗歌语言形式,“是从多样中求整齐,从不同中求协调,让矛盾的统一,形成了和谐的音乐美”①。刘勰所说的“异音相从”,就是“从不同中求协调”;刘勰所说的“韵”,就是“从多样中求整齐”。所以说,刘勰提出的“和”“韵”说是汉语诗文声律论中的重要内容。

讹音之作,甚于枘方。

“讹”,义为“谬误”“错谬”;“讹音”,即错谬的音,这里指的是在诗文声律中与其他音声不相和谐或钼铻难合的音。“讹音”只有在一定的诗文律调中才能确定,孤立的文字音节无所谓“讹”与“不讹”。

“枘方”,本即“圆凿方枘”或“方枘圆凿”。《楚辞·离骚》:“不量凿而正枘兮。”又《楚辞·九辩》:“圆凿而方枘兮,吾固知其钼铻而难入。”《史记·孟子荀卿列传》:“持方枘欲内圆凿,其能入乎?”“圆凿”(卯眼)、“方枘”(榫头)一圆一方,比喻不能相协调。后又简缩为“凿枘”,表示钼铻不合义。刘孝绰《答何记室》:“纷余似凿枘,方圆殊未工。”本篇“枘方”,即

① 王力:《龙虫并雕斋文集》第1册,中华书局1980年版,第459页。

“方枘圆凿”或“圆凿方枘”的缩略语。① 又本篇下文：“免乎枘方，则无大过矣。”用法与上同。“讹音之作，甚于枘方”，是说在诗文声律中出现错谬的音，其钮铻难谐，比“圆凿方枘”还要严重，所以刘勰才说“免乎枘方，则无大过矣”。

① 在《文心雕龙》中，用语的缩略法是常见的。词组的缩略语除本篇“枘方”外，另如《镕裁》篇的“献替”。此外，还有语段的缩略用法。如《徵圣》篇“是以远称唐世，则焕乎为盛；近褒周代，则郁哉可从”中的“焕乎为盛”和“郁哉可从”，《宗经》篇“夫《易》惟谈天，入神致用”中的“入神致用”、“故《系》称旨远辞文，言中事隐”中的“旨远辞文”及“言中事隐”、“其婉章志晦，谅以邃矣”中的“婉章志晦”，就都是语段的缩略用法。这些都是应该注意的特点。

《章句》第三十四

宅情曰章，位言曰句。

“宅”,本即“住宅、住所”。是名词。范注:“《说文》:‘宅,所托也。’《国语·鲁语上》:‘宅,章之次也。’谓章明情志,必有所寄而次序显晰也。”①本篇上文:“夫设情有宅。”这里则用作动词。因为“宅”是所以托身或居住的处所,因此作动词表示“安顿”“容纳”义。“宅情”,即安顿或容纳义理情实。“宅情曰章”,是说安顿或包容情理内容的文章单位叫“章”。

“位言曰句”的“位”,本即“位置”,是名词。本篇上文:“置言有位。”这里则用作动词。因为“位”是事物所处的位置,所以用作动词表示“安排”或“安置”义。“位言”,即给字词安排位置,也就是安顿言词的意思(按:“言”此处指字,本篇“因字而生句”可证)。“位言曰句”,是说安顿言词的叫“句”。本篇下文:“句者,局也。局言者,联字以分疆。”“局”也用作动词,“局言”即安置或规统言词。

---

① 范文澜:《文心雕龙注》卷七《章句》注[二]。

其控引情理，送迎际会，譬舞容回环，而有缀兆之位；歌声靡曼，而有抗坠之节也。

“控引”的“控”，本即抑止、控制；“引”，即拉、取过来。“控引”这里指统驭、驾驭。“情理”，情实义理，也就是内容。“控引情理’，即指文章统驭内容。“送迎际会”的“际会”，这里指文篇章句的交接会合。“送迎际会”，实际就是指弥缝文篇、连缀章句。“控引情理，送迎际会”两句，说明刘勰是从内容(“情理”)和章句结构(“际会”)两者统一的方面来看待文篇的。也就是说，刘勰是从内容和形式两方面统一的角度来讨论文篇章句问题的。

“缀兆之位”，指舞队的行列位置。“抗坠之节”的“抗坠”即高、低，这里指一高一低或高低抑扬。范注：“《礼记·乐记》：‘屈伸俯仰，缀兆舒疾，乐之文也。’《正义》曰：‘缀，谓舞者行列相连缀也；兆，谓位外之营兆也。’又：‘歌者上如抗，下如坠，曲如折，止如槁木。”①又《荀子·乐论》：“执其干戚，习其俯仰屈伸，而容貌得庄焉；行其缀兆，要其节奏，而行列得正焉，进退得齐也。”刘勰认为，写作文章是“句司数字，待相接以为用；章总一义，须意穷而成体”，章句的统驭情理以及相互弥缝，如同舞队的行列的形状，它回环往复、绵绵不断而有各自的位置；如同歌乐的声音，它优柔绵密而有高低抑扬。在这里，刘勰将文篇形象地比作“舞容”和“歌声”，具有很可宝贵的文章学上的美学价值。

在本篇里，刘勰对文章作了篇、章、句、字的解剖，认为写作

① 范文澜：《文心雕龙注》卷七《章句》注[四]。

文章是“因字而生句,积句而成章,积章而成篇”。而章、句在文篇中不是杂乱无章的,而是按照一定的脉络联贯而成的。本篇说:“局言者,联字以分疆;明情者,总义以包体,区畛相异,而衢路交通矣。”所以,文篇是由章句组成的有机整体。如果从整体上把握,文篇如同“舞容”,它回环相连,但是章句又各有其位次。这里有着“回环”和“位次”的对立统一关系。没有一定的位次,就会杂乱不经;只有位次而无有机联系,便形不成回环相连的整体。只有紧密相连,而又位次分明,才能有既富有变化而又有整体感的整体美。同样,文篇如同“歌声”,它连贯绵密,但又有高低抑扬的节奏。在这里,又有着“靡曼”(本指歌声连绵不断,喻指文篇连贯绵密)和“抗坠”(这是以歌声的高低抑扬喻指文篇的章次节奏)的对立统一关系。在音乐说来,只是连绵优柔,而没有高低抑扬的节奏,就会流于靡弱;只有高低抑扬的节奏,而形不成有机联系的一体,也就形不成既优柔连绵而又铿锵抑扬的音乐美。文篇也是这样,只有章句成篇融为一体而层次分明、文篇缜密而有节奏,才是美好的作品。

启行之辞,逆萌中篇之意;绝笔之言,追媵前句之旨。

“启行”,本指起程。《诗·小雅·六月》:“元戎十乘,以先启行。”这里用来表示开始。“启行之辞”,指开篇或文章开头的文辞。“逆萌中篇之意”的“逆”,本义为“迎”。《说文》:“逆,迎也。”《国语·周语上》:“上卿逆于境。”注:“逆,迎也。”引申为“预先”义。《三国志·蜀书·诸葛亮传》:“凡事如是,难可逆料。”“萌”,《说文》:“草木芽也。”段玉裁注:“‘木’字依《玉篇》补。”引申为孕育。《汉书·律历志》:“孳萌万物。”“逆萌”,这里表示“预先包含”。“逆萌中篇之意”,是说“启行之辞”预先包孕或埋伏下中篇(即正文)所要说明或表达的意蕴、内容,也就是后来所说的文章开头的“点题”。

“绝笔之言”的“绝笔”,本指辍笔不书。杜预《春秋左传序》:“今麟出非其时,虚其应而失其归,此圣人所以为感也。绝笔于获麟之一句,所感而起,固所以为终也。”这里指收篇或结尾。“绝笔之言”,即文章收篇或结尾的话。“追媵前句之旨”句,“媵”本指随嫁。《仪礼·士昏礼》注:“古者嫁女,必娣姪从之,谓之媵。”又表示致送。《尔雅·释言》:“媵,送也。”《左传·庄公十九年》:“公子结媵陈人之妇。”《释文》:“媵,送也。”“追媵”,本篇即追送的意思。“追媵前句之旨”句是说,“绝笔之言”应该追附正文的意旨,也就是说要照应上文(“前句”这里指上文,也就是上句的“中篇”,为了避复才称为“前句”)。“追媵”在这里是形象的说法。

刘勰这段论述是认为:写作文章,安排章句,要以“中篇”(正文)为核心。“启行之辞”(开头)要预设或埋伏下“中篇”的主题,而“绝笔之言”(结尾)要追述“前句”(即“中篇”,也就是正文)的主旨。总之,文章要以“中篇”为核心,开头、结尾都要归附正文,形成一个“外文绮交,内义脉注,跗萼相衔,首尾一体”的紧凑文篇。

故能外文绮交,内义脉注。

“外文”,即文章的文辞形式。因为文章的文辞是显露在外的,所以称为“外文”(“外文”与下句“内义”相对言)。“绮”,本为一种有花纹的丝织品,是名词。《说文》:“绮,文缯也。”段注:“谓缯之有文者也。文者,错画也。”《汉书·高帝纪》注:“绮,文缯也,即今之细绫也。”本篇上句“绮交”之“绮”则用作修饰语。因为“绮”花纹交错,所以用作形容语表示“像文绮似地……”。“外文绮交”,是说文篇外在的形式(文辞采藻)像文缯的花纹似地交织在一起。《文选·班固〈西都赋〉》:“徼道绮错。”《梁书·沈约传》:“罗方圆而绮错。”“绮”与本篇上句“绮”字用法同,“绮错”与本篇“绮交”含义相近。“外文绮交”,是说文章外在形式华丽美好而又严密和谐。

“内义脉注”:“内义”即文章内在的义理或内容。“脉”,本即“血脉”。《素问·脉要精微论》:“夫脉者,血之府也。”这里也用作修饰语。因为血脉在人体中遍布交错,所以用作修饰语表示“像血脉似地……”。“脉注”之“注”,义为“附着”“交错”。“脉注”,即像血脉互相连属那样交织在一起。“内义脉注”,是说文篇内在的义理(即义脉)像人体中的血脉一样相互关通或连属在一起。这是形容文篇内在义理的通畅和严密,犹如人体的血脉互相连属、使血液在人体中流通循环。而“外文绮交,内义脉注”正是从外在文辞和内在义理两方面来论述文章的。

辞失其朋,则羁旅而无友;事乖其次,则飘寓而不安。

“辞失其朋”的“朋”,一般释为“朋友”,虽然可通,但仍嫌浮泛。按,《易·坤》:“西南得朋,东北丧朋。”又《易·坤·彖传》:“西南得朋,乃与类行。”在《易》及《易传》看来,“朋”是阴阳相类或者相从。也就是说,相对立的双方相从、相协(即统一)就是“得朋”,否则就是“丧朋”。王夫之《周易外传·晋》

则说:“夫物以同类为朋,类以相从为协。”①可见,“朋”即相从、相协的对方。本篇“辞失其朋”,就是说文辞丧失了(即没有)相协或相照应的对方。本篇赞文又说:“辞忌失朋。”“失朋”,便是“丧朋”。“羁旅而无友”的“羁旅”本指在外乡作客,也就是寄寓。杨明照《校注拾遗》:“按《楚辞·九辩》:‘廓落兮,羁旅而无友生。’(旧校云:“一无‘生’字。”)《文选·张衡〈思玄赋〉》:‘颛羁旅而无友兮。’”②本篇“羁旅而无友”,是说文辞失去相配的一方(“辞失其朋”),就如同游人寄寓飘零在外一样孤立无依。

“事乖其次”句的“事”,指文章中的事理内容;“次”,即次序、位次。“飘寓而不安”的“飘寓”,即飘泊寄寓在外,这里指飘泊不定。这是以人寄寓他乡、飘泊不定来形容文章叙述事理位次不当(“事乖其次”)而飘忽不定。

以上四句的意思,是强调文辞的相配、照应和叙述事理要不失位次。所以本篇下文说:“是以搜句忌于颠倒,裁章贵于顺序:斯固情趣之指归,文笔之同致也。”

若乃改韵从(徙)调,所以节文辞气。

“改韵从调”,当为“改韵徙调”,“徙”与“从”字之繁体(從)形近致讹。杨明照《校注拾遗》本条:“铃木云:按‘从’疑作‘徙’。按铃木说是。《文选·嵇康〈琴赋〉》‘改韵易调’,《晋书·文苑袁宏传》‘移韵徙事’,可资旁证。”③可视为定论。

① 王夫之:《周易外传·晋》,第84页。

② 杨明照:《文心雕龙校注拾遗》,第275页。

③ 杨明照:《文心雕龙校注拾遗》,第276页。

"改""徙"在本篇上句中异词同指,都表示"变换""更改"义。"改韵徙调",指文章韵调声气的变换、更易。

"节文辞气"句的"节文",义为"调节修饰"。"辞气",这里当指"文气",也就是文章的文辞语言表现出的声气、气力,如清浊、轻重、刚柔、缓急等,包括作品体裁的客观因素以及作者文辞气质的因素。本书《议对》篇:"及后汉鲁丕,辞气质素。"《章表》篇:"至于文举之荐祢衡,气扬采飞";"观其体赡而律调,辞清而志显,应物制巧,随变生趣,执辔有余,故能缓急应节矣"。《封禅》篇:"秦皇铭岱,文自李斯,法家辞气,体乏弘润。"《诸子》篇:"列御寇之书,气伟而采奇。"虽不能分得很清楚,但这些地方的"辞气"或"气"基本上都是指作者属辞缀文而有的文辞气调。又本书《奏启》篇:"必敛饬入规,促其音节,辨要轻清,文而不侈,亦启之大略也。"《檄移》篇:"插羽以示迅,不可使辞缓;露板以宣众,不可使义隐。必事昭而理辨,气盛而辞断:此其要也。"《哀吊》篇:"华过韵缓,则化而为赋";"扬雄吊屈,思积功寡;意深文略,故辞韵沉膇。"这里所论到的有关"辞气"的音声韵调除《哀吊》篇后一例外,大都是指作品体裁分别上本身应有的气调或文气。由作者本身的文辞气力和作品体裁所要求的声气韵调的融合,就可以说是一般含义上文章或作品的"辞气"了。因此,"节文辞气"便是指调节或节制文章的气调或声气。"改韵从(徙)调,所以节文辞气",说明刘勰认为文章韵调的变换更易,是为了调节作品的文气,使之轻重、刚柔或缓急适中。

"辞气"一语,在上古古籍中也有。《论语·泰伯》:"出辞气,斯远鄙倍矣。"朱熹注:"辞,言语;气,声气也。鄙,凡陋也;倍,与背同,谓背理也。"刘宝楠《正义》:"辞气者,辞谓言语,气谓鼻息出入,若声容静,气容肃是也。”此语又见《史记·鲁仲连传》。虽然不能说本篇“辞气”与此毫不相干,但其含义不同是显而易见的。

曷若折之中和,庶保无咎。

本篇认为,诗文改韵,是为的调节文气[“若乃改韵从(徙)调,所以节文辞气”]。但是,如果转韵太急、太繁,那么诗文韵律就显得轻躁(“两韵辄易,则声韵微躁”);如果诗文句数很多而不转韵,那么读来就令人觉得疲倦(“百句不迁,则唇吻告劳”)。所以,刘勰在本篇提出“折之中和”的主张。

“折之中和”,义与“折中”同,指调和两者,取其中正,使无偏颇。《管子·小匡》:“决狱折中,不杀不辜,不诬无罪。”又写作“折衷”。王充《论衡·自纪》篇:“折衷以圣道,析理以通才。”“中和”,含有中正和谐的意思,指调节对立矛盾方面,取其中正而使矛盾得到和谐统一。《礼记·中庸》:“致中和,天地位焉,万物育焉。”《荀子·王制》:“中和者,听之绳也。”又《易·节·彖传》:“刚柔分而刚得中。”“得中”,就是得其中正或中和。本卦《彖传》又说:“当位以节,中正以通。”这里又强调了矛盾统一体对立因素的“当位”(即各在适宜的位次)和“中正”的问题。刘勰本篇论诗文押韵,正是从“得中”的观点出发,认为诗文转韵太急和长篇诗文一韵到底都有偏失,所以主张“折之中和”,即折中两者而使押韵有节度,以求“得中”。而“得中”则不偏不颇,使矛盾得到调节,则无“声韵微躁”或“唇吻告劳”的偏失,所以本篇又说这样差不多就可以保证没有过失了(“庶保无咎”)。

理资配主，辞忌失朋。

这是从正面说明：文章论述事理要各处其位，即位次得当，铺设文辞要避忌失掉相配或照应。这与本篇上文“若辞失其朋，则羁旅而无友；事乖其次，则飘寓而不安。是以搜句忌于颠倒，裁章贵于顺序：斯固情趣之指归，文笔之同致也”是一个意思。

“理资配主”句值得注意。“理”，这里指文章的事理，与本篇上文“事乖其次”的“事”异词同指。这里说明，文章叙述事理是有主有次的，主次各有其位，要以次配主，不能乖违颠倒。在哲学来说，在一定的条件下，一个由诸矛盾因素统一为一体的矛盾和谐体中，次要矛盾因素总是要依附或依从于主要矛盾方面。写作文章也是这样，文章叙事论理，都要有一个中心、有一个主要的内容，也就是有它的“主题”。文章所叙述的事理，都要为这个主题服务，或者说要依附于这个中心，这就是“理资配主”。这一观点从中国古代哲学角度说，当本于《周易》。《易·丰》初九：“遇其配主。”《易·丰》卦是用一组符号表示诸矛盾因素方面有主有次，以次配主，形成和谐的统一体。刘勰“理资配主”说明文章事理的主次关系，正与《周易》极其相似。

《丽辞》第三十五

造化赋形，支体必双；神理为用，事不孤立。

“造化”，本指创造化育。《淮南子·精神训》：“伟哉！造化者其以我为此拘拘邪？”又用来指“创造化育万物者”（即自然），本篇当指“自然”规律。“造化赋形”和下句“神理为用”相对，“造化”和“神理”实际上是异词同指，都是指“自然”，也就是《原道》篇所说的“自然之道”。“造化赋形”一句，是说事物自身运动变化规律，即“自然”赋予事物形体。因为客观事物无一不是按照它各自的“自然”之理而形成的，所以刘勰才这样说。

“支体必双”的“支体”，即“肢体”。“肢”，古代又写作“胑”。《说文》：“胑，体四胑。”又：“肢，胑或从支。”字本作“支”。《易·坤》：“畅于四支。”虞翻注：“四支，谓股肱也。”《管子·君臣下》：“四肢六道。”注：“四体谓四肢。”可见，“支体”也就是“四体”“四肢”。“支体必双”，是说“造化赋形”，人的肢体一定是成双的。这里含有必然的意思，因为客观事物按照其自身运动规律生成和变化，所以人的肢体两两成双是自然的，同时又是必然的。

“神理为用，事不孤立”承上两句而来，是说“造化赋形，支体必双”是“神理”，即“自然”之理使然，事物自身的运动变化规律决定它两两成对而不孤立。“事不孤立”是说明事物是相对、相配而统一的。这种矛盾统一体可以分为对立的矛盾双方的观点，在《易传》哲学里反映得十分明显。《易·系辞上》：“《易》有太极，是生两仪，两仪生四象，四象生八卦。”《易传》作者把这个过程称为“分而为二以象两”。“分而为二”，就是把统一的矛盾体分为矛盾对立的双方，所以说“象两”。“两”在古代不是简单地表示“二”的数词，而是表示对立统一的概念。《易·说卦》“参天两地而倚数”注：“两，耦也。”古代称车为“两”，是因为车有两轮，两轮相耦。《尚书·牧誓序》：“武王戎车三百两。”传：“车称两。”疏：“《风俗通》说，车有两轮，故称为两，犹屦有两只，亦称为两。《诗》云：‘葛屦五两。’即其类也。”①《易传》作者把“分而为二以象两”的原则运用到自然界和社会中，认为“分而为二”的规律普遍存在。《序卦》：“有天地然后有万物，有万物然后有男女，有男女然后有夫妇，有夫妇然后有父子。”又《说卦》：“立天之道，曰阴与阳；立地之道，曰柔与刚；立人之道，曰仁与义。”可见，《易传》作者认为，从自然界到社会都可以“分而为二”，都是“象两”，即对立统一的。因为这种规律是普遍存在的，所以“事不孤立”是“自然”的。刘勰所说，显然与《易传》的哲学观点有密切关系。

正因为刘勰认为“造化赋形，支体必双，神理为用，事不孤立”——事物的对立统一是“自然”的规律，所以作为文章的文辞来说，他认为也是“必双”或“不孤立”的。本篇说：“夫心生

---

① 杨明照《校注拾遗》：“按《左传·昭公三十二年》：‘（史墨）对曰：物生有两……体有左右。’杜注：‘谓有两。’”（《文心雕龙校注拾遗》，第278页）

文辞,运裁百虑;高下相须,自然成对。”[①]这里,一方面说明写作文章是“高下相须,自然成对”,即合乎“自然”地形成丽辞(对偶)的;另一方面又说明既然是“运裁百虑”“自然成对”,那么就应该顺于这种“自然”,而不应该违背这种“自然”去刻意经营丽辞。本篇说“唐虞之世,辞未极文,而皋陶赞云:‘罪疑惟轻,功疑惟重。’益陈谟云:‘满招损,谦受益。’岂营丽辞?率然对尔。”这就为刘勰讨论丽辞(对偶)问题确定了正确的理论根基。

契机者入巧,浮假者无功。

刘勰认为,“丽辞”是“运裁百虑”的自然结果,不应该去刻意追求。他不但对《尚书》中“率然”而对的“丽辞”极为赞赏,而且认为《易传》(如《文言》《系辞》)里的丽辞也是合乎“自然”的“妙思”。本篇又说:“至于诗人偶章,大夫联辞;奇偶适变,不劳经营。”刘勰论丽辞,也是严格遵循“自然”的标准的。他的基本主张,便是强调符合“自然”,反对经营造作。不过,刘勰所论并不停留在这一点上。本篇说:“自扬马张蔡,崇盛丽辞,如宋画吴冶,刻形镂法,丽句与深采并流,偶意共逸韵俱发。至魏晋群才,析句弥密,联字合趣,剖毫析厘。然契机者入巧,浮假者无功。”在这里,刘勰进而认为,经营丽辞的,也有“契机”“浮假”的分别,“契机者入巧”,而“浮假者无功”。

“契机”,即契合或符合“运裁百虑”“自然成对”的“自然”之理;“浮假’,即违背这种“自然”的刻意造作(堆砌丽辞)。

---

① 马王堆汉墓帛书《老子·道篇》:“长短之相刑(形)也,高下之相盈也。”

在这里,体现出刘勰这样的主张:即便是有意对偶或经营丽辞,也应该是根据写作文章“运裁百虑”或表达内容的需要,符合内容表达的“自然”的对偶,是可以“入巧”的。但是,如果不顾表达内容的需要而一味追求对偶、刻画丽辞,则是违反“自然”之理的“浮假”,那就会徒劳而无功,是不足取而应该加以反对的。

若气无奇类,文乏异采,碌碌丽辞,则昏睡耳目。

“气无奇类,文乏异采”二句,陆侃如、牟世金注:“此二句意为无奇异的气类,少奇特的文采。气类:同类,借指对偶。《周易·乾卦·文言》:‘同声相应,同气相求,……则各从其类也。’孔颖达疏:‘各从其类者,言天地之间,共相感应,各从其气类。’”①此释“气无奇类”句的“气类”是独到之见。依《易·乾》文及孔疏,“气类”指“物之同类”。用例再如《三国志·蜀书·蒋斌传》(附琬传下)载钟会与斌书:“巴蜀贤智文武之士多矣,至于足下、诸葛思远,譬诸草木,吾气类也。”本篇“气无奇类”之“气”,似指由作者表情达意而形成的语言文辞中所具有的气韵或气势。“气无奇类”,是说文辞气韵或气势没有特异超凡者;“文乏异采”,是说文辞缺乏或没有奇色殊采。上两句互文足义:“气”与“文”相对,一指气韵或气势,一指文辞;“无”与“乏”相对,含义相近;“奇类”与“异采”相对,一对气韵、气势而言,一对文采而言。所以,“若气无奇类,文乏异采”是说“如果对偶的文辞没有特异的气韵和殊奇的文采”,那么

① 陆侃如、牟世金:《文心雕龙译注》下册,齐鲁书社 1982 年版,第197 页。

“碌碌丽辞,则昏睡耳目”。

“碌碌丽辞”的“碌碌”,即“庸碌、平庸”义。《后汉书·祢衡传》:“余子碌碌,莫足数也。”“碌碌丽辞”,即平庸枯燥、缺乏韵味和异采的对偶。本句的“碌碌”,正与“气无奇类,文乏异采”两句中的“奇”“异”相对。

“昏睡耳目”的“昏睡”,本即“倦睡、瞌睡”义。杨明照《校注拾遗》:“按《宋书·乐志》一:‘魏文侯虽好古,然犹昏睡于古乐。’(《史通·补注》篇有“有昏耳目,难为披览”语)。”①“昏睡”在本篇上句中用作他动词,表示“使……昏睡”。“昏睡耳目”,即“使(令)耳目倦厌(‘昏睡’是形容说法)”。刘勰的意思是说:如果没有超凡的气韵(或“气势”)和特异的文采,那么排比一些平庸枯燥、缺乏韵味异采的丽辞,读来只能令人昏昏欲睡或使人感到厌倦。在这里,刘勰强调的是对偶要有韵味和异采,反对罗列枯燥乏味而没有异采的对偶。

必使理圆事密,联璧其章;迭用奇偶,节以杂佩,乃其贵耳。

“联璧”,又作“连璧’,本即并列在一起的两块璧玉。《庄子·列御寇》:“以日月为连璧,星辰为珠玑。”②《文选·刘孝标〈广绝交论〉》:“日月联璧。”又本书《时序》篇:“岳湛曜联璧之华。”本篇上句的“联璧”用作动词,表示“使……如联璧”。“联璧其章”,即“使(让)篇章如同联璧”。“联璧”一语,显然喻指“丽辞”。因此,这是说让如同联璧似的丽辞组成篇章,也

① 杨明照:《文心雕龙校注拾遗》,第282页。
② 此例“连璧”喻指天地。成玄英疏:“炉冶两仪,珠玑星辰。”

就是要让篇章“丽句与深采并流,偶意共逸韵俱发”。本篇赞文说:“植体必两,辞动有配,左提右挈,精味兼载。炳烁联华,镜静含态。玉润双流,如彼珩佩。”这都是说的丽辞要有“奇气”“异采”(“丽句与深采并流”讲的是“异采”,“偶意共逸韵俱发”讲的是“奇气”),形成玉润双流的“联璧”之章。

“迭用奇偶”的“迭用”,即交替或交错使用;“奇偶”,本指单数和双数。《礼记·郊特牲》:“鼎俎奇而籩豆偶,阴阳之义也。”又作“奇耦”。《易·系辞下》:“阳卦奇,阴卦耦。”本篇用来指不对偶的句子和对偶的句子(即“丽辞”)。“迭用奇偶”,是说写作文章不一定全用对偶句,要根据内容表达的需要交替使用对偶和不对偶句。

“节以杂佩”的“节”,义为“调节”“节制”。“佩”,指佩玉;“杂佩”,即各种不同的佩玉。杨明照《校注拾遗》:“按《诗·郑风·女曰鸡鸣》:‘杂佩以赠之。’毛传:‘杂佩者,珩、璜、琚、瑀、冲牙之类。’”①“节以杂佩”,即用各种佩玉加以调节。这实际上是上句“迭用奇偶”的形象说法,即写作文章奇偶迭用,就像佩带玉石一样,让各种不同的佩玉互相调节,形成有节奏的、和谐的美。

刘勰的这一主张,实际上就是根据本篇新提出的丽辞“自然”说的理论,主张对偶“奇偶适变,不劳经营”,用奇用偶都要随着表达的需要而变化。否则,刻意造作丽辞,“若气无奇类,文乏异采,碌碌丽辞,则昏睡耳目”。在这里,刘勰仍然是提倡丽辞要有符合表达需要的“自然”的美,主张符合“自然”的奇偶结合的整齐美和变化美的统一。所以本篇说:“必使理圆事

---

① 杨明照:《文心雕龙校注拾遗》,第282页。

密，联璧其章；迭用奇偶，节以杂佩，乃其贵耳。”可见，刘勰论述有关“丽辞”问题的语言形式美，也还是强调顺应语言表达的“自然”的美，反对刻意追求形式。我们不能因为刘勰论述有关语言形式美的“丽辞”，就把“刻求形式”的批评强加在他的头上。

《比兴》第三十六

岂不以风通而赋同，比显而兴隐哉？

本篇首先认为,“诗文弘奥,包韫六义,毛公述传,独标兴体”,是因为“风通而赋同,比显而兴隐”。从刘勰的意思来看,这是要说明毛公为《诗》作传(即《诗》毛传)“独标兴体”的原因。由此,又可以看出“比”“兴”以及“风”“赋”的关系。

“风通”的“通”,杨明照《校注拾遗》:“天启梅本改‘异’。按‘通’,谓通于美刺;‘同’,谓同为铺陈。天启梅本改‘通’为‘异’,非是。”①从本篇及刘勰的有关论述来看,所谓“风通”,说的是“风”与“比”“兴”有相通之处。《风骨》篇说:“《诗》总六义,风冠其首,斯乃化感之本源,志气之符契也。”认为“风”是“化感之本源,志气之符契”。《诗》“六义”之“风”,或主讽喻规谏,或兴情寄志,则不免“畜(蓄)愤以斥言”“环譬以记(托)讽”。也就是说,“风”则不免“比”“兴”,所以才说“风通”,“风通”是说“风”与“比’、“兴”相关通。又《诗大序》在解说为什么叫作“风”时说:“风者,风也。风以动之,教以化之。主文而谲谏,言之者无罪,闻之者足以戒,故曰风。”这是认为,“风”就是“讽”(“风也”和“风以动之”的“风”字,旧读

---

① 杨明照:《文心雕龙校注拾遗》,第283页。

去声,后来写作"讽"字),它是用以讽喻和教化的,其特点是"主文而谲谏",即讲求表达方式或修辞而婉转地规谏讽喻。而"主文而谲谏",又正与"比""兴"之法相通。我们说"风通"是指"风"与"比""兴"相通,又可以在这里得到证明。另外,本篇认为屈原"依《诗》制《骚》,讽兼比兴"。这是根据王逸《楚辞章句》之说而来的。王逸《离骚经序》说:"《离骚》之文,依《诗》取兴,引类譬喻。"如果把刘勰"讽兼比兴"说和《诗大序》"风者,风(讽)也"之说结合起来看,又正是"风通"即"风通比兴"或"风"与"比""兴"相关通的最好证明。

"赋同",这同样反映出在刘勰看来"赋"与"比""兴"的关系:在同"比""兴"的关系上,"赋"与"风"是相同的。《诠赋》篇说:"《诗》有六义,其二曰赋。赋者,铺也;铺采摛文,体物写志也。"又说:"原夫登高之旨,盖睹物兴情。""赋"既"铺采摛文",又"体物写志"。而"体物写志",就要"睹物兴情"。所谓"兴情",也就是本篇说的"起情"。刘勰说:"兴者,起也";"起情者依微以拟议"。既然"赋"的主旨在于"睹物兴情",所以又不免"起情"或"依微以拟议",也就是不免运用"兴"法。因此可以说,在"体物写志""睹物兴情"方面来看,"赋"与"比""兴"的关系和"风"与"比""兴"的关系一样,是相关联或有相通之处的。同样,刘勰评论屈赋说"依《诗》制《骚》,讽兼比兴",这就很明白地说出了刘勰所认为的"赋"与"比""兴"的关系。本篇又说:"炎汉虽盛,而辞人夸毗,《诗》刺道丧,故兴义销亡。"刘勰批评汉赋抛弃了《诗》的美刺传统,指出汉代辞赋家"日用乎比,月忘乎兴"是"习小而弃大"。从刘勰对汉赋的批评里,又正可以看出他是主张赋的"铺采摛文"的铺陈是应该兼具"比""兴"之义,即要有讽谏教化作用的。赋虽然有从事铺陈的特点,但又应该“附理”“起情”,要有讽喻、风化的内容。可见,依刘勰的标准来说,“赋”与“风”同“比”“兴”的关系是相通的,即“讽兼比兴”,“风”与“比”“兴”相通,而“赋”和“风”一样,也是应该兼及“比”“兴”或与“比”“兴”相通。总之,“风通而赋同”之说虽然是说明“毛公述传,独标兴体”的原因,但在刘勰看来它反映了“风”“赋”与“比”“兴”的关系。

比则畜愤以斥言,兴则环譬以记(托)讽。

这里是要说明“比”“兴”两种表现方法(即“兴体”“比例”)各自的特点。杨明照《校注拾遗》:“按‘畜’当作‘蓄’,音之误也。《说文》艸部:‘蓄,积也。’又田部:‘畜,田畜也。’是二字意义各别。《情采》篇:‘盖风雅之兴,志思蓄愤。’尤为切证。”①今按:在“积聚”义上,“蓄”又可写作“畜”字。《诗·谷风·释文》:“蓄,本亦畜。”《易·小畜·释文》:“畜,积也,聚也。”《荀子·王制》:“我今将畜积,并聚之于仓廪。”又《天论》:“畜积收臧(藏)于秋冬。”“畜愤”,即“积愤”。“愤”在这里表示“烦闷”“愤懑”。《说文》:“愤,懑也。”又:“懑,烦也。”段玉裁说:“忿与愤义不同,愤以气盈为义,忿以悁急为义。”“斥言”,指直接说出所要说的话。“畜愤以斥言”,即直言不讳地将积聚在心中的不平或愤懑说出来,这就是“比”。当然,“比”的“斥言”是相对“兴”的“记(托)讽”而言的;“斥言”并不是一般的说明,而是直言不讳地比附事理,也就是用比譬的手法来表达思想感情。本篇说:“且何谓为比?盖写物以附意,飏言以切事者也。”这是说“比”即是描写事物以比附所要

① 杨明照:《文心雕龙校注拾遗》,第283页。

表达的思想，话要说得明白，或坦直地把要表示的意思用比拟的手法表达出来。因为“比”的形式明显，所以说它是“飏言以切事”。“飏言”，就是直言不讳，也就是“斥言”，所以刘勰又说“比显而兴隐”。

“兴则环譬以记(托)讽”，“环譬”即委婉隐晦地譬喻。“环”本指“环绕”，这里则表示“委婉”“婉转”的意思。“记讽”的“记”当作“讬(托)”字。杨明照《校注拾遗》：“‘记’，黄校云：‘一作托。’徐𤊹校‘托’；天启梅本改‘托’(张松孙本同，《钝吟杂录》评引作‘托’)，张本作‘寄’。按‘记讽’不辞，‘寄’字亦误。当以作‘托’为是。此云‘托讽’，下云‘托喻’，其意一也。《汉书·叙传下》司马相如传述：‘寓言淫丽，托风(颜注：“风读曰讽。”)始终。’《文选·颜延之〈五君咏〉》：‘寓辞类托讽。’并以‘托讽’连文(《史通·序传》篇亦有‘或托讽以见其情’语)。训故本作‘托’，未误。当据改。”①王利器《校证》“记”改作“寄”，误。② 杨说是。“讬”与“托”即“寄托”义(《说文》：“讬，寄也。”)；“讬讽”，即寄托，寄寓讽喻。“环譬以托讽”，是说“兴”的表现手法是以委婉隐晦的譬喻来寄托作者的讽谏。因为“兴”是“依微以拟议”，并不是把要表达的意思直接说出来，而是采取依托事物的方式委婉地拟喻，所以说它是“环譬以托讽”。又《诗大序》说：“上以风化下，下以风刺上，主文而谲谏，言之者无罪，闻之者足以戒，故曰风。”所谓“托讽”即寄托讽喻，与下文“托喻”同义。《诗大序》“主文而谲谏”的“主文”，是说讲求或主于语言的表达方式或技巧；“谲

① 杨明照：《文心雕龙校注拾遗》，第283—284页。

② 王利器校笺：《文心雕龙校证·比兴第三十六》注[三]。

谏”,即委婉隐晦地规谏。因为“谲谏”,所以就必须“依微以拟议”,或“环譬以托讽”。为了“谲谏”,才“主文”,即讲究表达技巧,所以才运用“兴”法。而“兴”的手法就是“环譬”,所以下文又说:“观夫兴之托喻,婉而成章。”“兴”与“比”的区别也就正在这里。

本篇在谈到“比”时举《诗·大雅·卷阿》“珪璋以譬秀民”例,用了“譬”字;又说“兴则环譬以托讽”,也用了“譬”字。“譬”就是譬喻,“比”“兴”都有譬喻的含义。区别就在“比”是以甲(喻体)喻乙(本体)的一般比譬(如《诗·大雅·荡》:“如蜩如螗,如沸如羹。”郑笺:“饮酒号呼之声,如蜩螗之鸣。”《邶风·柏舟》:“我心匪石,不可转也;我心匪席,不可卷也。”笺:“言已心志坚平,过于石席。”)。而“兴”却是“环譬”,“环”说明“譬”的委婉曲隐。既然“兴”是委婉曲隐的譬喻,它与“飏言以切事”的“比”当然就不同了。又《墨子·小取》篇说:“辟(譬)也者,举也(他)物而以明之也。”王符《潜夫论·释难》篇也说:“夫譬喻也者,生于直告之不明,故假物之然否以彰之。”其中的“辟(譬)”或“譬喻”,和“比兴”的“比”是基本相同的。在汉代,兴起一种叫“连珠”的文体,盛于六朝。它的特点之一,便是回互其辞,明是说此,而实道彼。所以傅玄《叙连珠》就说:“连珠兴于汉章之世,班固、贾逵、傅毅三子受诏作之。其文体辞丽而言约,不指说事情,必假喻以达其旨。而览者微悟,合于古诗讽兴之义。”虽然“诗人比兴”的“兴”的“讽喻”作用是“连珠”所不能比拟的,但从表达方法上说,“不指说事情,必假喻以达其旨”却正和“环譬”或者“婉而成章”的“兴”法相通,所以傅玄才说“合于古诗讽兴之义”。

可见,“兴”在方法上的主要特征是“不指说事情,必假喻以达其旨”的“环譬”，只有把“兴”的“环譬”和“比”的以甲喻乙或“比方于物”的比拟区别开来，才能对这个问题看得更清楚。①

物虽胡越，合则肝胆。

在刘勰看来，“比”“兴”二者都是“譬”，“比”侧重在以甲喻乙（即“比方于物”）的比拟，“兴”则侧重在“不指说事情，必假喻以达其旨”的“环譬”。但是，因为这两者都含有“譬”的内容，所以就离不开“写物”，离不开“取类”。刘勰本篇说：“观夫兴之托喻，婉而成章；称名也小，取类也大。”杨明照《校注拾遗》：“按《易·系辞下》：‘其称名也小，其取类也大。’韩注：‘托象以明义，因小以喻大。’”②本篇又说：“夫比之为义，取类不常。”因此，在“比”“兴”这两种表现方法来说，就有个“取类”的契机问题。“物虽胡越，合则肝胆”，是说“诗人比兴”借助的物类或物象虽然和本体差别很大、距离很远，但是比譬、昭明事理却如肝胆相合。杨明照《校注拾遗》：“按《淮南子·俶真训》：‘是故自其异者视之，肝胆胡越。’”（《庄子·德充符》篇作“楚越”）高注：‘肝胆，喻近；胡越，喻远。’舍人语本此。黄注引《庄子》外，复引《孔丛子》以释‘胡越’，不啻画蛇添足矣。《附会》篇：‘善附者，异旨如肝胆：拙会者，同音如胡越。’语意与此亦同。”③今按，《庄子·德充符》：“仲尼曰：‘自其异者视

① 《周礼·天官》郑玄注引郑众：“比者，比方于物也”；“兴者，托事于物”。黄侃《文心雕龙札记·比兴》认为刘勰“比兴”之说“妙得先郑之意”。

② 杨明照：《文心雕龙校注拾遗》，第284页。

③ 杨明照：《文心雕龙校注拾遗》，第289页。

之,肝胆楚越也;自其同者视之,万物皆一也。”这段话的意思是说:如果从不同或差别方面(“异者”)来看,即使肝和胆这样紧密相连的事物也势必像楚、越一样相去甚远;如果从相同点或相联系的方面(“同者”)来看,即使世间万物也是一样的(这里的“万物皆一”,是从道理上说的,即万物一理,也就是万物都有相联系的地方或共性)。《淮南子·俶真训》:“是故自其异者视之,肝胆胡越;自其同者视之,万物一圈也。”即袭用《庄子》文。刘勰“物虽胡越,合则肝胆”之说,从文字上看当本于《淮南子》文,但取义又是与《庄子》文相同的。刘勰此说,正是本于庄子的思想,而用来说明“诗人”的“比”“兴”虽然取类于不同的事物,但善于从这不同的事物中摄取相联系的旨趣或义理,借以表达某种思想。因此虽然“物”异,但是“理”合,用来引类譬喻,相互契合如同肝胆。“物虽胡越,合则肝胆”是刘勰对“诗人比兴”的评价,实际上也就是刘勰心目中运用“比”“兴”之法的标准。

拟容取心。

本篇赞文说:“诗人比兴,触物圆览;物虽胡越,合则肝胆;拟容取心,断辞必敢。”提出了写作活动中运用比兴手法的“拟容取心”说。“拟容”,即刻画或描绘事物的容貌形象;“取心”,是指摄取物性或与该事物相关的义理(这种“物性”或“义理”,当然是带有作者的主观意识的)。“拟容取心”是对“诗人比兴”,即《诗》作者比兴手法的运用而言的,刘勰的本意是说:写作时“诗人”运用比兴,描绘事物的声貌形容,而摄取其理趣。本篇说:“故比者,附也;兴者,起也。附理者切类以指事,起情者依微以拟议。起情故兴体以立,附理故比例以生。”这里说明，“比”是“附理”，“兴”是“起情”；而“附理者切类以指事，起情者依微以拟议”，都离不开借助物象（或事物）。因为“比”的“切类”（或“取类”）为的是“附理”或“指事”、“兴”的“依微”（或“托事”）为的是“起情”或“拟议”，所以比、兴的运用就不能只是摹拟事物的形容，而是摄取物性或理趣来比譬、寄寓某种事理，以表达作者的心曲。这是刘勰“比兴”说的含义，从运用比、兴来说，当然就要“拟容取心”了。刘勰这样说明比、兴的运用，自然是很可贵的。然而刘勰此说又是有所继承的。

《易 · 系辞上》：“圣人有以见天下之赜，而拟诸其形容，象其物宜，是故谓之象。”《易 · 系辞下》：“古者包牺氏之王天下也，仰则观象于天，俯则观法于地，观鸟兽之文与地之宜，近取诸身，远取诸物，于是始作八卦，以通神明之德，以类万物之情。”又：“是故《易》者，象也。象也者，像也”；“象也者，像此者也”。《易传》作者认为：《易》象是象征、摹拟万物的，是“拟诸其形容，象其物宜”，即摹拟事物的容貌而象征其情理的，所以《易 · 系辞上》才说“立象以尽意，设卦以尽情伪”。虽然比、兴的“取类”“取象”与《易》的“立象”不是一回事，但在“拟诸其形容，象其物宜”这方面来看，两者又是相通的。可以说，《易传》的“拟诸其形容，象其物宜”当是刘勰“拟容取心”说的所本。关于这一点，也可以举出确凿的内证。本书《诠赋》篇：“拟诸形容，则言务纤密；象其物宜，则理贵侧附。”这显然是对《易传》“拟诸其形容，象其物宜”语的变通使用。

刘勰借鉴《易传》“拟诸其形容，象其物宜”之说，而加以变通改造，提出了运用“比兴”手法的“拟容取心”说。作为运用“比兴”手法的要求，它指描写、摹拟事物的形容声貌，要摄取其义理情趣，借以表达作者的情志或思想。换个角度说，就是

“兴”应该“取类以托喻”，而“比”则应该“写物以附意”。但是有人这样认为：“‘拟容取心’合起来的意思就是：塑造艺术形象不仅要摹拟现实的表象，而且还要摄取现实的意义，通过现实表象的描绘，以达到现实意义的揭示。”①这种理论上的分析，并不符合刘勰提出的作为“比兴”手法运用上“拟容取心”说的原旨。

刘勰借鉴了《易传》的说法来说明运用“比”“兴”手法的要义，是很可取的。因为“比”“兴”一旦走上追求形似而无内蕴的道路，就丧失了内在的艺术美，只有“拟容取心”，即摹拟或描绘事物的形容与摄取物象的情趣义理相统一借以表达作者的思想，才是“比”“兴”手法的要义。

此外，“拟容取心”虽然是指摹拟物象、摄取其内在的义理情趣，但是还不能忽略这样的联系，即“取心”之说显然是以“拟容”为凭借而摄取事物义理情趣并用来昭明作者自己的情感或心曲。在这一方面来说，“取心”要有作者的“心”和外物之“心”相应，也就是作者的思想情趣与外物的义理相应或相关通。所以从认识和创作角度说，就是“物以貌求，心以理应”（《神思》篇）。

攒杂咏歌，如川之涣。

“攒杂”一语，他书尚未见。《文选·马融〈长笛赋〉》有“攒仄’，义为“聚集、丛聚的样子”：“踾踧攒仄，蜂聚蚁同；众音猥积，以送厥终。”李善注：“攒仄，攒聚貌。”他文又有“攒攒”。

---

① 王元化：《释〈比兴篇〉拟容取心说——关于意象、表象与概念的综合》，《文心雕龙创作论》，第137页。

潘岳《笙赋》有"歌枣下之纂纂",李注:"《古咄唶歌》曰:'枣下何攒攒,荣华各有时'";"攒,聚貌"。体味本篇原文,上句"攒仄"当与本篇"攒杂"含义近似。"攒仄",当表示"错杂、丛聚的样子"。"攒杂咏歌"的"咏歌"指"文"(即所谓"情文")而言。"攒杂咏歌",即"错杂(或'错综')咏歌";换句话说,即使"咏歌"汪洋博汜。马融《长笛赋》形容、描绘笛乐("声文")说:"尔乃听声类形,状似流水,又象飞鸿,氾滥溥漠,浩浩洋洋";"安翔骀荡,从容阐缓"。"攒杂咏歌",使咏歌丛葺博汜,所以下文才说"如川之涣"。

杨明照《校注拾遗》"如川之涣"条:"黄侃云:'涣'字失韵,当作'澮',字形相近而误,'澮澮',水貌也。按黄说是。《文选·宋玉〈高唐赋〉》:'水澮澮而盘纡兮。'李注引《说文》曰:'澮澮,水摇(貌)也。'《东京赋》:'渌水澮澮。'曹操《步出夏门行·观沧海》:'水何澮澮。'"①黄说可备参考,未必正是。"涣",形容水向四方流散的样子。"如川之涣"承上"攒杂咏歌"而言,正因为"攒杂咏歌"或使"咏歌"丛葺博汜,所以才说"像川流般涣然四散"。这正与《长笛赋》形容笛乐(声文)"状以流水""氾滥溥漠,浩浩洋洋"有相似之处。②

① 杨明照:《文心雕龙校注拾遗》,第289页。

② 又潘岳《笙赋》:"徘徊布濩,涣衍葺袭。"这也是形容、描绘"声文"的例子。

《夸饰》第三十七

夫形而上者谓之道，形而下者谓之器。

语出《易传》。《易·系辞上》:“乾坤,其《易》之缊(蕴)邪?乾坤成列,而《易》立乎其中矣。乾坤毁,则无以见《易》。《易》不可见,则乾坤或几乎息矣。是故形而上者谓之道,形而下者谓之器。”“形而上者”,即超出形象或无形的;“道”,指法则或规律,它是无形的,也就是抽象的,所以说它是“形而上者”。“形而下者”,即有形的或具象的;“器”是具体事物,是有形的,所以称为“形而下者”。《易·系辞下》又说:“见乃谓之象,形乃谓之器。”王夫之《周易外传·系辞上》说:“形而上者,非无形之谓。既有形矣!有形而后有形而上。无形之上,亘古今,通万变,穷天穷地,穷人穷物,皆所未有者也。”又云:“器而后有形,形而后有上。无形无下,人所言也。无形无上,显然易见之理,而邪说者淫曼以衍之而不知惭,则君子之所深鉴其愚而恶其妄也。”[①]刘勰引用《易传》的“道”“器”说,是想确定或说明“夸饰”使用的对象或范围。

---

① 王夫之:《周易外传·系辞上》,第203—204页。

神道难摹，精言不能追其极；形器易写，壮辞可得喻其真。

“神道”,即上文“形而上者谓之道”的“道”。在这里,它不是指“鬼神之道”,前面加“神”字,是说明它的幽微或神妙。《易·说卦》:“神也者,妙万物而言者也。”因为“道”是规律,它包笼万物之理,幽隐神妙,所以称为“神道”。“形器”,即与“道”相对而言的“器”,也就是上文“形而下者谓之器”的“器”。它是具象的、有形的,所以又称为“形器”。刘勰认为,作为规律的“道”是很难表现的,即使“精言”也难以极尽它。而“形器”却容易描绘,有力的言辞可以把它的真实形象描绘出来。“壮辞可得喻其真”的“壮辞”,可以理解为壮盛的言辞(文辞),实际上就是夸饰或夸张的文辞。此句的“喻”字,更应该注意。《说文》:“谕,告也:”又云:“譬谕也。”《说文》无“喻”字,“谕”和“喻”是异形同词。《汉书·文帝纪》:“又不能谕其内志。”颜注:“谕,晓告也。”又《汉书·贾谊传》:“固以自谕。”注:“谕,譬也。”可见,“喻”即晓喻、譬喻。因此,所谓“壮辞喻真”,就是“夸饰”,或夸张的修辞手法。而“喻真”的“喻”,便是譬喻。这就说明,“夸饰”与譬喻有关。但是,它不同于“比方于物”的“比”和“环譬”的“兴”,而是用“壮辞”来“喻真”,也就是以夸张的文辞来描写所要表现的对象的真实面目。

对刘勰“壮辞喻真”说,我们还应该注意到一个重要问题:在刘勰看来,“夸饰”主要是对“形器”,即对形容或与形容有关的对象而言的。本篇谈“夸饰”曾举出这样的例子,说:“是以言峻则嵩高极天,论狭则河不容舠,说多则子孙千亿,称少则民靡孑遗;襄陵举滔天之目,倒戈立漂杵之论:辞虽已甚,其义无害也。”又云:“至于气貌山海,体势宫殿,嵯峨揭业,熠燿焜煌之状,光采炜炜而欲然(燃),声貌岌岌其将动矣。莫不因夸以成状,沿饰而得奇也。”因此,“夸饰”是以夸张的手法说明道理与描绘形状,它在使用上的特点是一定与形象有关。

虽《诗》《书》雅言,风格训世。

本篇说:“故自天地以降,豫入声貌,文辞所被,夸饰恒存。虽《诗》《书》雅言,风格训世,事必宜广,文亦过焉。”认为自从天地产生以后,凡是用文辞将事物的音声容貌表达出来,那么“夸饰”就是经常有的事情了。刘勰认为,尽管“《诗》《书》雅言,风格训世”,假如所叙述或描述的事情应该夸张,那么文辞的“过”也就是理所当然的。

刘勰上段文意尚可明了,但“风格训世”一句仍存疑义。杨明照《校注拾遗》本条:“‘格’,谢钞本作‘俗’。顾广圻校作‘俗’,按‘风格训世’,义不可通。作‘俗’是也(《议对》篇‘风格存焉’,《御览》五九五引‘格’作‘俗’,是二字易讹之例)。‘风’,读为‘讽’。‘风俗训世’,即《诗大序》‘风,风也,教也;风以动之,教以化之’之意。慧皎《高僧传序》:‘明诗书礼乐,以成风俗之训。’语意与此同,尤为切证。《论语·述而》篇:‘子所雅言:诗,书,执礼,皆雅言也。’”①“雅言”,当即“雅正、典雅之言”;“《诗》《书》雅言”,是说《诗》《书》之言是雅正的。“风格训世”句“格”字顾校作“俗”,甚可疑:“风格训世”承上句“《诗》《书》雅言”而来,“风格”是作为“雅言”的“《诗》《书》”的“风格”;校作“风俗”,就于义不通了。杨明照解“风格”之“风”为“讽”,以证作“俗”字是,不失为一说。但细察本

① 杨明照:《文心雕龙校注拾遗》,第289—290页。

篇上句前后文意,似仍应为“风格训世”。“风格”义与“风轨”“风范”近,指风仪形制,对“《诗》《书》雅言”而言。“训世”的“训”,本即“训典”“法式”义。本书《原道》篇:“玄圣创典,素王述训。”《宗经》篇:“三极彝训,其书言经。经也者,恒久之至道,不刊之鸿教也。”这里用作动词,表示“为……训”的意思。“训世”,即“为世训”或“作为世训”。因此,“风格训世”是说《诗》《书》“雅言”其风范可以作为人世间的典训或法式。本书《宗经》篇:“三极彝训,道深稽古。致化归一,分教斯五。性灵镕匠,文章奥府。渊哉烁乎,群言之祖。”《通变》篇:“矫讹翻浅,还宗经诰。”《定势》篇:“是以模经为式者,自入典雅之懿。”刘勰认为儒经是为文的范式、文章的楷模,主张“宗经”,主张“模经为式”,所以说它“风格训世”、即可为人世间为文的训典、法式。因此,“虽《诗》《书》雅言,风格训世,事必宜广,文亦过焉”,是说尽管《诗》《书》语言雅正,其风范是世间的典式,但叙事必须要夸饰的时候,在文辞上也是有形容或夸张的。

并意深褒赞,故义成矫饰。

本篇上文举《诗》《书》夸饰例后,认为是“并意深褒赞(谠),故义成矫饰”。“褒赞”,义为“褒扬赞美”。“意深褒赞”,即“意深于褒赞”。从意思上说,即作者的用意在于深加褒扬赞美。正因为作者用意在于深加褒赞(当然也不排除贬斥或讽谏,只是刘勰在这里没有明说而已),所以就免不了“矫饰”。

“义成矫饰”,即在表情达意或在文章的含义、内容上成为“矫饰’。“矫饰”之“矫”,原义为“假托”或“故意造作”。《公羊传·僖公三十三年》:“矫以郑伯之命犒师焉。”《史记·文帝本纪》:"擅矫遣灌将军婴将兵击齐。""矫饰"连用,他书常指"故意造作、掩其本真",含有贬义。《后汉书·章帝纪》:"夫俗吏矫饰外貌,似是而非。"本篇"义成矫饰"的"矫"与"假托""故意造作"义基本相同,指"有意造作","矫饰"即"有意或人为地夸张修饰",义与他书"矫饰"在基本点上相同,但又无贬义。因此,"并意深褒赞,故义成矫饰"两句是说:《诗》《书》作者的用意(或"用心")在于强有力地褒扬赞美,所以在表情达意上形成了夸张修饰。"矫"义为"有意造作","夸"义为"夸张",二者义近,所以"矫饰"就是"夸饰"。

酌《诗》《书》之旷旨,剪扬马之甚泰。

刘勰本篇认为,"夸饰"虽然是一种夸张的修辞手段,"辞虽已甚"而"其义无害",有着"壮辞喻真"的表达效果。但是,"夸饰"一定要得当,如果"夸过其理",则"名实两乖",因此提出"酌《诗》《书》之旷旨,剪扬马之甚泰"的问题。

"酌",有"斟酒""舀取""斟酌"义,这里表示"取",义从"舀取"转来。《淮南子·本经训》:"酌焉而不竭。""旷旨"之"旷",本为"空阔""广大"义。《汉书·邹阳传》:"独观乎昭旷之道也。"这里指"夸张"。"旷旨",即夸张之义,与下句"甚泰"相对。又本篇赞文:"旷而不溢,奢而无玷。""旷""奢"在这里都是指夸张而言,可为力证。"酌《诗》《书》之旷旨",即吸取《诗》《书》"夸饰"的经验。本篇说:"虽《诗》《书》雅言,风格训世,事必宜广,文亦过焉。"认为《诗》《书》的"夸饰"是"意深褒赞,故义成矫饰"。这就表明,刘勰认为《诗》《书》的"夸饰"是根据内容表达的需要,并非是"诡滥"的"夸诞"。"酌《诗》《书》之旷旨",既体现出刘勰认为"夸饰"应该是根据内容的表达而确切使用的主张，又表现出刘勰一贯的“徵圣”“宗经”思想。

与“酌《诗》《书》之旷旨”相反，“剪扬马之甚泰”则表现出刘勰对汉以后辞赋家“夸张”的批评态度，认为扬雄、司马相如等汉代辞赋家作品的“夸饰”有着“虚用滥形”“事义乖剌”（即“夸过其实”“名实两乖”）的严重缺点，这与“壮辞喻真”“旷而不溢”的宗旨是相违的。因此，“甚泰”即“夸过其实”或“虚用滥形”，也就是“旷而不溢，奢而无玷”的“溢”和“玷”。或者说，“甚泰”就是过分、过甚，即超出了适当的限度。老子哲学也主张“去甚、去大（泰）、去诸（奢）”，但这是建立在“夫天下，神器也，非可为者也”的认识论的基础上，从而提出的“无为”的主张。[①] 刘勰的去“甚泰”的说法，可能对老子思想有所继承。但是，刘勰是在提出“壮辞喻真”作为“夸饰”运用的前提之后，提出的去“甚泰”，即适度、得中的主张。他不是主张“无为”，而是强调“为”（夸饰）的适度。在《周易》哲学里，有“得中”“动不失正”的主张（《易·泰·九二》、《易·乾·文言》等），为了“得中”“居正”，《易传》提出“节”的哲学观点。在客观上说，“节”即节度是事实上所固有的；要想“得中”或有节度，就要节制而不失其正（《易·节·彖传》）。作为“夸饰”来说，它为的是“壮辞喻真”，是由作者“意深褒赞”才形成文辞上的“矫饰”，自然就有它的“中”或“节”。因此，为了“夸饰”适度、得中，就要去“甚泰”，“使夸而有节，饰而不诬”。可以说，去“甚泰”、求适度，“使夸而有节，饰而不诬”或“旷而不溢，奢而无玷”，是刘勰提出的“夸饰”的标准。

---

① 参见马王堆汉墓帛书《老子·道篇》。

言必鹏运，气靡鸿渐。

“鹏运”,即大鹏鼓翼迅飞或腾运。《庄子·逍遥游》:“鹏之背,不知其几千里也;怒而飞,其翼若垂天之云。是鸟也,海运则将徙于南冥。”又云:“有鸟焉,其名为鹏,背若太山,翼若垂天之云,抟扶摇羊角而上者九万里,绝云气,负青天,然后图南,且适南冥也。”本篇“言必鹏运”,是说作品“夸饰”,则语言一定要如同大鹏腾运,气势磅礴;也就是说,作品夸张,文辞要有大鹏腾运之势。

“气靡鸿渐”,“气”指作品的气势;“靡”,否定词,义为“不”。“鸿渐”,杨明照《校注拾遗》:“按《汉书·公孙弘传赞》:‘公孙弘、卜式、兒宽皆以鸿渐之翼,困于燕爵。’颜注引李奇曰:‘渐,进也。鸿一举而进千里者,羽翼之材也。’”①杨明照上引《汉书》文师古注:“《易·渐卦》上九爻辞曰:‘鸿渐于陆,其羽可以为仪。’鸿,大鸟。渐,进也。高平曰陆。言鸿进于陆,以其羽仪为威仪也。喻弘等皆有鸿之羽仪,未进之时,燕爵所轻也。”据此,则知本篇“气靡鸿渐”取义与《汉书》不同。又《易·渐》:“鸿渐于干。”疏:“干,水涯也。渐进之道,自下升高,故取譬飞鸿自下而上也。”“鸿渐”之“渐”,即“缓进”“渐进”义;“鸿渐”,即“飞鸿渐进”。因此,“气靡鸿渐”是说文章夸饰时气势不像飞鸿渐进那样缓慢。“言必鹏运,气靡鸿渐”都是对作品的夸饰而言的,说的是文章夸饰要有气势。

---

① 杨明照:《文心雕龙校注拾遗》,第 291 页。

《事类》第三十八

事类者，盖文章之外，据事以类义，援古以证今者也。

这是给"事类"所下的定义。刘勰认为："事类"是在"文章之外"，依据或凭借"事"来比类"义"、援引"古"而证明"今"的一种表达或表现手法。

"盖文章之外"一语难解。杨明照《校注拾遗》："按'事类'非自己出，故曰'外'。"①杨先生看出"文章之外"这句话别有含义，所以特别提出来解释，是一个长处，因为一般的注释把这个问题给忽视了。"文章"一语，古代含义很杂，不能与现在"文章"一词混而为一。《左传·昭公二十五年》"五章以奉五色"注："青与赤谓之文，赤与白谓之章，白与黑谓之黼，黑与青谓之黻。"《荀子·非相》篇："美于黼黻文章。"注："黼黻文章，皆色之美者。"《说文》："彣，𢒼也。"段注："有部曰：'𢒼，有彣彰也。'是则有彣彰谓之文，彣与文义别。凡言文章皆当作彣彰。作文章者，省也。"古以彩色交错形成的彩画、花纹为"文""章""文章"。所以"文章"引申为文采或文辞。《史记·儒林列传》："文章尔雅，训辞深厚。"后来又指文篇。"文章"在古代还指礼乐法度。《诗·大雅·荡序》："厉王无道，天下荡荡，无纲

① 杨明照：《文心雕龙校注拾遗》，第293页。

纪文章。”刘勰本篇“盖文章之外”的“文章”,当指文章的“文采辞藻”而言,不是现在的文章的含义。那么,“文章之外”是说“在文采之外”。因为“事类”是“据事以类义,援古以证今”,是用典,所以这样说。如果把“文章”理解成现在文章的含义,又怎么能说“事类”是“文章之外”的事呢!

“据事以类义”的“据事”,即凭借事实;“类义”,即比类要说明的义理内容。这句话说明“事类”是指在文章中依据旧有的事实来比类或说明所要讲明的义理。“援古以证今”的“援古”,即引古,也就是援引古事古语;“证今”,即证明当时。“据事以类义,援古以证今”两句是两层互相补充的意思,可以认为就是说援引古事古语来比类义理、证明当时。因为“据事”“援古”是引用的问题,“非自己出”,当然是可以理解为作者文采之外(“文章之外”)的事了。又《养气》篇:“三代春秋,虽沿世弥缛,并适分胸臆,非牵课才外也。”可参酌。

“事类”这个术语,扩展开来便是“据事以类义”,也就是“援古以证今”。本篇认为“事类”包括两种情形:一是“略举人事以徵义”,即举出人事来说明、证成某种道理,刘勰在本篇举周文王解释《易》卦(指作卦爻辞,旧传“卦辞爻辞并是文王所作”)含义,引用殷高宗伐鬼方的事(《易·既济》九三:“高宗伐鬼方,三年克之。”)和箕子忠贞之事(《易·明夷》六五:“箕子之明夷,利贞。”),这就是“略举人事,以徵义者也”;二是“引成词以明理”,即引用旧有的话来说明道理。刘勰举《尚书·胤征》记述胤侯奉命征羲和引用《政典》的话(“先时者杀无赦,不及时者杀无赦。”)、《盘庚》上记载盘庚迁都告诫臣民而引用迟任的话(“迟任有言曰:‘人惟求旧,器非求旧,惟新。’”),这就是“全引成辞,以明理者也”。可见,“事类”在总的方面说,分为用事和引辞两种。本篇说:“明理引乎成辞,徵义举乎人事,乃圣贤之鸿谟,经籍之通矩也。”“引成辞”和“举人事”是刘勰对“事类”的一般性概括。

《大畜》之象,“君子以多识前言往行”,亦有包于文矣。

《易·大畜·象传》:“天在山中,大畜。君子以多识前言往行,以畜其德。”《正义》:“‘天在山中’者,欲取德积于身中,故云‘天在山中’也。‘君子以多识前言往行,以畜其德’者,君子则此大畜。物既大畜,德亦大畜,故多记识前代之言、往贤之行,使多闻多见以畜积己德,故云‘以畜其德’也。”“多识前言往行”句的“识”,义同“志”,即“记”义。《周礼·春官·保章氏》:“掌天星,以志星辰日月之变动。”注:“志,古文识。识,记也。”《三国志·蜀书·诸葛亮传》:“瞻工书画,强识念。”

“多识前言往行”,即多记前代之言、往贤之行。“畜”,与“蓄”异形同词,即“蓄积”义。《易·大畜·象传》是解释《大畜》卦象含义的,认为它是“天在山中”,象征“欲取德积于身中”,人们效则此卦卦象,所以“多记识前代之言、往贤之行”而蓄积其德。刘勰“《大畜》之象,‘君子以多识前言往行’,亦有包于文矣”之说,意谓:《大畜》象征君子以多记前言往行而蓄积其德,这对于文来说也有所包括,即这样的道理也包括为文。刘勰是认为:《易·大畜》以“天在山中”象征人们“多记识前代之言、往贤之行”,“使多闻多见以畜积己德”的道理同样适用于为文,或者说也能有助于文章。本篇论述“事类”而引用《易传》上面的话,实际上是要说明学识的积累或多记“前言”“往行”,是写作文章运用“事类”(“引成辞”“举人事”)的基础,强调多记“前言”为文才能“引成辞”,多记“往行”为文才能“举人事”。可见,刘勰上说是强调学识的积累对运用“事类”的作用。

夫姜桂同地,辛在本性;文章由学,能在天资。

“姜桂同地”句,杨明照《校注拾遗》:“‘同’,《御览》五八五引作‘因’。按‘因’字是,‘同’其形误也。《宋玉集序》:‘宋玉事楚怀王,友人言之宋玉,玉以为小臣。王议友人。友曰:姜桂因地而生,不因地而辛。’(《书抄》三三引)《韩诗外传》七:‘宋玉因其友见楚襄王,襄王待之无以异,乃让其友。友曰:夫姜桂因地而生,不因地而辛。’(《新序·杂事》五同)为舍人此文所本,正作‘因’。”①此说是。“姜桂同地”,当作“姜桂因地”,意思是说“姜桂因地而生”,也就是说姜桂依附土地而生长(《说文》:“因,就也。”)。“辛在本性”是一转折句,认为姜桂虽然依靠土地而生,但是它们的辛辣却在于本性。这两句话是比况下文“文章由学,能在天资”的。

“文章由学”的“文章”,这里指作品、文篇,与现在的“文章”义同,而与上文“盖文章之外”的“文章”含义有别。“文章由学,能在天资”,是认为:写作文章是通过学习才能实现的,但是写作的内在素质却在于天资,就像姜桂依附土地才能生长,但是它的辛辣却不是因为土地,而是在于本性一样。可见,刘勰认为人本身就有写作文章的天资,学习是为文的途径。如果没有这种天资,虽学不成;仅有天资,而不学习,也不足以为文。在这里,刘勰把“天资”看作内在的因素,而把“学习”看作外在的因素。所以本篇又说:“才自内发,学以外成。有学饱

① 杨明照:《文心雕龙校注拾遗》,第294页。

而才馁，有才富而学贫。学贫者，迍邅于事义；才馁者，劬劳于辞情：此内外之殊分也。”

主佐合德，文采必霸。

杨明照《校注拾遗》：“按‘合德’二字出《易·乾·文言》。《汉书·律历志上》：‘衡权合德。’《鹖冠子·天则》篇：‘与天地合德。’隶释桐柏淮源庙碑：‘五岳四渎，与天合德。’并以‘合德’为言。”“德”，当即“性能”“功用”义；“合德”，即合其性能的意思。《易·乾·文言》：“夫大人者，与天地合其德。”本篇的“主佐合德”，与此没有什么关系。

按，《易·系辞下》：“乾坤，其《易》之门邪？乾，阳物也；坤，阴物也。阴阳合德，而刚柔有体。以体天地之撰，以通神明之德。”《正义》：“‘乾，阳物也；坤，阴物也。阴阳合德，而刚柔有体’者，若阴阳不合则刚柔之体无从而生，以阴阳相合乃生万物。”刘勰“主佐合德”说从含义上看，可以认为正是对《易·系辞下》“阴阳合德”说的继承。《易传》的“阴阳合德”说，是认为“阴阳”两种对立矛盾因素形成统一（“合德”），则生成或体象万物。其中“阳”是矛盾的主要的或起支配作用的方面，“阴”是矛盾的次要的或矛盾对立中处于非支配地位的方面。刘勰论到写作文章的“才”与“学”时，认为“夫姜桂同（因）地，辛在本性；文章由学，能在天资”。“才”（或“天资”）和“学”也是相对的两个方面，“才”（或“天资”）是作者内在的、起支配作用的矛盾方面，“学”是外在的、处于矛盾对立双方的非支配地位的方面：“才”与“学”的统一，形成写作文章的依据。“主佐合德”，“主”即指“才”或“天资”，“佐”指“学”；“主佐合德”，即“才”“学”两方面统一为一体，本篇又把这一观点说成是“表里相资”。

下句“文采必霸”，是说只要“才”“学”或“主”“佐”相互结合，文章一定会成为文坛上的霸主（此句的“文采”，指文章、作品）。刘勰在这里虽然认为“才”“学”有“主”“佐”之分，但它强调的是“才”“学”的统一。所以本篇说：“是以属意立文，心与笔谋，才为盟主，学为辅佐；主佐合德，文采必霸，才学偏狭，虽美少功。”显然，刘勰主张的还是“才”“学”两方面的完美统一，无论“才”“学”哪一方面有所偏狭或缺失，都不可能写出完美的文章。刘勰的这种观点，还是极为精审、可供借鉴的。

众美辐辏，表里发挥。

“众美辐辏”句承上文“综学在博，取事贵约，校练务精，捃理须覈”而来。“众美”，指“综学”的广博、“取事”的要约、“校练”的精审（即“覈”）、“捃理”的翔实四者。“辐辏”，又作“辐凑”。《汉书·叔孙通传》：“四方辐辏。”颜注：“辏，聚也。言如车辐之聚于毂也。字或作凑。”“辐辏”，车辐聚集于车毂，比喻人或事物从四方聚扰在一起。“众美辐辏”，指“综学”广博、“取事”要约、“校练”精审、“捃理”翔实结合在一起。

“表里发挥”也是承上文四句而来，与“众美辐辏”句并列。“表里”与“众美”所指相同，在这里并不是“指内容和形式”。“表”，也就是“主佐合德”的“佐”或“学为辅佐”的“学”，具体便是指“综学”“取事”“校练”“捃理”四者中的“综学”和“取事”。因为“综学”是综采学闻，“取事”是取前人之事，都是有关学闻或“用旧”的事，所以是“表”。“里”，即“主佐合德”的“主”或“才为盟主”的“才”，这里指的是“综学”“取事”“校练”“捃理”中的“校练”和“捃理”。因为“校练”是指考较、核实而使之精审,“捃理”是摘取、选择义理,都是有关“才”(即“才力”)的问题。也就是说,刘勰认为“校练”的精审和“捃理”的翔实与否,决定于才力如何,所以这是“里”。“表里发挥”,即“学”和“才”互相发挥,与“主佐合德”含义相类。《易·乾·文言》:“大哉乾乎!刚健中正,纯粹精也;六爻发挥,旁通情也。”《正义》:“‘六爻发挥,旁通情’者,‘发’谓发越也,‘挥’谓挥散也。言六爻发越挥散,旁通万物之情也。”刘勰“表里发挥”说正袭《易传》“六爻发挥”而来。统而言之,“表里”即上句的“众美”;“表里发挥”,也可以理解为“众美发挥”。刘勰取《易传》六爻互相发越挥散义用到为文时“才”与“学”的关系上,说明写作文章要“才学”“主佐”“表里”“众美”互相发越挥扬。本篇又说:“夫以子云之才,而自奏不学,及观书石室,乃成鸿采:表里相资,古今一也。故魏武称张子之文为拙,然学问肤浅,所见不博,专拾掇崔、杜小文,所作不可悉难,难便不知所出。斯则寡闻之病也。夫经典沉深,载籍浩瀚,实群言之奥区,而才思之神皋也。扬、班以下,莫不取资,任力耕耨,纵意渔猎,操刀能割,必列膏腴。是以将赡才力,务在博见,狐腋非一皮能温,鸡蹠必数千而饱矣。”可见,“表里发挥”正是指“才”与“学”的互相补益或发挥,从另一个角度说,也就是“表里相资”。

研思之士,无惭匠石矣。

“研思之士”,指为文运思者,也就是写作文章的人。“无惭匠石”,即“无惭于匠石”,也就是说“比起匠石来没有什么可惭愧”的。《庄子·徐无鬼》:“郢人垩慢其鼻端若蝇翼,使匠石斫之。匠石运斤成风,听而斫之。尽垩而鼻不伤,郢人立不失容。”疏：“垩者，白善土也。漫，污也”；“瞑目恣手，听声而斫，运斤之妙，遂成风声。‘若蝇翼’者，言其神妙也。”刘勰说“研思之士，无惭匠石”，就是要说明“研思之士”要善于取材用事，运思神妙如同匠石“运斤成风”。本篇说：“故事得其要，虽小成绩，譬寸辖制轮，尺枢运关也。或微言美事，置于闲散，是缀金翠于足胫，靓粉黛于胸臆也。”这里说明“选言用事，贵在精要”。用事精当，事情虽然很小，也能有很好的效果，就像车轴上一寸长的键可以控制整个车轮、尺数长的门臼可以使门户运转一样。但是，如果把本来是精微的言辞或美好的事例用在不适当的地方，那就无异于把金饰翡翠系在足胫上、把粉黛搽在胸脯上。本篇又说：“凡用旧合机，不啻自其口出；引事乖谬，虽千载而为瑕。”刘勰主张“用旧合机”“用人若己”，可以说这是用典的最高标准。但是，要做到“用旧合机”“用人若己”，就要善于选择和使用“事类”。本篇说：“夫山木为良匠所度，经书为文士所择；木美而定于斧斤，事美而制于刀笔。”这里用良匠度木斫器作比类，说明“事美而制于刀笔”，认为“研思之士”如同良匠择本斫器一样精于选言、善于用事，那么就“无惭匠石矣”，即比起匠石来也就没有可惭愧的了。

《练字》第三十九

《雅》以渊源诂训，《颉》以苑囿奇文。

“渊源”，“渊”本指“深潭”，喻指人或事物聚集之所。《尚书·武成》：“萃渊薮。”疏：“水深谓之渊”；“无水则名薮”。“源”，即“水源”（字本作“原”）。“渊源”连用，除指事物的本源外，也喻指事物的归聚处。《后汉书·班固传》载《典引》文：“与之乎斟酌道德之渊源，肴覆仁义之林薮。”本篇上句“渊源”，正用“事物会聚处”义，但在本句中则用作动词。因为“渊源”的名词义是“事物会聚处”，所以用作动词可以表示“包笼”“汇总”义。“渊源诂训”，即“汇总（或‘包笼’）诂训”。“《雅》以渊源诂训”，是说《尔雅》是总括诂训的；也就是说，《尔雅》就如同渊源包容禽类水族一样总括或汇总了字义的古训。

“《颉》以苑囿奇文”句的“苑囿”，本即园林，是名词，这里也用作动词。因为“苑囿”包容飞禽走兽及异花奇葩，所以用作动词表示“像苑囿包容花木禽兽似地汇聚”。“苑囿奇文”，即汇聚、汇总奇文异字。“《颉》以苑囿奇文”，是说《仓颉篇》是像苑囿包容奇花异草、飞禽走兽那样汇聚奇文异字的。因此，“《雅》以渊源诂训，《颉》以苑囿奇文”说的是：《尔雅》是用以总括字义古训的，而《仓颉篇》则是用来汇总奇文异字的。

篆隶相镕，《苍》《雅》品训。

“篆隶”之“篆”，此处专指“小篆”（也称“秦篆”）而言，与“大篆”（狭义专指籀文）无涉。“篆”（小篆）在籀文的基础上发展而来。“隶”，指“隶书”（也叫“隶字”“左书”），是把小篆圆转的笔画变成方折简化演变而来，始于秦而广泛使用于汉、魏。晋代卫恒《四体书势》：“秦既用篆，奏事繁多，篆字难成，即令隶人佐书，曰隶字。”即隶书之始。“相镕”之“镕”，本为“铸器模”义。《史记·平准书》：“奸或盗摩钱里取镕。”《汉书·董仲舒传》“犹金之在镕”注：“镕，谓铸器之模范也。”这里即为“法式”“容式”义，而在句中表示“为容式”。“篆隶相镕”，即“篆隶相为容式”。其中“相”字属偏指，“篆隶相镕”即“篆”为“隶”之容式；也就是说，“隶”是从“篆”演变而来的，“隶字”来源于“篆”体，所以说“篆隶相镕”。本篇说：“秦灭旧章，以吏为师。乃李斯删籀而秦篆兴，程邈造隶而古文废。”这虽然是说的“篆”“隶”的兴废，但由此也便看出“篆隶相镕”的所指了。注释者或译此句为“由篆文熔化、演变到隶书”，并非刘勰本意。

“《苍》《雅》品训”句，“品”本有“等级、品差”义，这里当解为“不同”或“分别”义。“品训”，似当指“其训不同”。“《苍》《雅》品训”，是说《苍颉》《尔雅》其训不同（即所汇集或所训解的对象不同）。本篇说：“夫《尔雅》者，孔徒之所纂，而《诗》《书》之襟带也。《苍颉》者，李斯之所辑，而鸟籀之遗体也。《雅》以渊源诂训，《颉》以苑囿奇文，异体相资，如左右肩股。”则为“《苍》《雅》品训”所指的内证。注释者或译此句为“考查字形字义，有《苍颉》《尔雅》作为训诂工具”，似应另酌。

《指瑕》第四十一

字以训正，义以理宣；而晋末篇章，依希其旨。

本篇认为："若夫立文之道，惟字与义：字以训正，义以理宣；而晋末篇章，依希其旨。"《练字》篇说："夫文象列而结绳移，鸟迹明而书契作，斯乃言语之体貌，而文章之宅宇也。"文字（"文象""鸟迹"）是记录或"体貌"语言、表达思想的，在刘勰看来，文章能够形成，只有"字"和"义"，所以才说"立文之道，惟字与义"（"义"指文章的意义）。而在具体的文章或语境里，"字"的含义或"义训"总是有定的，"字"的选用总是从含义出发的；而文章的意义是通过叙事述理来表明的。所以刘勰又说"字以训正，义以理宣"。按照"立文"的常规来说，写作文章应该根据"义训"定字、根据"宣义"的原则叙理。但是刘勰认为"晋末篇章，依希其旨"，这就是违背"立文之道"的了。

"依希其旨"句，"依希"字又写作"依稀""依俙"，本即"恍惚迷离""模糊不清"义，是形容词。谢灵运《行田登海口盘屿山》诗："依稀采菱歌，仿佛含嚬容。"江淹《赤虹赋》："暧昧以变，依稀不常。"本篇上句则用作动词，表示"使……依希"。"依希其旨"，即"使其旨依希"，这是说"晋末篇章"故意使其中的意旨缥缈不清或恍惚迷离，令人难以把握。所以下文才说"悬领似如可辩，课文了不成义"。

“疋”“两”称目，以并耦为用。

杨明照《校注拾遗》本篇“原夫古之正名，车两而马疋”条：“按《书·牧誓序》：‘武王戎车三百两。’（孔传：“车称两。”）《诗·召南·鹊巢》：‘百两御之。’（毛传：“百两，百乘也。”）此车称‘两’之证。《易·中孚》爻辞：‘马匹亡。’《书·文侯之命》：‘马四匹。’此马称‘匹’之证。”[1]刘勰认为：古代辨正名分，车称“两”而马称“疋”；而“疋”“两”的称名，是由于称“疋”、称“两”的事物“以并耦为用”。这在语源学观点来看，也是很可取的见解。《说文》：“妃，匹也。”《左传·桓公二年》：“嘉耦曰妃。”《诗·大雅·文王有声》：“作丰伊匹。”传：“匹，配也。”《楚辞·九章·怀沙》：“怀质抱情，独无匹兮。”注：“匹，双也。”凡是称“匹”者，大都与“并耦”或“成双”有关。又《易·说卦》：“参天两地而倚数。”注：“两，耦也。”《周礼·天官·大宰》：“以九两系邦国之民。”注：“两，犹耦也。”《广雅·释诂》：“两，二也。”可见，凡是称“两”者，也大都与“并耦”或“成双”有关。“车”有两轮，所以也称“两”。《尚书·牧誓序》疏：“数车之法，一车谓之一两。《诗》云：‘百两迓之。’是车称两也。《风俗通》说：车有两轮，故称为两，犹履有两只，亦称为两。”称“车”为“两”，字后来写作“辆”。这都可以看出“‘疋’‘两’称目，以并耦为用”的情况。刘勰认为，马称“疋”也和车称“两”一样，是由于“以并耦为用”的。本篇说：“盖车贰佐乘，马俪骖服，服乘不只，故名号必双。名号一正，则虽单为疋矣。”

---

① 杨明照：《文心雕龙校注拾遗》，第314页。

《养气》第四十二

率志委和，则理融而情畅；钻砺过分，则神疲而气衰：此性情之数也。

范注："《史记自序》司马谈论六家要旨云：'凡人所生者，神也；所托者，形也。神大用则竭；形大劳则敝；形神离则死。'《抱朴子·至理篇》：'身劳则神散，气竭则命终。'彦和论文以循自然为原则，本篇大意，即基于此。盖精神寓于形体之中，用思过剧，则心神昏迷。故必逍遥针劳，谈笑药倦，使形与神常有余闲，始能用之不竭，发之常新，所谓游刃有余者是也。"①杨明照《校注拾遗》："按《庄子·知北游》：'生非汝有，是天地之委和也。'《释文》引司马云：'委，积也。'"②王元化说："《神思篇》曾提出过'秉心养术无务苦虑，含章思（"思"字误，原文作"司"——引者）契不必劳情'的主张。《养气篇》更进一步说：'率志委和，则理融而情畅，钻砺过分，则神疲而气衰。'黄侃《札记》云：'此篇之作，所以补《神思》篇之未备，而求文思常利之术也。'这种看法大体上是正确的。可是，为什么刘勰用'率志委和'去阐明文学的创作活动呢？这一点，《札记》却并未加

① 范文澜：《文心雕龙注》卷九《养气》篇注[二]。

② 杨明照：《文心雕龙校注拾遗》，第316页。

以深究";"'率志委和'一语是指文学创作过程中的一种从容不迫直接抒写的自然态度。率,遵也,循也。委,付属也。'率志委和'就是循心之所至,任气之和畅的意思。显然,这和庄子所说的'天地委和'是完全不相干的两回事。'"①可见,对刘勰的"率志委和"说有诠解清楚的必要。

按,刘勰的"率志委和"说,正本于《庄子》,杨说是。《庄子·知北游》:"舜曰:'吾身非吾有也,孰有之哉?'曰:'是天地之委形也。生非汝有,是天地之委和也。性命非汝有,是天地之委顺也。"注:"若身是汝有者,则美恶死生,当制之由汝。今气聚而生,汝不能禁也。气散而死,汝不能止也。明其委结而自成耳,非汝有也。"刘文典《补正》:"俞樾曰:'司马云:委,积也。于义未合。《国策·齐策》:愿委之于子,高注曰:委,付也。成二年《左传》:王使委于三吏。杜注曰:委,属也。天地之委形,谓天地所附属之形也。下三'委'字并同。'"②俞解"委"字是。《庄子》中的"委形",指赋予形体,即人的形体是自然所付与的;"委顺",指无为而自然,或天赋自然;"委和"也应该是与"委形""委顺"相类,指人形体之生是自然所付与的。"委和"便包含着天地交感,即"阴阳合气"而生的意思。《易·咸·彖传》:"咸,感也。柔上而刚下,二气感应以相与";"天地感而万物化生"。《易·归妹·彖传》:"天地不交而万物不兴。"这是认为:矛盾着的"天地"或"阴阳"二气相互交感,便化

① 王元化:《释〈养气篇〉率志委和说——关于创作的直接性》,《文心雕龙创作论》,第219页。

② 刘文典:《庄子补正》下册,云南人民出版社1980年版,第674页。《补正》引俞说标点有误,已改正。另参见郭庆藩辑:《庄子集释》第三册,中华书局1961年版,第740页。

生万物，这是“阴阳和气”而“万物化生”的观点。《庄子》中的“委形”“委顺”“委和”说，便是认为人是由天地或自然所赋予的。上引《庄子》文疏云：“委，结聚也。夫天地阴阳，结聚刚柔和顺之气，成汝身形、性命者也。故聚则为生，散则为死。死生聚散，既不由汝，是知汝身岂汝有邪！”①这就明确地说出了《庄子》“委形”“委和”“委顺”说的实质。“委和”，便是阴阳交感所付与的和谐之气，人的生长是天地或阴阳之气交感和谐的结果。从基本含义上说，刘勰“率志委和”的“委和”，就正是这个意思，可以理解为“自然所付与的和谐之气”。

“率志委和”的“率”，为“循”或“顺”义。《尚书·大禹谟》：“惟时有苗弗率。”传：“率，循也。”《诗·大雅·緜》：“率西水浒。”传：“率，循也。”字又写作“帅”。《诗·周颂·噫嘻》：“率时农夫。”《韩诗》作“帅时农夫”。《诗·小雅·采菽》：“亦是率从。”《左传·襄公十一年》作“亦是帅从”。刘勰“率志委和”，即“循志委和”或“顺志委和”，也就是遵循、顺应情志的自然。本篇又说：“率志以方竭情，劳逸差于万里”；“故宜从容率情，优柔适会”。“率志”“率情”与“率志委和”的“率志”含义相同，即顺于情志，也就是遵循情志的自然（“率志委和”）的意思。

刘勰认为，运思为文，顺于情志的“自然”，就“理融而情畅”。反之，如果“钻砺过分”，就违背情性的“自然”，就会“神疲而气衰”：这是人的“性情”的规律（“此性情之数也”）所决定的。这就清楚地表明，人的性情活动也具有“自然”的特性。

---

① 刘文典《庄子补正》引疏文标点有误。参见郭庆藩辑：《庄子集释》第三册，第739—740页。

所以运思为文,“则申写郁滞,故宜从容率情,优柔适会。若销铄精胆,蹙迫和气,秉牍以驱龄,洒翰以伐性,岂圣贤之素心,会文之直理哉”? 刘勰根据“自然”的观点,来论述运思为文要遵循性情的自然,即“率志委和”,反对“销铄精胆,蹙迫和气”的违背性情“自然”的做法,是很可贵的。然而,刘勰的“率志委和”说无疑又是吸取了《庄子》的“自然无为”中的合理成分而提出的。

水停以鉴，火静而朗。

杨明照《校注拾遗》:“按《庄子·德充符》篇:‘仲尼曰:人莫鉴于流水,而鉴于止水。’成疏:‘鉴,照也。夫止水所以留鉴者,为其澄清故也。’又:‘平者,水停之盛也。’成疏:‘停,止也。’”①《淮南子·说山训》:“人莫鉴于沫雨。”注:“沫雨或作流潦。”又《淮南子·俶真训》:“人莫鉴于流潦而鉴于止水者,以其静也。”“鉴”,本为“镜”。《诗·邶风·柏舟》:“我心匪鉴。”传:“鉴,所以察形也。”引申为“照”“察”义。《吕氏春秋·适音》:“谿极则不鉴。”注:“鉴,察也。”《广雅·释诂》:“鉴,照也。”刘勰“水停以鉴”说,含义正与《庄子》《淮南子》同,是说水静而不动才可以鉴照物形。“水停以鉴,火静而朗”,是用水静可以照形、火静方才明亮来说明运思为文要“宝神”“养气”的道理,“神”“气”清和才能运思调畅。本篇说:“是以吐纳文艺,务在节宣,清和其心,调畅其气。烦而即舍,勿使壅滞。意得则舒怀以命笔,理伏则投笔以卷怀。逍遥以针劳,谈笑以药倦,常弄闲于才锋,贾余于文勇:使刃发如新,凑理

---

① 杨明照:《文心雕龙校注拾遗》,第321页。

无滞。虽非胎息之迈术,斯亦卫气之一方也。”刘勰的“水停以鉴,火静而朗”说,正是强调为文运思时精神的虚静、精气的平和,其主旨便是“养气”。提倡“养气”,又正是为了文思(即本篇“无扰文虑”的“文虑”)的调畅和融。本篇赞文说:“玄神宜宝,素气资养。无扰文虑,郁此精爽。”①这便说明,强调“玄神”“养气”的“静”,正是为了“文虑”的“动”。

① 《左传·昭公七年》:“是以有精爽,至于神明。”注:“爽,明也。”疏:“精亦神也,爽亦明也;精是神之未著,爽是明之未昭。”

《附会》第四十三

何谓附会？谓总文理，统首尾，定与夺，合涯际，弥纶一篇，使杂而不越者也。

这里说明的是“附会”的含义。“附”，“附丽”“附着”义。《周礼·地官·大司徒》：“其附于刑者归于士。”注：“附，丽也。”《考工记·轮人》：“是故涂不附。”注：“附，着也。”“附会”之“会”，即“会合”“聚合”义。《说文》：“会，合也。”《礼记·月令·季秋》：“以会天地之藏。”注：“会，犹聚也。”“附会”连用作为一个术语，在本篇指的是组织文篇，即总括义理（“总文理”）、条统首尾（“统首尾”）、确定取舍（“定与夺”）、弥合章节（“合涯际”）。总起来说，就是“附辞会义”，也就是弥缝文篇，使文章文辞章节、义理内容浑然一体，“杂而不越”。①

“杂而不越”语出《易传》。《易·系辞下》：“其称名也，杂而不越。”韩康伯注：“备物极变，故其名杂也。各得其序，不相

---

① 纪昀评：“附会者，首尾一贯，使通篇相附而会于一，即后来所渭章法也。”黄侃引《晋书·左思传》载《三都赋序》：“傅辞会义，抑多精致。”范注引《后汉书·张衡传》：“精思傅会，十年乃成。”“傅”与“附”义同，“傅会”即“附会”，语另见《汉书·爰盎晁错传赞》《汉书·王商史丹傅喜传赞》。

逾越。”高亨注:“称名,举辞也。《易经》卦爻辞甚杂,然不相逾越。”①“杂”,本义是“五采相合”(见《说文》)。《易·系辞下》:“物相杂,故曰文。”刘勰“杂而不越”的“杂”,指的是众多的方面(文辞章节、义理内容)相聚合。“杂而不越”,即文辞章节、义理内容相聚合而各有伦序,也就是文辞义理聚合为一体而不出其位。刘勰说“附会”是“总文理”“统首尾”“定与夺”“合涯际”,“弥纶一篇,使杂而不越者也”,便是说总括、条统文篇的义理章句,使之成为一个具有有机联系的、和谐协调的整体。孤立的文辞义理不能成为“文”,“文”是由众多的文辞章节、义理内容组合成的,然而众多的因素相合但是又不相逾越,也就是相杂而不相超越,这也是辩证统一的观点。

本篇说:“凡大体文章,类多枝派,整派者依源,理枝者循干。是以附辞会义,务总纲领,驱万涂于同归,贞百虑于一致:使众理虽繁,而无倒置之乖;群言虽多,而无棼丝之乱。扶阳而出条,顺阴而藏迹,首尾周密,表里一体,此附会之术也。”②可见,使文篇“杂而不越”是“附会”的根本要求。“附会”即“附辞会义”,而“辞”有“群言”之多,“义”有“众理”之繁,“附辞会义”就是要按照一个中心使“群言”“众理”统一起来,成为一个协调统一的整体。

---

① 高亨:《周易大传今注》,第580页。

② 杨明照《文心雕龙校注拾遗》:“趋万涂于同归,贞百虑于一致”条:“按《易·系辞下》:‘天下同归而殊涂,一致而百虑。’”又“而无棼丝之乱”条:“按《左传·隐公四年》:‘以乱,犹治丝而棼之也。’《释文》:‘棼,乱。’”又“扶阳而出条,顺阴而藏迹”条:“按《后汉书·崔骃传》:‘(达旨)故能扶阳以出,顺阴而入。’《庄子·渔父》篇:‘……不知处阴以休影,处静以息迹。’”(第323页)

夫画者谨发而易貌，射者仪毫而失墙。

范注："《吕氏春秋·处方篇》：'今夫射者仪毫而失墙，画者仪发而易貌，言审本也。'注：'仪，望也。'《淮南子·说林训》：'画者谨毛而失貌，射者仪小而遗大。'注：'谨悉微毛，留意于小，则失其大貌。仪望小处而射之，故能中。事各有宜。'"①"谨"，本即"谨慎""慎重"义，是自动词。这里则用作他动词，表示"注意"或"慎于……"。"谨发"，是说"特别注意毛发"，也就是把注意力集中在毛发上。因此，"画者谨发而易貌"，是说绘画者在毛发细微处特别谨慎，反而把人物的面貌画走了样子。

"射者仪毫而失墙"句："仪"，本即"标准"义；"仪的"连用则指靶子的中心，是名词。《韩非子·用人》："释仪的而妄发，虽中小，不巧。""仪"在这里则用作动词，表示"以……为仪"。"仪毫"，即"把毫毛当作目标或仪的"（"毫'指极纤细或极微小的东西）。"把极纤细的东西当作仪的"，也就是瞄准极纤细的东西。因此，"射者仪毫而失墙"，是说射箭的人瞄准极纤细的东西，反而偏离了墙的大目标。以上两句，都是比喻说明写作文章"拘小失大"，所以下文说"锐精细巧，必疏体统"。"锐精细巧"，即"画者谨发""射者仪毫"之类；"必疏体统"，即"易貌""失墙"之类。写作文章，如果拘拘于枝节上的美巧，那就必然会在整体或大的方面造成疏漏。

---

① 范文澜：《文心雕龙注》卷九《附会》注[五]。

诎寸以信尺，枉尺以直寻。

“诎”,《说文》:“诘诎也。”义为“屈曲”,与“屈”字义同。《荀子·劝学》篇:“诎五指而顿之。”注:“诎与屈同。”《管子·国蓄》:“其兵不诎。”注:“诎与屈同。”在这个意义上,“诎”与“枉”是同义词。《吕氏春秋·壅塞》:“宋王因怒而诎杀之。”注:“诎,枉也。”“诎寸”,即屈寸,与下句“枉尺”用意相同。“信尺”之“信”,“伸展”义。《易·系辞下》:“往者屈也,来者信也。”又云:“尺蠖之屈,以求信也。”后来字又写作“伸”或“申”。《易·系辞上》:“引而伸之。”《释文》:“伸,本作信。”《荀子·解蔽》:“形可劫而使诎申。”“信”“伸”“申”与“诎”“屈”词义相反。“信尺”,即伸尺,与下句“直寻”用意相同。杨明照《校注拾遗》:“按‘信’读为伸。《尸子》:‘孔子曰:诎寸而信尺,小枉而大直,吾为之也。’(《御览》八百三十引)《淮南子·氾论》篇:‘诎寸而伸尺,圣人为之;小枉而大直,君子行之。’高注:‘寸,小;尺,大。枉,曲也。’《孟子·滕文公下》:‘且志曰:枉尺而直寻。宜若可为也。’”①“诎寸以信尺,枉尺以直寻”,在本篇里是用来说明“附辞会义”要“弃偏美之巧”“学具美之绩”的观点。

刘勰认为,写作文章是“弥纶一篇,使杂而不越”,如同“筑室之待基构,裁衣之待缝缉”。说明“附会”就像筑室要奠基和构架、裁衣需要缝缉一样,使文篇的辞和义“同归”“一致”,形成周密和谐的统一体,这样,就是“具美”(完善、全美)。如果拘拘于片言只辞上的小巧,而忽略了文篇“杂而不越”的整体,

① 杨明照:《文心雕龙校注拾遗》,第323—324页。

那就是“偏善”。所以本篇又说“夫画者谨发而易貌，射者仪毫而失墙：锐精细巧，必疏体统。”这是非常精当的议论。如果画者在描绘毛发上非常谨慎细心，而在人物容貌上却疏忽或画走了样子；或者射者精力集中在细微的东西上，然而却偏离了基本的大的目标：这就是逐末弃本或因小失大。写作文章或“附辞会义”也是这样，如果“锐精细巧”，即“偏善”，则“必失体统”，即丧失“具美”。因此，“附辞会义”应该“弃偏善之巧，学具美之绩”，也就是要“诎寸以信尺，枉尺以直寻”——不拘拘于小巧而着眼于具善。刘勰把这一观点称为“命篇”，即写作文章的根本方法（“经略”），这并不过分。

义脉不流，则偏枯文体。

本篇认为写作文章“若统绪失宗，辞味必乱；义脉不流，则偏枯文体。”“偏枯”，义同“偏死”，本即半身不遂或半身枯萎，是自动词。《庄子·齐物论》：“民湿寝则腰疾偏死。”《素问·风论》：“或为偏枯。”又《素问·生气通天论》：“汗出偏沮，使人偏枯。”本篇上句“偏枯”用作动词，表示“使……偏枯”。“偏枯文体”，即“使文章篇体偏枯”。“义脉不流，则偏枯文体”，是以人血脉不通而导致半身枯萎来比譬文章的义脉不流畅则使文章篇体偏枯不畅。这与上文“统绪失宗，辞味必乱”是分别从不同的角度来论述问题：前者说明文章要“统绪”有“宗”，后者说明“义脉”要“通”。

臀无肤，其行次且。

“次且”，字又写作“趑雎”（《广雅·释训》：“趑雎，难行也。”）、“次雎”（《玉篇》：“次雎，行难也。”）、“趑趄”，含义相同，即且行且却、行难不进的样子。刘勰上语，出自《周易》。《易·夬》九四："臀无肤，其行次且。"《易·夬·象传》："'其行次且'，位不当也。""次且"，马融云："却行不前也。"又《易·姤》九三："臀无肤，其行次且。"《易》的夬、姤两卦，是用一组位不当因而不能协调的符号，象征人臀部无肤、行路趑趄的样子。它的最基本的含义，是表示矛盾统一体中的矛盾因素有"位不当"的情况，致使矛盾体不能协调或和谐。

刘勰用《易》"臀无肤，其行且次"来讨论文篇问题，便是立足或着眼于文篇的整体性和谐。本篇说："若夫绝笔断章，譬乘舟之振楫；会词切理，如引辔以挥鞭。克终底绩，寄深写远。"认为文章的结尾，在文辞和义理上像乘舟振楫、引辔挥鞭一样，对整个文篇起着"腾运"也就是"寄深写远"的作用。否则，"若首唱荣华，而媵句憔悴，则遗势郁湮，余风不扬"。也就是说，如果前篇（"首唱"）写得很生动或很有生气，然而后篇却死板干瘪，那么文气就沉滞阻塞，以人物比喻，就是"义脉不流，则偏枯文体"，也就是文章前后不能形成和谐的统一，所以刘勰用《易》"臀无肤，其行次且"来说明这个问题。在这里，刘勰所强调的是文篇义脉前后通畅和谐的统一，所以本篇赞文说："原始要终，疏条布叶。道味相附，悬绪自接。如乐之和，心声克协。"

篇统间关，情数稠叠。

"篇统间关"句的"间关"，注家或以为刘勰"用以指艰难"，或以为"比喻文字艰涩难读"，均于文义不惬。"间关"一语古籍常见，大致分为二义：一为象声形容词，形容声音曲折婉转。如《诗·小雅·车舝》："间关车之舝兮。"《魏书·李顺传》载李骞《释情赋》:“鸟间关以呼庭,花芬披以落牖。”二为情貌形容词,义为“展转曲折”或“崎岖展转”。《汉书·王莽传下》:“间关至渐台。”师古注:“间关,犹言崎岖展转也。”《后汉书·马援传》:“间关险难。”注:“间关,犹崎岖也。”又《后汉书·荀彧传论》:“间关以从曹氏。”注:“间关,犹展转也。”本篇“篇统间关”一句的“间关”,当与“曲折展转”一义相近。“篇统”,指文章的篇章统绪。本篇上文:“若统绪失宗,辞味必乱。”“篇统间关”,是说文章篇体统绪众多曲折,展转相接。本书《总术》篇说:“况文体多术,共相弥纶,一物携贰,莫不解体。”又《章句》篇说:“夫人之立言,因字而生句,积句而成章,积章而成篇”;“句司数字,待相接以为用;章总一义,须意穷而成体。其控引情理,送迎际会,譬舞容回环,而有缀兆之位,歌声靡曼,而有抗坠之节也”;“章句在篇,如茧之抽绪。原始要终,体必鳞次。启行之辞,逆萌中篇之意;绝笔之言,追媵前句之旨:故能外文绮交,内义脉注,跗萼相衔,首尾一体。”《镕裁》篇则说君“夫百节成体,共资荣卫;万趣会文,不离辞情。”正因为文章的篇章统绪(“篇统”)如同“舞容回环”“歌声靡曼”,是由众多章、句以及许多的义理“百节成体”而“共相弥纶”所形成的统一体;整个篇章是一个整体,但篇章内部是曲折多变的,所以本篇才说“篇统间关”。“间关”是形容“篇统”内部的曲折变化的。

“情数稠叠”的“情数”,指情理内容,与上句“篇统”指篇体统绪相对;“稠叠”即“稠密重叠”义,[①]正与“间关”相对:一指篇统曲折展转,一指情理内容稠密重叠,又可为证。另外,本

---

① 《文心雕龙·正纬》篇:“夫六经彪炳,而纬候稠叠。”

篇赞下文“原始要终，疏条布叶。道味相附，悬绪自接”四句，“原始要终，疏条布叶”正对篇章统绪而言，“道味相附，悬绪自接”正对义理情实而言，与“篇绪间关，情数稠叠”相参照，也可以看出后者的具体所指。杨明照《校注拾遗》：“按此与下句‘情数稠叠’相对，而各明一义。‘篇统间关’，喻结构之曲折；‘情数稠叠’，喻内容之繁富。则‘间关’二字，与《诗·小雅·车舝》之‘间关’异趣。”另引《汉书》《后汉书》“间关”训“崎岖展转”例，认为以此解本篇“间关”并合。[1] 杨先生说是。

① 参见杨明照：《文心雕龙校注拾遗》，第327—328页。

《总术》第四十四

因时顺机，动不失正。

本篇说："若夫善弈之文,则术有恒数,按部整伍,以待情会。因时顺机,动不失正。数逢其极,机入其巧,则义味腾跃而生,辞气丛杂而至。视之则锦绘,听之则丝簧,味之则甘腴,佩之则芬芳:断章之功,于斯盛矣。"在这里,刘勰提出了写作文章"因时顺机,动不失正"的观点。而要做到"因时顺机,动不失正",就必须掌握驭篇之"术",即把握住写作的基本法则。换句话说,"晓术""执术"是写作文章"因时顺机,动不失正"的前提。刘勰认为:在"执术驭篇"的前提下,能"因时顺机,动不失正",则可以写出"视之则锦绘,听之则丝簧,味之则甘腴,佩之则芬芳"的美好篇章。可见,在掌握了"术"之后,"因时顺机,动不失正"是写作中的又一个重要问题。

按,"因时顺机,动不失正",当出自《易传》。《易·乾·文言》:"先天而天弗违,后天而奉天时。"又云:"知进退存亡而不失其正者,其唯圣人乎!""知进退存亡而不失其正",即"动不失正"。又《易·随·彖传》:"……而天下随时,随时之义大矣哉!"《易·革·彖传》:"天地革而四时成,汤武革命,顺乎天而应乎人。革之时大矣哉!"高亨注:"此申释卦义。改革乃自然界与社会之普遍规律,但必适应时之需要。天地应时而革,所以四时成。汤武应时而革桀纣之命,所以顺天应人。革之应时,乃能成其大也。"①所谓"随时"或"顺天应人",即"因时顺机","因时顺机"自然就能"动不失正"。在《易传》作者看来,是否能顺应时机是区别行为是否"守正"或成败的一个重要标准,所以提出"与时偕行""与时偕极"的观点(《易·乾·文言》)。《易·损·彖传》则说:"损刚益柔有时,损益盈虚,与时偕行。""时"和"机"是客观存在的,而要"动不失正",就要"与时偕行"或"因时顺机"。刘勰继承了《易传》这一哲学观点,来说明写作文章也存在着"时"和"机"的问题,强调"按部整伍,以待情会""因时顺机,动不失正",以便"数逢其极,机入其巧"。这既是主张"执术驭篇"而"因时顺机",同时也就是反对那种"弃术任心"如同"博塞之邀遇"似的轻率侥幸的写作态度。②

刘勰关于写作文章"因时顺机,动不失正"的观点,不独在本篇,就是在《文心雕龙》全书中,都有着重要的地位。《徵圣》篇:"抑引随时,变通会适。"《神思》篇:"是以秉心养术,无务苦虑;含章司契,不必劳情也。"《通变》篇:"凭情以会通,负气以适变。"又云:"文律运周,日新其业。变则其久,通则不乏。趋时必果,乘机无怯。"《镕裁》篇:"刚柔以立本,变通以趋时。"《章句》篇:"四字密而不促,六字格而非缓,或变之以三五:盖应机之权节也。"《丽辞》篇:"诗人偶章,大夫联辞,奇偶适变,不劳经营。"又云:"至魏晋群才,析句弥密;联字合趣,剖毫析

---

① 高亨:《周易大传今注》,第 308 页。

② "博塞",古代博戏。《管子·四时》:"一政曰禁博塞。"注:"博塞长奸邪,故禁之。""邀",求取,希望得到。《论衡·自然》:"不作功邀名。""邀遇",即侥幸求取成功。

厘。然契机者入巧，浮假者无功。”《比兴》篇：“起情故兴体以立，附理故比例以生。比则畜愤以斥言，兴则环譬以记（托）讽：盖随时之义不一，故诗人之志有二也。”《事类》篇：“凡用旧合机，不啻自其口出；引事乖谬，虽千载而为瑕。”《养气》篇：“故宜从容率情，优柔适会。”又云：“意得则舒怀以命笔，理伏则投笔以卷怀。”《时序》篇：“质文沿时，崇替在选。”《程器》篇：“是以君子藏器，待时而动。”又云：“穷则独善以垂文，达则奉时以骋绩。”刘勰的理论是一贯的。

乘一总万，举要治繁。

“乘”，义为“因”或“凭借”。“一”“要”，当指根本、主要的，即本篇所说的“术”，也就是“务先大体”的“大体”。刘勰认为，只有掌握了“术”，也就是“圆鉴区域，大判条例”，才有可能“控引情源，制胜文苑”，所以本篇强调“晓术”“执术”。而“晓术”“执术”，就是“乘一”“举要”；“控引情源，制胜文苑”或“驭篇”，就是“总万”“治繁”。刘勰把写作文章分为“执术驭篇”和“弃术任心”两种情况，本篇说：“执术驭篇，似善弈之穷数；弃术任心，如博塞之邀遇。故博塞之文，借巧傥来，虽前驱有功，而后援难继。少既无以相接，多亦不知所删，乃多少之并惑，何妍蚩（媸）之能制乎！”“执术驭篇”，如同善弈的人掌握了下棋的路数、方法，可以控制全局，也就是能够“乘一总万，举要治繁”。“弃术任心”，如同博戏之人碰运气、希求侥幸之得，便是不能”乘一总万，举要治繁”。所以在写作时偶尔“前驱有功”，但也是“后援难继”；少又“无以相接”，繁又“不知所删”。这便是不能够控制文篇，原因即不能“执术驭篇”或“乘一总万，举要治繁”。

可见，“乘一总万，举要治繁”的主张实际内容便是“执术驭篇”，其中包含着“一”“要”和“万”“繁”的主次关系：在“一”“要”和“万”“繁”这两个方面，“一”或“要”是起主导作用的或关键性的一方。“乘一总万，举要治繁”，就是主张掌握根本或关键性的东西。马王堆汉墓帛书《经法·成法》有一段话，说：“夫百言有本，千言有要，万言有蔥（总）。”这是认为不论有多少话，都有它的根本、纲要或起总括性的东西。因此，从掌握或把握的角度说，就有个“乘一”“举要”的问题。《经法·成法》又说：“罢（彼）必正人也，乃能操正以正奇，握一以知多。”《经法·道原》则说：“得道之本，握少以知多，得事之要，操正以政（正）畸（奇）。”马王堆汉墓帛书的“握一以知多”或“握少以知多”以及“得本”“得要”之说，虽然在具体或特定含义上与刘勰“乘一总万，举要治繁”说有区别，但在道理上说，二者又是有联系的。

《时序》第四十五

时运交移，质文代变。

“时运”,古代常指四时运行(如《淮南子·要略》篇:“顺时运之应。”陶潜《时运》诗:“迈迈时运。”)和时命运数(班彪《北征赋》:“谅时运之所为兮。”注:“《尔雅》曰:‘谅,信也。’”)。本篇“时运”,含义与前者义近,但并不相同。“时运”,当指时世;“时运交移”,即时世交替推移。在本篇里,“时运”或“时”,兼有时世、时代义。如“时序”一语,它既指时间上的先后顺序,又指时世或时代的先后次序,“时”兼有时间和时世两种含义上的内容。本篇论述的是“文”与“时”的关系,认为“歌谣文理,与世推移”。这里的“世”,就与本篇的“时”同义。本篇又说:“故知文变染乎世情,兴废系乎时序。”这里“世情”和“时序”相对,所指相同。又本篇赞文:“蔚映十代,辞采九变。”也说明“时”是兼指“世”的。这里涉及时、空及其关系问题。唯物主义认为:空间是物质存在的广延性,时间是物质运动过程的持续性和顺序性。空间、时间同运动着的物质是不可分割的,二者是无限和有限的统一。就宇宙而言,空间和时间是无限的,空间无边无际,时间无始无终;就每一个具体的事物而言,则空间和时间都是有限的。刘勰本篇论到的“时”,便是一定的与“世”或“代”相联系的时间概念。也就是说,本篇论述“时”与“文”的关系，从时间上来说，是“文”随“时”变。而这个“时”，不是空洞的时间概念，而是与一定的社会存在形式，即“世”或“代”相联系的“时”。因此，“时”与“文”的关系也就是“世”与“文”的关系，“文”随“时”变也就是“文”随“世”迁。所以刘勰在历述唐虞而后各代的文学变迁历史之后，得出结论说：“故知歌谣文理，与世推移，风动于上而波震于下者。”又云：“故知文变染乎世情，兴废系乎时序，原始以要终，虽百世可知也。”因此，我们可以说，“时运交移”既是说的时间的交替推移，也是说的时世或时代的更替变迁。“质文代变”，是说文学的或“质”或“文”同样是在交替和变更（“代变”）的。“时运交移，质文代变”二者，前者是占主导地位的，后者是处于被支配地位的：“质文”由“时运”所决定，“质文”的“代变”随着“时运”的“交移”而进行。从内容上看，“时运交移，质文代变”则是本篇主旨的概括。

《薰风》诗于元后，《烂云》歌于列臣。

“诗”字在上句中为特殊用法。范注：“诗于元后’，疑当作‘咏于元后’。”①杨明照《校注拾遗》：“按‘诗’字自通。《史记·乐书》：‘高祖过沛，诗三侯之章。’又《司马相如传》：‘（封禅文）诗大泽之博。’其‘诗’字正作动词用也。”②杨先生说是。“诗”本即“诗歌”之“诗”，这里用作动词，表示“咏”“咏歌”或“作”的意思。“《薰风》诗于元后”，即“《南风歌》咏歌（或‘作’）于元后”（“元后”，即舜帝。相传舜咏歌《南风》，其中有

---

① 范文澜：《文心雕龙注》卷九《时序》篇注[二]。

② 杨明照：《文心雕龙校注拾遗》，第334页。

“南风之薰兮，可以解吾民之愠兮”这样的句子，所以本篇称为《薰风》）。[1] 本句之所以用“诗”，是为与下句“歌”字避复。

歌谣文理，与世推移；风动于上，而波震于下者。

“推移”，变迁、转易。《庄子·秋水》篇：“夫不为顷久推移，不以多少进退。”《论衡·命义》篇：“众星推移。”“与世推移”，语见《楚辞·渔父》：“圣人不凝于物，而能与世推移。”此语又见《史记·屈原贾生列传》。“与世推移”，即随着时世的变化而变化。而“歌谣文理，与世推移”，即认为文学现象是随着时代的变迁而变化的。

本篇认为，“时运交移，质文代变”。时代或社会的状况，决定了文学的质文、盛衰，一定的文学现象反映的是一定的社会面貌。以此为根据，刘勰作出了“歌谣文理，与世推移；风动于上，而波震于下者”的著名论断。“风动于上，而波震于下”，是以“风”的“动”致使“波”的“震”来比譬“文变染乎世情，兴废系乎时序”这种“世情”“时序”决定“文变”“兴废”的文变规律。而“风动于上，波震于下”的思想，似与《易传》哲学有密切的关系。《易·涣·象传》：“风行水上，涣。”高亨注：“《涣》之上卦为巽，下卦为坎。巽为风，坎为水。然则《涣》之卦象是风行水上。风行水上，推波鼓澜，则水流更为汹涌奔荡，是以卦名曰《涣》。”[2]又《易·中孚·象传》：“泽上有风，中孚。”高亨注：“《中孚》之下卦为兑，上卦为巽。兑为泽。巽为风。然则《中孚》之卦象是泽上有风。泽上有风，风动则水波动，风大则水

---

① 参见范文澜：《文心雕龙注》卷二《明诗》注［七］。

② 高亨：《周易大传今注》，第 354 页。

波大,风小则水波小,从无虚妄,是以卦名曰《中孚》。"①根据《易传》,《涣》卦象是用一组符号象征"风行水上",鼓起波澜;《中孚》卦象是用一组符号象征"泽上有风"、风动于泽上震起波浪,波浪则因风的大小而变化的道理。刘勰用"风动于上,而波震于下"来形象或说明"文"是受社会状况支配或影响,即"歌谣文理,与世推移"的"文理"与"时世"的关系理论,这在基本道理上是与《周易》哲学相通的。本篇此语的"风",比譬"时""世"或社会状况;"波",比譬"文""文理"或文学现象。前者是居于后者之上的,后者是前者的反映;社会政治经济形态之"风""动于上",而文学现象之"波"则"震于下":这便形象而深刻地对文学现象与社会的关系问题作出了正确的说明。

六经泥蟠,百家飚骇。

杨明照《校注拾遗》:"按《法言·问神》篇:'龙蟠于泥,蚖其肆矣。'"②"泥",本为名词,在本篇上句中则表示"在泥里";"泥蟠",即"在泥里蟠曲着"。班固《答宾戏》:"故夫泥蟠而天飞者,应龙之神也。"此处"泥蟠"用法与本篇上句同。"六经泥蟠",是说"春秋以后,角战英雄","六经"不显于时,像龙在泥里蟠曲着,比喻"六经"不再受人注意或重视。

"百家飚骇"句的"飚",本即"飚风",是名词,在这里则作"骇"的修饰语。"骇"的本义是"马受惊"。《说文》:"骇,惊(驚)也。"又:"惊(驚),马骇也。""飚骇",形容狂飚如同烈马惊而腾起一样,也就是风涌兴起的意思。《文选·司马相如

① 高亨:《周易大传今注》,第362页。

② 杨明照:《文心雕龙校注拾遗》,第335页。

〈上林赋〉》:“凌惊风,历骇猋(飚)。”扬雄《甘泉赋》:“回猋(飚)肆其砀骇兮。”李注:“毛苌《诗传》曰:肆,疾也砀,过也”;“言回猋(飚)砀骇”。又《抱朴子·君道》:“刘、项之伦挥戈而飚骇。”“百家飚骇”,是说当时诸子百家风涌而起,如同狂飚震荡。

揄扬风流，亦彼时之汉武也。

“揄”原义为“引”、“扬”原义为“举(举起)”,二者连用有“坦荡不拘”义。《楚辞·九叹·逢纷》:“譬彼流水,纷扬磕兮。波逢汹涌,濆滂沛兮。揄扬涤荡,漂流陨往,触崟石兮。”王逸注:“言风揄扬,水流陨往,触锐利之石。”王注以“揄扬”对“风”而言,恐非是。前文“纷扬”“汹涌”“滂沛”,都指水而言,“揄扬涤荡”也应对水而言,含义相类,都有“坦荡不拘”义。此义转为“雍容大方”。《文选·班固〈两都赋序〉》:“或以抒下情而通讽喻,或以宣上德而尽忠孝,雍容揄扬,著于后嗣,抑亦《雅》《颂》之亚也。”“揄扬”用“雍容大方”义。本书《议对》篇:“对策揄扬,大明治道。”“揄扬”与此义近。本篇上句“揄扬”,正当用“雍容从容”义。“揄扬风流”,“揄扬”义为“雍容文明”,正与“风流”(形容词)义相连属。“揄扬风流”,是说“雍容文明、风流儒雅’,这是对晋明帝“雅好文辞”而言的。①本篇上文:“逮明帝秉哲,雅好文会;升储御极,孳孳讲艺;练情于诰策,振采于辞赋。”所以又说“揄扬风流,亦彼时之汉武也”。

---

① 参见《晋书·明帝纪》。

《物色》第四十六

春秋代序，阴阳惨舒；物色之动，心亦摇焉。

杨明照《校注拾遗》“春秋代序”条：“按《楚辞·离骚》：‘日月忽其不淹兮，春与秋其代序。’王注：‘代，更也；序，次也。’”又“阴阳惨舒”条：“按《文选·张衡〈西京赋〉》：‘夫人在阳时则舒，在阴时则惨。’薛综注：‘阳，谓春夏；阴，谓秋冬。’张铣注：‘舒，逸也；惨，戚也。’”①今按，张衡《西京赋》：“言于安处先生曰：‘夫人在阳时则舒，在阴时则惨，此牵乎天地者也。”薛注：“牵，犹系也。”又张衡《东京赋》：“于是春秋改节，四时迭代。”薛注：“改，易也。迭，更也。代，谢也。”李善注：“《易·乾凿度》：‘孔子曰：天地有春秋冬夏节，故生四时。’又曰：‘五行迭终，四时更废。’”“春秋代序”，即春夏秋冬四时更废迭代次序；“春秋”，这里代指“四时”。“阴阳惨舒”，即“阴惨阳舒”，古人认为受季节影响，春夏之时（阳）人的心情悦愉展畅，而秋冬之节（阴）人的心情沉郁忧戚。本篇“春秋代序，阴阳惨舒”，就是说的四时迭运，人的情感活动也随着时节的不同而变化。所以下文说：“物色之动，心亦摇焉。”

“物色”，范注：“《文选》赋有物色类。李善注曰：‘四时所

---

① 杨明照：《文心雕龙校注拾遗》，第 349 页。

观之物色而为之赋。'又曰:'有物有文曰色,风虽无正色,然亦有声。'"①"物色",即事物的声色容貌,也就是自然之物的音容姿色。颜延年《秋胡诗》:"日暮行采归,物色桑榆时。""物色"义与本篇同。"物色之动,心亦摇焉",是说自然界事物的声色容貌,能引起人的情感活动的变化;也就是说,外物足以触发人的情感活动。《礼记·乐记》:"凡音之起,由人心生也;人心之动,物使之然也。感于物而动,故形于声。"这里的"人心之动,物使之然"以及"感于物而动"之说,与刘勰"物色之动,心亦摇焉"之说在含义上是相通的。又张衡《东京赋》:"蒸蒸之心,感物曾思。"薛综注:"感物,谓感四时之物。"钟嵘《诗品·总论》:"气之动物,物之感人,故摇荡性情,形诸舞咏。"这里也是说的物色可以触动人的情感活动。

"物色之动,心亦摇焉",包括两层含义。一是外在的"物色"能引起或触发人内在的情感。本篇说:"盖阳气萌而玄驹步,阴律凝而丹鸟羞。微虫犹或入感,四时之动物深矣。若夫珪璋挺其惠心,英华秀其清气,物色相召,人谁获安?"这是讲的"四时动物""物色感人"的问题,也就是《情采》篇所说的"人禀七情,应物斯感"。二是正因为"物色感人"、人"应物斯感",所以外在"物色"不同,人的所感也就有异,或者说人的情感活动随着外物的变化而变化。本篇说:"是以献岁发春,悦豫之情畅;滔滔孟夏,鬱陶之心凝;天高气清,阴沉之志远;霰雪无垠,矜肃之虑深。岁有其物,物有其容;情以物迁,辞以情发。一叶且或迎意,虫声有足引心。况清风与明月同夜,白日与春林共朝哉!""情以物迁",便是人的情感活动随

① 范文澜:《文心雕龙注》卷十《物色》注[一]。

着外物的变幻而变化。不管是“物色感人”，还是“情以物迁”，都是“物色之动，心亦摇焉”的问题，也就是外物与人的情感活动的关系问题。在刘勰看来，文学创作活动中“物”“情”“辞”的关系是“情以物迁，辞以情发”，是“人禀七情，应物斯感；感物吟志，莫非自然”，所以他才特别强调和论述了“物色”的问题。

写气图貌，既随物以宛转；属采附声，亦与心而徘徊。

刘勰本篇论到创作活动中的“物”“情”“辞”的关系时说：“岁有其物，物有其容；情以物迁，辞以情发。”把客观外物、即“物色”看作引起作家情感活动或牵发作家想象活动的客观要素。从作家主观角度说，是作家有感于物或“应物斯感”。所以本篇说：“是以诗人感物，联类不穷。”即认为作家（“诗人”指以《诗经》为代表的一派作品的作者，但可推而广之，作为一般作者看待）有感于客观外物，引起连类而及的丰富的想象。因为是“诗人感物，联类不穷”，即诗人“感物”产生联想，所以这联想的内容便离不开“物色”或外物物象在作家头脑里的映象。那么，“吟志”或创作活动所描写的内容也就离不开“感物”的“物”。刘勰说：“写气图貌，既随物以宛转；属采附声，亦与心而徘徊。”这就是对创作情形，即“吟志”的概括。

“写气图貌”，是对“物色”而言的，即刻画、描写“诗人感物”的“物”或“物色”，这是引起作家联想的客观外物的原型、经过作家艺术构思而成为艺术形象写进作品的部分，总起来说就是外物的意态形貌。“随物以宛转”，语出《庄子》。杨明照《校注拾遗》：“《庄子·天下》篇：‘与物宛转。’成疏：‘宛转，变化也。'"[①]按,《庄子·天下》篇:"椎拍輐断,与物宛转。"注:"法家虽妙,犹有椎拍,故未泯合。"疏:"椎拍,笞挞也;輐断,行刑也。宛转,变化也。复能打拍刑戮,而随顺时代,故能与物变化,而不固执之者也。"王先谦《集解》:"凡物稍未合,以椎重拍之无不合矣。是椎拍之义,言强不合者使合也。輐断谓虽断而甚圆,不见决裂之迹。皆'与物宛转'之意也。"根据王说,"椎拍輐断"即以椎拍合、宛转而断,意谓适应事物,不露矫制痕迹,所以下句说"与物宛转"。刘勰的"随物宛转"说,是说"写气图貌",即描写"感物"之"物"的意态形貌要循着其曲折宛转而宛转变化,也就是"曲尽物形"。陆机《文赋》曾说:"虽离方而遁员,期穷形而尽相。"这是认为:由物象到构思成意象并付诸语言表达,虽然已经离开、或者说已经不再是客观实体的原始方圆形状了,但是从创作的艺术要求来说,还是要把物象刻画得形象逼真,即要"穷形尽相"。这与刘勰所说的"写气图貌,既随物以宛转"的含义极为相近。当然,在刘勰看来,"写气图貌"而"随物宛转"只是"感物吟志",即创作活动中表达问题的一方面。与此相并列,刘勰又提出"属采附声,亦与心而徘徊"的问题。

"属采附声",即联辞结采,也就是描绘有感于物而联想构思成的意象、意境,它偏重在情感因素方面。从另一个角度说,它与上句"写气图貌"异语同义,都是说的创作活动的表达问题。"写气图貌""属采附声"云云,都是形象的说法。"与心而徘徊",是说在"属采附声"或刻画描绘构思成的意象时,既"婉转附物"、曲尽物象,又要曲折逼真地刻画出情感或心理活动,

① 杨明照:《文心雕龙校注拾遗》,第349页。

也就是在表达时“怊怅切情”。这是“感物吟志”的创作活动表达上的另一方面。“徘徊”,本即“往返回旋”义,这里指情感活动的变化。因此,“与心而徘徊”便是说在表达上,“属采附声”随着情感活动的变化而变化。

“写气图貌,既随物以宛转;属采附声,亦与心而徘徊”,可以说包括了创作活动中表达问题上的最基本的内容。本篇赞文说:“山沓水匝,树杂云合。目既往还,心亦吐纳。春日迟迟,秋风飒飒。情往似赠,兴来如答。”作家有感于物,引起情感活动,产生联想。这便说明因特定的“物”而有特定的所感,从而产生特定的联想。这时,“感物”的“物”和因“感物”而起的联想或情感活动便融为一体了。因此,“感物吟志”的创作活动便不能舍弃引起情感活动的“物”,于是就有个“写气图貌”的问题。而“随物以宛转”,就是对“写气图貌”的艺术要求。既然是“感物吟志”的创作活动,又不能单纯地刻画物形,而是还要描绘出作家自身的情感活动本身,于是便有个为表达情志而来的“属采附声”的问题。而“与心而徘徊”,就是对“属采附声”,即表达情志或情感活动内容的艺术要求。

总之,刘勰上说是要说明“感物吟志”的创作活动既要曲尽其致或逼真地刻画出所感之“物”的意态形貌,又要确切地反映出“应物斯感”的情感活动。所以本篇举例说:“故灼灼状桃花之鲜,依依尽杨柳之貌,杲杲为日出之容,瀌瀌拟雨雪之状,喈喈逐黄鸟之声,喓喓学草虫之韵;皎日嘒星,一言穷理;参差沃若,两字连形:并以少总多,情貌无遗矣。”这些例子,均出自《诗经》。它们既惟妙惟肖地描绘出物态形貌,又表现出生动的情感活动,在这里“情”和“貌”是融为一体的,所以刘勰说它们“并以少总多”而“情貌无遗矣”。“情貌无遗”,便是达到了“写气图貌,既随物以宛转;属采附声,亦与心而徘徊”的艺术境界。王元化说:“‘随物宛转’是以物为主,以心服从于物。换言之,亦即以作为客体的自然对象为主,而以作为主体的作家思想活动服从于客体。相反的,‘与心徘徊’却是以心为主,用心去驾驭物。换言之,亦即以作为主体的作家思想活动为主,而用主体去锻炼,去改造,去征服作为客体的自然对象。”①这种解说和发挥看来并不符合刘勰上说的原意。

① 王元化:《释〈物色篇〉心物交融说——关于创作活动中的主客关系》,《文心雕龙创作论》,第74页。

《知音》第四十八

是以将阅文情，先标六观。

刘勰在本篇里，不但指出了不能正确地进行文学批评的弊端所在（“贵古贱今”“崇已抑人”“知多偏好，人莫圆该”）和文学鉴赏的学识修养问题（“凡操千曲而后晓声，观千剑而后识器。故圆照之象，务先博观”），从而强调了“无私于轻重，不偏于憎爱”的正确的鉴赏态度，而且又讨论了进行文学批评和鉴赏的方法或途径。他认为：“是以将阅文情，先标六观：一观位体，二观置辞，三观通变，四观奇正，五观事义，六观宫商。斯术既形，则优劣见矣。”在刘勰看来，能从“六观”所标出的六个方面分析作品，就可以判定优劣或高下。可见，刘勰是把“六观”作为进行文学批评或鉴赏的最基本的方法或途径。但是在本篇里，刘勰并不曾具体论述“六观”的内容，原因是这些问题已经在本篇以上的有关篇章里论述过了。然而，论者对于“六观”说的内容和性质意见是有分歧的，所以需要作些分析。①

“六观”之一是“观位体”。“位体”，即“设情以位体”的

---

① 参见陆侃如、牟世金：《文心雕龙译注》上册，齐鲁书社 1981 年版，第 105 页；《文心雕龙译注》下册，第 382 页。另见杜黎均：《文心雕龙文学理论研究和译释》，北京出版社 1981 年版，第 40 页。

"位体"。《镕裁》篇:"履端于始,则设情以位体。"又云:"情理设位,文采行乎其中。刚柔以立本,变通以趋时。立本有体,意或偏长;趋时无方,辞或繁杂。"《易·系辞上》:"天地设位,而《易》行乎其中矣";又:"乾坤成列,而《易》立乎其中矣。"刘勰"情理设位,文采行乎其中"之说,即本《易传》。而"设情以位体",即"情理设位",指敷设"情理"(即情实义理或内容)以确立或确定文篇的本体。① "观位体",即看文章情实义理或内容是否繁略得当,也就是看"檃括情理"或"规范本体"做得如何,是否做到了"纲领昭畅"或"情周而不滥"。

"六观"之二是"观置辞"。刘勰《镕裁》篇认为,写作文章是"情理设位,文采行乎其中",但是"趋时无方,辞或繁杂"。"观置辞"便是看作品文辞是否繁略得当,也就是看"矫揉文采"或"剪截浮词"做得如何,是否达到了"芜秽不生"或"辞运而不滥"的境界。② "观置辞"是和"观位体"相对的两个方面,一是形式("辞"),一是内容("体")。

"六观"之三是"观通变"。《通变》篇说:"夫设文之体有常,变文之数无方";"名理有常,体必资于故实:通变无方,数必酌于新声:故能骋无穷之路,饮不竭之源。"为文必须"会通"和"适变"。但是《通变》篇又认为:"练青濯绛,必归蓝蒨;矫讹翻浅,还宗经诰:斯斟酌乎质文之间,而檃括乎雅俗之际,可与言通变矣。""通变"便是说要在"斟酌质文""檃括雅俗"的基础上而"参伍因革",也就是要有所继承和变革。刘勰认为"变

---

① 参见《镕裁》篇释义"情理设位,文采行乎其中"条、"规范本体谓之镕,剪截浮词谓之裁"条。

② 参见本书《镕裁》篇释义"规范本体谓之镕,剪截浮词谓之裁"条。

则其久，通则不乏”（《易·系辞下》：“变则通，通则久。”又云：“变通者，趣时者也。”），所以为文要“通变”。所谓“观通变”，就是要看为文是否在“斟酌质文”“檃括雅俗”的基础上做到“参伍因革”或有所继承和有所新变。

“六观”之四是“观奇正”。“奇”，指特殊的、变化的；“正”，指一般的、正常的。马王堆汉墓帛书《经法·道原》：“得事之要，操正以政（正）奇。”又《成法》：“罢（彼）必正人也，乃能操正以正奇。”刘勰所说的“奇正”，指文学或创作上变化的、特殊的（“奇”）和恒常的、一般的（“正”）因素，“奇”与“正”也是相对的。《通变》篇：“望今制奇，参古定法。”《定势》篇：“然渊乎文者，并总群势：奇正虽反，必兼解以俱通；刚柔虽殊，必随时而适用。”又云：“旧练之才，则执正以驭奇；新学之锐，则逐奇而失正。”对于“奇”，刘勰并不是一概反对。既然“奇”是指变化或特殊的，所以就有可取的成分和“趋新逐异”的不可取的成分。因此，刘勰主张“执正以驭奇”，反对“逐奇而失正”。既然在写作中有“奇正”存在的事实，有个如何把握“奇正”的关系问题，因此作为文学的批评或鉴赏来说，也就必须考察作品是如何掌握“奇正”的。

“六观”之五是“观事义”。“事义”，指作品的事类和义理。《事类》篇说：“事类者，盖文章之外，据事以类义，援古以证今者也。”又云：“然则明理引乎成辞，徵义举乎人事，乃圣贤之鸿谟，经籍之通矩也。”“事类”是以“引成辞”和“举人事”来“明理”“徵义”的，所以“事”和“义”是紧密相连的。《事类》篇又说：“学贫者，迍邅于事义。”“事义”与“六观”中的“事义”含义正同。“观事义”，即观察作品用典（“引成辞”“举人事”）和义理是否美好。

“六观”之六是“观宫商”。“宫商”，这里指代诗文的律调声气，可以看作代指诗文声律。《声律》篇：“若夫宫商大和，譬诸吹籥。”《南史·陆厥传》：“汝南周颙，善识声韵，约等文皆用宫商。将平、上、去、入为四声，以此制韵，有平头、上尾、蜂腰、鹤膝。五字之中，音韵悉异；两句之内，角徵不同，不可增减，世呼为永明体。”刘勰《声律》篇认为：诗文“声律”和乐律一样是本于“人声”的“自然”，所以诗文的语言形式音乐美是客观存在。因此，避免“往蹇来连”的“文家之吃”，使诗文语言形式具备“声转于吻，玲玲如振玉；辞靡于耳，累累如贯珠”的音乐美，是实际所需要的。那么，讲求“音以律文”，便是不可忽视的了。正因如此，刘勰才把观察诗文语言形式音乐美也作为“览文情”的“六观”之一。

总之，“将览文情，先标六观”，是认为要想探知作品的优劣，就应该从作品的“位体”“置辞”“通变”“奇正”“事义”“宫商”六个方面加以观察分析。“六观”所要考察的是作品的情、辞、继承和革新、奇正关系的处理、用典和义理、语言形式的音乐美这六个方面。这里面既包括作品的内容和形式，又包括作品的继承创新以及文风（对“奇正”的处理，实际上也是“执正以驭奇”还是“逐奇而失正”的文风）问题。刘勰说“斯术既形，则优劣见矣”，这是符合实际情况的。有人认为“六观”中不包括作品内容，确属误解（这种误解还是产生于对“观位体”的理解不妥）。

夫缀文者情动而辞发，观文者披文以入情：沿波讨源，虽幽必显。

在刘勰的理论体系中，“情”与“文”（或“言”“辞”）的关系问题有着重要地位。刘勰认为:“文”“辞”“言”,是作者“情”“志”“理”的外现或反映。《原道》篇说:“心生而言立,言立而文明:自然之道也。”又云:“故形立则章成矣,声发则文生矣。夫以无识之物,郁然有彩;有心之器,其无文欤!”刘勰根据宇宙万物无不按其“自然”而有其“文”的理论,认为“人文”是人的“情志”的“自然”体现。建立在这一观点之上,他的文学创作和批评理论才闪烁出真知的光辉,给后人以启发。《明诗》篇说:“人禀七情,应物斯感;感物吟志,莫非自然。”《体性》篇说:“夫情动而言形,理发而文见:盖沿隐以至显,因内而符外者也。”论到“八体”时则说:“若夫八体屡迁,功以学成;才力居中,肇自血气,气以实志,志以定言:吐纳英华,莫非情性。”正因为“文”“辞”“言”是作者“情”“志”“理”的外现形式,“文”“辞”“言”体现的是“情”“志”“理”,“文”“辞”“言”和“情”“志”“理”的关系是“情动”“理发”而“言形”“文见”的,这是“沿隐以至显,因内而符外”的关系,所以从批评或鉴赏的角度说,就要根据这种“沿隐(情、志、理)以至显(文、辞、言),因内(情、志、理)而符外(文、辞、言)”的关系,由“显”“外”(文、辞、言)而进入“隐”“内”(情、志、理)。因此,刘勰本篇说:“夫缀文者情动而辞发,观文者披文以入情:沿波讨源,虽幽必显。”“缀文者情动而辞发”,也就是“情动而言形,理发而文见”的意思。“沿波讨源”的“波”,就是“沿隐以至显,因内而符外”的“显”和“外”,也就是“文”“辞”“言”;“源”,就是“沿隐以至显,因内而符外”的“隐”和“内”,也就是“情”“志”“理”。可见,刘勰本篇关于文学鉴赏论中的“沿波讨源”说,是根据创作论中

“情志”和“文辞”的“自然”关系理论而提出的。[①]

俗监之迷者，深废浅售。

在刘勰的文学鉴赏论中,还包括品评者的鉴赏能力问题。建立在“沿波讨源”的观点之上,本篇说:“世远莫见其面,觇文辄见其心。岂成篇之足深,患识照之自浅耳！夫志在山水,琴表其情,况形之笔端,理将焉匿?”刘勰认为,既然“沿波讨源,虽幽必显”,所以作品的年代无论远近、作者不论古今,窥见其文则见其心。能否做到这一点,关键不在文篇的深奥难测,而在于鉴赏者的认识和辨察(“识照”)能力的深浅:寄志山水,琴声可以表现出人的情怀;况且文是“形之笔端”的,它的情理怎么能隐匿得了呢？所以本篇说:“心之照理,譬目之照形,目瞭则形无不分,心敏则理无不达。”这样便把鉴赏者主观方面的能力作为鉴赏问题中的主要矛盾方面了。正因为文学批评作品和鉴赏者之间,矛盾主要方面在鉴赏者一方,所以刘勰提出“俗监之迷”的问题。

“俗监”之“监”,字又写作“鉴”。《说文》:“鉴,大盆也。”徐灏曰:“鉴,古祇作监,从皿以盛水也。”《诗·邶风·柏舟》:“我心匪鉴。”传:“鉴,所以察形也。”引申为“鉴照”“鉴察”义。《吕氏春秋·适音》篇:“谿深则不鉴。”注:“鉴,察也。”《广雅·释诂》:“鉴,照也。”“俗鉴”,即凡俗、平庸的鉴察,也就是平庸的鉴赏。刘勰认为,平庸的鉴赏的迷失,形成“深废浅售”的结果。

“深废浅售”的“深”,这里指典雅深奥的作品;“浅”,这里

① 陆机《文赋》:“或因枝以振叶,或沿波而讨源。”

指平庸浅薄的作品。所谓“俗鉴之迷,深废浅售”,是说由于鉴赏者识照力凡庸,所以导致文学作品鉴赏中典奥之作遭废弃,而浅薄之文却得以兜售的可悲现象。在刘勰看来,“深废浅售”是由于鉴赏者的修养低下,自然他是提倡或强调鉴赏能力的培养。因为只有提高鉴赏能力,才能正确地进行鉴赏并且获得艺术美的享受;也只有这样,作品才能够充分显现出它的艺术魅力。本篇说:“夫唯深识鉴奥,必欢然内怿;譬春台之熙众人,乐饵之止过客。”这就是说,识见力或鉴照力强,见到优秀的作品则内心欢欣畅快,获得美的享受;从作品角度说,则如春台吸引游人攀登眺望、音乐美食吸引过客一样,表现出其应有的艺术感染或吸引力。本篇赞文也说:“良书盈箧,妙鉴乃订。”显然,刘勰的这种鉴赏理论也是正确的。

譬春台之熙众人,乐饵之止过客。

“春台”一句移用《老子》文。范注:“《老子》二十章:‘众人熙熙,如春登台。’”(《老子》原文在范注所引二句中间另有“如享太牢”一句)河上公注:“熙熙,淫放多情欲也。”又潘岳《秋兴赋》:“登春台之熙熙兮。”《文选》李善注引《老子》文作“如登春台”。此处“春台”连用,与刘勰上句文同。“熙众人”之“熙”,当即《老子》文及《秋兴赋》中的“熙熙”。“熙熙”,旧说为“温和欢乐的样子”。又《左传·襄公二十九年》:“为之歌《大雅》曰:‘广哉:熙熙乎!’”注:“熙熙,和乐貌。”《荀子·儒效》:“熙熙兮其乐人之臧也。”注:“熙熙,和乐之貌。”而王引之《经义述闻》述王念孙之说谓:“训‘熙熙’为‘和乐声’,则与‘广’字义不相属。予谓‘熙熙’即‘广’也。《周语》云:‘熙,广也。’《周颂·昊天有成命》传同。重言之则曰‘熙熙’,谓其广

‘熙熙然’也。‘广哉熙熙’，犹言‘远哉遥遥，殆哉岌岌’矣。’”“熙熙”确有解作“广”义的，如《史记·货殖列传》：“天下熙熙，皆为利来。”“熙熙”，即形容人众广多的样子，犹今语“熙熙攘攘”。但不必以此否定“熙熙”有“和乐貌”义。本篇“熙众人”之“熙”，即“熙熙’，取“和悦”“欢乐”义。本篇上文：“夫唯深识鉴奥，必欢然内怿。”可证。又“熙（熙熙）”本为形容词，这里则用作动词，表示“使……熙（熙熙）”。“熙众人”，即“使众人熙熙”，也就是使众人感到和悦、欢喜的意思。换句话说，“使众人熙熙”，便是能够愉悦吸引人。所以，“譬春台之熙众人”，是形容作品像“春台”吸引众人那样具有吸引力。

“乐饵之止过客”句的“止”，本即“停止”义，这里表示“使……止”。“止过客”，即“使过客止”，也就是说令过路的人止步或舍不得离去。范注引《老子》三十五章：“乐与饵，过客止。”王弼注：“乐与饵，则能令过客止。”[①]“令过客止”，即本篇的“止过客”。“乐饵之止过客”，是说音乐和美食（“饵”）能使过路的人停步，也是吸引人的意思。因此，“譬春台之熙众人，乐饵之止过客”二句是说：就像春台吸引众人，音乐、美食使过客止步一样。这是比喻文章对人的吸引力，如登春台，如遇乐饵。

① 范文澜：《文心雕龙注》卷十《知音》注[一四]。

《序志》第五十

文之枢纽，亦云极矣。

本篇说："盖《文心》之作也，本乎道，师乎圣，体乎经，酌乎纬，变乎骚：文之枢纽，亦云极矣。"这里说明的是写作《文心雕龙》一书的要旨或关键。刘勰在本篇上文已经说过："夫'文心'者，言为文之用心也。"又云："古来文章，以雕缛成体，岂取驺奭之群言'雕龙'也？"可见，刘勰写作《文心雕龙》是论述写作文章或文学创作的"用心"的问题。因此，怎样把握住写作"用心"的关键，或什么是写作"用心"问题的关键，当然是纲领性的理论问题，所谓"文之枢纽"，便是讨论这些问题的。"文之枢纽"，也就是《文心雕龙》总论部分的《原道》《徵圣》《宗经》《正纬》《辨骚》五篇所讨论的问题。

按《易·系辞上》："言行君子之枢机。"韩康伯注："枢机，制动之主。"《说文》："枢，户枢也。"段注："户所以转动开闭之枢机也。"又《说文》："纽，系也。一曰结而可解。"段注："结，缔也。缔者，结不解也。其可解者曰纽。《丧大记》曰：'小敛大敛皆左衽结绞不纽。'《正义》云：'生时带并为屈纽，使易抽解。若死则无复解义，故绞束毕结之，不为纽也。'"可见，"枢纽"本即户枢、纽结：户枢是门户开闭、转动的枢机，纽结是结系抽解绳带的要辖。"枢纽"连用，在这里指起制动或关键性作用的东西。“文之枢纽”,就是为文或文学理论中起纲领或关键作用的理论问题。刘勰将“本乎道,师乎圣,体乎经,酌乎纬,变乎骚”作为《文心雕龙》的“枢纽”,可见这五者不仅是刘勰写作《文心雕龙》所依据的原则,而且是刘勰文论思想体系的纲领。这一点大概是没有疑问的。

“本乎道,师乎圣,体乎经,酌乎纬,变乎骚”中的“乎”字,是介词,其作用是引进或介绍出动作(“本”“师”“体”“酌”“变”)所涉及的对象(“道”“圣”“经”“纬”“骚”)。其他古书中同类的句式,如《荀子·劝学》篇:“君子博学而日叁省乎己,则知明而行无过矣。”《吕氏春秋·用众》篇:“故以众勇无畏乎孟贲矣,以众力无畏乎乌获矣,以众视无畏乎离娄矣,以众知无畏乎尧舜矣。”所以,“本乎道”“师乎圣”“体乎经”“酌乎纬”“变乎骚”,在含义上即可理解为“本道”“师圣”“体经”“酌纬”“变骚”。对于“文之枢纽”,论者发表了很多见解。当否不论,都给我们以启发。

“本乎道”或“本于道”,这个问题在首篇《原道》中专门论述。“本乎道”或“本于道”与“原道”是一个意思。“本”,《说文》:“木下曰本。”引申为“根本”义。“原”,《说文》:“水本也。”段玉裁注:“各本作‘水泉本也’,今删正。”引申为“本源”“根本”义。“本”和“原”在引申义“根本”上,是同义词。而在“本乎道”“原道”中,“本”和“原”都用作动词,表示“以……为本”“以……为原”义;“本乎道”“原道”,即“以道为本原”或“本原于道”的意思。其实质含义,便是说“文”的本原是“道”,“文”是“道”的体现,“文”是“道之文”。《原道》篇认为:包括天地在内的一切事物,无不有其“自然”,即自身之所以然;也就是说,一切事物都按自身之所以然的规律而然(运动变化),这种事物“自然”或自身运动变化的规律就是“道”或“自然之道”。刘勰认为,“文”是事物“自然”,即自身运动变化规律的外现形态,“形立则章成,声发则文生”,一切的“文”都是客观事物“自然”规律的体现,是“道之文”。因此,才是“文”本于“道”“文”原于“道”,或者说“文”的本质是“道”的体现,它是本原于“道”的。这样,就说明了“文”的特定涵义。因为“文”是一定的事物自身运动变化的体现,是“道之文”,所以从为文或从事文学创作的角度说,就应该本于这种“自然”、遵循这种“自然”,而不能违背它;从文学批评或鉴赏的角度说,同样应该根据这种“自然”去分析辨察作品的优劣、得失。因此,刘勰“本乎道”或“原道”之说,是他的整个《文心雕龙》文论思想的基石。刘勰把“本乎道”或“原道”放在“文之枢纽”之首,原因也正在这里。

“师乎圣”或“师圣”,即从为文的角度主张效法儒家圣人(主要是周公、孔子),也就是以“圣”为师,这与《徵圣》篇“徵之周孔,则文有师矣”是同一个意思。《徵圣》一篇,便是专门论述“师乎圣”的问题。在刘勰看来,儒家圣人是最能够得“为文之用心”的人,《原道》篇“道沿圣以垂文,圣因文而明道”之说便明确地说明了这个问题。刘勰认为圣人文章是“衔华而佩实”的,圣人为文“鉴周日月,妙极机神;文成规矩,思合符契”,总之是最具“自然”之妙,是“原道心以敷章,研神理而设教”的“道之文”。正因为圣人为文符合“文”乃“道之文”的原则,所以刘勰主张为文“徵圣”或“师乎圣”。概括说来,刘勰提倡为文“师圣”“徵圣”,是主张写作文章要遵循“文”是“道”的体现这一理论原则;“徵圣”是建立在“文”是“自然之道”的外现的理论基础上,提出一个在刘勰看来可供人们效法的写作文章的典范。

“体乎经”或“体经”,即以儒家经典为体式,也就是仿效或宗法儒家经典。这个问题在《宗经》篇里专门讨论。如果我们在把握住刘勰的“道”“文”关系理论的前提下,再从大的方面着眼、注意到刘勰“文之枢纽”部分的理论系统性的话,那么就会发现:论述“体乎经”的《宗经》篇和论述“师乎圣”的《徵圣》篇,这两者是在论述“本乎道”的《原道》篇统摄下的双璧,二者正是《原道》的羽翼。《原道》篇标出“文”本于“道”的观点,说明了“文”是“自然之道”的外现这一特性,《徵圣》篇根据这一理论原则标出“沿道垂文”“原道心以敷章”或根据“道”“文”关系理论为文的榜样(这是从作者或写作文章,即为文的角度说的),而《宗经》一篇则是从“文”,即“明道”或“道沿圣以垂”之“文”的角度,说明儒家经典之文是符合“道”“文”关系理论原则的,从而又标出符合“自然”观点,即“文”乃“道之文”的楷模,这是从作品或文的角度讨论问题的。《宗经》篇说儒家经典是“象天地,效鬼神,参物序,制人纪,洞性灵之奥区,极文章之骨髓者也”。正因为它是“沿圣而垂”的“明道”之文,“符采相济”“衔华而佩实”,最符合“自然”的原则,所以刘勰把它作为作品的典范而主张取法它。如果从理论上说,刘勰的“宗经”“体乎经”实质仍然是宣扬或强调写作文章应该遵循“道”“文”关系原则,那么他的“宗经”或“体乎经”的主张,不过是在他的“道”“文”关系理论原则的统摄下举出符合这一理论的作品(儒经)作为典范而已。

“酌乎纬”或“酌纬”,即斟酌纬书。比较“本乎道”“师乎圣”“体乎经”的“本”“师”“体”,这里用“酌”字(“斟酌”义),便可以知道刘勰对“纬”的态度是主张对它加以鉴别或驾驭的。这一问题在《正纬》里专门论述。《正纬》篇认为纬书还是有的，“但世复文隐，好生矫诞，真虽存矣，伪亦凭焉”。说明刘勰以为纬书有真有伪，所以要“酌纬”或“正纬”。《正纬》篇说：“按经验纬，其伪有四。”刘勰“酌纬”“正纬”的基点，还是“文”乃“道之文”或“自然”的观点，他以“纬之成经，其犹织综；丝麻不杂，布帛乃成”来比譬说明这个问题便是明证；刘勰又斥矫诞的“纬书”为“乖道谬典”，也就是违背了“道”与“文”的关系而与“因文明道”的经典是背道而驰的，这更是有力的证明。再者，刘勰《正纬》篇虽然声称是因为“前代配经”，所以才来“酌纬”“正纬”，但他除了反对矫诞的纬书之外，也还认为“原夫图箓之见，乃昊天休命，事以瑞圣，义非配经”，这样就把经书与纬书的关系一刀两断，从而使他的“宗经”或“体乎经”的主张不涉“矫诞”或“虚伪”之嫌，体现的仍然是主张为文应该遵循“道”“文”之间的关系的理论观点。此外，如果把“酌纬”或“正纬”和“体经”或“宗经”联系起来看，又体现出“文之枢纽”部分的“执正以驭奇”的“奇正”观。“酌纬”或“酌乎纬”，便是“驭奇”，而“驭奇”的方法则是“按经验纬”，也就是“执正以驭奇”。纬书的“矫诞”和“虚伪”是必须摈弃的，但有的纬书“事丰奇伟，辞富膏腴；无益经典，而有助文章”，所以刘勰主张对纬书要“芟夷谲诡，糅其雕蔚”。这都明显地表现出刘勰“执正以驭奇”的观点。

“变乎骚”或“变骚”的“变”，本即“变化”之变，这里用作动词。因此，“变乎骚”或“变骚”便是指“观变于《离骚》（代指《楚辞》）”，也就是说要从《楚辞》以观“通变”，从而树起一个“文变”或为文会通、适变（也就是继承和创新）的范式。本书《辨骚》篇，便是讨论这个问题的。“辨骚”之“辨”，即“剖析”

"辨析"义;"辨骚",即剖析《楚辞》。刘勰"辨骚"的用意,在于剖析《楚辞》这一"通变"之"文",以明为文"通变"之意。所以,在本篇里刘勰又称之为"变乎骚"。《辨骚》篇说:"固知《楚辞》者,体慢(宪)于三代,而风雅(杂)于战国,乃《雅》《颂》之博徒,而词赋之英杰也。观其骨鲠所树,肌肤所附,虽取镕经意,亦自铸伟辞。"正因为《楚辞》之文既取法儒家经典("取镕经意"),又有其新变,才成为"气往轹古,辞来切今;惊采绝艳,难与并能"的"奇文"。刘勰认为:"文律运周,日新其业。变则其久,通则不乏。趋时必果,乘机无怯。望今制奇,参古定法。"(《通变》篇)又说:"歌谣文理,与世推移,风动于上,而波震于下者。"(《时序》篇)所以他主张为文要会通和适变。而《辨骚》篇便是以《楚辞》既"取镕经意"又"自铸伟辞",来树立一个"通变"之"文"的典型,以明为文"通变"的理论。此外,"通变"之"变"是与"奇正"之"奇"相联系的。所以在"通变"的问题上,就存在着一个"奇""正"二者关系的处理问题。也就是说,只有在"执正以驭奇"的前提下,才有可能正确地对待与"奇"相连的"变",从而加以创新而不"翻新出奇"。因此,虽然刘勰"变乎骚"或"变骚"以明为文会通和适变,但是又提出"凭轼以倚雅颂,悬辔以驭楚篇:酌奇而不失其真,玩华而不坠其实"的主张,说明刘勰是认为为文"新变"或"适变"要"执正以驭奇"。总之,由"变乎骚"或"辨骚"以观"通变",申述他的为文要会通和适变的理论,是《辨骚》或"变乎骚"列入"文之枢纽"的根本所在。

从理论结构上说,《文心雕龙》总论《原道》《徵圣》《宗经》《正纬》《辨骚》或"文之枢纽"可概括为这样一个轮廓:《原道》篇论述了"道"和"文"的特性及其关系,"道"是事物自身运动变化的规律(即“自然之道”),“文”是事物自身运动变化规律即“道”的体现或外现形态。《徵圣》篇从为文或写作的角度,标举出符合“道”“文”关系理论的“因文明道”或“原道心以敷章”的“圣人”作为榜样;刘勰主张为文“徵圣”,其实质就是强调为文要遵循“道”“文”关系理论。《宗经》篇则从作品的角度标举出符合“道”“文”关系理论的“文”,也就是“明道”或“道沿圣而垂”之“文”,即儒家经典,作为作品的楷模;刘勰主张为文“宗经”,实际上也就是强调“文”或作品要符合“道”“文”关系理论。《正纬》篇则以“按经验纬”的方法,对纬书给予分析解剖,一方面廓清《宗经》主张的实质,另一方面体现出“执正以驭奇”的“奇正”观。《辨骚》一篇,则在前四者的基础上,从“文变”的角度出发,剖析了一个“文变”的模式——《楚辞》,从而形成为文既要会通又要适变的“通”“变”统一的文论观点,而这同样又是建立在“道”“文”关系理论基础之上的。可见,《文心雕龙》“文之枢纽”五篇,是以“道”“文”关系理论为基石而组成的一个相互联系的关于“文”的本质、文学创作和文学批评的理论结构,这个结构概括或勾勒出了文学创作和批评中的最根本的原则。所以,刘勰所说的“文之枢纽”中的基本理论问题实际上就是《文心雕龙》全书文论思想体系的纲。

崇替于《时序》,褒贬于《才略》。

“崇替”,本即“崇尚、废弃”,义转则为“兴盛、衰微”。本书《时序》篇:“质文沿时,崇替在选。”这里表示“论述崇替”。“崇替于《时序》”,即论述文学的崇尚、废弃或兴盛、衰微于《时序》;也就是说,在《时序》一篇里论述了文学在演变过程中的兴盛、衰微。《时序》篇认为:“时运交移,质文代变”;“歌谣文理,与世推移”;“文变染乎世情,兴废系乎时序”。这是刘勰在考察和论述了文学盛衰演变与社会历史情况的关系后得出的结论。《时序》篇实际上就是一篇文学兴衰与社会演变关系小史,所以刘勰说“崇替于《时序》”。

“褒贬于《才略》”句的“褒贬”,本即“褒扬”和“贬低”(给予低的评价),本书《辨骚》篇:“褒贬任声,抑扬过实。”这里表示“发表或褒或贬的评论”。“褒贬于《才略》”,即发表褒贬的意见于《才略》,也就是说,在《才略》一篇里对历来作家的才能和识略(“才略”)进了评价或评论。《才略》篇论及先秦、两汉以至魏晋时期的作家近百人,对其才能、识略加以评论。清人黄叔琳说:“上下百家,体大而思精,真文囿之巨观。”①

怊怅于《知音》,耿介于《程器》。

“怊怅”,本即“失意的样子”(字又写作“惆怅”)。宋玉《高唐赋》:“悠悠忽忽,怊怅自失。”在本篇上句中则表示“流露或表现怊怅”也就是“抒发感慨或感想”。“怊怅于《知音》”,即“发表感慨(或‘表现怊怅’)于《知音》”,也就是在《知音》一篇里发表了他对“知音”问题的感慨或议论。《知音》篇主要是论述文学批评或鉴赏的问题,也谈到作品鉴赏中“贵古贱今”“崇已抑人”“信伪迷真”等问题,认为:“知音其难哉!音实难知,知实难逢,逢其知音,千载其一乎!”刘勰论到“知音”问题时,是满怀怊怅和很有感慨的,所以他说“怊怅于《知音》”。

“耿介于《程器》”的“耿介”,本即“耿直、正直”或“守正不

---

① 黄叔琳注:《文心雕龙辑注·才略》。

趋时”义，是形容词。《楚辞·宋玉〈九辩〉》：“独耿介而不随兮，愿慕先圣之遗教。”注：“执节守度，不枉倾也。”《文选·潘岳〈秋兴赋〉》：“宵耿介而不寐兮，独展转于华省。”这里用作动词，表示“抒发耿介”或“发表执中守正的意见”。“耿介于《程器》”，即抒发耿介的心声于《程器》，也就是在《程器》篇里对“程器”的问题发表了执中守正的意见。《程器》篇主要论述作家的“才”“德”关系问题，主张“德才兼具”（“贵器用而兼文采”）。刘勰批评了司马相如等文人的劣行败迹，也赞美了屈原等作家的优良品德，驳斥了“古今文人之类不护细行”说。刘勰说：“盖人禀五材，修短殊用；自非上哲，难以求备。然将相以位隆特达，文士以职卑多诮：此江河所以腾涌，涓流所以寸折者也。”其持论耿介守正的襟怀跃然纸上。所以刘勰把他在《程器》篇里发表自己的意见说成“耿介于《程器》”。

按辔文雅之场，环络藻绘之府。

“按辔”，本指紧扣马缰使马慢行。《史记·绛侯周勃世家》：“亚夫乃传言开壁门，壁门士吏谓从属车骑曰：‘将军约，军中不得驱驰。’于是天子乃按辔徐行。”本句是比喻用法。“按辔文雅之场”，即“按辔于文雅之场”，也就是徐行察视于“文雅之场”或在文坛里徐行察视。

“环络”，即回络，也就是挽络让马回旋。这也是比喻用法。“环络藻绘之府”，即“环络于藻绘之府”，也就是在文藻或文章采藻之府里回旋审视。本篇论及《文心雕龙》一书时说：“及其品列成文，有同乎旧谈者，非雷同也，势自不可异也。有异乎前论者，非苟异也，理自不可同也。同之与异，不屑古今；擘肌分理，唯务折衷。按辔文雅之场，环络藻绘之府，亦几乎备矣。”可见,刘勰是说:如果在文坛上徐行察视,便知《文心雕龙》所论也就差不多完备了。刘勰也还是很自负的。

识在瓶管,何能矩矱?

“瓶管”,这里比喻短浅狭小。《左传·昭公七年》:“虽有挈瓶之知(智),守不假(借)器。”《庄子·秋水》篇:“是直用管窥天,用锥指地也。”“矩矱”,字又作“榘矱”,义为“规矩法度”,是名词。屈原《离骚》:“曰勉升降以上下兮,求矩镬之所同。”(此据《文选》,《楚辞》作“榘矱”,王注:“榘,法也;矱,度也。”)又《文选·严忌〈哀时命〉》:“下合矩矱于虞唐。”本篇则用作动词,表示“为(或‘作为’)矩矱”的意思。“识在瓶管,何能矩矱”,意思是说:(自己)见识浅短,又怎么能作为规矩法度呢?这是刘勰自谦的话。

附录

《文心雕龙》考释六题*

（1）《雅》《颂》之博徒

《辨骚》篇论《楚辞》说："故论其典诰则如彼，语其夸诞则如此。固知《楚辞》者，体慢（'慢'，依唐写本当作'宪'）于三代，而风雅（'雅'，依唐写本当作'杂'）于战国：乃《雅》《颂》之博徒，而词赋之英杰也。"范文澜注："《史记·信陵君列传》：'公子闻赵有处士毛公，藏于博徒。'博徒人之贱者。"①后来注家多从此说。按，"博徒"一语，《史记·魏公子列传》除范注所引外，尚有"今吾闻之，乃妄从博徒、卖浆者游，公子妄人耳"一例。用"人之贱者"释《辨骚》篇之"博徒"，虽于义可通，但并不能明了刘勰称《楚辞》之文为"《雅》《颂》之博徒"的所由或意图。

按《汉书·王褒传》载："宣帝时修武帝故事，讲论六艺群书，博尽奇异之好，征能为《楚辞》九江被公，召见诵读"。又：

---

* 本文综合自笔者在《中国社会科学院研究生院学报》（1987年第2期）、《文学遗产》（1987年第6期、1989年第4期）发表的《文心雕龙》系列考释文章。

① 范文澜：《文心雕龙注》卷一《辨骚》注［一七］，人民文学出版社1978年版，第54页。

“上令褒与张子侨等并待诏,数从褒等放猎,所幸宫馆,辄为歌颂,等其高下,以差赐帛。议者多以为淫靡不急,上曰:‘不有博弈者乎,为之犹贤乎已!’(汉宣用孔子语,见《论语·阳货》——引者)辞赋大者与古诗同义,小者辩丽可喜。辟如女工有绮縠,音乐有郑卫,今世犹皆虞说(娱悦)耳目。辞赋比之,尚有仁义风谕、鸟兽草木多闻之观,贤于倡优博弈远矣。”应该注意,汉宣帝说“辞赋”“尚有仁义风谕、鸟兽草木多闻之观”,与孔子论《诗》同义。《论语·阳货》:“子曰:小子何莫学夫《诗》?《诗》可以兴,可以观,可以群,可以怨。迩之事父,远之事君,多识于鸟兽草木之名。”所以刘勰本篇论《楚辞》,说“及汉宣嗟叹,以为皆合经术”。并且认为这与刘安、班固、王逸论《楚辞》一样,是“褒贬任声,抑扬过实”。刘勰着眼于《楚辞》和《诗》的异同比较,分析归纳出《楚辞》之“文”“同于《风》《雅》者”四事和“异乎经典者”四事,否定了前人对于《楚辞》任意的“褒贬”和失实的“抑扬”,其中自然也就包括了对汉宣帝《楚辞》“皆合经术”说的否定。同时,刘勰在这里又借用了汉宣帝称辞赋“贤于倡优博弈远矣”的话,反过来称《楚辞》为“《雅》《颂》之博徒”。所以,刘勰此说是针对汉宣帝的“辞赋与古诗同义”(即所谓“皆合经术”)、“贤于倡优博弈远矣”而发的。“博徒”,即汉宣帝语“倡优博弈”的所指。汉宣帝将辞赋与《诗》并论,说它“贤于倡优博弈远矣”;而刘勰将《楚辞》与《诗》比较,把《楚辞》比作“博徒”,并且是“《雅》《颂》之博徒”,这就体现了刘勰在本篇所说的《楚辞》“体宪于三代,而风杂于战国”,即《楚辞》取式于三代之文(主要是指《诗》而言)又杂糅了战国时的文风的含义。

因此可以认为,刘勰“《雅》《颂》之博徒”之论,缘汉宣帝谈辞赋所言“贤于倡优博弈远矣”而发,“博徒”一语在含义上与《史记·魏公子列传》中的“博徒”没有直接关系。

（2）中巧者猎其艳辞

《辨骚》篇论《楚辞》(主要是指屈赋)说:“是以枚、贾追风以入丽,马、扬沿波而得奇;其衣被词人,非一代也。故才高者菀其宏裁,中巧者猎其艳辞,吟讽者衔其山川,童蒙者拾其香草。”范文澜注“中巧者猎其艳辞”句说:“‘中巧’犹言‘心巧’。”[①]后来论者均从此说;释“中巧”之“中”为“精神心志”,释“中巧”为“心思巧妙”,实误。此句同上句“才高者菀(苑)其鸿裁”一样,是以游人置身苑囿,但由于才智或见识高下不同,而对苑囿本身的观赏不同来比譬人们对《楚辞》鉴赏态度的不同。“才高者菀(苑)其鸿裁”,是说才高的人把《楚辞》的大的体制(“鸿裁”)看作苑囿(“菀”通“苑”,指苑囿,这里用作动词,表示“以……为苑囿”,或“把……看作苑囿”)。[②] 也就是说,“才高者”能从大的体制上把握《楚辞》;犹如置身苑囿,才智高的人不将注意力局限在山川花木上,而是着眼于苑囿总的体制、布局。“中巧者”正当与上句的“才高者”相对而言:“中巧”之“巧”指智巧、才智,与上句“才高”之“才”所指相类;“中巧”,即指智巧或才智居中;所谓“中巧者”,即才智居中的人,这是与“才高者”相对而言的。在其他古籍中,有“中人”一语。《论语·雍也》:“子曰:‘中人以上,可以语上也;中人以

---

① 范文澜:《文心雕龙注》卷一《辨骚》注[三〇]。

② 参见王利器校笺:《文心雕龙校证·辨骚第五》注[四二],上海古籍出版社1980年版。

下,不可以语上也。'”又有“中材”(亦作“中才”)一语。司马迁《报任安书》:“夫以中才之人,事有关于宦竖,莫不伤气,而况于慷慨之士乎?”(《文选》卷四一)《史记·魏豹彭越列传》:“中材已上且羞其行,况王者乎?”另有与“上智”相对的“中知(智)”,如《文选》卷五三嵇康《养生论》:“至于措身失理,亡之于微,积微成损,积损成衰,从衰得白,从白得老,从老得终,闷若无端,中智以下,谓之自然。”均指才智居中或在中等的人,与刘勰所说的“中巧者”含义相似。正因为“中巧者”,即智巧才能属中等的人见识在“才高者”之下,所以如同游览苑囿不能把握其整体布局而只是赏玩其中的丽花艳草一样,他们鉴赏《楚辞》也仅仅是猎取它艳丽的辞藻而已!如果释“中巧”为“心巧”,则与“才高”无别(“才高者”不能不“心巧”,“心巧”者未必不“才高”)。因此,“才高”“中巧”是相对而言的。“才高者”与“中巧者”有才识智巧上的“高”“中”之别,所以两者对《楚辞》之文的鉴赏或借鉴才有“菀其鸿裁”与“猎其艳辞”的不同。

(3)风人辍采

《明诗》篇:“自王泽殄竭,风人辍采。”注家释“风人”为“采诗的人”,释“风人辍采”为“采诗的人不再采诗”。[①] 实误。

按班固《汉书·礼乐志》:“周道始缺,怨刺之诗起;王泽既竭,而诗不能作。”又《文选》卷一班固《两都赋序》,“昔成康没

① 参见陆侃如、牟世金:《文心雕龙译注》上册,齐鲁书社1981年版,第60页;周振甫注:《文心雕龙注释》,人民文学出版社1981年版,第53页。余说同者不录。

而颂声寝,王泽竭而诗不作”。[①] 李善注:“言周道既微,《雅》《颂》并废也。《史记》曰:‘周武王太子诵立,是为成王。成王太子钊立,是为康王。’”又云:“《毛诗序》曰:‘止乎礼义,先王之泽也。’然则作诗禀乎先王之泽,故王泽竭而诗不作。作,兴也。《孟子》曰:‘王者之迹息而诗亡。’”班固之说,为刘勰“王泽殄竭,风人辍采”语的直接所本。“王泽”之“王”,指周天子。上古传有“三皇五帝”,皆以“皇”“帝”为名,春秋周天子称“王”。《左传·僖公二十五年》:“今之王,古之帝也。”《文心雕龙·宗经》篇也说:“皇世《三坟》,帝代《五典》。”刘勰语同班固说含义一样,即认为:周世衰微,王政浇薄而德义不存,所以具有教化、美刺意义的诗歌便不再出现了。班固“王泽既竭”或“王泽竭”与刘勰“王泽殄竭”含义显然并无二致,所以班固“诗不能作”或“诗不作”与刘勰“风人辍采”含义亦应相同。“辍采”之“采”,本指文采;所谓“辍采”,是说停止了创作,而非不再采诗,这与班固“诗不能作”异语同义。“风人”,即诗人。中古而后,称诗人为“风人”用例甚多。《曹子建集》卷八《求通亲亲表》:“是以雍雍穆穆,风人咏之。”[②]《后汉书》卷三十七《桓荣传》:“受爵不让,风人所以兴歌。”注:“风人犹诗人也。”《晋书》卷九十二《李充传》:“风人司箴,敬贻君子。”又徐陵《玉台新咏序》:“曾无参于《雅》《颂》,亦靡滛于风人。”这里指《诗经》一派的诗歌作者;“风人辍采”,正承上句“自王泽殄竭”而来,意谓:自周代帝王德泽消绝,则《诗》一派的诗歌作者

---

① 参见杨明照:《文心雕龙校注拾遗》,上海古籍出版社 1982 年版,第 44 页。

② 亦见《三国志·魏书·陈思王植传》。

就停止了创作。刘勰此说,是按照"时运交移,质文代变"(《文心雕龙·时序》)的文学史观,讲到时代政治对文学的影响。刘勰上说,"王泽"与"风人"相对,"殄竭"与"辍采"相对:"王泽殄竭",则"风人辍采",两者是因果关系。如释"风人"为"采诗的人",释"风人辍采"为"采诗者不再采诗",就大背文意了。刘勰本意是说:"文变染乎世情,兴废系乎时序","歌谣文理,与世推移",而周道衰微,德义不存,所以教化、美刺之诗随而消失。此与采诗不采诗并无关涉。

(4)一观位体

刘勰在《知音》篇里提出了著名的评鉴作品优劣的"六观"说:"是以将览文情,先标六观:一观位体,二观置辞,三观通变,四观奇正,五观事义,六观宫商:斯术既形,则优劣见矣。"对"六观"之首的"观位体",注家、论者有两种见解。其一,释"位体"之"体"为"体裁",释"位体"为"安排(或确定)文章体裁",这是占主导地位的意见。① 其二,认为"观位体"就是"观察作品中心思想的确立"或"观察中心内容的确定"。② 前说实误,后者近似但并不确切,盖由不明"位体"之"体"所指使然。因这个问题不仅关涉对"六观"说的整体认识,而且涉及一系列比较重要的问题,所以在此再作讨论。

刘勰所谓"观位体"之"体"实指文章或作品的本体,而文

① 参见陆侃如、牟世金:《文心雕龙译注》下册,齐鲁书社 1982 年版,第 385 页;向长清释:《文心雕龙浅释》,吉林人民出版社 1984 年版,第 414 页;周振甫译注:《文心雕龙选译》,中华书局 1980 年版,第 300 页。

② 参见赵仲邑译注:《文心雕龙译注》,漓江出版社 1982 年版,第 399 页。

章的本体在刘勰看来,则是“情”或“情理”。《镕裁》篇说:“情理设位,文采行乎其中。刚柔以立本,变通以趋时。立本有体,意或偏长;趋时无方,辞或繁杂。蹊要所司,职在镕裁:檃括情理,矫揉文采也。规范本体谓之镕,剪截浮词谓之裁。”很显然,刘勰认为“情理设位”便是“立本”。“镕”指的是“檃括情理”或“规范本体”,所谓“本体”或“体”非指“情”或“情理”又指何物呢!《镕裁》篇又把“设情以位体”作为“草创鸿笔”的“三准”之一,表示“敷设情理以确定作品的本体”;这里的“位体”之“体”正对“情”(或“情理”)而言,不是指文体。“设情以位体”即“情理设位”,亦即“刚柔以立本”或“立本有体”中的“立本”。刘勰之所以称作品之“情”或“情理”为“体”、为“本”或“本体”,是因为他把“情”或“情理”看作文章的根本。所谓“情理设位,文采行乎其中”,就是这个意思。又《情采》篇说:“故情者文之经,辞者理之纬;经正而后纬成,理定而后辞畅:此立文之本源也。”这种以“情理”为文章之本的观点就表达得更清楚了。

因此,“六观”的“观位体”,即“观设情以位体”,也就是观察敷设“情理”以安排文章的本体,或者说看作品“情理”的条统安排是否得当。用《镕裁》篇的话说,即观察作品的“檃括情理”或“规范本体”是否做到了“情周而不繁”。这又可以与“六观”之二的“观置辞”联系起来看:写作文章是“情理设位,文采行乎其中”,“情动而言形,理发而文见”是“沿隐以至显,因内而符外”的自然之理。(《文心雕龙·体性》)所以在“观位体”(即观察“情理设位”或“设情以位体”)之后,就要“观置辞”,即观察作品缀辞敷采是否精约适当。用《镕裁》篇的话说,即观察作品的“矫揉文采”或“剪裁浮词”是否达到了“辞运而不繁”。可见,“观置辞”和“观位体”是相对的两个方面:一观“情理”,一观文辞,这正符合刘勰的“文质”或“情采”关系理论。刘勰又认为:“万趣会文,不离辞情。”(《文心雕龙·镕裁》)那么,从作品鉴赏角度说,“观位体”和“观置辞”就是最基本、最重要的两个方面了。刘勰说“一观位体,二观置辞”,两者居“六观”之首,其原因正在于此。看到了这一点,才算真正了解了刘勰的“六观”说。而注家、论者对“六观”说的误解,根源则在错误地理解了“一观位体”的“位体”。

（5）情理设位，文采行乎其中

《文心雕龙·镕裁》:“情理设位,文采行乎其中。”语本《易传》。杨明照《校注拾遗》:“《易·系辞上》:‘天地设位,而《易》行乎其中矣。’舍人语式步此。”[①]实际上,刘勰“情理设位,文采行乎其中”之说,正取义于《易传》上说,并非仅是“语式步此”。

《易·系辞上》认为:《易》“广大配天地,变通配四时,阴阳之义配日月,易简之善配至德”,“崇效天,卑法地”。《易》之基本卦象是乾、坤(效法或象征天、地的卦象)。在《易传》作者看来,天、地分立设位或者说有了天地才有《易》,《易》是体现或反映天、地(推衍至万物)的阴阳对立及运动变化之“道”的(即所谓《易》“与天地相准”“弥纶天地之道”)。从这个意义上看,《易》则是体现天、地运动变化之“道”的“文”,所以《易·系辞上》说:“天地设位,而《易》行乎其中矣。”《易传》此说韩康伯注:“天地者,《易》之门户。”显然,《易传》作者是认为:天

① 杨明照:《文心雕龙校注拾遗》,第265页。

地(或乾坤)是根本,《易》是天地运动变化的体现;没有天地,则没有反映其变化之“道”的《易》。这便是《易》与“天地”的特定关系。因此,《易·系辞上》又说:“乾坤,其《易》之蕴邪?乾坤成列,而《易》立乎其中矣。乾坤毁,则无以见《易》。”《易传》的“乾坤成列,而《易》立乎其中矣”,与“天地设位,而《易》行乎其中矣”意蕴相同。刘勰说“情理设位,文采行乎其中”,便是吸取《易传》的天地(或乾坤)与《易》的关系说,把“情理”看作根本,而“文”则是体现“情理”的产物。所以刘勰又称“情理”为“本体”。《镕裁》篇说;“规范本体谓之镕,剪截浮词谓之裁。”写作文章,“情理”(即情实义理,大致相当于内容)确定了次序或设立了位置,那么文采就可以铺设其间了。刘勰显然是认为:“情理”是“文采”的本源,有“情理”而有“文采”,“情理”设而“文采”行。这就像天地是《易》的本源,有天地而后有《易》,天地设位而《易》才产生一样。此意正与刘勰《情采》篇所说“夫水性虚而沦漪结,木体实而花萼振:文附质也”含义相类。从另一角度看,如同《易》反映天地之“道”那样,“文采”是体现“情理”的,“情理”有待“文采”来表现,这又与《情采》篇所说的“虎豹无文,则鞟同犬羊;犀兕有皮,而色资丹漆:质待文也”含义相通。《情采》篇又说:“故情者文之经,辞者理之纬;经正而后纬成,理定而后辞畅:此立文之本源也。”因为“情”是“文”之“经”、“辞”是“理”之“纬”,所以“经正”而后“纬成”、“理定”而后“辞畅”。“情理设位”,也就正是“经正”或“理定”的意思;“文采行乎其中”,也正就是“纬成”或“辞畅”的意思。刘勰的理论观点本于《易传》之说,似当无疑了。

（6）对策揄扬

《文心雕龙·议对》："对策揄扬，大明治道。""揄扬"一语，辞书一般释为两义：一为"挥扬、扬起"，如《楚辞·九叹·逢纷》："揄扬涤荡。"二为"宣扬"，如班固《两都赋序》："或以宣上德而尽忠孝，雍容揄扬，著于后嗣，抑亦《雅》《颂》之亚也。"注家以"宣扬"义解"对策揄扬"之"揄扬"，于义难通。或释"揄扬"为"称誉"，亦不合文理。"揄"，本即"引"义；"扬"，本即"扬举""扬起"义。① "揄扬"连用，字面含义即"伸展、扬举"。"伸展、扬举"则放而不拘，所以可以表示"雍容展畅"或"坦放不拘"义。上引班固《两都赋序》"雍容揄扬"例，《文选》卷一李善注训"揄扬"引《说文》及《尚书》孔传，取"揄"为"引"、"扬"为"举"义，不释"揄扬"为"宣扬"。从《两都赋序》"雍容揄扬"本身看，"揄扬"也不当作"宣扬"解。此例"揄扬"同"雍容"并列，"雍容"义为"从容坦放"（如《史记·司马相如传》："从车骑，雍容闲雅甚都。"）。显然，"揄扬"也应该是"坦然展畅"义，才能与"雍容"相连类。辞书据此例而立"宣扬"义，是一个失误。刘勰"对策揄扬"的"揄扬"，即是用"坦放展畅"义。所谓"对策揄扬"，是说对策之文坦放闲畅、雍容不拘，所以下文才说"大明治道"；也就是说，正因为对策之文雍容坦放、议论宏阔，因而才说"大明治道"。又本篇上文说："夫驳议偏辨，各执异见。""偏辨"即偏于一隅或一理的析辨，所以是"各执异见"。接下来便说："对策揄扬，大明治道。""偏辨"与

① 参见《说文》及《广雅·释诂》"揄，引也""扬，举也"条王念孙疏证。

"揄扬"相对,"各执异见"与"大明治道"相对,可见"揄扬"正是指对策之文陈辞论理宏阔而不偏狭。又本篇下文说:"风恢恢而能远,流洋洋而不溢,王庭之美对也。""恢恢""洋洋",均为恢廓、宏大义,正是"对策揄扬"的具体说明。此均可为"揄扬"表示"雍容坦放"的力证。

再者,《文心雕龙·颂赞》也用了"揄扬"一语:"原夫颂惟典雅,辞必清铄,敷写似赋,而不入华侈之区;敬慎如铭,而异乎规戒之域;揄扬以发藻,汪洋以树义。""发藻",即铺辞敷采;"树义",即立义。"发藻"而要"揄扬","树义"而要"汪洋";"揄扬""汪洋"相对,异语而同义,都是坦放展畅、恢廓宏大义。又可作为"对策揄扬"的"揄扬"表示"雍容坦放"的有力证明。

山东大学儒学高等研究院教授自选集

◎王绍曾　《文献学与学术史》
◎吉常宏　《古汉语研究丛稿》
◎龚克昌　《中国辞赋学论集》
◎董治安　《先秦两汉文献与文学论集》
◎孟祥才　《学史集》
◎张忠纲　《耘斋古典文学论丛》
◎徐传武　《古代文学、文化与文献》
◎马来平　《追问科学究竟是什么》
◎郑杰文　《墨家与纵横家论丛》
◎冯春田　《〈文心雕龙〉研究》
◎孙剑艺　《里仁居语言论丛》
◎王学典　《史料、史观与史学》
◎黄玉顺　《生活儒学与现象学》
◎张其成　《国学之心与国医之魂》
◎杨朝明　《洙泗文献征信》
◎戚良德　《〈文心雕龙〉与中国文论话语》
◎李平生　《中国近现代史研习录》
◎赵睿才　《唐诗纵横》
◎杜泽逊　《文献探微》
◎叶　涛　《民俗文化与民间信仰》
◎张士闪　《民俗之学：有温度的田野》
◎宋开玉　《语文丛考》

◎徐庆文　《儒学的现代化路径》
◎王承略　《古典文献与学术史论丛》
◎刘　培　《思想、历史与文学》
◎聂济冬　《汉唐文史论集》
◎周纪文　《和谐美散论》
◎赵卫东　《道教历史与文献研究》
◎何朝晖　《书与史》
◎孙　微　《杜诗的阐释与接受》
◎陈　峰　《重访中国现代史学》
◎王加华　《农耕文明与中国乡村社会》
◎龙　圣　《山河之间：明清社会史论集》